L. A. 레퀴엠

L. A. REQUIEM

L. A. 레퀴엠

L. A. REQUIEM

로버트 크레이스 지음
윤철희 옮김

오픈하우스

언어 이상의 것을 가르쳐주신
에드 워터스와 시드 엘리스에게

"그리고 그게 그 노래 제목이야."
(1970년대 미국의 TV 형사물 「베레타Baretta」의
주인공이 내건 캐치프레이즈)

일러두기

1. 본문의 괄호 안 설명 글은 모두 옮긴이주이다.
2. 외국 인명, 지명은 외래어 표기법을 따르되 일부는 관용적인 표기를 따랐다.
3. 책, 신문, 잡지는 『 』, 영화, TV 프로그램은 「 」, 노래 제목은 〈 〉로 묶어 표기했다.
4. 로스앤젤레스의 약어는 원서명에만 'L. A.'으로, 그 외 실제 지명을 뜻하는 부분에는 모두 'LA'로 표기하였다.

사랑이 무언지 알아?
(나는 당신을 위해 피 흘릴 거야.)
-타투드 비치 슬럿츠(Tattooed Beach Sluts)

도시 전체를 내 엄지 밑에 뒀어
그런데 내가 해야 했던 일은 계속 멍청하게 구는 것뿐이었어.

우리는 대단히 공손하게 작별인사를 했어
이제는 내 안에 있는 살인자에게 인사를 하도록 해.
-MC 900 피트 지저스

엄마, 엄마, 보이지 않으세요?
해병대가 저한테 해준 일이요?
저를 호리호리하게 만들고 튼튼하게 만들어줬어요.
저를 잘못된 일은 하나도 할 수 없는 곳으로 데려왔어요.
-미 해병대 행진가

아일랜더 팜스 모텔

LAPD(도망자 검거반) 정복 경찰 조 파이크는 엔진이 공회전하면서 내는 소음과 에어컨이 정육점 냉동 창고처럼 빵빵하게 돌아가면서 내는 소음, 다른 순찰조들을 호출하는 쌍방향 호출 코드들이 찌지직거리는 소리가 난무하는 와중에도 금관악기들을 앞세운 멕시코풍 음악 소리를 들을 수 있었다.

거리를 떠도는 라틴계 소녀 무리가 아케이드 바깥에서 그를 쳐다보며 키득거리고 있었다. 아이들은 서로의 귀에 이런저런 얘기를 속닥거렸고, 속삭임을 들은 아이들은 얼굴이 빨개졌다. 사카테카스(멕시코 중북부의 주) 출신으로 국경 울타리를 통과해 북쪽으로 올라온 땅딸막한 갈색 피부의 사내들이 인도를 서성거렸다. 불법체류의 베테랑들이 서류를 제출하지 않아도 일용직 일자리와 현금 30달러를 벌 수 있는 곳인 웨스트사이드 너머 소텔(LA 서쪽에 있는 일본계 이민자 밀집 구역)에 대해 알려주는 동안, 그들은 햇빛으로부터 눈을 가리고 있었다. 선셋 대로 남쪽에 있는 램파트 경찰서 관할구역인 이곳에서, 과테말라인들과 니카라과인들은 엘살바도르인과 멕시코인들을 향한 감정이 금방이라도 폭발할 것처럼 좋지 않았다. 그들 사이의 악감정은 그들이 거리에서 먹는 마차카(고기를 구운 다음 끓여서 말린 멕시코 북부의 전통요리) 요리와 함께 부글거리고 있었다. 심지어 여기 순찰차 내부에도 시큼하게 밴 에파조테(멕시코 요리에 사용되는 향이 강한 허브)의 풍미를 허공에 남겨놓는 그 마차카 말이다.

파이크는 그의 파트너가 아케이드에서 황급히 나올 때 길거리 아이들이 바닷물처럼 갈라지는 걸 지켜봤다. 아벨 워즈니악은 체구가 평퍼짐하고 얼굴은 네모나며 눈동자는 탁하고 진한 회색이었다. 워즈니악은 파이크보다 스무 살 많았고, 거리에서 보낸 경력도 파이크보다 그만큼 오래됐다. 파이크가 처음 만났을 때만 해도 최우수 경찰이던 워즈니악의 눈은 지금은 괴로운 기색이 역력했다. 그들은 지난 2년간 함께 순찰을 다녔는데, 그의 눈이 늘 그랬던 건 아니었다. 파이크는 그 점이 안타까웠지만, 그가 그 문제와 관련해서 할 수 있는 일은 아무것도 없었다.

라모나 앤 에스코바를 찾고 있는 지금 같은 때는 특히 더 그랬다.

워즈니악이 권총을 좌석에 맞게 조정하면서 운전석에 휘청거리며 앉았다. 두 사람 사이에 걸쭉한 피떡 같은 긴장감이 감돌고 있었음에도, 그는 분위기를 부드럽게 만들려고 안달이었다. 그의 정보원이 도착했다.

"드빌은 아일랜더 팜스 모텔에 묵고 있어요."

"드빌이 여자애를 데리고 있나?"

"제 똘마니가 조그만 계집애를 보기는 했는데, 아직도 그하고 같이 있는지는 모르겠대요."

워즈니악이 서둘러 차에 시동을 걸고는 인도에서 급하게 차를 뺐다. 그들은 코드 3(경광등을 켜고 사이렌을 울리는 비상 상황)을 발령하지는 않았다. 경광등도 켜지 않았고 사이렌도 울리지 않았다. 아일랜더 팜스는 선셋의 바로 남쪽에 있는 여기 알바라도 대로에서 채 다섯 블록도 떨어지지 않왔다. 그러니 경찰이 간다고 동네방네 떠들 이유가 뭐란 말인가?

"선배, 드빌이 그 애를 해칠까요?"

"얘기했잖아. 이런 망할 변태새끼는 머리에 총구멍을 내주는 게 최선이라고."

화요일 오전 11시 40분이었다. 9시 20분에, 다섯 살 여자아이 라모나 앤 에스코바가 에코 파크에 있는 패들보트 영업장 근처에서 놀고 있었다. 과테말라에서 합법적으로 이민 온 아이의 어머니는 친구들과 수다 떠느라 정신이 팔려 있었다. 목격자들이 마지막으로 라모나를 봤을 때, 아이는 레너드 드빌로 보이는 남자와 함께 있었다. 드빌은 잘 알려진 소아성애자로, 지난 석 달간 에코 파크와 맥아더 파크 양쪽을 돌아다니는 게 목격됐다. 실종된 여자아이에 관한 호출이 들어오자, 워즈니악은 자신이 거느린 거리의 정보원들을 상대로 탐문을 시작했다. 거리에서 영원토록 근무해온 워즈니악은 거리의 사람들을 모두 알았고 그들을 찾아내는 법도 알았다. 그는 파이크가 높이 평가하고 존경하면서 잃고 싶어 하지 않는, 정보의 화수분 같은 사람이었다. 그러나 파이크는 그 문제와 관련해서도 역시 어쩔 도리가 없었다.

파이크는 워즈니악이 더 이상은 압박감을 감당하지 못하고 고개를 돌려 자신을 바라볼 때까지 그를 응시했다. 아일랜더 팜스까지는 40초 남짓 남아 있었다. "오, 제발, 왜 그러는 건데?"

"너무 늦지는 않았어요, 선배."

워즈니악의 시선이 거리로 돌아갔고, 그의 얼굴이 굳어졌다. "잘 들어, 조. 이 문제에서 손 떼. 앞으로 그 얘기는 더 이상 안 할 거야."

"진심으로 드리는 말씀이에요."

워즈니악은 입술을 적셨다.

"선배한테는 폴렛하고 이블린이 있다는 걸 생각하셔야 돼요."

워즈니악의 부인과 딸의 이름이었다.

탁한 두 눈이 파이크를 날카롭게 쏘아봤다. 먹구름처럼 끝이 보이지 않는 위험한 눈빛.

"집사람이랑 딸아이 생각은 늘 하고 있어, 파이크. 두말하면 잔소리지."

짧은 순간, 파이크는 워즈니악의 눈에 격한 감정이 가득했다고 생각했다. 그러더니 워즈니악이 감정을 떨쳐내려는 듯 진저리를 치고는 한곳을 가리켰다.

"저기야. 이제 입 닥치고 경찰답게 굴어."

아일랜더 팜스는 흰색 치장벽토를 바른 쓰레기장 같은 곳이었다. 카펫은 해지고 침대는 얼룩투성이인 2층짜리 건물, LA에서조차 싸구려로 보이는 네온 야자수들. 이 모든 것들이 비좁은 주차장을 L자 형태로 둘러싸고 있었다. 투숙객은 시간 단위로 대실하는 창녀들, '아마추어' 비디오를 촬영하는 포르노 제작자 지망생들, 셋돈을 떼먹을 새 집주인을 물색하는 동안 머무를 곳이 필요한 야반도주 전문 사기꾼들이었다.

파이크는 관리사무실로 들어가는 워즈니악의 뒤를 따랐다. 관리인은 두 눈이 촉촉하고 깡마른 힌두교 신자였다. 그가 제일 먼저 내뱉은 말은 "제발, 말썽은 원치 않습니다"였다.

워즈니악이 선수를 쳤다.

"작은 여자애를 데리고 있는 남자를 찾고 있소. 이름이 레너드 드빌인데, 다른 이름을 쓰고 있을지도 모르오."

힌두교 신자는 그 이름을 몰랐고 여자애에 대해서도 몰랐지만, 워즈가 밝힌 인상착의와 비슷한 남자를 2층에서, L자 꼭대기 세 번째 방에서 찾을 수 있을 거라고 말했다.

파이크가 물었다. "지원 병력 요청할까요?"

워즈니악은 대답 없이 문을 나서서 계단을 올랐다. 파이크는 순찰차로 돌아가 본부에 무전을 쳐야 한다고 생각했지만, 파트너를 혼자 보낼 수는 없었다. 파이크는 그의 뒤를 따랐다.

세 번째 문을 찾아낸 그들은 귀를 기울였지만 아무 소리도 들리지 않았다. 커튼이 쳐져 있었다. 외부로 노출된 발코니에 선 파이크는 그들이 감시당하고 있다고 느꼈다.

워즈니악이 문손잡이 쪽을, 파이크가 경첩 쪽을 맡았다. 워즈니악이 문을 두드리고는 LA 경찰이라고 신분을 밝혔다. 조는 기질상 자신이 먼저 실내로 진입하고 싶었지만, 그들은 이미 2년 전에 이 문제에 합의를 봤다. 워즈니악이 운전을 하고, 워즈니악이 먼저 진입하며, 워즈니악이 그들이 취할 행동방식을 결정했다. 워즈니악이 일해온 22년이라는 기간 앞에서 경력이 3년밖에 안 되는 파이크는 선배의 주장을 납득할 수밖에 없었다. 그들은 이 방식을 2백 번이나 수행해왔다.

드빌이 문을 열었다. 그들은 그를 뒤로 밀쳤고, 워즈니악이 먼저 진입하면서 그를 다시 거세게 밀쳤다.

드빌이 따졌다. "이봐요, 뭡니까?" 난생처음 밀침을 당하는 사람처럼.

방은 낡고 초라했다. 뒤쪽에 벽장과 욕조가 있었다. 헝클어진 더블베드가 흉측한 제단 비슷한 모습으로 벽에 기대져 있었고, 진한 빨간색 침대보는 얼룩진 데다 올이 다 드러나 있었다. 얼룩 하나는 미키마우스처럼 보였다. 방에 있는 유일한 다른 가구는 모서리에 담배로 지진 자국과 칼로 새긴 자국들이 있는 싸구려 서랍장이었다. 워즈니악이 드빌을 붙잡고 있는 동안 파이크가 라모나를 찾아 화장실과 벽장을 살폈다.

"아이는 없어요."

"다른 건? 옷이나 옷가방, 칫솔은?"

"아무것도 없어요." 그건 드빌이 여기에 거주하지는 않는다는 것, 그리고 그럴 의도도 없다는 뜻이다. 그는 이 방을 다른 용도로 쓰고 있었다.

과거에 드빌을 두 번이나 불시 단속한 적이 있는 워즈니악이 물었다. "애 어디 있나, 레니?"

"누구요? 보세요, 손 씻었다구요. 제발요, 경관님."

"카메라는 어디 있나?"

드빌이 양손을 벌리며 초조한 미소를 지었다. "카메라 없어요. 말씀드렸잖아요, 손 씻었다고."

레너드 드빌은 173센티미터에 살집이 있는 체구였다. 머리는 금발로 염색했고, 피부는 파인애플 같았다. 번들거리는 머리는 뒤로 곧바로 넘겨 고무줄로 묶었다. 파이크는 드빌이 거짓말을 하고 있다는 걸 알았다. 하지만 워즈가 어떻게 나오는지 보려고 기다렸다. 파이크는 이 일을 한 지가 3년밖에 안 됐음에도 한번 소아성애자는 영원한 소아성애자라는 걸 알고 있었다. 그들을 불시 단속하고, 치료하고, 상담하고, 온갖 짓을 다 할 수 있었지만, 세상에 풀어놓으면 그들은 여전히 아이들을 추근거렸다. 그건 순전히 시간문제였다.

워즈니악이 침대 다리 아래로 손을 넣어 침대를 들어 올렸다. 드빌이 뒤로 펄쩍 뛰다가 그를 붙든 파이크의 품에서 비틀거렸다. 구김이 많이 간 작은 여행 가방이 먼지 뭉치 백만 개쯤을 뒤집어쓰고 침대가 있던 자리에 둥지를 틀고 있었다.

워즈니악이 말했다. "레니, 넌 모자라도 한참 모자란 놈이야."

"이봐요, 그건 제 게 아니에요. 저는 저 가방이랑 아무 관계도 없어요." 드빌은 어찌나 겁을 먹었던지 땀을 비 오듯 흘렸다.

가방을 연 워즈니악이 폴라로이드 카메라와 10여 개는 족히 넘어 보이는 필름 팩, 그리고 다양한 탈의 상태에 있는 아이들 사진을 최소한 백 장은 바닥에 쏟았다. 그것이, 그러니까 스냅사진을 찍어서 다른 변태들에게 판매하는 것이 드빌 같은 자가 생계를 꾸리는 방식이었다.

워즈니악이 발가락으로 사진을 헤집었다. 그의 얼굴이 갈수록 어두워지면서 싸늘해졌다. 파이크는 서 있는 자리에서는 사진을 볼 수 없었지만, 워즈니악의 관자놀이에서 핏줄이 고동치는 건 볼 수 있었다. 워즈니악이 딸을 생각하고 있는 게 분명했지만, 아닐 수도 있었다. 그는 다른 문제를 고민하고 있는지도 몰랐다.

파이크가 드빌의 팔을 비틀었다. "여자애는 어디 있나? 라모나 에스코바는 어디 있냐고?"

드빌의 목소리가 높아졌다. "그건 제 게 아니에요. 생전 처음 보는 것들이라구요."

쪼그려 앉은 워즈니악이 무표정한 얼굴로 사진을 손가락으로 들췄다. 그가 사진 한 장을 집어 코로 가져갔다.

"현상액 냄새가 아직도 나는군. 현상한 지 채 한 시간도 안 된 거야."

"제 게 아니라니까요!"

워즈니악이 사진을 응시했다. 파이크는 여전히 사진을 볼 수 없었다.

"다섯 살쯤으로 보여. 본부에서 알려준 인상착의하고도 일치해. 예쁘장한 아이로군. 순결한 아이야. 이제 더 이상은 순결하지 않지만."

아벨 워즈니악이 일어나서 총을 뽑았다. LAPD가 얼마 전에 소지를 허가한 신형 베레타 9밀리였다.

"네놈이 이 애를 해쳤다면, 네놈은 내 손에 죽을 거야."

조가 말했다. "선배, 본부에 보고해야 해요. 총 저리 치워요."

걸어서 파이크를 지나친 워즈니악이 베레타를 번개처럼 백핸드로 돌려 잡고는 드빌의 옆통수를 내리쳐서 쓰레기봉투처럼 쓰러뜨렸다.

파이크가 두 사람 사이로 뛰어들어 워즈니악의 두 팔을 잡고는 그를 뒤로 밀쳤다. "이런 짓은 여자애 찾는 데 도움이 안 돼요."

그러자 워즈니악의 시선이 파이크를 향했다. 두 눈에 낀 구름 뒤에는 어떤 감정이 실린 단단하고 추잡한 작은 못들이 있었다.

두 경찰관이 계단을 올라가자, 관리인 파리드 아보우티는 그들이 금발 남자를 방으로 밀치고 들어갈 때까지 지켜봤다. 경찰은 창녀나 손님, 마약 딜러를 불시 단속하려고 그의 모텔에 자주 찾아왔고, 그때마다 파리드는 구경할 기회를 절대로 놓치지 않았다. 언젠가, 어떤 창녀가 그녀를 체포하러 온 경찰들에게 서비스를 제공하는 걸 본 적이 있다. 경관 세 명이 강간범 이빨이 모조리 다 부러질 때까지 두들겨 패는 걸 본 적도 있다. 경찰이 오면 항상 볼만한 구경거리가 펼쳐졌다. TV 퀴즈쇼를 보는 것보다 훨씬 나았다.

하지만 조심해야 했다.

위층 문이 닫히자마자, 파리드는 계단을 슬금슬금 올라갔다. 너무 가까이 가거나 발각되거나 하면 경찰들은 격분했다. 언젠가, 갑옷과 헬멧 차림에 큼지막한 총을 소지한 어느 SWAT 대원이 불같이 화를 내면서 파리드의 터번을 자동차 변속기유에 처넣었다. 터번 세탁비가 어마어마하게 들었다.

고함 소리는 파리드가 계단에 있을 때 시작됐다. 오가는 말의 내용은 이해할 수 없었지만 성난 말투라는 것은 알 수 있었다. 그는 2층 발코니를 따라 조금이라도 더 가까이 가려고 살금살금 움직였다. 그런데 그가 방에 다다른 그때, 고함 소리가 뚝 그쳤다. 그는 재미난 순간을 놓쳤다고 생각하면서 아쉬워했다. 그런데 그때 갑자기 실내에서 요란한 고함 소리가 딱 한 번 나더니 귀가 멀 것 같은 우레 같은 폭발음이 들렸다.

거리에서 사람들이 가던 길을 멈추고 모텔을 바라봤다. 여자 한 명이 모텔을 가리켰고, 남자 한 명은 주차장을 가로질러 도망갔다.

파리드는 심장이 쿵쾅거렸다. 힌두교 신자라고 해도 총소리는 알아들었기 때문이다. 그는 금발 남자가 죽었을지도 모른다고 생각했다. 아니면 그가 경관을 살해했을지도 모른다.

파리드는 방에서 나는 소리를 하나도 듣지 못했다.

"계세요?"

아무 소리도 없었다.

"모두들 괜찮으신가요?"

아무 소리도 없었다.

어쩌면 그들은 화장실 창문을 통해 뒤쪽에 있는 골목으로 뛰어내렸을지도 모른다.

파리드의 두 손이 축축해졌다. 머릿속에서 소용돌이치는 두려움은 사무실로 서둘러 돌아가 아무 소리도 듣지 못한 척하라고 명령했지만, 그는 그러는 대신에 문을 열었다.

젊은 경관, 진한 선글라스를 끼고 무표정한 얼굴을 한 키 큰 경찰이 그를 향해 몸을 휙 돌리고는 큼지막한 리볼버를 겨눴다. 순간, 파리드는 꼼짝없이 저승길로 가는구나 생각했다.

"제발, 쏘지 마세요!"

나이 많은 경찰은 얼굴이 날아간 상태였고, 나머지 몸뚱어리는 피 범벅이었다. 금발 남자도 죽어 있었다. 그는 얼굴에 진홍색 마스크를 덮고 있는 듯했다. 바닥과 벽과 천장에는 붉은 피가 뿌려져 있었다.

"쏘지 마세요!"

키 큰 경찰의 총은 결코 흔들리지 않았다. 파리드는 그의 끝이 보이지 않는 선글라스를 응시했다. 그것은 피로 범벅이 되어 있었다.

"제발요!"

키 큰 경찰이 쓰러진 파트너를 향해 몸을 숙이고는 심폐소생술을 시작했다.

키 큰 경찰이 고개를 들지도 않고 소리쳤다. "911에 신고해요!"

파리드 아보우티는 전화기를 향해 달려갔다.

1부

1

그 일요일에 태양은 LA 분지 위를 환하고 뜨겁게 떠다니면서 더위에서 탈출하려는 사람들을 바닷가로, 공원으로, 뒤뜰 수영장으로 떠밀었다. 바싹 마른 사막에서 화물열차처럼 불어온 바람이 산비탈들을 자동차 차체도 순식간에 녹여버릴 화염을 일으키는 타르 가득한 불쏘시개들로 돌변시킬 때, 공기가 어찌나 부산히 움직이는지 안에 있는 사람은 신경이 마비될 정도였다.

글렌데일 위쪽에 있는 버두고 산맥이 불타고 있었다. 산타아나(캘리포니아 남부에 부는 강한 계절풍)에 휩싸인 능선에서 갈색 연기 기둥이 솟아올라 도시를 가로질러 남쪽으로 퍼지면서, 하늘을 말라붙은 피 색깔로 물들였다. 예를 들어, 당신이 버뱅크에, 또는 선셋 스트립 너머 멀홀랜드의 구불구불한 도로 북쪽에 있다면, 소화(消火)용 다발(多發) 비행기들이 밝은 빨간색 발화지연제를 싣고 불길 속으로 뛰어드는 동안 방송 헬리콥터들이 현장을 종횡하는 모습을 볼 수 있을 것이다. 아니면, 전체 상황을 그냥 TV로 시청할 수도 있을 것이다. LA에서, 화재는 폭동과 지진 다음가는 장대한 구경거리다.

비벌리힐스에 있는 루시 셰니에의 2층 아파트에서는 연기 기둥이 보이지 않았지만, 오렌지색으로 물든 하늘 때문에 루시는 오래도록 문간에 머무르다가 결국 얼굴을 찡그렸다. 우리는 그녀의 차에서 판지로 만든 이삿

21

짐 박스들을 옮기는 중이었다.

"저거 불 난 거야?"

"산타아나가 연기를 남쪽으로 몰아오고 있어. 두 시간쯤 있으면 재가 떨어지기 시작할 거야. 회색 눈처럼 보일걸." 불길은 60킬로미터 남짓 떨어져 있었다. 우리는 전혀 위험하지 않았다.

루시가 못마땅하게 생각하는 대상이 우리 아래쪽 인도 옆에 주차된 그녀의 렉서스로 걸어갔다. "쟤 때문에 차 페인트가 손상되는 거 아냐?"

"여기 떨어질 때쯤이면 밀가루 비슷하게 식어 있을 거야. 호스로 씻어내면 돼." 엔젤리노(LA 주민)로서는 전문가의 경지에 이른 나, 엘비스 콜이 최근에 이사 온 주민, 우연히 여자 친구이기도 한 사람을 교육하고 있었다. 이제는 대형 지진이 들이닥칠 때를 기다려보자.

루시는 납득하지 못하는 눈치였다. 그러더니 집 안으로 들어가서 아들을 불렀다. "벤!"

채 일주일도 되기 전에 루시 셰니에와 그녀의 아홉 살 난 아들은 루이지애나를 떠나 윌셔 대로 바로 남쪽에 있는 비벌리힐스에 구한 아파트에 정착했다. 배턴루지에서 변호사로 일하던 루시는 지금은 지역 TV 방송국의 법률분석가—O. J. 심슨 재판이라는 추악한 나무에서 자란 열매라 할 신종 직업—로 새 커리어를 시작하는 중이었다. 배턴루지를 LA와 맞바꾸면서, 그녀는 급여를 더 많이 받게 됐고, 아들과 함께할 자유시간이 많아졌으며, 나와의 거리도 가까워졌다. 나는 금요일과 토요일 전부를, 그리고 일요일 오전의 대부분을 거실을 배치하고 재배치하면서 보냈다. 우리에게는 바로 이것이 사랑이었다.

TV 채널은 그녀의 지금 직장인 KROK-8—"진짜 사람들을 위한 진짜 뉴스!"-에 맞춰져 있었는데, 시내의 다른 모든 방송사들처럼 이 채널에서도 화재 생방송 보도가 정규 방송에 끼어들고 있었다. 화재의 위협을 받은 주택 스물여덟 채가 소개된 상태였다.

루시가 벤에게 박스를 건넸다. "무겁니?"

"전혀요."

"네 방, 네 벽장. *깔끔하게.*"

벤이 사라지자 내가 그녀의 허리에 손을 집어넣고 속삭였다. "당신 방, 당신 침대. *지저분하게.*"

몇 걸음 도망친 그녀는 소파 놓을 위치를 고민했다. "우선 집 정리부터 하고. 소파 좀 다시 옮겨줄래, 자기?"

나는 소파를 응시했다. 지난 이틀간 그 소파를 8백 번쯤 옮겼을 거다.

"어느 쪽 벽으로?"

그녀가 엄지를 씹으며 생각에 잠겼다. "저기 저쪽."

"거기 있던 걸 두 번이나 옮긴 거잖아." 큼지막한 소파였다. 무게가 천 킬로그램은 나갈 것이다.

"그렇지. 하지만 그때는 오락 공간이 벽난로 옆일 때였잖아. 지금은 우리가 오락 공간을 현관 옆으로 정했으니까 실내가 완전히 달라져 보일 거야."

"*우리?*"

"그래. *우리.*"

나는 허리를 굽혀 소파를 잡고는 맞은편 벽으로 끌고 갔다. 2천 킬로그램.

내가 소파의 위치를 반듯하게 잡을 때 전화기가 울렸다. 1분쯤 통화를 한 루시가 수화기를 내밀었다.

"조야."

조 파이크와 나는 내 이름을 내건 탐정사무소를 공동 운영한다. 그가 원했다면 그의 이름도 쓸 수 있었지만, 그가 원하지 않았다. 그는 그런 사람이다.

수화기를 받았다. "탈장(脫腸) 전문의입니다." 루시가 눈동자를 굴리더니 몸을 돌렸다. 그녀는 이미 소파를 놓을 새 자리를 고민하는 중이었다.

파이크가 말했다. "이사 어떻게 돼가?"

나는 수화기를 들고 발코니로 걸어갔다. "대공사야. 루시도 결국에는 이게 얼마나 큰일인지 깨달을 거야. 근데 무슨 일이야?"

"프랭크 가르시아라고 들어봤나?"

"토르티야 가이잖아. 레귤러, 라지, 몬스터 사이즈. 나는 몬스터 사이즈를 좋아해." LA의 식료품 매장을 아무 데나 들어가도 프랭크 가르시아의 이름을 내건 토르티야 포장지에서 그가 고객을 향해 웃는 모습을 볼 수 있다. 눈은 초롱초롱하고 코밑수염은 풍성한 그의 미소는 환했다.

파이크가 말했다. "내 친구 프랭크한테 문제가 생겼어. 지금 그 집으로 가는 길이야. 날 만나줄 수 있겠나?"

파이크와 나는 12년간 탐정사무소를 운영해왔다. 그리고 나는 그보다 더 전인, 그가 LA 경찰로 일하던 시절부터 그와 알고 지냈다. 그는 그 기간 내내 나한테 무슨 부탁을 한 적이, 또는 개인적인 문제에 내 도움을 요청한 적이 단 한 번도 없었다.

"루시가 집안 정리하는 걸 돕고 있어. 반바지 차림인 데다, 4천 킬로그램짜리 소파를 붙들고 씨름하면서 오전을 보낸 참이야."

파이크는 대꾸가 없었다.

"조?"

"프랭크의 딸이 실종됐어, 엘비스. 그녀는 내 친구이기도 해. 자네가 올 수 있기를 바라네." 그는 행콕 파크의 주소를 불러주고는 다른 말 없이 전화를 끊었다. 파이크는 이런 사람이기도 하다.

나는 발코니에 머무르면서 루시를 지켜봤다. 그녀는 소파의 위치를 정하는 것보다는 짐을 푸는 게 먼저라고 결정한 듯 상자를 하나둘 옮기고 있었다. 그녀는 루이지애나에서 도착한 이후로 계속 그런 식으로 행동하고 있었는데, 이건 그녀답지 않다. 우리는 2년간 장거리 연애를 했다. 그런데 지금 우리는 우리 관계를 한층 발전시킬 진짜 이사를 실행에 옮겼고, 그녀는 이사에 따르는 부담을 떠안았다. 그녀는 친구들을 남겨두고 온 사람이었다. 고향을 남겨두고 온 사람이었다. 위험을 감수 중인 사람이었다.

전화를 끊고 집 안으로 돌아가 그녀가 나를 쳐다보기를 기다렸다.

"이봐."

그녀는 미소를 지었지만 심란해 보였다.

나는 그녀의 위팔을 쓰다듬으며 미소로 화답했다. 그녀의 눈은 아름다운 파란 호박색이다.

"자기, 괜찮아?"

그녀는 당황한 듯 보였다. "괜찮아."

"이건 정말 큰 이사야. 우리 두 사람 모두에게 엄청난 변화라고."

그녀가 박스 안에 뭐라도 숨겨져 있는 양 박스 더미에 다시 눈길을 던졌다.

"잘될 거야, 루스."

그녀가 내 품에 파고들었고, 나는 그녀의 미소를 느낄 수 있었다. 떠나고 싶지 않았다.

"조가 왜 전화한 거야?"

"친구 딸이 실종됐대. 내가 그걸 조사하는 걸 도와줬으면 한다고."

루시가 나를 올려다봤다. 이제 그녀의 얼굴은 심각해졌다. "어린애야?"

"그런 말은 안 하던데. 가도 괜찮겠어?"

그녀가 다시 소파를 바라봤다. "자기는 이 소파를 피할 수만 있다면 무슨 짓이든 할 거잖아, 그렇지?"

"그래. 나는 저 망할 놈의 소파가 싫어."

루시가 웃음을 터뜨렸다. 그러고는 내 눈을 다시 쳐다봤다.

"자기가 안 가면 내 맘이 편치 않을 거야. 샤워하고, 세상을 구하러 가도록 해."

비벌리힐스나 벨에어보다는 외부인에게 덜 알려진 행콕 파크는 윌셔 컨트리클럽의 남쪽에 있는 유서 깊은 지역이지만, 모든 면에서 앞서 언급한 지역들만큼이나 부촌이다. 프랭크 가르시아는 컨트리클럽의 정서(正西)쪽에 있는 연철(鉛鐵) 울타리 뒤에 자리한, 벽에 어도비 점토를 바른 스페인식 빌라에 살고 있었다. 굉장히 큰 주택으로, 우거진 양치식물과 나무들, 공룡처럼 큰 봉황목(鳳凰木), 더위 때문에 축 늘어진, 잎이 무성한 칼라 릴리 뒤에 가려져 있었다.

파이크가 가르시아의 주소를 알려주고 40분 뒤, 나는 두 손을 신경질적으로 놀리는 허릿살 두툼한 라틴계 중년 여성의 뒤를 따라 두서없이 펴져 있는 가르시아 저택을 관통해서는 프랭크 가르시아와 조 파이크가 기다리는, 타일을 댄 수영장 옆에 다다랐다.

내가 다가가자 파이크가 나를 소개했다. "프랭크, 이쪽은 엘비스 콜입니다. 우리는 사무소를 공동으로 운영하고 있습니다."

"안녕하세요, 가르시아 씨."

프랭크 가르시아는 그의 토르티야에서 본 콧수염 풍성한 미소 짓는 남자가 아니었다. 왜소하고 근심이 많은 듯 보였는데, 그건 그가 휠체어에 앉아 있다는 사실 때문은 아니었다. "선생은 사립탐정처럼 보이질 않는구려."

나는 반바지에 알록달록 무늬가 프린트된 하와이언 셔츠를 입고 있었다. 오렌지색과 노랑과 분홍과 초록. "이런, 일요일에 이런 차림이면 안 되는 건가요?"

가르시아는 당황한 듯 보였다. 그러더니 두 손을 들어 사과의 뜻을 표했다. "미안하외다, 콜 씨. 카렌 문제에 너무 신경을 쓰느라 생각이 짧았소이다. 선생이 무슨 옷을 입건 나는 상관없소. 그저 내 딸아이를 찾고 싶을 뿐이오."

현장은 이랬다. 우리 세 사람은 올림픽 규모의 수영장 옆에 있다. 허리가 두툼한 라틴계 여성은 주택 측면의 베란다 그늘에서 서성이고 있다. 그녀의 눈은 프랭크가 뭔가를 원할 경우를 위해 프랭크를 지켜보고 있지만, 그는 아직까지는 무얼 원하지도 않았고 나한테 무얼 내놓지도 않았다. 그가 나한테 뭔가를 제공하겠다고 한다면, 나는 여기 그의 수영장 옆에 서 있는 게 수성(水星)의 태양 쪽 방향에 서 있는 것과 비슷했기 때문에 자외선 차단 크림을 달라고 요청했을 것이다. 기온은 섭씨 35도를 웃돌고 있는 게 분명했다. 우리 뒤에는 우리 집보다 큰 풀 하우스가 있었다. 유리로 된 슬라이딩 도어를 통해 당구대와 바, 멕시코 산악지대의 카우보이를 그린 그림들이 보였다. 거기에는 에어컨이 있었지만, 프랭크는 핵폭발의 열기에 휩싸인 이곳에 앉아 있는 쪽을 택한 게 분명했다. 사자상(像)들이 조 파이크처럼 미동도 하지 않고 풍경 곳곳에 점 박혀 있었다. 조는 내가 거기에 도착한 후 3분간 꿈쩍도 않고 있었다. 파이크는 양 소매를 잘라낸 회색 운동복과 빛바랜 리바이스, 검정색 평평한 파일럿 선글라스 차림이었는데, 이건 그의 평소 스타일이다. 짙은 갈색 단발에, 문신이 유행하기 훨씬 전에 새긴 밝은 빨간색 화살 모양 문신들이 삼각근 바깥쪽에 있었다. 조가 거기 서 있는 걸 보면서, 세상에서 가장 덩치 큰 두 발로 걷는 핏불(순종적이고 인내심이 강한 개)을 떠올렸다.

내가 말했다. "저희는 최선을 다할 겁니다, 가르시아 씨. 따님이 실종된 지는 얼마나 됐습니까?"

"어제부터요. 어제 아침 10시. 경찰에 전화했지만, 그 개자식들은 손가락 하나 까딱하지 않으려 하오. 그래서 조한테 전화한 거요. 이 친구는 도움을 줄 걸 아니까." 그가 조의 팔을 다시 토닥였다.

"경찰이 도와주는 걸 거절했다고요?"

"그렇소. 망할 놈들."

"따님이 몇 살입니까, 가르시아 씨."

"서른두 살이오."

나는 파이크를 쳐다봤다. 우리는 함께 실종사건 수백 건을 다뤘다. 그래서 경찰이 프랭크 가르시아의 신고를 무시한 이유를 알 만했다.

"서른두 살 난 여성이 어제 이후로 실종 상태라는 겁니까?"

"그렇소." 프랭크의 목소리는 부드러웠다.

프랭크 가르시아가 휠체어 안에서 몸을 비틀었다. 그는 내가 무슨 뜻으로 그렇게 묻는지를 알았고, 그 때문에 화가 났다.

"그렇게 묻는 이유가 뭐요? 선생은 그 애가 장성한 여자라서 어떤 놈을 만나 남들 모르게 도망이라도 쳤을 거라고 생각한다는 거요?"

"장성한 사람들은 그런 짓을 합니다, 가르시아 씨."

그가 노란 리걸패드 한 장을 내 손에 떠밀었다. 그의 신경질적인 눈은 실망감에 싸여 있었다. 마지막 남은 최선의 희망인 내가 일에 나서지 않을 거라고 생각하는 듯했다. "카렌은 전화를 했을 거요. 계획을 바꿔야 했을 경우, 나한테 얘기했을 거요. 그 애는 조깅을 마친 후에 나한테 마차카한 사발을 가져올 예정이었소. 그런데 그 애가 돌아오지를 않았소. 그 애와 같은 건물에 사는 아큐나 부인에게 물어보시오. 아큐나 부인은 잘 아니까." 그는 사실을 빠르게 털어놔야만 상황이 이해된다는 듯이 말을 빨리했다. 그가 말한 내용은 그에게만큼이나 나한테도 중요해질 터였다. 프랭크의 휠체어가 조를 향했다. 이제 그의 목소리에는 두려움을 넘어선 분노가 담겨 있었다. "자네 친구도 경찰하고 똑같군. 아무 짓도 안 하려고 해." 그가 나를 돌아봤다. 그러자 휠체어에 앉기 이전에 존재했던 사내를, 이스트 LA 외곽을 장악한 화이트 펜스 갱(LA의 주도적인 멕시코계 길거리 갱단)과 함께 활동한 십 대 비행청소년 집단의 일원이었다가 인생행로를 바꾸고 부를 일궈낸 사내를 볼 수 있었다. "도넛 먹는 자리에서 불러내 미안하외다."

짙은 선글라스 뒤쪽 백만 킬로미터 떨어진 곳에서 조가 말했다. "프랭크, 우리는 당신을 도울 겁니다."

나는 당황한 모습을 보이지 않으려 애썼지만, 얼굴이 붉게 상기돼 있을 때는 그러기가 어려웠다. "저희가 따님을 찾겠습니다, 가르시아 씨. 경찰은 나름의 이유가 있어서 그런 방침을 정했다는 걸 알아주셨으면 합니다. 우리가 실종됐다고 생각하는 사람들 대부분은 실제로는 그렇지 않습니다.

결국에는 전화를 걸어오거나 모습을 나타내고는 합니다. 그러고 나면 그들은 자신들 때문에 모두가 그리도 큰 곤란을 겪었다는 사실에 당황해합니다. 아시겠습니까?"

그는 내 설명에 흡족해하는 듯 보이지 않았다.

"따님이 조깅하는 곳이 어디인지 아십니까?"

"할리우드 근처의 언덕 부근이오. 아큐나 부인은 그 애가 정글 주스라는 곳에 갈 예정이라고 했소. 고만고만한 주스 가게 중 한 곳이랍디다. 아큐나 부인 말로는 그 애가 스무디인가 하는 걸 항상 사 먹었다고 하더군요. 그 애가 그걸 사서 부인에게 가져오겠다고 말했다고도 하고."

"정글 주스, 알겠습니다. 조사를 개시할 곳이 생겼군요." 세상에 정글 주스가 있어 봐야 몇 곳이나 되겠는가?

프랭크는 곧바로 한층 안도한 듯한 기색이었다. 다시 숨을 쉴 수 있게 된 듯한 모습이었다. "고맙소, 콜 씨. 돈이 얼마가 들건 상관없다는 걸 알아줬으면 하오. 얼마를 원하는지 말해보시오. 부르는 대로 드리겠소."

조가 말했다. "돈은 됐습니다."

가르시아가 두 손을 흔들었다. "아니네, 조. 선생, 말해보시오."

"돈은 됐다니까요, 프랭크."

나는 수영장을 응시했다. 나라면 프랭크 가르시아가 가진 돈의 일부면 만족했을 것이다.

가르시아가 조의 팔을 다시 잡았다. "자네는 좋은 친구야, 조. 항상 그랬었지." 그가 조의 팔을 붙잡고는 나를 쳐다봤다. "우리는 조가 경찰이던 시절부터 알고 지낸 사이요. 조하고 우리 카렌은 한때 사귄 적도 있소. 이 친구가 우리 가족이 되기를 바랐던 적이 있었지."

조가 말했다. "오래전 얘기잖습니까." 그의 말투가 너무도 부드러운 탓에 나는 그의 말을 간신히 들을 수 있었다.

나는 미소를 지었다. "조. 이 얘기는 나한테 한 번도 해준 적이 없잖아."

조가 내 쪽으로 고개를 돌렸다. 평평한 검정 렌즈가 태양을 반사하고 있었다. "그 얘기는 그만하지."

나는 더 활짝 웃으며 고개를 저었다. 조는 그런 사람이다. 날마다 뭔가를 새로 알게 된다.

재 부스러기가 처음으로 우리 주위를 맴돌자 노인이 하늘을 올려다봤다. 부스러기들이 그의 손과 발에 내려앉고 있었다. "이 난장판을 보시오. 망할 놈의 하늘이 녹아내리고 있소."

허리가 두툼한 여성이 프랭크 가르시아 저택 내부의 냉기를 가로지르며 우리를 안내했다. 조의 빨간 지프 체로키는 인도 옆 느릅나무 아래 주차돼 있었고, 내 차는 그 뒤에 주차돼 있었다. 파이크와 나는 거리에 다다를 때까지 아무 말 없이 진입로를 걸어 내려갔다. 그러다가 조가 입을 열었다. "와줘서 고마워."

"일요일을 보내는 좋지 않은 방법들이 있는 것 같아. 나는 망할 놈의 소파하고 씨름하면서 일요일을 보낼 뻔했어."

파이크가 선글라스를 내 쪽으로 비스듬히 걸쳤다. "이 일을 마무리하면 내가 자네 대신 그 소파를 옮겨줌세."

우정이란 이런 것이다.

우리는 내 차를 그 자리에 놔두고 파이크의 지프에 올라 카렌 가르시아를 찾으러 갔다.

2

프랭크 가르시아는 노란 메모지에 딸의 이름과 주소, 전화번호, 카렌의 차─빨간색 마즈다 RX-7와 번호─4KBL772─를 적어 줬다. 그는 그의 집 식탁으로 보이는 곳에 앉아 뭔가를 향해 환하게 웃는 카렌의 스냅사진도 같이 줬다. 그녀의 미소는 환한 백색으로, 황금빛 피부와 풍성한 검정 머리와 근사하게 어울렸다. 행복해 보였다.

조는 창밖 멀리에 있는 무언가를 주시하는 것처럼 사진을 응시했다.

내가 말했다. "예쁘네."

"맞아. 예쁘지."

"그녀랑 사귀었다는 거잖아. 언제야, 나랑 알기 전이야?"

그의 눈은 결코 사진을 떠나지 않았다. "자네랑 알던 때야. 내가 경찰일 때였어."

나는 조가 그 시절에 데이트를 했다는 걸 기억한다. 하지만 그 관계들은 지금 그가 맺은 관계들과 비슷해 보였다. 어느 쪽이건 그리 의미를 둘 만한 관계는 아니었다. "이 여자하고는 가까운 사이였던 것 같은데."

조가 끄덕였다.

"그런데 무슨 일이 있었던 거야?"

파이크가 사진을 돌려줬다. "내가 그녀 마음을 아프게 했어."

"오호라." 때때로 남의 사생활을 캐묻는 건 상대를 불쾌하게 만드는 형편없는 아이디어다.

"그녀는 2년 후에 결혼해서 뉴욕으로 갔어. 결혼생활이 잘 풀리지 않았고, 그래서 지금은 여기로 돌아와 있어."

나는 고개를 끄덕였지만, 그의 사생활을 캐물은 건 여전히 부끄러웠다.

파이크의 휴대전화로 카렌 가르시아의 번호로 전화를 걸었다. 그녀는 전화를 받지 않았다. 그녀의 응답기에 내 신분을 밝히고 이 메시지를 들으면 아버님께 전화를 드리라고 부탁했다. 프랭크는 아큐나 부인의 전화번호도 알려줬다. 나는 그녀에게 전화를 걸어 카렌이 조깅하러 간 곳이 어디인지 아느냐고 물었다. 건조한 바람이 공중의 정전기를 너무나 심하게 증폭시킨 탓에 그녀의 목소리는 기름 덩어리가 끓는 소리처럼 들렸다. 하지만 그 대답이 "아니요"라는 걸 이해하기에는 충분했다. "아큐나 부인, 카렌이 귀가했지만 부인에게 모습을 보이지 않고 다시 집을 나서는 게 가능한가요? 그러니까, 몸을 씻을 만큼 충분히 오래 집에 머물다가 친구들하고 나가는 경우가 말입니다."

"어제 말씀하시는 거예요?"

"그렇습니다, 부인. 어제 그녀가 조깅하고 나서요."

"오, 아뇨. 남편이랑 나는 계단 옆 바로 여기에 살아요. 카렌은 우리 바로 위에 살고요. 그 애가 마차카를 받으러 오지 않았을 때, 나는 너무나 걱정이 됐어요. 그 애 아버지가 내가 만든 마차카를 무척 좋아하거든요. 그 애는 아버지에게 늘 마차카 한 사발을 갖다 드렸어요. 방금 전에 위층에 올라가 봤는데 아직도 돌아오지 않았어요."

나는 조를 쳐다봤다. "카렌하고 자주 보는 사이시죠, 아큐나 부인? 두 분이 이런저런 얘기를 나누는 편인가요?"

"오, 그럼요. 정말로 착한 아이랍니다. 그 애가 태어났을 때부터 그 애 가족이랑 알고 지냈어요."

"그녀가 전남편이랑 재결합하는 문제 같은 걸로 부인에게 무슨 말을 했나요?"

파이크가 나를 힐끔 봤다.

"오, 아니, 아니에요. 그 애는 그런 얘기는 한마디도 안 해요. 그 애는 전남편을 '소름 끼치는 인간'이라고 불러요. 그 사람은 여전히 그곳에 있어요." 그곳이란 뉴욕을 말한다.

나는 파이크를 바라보며 고개를 저었다. 파이크는 창문 쪽으로 고개를 돌렸다.

"다른 남자 친구들은 어떻습니까?"

"젊은 남자들하고 데이트를 하곤 해요. 남자가 많은 건 아니지만, 으음, 어쨌든 그 애는 무척 예쁘잖아요."

"알겠습니다. 감사합니다, 아큐나 부인. 나중에 한번 찾아뵙겠습니다. 혹시 카렌이 귀가하면 아버님께 전화드리라고 부탁 좀 해주시겠습니까?"

"아버님한테는 내가 직접 전화드릴 거예요."

전화를 끊고는 파이크를 쳐다봤다. "그녀가 친구들하고 있을지도 모른다는 거 알지? 라스베이거스에 갔거나, 밤새 스윙댄스를 추다가 어떤 남자 집에서 잤을지도 몰라."

"그럴 수도 있지. 하지만 프랭크가 걱정하잖아. 그분한테는 그 짐을 함께 짊어질 사람이 필요해."

"이 집 사람들하고 정말로 친한 사이인가 보군."

파이크는 다시 창밖을 응시하는 자세로 돌아갔다. 그를 대화에 참여시키는 건 펜치로 스스로 내 이빨을 뽑는 거랑 비슷한 일이다.

전화번호 안내원은 정글 주스 매장이 두 곳 있다고 말했다. 본점은 멜로즈의 웨스트 할리우드에 있고, 두 번째 매장은 유니버설 시티의 바함에 있었다. 웨스트 할리우드가 더 가까웠다. 그래서 우리는 거기로 먼저 갔다. 탐정 일은 투입하는 노력을 최소화하는 절차에 맞춰 진행된다.

정글 주스를 운영하는 인력은 파란 머리에 양팔에 아일랜드식 문신을 새긴 깡마른 청년과 탈색한 금발을 아주 짧게 자른 작은 키의 아가씨, 그리고 청년 공화당원 지부의 지부장으로 봐도 무방한 이십 대 초반의 사내였다. 세 사람 모두 카렌이 여기 왔을지도 모르는 어제 여기서 근무했지만, 그녀의 사진은 아무도 알아보지 못했다. 탈색한 금발 아가씨는 주말마다 근무했는데, 카렌이 단골이라면 그녀를 알아봤을 거라고 말했다. 나는 그녀의 말을 믿었다.

두 번째 정글 주스를 향해 북쪽으로, 유니버설 스튜디오 정남쪽으로 차를 모는 동안 산타아나가 계속 우리를 따라왔다. 정글 주스는 산기슭에 있는 바함을 따라 늘어선 좁은 스트립 몰에 있었는데, 일요일 쇼핑에 나선 쇼핑객들과 바람이 부는데도 유니버설 시티 워크를 찾으려고 애 쓰는 관광객들로 북적였다.

파이크와 나는 손님들과 함께 줄을 섰다가 카운터에 당도한 후에야 카렌의 사진을 내보였다. 금전등록기 뒤에 있던, 피부를 초콜릿색으로 그을리고 깔끔하고 환한 미소를 짓는 열여덟 살배기 아가씨가 카렌을 단번에 알아봤다. "오, 그럼요. 항상 오시는 분이에요. 조깅한 후에 늘 스무디를 사가세요."

파이크가 물었다. "어제도 왔었나요?"

아가씨는 잘 몰랐다. 그래서 로니라는 키 큰 흑인 청년을 불렀다. 로니는 화장지 광고에 6초 정도 출연하는 유명세를 누린, 키가 180센티미터를 훌쩍 넘는 미남이었다. "오, 그럼요. 조깅한 후에 여기 들르는 분이죠. 카렌요."

"어제도 들렀나요?"

그러자 로니가 찡그린 눈으로 나를 쳐다봤다. "이분 괜찮으신가요?"

"어제 여기 들렀는지만 얘기해주셨으면 하는데요."

찡그린 눈이 잔뜩 찌푸린 눈으로 변해 파이크를 향하면서 의구심이 커졌다. "무슨 일인데요?"

내가 그에게 면허증을 보여줬다. 그는 면허증도 찡그린 눈으로 살폈다. "이름이 진짜로 엘비스예요?"

파이크가 걸음을 내디뎌 나를 지나치면서 엉덩이로 카운터를 눌렀다. 로니는 조보다 2, 3센티미터쯤 컸지만, 조의 서슬에 잽싸게 물러섰다. 조가 물었다. "그녀가 여기에 온 거요, 안 온 거요?" 너무나 조용한 목소리라 그의 말은 거의 들리지 않았다.

로니는 눈을 깜빡거리며 고개를 저었다. "어제는 안 왔어요. 문 열 때부터 6시까지 일했는데, 오지 않았어요. 그녀랑 늘 그녀의 조깅에 대한 얘기를 나누기 때문에 그녀가 왔다면 알았을 거예요. 저도 조깅을 하거든요."

"그녀가 조깅하는 곳이 어딘지 알아요?"

"그럼요. 여기에 차를 세워두고는 저수지까지 저기 언덕을 올라가요." 그는 몸짓으로 바함을 가로질러 언덕 쪽을 가리켰다. 레이크 할리우드 드라이브는 주거 지역을 가로질러 저수지까지 구불구불 올라간다.

여직원이 말했다. "어제 그녀가 차를 몰고 여기를 지나간 건 확실해요. 으음, 빨간색 소형 차였어요. 그녀나 다른 사람은 못 봤어요. 그냥 차만 봤어요."

로니가 말했다. "말도 안 돼. 카렌은 조깅한 후에는 늘 여기 들르는데, 어제는 들르지 않았어." 그는 그녀가 조깅하러 왔는데도 그를 만나러 들르지 않은 것 같다는 사실에 실망한 눈치였다. "말도 안 돼."

우리는 그에게 감사 인사를 하고는 주차장으로 나갔다.

내가 말했다. "흐음, 별일이네. 그녀는 조깅하러 나타났지만, 스무디를 먹으러 들르지는 않았어. 그게 그녀 습관인데."

파이크가 거리로 걸어갔다. 그러고는 주차장을 돌아봤다. 좁은 주차장에 빨간 마즈다는 없었다.

그가 말했다. "그녀는 조깅을 했어. 하지만 뭔가가 기억이 나 스무디를 살 시간은 없었어. 아니면 누군가를 만나서 뭔가 다른 걸 하기로 결정했거나."

"그래. 스무디 비슷한 다른 걸 먹으러 그 남자 집에 가는 것 같은 결정을 한 거지."

파이크가 나를 노려봤다.

"미안."

그가 언덕을 응시했다. "자네 말이 맞을 거야. 그녀가 저수지까지 조깅을 했다면, 아마 레이크 할리우드를 따라 위쪽으로 달렸을 거야. 차를 몰고 가보지."

우리는 레이크 할리우드 드라이브를 따라가면서 3, 40년대에 건설된 뒤로 7, 80년대의 안락한 목장 스타일부터 현대적인 요새 스타일과 포스트모던한 악몽 같은 저택들에 이르기까지 모든 스타일로 리모델링된 상류층 주택들을 지나쳤다. 부동산 붐이 박살 나기 전까지 LA의 유서 깊은 지역들 대부분과 비슷하게, 이곳의 주택들은 오늘 여기에 있는 것들이 내일은 뭔가 다른 것으로 발전할 것이라는 듯한 변화의 에너지를 담고 있었다. 어떤 것들은 상태가 악화되는 경우가 잦았지만, 그만큼이나 개선되는 경우도 잦았다. 변화하려는 의욕에는 엄청난 뻔뻔함이, 그리고 약간의 수준을 상회하는 낙관론과 상당한 용기가 깃들어 있었다. 내가 가장 높이 평가하는 건 용기였다. 그 결과를 보고 민망해하는 경우가 많았지만 말이다. 결국, LA에 오는 사람들은 변화를 바라고 있었다. 그렇지 않은 사람들은 살던 집을 떠나지 않는다.

바람에 몸을 떨며 흔들리는 다 자란 오크나무들과 주택들을 지나치면서 산비탈을 구불구불하게 올라갔다. 거리에는 나뭇잎과 가지들, 낡은 슈퍼마켓 쇼핑백들이 어지러이 널려 있었다. 산마루에 오른 우리는 아래에 있는 저수지로 차를 몰았다. 바람이 불자 저수지의 물이 일렁이면서 탁해졌다. 빨간색 마즈다는 보이지 않았고 카렌 가르시아처럼 보이는 사람도 없었지만, 우리는 애초부터 그런 기대는 하지 않았다. 우리는 산이 거기 있기에 올랐다. 그때까지 나는 상황을 너무 우려하지는 않았다. 카렌은 아마 그녀가 밤을 보낸 곳에서 깨어났을 것이고, 얼마 안 있어 집에 가거나 메시지를 수신할 것이며, 노인네를 진정시키려고 집에 전화를 걸 것이다. 그것이 외동자식이 짊어져야 할 짐이지 않겠는가.

산을 절반쯤 내려오면서 다음에는 무슨 일을 할까 고민하던 중이었다. 배낭과 침낭을 짊어진 어떤 홈리스 사내가 골목에서 나와 한가로이 산을 내려가고 있었다. 삼십 대 중반으로, 볕에 짙게 그을려 있었다.

내가 말했다. "차 대봐."

파이크가 속도를 늦추자, 사내는 걸음을 멈추고 우리를 꼼꼼히 살폈다.

눈은 빨갰고, 바람이 부는데도 그에게서 나는 체취를 맡을 수 있었다. 그가 말했다. "나는 일자리를 찾는 도목수(都木手)요. 무슨 일이든 좋소. 대가로 현금도 좋고 책도 좋고." 그는 그렇게 말하면서 약간의 자긍심을 내비쳤지만, 그는 도목수도 아닐 거고 일자리를 찾는 것도 아닐 터였다.

파이크가 카렌의 사진을 내밀었다. "이 여자 본 적 있소?"

"아뇨. 미안하오." 모든 말이 그런 식이었다. 잠깐이라도 고민하는 기색이 전혀 없었다.

"이 여자는 어제 아침에 이 지역을 조깅했소. 검정 상의에 회색 반바지."

그가 몸을 기울여 사진을 더 자세히 살폈다. "검정 포니테일."

파이크가 말했다. "그럴 수도 있소."

"이 여자, 위쪽으로 달려갔소. 그녀를 아래로 끌어당기는 힘에 거세게 맞서면서. 어떤 트럭이 이 여자 옆에서 속도를 늦췄다가 다시 쌩하고 달려갔소. 나는 그때 데이브 매슈 씨의 노래를 듣고 있었소." 그의 벨트에는 소니 디스크맨이 매져 있었고, 이어폰이 목에 헐렁하게 매달려 있었다.

내가 물었다. "어떤 트럭이었나요?"

"이 트럭."

"이것 같은 빨간 지프요?"

그가 어깨를 으쓱했다. "내 생각에는 이게 그 차 같은데. 하지만 다른 차일지도 모르지."

파이크는 입꼬리를 씰룩거렸다. 그와 알고 지낸 그 긴 세월 동안, 나는 파이크가 웃는 건 한 번도 본 적이 없지만 그런 씰룩거림은 간간이 목격했었다. 그건 그가 참으려고 무진 애를 쓰고 있다는 표시였다.

내가 물었다. "운전자를 봤나요?"

그는 파이크를 가리켰다. "이 사람요."

파이크는 시선을 딴 데로 돌리고는 한숨을 쉬었다.

홈리스 남자가 희망찬 눈으로 우리를 쳐다봤다. "꼼꼼한 목수가 필요한 소소한 일자리가 있으면 알려주쇼. 지금 당장 일할 수 있으니. 그런 일자리 몰라요?"

나는 그에게 10달러를 건넸다. "이름이 어떻게 되죠?"

"에드워드 디지. 도목수."

"오케이, 에드워드. 고마워요."

"무슨 일이든 좋아요."

"이봐요, 에드워드. 당신하고 다시 얘기를 했으면 하는데, 이 근처에서 지내나요?"

"나는 인생이라는 개울을 떠다니는 종이컵 같은 사람이오. 그렇지만, 그래요. 나는 저수지를 즐긴다오. 거기 자주 가니까 거기서 날 볼 수 있을 거요."

"오케이, 에드워드. 고마워요."

에드워드 디지는 파이크를 잠시 더 노려본 뒤 심란한 듯 뒤로 물러났다. "분노를 풀어놓구려, 친구들. 분노는 사람을 잡으니까."

파이크는 차를 몰았다.

내가 말했다. "저 사람이 뭔가를 봤다고 생각해, 아니면 그냥 우리를 속이는 걸까?"

"포니테일에 대해서는 맞았어. 그는 아마 사륜구동 차를 봤을 거야."

우리는 레이크 할리우드 드라이브를 따라 바함으로 내려갔다. 프리웨이를 향해 좌회전했을 때 파이크가 나를 불렀다. "엘비스."

카렌 가르시아의 빨간색 마즈다 RX-7이 바람의 이쪽 편에, 정글 주스 맞은편 꽃가게 뒤에 주차돼 있었다. 우리는 정글 주스에 있을 때는 차를 보지 못했다. 차가 거리 건너편 건물 뒤에 있었기 때문이다. 우리는 도로를 내려오는 도중에도 차를 보지 못했다. 그때 나는 그 차가 거기서 보이지 않기를 바랐었다.

파이크는 주차장으로 차를 몰았고, 우리는 차에서 내렸다. 마즈다의 엔진은 차가웠다. 여기에 무척 오래 주차돼 있었던 듯했다.

"밤새 여기 있었나 봐."

파이크가 고개를 끄덕였다.

"그녀가 조깅하러 올라갔었다면, 이건 그녀가 다시 내려오지 않았다는 뜻이야." 나는 산을 뒤돌아봤다.

파이크가 말했다. "아니면 그녀가 혼자 떠난 게 아니거나."

"그녀는 조깅하던 중에 어떤 남자를 만났고, 두 사람은 그의 차를 이용했어. 그녀는 지금쯤 마즈다를 가지러 돌아오는 중일 거야." 나는 그렇게 말했지만, 우리 둘 다 그 말을 믿지 않았다.

꽃가게 사람들에게 뭔가를 본 적이 있느냐고 물었지만 그들은 못 봤다고 대답했다. 스트립 몰에 있는 모든 매장 주인과 직원 대부분에게 물어봤지만, 그들 모두 모른다고 했다. 나는 그들이 카렌이 안전하다는 걸 보여주는 무엇인가를 봤기를 희망했지만, 피가 차갑게 흐르는 몸속 깊은 곳에서, 나는 그들이 아무것도 못 봤다는 걸 알고 있었다.

3

아버지의 재산을 감안할 때, 카렌 가르시아는 원하는 동네 어느 곳에서건 살 수 있었다. 그런데도 그녀는 가족들이 선호하는, 실버 레이크의 라틴계 거주 지역에 있는 수수한 아파트를 선택했다. 누군가의 스테레오에서 집시 킹스(스페인어로 노래하는 팝 밴드)의 노래가 흘러나왔다. 칠리와 실란트로(향신료로 쓰이는 고수의 잎)의 냄새가 생생하고 강하게 풍겼다. 아이들이 잔디밭에서 뛰어놀았고, 커플들은 열파(熱波) 얘기를 하며 키득거렸다. 우리 주위에서 울창한 야자수와 자카란다나무들이 신경질적인 고양이 꼬리처럼 사방을 휘저었지만, 이파리와 나뭇가지들이 동네에 어지러이 널려 있지는 않았다. 자기 동네에 관심과 애정을 기울이면, 시 당국이 시민을 위해 일해줄 때까지 기다리지 않아도 난장판을 깨끗하게 정리할 수 있다는 생각이 들었다.

소화전 옆에 파이크의 지프를 세우고 우리는 글라디올러스가 흐드러지게 피어 있는, 손으로 물감을 칠한 점토화분들이 가득한 뜰로 들어갔다. 마리솔 아큐나의 집은 아파트 3호였지만, 파이크는 3호 현관으로 가는 나와 동행하지 않았다. 카렌의 아파트가 2층이라는 걸 우리는 아큐나 부인에게 들어 알고 있었다.

오십 대 후반인 육중한 체구의 여성이 1층에서 나왔다. "콜 씨죠?"

"그렇습니다, 부인. 아큐나 부인이시죠?"

그녀가 파이크를 힐끔 봤다. 그는 이미 계단을 오르고 있었다. "그 애는 아직 집에 안 왔어요. 열쇠를 갖고 올게요. 그래야 댁을 들여보낼 수 있으니까."

"가르시아 씨한테서 열쇠를 받았습니다, 부인. 부인께서는 여기서 기다리고 계십시오."

그녀의 이마에 주름이 그어졌다. 그녀가 파이크를 다시 힐끔 봤다. "내가 저기 올라가는 걸 원치 않는 이유가 뭐예요? 뭔가 흉한 게 있을 거라고 생각하는 거예요?"

"아뇨, 부인. 카렌이 귀가할 경우, 저는 그녀가 자기 집에 이상한 남자들이 있는 걸 보게 되는 상황이 싫습니다. 계속 지켜보고 계세요. 우리가 위에 있는 동안 그녀가 귀가할 경우, 무슨 일인지 설명하고 데리고 올라오실 수 있도록 말입니다." 이 얼마나 끝내주게 근사한 거짓말인가.

파이크는 나를 기다리지 않았다. 카렌의 아파트 문은 열려 있었다.

나는 아큐나 부인에게 마지막으로 미소를 짓고는 한 번에 세 계단씩 뛰어올라서 조의 뒤를 따라 카렌의 아파트에 들어갔다. 그가 나에게 멈추라는 뜻으로 손가락을 들고는 거실 한복판에 섰다. 오른손에 총이 느슨하게 걸려 있었다. 파이크는 총열 길이가 10센티미터인 콜트 파이튼 357구경 매그넘을 소지했다. 그 총으로 중탄환을 발사하면 초당 2.73마력의 에너지가 발생하면서 자동차 엔진블록을 뚫을 수 있었다. 파이크는 중탄환을 썼다.

아파트의 유일한 침실로 이어지는 짧은 복도를 걸어간 그가 곧바로 다시 모습을 나타냈다. 이제 파이튼은 보이지 않았다.

"이상 없어."

살다 보면, 그저 고개를 설레설레 저을 수밖에 없는 때가 있다.

내가 말했다. "우리가 피해망상에 걸린 건 아닐까?"

카렌 가르시아의 아파트에 비치된 가구들은 그녀가 지불하는 월세에 비하면 수준이 높았다. 속이 빵빵하게 채워진 가죽 소파와 그것에 잘 어울리는 의자 두 개가 거실을 점령했다. 현대적인 분위기의 책상이 여닫이 창문 아래 배치돼 있어서 그녀는 거리를 조망할 수 있었다. 심리학 교과서들이 책상에 놓여 있었고, 옆에는 태미 호그(로맨스와 스릴러 장르의 소설을 쓴 미국 소설가)의 소설 세 권과 넌질라(사나운 수녀 모습의 인형) 한 개, AT&T의 전화기/응답기 콤보가 있었다. 메시지가 있음을 알리는 빨간 불이 깜빡이고 있었다. 액자에 담긴 스냅사진에서 카렌은 우스꽝스러운 왕관을 쓰고 창문 옆 벽에 고정된 와인 잔을 붙들고 있었다. 그녀는 맨발로 웃고 있었다.

내가 물었다. "메시지를 맡을래, 나머지 장소들을 맡을래?"

"나머지 장소들."

카렌에게 온 메시지는 내가 남긴 메시지와 퀘브라디타(멕시코계 미국인들이 추는 댄스)에 참여하고 싶은지 묻는 마틴이라는 남자가 남긴 메시지 빼고는 모두 그녀의 아버지가 남긴 거였다. 스페인식 억양을 가진 마틴의 목소리는 부드러웠다. 메시지를 확인한 후, 서랍장을 뒤져 명함정리기를 찾아냈다. 우리는 프랭크에게 그걸 가져가 아는 사람이 있는지 확인시킬 터였다. 그러고는, 그래야만 한다면, 카렌의 소재지를 아는 사람을 찾아낼 수 있는지 확인하기 위해 명함에 있는 모든 번호로 전화를 걸 것이다.

침실에 들어갔던 파이크가 다시 모습을 보였다. "청바지는 침대에, 샌들은 바닥에 있어. 칫솔도 여전히 욕실에 있고. 어디에 갔건, 거기 머무를 계획은 아니었던 거야." 어디를 갈 때 칫솔을 챙기는 건 거기에 밤새 머무르 겠다는 뜻이다. 칫솔을 남겨두는 건 집에 돌아올 계획인 거고.

"오케이. 그녀는 조깅복으로 갈아입으면서, 나중에 옷을 갈아입으려는 생각으로 다른 물건들은 남겨둔 거야."

"내 생각도 그래."

"메모는 못 봤어? 계획을 보여주는 달력 같은 건?"

그가 대답하려다가 손가락을 올렸다. 그러자 문간으로 빠르게 다가오 는 세 사람의 발소리가 들렸다. "누군가 오고 있어."

"아큐나 부인이겠지."

"덩치가 더 큰 사람이야."

파이크와 내가 문의 양쪽에 섰을 때 회색 정장을 입은 거구에 혈색 좋은 남자가 아파트에 들어와서는 우리를 쳐다봤다. LAPD 정복 경찰 둘이 그의 뒤에 나타났다. 우리를 본 남자의 눈이 휘둥그레졌다. 그는 재킷 아래를 손 으로 더듬었다. "경찰이다! 문에서 물러나 방 가운데로 가라. 당장!"

정장 차림의 남자는 LAPD가 지급하는 표준형 베레타 9밀리를 꺼내 들 었고, 정복 경찰들도 각자 소지한 무기를 꺼냈다. 아큐나 부인이 아래에 있는 뜰에서 무어라고 소리쳤지만, 그녀에게 귀 기울이는 사람은 아무도 없었다.

내가 말했다. "진정해요. 우리는 카렌의 아버지 프랭크 가르시아를 위 해 일하는 사람들이에요."

형사가 우리에게 총을 겨눴고, 정복 경찰 둘은 그의 머리 너머를 조준 하고 있었다. 둘 중 젊은 경찰의 눈이 애완견 페키니즈의 눈처럼 툭 튀어 나올 것처럼 보였다. 내가 형사라면, 나는 나보다 정복 경찰들이 더 무서

왔을 것이다.

형사가 고함을 질렀다. "문에서 떨어져서 방 가운데로 가. 두 손은 몸에서 떼고."

우리는 그가 시키는 대로 했다. 그가 발로 문을 밀어 열고는 안으로 들어왔다. 정복 경찰 둘은 우리를 주시하면서 양옆으로 대열을 벌렸다.

"내 이름은 콜이에요. 우리는 카렌의 아버지를 위해 일하는 사립탐정들이에요."

"닥쳐."

"지갑에 면허증이 있어요. 그녀의 아버지가 두 시간 전에 우리를 고용했어요. 전화해봐요. 아래층 사는 부인한테도 물어보고."

"주둥이 닥치고, 두 손은 계속 내가 볼 수 있는 곳에 둬!"

형사는 정복 한 명에게 아랫집 부인을 만나보라고 지시했다. 그러고는 앞으로 천천히 다가와 내 지갑을 꺼내 면허증을 살폈다. 그는 마땅히 그래야 하는 것보다 더 긴장된 모습을 보였는데, 나는 이유가 궁금했다. 어쩌면 그도 나만큼이나 내 셔츠가 마음에 들지 않았나 보다.

내 지갑을 전화기로 가져간 그는 나한테서 눈을 떼지 않은 채로 번호를 누르더니 내가 이해할 수 없는 무슨 말을 웅얼거렸다.

"우리는 아버지의 요청을 받아 아버지가 제공한 열쇠로 아파트에 들어왔어요. 이제 진정 좀 하면 안 될까요?"

정복 경찰이 다시 나타났다. "홀스테인, 괜찮은 사람들이에요. 부인 말이 아버지가 그녀에게 전화해서 그들이 올 거라고 얘기했대요."

홀스테인은 고개를 끄덕였지만 긴장감은 그대로였다.

"손을 내려도 될까요? 아님, 우리 겨드랑이 풍경이 마음에 드나요?"

"그러쇼, 똑똑한 친구. 긴장을 푸는 편이 낫겠군. 우리도 한동안 여기 있어야 하니까."

파이크와 나는 손을 내렸다. 나는 프랭크가 엄청나게 화를 내며 항의한 탓에 할리우드 경찰서가 드디어 수사에 착수한 거라고 생각했다.

"경찰이 사건에 착수했다는 게 놀랍군요. 카렌이 실종된 건 겨우 어젠데."

홀스테인이 공허한 경찰의 눈으로 나를 바라보더니 카렌 가르시아의 책상 모서리에 엉덩이를 걸쳤다.

"더 이상은 그렇지 않소. 카렌 가르시아의 시신이 한 시간쯤 전에 레이크 할리우드에서 발견됐으니까."

숨이 턱 맞는 기분이었다. 파이크의 몸이 뻣뻣해진 것 같았다. 그는 겨우 머리카락 한 올 너비만큼만 몸을 기울였을 것이다. 하지만 설령 그랬더라도 나는 그 사실을 알 수가 없었다.

내가 물었다. "홀스테인? 확실한 얘기예요?"

더 많은 목소리들이 경찰 특유의 억양으로 얘기를 주고받으며 뜰을 채웠다. 저 아래에서 아큐나 부인이 통곡하는 소리가 들렸다.

나는 카렌 가르시아의 가죽 소파에 앉아 종이 왕관을 쓴 그녀의 사진을 응시했다.

"조?"

그는 대답하지 않았다.

"조?"

카렌 가르시아가 말했다. "저는 UCLA 신입생이에요. 학교에서 아동 발달을 전공하면서 파트타임으로 애들 보는 일을 해요." 그녀는 키가 파이크보다 30센티미터 정도 작았다. 그래서 그는 한 걸음 물러서야 한다고 생각했다. 그는 줄곧 사람들에게 너무 가까이 다가가 선다는, 그래서 사람들을 불편하게 만든다는 경고를 받았다. 그는 뒤로 물러났다. 그녀가 꼬마들 사이에서 한 명에게 말했다. "다니엘, 다른 애들하고 같이 있어줄래? 선생님이 지금 경찰관님한테 말씀을 드려야 하거든."

다니엘이 혀를 비행기 엔진처럼 쏙 내밀더니 아이들 무리로 잽싸게 돌아갔다. LAPD 순찰 경관 조 파이크는 세 살부터 다섯 살까지 아이 열한 명이 미즈 가르시아와 그녀의 동료 교사로 둥근 안경을 쓰고 곱슬머리인 호리호리한 청년 조슈아의 보호를 받고 있다고 수첩에 이미 적은 참이었다. 조슈아는 신경이 곤두선 듯 보였지만, 파이크 경관은 사람들이 경찰을 상대할 때는 긴장한 모습을 자주 보인다고 배워왔다. 그런 모습은 대체로 별게 아니었다.

그들은 LAPD 램파트 경찰서의 호수 옆에 있는, 그리고 윌셔 남쪽에 있는 맥아더 파크에서 아이들에게 에워싸여 있었다. 날은 따스했고 머리 위 하늘은 스모그 때문에 뿌옇게 보였다. 파이크의 감청색 제복이 열기를 빨아들이면서 태양을 실제보다 더 뜨겁게 느끼게 만들었다. 공원에는 유모차를 밀거나, 그네와 미끄럼틀에서 미취학 아동들과 노는 여자들이 가득했다. 홈리스들은 풀밭에서 잠을 잤고, 아동추행범일지도 모를 남자를 신고한 여성을 만나기 위해 호출을 받고 온 순찰차가 주차장에 들어오자, 무해한 존재일 테지만, 무직 상태인 젊은 남자 몇은 줄행랑을 쳤다. 그 여성은 카렌 가르시아로, 그녀는 911에 신고했었다.

파이크가 물었다. "그 남자가 지금 보입니까?"

"아뇨. 지금은 안 보여요." 그녀는 주차장 끄트머리에 있는 벽돌 화장실을 가리켰다. "그 남자가 자기를 주시하는 우리를 봤어요. 그러더니 당신들이 여기 당도하기 전에 화장실 뒤 저쪽으로 갔어요. 이후로는 그를 보지 못했어요. 긴 렌즈가 달린 카메라를 갖고 있었어요. 아이들 사진을 찍고 있었다고 확신해요. 내 사진만이 아니라 다른 아이들 사진도요."

파이크는 수첩에 적었다. 그녀가 전화기로 가는 걸 용의자가 봤다면, 놈은 이미 사라진 지 한참 됐을 것이다. 파이크가 살펴보기는 할 테지만, 남자는 자취를 감췄을 게 분명했다.

"조슈아가 그 남자한테 무슨 짓을 하는 거냐고 물었어요. 그랬더니 남자는 처음에는 자리를 피하는 것 같더니, 다시 돌아왔어요. 제가 신고한 게 그때예요."

파이크는 고개를 끄덕이는 조슈아를 쳐다봤다.

파이크가 물었다. "인상착의는요?"

"예?"

"그 남자가 어떻게 생겼나요?"

카렌이 말했다. "아, 당신보다 작았어요. 키가 어떻게 되세요?"

"185입니다."

"많이 작겠네요. 172에서 175 사이인 것 같아요. 하지만 몸이 옆으로 굉장히 넓고 무거워 보였어요. 뚱뚱하지만, 뚱뚱해 보이지는 않고 살집이 있어 보였어요. 손가락은 뭉툭하고요."

파이크가 적었다. "머리카락, 눈 색깔, 복장, 두드러진 특징은요?"

"금발이지만 염색한 거였어요. 자기 손으로 염색을 제대로 했다는 뜻이에요."

조슈아가 말했다. "장발에 기름 바른 머리를 뒤로 넘겼어요. 요즘 세상에 브라일크림(1928년에 발매된 헤어크림 브랜드)을 바르는 인간이 대체 몇이나 되겠어요?" 조슈아는 그렇게 말하면서 빙긋 웃었다. 파이크의 유머 감각을 알아보려고 애쓰려는 시도이거나 그 자신의 초조함을 떨치려는 시도였을 것이다. 그는 파이크가 반응을 보이지 않자 실망한 기색이었다.

미즈 가르시아가 말했다. "짙은 색 바지하고 흰 셔츠에, 갈색 패턴이 있는 조끼 같은 걸 입고 있었어요. 카메라를 갖고 있었고요." 그녀는 조슈아가 끼어들 때를 기다렸다. "멀리 있어서 그것 말고 다른 건 보지 못했어요."

조슈아가 말했다. "여드름 자국들이 있었어요."

미즈 가르시아가 파이크에게 다가서더니 그의 팔을 만졌다. "그 남자, 찾아내실 거죠?"

파이크는 수첩을 덮고는 그녀에게서 떨어졌다. "이 지역에 있는 다른 차들에 무전을 칠 겁니다. 그를 발견하면 심문할 겁니다."

미즈 가르시아는 그 얘기가 만족스럽지 않았다. "그게 다인가요?"

"아뇨. 놈을 죽을 때까지 두들겨 팰 겁니다."

조슈아는 불안한 눈빛으로 응시했지만, 카렌 가르시아는 폭소를 터뜨리면서 하얀 이빨을 보이기까지 했다. 파이크는 그녀가 폭소를 터뜨리는 모습이 무척 마음에 들었다. "보호하고 봉사하기 위해서요(to protect and to serve, 미국 경찰의 근무 모토)?"

"맞습니다, 아가씨."

카렌 가르시아가 애원했다. "아가씨라는 말은 하지 마세요, 부탁이에요."

혀를 오므려서 소리를 내던 사내아이가 다시 뛰어다녔고, 조슈아는 아이를 쫓았다.

파이크가 말했다. "저희는 할 수 있는 일을 할 겁니다. 만약 그자가 다시 보이면 곧바로 신고하십시오." 파이크는 명함을 건넸다. "전화를 받은 경찰에게 투-아담-식스 순찰차와 얘기했다고 하십시오."

미즈 가르시아가 짙은 갈색 눈으로 그를 올려다봤다. 그녀는 그의 선글라스를 꿰뚫어보려고 애쓰는 듯했다. 파이크도 그녀의 평온한 눈이 마음에 들었다. "저는 사람이랑 얘기했다고 생각하는데요, 차량이 아니라."

파이크가 말했다. "투-아담-식스입니다. 좋은 하루 보내세요, 아가씨."

파이크는 투-아담-식스로 돌아갔다. 운전석에 앉은 파트너는 에어컨을 켠 채로 엔진을 공회전시키고 있었다. 파이크가 야경봉을 지지대에 넣으면서 조수석에 미끄러져 들어갔다. 위즈는 그를 쳐다보지도 않고 가늘고 작은 시가를 피우면서 홀터 톱 차림의 온두라스 소녀들 무리를 지켜보고 있었다. 갱단의 미끼들. 파이크가 말했다. "용의자는 카메라를 가진 소아성애자입니다. 인상착의를 받았습니다."

파트너가 어깨를 으쓱했다. "그래서 어쩌라고."

"우리 사건입니다."

"*자네* 사건이겠지." 날이 선 딱딱한 목소리.

"은퇴하실 건가요?"

워즈니악은 이를 악물었다. 그는 고개를 한 번 저었다.

"그러면 우리가 이 사건을 수사할 겁니다."

워즈니악이 파이크를 다시 쏘아봤다. 그러고는 한숨을 쉬더니 긴장을 푼 듯 보였다. 상황을 수긍하고 있었다. "바바리맨인가?"

"사진 찍기 좋아하는 놈입니다."

파이크는 인상착의를 말하고는 미즈 가르시아가 한 말을 들려줬다. 중간쯤에서, 워즈니악이 조용히 끼어들었다. "그래, 그래. 아는 놈이야. 레니 드빌이라고. 망할 변태새끼지. 머리에 총알을 박는 게 최선인 놈이야."

"최근 주소 아십니까?"

워즈니악은 창밖을 다시 응시하면서 호수에 있는 패들보트를 지켜봤다. "이런 변태새끼는 여기저기 떠돌아다니면서 모텔에 거주하거나 틈만 보이면 셋돈 떼먹고 줄행랑을 치면서 살아." 워즈니악은 시가를 깊이 빨고는 꽁초를 버리기에 충분할 만큼만 창문을 내렸다. "여기저기 물어볼게." 파이크 너머로 시선을 던진 워즈니악의 눈이 날카로워졌다. "이번에는 대체 뭐야?"

고개를 돌린 파이크의 눈에 미즈 가르시아가 그들에게 걸어오는 게 보였다.

카렌 가르시아는 경찰관이 자기 차로 돌아가는 걸 지켜봤다. 그의 엉덩이가 짝 달라붙은 경찰복 바지 아래에서 보여주는 모든 움직임에서, 그리고 그의 늘씬한 허리에 자리한 묵직한 존 브라운 벨트(군복이나 경찰복에 매는 벨트)에서 그녀는 눈을 뗄 수가 없었다. 그의 두 팔은 보기 흉하지 않을 정도로 그을린 근육질이었고, 머리카락은 짧고 두꺼웠으며, 얼굴은 마르고 잘생겼다.

조슈아가 말했다. "지나가는 사람이 걸려 넘어지기 전에 혀 집어넣지 그래."

그녀는 자기도 모르게 얼굴을 붉혔다. "티 나?"

"으음-음. 마리아, 얘야, 내가 도와줄게." 조슈아가 신발 끈이 풀어진 아이를 보살피려고 허리를 굽혔다. 탁아소에서 오는 밴이 도착할 때가 다 됐다. 그래서 그들은 공원을 가로질러 돌아갈 준비를 해야 했다.

카렌은 젊은 경찰관을 돌아볼 수밖에 없었다. 그녀는 그의 행동거지가 마음에 들었다. 그가 그녀 옆에 섰을 때 그녀는 배 속이 살짝 뒤집혔었다. 그녀는 심각한 문제 때문에 경찰에 신고했지만, 그가 도착했을 때 그녀는 하고 싶은 말을 계속 머릿속에 붙들어두느라 애를 먹었다. 그는 나이가 많았지만, 이십 대 후반을 넘긴 것 같아 보이지는 않았다. 그녀는 그가 그녀를 어린애로 생각하는 건 아닌지 궁금했다. 그녀는 자신을 대학생이라고 소개했다. 아니, 그렇게 소개하지 않았던 것 아냐? 여러 생각이 그녀의 머릿속에서 소용돌이치고 있었지만, 그녀는 더욱 환하게 웃었다.

조슈아가 눈동자를 굴렸다. "카렌, 제발, 애들 앞에서는 그러지 좀 마!"

그녀는 깔깔 웃으면서 조슈아를 밀쳤다.

파이크 경관이 차에 타는 모습을 지켜보던 그녀는 그의 짙은 선글라스 뒤에 무엇이 있는지 보고 싶다는 격렬한 충동에 갑자기 압도당했다. 그녀는 그의 눈을 보려고 애썼지만 그러지 못했다. 그런데 지금 그녀는 무슨 수를 쓰든 그 눈을 보고 싶었다.

카렌이 태어나서 한 번도 해본 적이 없는 일을 하려는 충동과 싸우는 동안 그녀의 심장은 더욱 강하게 쿵쾅거렸다. 조금만 지나면 두 경찰관이 차를 몰고 떠나고 그녀는 그를 다시는 볼 수 없을 터였다. 그녀가 기억하는 다음 일은, 그녀가 그들의 차로 당차게 걸어가고 있었다는 것, 남들이 모르는 생명체가 그녀 몸에 빙의된 것마냥 미친 걸음을 성큼성큼 내디뎠다는 거였다. 차 안에 있던 두 경찰관이 그녀가 다가오는 걸 지켜보고 있었다. 파이크가 창문을 내리면서 그녀를 쳐다봤다. "예, 아가씨?"

카렌 가르시아는 두 손을 창문에 올리고 몸을 기울였다. "부탁이 하나 있어요."

그가 그녀를 바라봤다. 그녀의 입이 바싹 타들어갔다. 그녀는 자신이 바보짓을 하고 있다는 걸 무척이나 잘 알고 있었다. "선글라스 좀 벗어봐 주실래요? 당신 눈을 보고 싶어요."

나이 많은 경찰이 침을 뱉고 싶다는 표정을 지었다. 그는 그녀가 무슨 일을 훼방 놓기라도 한 양 짜증을 냈다. "오, 제발."

파이크 경관이 짙은 선글라스를 벗고는 그녀를 바라봤다.

그녀는 숨이 멎는 기분이었다. 그의 눈은 너무나 촉촉한 파랑이었다. 소노라(멕시코의 주)의 고지대 사막 위에 있는 하늘의 파랑, 밑바닥이 보이지 않는 한없이 깨끗한 대양의 파랑. 하지만 그녀의 숨을 멎게 만든 건 그 파란색이 아니었다. 그가 선글라스를 벗는 단 한 순간, 그녀는 그의 눈에 오래 감내해온 끔찍한 고통이 가득하다는 걸 하늘에 맹세할 수 있었다. 그러더니 고통은 사라지고, 거기에는 파란색만 남았다.

카렌 가르시아가 물었다. "저랑 이번 금요일 밤에 영화 보러 가실래요?"

심장이 여러 번 뛸 동안 파이크가 그녀를 응시하는 통에 그녀는 자신이 그 말을 충분히 크게 말하지 않은 건지 의심했다. 그러던 때, 그가 진한 선글라스로 그 믿기 힘든 눈을 천천히 덮더니 그녀를 향해 손을 내밀었다. "내 이름은 조입니다. 전화번호를 주시겠습니까?"

그가 그녀의 몸을 건드렸을 때, 그녀는 전율했다.

4

얼마 지나지 않아 아파트 단지 전체가 그 사실을 알았고, 블록 전체로 소문이 퍼졌다. 나는 파이크에게 기분이 어떠냐고 묻고 싶었지만, 남들 앞에서는 그러지 않았다.

"사인이 뭔가요, 홀스테인?"

"몰라요."

"살해당한 겁니까?"

"모른다니까, 콜. 나는 전화로 여기 가서 담당자들이 올 때까지 피살자 아파트를 잘 단속하라는 지시를 받은 것뿐이오. 내가 여기서 지금 하는 일이 그거잖소."

"뭔가를 아는 게 확실하잖아요. 그렇게 빨리 피살자 신원을 파악한 걸 보면."

"시신을 발견한 게 누군지는 모르겠지만, 신고하기 전에 그녀의 몸에서 신분증을 꺼냈다고 합디다. 그녀는 어제 이후로 거기에 있었던 걸로 보여요."

파이크가 물었다. "그녀의 아버지에게 통보했소?"

홀스테인이 파이크의 어깨에 있는 문신을 힐끔 보더니 그의 얼굴을 노려봤다. "이 개새끼. 너 조 파이크지?"

파이크가 경찰을 떠날 때 상황은 그리 깔끔하지 않았다. 그를 좋아하지 않는 경찰이 많았다. 적지 않은 수가 그를 싫어했다.

"아버지에게 통보했소?" 이제는 부드러운 목소리였다.

내가 조 앞에 나서면서 끼어들었다. "고인의 아버지가 고인을 찾으라면서 우리를 고용했어요. 그런데 이제는 그 일이 끝났잖아요. 그분께 이 사실을 알려야 해요."

홀스테인이 소파로 가서는 육중한 몸을 거기에 떨어뜨렸다. 가죽이 한숨을 내뱉었다. "우리는 여기서 담당자들이 올 때까지 기다릴 거요. 상부에서는 당신이 아는 걸 알고 싶어 할 거요."

파이크가 내 어깨를 건드렸다. "그들이 우리한테 묻는 건 나중에도 할수 있는 일이야. 가지."

홀스테인이 재킷 아래로 손을 뻗었다. "내 생각은 다른데."

"어쩔 건데요, 홀스테인? 우리를 쏠 건가요? 자, 오늘 책임자가 루 포이트라스인가요?"

"그래." 루 포이트라스는 지난 몇 년간 가장 친한 친구의 하나였다. 그는 최근에 노스 할리우드 경찰서에서 할리우드 강력반으로 전근했다.

"그럼 그에게 전화해봐요. 포이트라스하고 나는 친한 사이예요. 담당형사들은 피해자 아버지 집에서 우리를 볼 수 있을 거예요. 그들도 어쨌든 그분을 만나고 싶어 할 테니까요."

우리가 그 문제로 여전히 다투는 중에 전화가 울렸다. 홀스테인은 전화를 받으면서 그의 목소리가 무심한 듯 들리게 만들려고 애썼다. 귀를 기울이던 그가 깊은 인상을 받은 표정으로 수화기를 나한테 내밀었다. "자네 전화야, 잘나가는 탐정 나리. 자네 수준이 어떤지는 모르겠지만, 당직서장 전화야."

수화기를 넘겨받고는 내 신분을 밝혔다. 누구인지 모르겠는 목소리의 남자가 말했다. "잠깐만요."

스페인어 억양이 살짝 섞인 다른 남자가 등장했다. 그는 자신을 프랭크의 변호사 애보트 몬토야라고 소개했다. "콜 씨, 저는 지금 가르시아 씨의 요청으로 할리우드 경찰서 당직서장과 함께 있습니다. 말데나도 시의원 사무실의 대표도 같이 계시고요. 가르시아 씨와 말데나도 시의원이 개인적으로 친밀한 사이라는 건 알고 계시죠?"

"모르는데요." 나한테 하는 말이 아니었다. 할리우드 경찰서에서 그와 같은 방에 있는 사람들 들으라고 하는 소리였다.

"프랭크는 선생과 파이크 씨가 살해 현장을 방문해주셨으면 합니다. 그는 두 분이 딸의 상황을 주시해주기를 원합니다." 상황이라. 이럴 때 어울리는 단어가 있는 법이다. "프랭크는 그러고 나서 두 분이 그의 집으로 와서 설명을 해줬으면 합니다. 카렌의… 이번 일은 저한테도 힘든 일입니다, 콜 씨. 나는 카렌의 대부였습니다."

"심정 이해합니다."

"그는 두 분이 이 사건에 대해 알아낸 게 무엇이건 그에게 알려주기를 원합니다. 두 분이 실종사건 조사에 따른 수임료를 받지 못했다는 걸 압니다. 그 문제는 추후에 신경 쓰도록 하겠습니다."

"신경 쓰실 일 전혀 없습니다."

"그렇군요. 으음, 그 문제는 나중에 논의하시죠. 선생과 파이크 씨는 이 사건을 맡겠습니까?"

"예, 선생님. 경찰이 우리가 그러는 걸 허용한다면요."

"경찰은 그렇게 할 겁니다. 그런 후에 가르시아 씨를 만나실 거죠?"

"예."

"당직서장이 홀스테인 형사와 통화하고 싶어 합니다. 부탁합니다."

홀스테인이 1분간 귀를 기울이더니 말했다. "알겠습니다, 서장님." 그는 전화를 끊었다. 수화기를 내려놓을 때, 그의 눈은 생각에 잠겨 있었다.

말없이 현관으로 가서 그가 문을 열고 말했다. "시신은 저수지 서쪽에 있어요. 저수지는 봉쇄됐지만, 포이트라스 경위가 당신들을 기다리고 있을 거요."

우리가 떠나자, 홀스테인이 거칠게 문을 닫았다.

우리가 레이크 할리우드 드라이브를 다시 굽이굽이 올라간 무렵은 이른 오후였다. 정복 경찰들이 여전히 공원을 통제하고 있었다. 우리는 조깅객과 산책객들을 지나쳤다. 얼마 안 있어, 우리는 별다른 표시가 없는 세단 넉 대와 함께 도로 복판에 주차된 순찰차 대여섯 대 쪽으로 다가갔다. 아시아계 남자가 측면에 **LA 카운티 검시관**이라는 스텐실이 붙은 흰색 스테이션왜건 뒤쪽에서 큼지막한 낚시상자를 낚아채는 중이었다. CI(검시관)일 터였다. 그가 출입구를 통과해 수면으로 이어지는 오솔길을 내려가는 동안, 킹콩 축소판처럼 생긴 경찰이 도로에서 갓 벗어난 곳에 나타나서는 팔짱을 낀 채로 우리를 기다리고 있었다. 평생 웨이트를 들어 올린 덕에 거구가 된 그의 재킷은 곧 터질 것 같은 소시지 껍질처럼 보였다.

내가 인사를 건넸다. "안녕하세요, 루."

루 포이트라스가 손을 내밀어 악수를 했다. 그는 파이크에게는 악수를 청하지 않았다. "자네들이 여자를 찾아내려고 애썼다는 얘기 들었어."

"맞아요. 용의자는 아직 확보하지 못했나요?"

"숨 좀 돌려. 나도 여기 온 지 한 시간도 안 됐어." 포이트라스가 파이크를 힐끔 봤다. "자네가 그녀랑 아는 사이였다고 들었네. 유감이네."

파이크가 고개를 끄덕였다.

"파이크, 저기 내려가고 싶은 게 확실한가? 그냥 여기 차에 머물러 있어도 괜찮아."

파이크가 그를 지나쳐 출입구를 통과했다.

포이트라스가 투덜거렸다. "말 많은 건 여전하군."

우리는 나무 사이를 통과해 좁고 구불구불한 오솔길을 따라갔다. 바람이 불 때마다 나뭇잎 덮개가 머리 위에서 바스락거렸지만, 땅바닥의 공기는 고요했다. 북쪽에서 난 화재로 생긴 재가 덮개를 뚫고 들어와 고요한 공기 속을 떠다녔다. 포이트라스는 성가신 곤충이나 되는 양 재를 찰싹찰싹 때려댔다.

내가 물었다. "사인이 뭔가요?"

"CI가 지금 막 내려갔어."

"봤어요. 당신 생각이 궁금해요."

포이트라스가 고개를 파이크 쪽으로 살짝 돌렸다. 불편한 기색이 역력했다. 그러더니 파이크가 앞서가도록 걷는 속도를 늦췄다. "비공식적으로 말하자면, 머리에 한 방 맞았어. 22구경으로 보이는데 25구경일 수도 있어. 그녀는 여기 오솔길로 갑자기 밀려와서는 작은 협곡으로 굴러떨어졌어. 폭행을 당하거나 성폭행을 당한 흔적은 없는데, 그건 순전히 내가 육안으로만 확인한 거야. 몸에 있는 얼룩들을 채취해서 검시관 연구소로 가져가야 할 거야." 얼룩들. 정액을 찾기 위해.

"목격자는요?"

"산등성이를 따라 있는 집집마다 다니면서 주민들 이름을 얻어내라고 사람들을 보내기는 했는데, 그게 어떤 식인지는 자네도 알잖아."

오솔길은 수면에서 4.5미터 높이에 있는, 툭 튀어나온 바위를 따라 이어졌다. 때로는 나무로 빽빽했고, 때로는 그렇지 않았다. 범행 현장을 알리는 노란 테이프라는 장애물에 도착한 우리는 아래쪽 저수지로 이어지는 이제 막 생긴 험한 통로를 따라갔다. 그런 후, 길쭉한 모양의 조그만 땅뙈기 주위의 물가를 따라갔다. 거기가 범행 현장이었다.

"피살자는 바로 여기 있어."

파이크가 비탈을 따라 두 걸음을 내딛고는 걸음을 멈췄다.

카렌 가르시아는 좁다란 협곡 밑바닥에 고개를 숙인 채 누워 있었다. 자주색 야생 세이지가 시신의 모습을 제대로 보기 어렵게 만들고 있었다. 오른팔이 등 뒤로 비틀어져 있었고, 왼팔은 상체에서 똑바로 내밀고 있었다. 왼다리는 무릎에서 굽혀졌고, 왼발은 오른 다리 밑에 있었다. 내가 그녀의 얼굴에서 확인한 건 납빛으로 변한 안색, 그리고 관을 덮는 천처럼 물 위에 떠 있는 부패한 가스의 역겨운 냄새였다. 큼지막한 검정파리들과 노란 재킷을 입은 수사요원들이 시신 주위에 들끓었다. 검시관이 들고 있는 클립보드로 파리 떼를 때려댔다. 히스패닉 형사가 말했다. "살이라면 환장하는 망할 놈들."

파이크의 기분이 어떤지 나는 알 도리가 없었다.

라텍스 장갑을 낀 검시관이 히스패닉 형사가 가리키고 있는 무엇인가를 살피려고 시신 위로 몸을 기울였다. 그녀의 노출된 손은 손톱 아래 있을지도 모르는 증거를 보존하기 위해 이미 테이프로 감겨진 비닐봉지 안에 있었다. 검시관들이 나중에 시체안치소에서 그곳을 확인해볼 것이다.

"시신은 누가 발견했나요?"

"하이커 둘이. 여기서 그녀를 발견하고는 위에 있는 자기들 차로 가서 신고했어. 자네들, 커트 아사나 아나?"

검시관이 살짝 손을 흔들었다. 아사나.

파이크가 물었다. "신원을 어떻게 그렇게 빨리 파악한 거죠?"

"시신을 발견한 멍청이들이 그런 거야. 그녀의 반바지에 운전면허증이 들어 있었어." 현장에 도착한 경관들은 시신을 건드리지 않는다. 검시관이 작업에 착수하기 전에는 누구도 시신에 손을 대는 게 허용되지 않는다. 그렇게 해야, 용의자가 법정에 끌려왔을 때 피고 측 변호인이 서투른 경찰들이 증거를 오염시켰다는 주장을 펼 수가 없다. 하이커들이 직접 시신을 뒤지지 않았다면, 경찰은 아사나가 그녀의 주머니를 뒤지기 전까지는 여전히 그녀의 신원을 궁금해하고 있었을 것이다.

포이트라스가 물었다. "이봐, 커트. 개략적인 사망 시간을 알려줄 수 있나?"

아사나가 시신의 어깨 관절을 굽히려고 애썼다. 관절이 뻣뻣하다는 걸 확인한 그가 추정치를 내놨다. "강직이 풀리고 있어요. 24시간쯤 된 것 같아요."

"그녀는 아침 9시 30분부터 10시 사이에 여기에 조깅하러 왔어."

"으음, 지금 당장은 추측일 뿐이지만, 시간이 맞아떨어지네요. 체온을 알면 근사치를 계산할 수 있을 거예요."

아사나가 메스와 기다란 금속 체온계를 상자에서 꺼내 잡초밭으로 이동했다. 파이크와 나는 둘 다 고개를 돌렸다. 아사나는 간(肝) 온도를 알아볼 것이다. 간 온도를 알게 되면, 그걸 대기 온도와 비교해서 시신이 식기 시작한 지 얼마나 됐는지를 파악할 수 있다.

아사나가 작업을 끝내기를 기다리고 있을 때, 근사한 정장 차림 남자 셋이 저수지 주인이나 되는 듯한 모습으로 현장에 내려왔다. 루 포이트라스가 앞으로 나서면서 오솔길을 막았다. "무슨 일입니까?"

내 뒤에서 조 파이크가 중얼거렸다. "크란츠."

크란츠라고 불린 남자가 포이트라스의 코에서 5센티미터쯤 떨어진 곳에 황금 방패 모양의 경찰 배지를 내밀었다. 거칠고 딱딱한 인상의 키 큰 남자는 이마가 높고 턱이 각졌다. 그는 자신이 지휘권을 갖고 있다는 걸 사람들에게 보여주기 위해 턱을 내미는 걸 좋아하는 부류의 사내처럼 보였다. 그는 지금도 그렇게 턱을 내밀었다.

"RHD(강력반) 하비 크란츠요. 이쪽은 스탠 와츠 형사하고 제롬 윌리엄스 형사고." 와츠는 나이 많은 백인으로 어깨가 우람하고 두상이 계란형이었다. 윌리엄스는 흑인으로 젊었다. "당신이 포이트라스 경위요?"

"그렇습니다."

"할리우드 경찰서는 지금 이 시간부터 이 사건에서 제외됐소. RHD가 사건을 넘겨받을 거요." RHD는 LAPD의 살인사건 전담 엘리트 부서다. 다운타운의 파커 센터에 근거지를 둔 그들은 도시 전역에서 일어난, 대중의 관심이 높은 살인사건을 처리해왔다.

포이트라스는 꿈쩍도 하지 않았다. "농담이시죠?"

이 사건은 아마도 포이트라스가 그의 책상에 올려놓게 된 가장 큰 사건일 것이다. 그래서 그는 이 사건을 넘겨주고 싶지 않았다.

"부하들 철수시키게, 경위. 이제 여기는 우리 현장이네." 크란츠가 배지를 접어서 넣고는 턱을 약간 더 내밀었다. 나는 그의 연배를 사십 대 중반이라고 짐작했지만, 그보다 더 많을 수도 있었다.

"이렇게 갑자기 말입니까?"

"딱 이런 식이지."

포이트라스는 무슨 말을 하고 싶은 듯 입을 벌렸지만, 한걸음 뒤로 물러서서 범행 현장으로 몸을 돌렸다. 그의 얼굴은 빈 접시처럼 생기가 없었다. "이봐. 철수해."

아사나와 같이 있는 히스패닉 형사가 고개를 들었다. "뭐라고 하셨습니까?"

"철수한다고. 강력반이 이 현장을 넘겨받았어."

히스패닉 형사와 풀밭을 뒤지던 다른 형사가 옆으로 비켜서자, 와츠와 윌리엄스가 그리로 갔다. 강력반 사내들 중 누구도 파리를 개의치 않는 듯 보였다.

포이트라스를 지나 그들에게 합류하려고 이동하던 크란츠가 눈이 휘둥그레지면서 말했다. "조 파이크."

파이크가 물었다. "경찰이 언제부터 강력반에 당신 같은 겁쟁이를 고용하기 시작한 거요, 크란츠?"

크란츠의 얼굴이 시뻘겋게 달아올랐다. 그가 포이트라스를 힐끔 보고는 아사나가 고개를 들 정도로 큰 소리를 질렀다. "이 새끼가 누군지 아나? 어째서 이놈이 이 현장에 있는 거야?"

포이트라스는 따분해하는 기색이었다. "그가 누군지 압니다. 다른 친구는 엘비스 콜입니다. 그들은 피살자의 아버지를 위해 일하고 있습니다."

"이놈들이 예수 그리스도를 위해 일한다고 해도 상관없어! 이자들은 이 현장하고는 관련이 없어. 그러니까 자네는 이 범행 현장에 권한이 없는 자들을 들여놓은 잘못으로 곤란해질 거야!"

포이트라스의 입술에 희미한 웃음기가 스쳐 지나갔다. 포이트라스와 크란츠는 키가 엇비슷했지만, 크란츠는 앙상했고, 포이트라스는 몸무게가 118킬로그램이나 됐다. 언젠가 루 포이트라스가 폭스바겐 비틀 68년형의 앞을 들어서 차를 사방으로 빙빙 돌리는 걸 본 적이 있다. 그런 그가 조용히 말했다. "당직 서장님께서 그들이 자유로이 출입할 수 있게 해주라고 지시했습니다, 크란츠. 나는 지시받은 대로 한 겁니다. 피살자의 아버지는 시의회에 힘을 쓰는 분이고, 여기 파이크는 피살자하고 개인적으로 아는 사이입니다."

크란츠는 귀를 기울이지 않고 있었다. 그가 포이트라스를 지나쳐 조에게 폭풍처럼 달려들었다. 죽으려고 환장한 사람 같았다.

"네놈이 범행 현장에 올 배짱이 있다는 걸 믿을 수가 없어. 그렇게 뻔뻔하다는 것도 믿을 수가 없고."

조가 말했다. "물러서요." 목소리가 다시 부드러워졌다.

그러자 크란츠는 파이크의 면전으로 곧장 다가갔다. 절벽 끄트머리였다. "안 그러면 어쩔 건데, 이 개자식아? 나도 쏠 거냐?"

포이트라스가 크란츠를 뒤로 당기고는 두 사람 사이로 끼어들었다. "왜 그러는 겁니까, 크란츠? 자제하세요."

크란츠의 입이 갈라지면서 비열한 웃음이 떠올랐다. 여기서 무슨 일이 벌어지고 있는 건지 궁금했다. 그가 말했다. "이자를 심문하고 싶네, 경위. 파이크가 여기 피살자랑 아는 사이라면, 놈은 그녀가 어쩌다 이런 일을 당했는지도 알고 있을 거야."

파이크가 말했다. "그럴 일은 없을 거요, 바지(Pants) 씨."

크란츠의 안색이 검붉어졌고, 이마에 보기 싫은 핏줄의 거미줄이 고동쳤다.

나는 파이크에게 가까이 다가갔다. "지금 여기서 벌어지는 일, 내가 알고 있어야 마땅한 일이야?"

파이크는 어깨를 으쓱했다. "별거 아냐. 크란츠를 깔아뭉개려는 참이야."

크란츠의 안색이 한층 더 어두워졌다. "파이크, 알아서 경찰서로 들어가겠다는 거로구나. 너, 사무실에서 우리랑 얘길 해야 할 거야."

우리 뒤에서 포이트라스의 무전기가 펑 하는 소리를 냈다. 포이트라스가 우리가 들을 수 없는 무슨 말을 웅얼거리더니 그걸 크란츠에게 내밀었다. "밀스 치안감입니다."

크란츠가 무전기를 낚아챘다. "하비 크란츠입니다."

포이트라스는 기다리지 않고 우리를 오솔길로 이끌었다. "크란츠는 무시해. 자네들이 지금 해야 할 유일한 일은 가르시아 씨의 집으로 돌아가는 거야. 치안감이 지금 거기 있고, 노인네가 자네들을 보내달라고 요청하고 있어."

파이크와 나는 오솔길을 따라 비탈을 올라 숲을 통과했다. 우리가 경찰들에게서 멀어졌을 때, 그리고 발밑에서 낙엽이 부서지는 소리만 들릴 때, 내가 말했다. "카렌 일은 유감이야. 조."

파이크가 고개를 끄덕였다.

"무슨 일이 있었는지 전부 얘기해줄 거지?"

"아니."

차를 몰고 행콕 파크로 돌아가는 데 영원 같은 시간이 걸렸다.

5

LAPD 순찰차 한 대가 별다른 특색이 없는 형사들의 세단 두 대와 검정색 타운 카(유리문으로 앞뒤 자리를 막은 자동차) 한 대, 다른 차량 세 대와 함께 프랭크 가르시아의 저택 바깥에 주차돼 있었다. 라틴계 중년 여성이 다시 문을 열어줬다. 그런데 우리가 집에 들어서기 전에, 프랭크 연배인 히스패닉 남자가 그녀 앞으로 나와서는 억세 보이는 손을 내밀었다. 얼굴에 있는 아주 오래된 얽은 자국과 푸르스름한 빛이 감도는 회색 머리카락 때문에 인상이 강해 보였지만 목소리는 부드러웠다. "콜 씨, 파이크 씨, 애보트 몬토야라고 합니다. 와주셔서 감사합니다."

조가 물었다. "프랭크는 어떻습니까?"

"좋지 않습니다. 주치의가 오고 있습니다."

그의 뒤 어디에선가 프랭크 가르시아의 고함 소리가 들렸다. "당신들 개 같은 놈들이 내 딸애를 죽인 거나 마찬가지야. 당신들, 내 집에서 나가!"

우리를 향해 지르는 소리가 아니었다.

우리는 몬토야를 따라 내가 본 적이 없는 으리으리한 아치형 거실로 갔다. 프랭크가 고함을 쳐대는 동안, 지휘부 경찰복을 입은 두 남자와 정장 차림의 남자 하나, 그리고 멋진 나이키 테니스복 차림의 중년 남자 하나가 성가를 부르는 4인조처럼 한데 모여 있었다. 벌겋게 달아오른 프랭크의 눈은 공허했다. 그의 얼굴에 있는 모든 주름은 불가사의한 날카로운 물체에 깊게 베인 것처럼, 고통이 가득해 보였다. 눈에 담긴 고통이 어찌나 큰지 보는 것만으로도 가슴이 아팠다.

헨리 말데나도 시의원은 경찰들로부터 가급적 멀리 떨어진 곳에 서 있었지만, 프랭크는 그에게도 고함을 쳤다. "헨리, 자네한테 받은 보잘것없는 도움을 생각하면 자네 궁둥짝도 저치들하고 같이 쫓아내야 마땅해! 다음번에는 망나니 루이즈한테 내 돈을 줘야 마땅할 거야!" 멜빈 루이즈는 예비선거에서 말데나도와 맞붙었던 경선 후보였다.

프랭크에게 서둘러 다가간 몬토야가 진정시키는 어조로 말했다. "진정해요, 프랭크. 우리가 이 문제를 처리할 겁니다. 콜 씨하고 파이크 씨가 와 있어요."

프랭크는 절박한 희망을 담은 눈빛으로 몬토야의 뒤쪽을 살폈는데, 그 모습 역시 그의 고통스러운 모습만큼이나 보기 힘들었다. 그의 모습은 마치 조가 이 끔찍한 악몽은 현실이 아니라고, 이 사람들은 끔찍한 실수를 저질렀다고, 그의 외동딸은 살해당한 게 아니라고 말할 힘을 갖고 있다는 듯했다.

"조?"

조가 휠체어 옆에 무릎을 꿇었다. 그가 하는 말이 내게는 들리지 않았다.

두 사람이 얘기를 나누는 동안, 애보트 몬토야가 나를 방 건너로 데려가 소개했다. "말데나도 씨, 이쪽은 콜 씨입니다. 프랭크와 같이 있는 신사분은 파이크 씨고요. 우리는 경찰이 수사를 하는 동안 이분들이 가르시아 씨를 대표했으면 좋겠습니다."

나는 그 말에 깜짝 놀랐다. "무슨 말씀이십니까, 대표하다니요?"

정장 차림의 남자는 나를 무시했다. "수사진에 외부인을 들이는 건 큰 실수가 될 겁니다, 의원님. 저 사람에게 우리 비밀을 공유하는 걸 허락할 경우, 우리는 보안을 전혀 통제하지 못할 겁니다."

테니스복이 동의했다. "우리도 유가족에게 계속 정보를 제공하면서 일하면 더할 나위 없이 좋을 겁니다, 헨리. 하지만 이분 같은 누군가가 개입할 경우, 수사가 방해를 받거나 심하면 사건 자체가 위태로워질 수 있습니다."

정장 차림의 남자는 강력반 반장인 그레그 비숍 경감이고, 테니스복은 월터 밀스 치안감이었다. 나는 그가 일요일 오전에 하는 테니스 시합을 취소했을 거라고, 그래서 기분이 좋지 않을 거라고 짐작했다.

나는 목을 가다듬었다. "제가 눈치가 없는 편이라 묻는 건데, 여러분이 얘기하시는 외부인이 저를 말씀하시는 겁니까?"

몬토야가 프랭크를 힐끔 보고는 목소리를 낮췄다. "옳건 그르건, 프랭크는 딸이 목숨을 잃은 게 경찰 탓이라고 생각합니다. 경찰이 그의 신고에 반응을 보이지 않았다고 믿습니다. 그래서 수사 상황을 감시하고 그에게 계속 정보를 알려줄 대표자를 내세우려는 겁니다. 그는 내게 파이크 씨와 선생이 그 일을 해줄 거라고 했습니다."

"그런 말을 했다고요?"

몬토야는 놀란 기색이었다. "그렇게 해주시지 않을 겁니까?"

이제 비숍과 밀스는 나를 주시하고 있었다. 정복을 입은 두 남자가 송골매가 닭을 훑어보듯 나를 평가하고 있었다.

내가 말했다. "경찰하고 관련된 일이라면, 몬토야 씨, 제가 선생님을 위해 해드릴 수 있는 일이 무엇인지 모르겠습니다."

"그건 명확하다고 생각합니다."

"아닙니다, 선생님. 그렇지 않습니다. 우리는 지금 강력반 수사에 대해 얘기하고 있습니다. LAPD가 할 수 없는 일을 해낼 능력이 조하고 저한 테는 없습니다. 그들은 인력도 있고 기술도 있습니다. 수사력도 뛰어나고 요." 정복을 입은 간부들이 몸을 약간 더 꼿꼿이 세웠고, 치안감은 안도한 듯 보였다. 들개로 떠도는 사나운 핏불을 막 피했다는 듯 안도하는 표정이었다.

비숍이 말했다. "몬토야 씨, 제가 개인적으로 선생님과 가르시아 씨에게 연락을 드리면서 수사 상황을 계속 알려드리겠습니다. 제 집 전화번호도 드리겠습니다. 그러면 날마다 통화할 수 있잖습니까."

말데나도가 그 말에 힘을 실으려는 뜻으로 고개를 끄덕였다. "제가 보기에도 합리적이네요, 애보트." 그가 그 말을 하는 순간, 라틴계 여성이 크란츠를 안내해왔다. 크란츠는 안도한 기색도 격려를 받은 듯한 기색도 아니었다. 그는 비숍 뒤에서 걸음을 멈췄다.

몬토야가 두 사람의 말이 전혀 이해되지 않는다는 듯 시의원의 팔을 건드렸다. "문제는 가르시아 씨에게 정보를 계속 제공하겠다는 경찰의 의지가 아닙니다, 헨리. 신뢰가 문제죠."

우리 뒤에서 프랭크 가르시아가 말했다. "어제 내 딸애가 실종됐을 때, 나는 이 인간들에게 전화를 걸었지만 경찰은 손가락 하나 까딱하지 않았소. 나는 그 애가 어디로 갈 건지를 알고 있었소. 그래서 살펴볼 곳이 어디인지 알려줬지만, 경찰은 자기들은 아무 일도 할 수 없다고 했소. 그런데 지금, 그 애를 죽인 놈을 찾아내겠다고 말하는, 어제랑 똑같은 이자들을 신뢰해야 한다는 거요? 아니, 그런 일은 결코 일어나지 않을 거요."

말데나도가 두 팔을 벌렸다. 그의 목소리는 애원조였다. "프랭크, 경찰에게 기회를 줘봐요."

"놈들은 지금 이 시간에도 카렌하고 같이 있어. 아마 O. J. 사건(미식축구 선수 출신인 O. J. 심슨이 전처 일행을 살해한 혐의로 기소된 사건으로, 경찰에 의한 증거 오염 등 온갖 논란을 일으킨 재판 끝에 형사재판에서 무죄 판결을 받았다)처럼 상황을 엉망으로 만들고 있겠지. 그런데도 나는 이 망할 놈의 휠체어에 갇힌 신세고, 내가 그 애를 위해 거기 가서 지켜볼 수가 없으니 누군가 다른 사람이 내 대신 그 일을 해줘야 하오." 그는 조를 바라보려고 몸을 비틀었다. "내 친구 조. 그리고 그의 친구 콜 씨." 그는 헨리 말데나도 시의원 쪽으로 다시 몸을 비틀었다. "그런 식으로 일이 진행될 거요, 헨리."

몬토야가 말했다. "우리는 콜 씨와 파이크 씨가 수사의 모든 단계에 무제한으로 접근할 수 있기를 바랍니다. 이분들이 LAPD가 벌이는 공식 수사의 일부로 활동하거나 수사를 방해하기를 기대하는 게 아닙니다. 하지만 여러분이 이분들의 접근을 허용한다면, 이분들은 지금 이 순간에도 정보를 필요로 하는 분이 안도할 수 있는 방식으로 프랭크에게 계속 정보를 전할 수 있습니다. 우리가 요청하는 건 그게 전부입니다." 몬토야가 나를 돌아봤다. "이 일을 기꺼이 맡아주실 거죠, 그렇죠? 수사를 참관만 하십시오. 그러고는 프랭크에게 진행 상황을 알려주시면 됩니다."

나는 조를 다시 쳐다봤다. 조가 고개를 끄덕였다.

"그러겠습니다."

몬토야가 말데나도를 향해 몸을 돌렸다. 그러고는 천국에 가고 싶다면 주머니를 탈탈 털어 헌금을 바쳐야만 하는 이유를 설교하는 성직자 같은 미소를 지었다. "프랭크는 그걸 고마워할 겁니다, 헨리. 선거 때가 되면, 당신이 지금 베푼 친절을 기억할 겁니다."

말데나도는 치안감을 응시했고, 치안감도 그를 응시했다. 그들은 독심

술사 커플처럼 서로를 쳐다보았다. 말데나도는 선거자금 모금을 생각하는 중이었고, 치안감은 서장이 되고 싶다면 시의회에 가급적 많은 우군을 확보할 필요가 있다고 생각하는 중이었다.

결국, 말데나도 의원이 고개를 끄덕였다. "내가 보기에는 합리적인 상황 같아요, 월트. 가르시아 씨께 이런 사소한 배려는 해드릴 수 있다는 게 내 생각인데, 당신 생각은 어떤가요?"

밀스 치안감이 이미 서장 취임선서를 하는 중인 것처럼 말데나도에게 손을 내밀었다. "의원님, 저희는 가르시아 씨의 심정을 이해합니다. 지금 하신 제안을 실행에 옮길 방법을 강구하겠습니다."

몬토야가 내 어깨에 손을 올렸다. 부드러운 목소리에는 흡족한 기색이 역력했다. "그러면 해결됐군요. 사소한 문제들을 처리한 후에 선생께 저녁에 전화를 드리겠습니다. 그래도 괜찮겠습니까?"

"괜찮을 겁니다."

우리 뒤에서 프랭크가 말했다. "카렌이 지금도 저 위에 있어. 누군가가 그 애와 같이 있어줬으면 좋겠어."

모두들 그를 쳐다봤다.

프랭크 가르시아가 조의 팔을 잡았던 것처럼 내 팔을 잡았다. 그의 악력은 펜치 같았다. "경찰이 그 애를 어떻게 대하는지 가서 확인하시오. 거기 올라가서 이자들을 지켜보고 이자들이 제대로 처신하게 만드시오."

비숍은 누군가가 방금 전에 그에게 외과수술을 받으라고 제안한 것 같은 기색이었다. 크란츠는 조를 응시했지만, 매서운 눈빛이 아니라 이런저런 생각에 잠긴 얼빠진 눈빛이었다.

몬토야가 치안감을 의문스러운 눈빛으로 바라보자, 치안감이 허락한다는 뜻으로 고개를 끄덕였다.

내가 말했다. "그렇게 하겠습니다. 어르신."

"이 은혜는 잊지 않겠소."

"알겠습니다. 따님 일은 유감입니다."

프랭크 가르시아는 고개를 끄덕였지만, 나는 그가 나를 보고 있다고는 생각하지 않았다. 그의 눈은 상념으로 가득했다. 나는 그가 카렌을 보고 있다고 생각했다.

크란츠가 나보다 앞서 방을 떠났다. 프랭크와 머무르기를 원한 파이크가 나한테 나중에 연락하겠다고 말했다.

몬토야가 고대광실을 떠나는 나와 함께 걸었다. "콜 씨, 이게 선생이 평상시에 맡는 종류의 일이 아니라는 걸 잘 압니다. 이 일을 맡아주신 데 대해 개인적으로 사의를 표하고 싶습니다."

"친구지간이라면 당연히 해야 할 일입니다, 몬토야 씨. 고맙다는 인사는 조한테 하세요."

"그럴 겁니다만, 선생한테도 감사를 드리고 싶습니다. 프랭크하고 나는 언제부터인지 기억하지도 못할 정도로 오래된 친구 사이입니다. 친형제나 다름없죠. 화이트 펜스를 아십니까?"

"예, 선생님. 가르시아 씨가 젊었을 때 그 조직의 멤버였다고 들었습니다." 화이트 펜스 갱.

"나도 멤버였습니다. 위티어 대로와 카퓰로스 스트리트를 주름잡았었죠. 오리건 스트리트에서 해저드 갱하고 개리티 로마스 갱하고 싸웠습니다. 그러면서 베테랑들에게 존경심을 표했죠. 그 히스패닉 동네에서 UCLA 로스쿨까지 가는 길은 무척이나 길었습니다."

"상상이 됩니다, 몬토야 씨."

"내가 이런 얘기를 하는 건 선생이 프랭크를 향한 내 충심이, 그리고 그를 향한, 그리고 카렌을 향한 내 애정이 얼마나 깊은지를 알아주셨으면 해서입니다. 경찰이 협조적이지 않으면 전화하십시오. 제가 처리하겠습니다."

"그러겠습니다, 선생님. 전화드리겠습니다."

"선생은 지금 내 형제를 돕고 있습니다, 콜 씨. 선생에게 우리가 필요할 경우, 우리가 선생 곁에 있을 겁니다."

"그래주실 거라 믿습니다."

그가 손을 내밀었다. 우리는 악수를 했다.

이게 바로 라틴계 사람들이다.

나는 더위 속으로 나서 거리로 이어지는 진입로를 내려갔다. 화재로 생긴 재가 여전히 하늘에서 떨어지고 있었다. 크란츠와 스탠 와츠가 투박한 LAPD 형사용 차량 옆에 서서 담배를 피우고 있었다.

크란츠가 물었다. "자네 재수 없는 친구는 어디 있나?"

나는 계속 걸었다. 저수지로 돌아가는 게 달갑지 않았다. 고인이 된 여자와 오늘의 나머지 시간을 보내는 것도 달갑지 않았다.

"그만둬요, 크란츠. 나는 당신이 좋아하지 않을 곳으로 갈 거예요."

크란츠가 피우던 담배를 거리에 튕기고는 나를 따라왔다. "자네가 어디로 가는지 두고 보자고. 자네는 교도소에 갈 거고 나는 자네 탐정 면허를 빼앗을 거야."

나는 내 차로 향했다. 크란츠가 내 앞 도로에 버티고 섰다. 재가 그의 어깨에 비듬처럼 쌓이고 있었다.

"그 노인네가 자네를 내 목구멍에 밀어 넣을 정도로 힘이 있는지는 모르겠지만, 자네가 내 수사를 방해하면 나는 자네 면허증을 빼앗을 거야."

"그 노인은 방금 전에 딸을 잃었어요, 이 똥 덩어리 같은 양반아. 사람 다워지려고 애 좀 써 봐요."

크란츠가 한 5백 년쯤 나를 응시하더니 스탠 와츠에게로 돌아갔다.

나는 차를 몰고 떠났다.

프랭크 가르시아가 울먹이는 소리가 여전히 귀에 들리는 것 같았다. 저수지를 향해 산을 오를 때조차 그랬다.

6

강력반은 카렌 가르시아의 범행 현장에서 이후로 여섯 시간을 더 작업했다. 내가 그럴 거라고 잘 알고 있던 것처럼, 모두들 전문가답고 유능해 보였다. 심지어 크란츠조차 그랬다. 젊은 과학수사대 요원 첸은 형사들과 의견을 나누면서 시신 주위를 대단히 상세히 촬영했다. 그들이 이 지역의 지도를 그리고 물증을 찾은 다음, 그 물증에 부합하는 용의자를 찾기 위해 그녀의 생활을 자세히 조사할 거라는 걸 알 정도로, 나는 살인사건 수사에 대해 잘 알았다. 모든 수사는 하나같이 그런 방식으로 진행된다. 피살자들 대다수는 면식범에게 살해당하기 때문이다.

나는 형사들과 대화하려고 애썼지만, 나한테 대꾸하는 사람은 아무도 없었다. 나는 손으로 검정파리 떼를 쫓았다. 모두들 자신들이 어떤 곳에 있는지를 무척이나 잘 알고 있었다. 나는 거기 있고 싶지 않았고, 거기 있는 게 내키지도 않았다. 차라리 루시의 소파와 씨름하고 있었으면 싶었다. 산에 둘러싸인 지역에 그늘이 드리워지면서 사위를 분간하기 힘들어지자, 크란츠는 결국 시신을 내놨다.

검시관들이 카렌 가르시아를 파란 비닐 보디 백에 넣고 지퍼를 올린 후, 백을 들것에 묶어 비탈을 올라갔다. 시신이 떠나자 크란츠가 나한테 호통을 쳤다. "자네가 여기 있는 이유는 저게 다였잖아. 그러니까 꺼져."

그는 다른 말은 없이 나를 외면했다. 끝까지 재수 없게 굴었다.

나는 검시관이 밴에 시신을 싣는 걸 지켜본 후, 레이크 할리우드 밑에 있는 작은 스트립 몰로 차를 몰았다. 거기서 루시에게 전화를 걸었다.

루시가 말했다. "자기 없이 나 혼자 소파를 옮겼어." 전화를 받자마자 그녀가 한 말이었다.

"우리가 찾던 여자가 시신으로 발견됐어. 그녀의 아버지는 과학수사대 사람들이 일하는 동안 내가 현장에 있기를 원했고, 그래서 쭉 거기 있었어. 그녀는 서른두 살이고 아이들을 상대하는 직업을 가지려고 진학할 계획이었어. 그녀가 레이크 할리우드에서 조깅할 때 누군가 그녀의 머리를 쐈어." 루시는 아무 말도 하지 않았다. 내가 그녀에게 이런 흉한 소식을 마구잡이로 쏟아냈다는 걸 나 자신이 깨닫기 전까지는 나도 아무 말도 하지 않았다. 결국, 나는 그녀에게 사과했다. "미안."

"오늘 밤에 우리랑 같이 있고 싶어?"

"그럼. 무척이나 그랬으면 싶어. 둘이 같이 저녁 먹으러 올래?"

"뭘 가져갈까?"

"쇼핑은 내가 할게. 쇼핑은 힐링에 유익하니까."

슈퍼마켓에서 새우와 셀러리, 골파, 피망을 샀다. 봄베이 사파이어 진한 병과 라임 두 개, 폴스타프 맥주 두 상자도 샀다. 줄을 서서 기다리는 동안 폴스타프 한 캔을 다 마셨다. 그걸 못마땅해하는 쇼핑객들의 시선이 쏟아졌다. 나는 시선을 느끼지 못하는 척했다. 아마도 그들은 머리에 구멍이 뚫린 젊은 여자랑 하루를 보내지는 않았을 테지.

계산원이 물었다. "좋은 하루 보내고 계신가요, 손님?"

"이보다 더 좋을 수가 없군요." 나는 그녀의 얼굴에 맥주를 뿜지 않으려고 애썼다.

20분 후, 로렐 캐니언에 있는 우드로 윌슨 드라이브 바로 옆 산기슭에 자리 잡은 작은 A자형 주택의 간이차고에 도착했다. 재가 쌓여 생긴 고운 층이 바람에 불려 간이차고로 날아가면서, 집 측면에서 시작해서 현관문에 만들어준 고양이 출입구까지 이어진 고양이 발자국이 드러났다. 미네소타 주민들은 눈에 찍힌, 이것 비슷한 발자국을 본다.

고양이가 물그릇 옆에서 기다리고 있었다. 그릇은 비어 있었다. 조리대에 청과물을 얹은 다음 물그릇을 채워준 후 마루에 앉아 고양이가 물 먹는 소리를 들었다. 큼지막한 검정고양이로, 머리와 양 어깨 곳곳에 흩어져 있는 흉터에서 회색털이 자라나 검은 털 사이에 섞여 있었다. 처음 왔을 때, 놈은 물을 마시는 동안 나한테서 눈을 떼지 않았다. 하지만 지금은 나를 무시했고, 만지면 가르랑거렸다. 우리는 가족이 됐다.

나는 청과물을 치우고 마실 것을 만들어서 거의 다 비웠다. 그런 후 위층으로 올라가 샤워를 했다. 샤워를 두 번 하면서 뜨거운 물이 차갑게 식을 때까지 놔뒀지만, 범행 현장의 냄새는 그대로 남았다. 물이 쏟아지는 소리조차 검정파리들이 윙윙거리는 소리보다 작았다. 헐렁한 면바지를 걸치고 맨발에 셔츠도 입지 않은 채로 아래로 갔다.

루시가 주방에 있었다. 내가 싱크대에 남겨둔 채소들을 살피고 있었다.

"안녕."

"안녕, 자기." 그녀가 내가 마신 빈 잔을 무표정하게 바라봤다. "우리 뭘 마실 거야?"

"사파이어하고 토닉."

"잔 채워봐. 우리가 만들 음식은 뭐야?"

"당신이 새우 에투페(루이지애나 지역의 요리) 만드는 법을 가르쳐줬으

77

면 싶었어."

그러자 그녀가 부드럽게 냄새를 맡았다. "근사하겠다."

"벤은 어디 있어?"

"베란다에. 자기하고 내가 조리하는 동안 그 애가 볼 영화도 빌렸어."

"금방 돌아올게."

"천천히 해."

그녀의 미소가 검정파리들을 멀리 쫓아냈다.

벤은 집 아래에 있는 올리브나무들의 잎을 뜯어 먹는 검정꼬리 사슴을 찾아보려고 우리 집 뒤쪽으로 툭 튀어나온 베란다에서 난간 너머로 몸을 기울이고 있었다. 1,400만 명이 사는 이 도시에는 사슴과 코요테와 메추라기와 붉은꼬리 말똥가리도 살고 있다. 언젠가 우리 집 베란다에서 살쾡이를 본 적도 있다.

밖으로 나가 그의 옆에서 난간 너머로 몸을 기울이고는 비탈을 내려다봤다. 그늘만 보였다.

"아저씨가 찾으려던 여자가 살해당했다고 엄마한테 들었어요."

"맞아."

"유감이에요."

아이는 근심과 슬픔이 가득한 표정이었다. 아홉 살짜리가.

"동감이네, 친구." 나는 아이에게 미소를 지었다. 아홉 살짜리는 그런 슬픔에 잠겨서는 안 되기 때문이다. "테니스 캠프는 언제 가니?" 루시와 벤은 만만찮은 테니스 선수들이다.

벤이 난간 밖으로 한층 더 몸을 내밀었다. "이틀 후에요."

"기분이 별로 같아 보이네."

"말을 타라고 시키거든요. 말똥 냄새가 날 거예요."

인생에서 똥 냄새가 날 때 인생살이는 힘들어진다.

안으로 들어와 아이를 위해 VCR을 세팅해주고 주방에 있는 루시에게로 갔다. "벤이 테니스 캠프에서 똥 냄새가 날 거래."

"맞아." 그녀가 말했다. "그럴 거야. 하지만 캠프는 쟤 새 학교에 진학할 다른 머슴애 셋을 만날 기회이기도 해."

"세상에 자기가 염두에 두지 않는 게 하나라도 있어?"

"없어. 난 엄마잖아."

나는 고개를 끄덕였다.

"더불어, 그건 우리 둘만 보낼 2주를 버는 셈이기도 하지."

"엄마들은 세상에 모르는 게 없다니까."

에투페를 만드는 데는 한 시간 남짓 걸렸다. 우리는 새우 껍질을 벗긴 다음, 카놀라유로 채소의 숨을 죽이고 토마토와 마늘을 넣었다. 나는 내 소소한 활동에서 평온을 찾아냈다. 그러면서 루시에게 프랭크와 조와 카렌 가르시아 얘기를 해줬다. 요리는 힐링이다.

루시가 말했다. "이게 중요한 부분이야. 정신 바짝 차려."

"알겠습니다."

내 얼굴을 잡아당긴 그녀가 입술을 내 입술에 살짝 갖다 대고는 오랫동안 그 자세를 유지했다.

"기분 좀 나아졌어?"

나는 손을 들었다. 그녀가 자기 손가락을 내 손가락에 끼었고, 나는 그녀의 손가락 하나하나에 입을 맞췄다.

"한결 나아졌어."

밥이 되기를 기다리는 동안 조 파이크가 집에 들어왔다. 그가 올 거라고는 예상하지 못했는데. 그는 그런 식으로 내 집에 들르곤 했다. 루시가 들고 있던 잔을 내려놓고 그를 따스하게 포옹했다. "당신이 그 여자 분하고 아는 사이였다고 들었어요, 조. 유감이에요."

그녀 옆에 선 조는 거인처럼, 내 밝은 주방에서조차 그림자라는 복면을 쓴 거대한 로봇처럼 보였다.

벤이 소리 질렀다. "안녕하세요, 조! 「맨 인 블랙」 빌렸어요! 같이 볼래요?"

"오늘 밤은 안 되겠다, 꼬마야." 그가 나를 쳐다봤다. "몬토야가 비숍하고 일을 해결했어. 우리는 내일 아침에 파커 센터 강력반에 가면 돼. 그들이 연락관을 배정할 테고, 우리는 브리핑을 받게 될 거야."

"잘됐군."

"우리한테 보고서하고 녹취록, 목격자 진술서 사본도 다 줄 거야."

그는 나한테 정보를 전하고 있었는데, 나는 그가 왜 우리 집에 온 건지 의아했다. 그런 얘기라면 전화로도 할 수 있을 텐데.

내가 물었다. "무슨 일이야?"

"이 문제로 얘기 좀 할 수 있을까?"

"그럼."

루시와 나는 베란다로 조를 따라갔다. 밖에 나가자 고양이가 나타나 조의 다리 사이를 돌아다녔다. 조 파이크는 내가 아는 사람 중에서 나 말고 이 고양이를 만질 수 있는 유일한 사람이다.

"프랭크는 어때?"

"취했어."

파이크는 더 이상 말을 하지 않았다. 그가 고양이를 안고 쓰다듬었다.

루시는 내 팔에 팔짱을 끼고 기대면서 그를 살폈다. 그녀는 그를 자주 살폈고, 나는 그녀가 그럴 때마다 무슨 생각을 하고 있을지가 항상 궁금했다.

결국 그가 입을 열었다. "가르시아 가족은 내 친구야. 자네 친구가 아니라. 하지만 지금부터 자네는 경찰을 상대하는 부담을 짊어져야만 해."

"크란츠 얘길 하는 거야?"

"크란츠만이 아냐. 파커 센터를 상대해야 할 거야. 그런데 나는 그럴 수가 없어." 그는 LA 경찰력 전체에 대해 말하고 있었다.

"나도 알아, 조. 그건 별 문제 아냐."

루시가 물었다. "무슨 말이야, 파커 센터를 상대한다니?"

파이크가 말했다. "나는 프랭크한테 수임료를 받지 않을 거야. 하지만 자네도 그러지 않을 거라고는 기대할 수 없겠지."

"그 문제는 신경 꺼."

그는 고양이를 쳐다봤고, 나는 그가 난처해하고 있다는 걸 깨달았다. "그 문제에 신경 끄고 싶지 않아. 자네가 들인 시간에 대한 대가를 지불하고 싶어."

"세상에, 조. 어떻게 나한테 그런 얘기를 할 수 있어?" 이제는 나도 난처했다.

루시가 말했다. "저기, 내가 질문을 했다고 치고 자세히 설명 좀 해봐요."

나는 순전히 화제를 바꿀 목적으로 그녀에게 대답했다. "파커 센터는 LAPD 본청이야. 우리가 상대할 강력반 사무실도 거기 있어. 나는 그들의 수사 브리핑을 받기 위해 내일 거기 가야 해. 별일 아냐."

루시가 물었다. "그런데 그들이 왜 조한테 협조하지 않을 거라는 거야?" 그녀는 상황을 제대로 파악하지 못하고 있었다. 그녀는 그저 궁금해했다. 나는 갑자기 그녀가 이 자리에 우리랑 함께 있지 않았으면 하고 바라게 됐다.

"조하고 LAPD는 사이가 좋지 않아. 그들은 조를 쌀쌀맞게 대할 거야."

루시는 아직도 이해를 못 하면서 나한테 미소를 지었다. "그들이 대체 왜 조한테 그런다는 거야?"

조가 고양이를 내려놓고 그녀를 바라봤다. "내가 내 파트너를 죽였으니까요."

"어머."

검정 렌즈가 한동안 루시를 응시했다. 그러더니 조는 떠났다. 바람이 잦아들면서 연기가 협곡 위에 커튼처럼 걸려서는 우리 위에서 반짝이는 햇빛을 흐릿하게 만들었다.

루시가 입술을 적시더니 술을 몇 모금 더 마셨다. "꼬치꼬치 캐묻지 말았어야 했는데."

우리는 안으로 들어가 에투페를 먹었지만 누구도 말을 많이 하지 않았다. 죽음만큼 대화를 가로막는 주제는 없다.

먹이사냥

도목수이자 자유세계의 시민이며 데이브 매슈의 팬인 에드워드 디지는 레이크 할리우드 위쪽 산등성이를 덮은 야생 아카시아들 사이에서 하늘의 황혼이 깊어지고 저수지에 담긴 물이 어둑해지면서 자줏빛이 될 때까지 기다렸다. 그늘은 그를 경찰에게서 감춰줄 것이다.

희미해지는 햇빛 때문에 어쩔 도리 없이 작업을 중단할 때까지 경찰이 살해 현장에서 하루의 대부분을 작업하는 걸 그는 지켜봤다. 남자와 여자 한 명씩인 순찰 경찰 두 명이 현장 보존을 위해 남았지만, 두 사람은 노란 테이프 주위를 거니는 것보다는 서로에 대한 관심이 더 많은 듯 보였다.

에드워드는 피살된 여자에 대해서는 아는 게 하나도 없었고 범행 현장에 대한 관심도 전혀 없었으며, 경찰의 심문을 받고 싶지도 않았다. 그의 관심은 단순했다. 저녁. 산기슭에 있는 스트립 몰에 점점이 박힌 레스토랑에서, 살찐 사람들은 사람에 따라 1달러나 2달러를 적선하고는 했다. 에드워드는 한 시간을 구걸하면 디스크맨에 넣을 더블A 배터리 새 것을 살 수 있었고, 벤추라 대로를 따라 있는 식당들로 산책을 갈 수도 있었다. 거기 가면 블랙 앵거스 햄버거나 카르네 아사다 부리토나 베트남식 춘권 가운데서 먹고 싶은 걸 고를 수가 있었다. 선택 대안은 끝도 없었다.

배를 채우고 나면, 저수지 위에 손수 만든 판잣집으로 돌아가는 등산을 즐길 터였다. 집에서 그의 관심사는 대마초를 약간 피우고 세계 생태계의 균형에 대한 생각들을 일지에 적는 것, 그리고 만족스러운 장(腸)운동을 하는 쪽으로 옮겨갈 터였다.

하지만 지금, 순찰차가 지나갈 때까지 숲에 머물던 에드워드는 산 아래로 쏟아지는, 지역 전역에 거미줄처럼 뚫린 도로망을 내려가는 길에 올랐다. 그는 이 지역을 잘 알았다. 하루 중 선선한 시간대 동안 신호등과 프리웨이 출구에서 구걸할 때 이 지역을 날마다 대여섯 번씩 걸어 다니다가 밤이면, 그리고 날이 점점 더워질 때면 저수지로 돌아왔기 때문이다.

저수지를 메운 경찰들 때문에 저녁 스케줄에 뒤처진 에드워드는 구걸의 주요 시간대를 놓칠까 봐 조바심이 났다. 그는 아래로 내려가는 빠른 경로를 택했다. 헤드폰을 제자리에 놓고, 데이브 매슈 씨의 정신없이 몰아치는 비트에 맞춰 발걸음을 옮겼다. 에드워드는 주택 두 채 사이로 들어가 수로를 따라 언덕 아래로 미끄러져 내려간 후 리모델링 중인 폐가 뒤쪽에 모습을 드러냈다. 그는 이 길을 백 번쯤 다녔다. 그러면서도 아무 생각도 하지 않았다. 주택은 막다른 골목에 있었는데, 거기 있는 주택 대부분은 관목이나 벽 뒤에 숨어 있었다. 보는 눈이 없는 집들. 에드워드는 그 집들 안에 누군가가 실제로 살고 있는지가, 아니면 그것들이 마음대로 부수고 옮길 수 있는 영화 촬영용 파사드인지가 자주 궁금했다. 그런 생각들이 에드워드의 내면에서 기어 나왔지만, 그는 그것들을 피하려고 애썼다. 그런 고민 말고도 인생은 충분히 불확실했다.

그는 전에도 백 번쯤 봐온 인적 없는 어두운 거리 말고는 아무것도 보이지 않을 거라 예상하면서 파란색 초대형 쓰레기통 주위를 서둘러 지나고 있었다. 그래서 조명 없는 거리에서 공회전하고 있는 사륜구동 트럭을 봤을 때 깜짝 놀랐다. 그는 걸음을 멈췄다. 머리에 떠오른 첫 생각은 도망치자는 거였다. 하지만 이미 시간이 늦은 데다 허기 탓에 그는 머뭇거렸다.

트럭은 눈에 익었다. 에드워드가 조깅하던 여자를 찾던 두 남자에게 앞서 묘사한 것과 동일한 차량이라는 걸 깨닫기까지 잠깐의 시간이 걸렸다.

도망칠까, 말까?

허기가 그의 이성을 이겼다. 원초적인 식욕도 마찬가지였다.

에드워드는 얼굴을 돌리고는, 트럭을 미끄러져 지나쳐 트럭에 탄 사람이 그를 방해하기 전에 주택들 사이로 모습을 감출 수 있기를 희망하면서 앞으로 나아갔다. 그는 그 일을 잘 해내고 있었다. 선글라스 낀 남자가 운전석에서 내리기 전까지는. 지금은 밤인데도 그는 여전히 짙은 선글라스를 끼고 있었다.

"에드워드?"

에드워드는 걷는 속도를 높였다. 그는 이 남자가 마음에 들지 않았다. 남자의 근육질 두 팔이 달빛 속에서 파란빛을 발했다.

"에드워드?"

에드워드는 더 빨리 걸었지만, 남자가 갑자기 그의 뒤에 있었다. 그러면서 그를 쓰레기통 뒤로 거칠게 낚아챘다. 에드워드의 헤드폰이 삐딱하게 돌아가자 데이브 매슈의 목소리가 찌그러지면서 아련해졌다.

"에드워드 디지지?"

"아니에요!"

에드워드는 두 손을 올리면서 속이 보이지 않는 검정 선글라스를 들여다보는 걸 거부했다. 공포가 배 속에서 환하게 달아올라 핏줄 곳곳으로 퍼졌다.

남자의 목소리가 부드러워지고 한결 차분해졌다. "맞는 것 같은데. 에드워드 디지, 도목수. 무슨 일이건 괜찮은."

"나 좀 내버려둬요!"

그러자 남자가 가까이 다가왔고, 에드워드는 그 정신 나간, 미친, 열사병에 걸린 순간에 자신이 죽게 될 것임을 알았다. 남자는 적대감을 뿜어냈다. 낯선 이에게서는 분노가 넘쳐났다.

한순간, 그는 정직한 돈벌이를 하러 가는 길이었다. 다음 순간, 그는 파멸의 낭떠러지에 서 있었다.

인생은 묘했다.

에드워드는 뒤로 헛걸음을 내디뎠고, 남자는 그에게 다가왔다.

아드레날린 주사 세 방 분량의 힘을 얻은 에드워드는 소니 디스크맨을 움켜쥐고는 젖 먹던 힘을 다해 남자의 머리를 향해 휘둘렀지만, 남자는 그의 팔을 붙잡아 비틀었고, 에드워드는 고통을 느끼다가 뚝 끊어지는 소리를 들었다.

도목수 에드워드 디지는 뒤로 몸을 던지면서 비명을 지르려 애썼지만 그 순간 남자가 그의 목을 붙들고는 으스러뜨렸다.

7

사건을 맡은 존 첸

이튿날 아침, 레이크 할리우드로 이어지는 오솔길을 봉쇄해 범행 현장을 알리는 노란 폴리스 라인 아래로 존 첸이 몸을 숙일 때 셔츠 주머니에 있던 필통이 풀밭으로 떨어지면서 펜과 연필이 사방으로 흩어졌다.

"젠장."

첸은 정복 경찰 둘이 순찰차 앞부분에 기대고 있는 도로 쪽을 힐끗 올려다봤지만, 다른 데 정신이 팔린 그들은 그를 보지 못했다. 잘된 일이다. 경찰은 남자와 여자 한 명씩이었는데, 첸은 반반하게 생긴 여경이 그를 얼간이라고 생각하는 걸 원치 않았다.

존은 진공청소기처럼 페이퍼 메이트 샤프펜슬들을 회수하고는 필통에 담아 다시 주머니에 넣었다. 그러다가 생각을 바꿔 필통을 증거수집 키트에 넣었다. 오늘 허리를 굽힐 일이 많을 텐데, 주머니에 필통을 넣으면 망할 필통은 그때마다 계속 떨어질 것이고 그러면서 그를 세계 정상급 얼간이로 보이게 만들 것이다. 그가 일단 범행 현장에 당도하면 그건 문제가 되지 않을 것이다. 그를 볼 사람이 아무도 없을 테니까. 그는 늘 자신을 얼간이라고 생각했다. 존에게는 지키려고 애써온 견해가 있었다. 혼자 있을 때 얼간이가 아닌 사람이 되려는 연습을 하면, 결국 그 연습은 현실로 이

어지면서 아리따운 여자들이 주위에 있을 때에도 얼간이가 아니게 될 것이다.

존 첸은 LAPD 과학수사대 하급요원으로, 그가 감독관 없이 독자적으로 사건을 배정받은 건 이번이 겨우 세 번째였다. 첸은 경찰은 아니었다. 그는 과학수사대에 소속된 다른 모든 이들처럼 민간인 직원으로, LAPD의 신체 적성 검사를 간발의 차이로 통과하지 못하는 바람에 경찰이 되지 못했다. 키 188센티미터에 몸무게 58킬로그램으로, 별도의 생명체처럼 쿨렁거리는 울대뼈를 가진 존 첸은, 그 자신의 냉정한 묘사에 따르면, 얼간이였다―타고난 불운에 해당하는, 어쩔 도리 없이 착용해야 하는 끔찍이도 두꺼운 안경을 앞선 자기평가에 포함시키지 않았을 때도 말이다―. 이런 결점을 극복하기 위한 그의 계획에는 과학수사대의 다른 사람들보다 열심히 일하는 것, 고위 관리직으로 고속 승진하는 것―동시에 급여도 오르는 것―, 그러는 즉시 포르셰 박스터를 장만하는 것이 포함돼 있었는데, 첸은 박스터를 몰기만 하면 끝내주는 여자들을 자빠뜨리는 성과를 거둘 수 있을 거라고 확신했다.

사건을 배정받은 과학수사대 요원으로서, 첸의 책임은 형사들이 범죄의 가해자를 식별하고 유죄 판결을 이끌어내는 걸 도와줄 물증을 하나도 빠뜨리지 않고 모두 찾아내는 거였다. 첸은 어제 눈에 띄는 모든 것에 꼬리표를 붙이고 봉투에 넣은 다음 그걸 분류하는 일을 형사들에게 맡기는 식으로 가르시아 범행 현장에 대한 조사를 서둘러 처리할 수도 있었지만, 카렌 가르시아의 시신이 옮겨진 후에 어두워지는 황혼 속에서 오늘 다시 현장에 돌아오기로 결심하고는 현장을 봉쇄해달라고 요청했었다. 그러자 담당 형사들은 저수지를 폐쇄했고, 정복 경찰 둘이 현장을 지키면서 밤을 보냈다. 남자 정복 경찰의 목에 어제는 보이지 않던 키스마크가 있는 걸 보면서, 첸은 그들이 껴안고 뒹굴면서 밤을 보냈을 거라고 의심했는데, 그 의심은 그가 부인할 수 없는 사실이라고 믿는 믿음을 확실하게 해줬다. 그를 제외한 세상 사람 모두가 누군가와 섹스하고 있다.

첸은 남들이 누리는 행운을 머릿속에서 단호히 몰아내고는 피살자가 살해당한 숲속 공터에 다다를 때까지 오솔길을 따라 계속 걸었다. 밤중에 바람이 간간이 잠잠해진 덕에 나무들은 똑바로 선 채로 고요했으며 저수지는 유리가 담긴 거대한 수영장 같았다. 주위는 공동묘지처럼 조용했다.

존은 증거수집 키트를 내려놨다—낚시상자처럼 생겼지만, 무게는 더 나갔다—. 그러고는 시신이 있던 곳을 보려고 절벽 가장자리 너머로 몸을 기울였다. 그는 어제 시신을 옮기기 전에 현장 사진을 찍었고, 바다에 있는 올리브 잎들에 떨어진 피살자의 혈액에서 샘플을 취했었다. 지금은 흰 깃발을 단 작은 금속 와이어가 그 자리에 서 있었다. 그는 시신 주위에 찍힌 다양한 발자국을 구분하고 식별하려는 노력도 기울였는데, 피살자를 발견한 두 남자의 발자국—두 사람 모두 미끄럼 방지용 밑창을 댄 하이킹 부츠를 신고 있었는데, 하나는 노티카 제품일 것이고, 다른 건 레드 윙일 것이다—과 견학을 온 초등학생처럼 이 구역을 정신 사납게 돌아다닌 경찰들과 검시관의 발자국을 분간해내는 작업을 자신이 썩 잘 해냈다고 믿었다. 망할 놈의 검시관은 현장 작업 수칙에 정통해야 마땅했지만, 실제로는 시신 말고는 아무것에도 신경을 쓰지 않았다. 하지만 첸은 신발 자국 하나하나를 성실하게 표시하고 측정한 다음, 범행 현장 다이어그램에 그 위치를 정확히 기록했다. 시신과 혈액 증거, 땅콩버터캔디 포장지와 꽁초 세 개비—그는 이것들은 사건과 무관하다고 확신했다—의 위치와 필요한 모든 지형적 특징을 정확히 기록한 것처럼 말이다. 오랜 시간을 들여 측정과 다이어그램 작업을 하고,

총격이 일어난 이곳 공터까지 이동해왔을 무렵, 그에게 남은 시간은 피살자가 굴러떨어지면서 남긴 자국들과 부러진 초목들을 기록할 시간밖에는 없었다. 어제 그는 이 지점에서 게임을 중단한다는 깃발을 올리고는 형사들에게 오늘 돌아오겠다고 제안했었다. 그의 현장 재방문은, 적어도, 인사고과 시즌이 되면 그를 끝내주는 포르셰 쪽으로 한층 더 가깝게 데려갈 점수를 따는 데 영향을 줄지도 몰랐다.

절벽 정상에 선 존 첸은 그가 처음 피살자를 본 곳인 물가에 있는 피살자를 상상한 후, 눈길을 오솔길 쪽으로 돌렸다. 피살자가 떨어진 절벽 가장자리는 허물어져 있었다. 한 걸음 물러서면, 오솔길 모서리에 난, 발이 끌리면서 생긴 반들반들한 자국을 볼 수 있었다. 피살자는 거기서 총에 맞았을 것이다. 그녀가 쓰러질 때 왼발 발가락이 땅에 끌렸고, 뒹굴 때 가장자리가 무너졌을 것이다. 그는 반들반들한 자국 옆의 오솔길 가장자리에서 하얀 물체를 발견했다. 그는 그게 한 변이 6밀리미터 남짓 되는 작은 삼각형 모양의, 끈적끈적한 회색 물질에 의해 더럽혀진 흰색 플라스틱이라는 걸 알아차렸다. 별것 아닐 테지만—범행 현장에서 찾아낸 물건의 대다수는 별게 아니다— 증거수집 키트에서 표시용 와이어를 꺼내 플라스틱에 표시하고는 그걸 증거 다이어그램에 기록했다.

그 일을 마친 그는 오솔길을 다시 꼼꼼히 살폈다. 그는 피해자가 있던 곳을 알았다. 그런데 살인자는 어디 있었을까? 피살자의 상처로 볼 때, 살인자는 그녀의 바로 앞, 오솔길에 있었을 것이다. 살인자가 서 있던 곳을 알아내려고 애쓰면서 오솔길에 쪼그려 앉았지만 알아낼 수가 없었다. 피살자가 발견됐을 무렵, 그리고 이후로 경찰이 구역을 봉쇄하고 첸이 도착했을 무렵, 규모를 알 수 없는 엄청나게 많은 산책객과 조깅객들이 지나

다니면서 망할 놈의 모든 걸 대부분 지워버렸다. 첸은 오솔길을 응시하면서 한숨을 쉬었다. 그러고는 패배감의 표시로 고개를 저었다. 발자국을 찾고 싶었지만, 아무것도 없었다. 이튿날에 현장을 다시 찾은 것치고는 성과가 너무 초라했다. 고속 승진과 여자를 낚을 포르셰를 차지하기에는 성과가 형편없었다. 감독관은 초과 근무시간을 허비했다면서 길길이 날뛸 것이다.

존 첸이 바람 소리에 귀를 기울이며 다음으로 무슨 일을 할지 궁리할 때 등 뒤에서 부드러운 목소리가 들렸다. "옆으로 비켜."

첸이 펄쩍 뛰면서 발을 헛디디는 바람에 다이어그램이 풀밭에 떨어졌다.

그 남자가 말했다. "오솔길에 다른 발자국을 남기면 안 되잖아."

남자는 오솔길 옆 풀밭에 서 있었다. 첸은 그가 어떻게 소리를 내지도 않고 거기에 당도했는지 의아했다. 남자는 키가 첸과 엇비슷했지만, 탄탄한 근육으로 덮여 있었다. 짙은 선글라스를 낀 남자는 머리가 군인처럼 단발이었다. 첸은 남자가 무서워 죽을 지경이었다. 머릿속에 떠오른 생각은, 이 남자는 살인자로, 또 다른 피해자를 해치려고 돌아왔다는 게 다였다. 그는 살인자처럼 보였다. 방아쇠를 당기는 걸 좋아하는 사이코패스처럼 생겼다. 그런데도 저 망할 놈의 정복 경찰 둘은 지금도 희희덕대고 있을 테고, 여자는 후루룩 소리를 내면서 파트너의 목에 버지니아 주 크기만 한 키스마크를 남기고 있을 거였다.

첸이 말했다. "여기는 경찰이 통제하는 범행 현장입니다. 당신은 여기 있어서는 안 됩니다."

남자가 말했다. "보여줘."

그가 손을 내밀었다. 첸은 그가 말하는 게 다이어그램이라는 걸 알았다.

첸은 그걸 넘겨줬다. 그러면 안 된다는 생각은 들지 않았다.

남자가 처음 한 말은 "살인자는 어디 있었지?"였다.

첸은 앞이 캄캄했다. "위치를 모르겠어요. 모호한 게 너무 많아요." 그는 투덜대는 어조로 말했는데, 그러면서 더더욱 창피해졌다. "경찰이 저위 도로에 있습니다. 그들은 지금 당장에라도 내려올 겁니다."

남자는 다이어그램만 주시할 뿐 그의 말을 듣는 것 같지는 않았다. 첸은 당장 줄행랑을 치는 게 옳은 건지 따져봤다.

남자가 다이어그램을 돌려줬다. "오솔길에서 옆으로 물러나게, 존."

"내 이름은 어떻게 알았어요?"

"서류양식에 적혀 있잖아."

"아하." 첸은 다섯 살짜리 어린애가 된 듯한 수치심을 느꼈다. 그는 포르셰는 물 건너갔다고 확신했다. "여기에 무슨 볼일이 있는 겁니까? 댁은 누굽니까?"

남자는 오솔길 가까이로 몸을 굽혀 예각에서 오솔길을 살폈다. 발이 끌린 자국을 한동안 응시한 남자는 오솔길을 60센티미터가량 올라가서는 푸시업 자세로 몸을 낮췄다. 그는 별다른 힘을 주지 않고도 그 자세를 유지했고, 첸은 그가 대단히 강인한 사람인 게 분명하다고 생각했다. 더 나쁜 건, 첸이 이 남자는 가질 수 있는 멋이란 멋은 몽땅 가진 사람이라는 결론을 내렸다는 거였다. 첸은 헬스클럽에 등록을 해야겠다고 생각했다-이 남자는 헬스클럽에서 살다시피 하는 게 분명했다-. 남자가 오솔길에서 옆으로 물러나더니 덤불이 우거진 땅과 풀밭을 들여다봤다.

존이 물었다. "뭘 찾는 건데요?"

남자는 대답은 하지 않고 끈질기게 나뭇잎과 잔가지를 뒤집고 담쟁이

덩굴을 들어 올렸다.

존이 한 걸음 더 다가가자 남자가 손가락을 올렸다. 손가락이 지시했다. 움직이지 마.

존은 그 자리에 얼어붙었다.

남자는 계속 살폈다. 탐색 구역이 넓어졌고, 존은 꼼짝도 하지 않았다. 그 자리에 얼어붙은 그는 도와달라고 고함을 쳐야 옳은 건지 몰랐다. 저 위에 순찰차에 있는 연놈이 서로를 물고 빠는 데 정신이 팔리는 바람에 그의 비명 소리를 전혀 듣지 못할 거라는 불쾌한 생각이 들었다.

남자가 말했다. "자네 증거수집 키트."

존은 그의 증거수집 키트를 들고 나아가기 시작했다.

남자가 다시 손가락을 올리더니, 오솔길 바깥에 있는 기다란 반달 모양의 경로를 가리켰다. "저 방향."

존은 남자가 가리킨 대로 덤불이 우거진 저지대로 가느라 바지가 두 군데나 찢겼고 열받게도 다리에는 자잘하게 긁힌 자국이 무수히 생겼다. 그가 도착했을 때 남자가 말했다. "여기."

22구경 황동 탄피가 올리브 잎 아래 있었다.

존은 얼떨결에 탄식을 내뱉었다. "세상에." 그는 남자를 응시했다. 남자는 응시로 시선을 되돌려줬다. 짙은 선글라스 때문에 남자가 어떻게 그렇게 했는지를 확인할 길이 없었지만. "이걸 어떻게 찾은 겁니까?"

"표시해."

오솔길로 돌아간 남자는 이번에는 쪼그려 앉았다. 존은 탄피 옆 땅바닥에 철사를 쑤셔 넣은 다음 서둘러 남자에게 돌아갔다. 남자가 가리켰다. "봐. 여기 옆쪽."

바라봤지만 아무것도 보이지 않았다. "뭘요?"

"신발." 남자가 더 가까이 가리켰다. "여기."

존은 많은 발자국의 부분 부분을 봤지만, 이 남자가 말하는 대상이 무엇인지는 상상이 되지 않았다. "아무것도 안 보이는데요."

남자는 한동안 아무 말도 하지 않았다.

"가까이 몸을 기울여, 존. 햇빛을 이용해봐. 햇빛이 자국을 포착하면, 움푹 팬 곳이 보일 거야. 발자국의 4분의 3이 말이야." 그의 목소리에는 한없는 인내심이 담겨 있었고, 존은 그 점이 고마웠다.

존은 오솔길 옆 덤불에 배를 깔고 누워 남자가 가리킨 곳을 오래오래 살폈다. 망할 놈의 자국이 보이지를 않는다는 걸 인정하려던 참에, 그는 결국 그걸 봤다. 발자국 4분의 3 정도, 조깅객의 신발 자국에 부분적으로 뭉개진, 그리고 오솔길의 딱딱한 가장자리에 너무 얕게 생긴 탓에 흙 알갱이 세 알 깊이에 못 미치게 난 자국. 경찰이 신는 것 같은 특정 종류의 캐주얼한 예복용 구두에 의해 생긴 자국처럼 보였지만, 그렇지 않을 수도 있었다.

존이 물었다. "살인자인가요?"

"옳은 방향을 가리키고 있어. 살인자가 있었던 곳이 분명해."

존은 탄피 쪽을 힐끔 돌아봤다. "자동권총이라고 짐작한 건가요? 그래서 저쪽을 들여다본 거예요?" 자동권총은 오른쪽으로 탄피를 뱉어낸다. 그리고 22구경 탄피는 1.2미터 정도를 날아간다. 그런 후 무언가를 떠올린 존은 실눈으로 남자를 쳐다봤다. "그런데 놈이 리볼버를 사용했다면 어쩔 겁니까? 리볼버는 뒤에 아무것도 남겨놓지 않을 텐데요."

"그랬다면 나는 아무것도 발견하지 못했을 거야." 남자가 재미있다는 듯한 기색으로 머리를 곧추세웠다. "사람들이 사방에 있었는데, 총소리를 들은 사람이 아무도 없었어. 그런데 리볼버에는 소음기를 달 수가 없어, 존."

존은 얼굴이 달아오르며 근질근질해지는 걸 느꼈다. "저도 그건 압니다."

남자는 오솔길을 따라 이동하면서 한 걸음을 뗄 때마다 푸시업 자세를 취하고는 다시 이동했다. 존은 지금이 정복 경찰 둘에게 달려갈 이상적인 시간이라고 생각했지만, 그러는 대신 발자국을 표시하기 위해 땅에 철사를 쑤셔 넣고는, 오솔길 바로 위에 있는 공터 모서리에 있는 무성한 옻나무 숲으로 남자를 따라갔다. 남자는 숲을 맴돌았다. 처음에는 한쪽 방향으로, 다음에는 다른 방향으로. 두 번이나 몸을 낮게 굽혔다.

"놈은 그녀가 보일 때까지 여기서 기다렸어."

존은 남자의 뒤에 머무르려고 조심하면서 가까이 이동했다. 확실히, 거기에는 탄피 옆에 있는 부분적인 발자국과 일치하는 듯 보이는, 딱딱한 땅에 찍힌 완벽한 발자국 세 개가 있었다. 앞서처럼, 발자국들은 얕았고, 남자가 그것들을 가리켰는데도 거의 보이지 않을 정도였다. 하지만 이제 존은 그것들을 더 잘 식별했다.

존이 그 발자국들을 모두 확인할 무렵, 남자가 다시 이동했다. 존은 남자를 따라잡으려고 서두르기에 앞서 그 자리에 철사를 황급히 꽂았다.

그들은 도로와 평행하게 설치된 철조망 울타리로 갔다. 그러고는 출입구에서 멈췄다. 존은 포장도로가 그들이 갈 수 있는 한계가 될 거라고 짐작했지만, 남자는 맞은편에 있는 비탈이 무슨 말을 건네는 것마냥 도로를 가로지르기 시작했다. 순찰차가 그들의 왼쪽 커브에 있었다. 그런데 경찰 연놈이 뒷자리에서 씨름하고 있을 거라는 점을 감안할 때, 그들은 자기들 뒤에서 핵폭발이 일어나도 알아차리지 못할 터였다. 잡것들.

남자가 산등성이를 올려다봤다. 왼쪽 멀리에 주택들이 있었다. 오른쪽에는 아무것도 없었다. 남자의 시선이 오른쪽에 있는 도로변의 흑단나무 숲으로 향했다. 그러더니 그가 길을 건넜고 존은 남자를 따라갔다.

존이 물었다. "놈이 저기를 건넜다고 생각하는 건가요?"

남자는 대답하지 않았다. 오케이. 수다쟁이는 아니로군. 존은 그런 사람은 감수할 수 있었다.

흑단나무 숲 정면의 비탈을 수색한 남자가 입을 씰룩거리게 만든 무언가를 찾아냈다.

존이 물었다. "뭡니까? 말해봐요."

남자가 갓길에 파인 작은 부채 모양의 단단하지 않은 흙덩어리를 가리켰다. "사람들이 지나갈 때까지 나무 뒤에 숨어 있다가 출입구를 통과한 거야."

"끝내주네요." 존 첸은 이 짓이 마음에 들기 시작했다. 대박이다.

그들은 비탈을 올라갔다. 이제 살인자의 발자국들이 구릉의 단단하지 않은 흙에서 목소리를 내고 있었다. 그들은 능선까지 가면서 작업했다. 그러고는 정상을 넘어 소방도로 쪽으로 향했다. 존은 여기 높은 곳에 소방도로가 있다는 사실조차 몰랐다.

그는 탄성을 질렀다. "세상에, 무슨 이런 게 다 있어!"

남자가 소방도로를 따라 30미터쯤 가다 멈춰 서더니 다시 보이지 않는 무언가를 응시했다. 존은 남자에게 무얼 보고 있는 거냐고 재차 묻느니 혀를 깨무는 쪽을 택하면서 기다렸다.

그러다 결국에는 참지 못하고 물었다. "뭔데요? 제발 말 좀 해봐요."

"차." 남자가 가리켰다. "여기 주차했었어." 다시 가리켰다. "냉각수 아니면 오일 방울들이 여기 있어. 타이어 자국은 저기 있고."

존은 이미 그 지점들을 철사로 표시하고 있었다.

남자가 말했다. "오프로드 타이어 자국이야. 축간거리가 긴 차."

"오프로드요? 지프 비슷한 거요?"

"그 비슷한 차야."

존은 최대한 빨리 노트에 적었다. 사무실에 전화해서 타이어 자국을 뜰 장비를 보내달라고 해야 할 것 같았다.

"놈은 여기에 주차했어. 여기 와본 적이 있었으니까. 놈은 자신이 갈 곳이 어떤 곳인지를 알았어."

"놈이 그녀를 알았다고 생각하는 건가요?"

남자가 존 첸을 쳐다봤다. 그러자 첸은 반사적으로 뒷걸음쳤다. 자신도 이유를 몰랐다.

"10호 사이즈 신발처럼 보여. 그렇지, 존?"

"어어, 그러네요."

"딱딱한 땅에 꽤 깊게 패었어. 평소 몸무게보다 무게가 더 나갔다는 거야." 꽤 깊게. 알갱이 세 알 깊이로. "신발 사이즈하고 몸무게를 활용하면 신체 유형을 짐작할 수 있어. 신발 자국의 본을 뜨면 어느 브랜드의 신발인지 알 수 있고."

"저도 알아요." 존은 짜증이 났다. 아마 존은 혼자 힘으로는 이 증거들을 하나도 찾아내지 못했을 것이다. 그렇다고 그가 멍청이는 아니었다.

"타이어 자국을 뜨도록 해. 사이즈하고 브랜드를 알아내. 그걸 바탕으로 제조사 명단을 얻도록 해."

"나도 안다니까요."

남자는 이제 아래에 있는 저수지를 응시했고, 존은 그 짙은 선글라스 뒤에서 무슨 일이 벌어질 수 있는지 궁금했다.

"다운타운에서 온 형사님이세요?"

남자는 대답하지 않았다.

"으음, 보고서에 적을 성함이랑 배지 넘버를 알려주세요."

남자의 선글라스가 그를 향했다. "자네가 이 증거들이 나한테서 나온 거라고 말하면, 위에서는 이 증거들을 깎아내릴 거야."

존 첸은 그를 보며 눈을 깜빡거렸다. "그렇지만… 그러면 이 모든 것에 대해 어떻게 보고하라는 겁니까?"

"나는 여기 있은 적이 없어, 존. 그렇다면 뭐가 남지?"

"내가 증거들을 찾아냈다고요?"

"자네가 그런 식으로 잘 둘러댄다면."

"예. 으음, 그럼요. 물론이에요." 그의 두 손이 흥분으로 축축해졌다. 그는 심장이 요동치는 걸 느꼈다.

"타이어 제조사 알아내서 차량 리스트를 만들도록 해. 자네한테 전화할게. 문제는 생기지 않을 거야, 그렇지, 존?"

"무슨 문제가 있겠습니까?" 대답이 자동으로 튀어나왔다.

남자가 한동안 그를 응시하더니 존 첸이 여생 동안 틈틈이 떠올리게 될 말을 했다. 그는 남자가 뜻하고자 한 게 무엇인지가, 그리고 그런 말을 한 이유가 궁금했다. "사랑하는 사람에게 절대로 등을 돌리지 말게, 존."

덤불을 가로질러 비탈 아래로 미끄러져 내려간 남자는 첸이 그가 떠나고 있다는 걸 깨닫기도 전에 모습을 감췄다.

존 첸은 천천히 함박웃음을 지었다. 그러고는 뜀박질을 시작했다. 덤불을 헤치며 경쾌하게 달려가면서 발을 헛디디기도 하고 한 번은 구르기까지 했다. 그러고도 다시 일어난 그는 순찰차를 지나쳐 과학수사대 밴을 향해 있는 힘껏 달렸다. 몸이 달아오른 호색한들에게 붙이고 있는 입술을 당장 떼라고 소리 지르면서.

갑자기, 승진이 한층 더 가까워진 듯 보였다.

갑자기, 끝내주는 포르셰가 그의 차고에 이미 주차돼 있었다.

이틀째에 현장에 다시 온 게 결국에는 성과를 냈다.

8

파커 센터는 LA 다운타운에 있는 8층짜리 흰색 빌딩으로, 『로스앤젤레스 타임스』 사옥과 스무 곳 남짓 되는 술집에서 두 블록 떨어져 있었다. 술집들은 크기는 작았지만, 그곳에서는 근무조가 교대한 후 경찰 업무의 대부분을 확인할 수 있었다. 기자들을 상대로 한 경찰 업무는 하루 내내 꾸준히 행해졌다. 파커 센터 측면에는 '로스앤젤레스 시-경찰국'이라는 글자가 붙어 있는데, 글자가 너무 작은 데다 비쩍 마른 야자수 세 그루가 경찰을 창피하게 여긴다는 듯 표지판을 모호하게 가리고 있었다.

로비 경비원이 나한테 옷깃에 부착할 방문증을 건네고는 강력반에 전화를 걸었다. 4분 후에 엘리베이터 문이 열렸다. 스탠 와츠가 내가 눈곱이나 되는 것처럼 엘리베이터에서 나를 꼬나봤다.

"안녕하세요, 스탠?"

와츠는 나를 무시했다.

"봐요, 우리가 처음부터 이런 식으로 관계를 시작할 이유는 없잖아요."

그가 5층 버튼을 눌렀다.

5층에 다다르자, 나를 조명이 밝은 커다란 방으로 안내했다. 황금 방패 뒤에서 최소한 15년을 보낸 사람들이 차지한 큐비클들로 구성된 직사각형이 방 가운데를 차지하고 있었다. 대다수 사람들은 전화기를 붙들고 있었고 일부는 타이핑을 하고 있었는데, 거의 모두가 이 일을 편안해하는 듯 보였다. 크란츠는 커피메이커 옆에서 과체중인 남자와 이야기를 나누고 있었다. 책상에 기대고 있는 윌리엄스는 무슨 얘기인가에 폭소를 터뜨리고 있었다. 열두 시간 전에 여성의 시신에서 파리를 쫓던 사람들로는 보이지 않았다.

크란츠가 나를 보자 얼굴을 찡그리더니 소리를 질렀다. "돌런! 자네 서방님 오셨어."

테이블에 있는 유일한 여자가 모퉁이에 혼자 앉아서는 노란 리걸패드에 무엇인가를 갈겨쓰고 있었다. 크란츠가 부르는 소리에 그녀는 패드를 책상 서랍에 넣어 잠그고 일어섰다. 키가 크고 강인해 보였다. 선원들과 같이 노를 젓거나 마소 같은 사내들과 같이 일하는 여성이 보여줘야 할 종류의 강인함이었다. 방에는 다른 여자들도 있었지만, 행동거지를 볼 때 그 여자들은 형사가 아니라는 걸 알 수 있었다. 하지만 그녀는 형사였다. 내가 그녀 입장이라면, 나도 책상을 잠갔을 것이다.

돌런은 걸어 다니는 자궁경부암 테스트기나 되는 것처럼 크란츠를 쏘아보고 나서 나를 한층 더 날카로운 눈으로 쏘아봤다.

그녀가 오자, 크란츠가 말했다. "돌런, 이쪽은 콜이야. 콜, 여기는 사만다 돌런이야. 그녀랑 같이 지내도록 하게."

사만다 돌런은 스타일리시한 회색 정장바지 차림에 카메오 브로치를 했고, 짙은 금발은 남자처럼 보이지 않을 정도로 단발이었다. 그녀가 사십대 초반일 거라고 짐작했지만, 그보다 더 젊을지도 몰랐다. 크란츠가 이름을 말했을 때, 여러 기사와 인터뷰와 TV에서 그녀를 수십 번이나 봤던 나는 그녀를 단박에 알아봤다.

"만나서 반가워요, 돌런. 당신 시리즈를 재밌게 봤어요."

6년 전, CBS는 연쇄강간범을 체포하다가 죽을 뻔한 그녀의 사건을 바탕으로 그녀에 대한 TV 시리즈를 만들었다. 시리즈는 시즌 절반까지만 생명을 유지했고 반응도 그리 좋지 않았다. 하지만 그 시리즈 덕에, 그녀는 단기간에 조 웜보(LA 경찰로 재직한 후 경찰에 대한 픽션과 논픽션을 써서 유명해진 작가) 이후로 가장 유명한 LA 경찰이 됐다. 『타임스』에 실린 기사는 그녀의 사건 해결률에 초점을 맞췄는데, 그것은 여성이 세운 역사상 최고 기록이었고, 부서 역사상 3위에 해당했다. 나는 그 기사에 깊은 인상을 받았지만, 이후로는 그녀에 대한 소식을 들은 적이 없다는 생각이 서서히 떠올랐다.

사만다 돌런의 실눈이 노려보는 시선으로 바뀌었다. "그 TV 시리즈가 마음에 들었다고요?"

나는 그녀에게 우호적인 미소를 보였다. "그래요."

"그 시리즈, 엿 같았는데."

나는 사람들이 나를 좋아할 때면 늘 그 사실을 알 수 있었다.

크란츠가 시계를 확인했다. "회의실에서 브리핑해줄게. 그렇게 하면 이 상황은 어느 누구의 시간도 허비하지 않을 거야. 생각해봐, 콜. 우리 형사들이 단서를 추적하는 대신 자네한테 브리핑할 생각을 하는 바람에 지금 이 순간에도 살인자가 수사망을 벗어나고 있을지도 모른다는 걸."

"당신도 참 어지간하네요, 크란츠."

"맞는 말이야. 돌런, 이 친구 거기로 안내해. 나도 곧 따라갈게."

돌런은 나를 와츠와 윌리엄스가 기다리고 있는 작은 회의실로 안내했다. 브룰리라는 호리호리한 형사와 살레르노라는 히스패닉 형사가 함께 있었다. 우리가 들어갈 때 브룰리가 살레르노에게 뭐라고 귓속말을 하자

살레르노가 미소를 지었다. 돌런은 나를 소개하거나 남들에게 무슨 말을 하지도 않고 의자에 앉았다. 그녀는 그들도 탐탁지 않게 여기는 듯했다.

윌리엄스가 나를 소개했다. "이 친구는 유가족을 대표하는 엘비스 콜이야. 우리가 수사를 망치지나 않을지 우리를 계속 감시해야 할 사람이지."

"유가족에게는 이미 당신 얘기 잘 해뒀어요, 윌리엄스." 나는 영리한 재담 면에서 내가 그들을 능가할지도 모른다고 생각했다.

살레르노가 활짝 웃었다. "이름이 그래서 고민이 많았겠어요?"

"무슨 이름요, 콜요?"

살레르노가 깔깔거렸다. 내 재담 솜씨 봤나?

크란츠가 커피를 담은 머그잔과 클립보드를 들고 잰걸음으로 들어왔다. "계속 시간 낭비하고 싶나, 아니면 헛소리들 그만둘 건가?"

살레르노가 웃음을 멈췄다.

크란츠가 클립보드를 읽는 동안 커피를 몇 모금 마시고는 말했다. "우리가 가진 정보는 이래. 카렌 가르시아는 레이크 할리우드 저수지에서 토요일 오전 10시경에 미지의 공격자나 공격자들에 의해 살해됐어. 우리가 그녀의 차를 찾아내고 압수했는데, 그 차는 바람 대로 주차장에 있었어. 판단컨대 범인은 소구경 권총으로 근접한 거리에서 한 방을 발사했어. 그녀의 시신은 이튿날 두 하이커에 의해 발견됐어. 우리는 그들이 한 최초 인터뷰를 입수했어. 토요일에 저수지에 있었던 걸로 알려진 다른 사람이나 근처에 사는 사람들, 그리고 피살자와 어울렸던 사람들도 심문하는 중이야. 램파트와 할리우드, 웨스트 LA, 윌셔 경찰서 형사들도 수사를 지원하고 있어. 용의자는 현 시점에서는 확보하지 못했어." 크란츠의 목소리가 잭 웹(TV 드라마 「수사망(Dragnet)」의 주인공 배우)처럼 들렸다.

"그게 단가요?"

짜증이 난 크란츠가 입을 벌리며 턱을 풀었다. "수사 개시한 지 스무 시간밖에 안 됐어. 뭘 더 바라는 거야?"

"비판하자는 게 아니에요."

나는 내가 타이핑한 종이 두 장을 꺼내 테이블 저쪽으로 밀었다. 크란츠는 종이에 손도 대지 않았다.

"토요일에 프랭크 가르시아가 딸의 활동에 대해 말해준 내용하고 내가 그녀를 찾으려고 애쓰면서 알아낸 내용이 모두 거기 들어 있어요. 그게 도움이 될지도 모른다고 판단했어요. 파이크하고 나는 카렌의 행동 패턴을 아는 정글 주스 사람들하고 얘기해봤어요. 그들의 이름도 거기 있어요."

"그 사람들하고는 이미 얘기해봤어, 콜. 우리도 열심히 뛰어다니고 있어. 피살자 아버지에게 그 얘기를 전해주게." 그는 더 이상은 짜증을 낼 수도 없는 것 같았다.

"우리는 저수지 아래에서 에드워드 디지라는 홈리스도 찾아냈어요. 디지는 여성 조깅객에게 빨간색이나 갈색 SUV가 접근하는 걸 봤다고 주장했어요. 괴팍한 사람이지만, 당신들이 그를 심문하고 싶을지도 모르죠."

크란츠가 짜증스러운 눈빛으로 손목시계를 들여다봤다. 내가 그가 허용하는 것보다 더 많은 시간을 허비하고 있는 듯했다. 고작 3분이 지났는데. "파이크한테서 간밤에 그 사람에 대한 얘기 들었어, 콜. 지금 수사 중이야. 자, 다른 게 있나?"

"그래요. 부검에 참석해야겠어요."

크란츠와 와츠가 눈살을 찡그린 표정을 주고받았다. 그러더니 크란츠가 나한테 미소를 지었다. "농담이지, 그렇지? 그녀의 아버지가 부검 사진을 원하는 거야?"

"내가 저수지에 올라갔던 것하고 비슷해요. 그분은 누군가가 거기에 가기를 원하는 것뿐이에요."

"맙소사."

와츠는 크란츠를 바라보는 시선을 절대로 돌리지 않았다. 그가 목을 가다듬었다. "부검실에 밀린 사건이 많아. 시신이 늘어서서 2, 3주를 기다리고 있다고. 우리도 서두르려고 애쓰고는 있지만, 어떻게 될지는 나도 잘 몰라."

크란츠와 와츠가 시선을 얼마 동안 더 주고받더니 크란츠가 어깨를 으쓱했다. "부검이 언제 행해질지는 우리도 모른다는 말이야. 자네가 거기 참석할 수 있을지 여부도 몰라. 알아봐야 돼."

"좋아요. 목격자 진술서하고 과학수사대 보고서 사본을 보고 싶어요."

"과학수사대 보고서는 아직 제출 안 됐어. 과학수사대 요원은 아직도 현장에서 작업 중이야. 시신을 발견한 두 남자를 제외한 다른 목격자 진술서도 현재까지는 없어."

"녹취록을 갖고 있다면 그것도 사본을 받아봤으면 해요."

크란츠가 팔짱을 끼고는 의자 등받이로 몸을 젖혔다. "자네가 그 자료들을 읽어보고 싶다면 그럴 수는 있어. 하지만 복사는 할 수 없고 이 빌딩에서 아무것도 가지고 나갈 수 없어."

"복사를 해야 해요. 당신이 복사와 관련해서 협조하지 않겠다면 치안감에게 전화해서 부탁할 거예요."

크란츠는 한숨을 쉬었다. "그 문제는 그분께 여쭤봐야겠어. 자네가 보고서를 원한다는 얘기는 들었지만, 콜, 우리한테는 자네한테 보여줄 보고서가 아직까진 하나도 없어. 복사 문제에 관해서는, 비숍하고 얘기해볼게. 그가 좋다고 하면, 오케이야."

그 정도면 받아들일 수 있었다. "기록부는 누가 기입하고 있나요, 당신 아니면 와츠?"

와츠가 말했다. "나야. 왜?"

"그걸 보고 싶어요."

"절대 안 돼."

"그게 무슨 대수라고 그러는 거예요? 그렇게 하면 모두들 시간을 아끼게 될 거예요." 살인사건 기록부는 수사와 관련된 모든 사실을 시간순으로 기록해놓은 책이었다. 거기에는 수사에 참여하는 경찰들이 작성한 기록, 목격자 명단, 법의학적 증거, 그 외 모든 게 들어 있다. 내가 그들이 현재까지 수사한 내용을 따라잡을 수 있는 가장 쉬운 방법이기도 했다.

와츠가 말했다. "기록부는 잊어. 우리가 이 사건을 법정에 가져간다면, 우리는 어째서 민간인이 우리 기록을 뒤지고 있었는지를 피고 측 변호사에게 설명해야 할 거야. 우리가 무언가를 찾아낼 수 없다면, 그는 자네가 우리 증거를 갖고 노닥거렸고 우리가 너무 무능해서 정황을 더 잘 파악하지 못했다고 주장할 거라고."

"이봐요, 와츠. 그걸 집에 가져갈 생각은 없어요. 원한다면, 당신이 내 옆에 서서 페이지를 넘겨주기만 해도 돼요. 그게 모두에게 더 쉬운 일 아닌가요."

크란츠가 다시 시계를 확인하더니 의자를 밀고 일어났다.

"기록부는 안 돼. 우리가 인터뷰할 사람이 2백 명이나 돼. 그러니 이 브리핑은 공식적으로 끝났어. 규칙은 이래, 콜. 자네가 이 빌딩에 있는 한, 자네는 돌런하고 있어야 돼. 원하는 게 있으면 그녀에게 요청해. 질문이 있으면 그녀에게 물어봐. 쉬를 해야겠다면, 그녀가 화장실 밖에서 기다려줄 거야. 무슨 일이든 그녀 없이 하는 건, 우리가 몬토야하고 맺은 협정을 위반하는 거고 그러면 자네는 끝이야. 알겠나?"

"녹취록을 읽고 싶다니까요."

크란츠가 돌런을 향해 손짓을 했다. "돌런이 그 문제를 처리해줄 거야."

돌런은 와츠를 힐끗 봤다. "시신이 발견됐을 때 출동한 정복 경찰 둘하고도 얘기해봐야겠어요."

크란츠가 말했다. "살레르노가 그 정복들한테 얘기해줄 거야. 자네, 콜하고 있도록 해. 자네가 처리할 수 있지, 그렇지?"

"나는 수사를 하고 싶어요, 하비." 그녀가 '똥 덩어리'를 가리키는 다른 이름이나 되는 양 그의 이름을 말했다.

"자네 일은 내 지시를 따르는 거야."

나는 목을 가다듬었다. "부검은 어떻게 할 건데요?"

"알아보겠다고 했잖아. 그렇게 할게. 젠장, 살인자를 체포하려고 애쓰는 동시에 자네를 돌봐주는 일까지 해야 하는군."

크란츠가 다른 말 없이 방을 나갔다. 돌런을 제외한 다른 부하들이 그와 함께 갔다. 돌런은 화나고 시무룩한 표정으로 자리에 머물렀다.

내가 물었다. "나랑 붙어 다니게 돼서 누구한테 화가 나나요?"

돌런은 따라갈지 말지 모를 나를 위해 문을 열어둔 채로 방을 나갔다. 크란츠는 내가 혼자 돌아다니는 걸 원치 않았지만, 나는 그녀가 그런 데는 신경 쓰지 않을 거라고 짐작했다.

내가 타이핑해서 가져온 정보를 담은 종이 두 장은 아무도 건드리지 않왔다. 슬쩍 들여다본 사람조차 없었다. 그걸 챙겨 들고 나는 복도에서 그녀를 따라잡았다. "그렇게까지 나쁘지는 않을 거예요, 돌런. 이건 아름다운 우정의 출발점이 될 수 있어요."

"재수 없게 굴지 마요."

나는 두 손을 벌리고는 재수 없게 굴지 않으려고 애쓰면서 그녀를 따라갔다.

돌런과 내가 강력반 사무실로 돌아갔을 때, 크란츠와 와츠는 실적이 나쁜 한 달을 보낸 캐딜락 세일즈맨처럼 보이는 남자 셋과 얘기를 나누고 있었다. 백설처럼 하얀 머리를 크루 커트로 깎고 피부가 햇볕에 그을린 한 명은 나이가 많았다. 다른 두 명은 이글거리는 눈빛으로 나를 바라보다 몸을 돌렸지만, 머리를 아주 짧게 깎은 남자는 내 코에 벌레나 붙어 있는 양 나를 노려봤다.

돌런이 말했다. "이 의자를 저기로 가져가요."

그녀는 비서들이 쓰는 가벼운 의자를 나한테 밀치고는 그녀의 책상 근처에 있는 벽을 가리켰다. 면벽하고 앉으면, 나는 교실의 지진아처럼 보일 것이다.

"책상을 쓰면 안 되나요?"

"사람들은 각자 일하는 책상이 있어요. 거기 앉고 싶지 않으면 집에 가든가요."

그녀는 기다란 강력반 사무실을 활보하면서, 누군가가 길을 막아서면 때려눕히겠다고 말하는 듯 당당하고 빠른 걸음을 내디뎠다. 파일 두 개를 들고 뚜벅뚜벅 돌아온 그녀가 그것을 작은 의자에 철퍼덕 내려놨다. "피살자를 발견한 사람들은 유진 더쉬하고 라일리 워드예요. 우리는 간밤에 그 둘을 인터뷰했어요. 읽고 싶으면 여기 앉아서 읽도록 해요. 페이지에 낙서하지는 말고요."

돌런은 그녀의 책상 뒤에 있는 의자에 털썩 앉더니 서랍 자물쇠를 열고는 노란 패드를 꺼냈다. 그녀는 꽤나 거창한 쇼를 연출하고 있었다.

봉투 안에는 더쉬와 워드의 인터뷰를 옮겨놓은 서류가 있었는데, 각각 10페이지 분량이었다. 진술서 서두를 읽고는 돌런을 쳐다봤다. 그녀는 여전히 패드를 붙들고 있었는데, 화가 난 탓에 얼굴이 잿빛이었다.

"돌런?"

그녀의 눈동자가 나한테로 향했지만, 신체의 나머지 부분은 움직이지 않았다.

"함께 작업하는 동안에는 서로 즐겁게 작업할 수도 있을 것 같지 않아요?"

"우리는 함께 작업하지 않을 거예요. 여기서 당신은 커피머신 밑에 사는 바퀴벌레랑 비슷한 존재예요. 당신이 빨리 사라질수록 나는 경찰 노릇으로 더 빨리 복귀할 수 있어요. 무슨 말인지 알겠죠?"

"제발요, 돌런. 난 좋은 사람이에요. 보리스 바데노프(1960년대 초반에 방영된 애니메이션에 등장하는 악당 캐릭터) 흉내 내볼까요?"

"그건 관심 가질 사람들을 위해 아껴두도록 해요."

나는 그녀에게로 몸을 기울이고는 목소리를 낮췄다. "우리는 크란츠의 코를 납작하게 만들 수 있어요."

"인터뷰를 읽고 싶지 않다면, 당신은 내 시간을 낭비하고 있는 거예요."

그녀는 패드로 돌아갔다.

"돌런?"

그녀가 올려다봤다.

"웃어본 적 있어요?"

다시 패드로.

"그런 적 없는 것 같군요."

여성판 조 파이크.

나는 두 인터뷰를 두 번씩 읽었다. 유진 더쉬는 독립적으로 활동하는 그래픽 디자이너로, 때때로 라일리 워드를 위해 일했다. 워드는 웨스트 로스앤젤레스에 있는 작은 광고 에이전시의 소유주였다. 두 사람은 3년 전에 워드가 더쉬를 디자이너로 고용하면서 만났다. 그들은 일주일에 세 번씩, 보통은 그리피스 파크에서 하이킹을 하거나 조깅을 하는 좋은 친구 사이이기도 했다. 더쉬는 레이크 할리우드를 정기적으로 방문했는데, 카렌 가르시아가 살해당한 토요일에도 거기 올랐었고, 그녀의 시신을 발견한 날인 일요일에는 같이 가자고 워드를 설득했었다. 더쉬가 말했듯, 그들은 저수지 바로 위에 있는 오솔길을 따라가던 중에 모험 삼아 물가로 내려가기로 결정했다. 워드는 그 결정이 달갑지는 않았고, 실제로 내려가는 길도 수월하지 않았다. 그들은 오르막길을 올라 오솔길로 돌아오던 길에 시신을 발견했다. 두 사람 모두 의심스러운 사람은 아무도 보지 못했다. 신분증을 찾으려고 카렌 가르시아의 옷을 뒤질 때, 두 사람 모두 자신들이 범행 현장을 훼손했다는 걸 깨달았다. 워드가 더쉬에게 그러지 말라고 말렸다는 데는 두 사람 다 동의했지만, 더쉬는 어쨌든 그녀의 몸을 뒤졌다. 더쉬가 그녀의 운전면허증을 찾아낸 후, 그들은 휴대전화를 가진 조깅객을 찾아내서 경찰에 신고했다.

내가 물었다. "더쉬에게 토요일에 대해 물어봤나요?"

"그는 그날 다른 시간대에 저수지 맞은편을 산책하러 갔대요. 아무것도 못 봤대요."

그의 인터뷰에서 그런 기록을 읽은 기억이 없었다. 그래서 페이지를 한 장씩 넘겨봤다. "그런 얘기는 하나도 없어요. 그가 토요일에 산에 올랐다는 얘기만 부분적으로 있을 뿐이에요."

그녀에게 녹취록을 보라고 내밀었지만, 그녀는 눈도 돌리지 않았다. "그건 우리가 할리우드에서 사건을 넘겨받은 후에 와츠가 그를 상대로 한 인터뷰예요. 아직 안 끝났어요?" 그녀가 손을 내밀었다.

"아직요."

나는 와츠가 더쉬에게 토요일에 대해 물었다면 아마도 수첩에 내용을 적었을 거라고 생각하면서 더쉬의 인터뷰를 다시 읽었다. 와츠가 기록부를 기입하고 있다면, 그는 수첩의 내용을 거기에 옮겨 적었을 것이다.

와츠를 찾아 주위를 둘러봤지만, 와츠는 떠나고 없었다. 크란츠도 아직 돌아오지 않았다.

"부검에 대해 알아보는 데 얼마나 오래 걸릴까요?"

"크란츠는 그런 일에는 수완이 좋은 사람이에요. 긴장할 것 없어요."

"무슨 얘기 좀 해봐요, 돌런. 크란츠가 잘 해낼 수 있을까요?"

그녀는 고개를 들지 않았다.

"여기 오기 전에 전화를 두어 통 걸어봤어요, 돌런. 당신이 민완 형사라는 거 알아요. 와츠가 뛰어나다는 것도 알고요. 크란츠는 경찰보다는 정치인에 가까워 보이더라고요. 겁도 많고요. 그가 수사를 성공적으로 진행해 나가고 있는 건가요, 아니면 수사가 벅차서 감당하지 못하는 건가요?"

"책임자는 그예요, 콜. 내가 아니라요."

"그가 디지의 후속 수사를 할까요? 더쉬에게 토요일에 대해 물어볼 정도로 영리한 사람인가요?"

그녀는 한동안 아무 말도 하지 않았다. 그러다가 패드 너머 내 쪽으로 몸을 기울이고는 펜으로 나를 가리켰다.

"우리가 이 수사를 작업하는 방식에 대해서는 근심 붙들어 매도록 해요. 대화를 하고 싶으면 당신 자신을 상대로 하도록 해요. 나는 관심 없으니까. 똑똑히 알아들었죠?"

그녀는 내 대답을 기다리지도 않고 패드로 돌아갔다.

"똑똑히요."

그녀가 고개를 끄덕였다.

밝은 노란색 볼링 셔츠를 입은 근육질의 젊은 남자가 우편물 카트를 밀고 쌍여닫이문을 통과해 들어와 커피메이커로 갔다. 벨트에 클립으로 고정한 보안 배지가 덜렁거리면서 그가 민간인 직원임을 알렸다. LAPD는, 대다수 경찰서처럼, 비용을 절감할 수만 있다면 언제든 민간인을 활용했다. 이 일을 한 경험이 취직에 도움이 되기를 희망하는 젊은이들이 대다수 공석을 채웠다. 이 청년은 아마도 전화 응대를 하고 사무실 간 메모를 전달하거나 실종 아동을 찾아 집집을 수색하는 걸 도우면서 하루하루를 보냈을 텐데, 그런 활동은 그를 진짜 경찰이 되는 쪽으로 가까이 데려갈 터였다.

나는 돌런을 힐끔 쳐다봤다. 그녀는 나를 응시하고 있었다.

"커피 한잔 마셔도 될까요?"

"직접 따라 마셔요."

"한잔 갖다줄까요?"

"아뇨. 녹취록은 의자에 놔둬요. 내가 당신을 볼 수 있는 위치를 벗어나지 말고요." 지크 하일(Sieg heil, '승리를 위해'라는 뜻으로, 대표적인 나치 구호)!

나는 커피메이커로 느긋이 걸어가 민간인에게 미소를 지었다. "커피 어때요?"

"똥 맛이에요."

어쨌든 나는 한 잔을 따라 맛을 봤다. 똥 맛이었다.

그의 신분증은 그의 이름이 커티스 우드라고 말했다. 커티스는 온종일 이 사무실에서 저 사무실로 이 층에서 저 층으로 사방을 돌아다니니까 어떤 게 스탠 와츠의 책상인지를 알 것이다. 와츠가 기록부를 어디다 보관하는지도 알지 모른다. "돌런은 정말로 여걸 아닌가요?" 정보를 최대한 수집하는 모드에 돌입한 전문적인 수사관으로 변신한 나는 나를 털끝만큼도 의심하지 않는 민간인 경찰 지망생과 라포(rapport, '신뢰 관계'를 뜻하는 심리학 용어)를 형성하는 단계에 슬그머니 돌입했다. 나는 와츠와 살인사건 기록부로 이어지는 길을 알아낼 수 있을 거라 판단하고 있었다.

"그녀를 소재로 한 TV 시리즈도 있어요, 알아요?"

"예, 알아요. 그걸 좋아했어요."

"나라면 그 시리즈 얘기는 꺼내지 않을 거예요. 그녀는 그 얘기를 꺼내면 조금 섬뜩해지거든요."

나는 커티스에게 내가 지을 수 있는 제일 우호적인 미소를 지으면서 손을 내밀었다. "이미 그런 실수를 저질렀어요. 엘비스 콜이라고 해요."

"커티스 우드예요." 그의 악력은 그가 헬스클럽에서 많은 시간을 보낸다는 걸 보여줬다. 아마도 그는 몸을 근사하게 만드느라 애쓰고 있을 것이다. 그가 내 출입증을 힐끗 봤다.

"나는 가르시아 사건을 수사하는 돌런하고 스탠 와츠를 돕고 있어요. 와츠 알아요?" 숙달된 전문가답게 매끄럽게 와츠를 대화에 등장시켰다.

커티스가 고개를 끄덕였다. "유가족을 위해 일한다는 사람이 당신인 가요?"

이 친구들은 모든 정보를 듣는다. "맞아요." 여유로운 테크닉을 주목하라. 작업 대상자가 내 계책에 선뜻 말려들 만한 인물이라는 걸 어떻게 입증해냈는지 주목하라.

커피를 다 마신 커티스가 내 눈을 똑바로 쳐다봤다. "강력반은 업계에서 제일 영리한 형사들로 구성돼 있어요. 어쩌다가 당신 같은 멍청이가 그들을 능가할 수 있다고 생각하게 된 건가요?"

그는 대답을 기다리지도 않고 카트를 밀었다.

은밀하게 정보를 수집한 대가치고는 엄청난 성과였다.

내가 여전히 거기 서 있을 때 크란츠가 문으로 들어오다 나를 보고는 빠르게 다가왔다. "뭐 하고 있는 거야?"

"당신 기다리고 있었어요, 크란츠. 한 시간이나요."

그가 자기 의자에서 몸을 젖히고 있는 돌런을 노려봤다. "자네, 이 친구가 이런 식으로 사방을 돌아다니게 놔둔 건가?"

"그만 좀 해요, 하비. 나는 바로 이 자리에 있어요. 내가 그래야만 하는 상황이라면 그에게 총질을 할 수도 있다고요."

내가 항변했다. "커피 한잔 마신 것뿐이에요." 내가 무슨 연방 사건이나 저지른 것 같은 분위기였다.

크란츠가 화를 삭이고는 내게로 몸을 돌렸다. "오케이. 이렇게 하세. 부검 문제는 아직도 분명치 않아. 오늘 오후에 내가 자네한테 알려줄게."

"그 문제 때문에 여기서 또 한 시간을 기다리라고요?"

"여기 있을 필요 없어. 비숍이 자네한테 보고서를 줘도 괜찮다고 했어. 그러니까 내일 보고서가 제출되면 복사해 줄게. 얘기 끝났네."

스탠 와츠가 복도에서 나타났고, 단발머리가 그와 함께 나타났지만 나머지 둘은 보이지 않았다. 스탠이 말했다. "하비, 우리 준비됐습니다." 단발머리는 빚쟁이에게 돈 받아낼 방법을 강구하느라 애쓰는 사람처럼 나를 노려보고 있었다.

크란츠가 그들에게 고개를 끄덕였다. "오케이, 콜, 오늘은 여기까지 하지. 나가보게."

"나한테 보고서를 줄 수 있다면, 더쉬하고 워드 인터뷰도 복사해 줄거죠?"

크란츠가 돌런을 찾아 주위를 둘러봤다. "이 친구한테 복사해 줘."

"저 남자 좆도 빨아줄까요?"

크란츠가 민망해하면서 얼굴이 시뻘게졌다.

"정말 대단한 여자예요, 크란츠."

"이 친구한테 망할 사본을 줘. 그러고는 여기서 내보내." 크란츠가 방을 나서다가 걸음을 멈추더니 나한테 돌아왔다. "그런데 말이야, 콜. 나는 자네가 여기 혼자 있는 게 놀랍지가 않아. 파이크 자식은 여기 올 용기가 없다는 걸 잘 알거든."

"당신, 저수지에서 파이크가 면전에 있을 때는 그렇게 터프하게 굴지 않았잖아요."

크란츠가 더 바싹 다가왔다. "자네들은 통행증을 받아서 이 사건에 합류한 거야. 그러니 이걸 명심해. 여기는 내 홈그라운드야. 내가 대빵이고, 그것도 명심하도록 해."

"파이크가 당신을 바지라고 부르는 이유가 뭔가요?"

내가 그걸 물었을 때, 얼굴이 불길처럼 빨개진 크란츠는 도망치듯 사무실을 나갔다. 나는 돌런을 쳐다봤다. 그녀는 미소 짓고 있었지만, 내가 그녀를 보고 있다는 걸 알아차린 순간 미소를 감췄다. 그녀가 말했다. "기다려요. 복사해 줄 테니."

"내가 직접 할게요. 복사기가 어디 있는지만 알려줘요."

"암호를 입력해야 해요. 상부에서는 우리 서류가 시나리오용으로 복사되는 걸 원치 않아요."

경찰들이란.

2분쯤 후 돌런이 두 사람의 인터뷰 사본을 건넸다.

"고마워요, 돌런. 이거면 된 것 같아요."

"잘됐네요."

나를 엘리베이터까지 안내하고 버튼을 누른 그녀는 기다리는 동안 문을 응시했다.

내가 물었다. "내가 해냈죠, 그렇죠?"

그녀가 나를 쳐다봤다.

"마지막에, 크란츠랑 있을 때 말이에요. 내가 당신을 웃겼잖아요."

엘리베이터 문이 열렸다. 나는 엘리베이터를 탔다.

"내일 봐요, 돌런."

문이 닫힐 때 그녀가 대답했다.

"내가 당신을 먼저 발견하지 못했을 경우에는요."

조 파이크 경관 문제

내사과의 3등 형사 마이크 맥코넬은 상한 조개를 먹었다고 확신했다. 그는 두 시간쯤 전에 폴리스 아카데미의 카페에서 점심을 먹었는데, 그곳에서 나온 오늘의 특선요리가 뉴잉글랜드 클램 차우더였다. 이후로 그는 LAPD가 잠긴 문을 부술 때 쓰는 망치로 두드리는 것처럼 배 속이 우르릉거리는 걸 느낄 수 있었다. 내사과 사무실이 있는 파커 센터의 늘 북적거리는 로비를 가로지르는 동안, 그는 입에 담을 수 없는 일이 일어날까 두려웠다. 한층 더 끔찍한 생각도 들었다. 망할 놈의 시장 참모들 대다수는 말할 나위도 없고, LAPD 수뇌부 전원과 함께 몸을 우겨넣은 그 망할 놈의 엘리베이터를 타고 있는 동안에 그런 변을 당하면 어떻게 될까.

그래도 지금까지는 괜찮았다. 쉰네 살로, 재직 30년 차인 데다 은퇴를 2년 앞둔 마이크 맥코넬은 사건파일을 가지러 그의 사무실에 도착하는 데 성공했고, 지금은 내사과의 고위 행정직 경관으로서 면담실에 도착하는 데 성공했다. 그는 거들먹거리는 멍청이 하비 크란츠가 그가 볼일을 보기도 전에 인터뷰를 진행할까 봐 서둘렀다.

면담실에 들어가니 2등 형사 루이제 바숍이 이미 테이블에 앉아 있었다. 맥코넬은 남 몰래 눈살을 찌푸렸다. 이 사안의 수석조사관이 자신이 싫어하는 멍청이 하비 크란츠라는 건 알고 있었지만, 이 조사에 참여하는 제3의 인물이 여자라는 건 까먹고 있었다. 그는 고위급 경찰인 루이제를 좋아했다. 그런데 지금 그의 배 속은 상한 조개 때문에 부패한 가스로 부풀어 오르고 있었다. 그는 여자 앞에서 방귀를 뀌는 게 편치 않았다. "안녕하세요, 루이제. 가족들은 잘 지냅니까?"

"잘 지내요, 마이크. 댁의 가족은 어때요?"

"아, 잘 지내죠. 잘 지낸다마다요." 그는 자신의 속이 부글거린다는 경고를 그녀에게 할지 여부를, 아니면 한 번에 한 단계씩 밟아가면서 무슨 일이 벌어질지 두고 볼 것인지 여부를 결정하려고 애썼다. 그에게 문제가 생긴다면, 그게 크란츠 탓에 생긴 일인 것처럼 행동할 수 있을 것 같았다.

맥코넬이 자리를 잡고 추후 전략을 결정했을 때 크란츠가 두툼한 사건 파일 뭉치를 갖고 들어왔다. 크란츠는 키가 크고 깡말랐다. 가운데로 몰린 두 눈과 긴 코 때문에 앵무새처럼 보였다. 그가 웨스트 밸리 절도사건을 썩 잘 해결한 후 내사과에 합류한 건 채 1년도 되지 않는다. 그는 형사가 되기를 선망하던 꼬맹이가 시간이 흘러 꿈을 이뤘을 때 탄생하는 전형적인 인물이 될 터였다. 이게 그가 담당하는 사건이었기 때문에, 그는 심문의 대부분도 직접 맡을 터였다. 크란츠는 내사과를 LAPD 지휘부로 건너가는 징검다리로 활용하려 한다는 걸 가슴속에 비밀로 묻어두지 않았다. 그는 될 수 있는 한 빨리 정복 업무를 떠났고-맥코넬은 그가 길거리를 두려워한다고 의심했다-, 징검다리로 삼을 만한 직무는 칭얼거리면서도 될 수 있는 한 모두 다 맡으면서 경력을 밟아왔다. 그리고 그러는 내내 승진을 위해 알랑방귀를 뀔 제대로 된 대상을 변함없이 찾아내왔다. 코를 훌쩍거리는 이 가소로운 멍청이는 자신이 USC를 우등으로 졸업했고 석사과정을 밟고 있다는 걸 남들에게 알릴 기회를 절대로 놓치는 법이 없었다. 대학과 관련한 개인적인 경험은 60년대 후반에 폭동 진압 임무를 수행한 게 전부인 맥코넬은 고등학교를 졸업하자마자 해병대에 입대한 인물로, 대학 졸업장의 혜택 없이도 높은 자리까지 승진했다는 사실에 엄청난 자부심을 갖고 있었다. 맥코넬은 하비 크란츠가 싫었다. 거만하고 안하무인식의 매너만 싫은 게 아니었다. 그 망나니 자식이 두 달 전에 그의 상관인 내사과 수석감독관에게 자신이 맡은 사건 세 건을 잘못 다루고 있다고 고해바쳤다는 걸 알게 됐기 때문이다. 멍청한 새끼. 그 일을 알게 된 순간, 맥코넬은 이 말라깽이 망나니 자식을 엿 먹이겠다고, 어떤 식으로건 놈의 경력을 망쳐놓겠다고 맹세했다. 마이크 맥코넬이 멕시코 바닷가에 있는 트레일러로 은퇴하기까지 2년간 더 많은 땀을 흘려야 하는 지금도 마찬가지였다. 세상에, 이 추잡한 조무래기를 보는 것만으로도 맥코넬은 소름이 돋았다. 인간 앵무새 자식.

크란츠가 유쾌한 표정으로 고개를 끄덕여 인사했다. "안녕하세요, 루이제, 맥코넬 씨." 놈은 연배 차이를 강조하려고 애쓰는 것처럼 맥코넬을 부를 때 늘 "씨"를 붙였다.

루이제 바숍이 말했다. "안녕하세요, 하비. 시작할 준비 됐나요?"

크란츠가 앵무새 같은 눈으로 비어 있는 증인석을 살폈다. "대상자는 어디 있나요?"

맥코넬이 물었다. "우리가 심문할 경관을 얘기하는 건가?" 놈이 어떤 식인지 봤나? 대상자라니. 그가 무슨 못돼먹은 실험을 받을 실험 대상이라는 투다!

루이제 바숍은 미소로 맞받아쳤다. "대기구역에 있어요, 하비. 우리, 시작할 준비가 된 건가요?"

"시작하기 전에 두어 가지를 검토하고 싶습니다."

맥코넬은 그의 제안을 잘라내려고 앞으로 몸을 기울였다. 아랫배에서 뭔가 헐렁한 것들이 위치를 옮기고 있었고, 그 때문에 그는 경련을 겪는 중이었다. "이 문제로 많은 시간을 허비하는 걸 원치 않는다는 걸 지금 말해두겠네." 그는 앞에 놓인 사건파일을 획획 넘겼다. "이 친구가 워즈니악의 파트너 맞나?"

크란츠가 자신의 앵무새 코를 내려다봤다. 맥코넬은 그가 열받았다는 걸 알 수 있었다. 좋았어. 보스한테 쪼르르 달려가서 투덜거리게 놔두자. 투덜이라는 평판을 듣게 하자. "맞습니다, 워즈니악. 맥코넬 씨, 저는 이 수사를 혼자 진척시켜왔습니다. 저는 이 사건에 구린 구석이 있다고 봅니다." 그는 절도 및 장물 처분과 관련됐을 가능성이 있는 순찰 경찰 아벨 워즈니악을 조사하고 있었다. "이 친구는 워즈니악의 파트너로서, 직접 그짓에 관여하지는 않았다고 하더라도, 워즈니악의 위법한 행위를 알았던 게 확실합니다. 두 분께서 제가 그를 압박하는 걸 허락해주셨으면 합니다. 필요할 경우, 강하게 말입니다."

"좋아, 좋아. 마음대로 하게. 지나치게 오래 끌지만 말고, 금요일 오후잖아. 나는 여기를 벗어나고 싶네. 뭔가가 스스로 모습을 드러내면 거기 맞춰서 작업을 진행시키도록 하게. 하지만 이 친구가 아무것도 모른다면, 나는 그 문제로 시간을 허비하고 싶지는 않네."

하비는 기분이 좋지 않다는 걸 알리려고 툴툴거리는 소리를 작게 냈다. 그러더니 대기실로 서둘러 향했다.

루이제가 말했다. "하비는 출세하려고 단단히 작정한 친구예요, 그렇죠?"

"멍청이죠. 저놈 같은 놈들 때문에 우리가 쥐떼(the Rat Squad, 내사과의 별칭)라고 불리는 겁니다."

루이제 비숍은 별다른 대응 없이 눈길을 돌렸다. 그가 한 말은 그녀가 생각하는 바를 정확히 반영했겠지만, 28년간 경찰에 재직해온 그녀는 그런 말을 했다가 닥칠 후폭풍에 대한 대비책이 없었다. 내사과는 벽에도 귀가 달린 곳이었다. 그래서 내가 오늘 걷어찬 엉덩이가 누구의 것인지를 항상 유념하고 있어야 했다. 내일 앙갚음을 할 차례가 오기를 그들이 고대하고 있기 때문이다.

면담 대상자는 조 파이크라는 젊은 경관이었다. 그날 아침에 그 경관의 파일을 읽은 맥코넬은 깊은 인상을 받았다. 경찰복을 입은 지 3년 된 이 친구는 아카데미를 4등으로 졸업했다. 파이크가 이후로 받은 모든 인사고과는 그를 걸출한 경찰로 평가했다. 맥코넬은 이게 무슨 뜻인지를 알 정도로 경험이 풍부했다. 하지만 그런 평가가 그 경관이 부패 경찰이 아니라는 걸 보증하는 보증서는 절대 아니었다. 많은 영리하고 용감한 젊은 경관들이 기회가 생기면 보이지 않는 곳에서 불법을 저지르곤 했다. 하지만 28년간 경찰로 재직해온 마이크 맥코넬은 그의 도시를 지키는 경찰력을 구성하는 여성과 남성들은, 한 사람의 인간으로서, 이 도시가 시민들에게 제공해야 하는 가장 훌륭한 젊은 남녀들이라는 것을 굳게 믿었다. 오랜 세월 동안, 그는 다른 사람들을 욕되게 만드는 몇 안 되는 놈들로부터 경찰의 평판을 보호하는 것이 그의 임무이자 의무라는 생각을 더욱더 키워왔다. 파이크 경관의 파일을 읽은 후, 그는 그를 만나기를 고대했다. 파이크는 맥코넬처럼 캠프 펜들턴(샌디에이고에 있는 해병 기지)을 거쳤지만, 해병대 보병으로 직행한 맥코넬과 달리, 해병대의 정예부대인 포스리콘(Force Recon, 미국 해병대 특수 수색대) 훈련을 수료한 후 베트남에 복무하면서 청동성장 두 개와 퍼플 하트(전투 중 부상을 입은 군인에게 수여하는 훈장) 두 개를 받았다. 맥코넬은 파일을 보는 동안 미소를 지으면서 –군 복무를 어찌어찌 회피한– 크란츠 같은 오만한 똥 덩어리는 이런 친구와 같은 방에 있을 자격이 없다고 생각했다.

문이 열렸고, 크란츠가 파이크가 앉기를 원하는 자리를 가리켰다. 내사과 조사관 세 명은 긴 테이블 뒤에 함께 앉았다. 면담 대상자는 그들의 맞은편 의자에 앉을 텐데, 의자가 테이블에서 꽤나 떨어져 있기 때문에 그가 느끼는 고립감과 연약한 처지라는 느낌은 증폭될 터였다. 그것이 표준적인 내사과 절차였다.

맥코넬이 처음 받은 인상은 이 젊은 경관이 모범적이라는 거였다. 그의 제복은 흠잡을 데가 없었다. 바지와 셔츠의 주름은 빳빳했고, 검정 가죽 장비와 구두는 거울로 써도 될 만큼 반짝거렸다. 파이크는 크란츠만큼 키가 컸지만, 크란츠가 깡마른 반면, 파이크는 살집이 있고 탄탄했다. 등과 어깨와 위팔을 감싼 셔츠가 팽팽했다. 맥코넬이 말했다. "파이크 경관."

"예."

"나는 맥코넬 형사다. 이분은 바숍 형사시고. 선글라스는 벗도록."

파이크가 선글라스를 벗어서 멋진 파란 눈을 드러냈다. 루이제 바숍이 의자 위에서 자세를 바꿨다.

파이크가 물었다. "제가 변호사를 입회시켜야 합니까?"

맥코넬은 대답을 하기에 앞서 대형 나그라 테이프 녹음기를 켰다. "귀관은 변호사의 자문을 요청할 수는 있네. 하지만 만약 귀관이 이 자리에서 우리 질문에 대답하지 않는다면, 우리는 귀관에게 대답하라고 명령할 거네. 우리는 대답도 제대로 못 하는 소심한 청원경찰을 기다리고 있었던 게 아니네. 그리고 귀관은 임무를 박탈당하면서 상급자의 행정적인 명령을 거부했다는 비난을 받게 될 거네. 잘 알아들었나?"

"알겠습니다." 파이크는 맥코넬의 시선을 붙들었고, 맥코넬은 이 청년이 공허해 보인다고 생각했다. 겁을 먹거나 초조해하고 있더라도, 그는 그런 감정을 잘 감추고 있었다.

"변호사를 입회시키고 싶나?"

"아닙니다."

루이제 비숍이 물었다. "귀관이 왜 여기에 있는지 크란츠 형사가 설명하던가?"

"아닙니다."

"우리는 귀관의 순찰 파트너 아벨 워즈니악이 작년에 발생한 일련의 창고 절도 현장에 있었거나 그 범행에 관여했다는 혐의를 조사하고 있네."

맥코넬은 반응을 주시했지만, 청년의 얼굴은 접시에 담긴 오줌처럼 잔잔했다. "어떤가, 이 얘기를 들은 기분이?"

한동안 그를 응시한 파이크가 너무나 살짝 어깨를 으쓱한 탓에 그걸 알아보기는 힘들었다.

크란츠가 호통을 쳤다. "워즈니악 경관과 파트너로 지낸 기간이 얼마인가?"

"2년입니다."

"그런데도 자네가 그가 하고 있는 짓을 몰랐다는 걸 믿으라는 건가?"

파란 눈동자가 앵무새를 향했다. 맥코넬은 그 눈동자 뒤에 도대체 무엇이 있을지 궁금했다. 파이크는 대답하지 않았다.

크란츠가 일어섰다. 그는 곧잘 서성거리고는 했는데, 맥코넬은 그게 짜증 났다. 하지만 맥코넬은 그러게 놔뒀다. 그건 그들의 심문을 받고 있는 사람도 짜증 나게 만들었기 때문이다. "뇌물을 받거나 법을 위반하는 짓이라는 걸 알면서도 그 행위에 참여한 적이 있나?"

"없습니다."

"워즈니악 경관이 위법해 보이는 행위를 저지르는 걸 목격한 적이 있나?"

"없습니다."

루이제 바숍이 물었다. "워즈니악 경관이 그런 짓을 저지르고 있다고 귀관에게 언급한 적이 있나? 귀관이 그가 그런 짓을 저질렀다고 결론 내리게 할 만한 행위를 하거나 말을 한 적은?"

"없습니다."

크란츠가 물었다. "치와와 형제로도 알려져 있는 카를로스 리나나 헤수스 우리베를 아나?" 리나와 우리베는 파코이마에 있는 화이트맨 공항 근처의 고물집하장 외곽에서 거래하는 장물아비들이었다.

"누군지는 알지만, 개인적인 안면은 없습니다."

"워즈니악 경관이 그들 중 한 명과 같이 있는 걸 본 적이 있나?"

"없습니다."

"워즈니악 경관이 자네에게 그들을 언급한 적이 있나?"

"없습니다."

크란츠는 파이크가 대답하기 무섭게 질문들을 쏘아냈다. 그러면서 그의 짜증은 갈수록 심해졌다. 파이크는 대답하기 전에 멈칫거리고는 했는데, 각각의 멈칫거림은 앞서 한 것보다 조금 길거나 짧았다. 그러면서 크란츠가 질문의 리듬을 유지하는 걸 막았다. 맥코넬은 파이크가 일부러 그런다는 걸 깨달았고, 그래서 그가 마음에 들었다. 그는 크란츠가 중심을 이쪽 발에서 저쪽 발로 옮기기 시작하는 걸 보면서 그의 짜증이 차츰 심해지고 있다고 느꼈다. 맥코넬은 잠시도 가만히 못 있고 꼼지락거리는 사람들을 좋아하지 않았다. 첫 아내가 그랬다. 그래서 그녀를 떠나보냈다. 맥코넬이 말했다. "파이크 경관, 귀관이 이 면담이 이뤄졌다는 걸 발설하지 말라는,

그리고 우리가 귀관에게 한 질문들을 누구에게도 발설하지 말라는 명령을 받았다는 걸 이 기회를 빌려 밝히겠네. 발설할 경우, 귀관은 합법적인 행정 명령 복종에 실패한 죄로 기소당하고 파면될 거네. 알아들었나?"

"알겠습니다. 질문을 하나 드려도 되겠습니까?"

"해보게." 맥코넬은 시계를 힐끔 보면서 온몸에서 식은땀이 솟는 걸 느꼈다. 심문을 시작한 지 8분밖에 안 됐지만, 그의 아랫배에서는 압박감이 쌓이고 있었다. 그는 아랫배에서 일어나고 있는 소동이 남들 귀에 들리는지 궁금했다.

"제가 연루됐다고 의심하시는 겁니까?"

"지금은 아니네."

크란츠가 맥코넬을 힐끔 봤다. "그건 아직 결정되지 않았네, 경관." 테이블 주위를 성큼성큼 걸어온 크란츠가 세 사람이 몸을 웅크려 모일 수 있도록 몸을 기울이고는 속삭였다. "제발 제가 심문을 주도하도록 놔둬주십시오, 맥코넬 씨. 저는 이 친구를 상대로 확실한 분위기를 조성하려고 애쓰고 있습니다. 저는 그가 저를 두려워하게 만들어야 합니다." 하비 크란츠가 구세주 예수 그리스도의 뒤를 잇는 경찰서 서장으로 당선될 게 확실시되는 경선을 이끄는 중인데, 무능하고 늙어빠진 노인네 맥코넬이 그 길을 막고 있다는 투였다.

맥코넬이 속삭임으로 맞받았다. "나는 그게 먹힐 거라고는 생각지 않아, 하비. 저 친구는 겁먹은 것 같지 않아. 그리고 나는 이쯤에서 심문을 끝냈으면 하네." 맥코넬은 가스를 빨리 방출할 방법을 찾지 못한다면 바로 이 자리에서 큰 폭발을 일으키게 될 거라고 확신했다.

크란츠는 파이크에게서 몸을 돌려 긴 테이블 주위를 걸었다. "자네는 우리가 그 얘기를 믿을 거라고 기대하지는 않지, 그렇지?"

파란 눈동자가 크란츠를 따라다녔지만, 파이크는 아무 말도 하지 않았다.

"여기 있는 우리는 모두 경찰이야. 우리 모두 순찰차를 탔지." 크란츠가 그가 가져온 파일 뭉치를 손가락으로 헤집었다. "이런 일을 해나가는 영리한 방법은 협조하는 거야. 자네가 협조한다면, 우리는 자네를 도울 수 있어."

맥코넬이 물었다. "이보게, 귀관은 왜 경찰이 됐나?"

크란츠가 걸어가는 동안 꼴사나운 눈길을 쏘아 보냈지만, 맥코넬은 그 눈빛을 면전에서 막아내기 위해서는 무슨 짓이건 할 수 있었다.

파이크가 대답했다. "좋은 일을 하고 싶었습니다."

그래, 그거야, 맥코넬은 생각했다. 그는 이 친구가 마음에 들었다. 그냥 마음에 들었다.

크란츠는 그가 열받았다는 사실을 모두가 알도록 씩씩거리다가 테이블에서 노란 리걸패드를 낚아채서는 큰 소리로 이름을 늘어놓기 시작했다. "다음 사업장들에 대해 아는 게 있는지 말해보게. 베이커 금속공사."

"모릅니다."

"찬세로스 전자."

"모릅니다."

그는 램파트 경찰서 관할구역 곳곳에 흩어져 있는, 절도를 당한 상이한 창고 이름 14개를 하나씩 언급했지만 파이크는 언급될 때마다 대답했다. "모릅니다."

크란츠는 이름을 읊어대는 동안 파이크 주위에서 점차 좁혀지는 동그라미 형태로 걸음을 옮겼다. 맥코넬은 파이크가 굳이 눈을 사용하는 수고 따위는 하지 않으면서 귀로만 크란츠의 위치를 파악하고 있다고 맹세할 수 있었다. 맥코넬은 테이블 아래로 손을 뻗어 배를 쓰다듬었다. 맙소사.

"토머스 브러더스 자동차부품."

"모릅니다."

"워들리 항공부품."

"모릅니다."

크란츠는 실망감에 젖어 명단을 찰싹 때렸다. "한 곳도 모른다고 말하는 건가?"

"그렇습니다."

얼굴이 벌게지고 눈이 불룩해진 크란츠가 파이크 쪽으로 몸을 숙이고는 고함을 쳤다. "거짓말! 자네는 그와 함께 있었어. 자네는 감방에 가게 될 거야!"

맥코넬이 말했다. "우리는 이 일을 충분히 멀리까지 진척시켰다고 생각하네, 하비. 파이크 경관은 진실을 말하고 있는 것처럼 보이네."

하비 크란츠가 말했다. "헛소리 마요, 마이크! 이 개자식은 뭔가를 알고 있단 말입니다!" 크란츠는 그렇게 말하면서 오른손 검지로 파이크의 어깨를 쿡쿡 찔렀다. 그러면서 일어난 일은 너무나 순식간에 벌어진 탓에 맥코넬은 제대로 보지도 못했다.

맥코넬은 나중에 이렇게 말하고는 했다. 너무나 조용히 있어서 잠이 든 건가 싶던 파이크가 달려드는 뱀처럼 빠르게 의자에서 벗어났다고. 그의 왼손이 크란츠의 손을 옆으로 비틀었고, 오른손은 크란츠의 목을 움켜잡았다. 파이크는 크란츠를 들어 올려 벽으로 밀면서 바닥에서 족히 15센티미터 높은 곳에 못 박고 있었다. 하비 크란츠는 까르륵 소리를 냈고, 두 눈은 불룩해졌다. 루이제 바숍이 뒤로 펄쩍 뛰면서 핸드백을 재빨리 움켜쥐었다. 맥코넬도 역시 튀어 오르면서 소리를 질렀다. "물러서! 경관, 놔주고 물러서!"

파이크는 놔주지 않았다. 파이크는 하비 크란츠를 벽에 밀어붙였고, 크란츠의 얼굴은 자주색으로 변했다. 그의 두 눈은 사슴이 다가오는 헤드라이트를 응시하는 것처럼 파이크를 응시하고 있었다.

루이제 바숍이 소리쳤다. "놔줘, 파이크, 이제는 놔주라니까!" 그녀는 핸드백을 들고 있었다. 맥코넬은 그녀가 베레타를 꺼내 발사하려는 참이라고 생각했다.

맥코넬이 배가 빵빵해지는 걸 느낄 때, 크란츠를 놔주지 않은 파이크가 다른 사람은 아무도 들을 수 없는 무슨 말을 크란츠에게 속삭였다. 오랜 세월이 흘러 은퇴를 앞뒀을 때에도 3등 형사 마이크 맥코넬은 파이크가 그때 무슨 말을 했는지 궁금했다. 그 순간, 고함 소리와 의자들 쓰러지는 소리가 잠잠해졌을 때, 물방울이 떨어지는 또로록 소리가 들렸다. 모두들 크란츠의 바지에서 흘러내리는 오줌 줄기를 내려다봤다. 그러더니 지독한 악취가 그들을 감쌌고, 루이제 바숍은 기겁했다. "오, 맙소사."

하비 크란츠가 바지에 똥을 지렸다.

맥코넬이 그가 낼 수 있는 가장 근엄한 목소리로 말했다. "자, 그 친구 내려놓게, 친구."

파이크는 그렇게 했고, 하비는 등을 구부렸다. 지저분한 오물이 바지 전체로 퍼질 때 그의 눈은 분노와 수치심으로 가득했다. 그는 안짱다리로 휘청거리면서 방을 나갔다.

파이크는 아무 일도 없었다는 듯 자기 자리로 돌아갔다.

루이제 바숍이 당황한 기색으로 말했다. "으음, 어쩌면 좋을지 모르겠네요."

마이크 맥코넬은 자리에 다시 앉아 방금 전에 해고도 가능한 공격을 자행한 젊은 경찰에 대해 생각하고는 말했다. "그 친구가 귀관한테 손을 대서는 안 되는 거였네. 그건 규정에 반하는 행위였어."

"그렇습니다."

"됐네. 귀관을 다시 볼 필요가 있으면 연락하겠네."

파이크가 말없이 일어나서 떠났다.

루이제가 말했다. "으음, 저 친구가 저런 식으로 떠나게 놔둘 수는 없어요. 그는 하비를 공격했잖아요."

"생각해봐요, 루이제. 우리가 저 친구를 고소하면, 하비는 바지에 똥을 지렸다는 얘기를 진술서 기록에 남겨야 할 겁니다. 그가 그러고 싶을 거라생각하십니까?" 맥코넬은 녹음기를 껐다. 그 경관을 보호하기 위해 테이프의 그 부분을 지워야 할 것이다.

루이제가 먼 산을 바라봤다. "글쎄요, 그렇지 않겠죠. 하지만 하비가 돌아왔을 때 그의 의사를 물어보는 게 나을 것 같아요."

"맞습니다. 그에게 물어보죠."

하비 크란츠는 그 문제를 묻어두는 쪽을 선택할 테지만, 마이크 맥코넬은 그러지 않을 거였다. 그와 루이제가 어색한 기분으로 크란츠가 돌아오기를 기다리는 동안, 맥코넬은 지금까지 그를 무시해온 오만하고 안하무인인 멍청이를 엿 먹일 수 있는 방법을 떠올렸다. 앞으로 여섯 시간도 못 있어, 맥코넬은 오스카 무노즈 경위와 폴 위내커 치안감과 포커를 치기로 돼 있었다. 그런데 위내커가 파커 센터에서 제일가는 떠버리라는 건 온 세상이 아는 일이었다. 맥코넬은 이 이야기를 흘릴 방법을 이미 계획하고 있었고, 하비의 "사고"가 경찰서 내부에 번개처럼 퍼질 거라는 사실에 이미 즐거워하고 있었다. LA 경찰국이라는 마초 세계에서, 배신자보다 더 혐오의 대상이 되는 유일한 존재가 겁쟁이였다. 맥코넬은 그 조그만 망나니에게 붙여줄 별명도 이미 골라뒀다. 바지에 똥 지린 크란츠. 폴 위내커가 그걸 알게 될 때까지 기다리시라!

그러다가 맥코넬은 내장이 비비 꼬이는 걸 느꼈다. 망할 놈의 조개가 마침내 그의 참을성을 이겨냈다. 벌떡 일어난 그는 하비의 상태를 확인하러 가겠다고 루이제에게 말한 다음, 두 뺨을 매음굴에 있는 숫처녀보다 더 팽팽하게 끌어 모으고는 남자 화장실로 서둘러 달려가 망할 놈의 조개와 그 모든 지저분한 것들이 포효와 함께 튀어나오기 직전에 비어 있는 최초의 칸막이에 간신히 들어갔다.

첫 쓰나미가 지난 후, 그는 하비 크란츠가 옆 칸막이에서 수치심 때문에 흐느끼는 소리를 들었다. "괜찮아, 친구. 우리는 입을 단단히 봉할 거네. 이게 자네 커리어를 너무 심하게 훼손하지는 않을 거라고 생각하네."

흐느끼는 소리는 갈수록 커졌고, 마이크 맥코넬은 미소를 지었다.

9

크란츠한테서 부검 관련 전화가 오기를 기다리면서 내 사무실에서 오후를 보냈다. 그러다가 집에 가서는 한참을 더 기다렸다. 그는 내가 침대에 들 때까지도 전화를 걸지 않았고, 나는 그게 점점 짜증 났다. 이튿날 아침 9시 40분에도 나는 여전히 아무 얘기도 듣지 못했다. 그래서 파커 센터로 전화를 걸어 크란츠를 바꿔달라고 요청했다.

스탠 와츠가 말했다. "지금 통화 못 하시네."

"무슨 뜻이에요, 와츠? 자기가 전화하겠다고 했었는데요."

"우리가 밑을 닦을 때마다 째깍째깍 알려달라는 거야?"

"부검에 대해 알고 싶은 것뿐이에요. 그녀가 살해당한 지 사흘째에요. 지금쯤은 부검을 할 거라 생각하는데요. 시신을 그리로 옮긴 건가요, 만 건가요?" 나는 짜증을 일부나마 되돌려줬다.

"기다려봐."

그는 나를 기다리게 만들었다. LAPD는 통화대기 중에 음악이 흘러나오는 시스템을 갖췄다. 「수사망」의 주제곡이 흘러나왔다.

와츠는 거의 10분을 기다린 후에야 돌아왔다. "오늘 오후에 부검할 거래. 이리로 와. 안내할 사람을 보낼게."

"물어보지 않았으면 큰일 날 뻔했군요."

10시 45분에 햇빛이 내리쬐는 파커 센터에 한 번 더 차를 세웠다. 로비 경비원에게 내 소개를 하고는 방문증을 받았다. 이번에는 경비원이 강력반에 전화하자, 그들은 내가 혼자 올라오게 놔뒀다. 그들이 나를 신뢰하기 시작한 것 같았다.

문이 열리자 스탠 와츠가 기다리고 있었다.

"오늘은 당신이 내 가이드인가요? 스탠?"

와츠는 코웃음을 쳤다. "그렇다마다. 내가 근무시간에 할 일이 자네 모시는 일 말고 뭐가 있겠나."

강력반 사무실은 어제보다 조용했다. 내가 아는 유일한 얼굴은 돌런이었다. 그녀는 자기 책상에서 팔짱을 끼고 통화하고 있었다. 나를 응시하는 동안, 그녀는 내가 들어오기를 내내 기다린 사람처럼 보였다.

내가 걸음을 멈추자 와츠도 함께 멈췄다. "다시 돌런이에요?"

"그렇지 뭐."

"나를 좋아하는 것 같지 않아요."

"그녀는 아무도 좋아하지 않아. 그러니까 너무 속상해하지 마."

와츠가 나를 데려갔다. "잉꼬 한 쌍이 오붓한 시간 보내시라고 자리 피해줄게."

돌런이 수화기를 손으로 감쌌다. "제발요, 스탠. 이 많은 전화를 어떻게나 혼자 다 하라는 거예요? 누구 딴 사람이 저 사람 맡을 수는 없어요?"

와츠는 이미 걸어 나가는 중이었다. "크란츠가 자네를 찍었어."

그녀는 입술을 오므리고는 수화기를 손으로 감쌌다. "망할 놈의 바지새끼."

와츠는 깔깔 웃으면서도 몸을 돌리지는 않았다.

내가 말했다. "안녕하세요, 돌런. 오랜만에 뵙네요."

그녀는 작은 비서용 의자를 가리켰지만 나는 앉지 않았다.

돌런은 누구인지 모를 통화 상대에게 협조해줘서 고맙다고 인사하고는 다른 게 기억날 경우 자신에게 전화를 걸어달라고 당부한 후 통화를 마쳤다. 그녀는 수화기를 거칠게 내려놨다.

내가 물었다. "오늘도 또 다른 좋은 날이 될 것 같죠, 그렇죠?"

"그쪽 생각이겠죠."

파커 센터에서 LA 카운티 검시관 사무실까지는 차로 15분쯤 걸린다. 하지만 돌런이 주차장에서 차를 빼는 방식을 보면서, 그녀가 공무용으로 배차된 차량 전용 주차구역에서 형사용 차량을 끌고 나오는 것만 보고서도 나는 5분 안에 도착할지도 모른다고 생각했다. 돌런은 운전석에 앉기 무섭게 분노에 찬 잽싼 손놀림으로 양방향 통행차선에서 빠르게 차량을 빼낸 후, L7의 〈쇼브〉를 요란하게 쏟아대는 얼터너티브 록 전문 방송국에 주파수를 맞췄다. L7은 공격적이고 노골적인 가사로 유명한 LA의 여성 밴드다.

내가 물었다. "라디오를 그렇게 크게 틀면 대화하기가 힘들 것 같다고 생각하지 않아요?"

우리는 연기가 모락모락 피어오르는 고무 자국을 남기면서 주차장을 위태롭게 벗어났다. 그녀 생각은 나랑 다른 듯했다.

L7의 보컬은 어떤 놈이 방금 전에 자기 엉덩이를 꼬집었다고 고래고래 소리를 질렀다. 가사는 분노에 차 있었다. 음악은 한층 더 분노하고 있었다. 사만다 돌런도 마찬가지였다. 그녀의 행동거지 하나하나가 그렇다고 말했고, 내가 그걸 알아주기를 원한다고 말했다.

나는 안전벨트를 꽉 조이고는 의자에 몸을 기대고 눈을 감았다. "너무 뻔해요, 돌런. 음악은 당신의 실제 성격하고는 정반대인 게 확실해요. 노래가 펴는 주장은 더 극적이어야 하고요. 숀 콜빈(미국의 컨트리 가수)을 듣도록 해봐요."

돌런이 농산물 배달 트럭 근처에서 세단을 거칠게 꺾더니 이미 빨간불이 들어온 교차로를 날아가듯 통과했다. 사방에서 경적을 울려댔다. 그녀는 그 차들을 향해 가운뎃손가락을 올려 보였다.

나는 하품을 하는 과장된 몸짓을 취했다. 자동차 파괴경기장에서 보내는 또 다른 날이었다.

우리는 버스를 잡기 위해 거리를 횡단하려고 드는 땅딸막한 사람들 무리를 포효하며 지나쳤다. 우리와 그들 사이의 거리는 최소 5센티미터 정도였다. 그 정도 거리면 충분했다.

"돌런, 사람 잡기 전에 속도 좀 줄여요."

그녀는 페달을 더 세게 밟았고, 우리는 프리웨이 진입차선으로 로켓처럼 들어갔다.

내가 몸을 기울여 점화 스위치를 껐다. 그러자 차가 조용해졌다.

돌런이 소리 질렀다. "정신 나갔어요?!"

그녀는 진입로 옆으로 차를 몰고 가는 동안 꺼져버린 파워 스티어링과 씨름하면서 브레이크를 밟았다. 차를 세운 그녀가 숨을 몰아쉬며 나를 노려봤다.

"당신이 크란츠 같은 재수 없는 아첨꾼 때문에 하기 싫은 일 억지로 해야 하는 건 나도 유감이지만, 그건 내 잘못이 아니에요."

우리 뒤에서 경적이 울리기 시작했다. 돌런의 눈에서 아픔일지도 모르는 어떤 감정이 깜빡거렸다. 그녀가 숨을 한 번 들이쉬었다.

"나는 당신이 이 수사를 지휘하는 게 옳다고 봐요. 당신이 그러지 못한다는 사실을 받아들이기 힘들 거라고도 생각하고요."

"당신이 뭘 안다고."

"크란츠가 당신을 두려워한다는 거 알아요, 돌런. 그는 자기를 위협하는 사람은 누구나 두려워하죠. 그래서 당신은 어느 누구도 하고 싶어 하지 않는 일에 붙들려 있는 거예요. 나를 뒷바라지하기, 복사하기, 뒷자리에 앉아야 하기 같은 일들 말이에요. 당신이 그걸 좋아하지 않는다는 걸 알아요. 그런 일을 하기에는 무척이나 유능한 사람이라 그런 일만 해야 할 필요가 없다는 것도 알고요." 나는 어깨를 으쓱했다. "게다가, 당신은 여자잖아요."

그녀가 나를 응시했다. 하지만 지금은 나를 쏘아보고 있지 않았다. 그녀의 손은 예뻤고, 손가락은 길고 가늘었다. 결혼반지는 없었다. 그녀는 피아제 시계를 찼고, 손톱은 너무나 잘 다듬어져 있어서 그녀가 직접 다듬었을 거라고는 믿기지 않았다. 나는 TV 시리즈가 엿 같기는 했지만 그녀에게는 여러모로 유익했을 거라고 짐작했다.

돌런이 입술을 적시더니 고개를 저었다. 내가 이런 것들을 어떻게 알았는지 의아해하는 것 같았다.

나는 양손을 펼쳤다. "나는 팩트 파악 분야에서는 최고 레벨이에요, 돌런. 모든 걸 보고 모든 걸 들어요."

그녀가 창문 밖으로 시선을 던지더니 고개를 끄덕였다.

"당신이 사이좋게 지내고 싶다면, 우리는 잘 지낼 수 있을 거예요."

마지못해 하는 얘기. 내가 한 말 중에 사실인 게 있는지는 하나도 확인해주지 않았다. 크란츠 탓조차 하지 않았다. 그녀는 감정에 휩쓸리지 않으면서도 말과 행동이 당당한 사람이었다. 좋았어.

돌런이 차를 몰기 시작했고, 10분 후에 우리는 카운티-USC 메디컬 센터 뒤쪽에 있는 LA 카운티 검시관 사무실의 후면주차장으로 이어지는 기다랗고 굽은 진입로로 들어갔다.

돌런이 물었다. "여기 와본 적 있어요?"

"두 번요."

"나는 여기에 2백 번 와봤어요. 센 척하려고 애쓰지 마요. 토할 것 같으면 나와서 바깥공기를 쐬도록 해요."

"그럴게요."

뒤쪽 출입문으로 들어가자 노란 타일이 깔린 복도가 나왔는데, 역한 냄새가 날카로운 대못처럼 우리를 덮쳤다. 상한 닭처럼 끔찍한 냄새는 아니었지만, 다른 곳에서는 맡지 못할 냄새라는 건 알 수 있었다. 소독약과 고기 냄새의 콤비네이션. 세포 내부 깊은 곳의 원초적 수준에서, 이 고기 냄새는 우리 자신의 냄새에 가까웠다. 따라서 어떤 면에서 우리는 우리 자신의 죽음을 냄새 맡는 중이었다.

돌런이 카운터 뒤에 있는 늙은 남자에게 배지를 내밀자, 그가 작은 종이 마스크를 두 개 줬다. 돌런이 말했다. "간염에 걸리지 않으려면 이걸 반드시 써야 해요."

끝내주는군.

마스크를 쓴 후, 돌런은 복도를 따라 여닫이문 한 세트를 통과한 후 철제 테이블 여덟 개가 있는, 기다란 타일이 깔린 동굴로 나를 안내했다. 각 테이블은 치과에서 보는 것과 별반 다르지 않은 조명과 작업용 쟁반, 기구로 둘러싸여 있었다. 녹색 옷을 입은 검시관들이 각 테이블에서 시신들을 살피고 있었다. 그들이 진짜 시신을 작업하는 중이라는 걸 안다는 사실 때문에 나는 실은 그들이 그러고 있는 게 아닐 거라고 생각하려 애썼다. 현실 부정이 중요하다.

크란츠와 윌리엄스가 단발머리와 그의 단짝 둘과 함께 마지막 테이블에 옹기종기 모여 있었다. 그들 다섯은 실험실의 녹색 가운과 외과용 장갑, LA 다저스 야구모자 차림의 과체중 중년 여성과 얘기를 나누고 있었다. 그녀가 검시관일 것이다.

카렌 가르시아가 테이블에 있었다. 커다란 방 건너편에서도 부검이 종료됐다는 걸 알 수 있었다. 검시관이 연구원 둘에게 뭐라고 지시하자, 그중 한 명이 작은 호스로 카렌 가르시아의 시신을 씻었다. 피와 체액이 테이블에 있는 골을 따라 흘러서는 파이프로 소용돌이치며 내려갔다. 그녀의 시신은 이미 개복됐고, 그녀의 정수리를 덮기 위해 파란 천이 고정됐다. 부검은 나 없이 이뤄졌다.

단발머리가 우리를 먼저 발견하고는 고개를 까딱했다. 우리가 다가가자 크란츠가 몸을 돌렸다. "자네 대체 어디 있었나, 콜? 부검은 9시였어. 모두들 그걸 알고 있었는데."

"나한테 전화해주기로 했잖아요. 그녀의 아버지가 내가 여기에 있기를 원했다는 걸 알잖아요."

"자네한테 알려주라는 말을 남겼는데 말이야. 아무도 자네한테 전화를 걸지 않았나?"

나는 그가 거짓말한다고 확신했다. 이유는 확실치 않았다. 내가 부검에 참석하기를 원치 않았던 걸까? 이전에 그랬던 것처럼 그 이유에 대한 확신이 도무지 서지 않았다. "이제 나는 유가족에게 뭐라고 말해야 할까요?"

"우리가 일을 개판 쳤다고 해. 자네가 듣고 싶은 말이 그거잖아. 그녀의 아버지한테는 내가 직접 설명할게. 그것도 자네가 원하는 바라면 말이야." 그는 시신을 가리켰다. "여기서 나가지. 악취가 옷에 배고 있어."

타일 깔린 복도로 돌아온 우리는 마스크를 벗었다. 윌리엄스가 모두에게서 마스크를 회수해서는 특수 용기에 넣었다.

나는 단발머리에게 다가갔다. "처음 뵙습니다. 유가족에게 고용된 엘비스 콜이라고 합니다. 성함이 어떻게 되십니까?"

단발머리가 크란츠에게 미소를 지었다. "우리는 차에서 기다리겠네, 하비."

단발머리와 그의 두 친구가 떠났다.

나는 크란츠에게 몸을 돌렸다. "무슨 일이에요, 크란츠? 이 사람들 누구예요? 당신은 왜 내가 여기 있는 걸 원치 않은 거죠?"

"연락에 혼선이 있었던 거야, 콜. 그게 다야. 봐, 시신을 조사하고 싶으면 저기로 돌아가서 직접 해봐. 검시관이랑 얘기하고 싶으면 그렇게 해보고. 그 여자는 우리가 짐작한 것처럼 22구경에 당했어. 탄환을 회수했지만, 너무 찌그러져 있어서 총기의 패턴을 확인하지는 못할 것 같아. 아직은 그래."

윌리엄스가 고개를 저었다. "전혀 못 할 거예요. 패턴은 알아내지 못할 겁니다. 내 말 믿으세요."

크란츠는 어깨를 으쓱했다. "오케이. 전문가께서 도리가 없다고 말씀하시는군. 또 알고 싶은 게 뭔가? 몸싸움을 한 흔적도 없었고 어떤 종류의 성폭행 흔적도 없었어. 지문하고 섬유를 찾으려고 레이저 검사를 했지만, 헛수고였어. 봐, 콜, 자네가 여기 있어야 했다는 건 나도 알아. 그런데 자네는 그러지 못했지. 그러면 우리가 어떻게 했어야 했겠나? 이번 순서를 놓쳤다가는 정상적인 수사 일정으로 돌아가는 데 사나흘은 더 걸렸을 거야. 자네, 저기 냉동실에 쌓여 있는 시신들 보러 가고 싶나?"

"부검 보고서 주세요."

"물론 드려야지. 보고서를 원한다면, 좋아. 내일, 아니면 모레쯤 될 거야."

"범행 현장 보고서도 주세요."

"자네가 그걸 받아볼 수 있을 거라는 말을 이미 한 것 같은데, 그렇지 않나? 부검 보고서가 들어오는 대로 사본을 한 부 프린트해 줄게. 그런 식으로 자네는 모든 걸 갖게 될 거야. 이번 일은 정말로 미안해, 콜. 이게 노인네한테 문제가 된다면, 내가 그분께 유감의 뜻을 전하도록 하지."

"모두들 유감이고 만사가 유감이네요, 그렇죠?"

크란츠의 얼굴이 점점 붉어졌다. "난 자네 같은 프리랜서가 하는 건방진 소리는 필요 없어. 자네 같은 자들은 모두 엿보기, 꼬치꼬치 캐묻기를 좋아하지. 자네가 경찰이었다면, 우리가 지금 기를 쓰고 수사하고 있다는 걸 알았을 거야. 브룰리하고 살레르노가 저수지 근처에 있는 집들을 일일이 방문하고 있어. 뭔가를 본 사람은 아무도 없어. 현재까지 스무 명 넘게 인터뷰했지만, 무얼 아는 사람 역시 하나도 없어. 모두들 이 여자를 좋아했고, 어느 누구도 그녀를 살해할 동기가 없어. 우리가 그냥 자리만 뭉개고 있는 게 아냐."

"SUV에 대해 더쉬에게 물어봤나요?"

"제발, 콜. 그 문제는 신경 끄라고 했잖아."

"홈리스는 어때요? 누가 그를 심문했죠?"

"엿이나 먹어, 새끼야. 나는 너 같은 놈이 하는 이래라저래라 하는 말 필요 없어."

크란츠와 윌리엄스가 걸어갔다.

"이건 헛소리예요, 돌런. 당신도 알죠?"

돌런의 입술이 무언가를 말하려는 듯 갈라졌다가 그냥 닫혔다. 그녀는 지금은 화난 듯 보이지 않았다. 난처한 듯 보였다. 나는 그들이 비밀을 감추고 있다면 그녀도 그들과 한패일 거라고 확신했다.

우리는 앞서와 동일한 맹렬한 속도로 파커 센터로 돌아왔다. 하지만 나는 이번에는 그녀에게 속도를 늦추라고 부탁하는 수고 따위는 하지 않았다. 그녀가 주차장에 내려주자, 나는 오후 시간 동안 태양 아래 주차돼 있던 내 차로 걸어갔다. 차는 뜨거웠지만, 적어도 차 내부를 난도질한 사람은 없었다. 경찰서에 주차해놓았는데도 그런 일은 일어날 수 있었고, 실제로 일어난다.

주차장에서 차를 빼서 정확히 한 블록을 운전해갔다. 그러고는 타코 가게 앞 인도에 차를 댄 다음, 그곳 공중전화로 차량관리국에 있는 친구에게 전화를 걸었다. 5분 후, 나는 유진 더쉬의 집 주소와 직장 주소, 전화번호를 얻었다. 집과 직장의 주소가 똑같았다.

그에게 전화를 걸어서 말했다. "더쉬 씨, 저는 엘비스 콜이라고 합니다. 파커 센터에서 전화드리는 겁니다. 제가 댁에 들러서 레이크 할리우드에 대해 두어 가지 추가 질문을 드려도 괜찮을까요? 오래 걸리지는 않을 겁니다."

"오, 그럼요. 스탠 와츠 형사님이랑 같이 일하는 분이세요?" 와츠가 그를 인터뷰했었다.

"스탠도 여기 파커 센터에 있습니다. 방금 전에 저하고 얘기를 나눴었죠."

"여기 어떻게 오는지 아세요?"

"찾을 수 있을 겁니다."

"알겠습니다. 조금 있다 뵙죠."

크란츠가 그에게 SUV에 대해 묻지 않을 거라면, 내가 물어보겠다.

더쉬는 그리피스 파크 정남쪽 로스 펠리스의 오래된 지역에 있는 작은 캘리포니아 방갈로에 살았다. 주택들 대부분은 빛바랜 타일 지붕이 있고 치장벽토를 바른 스페인식 건물이었다. 지역 주민 대다수는 노년층으로 보였는데, 그들이 사망하면 더쉬 같은 젊은 사람들이 그들의 집을 사서 리노베이션했다. 더쉬의 집은 산타페의 밝은 토양 색깔로 깔끔하게 페인트칠이 돼 있었다. 겉모습을 보면, 그가 집 꾸미는 작업을 상당히 열심히 했다는 걸 알 수 있었다.

도로변에 차를 세우고 진입로를 걸어가 초인종을 눌렀다. 주위에 있는 여러 집의 뜰에 화재에서 생긴 재가 여전히 쌓여 있었지만, 더쉬의 마당은 깨끗했다. 그가 밖으로 나와 비질을 한 게 분명했다. 현관문에 깔린 환영 매트에는 "승선을 환영합니다."라고 적혀 있었다.

키가 작고 다부진 삼십 대 후반의 남자가 문을 열고는 미소를 지었다. "콜 형사님이시죠?"

"예. 형사(detective, 콜은 '탐정'이라는 뜻으로 한 말이다) 맞습니다."

그가 손을 내밀었다. "진 더쉬라고 해요."

더쉬는 표백한 오크나무 바닥이 깔리고 흰색 벽들에 현대적인 느낌의 페인트를 환하게 칠한 매력적인 방으로 나를 안내했다. "커피 내리는 중인데 한잔하실래요? 케냐산이에요."

"고맙지만, 괜찮습니다."

방은 집 뒤쪽에 있는 또 다른 방과 통해 있었다. 커다란 미술용 테이블이 고정돼 있었고, 붓과 형광펜이 꽂혀 있는 단지 여러 개와 고급 파워맥이 있었다. 뒤에서 클래식 음악이 흘러나왔고, 집에서는 하이라이트용 펜의 냄새와 커피 냄새가 났다. 집은 아늑한 느낌을 주었다. 더쉬는 잘 다린 치노 바지와 백발이 몇 가닥 섞인 가슴 털을 듬뿍 보여주는 헐렁한 니트 셔츠 차림이었다. 손가락은 잉크 얼룩이 들어 있었다. 그는 일하던 중이었다.

"오래 걸리지는 않을 겁니다, 더쉬 씨. 두 가지만 여쭤보면 됩니다."

"진이라고 불러주세요."

"고맙습니다, 진." 우리는 안을 빵빵하게 채운 회갈색 소파에 앉았다.

"서두르실 필요 없어요. 무슨 말이냐면, 그런 식으로 살해된 가여운 여자 분을 생각하면 정말로 무서운 일이잖아요. 제가 도울 일이 하나라도 있다면 기꺼이 그럴 생각이에요." 그는 와츠와 인터뷰할 때도 협조하고 싶어 안달이 난 이런 태도였을 것이다. 어떤 사람들은 이런 식이다. 범죄 수사의 일부가 되는 걸 짜릿해한다. 라일리 워드는 사뭇 주저하는 태도였고 불편해하는 기색이 역력했었다. 어떤 사람들은 그런 식이기도 하다.

그가 말했다. "형사님이 오늘 오신 첫 손님은 아니에요. 형사님이 전화했을 때, 저는 방송국 사람일 거라고 생각했어요."

"방송국 사람들이 전화를 드렸다고요?"

그는 커피를 몇 모금 마시고는 테이블에 머그잔을 내려놨다. 눈이 초롱초롱 빛났다. "채널 4의 리포터가 오늘 아침에 왔었어요. 채널 7도 전화했고요. 시신을 발견했을 때 어떤 일이 있었는지 알고 싶어 했어요." 그는 못마땅한 어조를 보이려고 애썼지만, 카메라와 조명을 든 기자들이 그와 얘기하려고 찾아오는 것에 스릴을 느끼고 있었다. 그는 앞으로 몇 년간 외식을 할 때마다 이 이야기를 꺼낼 것이다.

"오늘 저녁에 TV를 확인해보겠습니다. 선생님을 찾아볼 수 있는지 눈 크게 뜨고 보겠습니다."

그가 웃으면서 고개를 끄덕였다. "녹화해두려고요."

"진, 당신은 토요일에도 저수지에 올라갔었죠, 그렇죠?"

"맞아요."

"거기서 빨간색이나 갈색 SUV를 본 기억이 있나요? 레인지 로버나 포러너나 그 비슷한 차종을요? 주차돼 있었을 가능성도 있습니다. 오르는 중이거나 내려가는 중이었을 수도 있고요."

더쉬가 눈을 감고는 생각에 잠기더니 실망한 기색으로 고개를 저었다. "에이, 없어요. 본 것 같지 않아요. 제 말은, 그런 차를 모는 사람이 너무 많다는 뜻이에요."

나는 에드워드 디지의 인상착의를 설명했다. "그 위에서 이런 사람을 봤습니까?"

그가 생각에 잠겨 얼굴을 찡그렸다. "토요일에요?"

"토요일이나 일요일에요."

찡그림이 실눈으로 바뀌었다. 하지만 그는 다시 고개를 저었다. "죄송해요. 기억이 안 나요."

"굉장히 어려운 일이라는 거 압니다, 진. 그냥 궁금해서 여쭤본 겁니다."

"그 남자나 차가 사건하고 무슨 관계가 있는 건가요?"

"모릅니다, 진. 그래도 그런 정보를 들으면 확인을 해봐야 하거든요. 무슨 말인지 아시죠?"

"오, 그럼요. 제가 도움을 드릴 수 있기를 바랄 뿐이에요."

"토요일에 그 위에 있었을지도 모르는 다른 사람을 아시나요?"

"아니, 아뇨."

"워드 씨는 토요일에는 당신과 같이 있지 않았죠, 그렇죠?" 워드가 거기 있었다면 그에게도 물어볼 수 있었다.

"예. 라일리는 일요일에 나랑 같이 갔어요. 그는 저수지에 가본 적이 없었어요. 믿어지세요? 라일리는 LA 토박이인데 말이에요. 그는 저수지에서 3.2킬로미터 떨어진 곳에 살아요. 그런데도 생전 거기 가본 적이 없다니."

"제가 아는 사람들 중에는 디즈니랜드에 안 가본 사람도 있습니다."

더쉬가 고개를 끄덕였다. "놀라운 일이에요."

나는 일어나서 시간 내주셔서 고맙다고 인사했다.

"원하시는 건 그게 다인가요?"

"오래 걸리지 않을 거라고 말씀드렸잖습니까."

"잊지 마세요, 채널 4."

"꼭 시청하겠습니다."

더쉬는 케냐산 커피가 담긴 머그잔을 현관까지 들고 왔다. "콜 형사님? 그 여자 분 유가족을 만나러 가실 건가요?"

"예, 그럴 겁니다."

"그분들께 제가 정말로 유감스러워한다고 전해주시겠어요? 제 조의도 전해드리고요."

"그럼요."

"틈나면 한번 들러야 할 거라고 생각해요. 내가 그 여자 분 시신을 발견한 사람 중 하나였으니까요."

"그분 아버님께 말씀 전하겠습니다."

더쉬가 얼굴을 찡그리며 커피를 홀짝였다. "뭐라도 기억나는 게 있으면 반드시 전화드릴게요. 형사님들을 돕고 싶어요. 이런 짓을 한 사람을 체포하는 걸 정말로 돕고 싶어요."

"뭐라도 기억나는 게 있으면 스탠 와츠 형사에게 전화 주십시오. 아시겠습니까?"

"형사님이 아니라 스탠 형사님한테요?"

"스탠 형사에게 전화하는 편이 나을 겁니다."

그에게 다시 감사인사를 하고 내 차로 갔다. 더쉬가 SUV를 봤을 거라는 기대는 하지도 않았지만, 내가 그에게 말했듯, 무슨 얘기를 들었다면 확인을 해봐야 한다. 경찰이 그러지 않으려 들 때는 특히 더 그렇다.

나는 혼잣말을 했다. "이게 뭐 그리 어려운 일이라고, 크란츠? 15분밖에 안 걸리는데." 혼잣말을 하는 탐정이라니.

프랭클린 남쪽의 작은 언덕들로 차를 몰다가 할리우드를 향해 동쪽으로 방향을 틀었다. 교통체증은 끔찍했지만, 소득이 많지 않았음에도 현재 상황에 대한 기분은 한결 나아졌다. 행동하는 것이 가만히 지켜보는 것보다 낫다. 그리고 나는 지금 굳이 그래야 할 이유가 없었음에도 무언가를 실천한 사람이 된 것 같은 기분이었다. 돌런에게 전화를 걸어 크란츠가 차에 대해 물어보려 더쉬를 찾아갈 필요가 없다는 얘기를 할까 고민해봤다. 우쭐한 어조로 그런 말을 할 수도 있었지만, 돌런은 그걸 인상적으로 받아들이지 않을 것이다. 더불어, 그들은 내가 더쉬를 만나러 갔었다는 걸 조만간 알게 될 것이다. 내가 그들에게 사실을 털어놓으면 크란츠가 풍(風)을 맞을 확률이 조금은 줄어들 거라고 생각했지만, 세상일은 아무도 모르는 것이다. 나는 그게 그가 풍 맞을 확률을 더 높이기를 바라고 있었다.

교통체증과 씨름하면서 프랭클린을 떠났다. 거기도 도로 상황은 여전히 나빴다. 할리우드에서 근처의 지하철 공사 때문에 여드름 자국 같은 싱크홀이 또다시 생겼고, 캘리포니아 교통국은 대여섯 개 블록을 봉쇄했다. 할리우드 대로를 타려고 웨스턴을 내려갔는데, 거기 상황은 더 나빴다. 그래서 최악의 체증을 우회할 길을 찾아내기를 희망하면서 거기 있는 골목길 중 하나로 꺾어 들어갔다. 내가 언덕을 떠난 이후로 계속 백미러로 봐오던 것과 동일한 진청색 세단이 뒤에 있다는 걸 발견한 건 바로 그때였다.

처음에는 별일 아니라고 생각했다. 다른 차들도 체증을 피하려고 방향을 꺾고 있었으니. 그런데 그런 차들은 프랭클린 이후로도 내 뒤를 따라오고 있지는 않았다.

할리우드의 차량 흐름은 조금 나았다. 나는 프리웨이 아래를 지난 다음, 북쪽으로 방향을 틀어 스페인어로 인쇄된 커다란 간판이 있는 노점 꽃가게 부스 앞 경계석에 차를 댔다. '장미 2.99달러.'

세단은 내 차를 지나갔다. 앞자리에 남자 둘이 있었는데, 둘 다 선글라스를 꼈고, 둘 다 함박웃음을 지으며 나한테는 관심 없는 척하려고 최선을 다하고 있었다. 당연히, 그들은 나한테 관심이 없는 사람들일지도 몰랐다. 이 모든 게 순전히 우연일지도 몰랐다.

그들의 차 번호를 옮겨 적고는 루시에게 줄 빨간 장미 열두 송이를 샀다. 우연 때문에 생긴 뜻밖의 기회를 무시해서는 안 될 일이다.

꽃가게 바깥 공중전화에서 땅딸막한 살바도르인 남자가 전화를 끊을 때까지 기다렸다. 그러고는 차량관리국에 있는 친구에게 전화를 걸었다. 그녀에게 차 번호를 불러준 후 조금 더 기다렸다.

그녀가 몇 초 후에 돌아와서 물었다. "이 번호 확실해요?"

"그래요. 왜요?"

"'ID 없음'이라고 떠요. 다시 해볼까요?"

"아뇨, 고마워요. 그걸로 충분해요."

나는 전화를 끊고 장미를 차로 가져가 운전석에 앉았다.

'ID 없음'은 어떤 차량이 LA 경찰국용으로 등록됐을 때 뜨는 검색 결과다.

10

루시의 아파트에 당도했을 때, 태양은 공기 빠진 풍선처럼 도시 위에서 서서히 가라앉고 있었다. 나는 꽃가게를 떠난 후로 청과상에 들른 다음 주류 판매점에 들렀다. 그러면서 내내 백미러를 주시했다. 청색 세단은 돌아오지 않았다. 누군가가 나를 미행하고 있었더라도, 나는 그들을 발견하지 못했다. 이건 로맨틱한 저녁을 맞이하기 전에 겪고 싶은 피해망상 경험의 한 종류일 것이다.

루시는 장미를 보더니 탄성을 질렀다. "와아, 너무 아름다워."

"장미가 눈물 흘리는 거 보여?"

그녀는 미소를 지었지만, 혼란스러운 기색이었다. "무슨 눈물?"

"슬퍼하잖아. 당신을 본 지금, 자신들이 지구상에서 가장 예쁜 존재가 아니라는 걸 알게 됐으니까."

그녀는 꽃을 매만지더니 기분 좋은 한숨을 내쉬었다. "이제 장미도 이런 상황에 익숙해져야 할 거야."

우리가 내 차로 향할 때 루시는 작은 여행 가방을 가져왔다.

"벤은 별 문제 없이 캠프에 갔어?"

"다른 애 둘을 만나고 나니까 기분이 좋아졌어. 우리 집 전화를 당신 집으로 착신시켰어. 당신이 언짢아하지 않았으면 하는데."

"언짢아하기는, 무슨. 당신 차를 가져가고 싶지 않은 게 확실해?"

"이게 더 낭만적이야. 내 애인이 산속에 있는 그의 사랑의 둥지에서 열정적인 밤을 보내려고 나를 데려가고 있잖아. 나는 내일 내 차로 돌아올 수 있어."

내 집을 사랑의 둥지라고 생각해본 적은 한 번도 없었다. 그래도 기분은 좋았다.

"가방에 들어 있는 게 뭐야?"

그녀가 나를 보며 눈웃음 쳤다. "당신이 좋아할 만한 것. 깜짝 선물."

사랑의 둥지를 갖는 게 그리 나쁜 일은 아닌 것 같았다.

그녀와 함께 있어서 좋았다. 그녀와 단둘이만 있어서 좋았다. 루시가 LA로 이사 온 후로 함께한 적은 많았지만, 항상 벤이나 다른 사람들과 같이였고, 우리 시간을 대부분 새 아파트에 들어가기 위한 필수적인 과업에 쓰는 게 보통이었다. 오늘 밤은 순전히 우리만을 위한 밤이었다. 나는 이런 시간을 원했고 그녀도 이런 기회를 원했다는 걸 알고 있었기에, 우리는 이 밤을 더더욱 특별한 밤으로 만들었다. 우리는 침묵 속에서 차를 몰았다. 연인들이 그러듯 서로를 바라보며 미소 지었지만, 말은 거의 하지 않았다. 장미를 무릎에 놓은 그녀는 이따금씩 장미 한 송이를 코로 가져가고는 했다.

우리가 사랑의 둥지에 다다랐을 때, 조의 지프가 둥지 앞에 주차돼 있었다.

루시가 나를 향해 미소를 지었다. 예뻤다. "조도 오늘 밤을 같이 보내는 거야?"

하하. 루시는 이런 여자다. 대단한 입담 아닌가?

우리는 청과물과 장미를 주방으로 가져갔다. 파이크가 거실에 서 있었다. 그 상황에서 다른 사람이라면 자리에 앉으려 들지 않았을 테지만, 그는 고양이를 안고 자리에 앉았다. 루시를 본 고양이가 조의 품에서 꼼지락 대더니 계단으로 달려가 으르렁거렸다.

루시가 말했다. "정말 기분 좋네. 언제나 따뜻하게 맞아준다니까."

조가 장미를, 다음에는 청과물 쇼핑백을 봤다. "미안. 전화할 걸 그랬군."

"개의치 마."

루시가 다가가 그의 뺨에 입을 맞췄다. "멍청하게 굴지 말아요. 너무 오래 머물 생각만 하지 않으면 돼요."

파이크의 입꼬리가 씰룩거렸다.

파이크가 말했다. "과학수사대 보고서 사본을 입수했어. 자네도 보고 싶어 할 것 같아서."

쇼핑백을 든 나는 걸음을 멈췄다.

"크란츠 말로는 내일까지는 준비가 안 될 거라던데."

파이크가 주방 테이블을 향해 고갯짓을 했다.

주방 조리대에 쇼핑백을 올려놓고는 테이블로 가서 존 첸이라는 사람이 서명한 과학수사대 요원 보고서 사본을 봤다. 두어 페이지를 넘기면서 그 보고서가 카렌 가르시아의 살해 현장에서 발견한 증거를 상세하게 기술한 걸 봤다. 나는 조를 쳐다보고는 다시 보고서로 돌아갔다. "어디서 얻었어?"

"그걸 쓴 남자한테서. 오늘 아침에 받았어."

"여기 뭔가 묘한 게 있네, 조."

루시가 말했다. "이 동네에서는 늘 뭔가 묘한 일이 벌어지고 있잖아. 여긴 LA니까." 그녀가 쇼핑백에서 돔 페리뇽을 꺼냈다. 세일가 89달러 95센트. "정말 멋져요, 콜 씨. 나도 야옹이처럼 가르랑거려야 할까 봐."

나는 별것 아니라는 투로 손을 저었다. "사랑의 둥지에서는 그게 정찰
가입니다요."

파이크가 물었다. "사랑의 둥지?"

나는 그를 보고는 얼굴을 찡그렸다. "판타지를 망치지 않으려고 노력
좀 해봐."

파이크가 냉장고로 가서 아비타 맥주를 꺼내더니 나를 향해 병을 까딱
했다.

"좋지."

그가 루시를 향해 병을 까딱했다. "고맙지만 괜찮아요, 스위티(sweetie)."

조 파이크가 스위티로 불리고 있다. 놀라운 일이다.

조가 두 번째 병을 꺼내 나한테 가져왔다. 아비타 맥주는 루이지애나
남부에서 양조되는 끝내주는 맥주다. 루시는 이사 올 때 그걸 다섯 상자
가져왔다.

내가 물었다. "루스, 내가 이거 읽어도 괜찮을까?"

"괜찮아. 나는 식재료들 치우면서 우리가 함께하고 있는 척하지 뭐. 스
테레오에서 로맨틱한 음악이 흘러나오고 자기가 나한테 시를 읊어주고
있는 척할게. 그런 식으로 하면 황홀해지기 직전인 척할 수 있어."

나는 조를 쳐다봤다. 그가 어깨를 으쓱했다.

보고서는 명쾌해서 읽기 쉬웠고 머리에도 쏙쏙 들어왔다. 상세한 그림
두 장은 시신의 자세와 핏자국, 물증의 위치를 기록했다. 첫 그림은 가르
시아의 시신이 발견된 아래쪽 현장이었고, 두 번째 그림은 총격이 일어난
곳인 절벽 꼭대기의 오솔길 구역이었다. 첸은 비먼사의 껌 포장지 대여섯
장과 정체불명인 세모 모양의 흰색 작은 플라스틱, 페더럴 암스 22구경 롱

라이플 탄피 한 개, 부분적인 발자국과 완벽한 발자국 대여섯 개를 발견했다고 기록했다. 포장지와 플라스틱, 탄피에 대한 테스트는 진행 중이었다. 첸은 발자국 사이즈를 바탕으로 살인자의 몸무게를 추정했다. 나는 이 부분을 크게 읽었다. "11호 신발을 신은 살인자의 몸무게는 91킬로그램으로 추정된다. 밑창 자국을 찍은 사진은 브랜드 식별을 위해 워싱턴의 FBI에 전달했다."

루시가 말했다. "와, 정말 로맨틱하네." 그녀가 와서는 내 옆에 앉았다. 그녀의 발이 테이블 아래에서 내 발에 닿았다.

첸은 남아 있는 흔적을 따라가다가 저수지 위 소방도로에 주차된 차량 옆에서 발자국을 발견했다. 그는 발자국 석고본을 떴고, 오일 방울들로 보이는 물질을 함유한 토양 샘플을 채취했다. 그는 이것들도 모두 브랜드 식별을 위해 FBI로 발송했다. 그는 타이어 유형이 F205 레이디얼이라는 결론을 내렸는데, 많은 미국산 및 외국산 SUV 차량에 장착되는 타이어였다. 여기서 발견된 F205 자국들은 앞 타이어가 고르지 않게 마모됐다는 걸 보여주는데, 이건 차량의 전방 캠버가 제대로 정렬돼 있지 않다는 걸 가리킨다.

나는 보고서를 내려놓고 조를 쳐다봤다. "솔직히 말하면, 디지가 자신이 본 차가 자네 차량 비슷했고 운전사는 자네였다고 말했을 때 나는 그가 말을 지어내고 있다고 생각했어."

파이크는 어깨를 으쓱했다.

"그러니까 그는 진짜로 뭔가를 본 게 맞고, 그걸 재미있게 생각한 거야." 나는 보고서를 다시 살폈다. "와우. 이 첸이라는 친구 일 엄청 잘하네."

파이크의 입술이 씰룩거렸다.

"왜?"

"아무것도 아냐."

나는 보고서를 툭툭 쳤다. "크란츠는 나한테 거짓말한 게 이 문제만이 아니야." 나는 크란츠가 부검과 관련해서 나한테 속임수를 쓴 얘기도 들려줬다. "크란츠는 부검 스케줄이 언제 잡혔는지를 내내 알고 있었던 게 분명해. 우리가 도착했을 때 테이블 주위에 다섯 명이 있었고, 윌리엄스는 부검이 오래 걸렸다고 투덜대고 있었어."

루시가 말했다. "그걸 반드시 이상한 일이라고만 할 수는 없어. 그는 당신을 좋아하지 않는다고 당신 입으로 말했잖아. 어쩌면 그는 당신을 약 오르게 만들려고 부검 현장에 오지 못하게 막은 걸 거야."

"부검 끝나고 더쉬를 만나러 갔었어. 더쉬의 집을 떠날 때, 파란 세단을 탄 남자들이 따라왔어. LAPD 번호판이더라고."

파이크가 그 문제를 놓고 생각에 잠겼다. "그들이 파커 센터에서부터 자네를 따라오지 않았던 게 분명해?"

"내가 더쉬를 만나러 갈 거라는 건 아무도 몰랐어. 그러니까 그건 그들이 이미 거기에 있었다는 뜻이야. 문제는 왜 그들이 더쉬의 집 앞에 죽치고 있었냐는 거지."

파이크가 고개를 끄덕였다. "이제 우리 얘기가 묘한 주제로 흐르는군."

"그래."

루시가 내 팔을 건드리더니 그녀의 손가락이 내 손까지 내려왔다. 그녀가 발로 내 발을 얽고는 미소를 지었다.

조가 일어섰다. "가야 할까 봐."

방금 전에 일어난 일을 깨달은 루시가 얼굴을 붉히면서 손을 되가져갔다. "장난으로 그런 거예요, 조. 정말로요. 나는 당신이 머무르면서 저녁 먹는 걸 환영해요."

조의 입술이 다시 씰룩거렸다. 그런 후 그는 떠났다.

루시는 앓는 소리를 하고는 얼굴을 가렸다. "어쩜 좋아. 조는 내가 색에 환장한 여자라고 생각할 거야."

"그는 당신이 사랑에 빠졌다고 생각해."

"오, 그렇겠지. 열병 걸린 사람처럼 당신을 만지고 있었으니까." 루시의 얼굴이 그렇게 빨개진 건 생전 처음 봤다.

"그는 우리를 좋게 보고 있어."

"그 돌부처가? 그 사람이 무슨 생각을 하는지 아는 사람이 세상에 있어? 세상에, 창피해 죽겠어."

그런 후 우리는 서로를 말없이 응시했다. 그녀의 눈에서 깜빡이는 감정의 깊이와 움직임에 홀린 내가 한참 후에 말했다. "기다려봐."

돔 페리뇽은 내가 원하는 만큼 차갑지는 않았지만 그 정도도 괜찮았다. 나는 기다란 잔을 두 잔 채워서 가져왔다. CD 플레이어에 나탈리 머천트를 올리자 〈어느 멋진 날〉이 흘러나왔다. 그런 후 나는 커다란 유리문들을 열었다. 협곡은 고요했다. 초저녁 공기는 선선했고, 여름철 인동덩굴의 냄새는 향긋했다. 루시에게 손을 내밀자 그녀가 자리에서 일어났다. 나는 샴페인 잔을 내밀었고, 그녀는 그걸 받았다.

루시가 아직도 주방 바닥에 놓여 있는 여행 가방을 힐끗 봤다. 그녀의 목소리는 허스키했다. "옷 갈아입고 싶어. 당신을 위한 깜짝 선물을 가져왔거든."

나는 그녀의 입술을 만졌다. "당신이 내 깜짝 선물이야, 루실."

그녀가 머리를 내 가슴에 기대면서 눈을 감았다.

나는 한동안 죽은 여자들과 상심한 노인들, 내가 이해하지 못한 일들을 생각했다. 그런 후 그 생각들은 사라졌다.

나탈리는 사랑이 어떤 뜻인지를 감미롭게 노래했다. 우리는 춤을 췄다. 천천히. 보이지 않는 물결이 집 안쪽으로 우리를 실어 날랐고, 우리는 그렇게 떠다니다가 마침내 침대 위로 올라갔다.

단련

소년은 녹색 세상에 앉아 있었다. 그를 보호해주는, 털로 덮인 넓적한 느릅나무 잎들은 부유하는 프리즘처럼 오후의 햇빛을 포획해서는 그를 따스한 에메랄드 빛으로 물들였다. 소년은 거기 숨어 나뭇잎들의 마스크 사이로 작은 목조주택인 그의 집을 응시하며 안도감을 느꼈다. 개미 세 마리가 그의 맨발을 기어올랐지만, 그는 느끼지 못했다.

조 파이크, 아홉 살. 나이치고는 키가 크지만, 말랐다. 무녀독남. 무릎 바로 위에서 잘려나간 반바지와 때가 타 탁한 회색이 된 지 오래인 줄무늬 티셔츠 차림이다. 학교에서는 생각이 깊고 과묵한 아이로 알려져 있다. 남과 어울리지 않는 똑똑한 아이. 일부 선생님들 생각에는 침울한 아이. 지금은 3학년이다. 1학년 때 선생님은 그가 정신지체아가 아닌지 테스트해보자고 했다. 그 선생님은 다른 주의 사범대학을 갓 졸업한 젊은 남자였다. 조의 아버지는 그를 죽도록 두들겨 패겠다고 협박하면서 호모새끼라고 욕설을 퍼부었다. 조는 호모가 뭔지 몰랐지만, 하얗게 질린 선생님은 학기 중에 학교를 떠났다.

조는 숲 가장자리에 있는 어린 나무 아래에서 가부좌를 틀었다. 아버지가 마당에 들어오는 모습을 지켜보는 동안 낮은 가지들이 그의 몸을 직소 퍼즐처럼 갈라놨다. 그는 날마다 이 시간이면 느끼는 것과 동일한 공포감이 몰려오는 걸 느꼈다.

청색 킹스우드 스테이션왜건이 현관 옆에 멈췄다. 차는 방금 전에 대리점 전시실에서 빠져나온 것처럼 반짝거렸다. 조는 땅딸하지만 탄탄한 체구를 가진 남자가 왜건에서 내려 현관의 나무 계단 세 개를 올라 집 안으로 사라지는 걸 지켜봤다.

아빠.

아버지는 조가 태어나기 3년 전에 그들이 사는 작은 소도시의 변두리에 있는 조그마한 대지에 그 집을 직접 지었다. 집은 파이크 씨가 십장으로 일하는 제재소에서 불과 3.2킬로미터 떨어져 있었다. 여기에는 조그마한 숲과 시냇물, 사슴 몇 마리를 제외하면 별게 없었다. 주변보다 높이 올린 기초에 앉은, 상상력을 발휘한 흔적이 전혀 없는 작은 방들이 설계된 수수한 참나무 판잣집이었다. 벽은 깔끔하고 밝은 노란색 칠을 하고 테두리는 하얗게 마감했다. 화창한 햇빛을 받으면 집도, 차처럼 산뜻한 빛을 발했다. 정말로 행복한 집처럼 보였다. 매주 수요일 오후, 퇴근해서 귀가한 아버지는 집을 물청소했다. 그는 킹스우드를 매주 세 번씩 세차했다. 아버지는 봉급을 위해 열심히 일했고, 그가 보유한 물건들을 잘 관리하는 일을 신봉했다. 물건들을 깨끗하게 관리하는 것이 곧 그것들을 돌보는 거였다.

15분 후, 조의 어머니가 현관으로 나와 저녁을 먹으라며 그를 불렀다. 키가 큰 그녀는 엉덩이가 펑퍼짐하고 머리카락은 검었으며 눈에는 불안감이 감돌았다. 키는 남편과 엇비슷했다. 그녀는 4시 정각에 저녁상을 차리고는 했다. 아버지가 원하는 시간이 그때였기 때문이다. 그는 일찍 출근했고, 부지런히 몸을 놀리며 긴 하루를 보낸 후에 귀가해서는 먹고 싶을 때 식사하기를 원했다. 그들은 4시에 저녁을 먹었다. 그는 잠이 드는 7시까지 술을 마셨다.

파이크 부인이 베란다 끄트머리까지 걸어와, 아들이 어디서 그녀를 지켜보고 있는지 몰랐기 때문에 딱히 정해진 방향 없이 소리를 질렀다. "당장 와, 조지프! 조금 있으면 저녁 먹을 거야."

그는 대답하지 않았다.

"저녁때야, 조! 집에 오는 게 좋을 거야!"

그녀가 그런 말을 하는 동안에도, 조는 공포감이 사지로 퍼져나가면서 심장이 더 빨리 뛰는 걸 느낄 수 있었다. 어쩌면 오늘 밤은 다른 밤들과는 달리 아무 일도 일어나지 않을지 모르지만, 그는 확신하지 못했다. 그는 절대로 알 길이 없었다. 그래서 조는 그녀가 집 안으로 돌아갈 때까지 말 없이 기다렸다. 어머니가 그를 처음 불렀을 때 그가 집에 가는 일은 결코 없었다. 그는 3시에 하교해서 집에 왔지만, 시간은 빠르게 흘렀다. 그는 될 수 있는 한 마지막 순간까지 밖에 머물렀다. 숲에 있는 편이 나았다. 공포에서 안전한 곳.

10분 후, 어머니가 다시 나타났다. 이번에는 파리하고 초조해하는 기색이었다. "젠장, 이 자식, 경고한다! 아버지 기다리시게 하지 마! 당장 튀어와!"

그녀는 집으로 성큼성큼 걸어가서 문을 거칠게 닫았다. 그제야 조는 가지들 사이를 비집고 나왔다.

조는 문을 열자마자 허공에 떠다니는 술 냄새를 맡았다. 그 냄새, 그리고 거기에 담긴 뜻 때문에 창자가 비비 꼬였다.

아버지는 식탁에 두 발을 올리고 신문을 읽으면서 지피 땅콩버터 병에서 따른 올드 크로우 위스키를 온 더 록으로 연달아 들이켜고 있었다. 식탁에는 저녁이 차려져 있었지만, 파이크 씨는 두 발을 올릴 수 있도록 접시들을 옆으로 밀었다. 아버지는 그가 들어오는 걸 보고는 잔을 비운 다음 아들의 시선을 끌려고 잔에 든 얼음을 흔들었다. "채우게, 친구."

조가 맡은 중책. 아버지 잔에 올드 크로우 채우기.

조는 싱크대 밑 보관장에서 병을 꺼내 코르크를 뽑은 다음 잔에 조금씩 따랐다. 아버지가 쏘아봤다. "한 모금거리도 안 되잖아, 꼬마야. 사나이한테는 그에 어울리는 하이볼을 줘야 하는 거다. 그래야 사람들이 싸구려로 생각하지 않는단다."

조는 아버지가 끙 소리를 낼 때까지 잔을 채웠다.

어머니가 물었다. "식사할 준비 됐어요?"

파이크 씨의 대답은 두 발을 내리고 접시를 당기는 거였다. 조와 아버지는 닮은 구석이 전혀 없었다. 조가 또래에 비해 크고 마른 데다 얼굴이 가느다란 반면, 아버지는 평균보다 작고 팔뚝은 두꺼웠으며 얼굴은 동그랬다. 파이크 씨가 말했다. "젠장, 애비한테 다녀오셨느냐는 인사도 할 줄 모르는 거냐? 귀가한 남자는 식구들이 알은척이라도 해주기를 원한단 말이다."

"다녀오셨어요, 아빠?"

파이크 부인이 말했다. "우유 가져와라."

조는 싱크대에서 손을 씻고는 냉장고에서 우유를 가져와 자기 자리에 앉았다. 어머니는 살렘 담배를 피우면서 자신이 마실 하이볼을 만들고 있었다. 어머니는 자신이 술을 마시는 건 아버지가 마시는 양을 조금이라도 줄이기 위해서라고 조에게 말했다. 조는 어머니가 병에서 위스키를 약간 따라내고는 거기에 물을 채워 넣는다는 걸 알고 있었다. 어머니가 그러는 걸 직접 봤기 때문이다. 어머니는 그에게 말했었다 "조, 네 애비는 망할 놈의 인간 말종 술꾼이야."

조도 아버지가 그런 사람이라고 짐작했다.

파이크 씨는 날마다 새벽 4시에 일어나 "두 발을 바짝 세우기 위해" 작은 잔을 두 번 해치운 다음 제재소로 갔다. 아버지는 술을 술집에서 마시지 않았다. 이따금 부업으로 하는 목수일이 생기지 않으면, 거의 항상 곧바로 귀가했다. 부업이 없으면, 3시 30분에 귀가한 아버지는 신문을 펼치기 전부터 첫 잔을 들이켜고는 저녁 먹기 전까지 두세 잔을 해치웠다. 저녁을 먹은 후에는 TV를 켜고 뉴스를 보기 위해 안락의자에 몸을 묻고 잠이 들 때까지 마셨다.

뭔가가 그의 울화통을 터뜨리지 않는다면.

뭔가가 그를 폭발시키면, 그 대가는 지옥이 될 터였다.

조는 그 조짐들을 잘 알았다. 아버지의 눈이 싸늘하고 조그마한 구멍으로 쪼그라들면서 안색이 밝은 빨간색으로 변하는 것. 아버지 목소리가 시간이 갈수록 커지면서 자신이 폭발할 참이라는 걸 모두에게 알릴 테지만, 어머니는 고래고래 소리를 지르면서 욕설을 욕설로 맞받아칠 것이다. 조에게는 그게, 어머니가 그러는 방식이 가장 두려운 부분이었다. 아버지는 자신이 통제력을 잃고 있지만 그를 진정시킬 시간이 여전히 있다는 사실을 모자에게 알리면서 정당한 경고를 보내고 있는 듯했다. 그런데 파이크 부인만이 그런 모습을 보지 못하는 듯했다. 조는 겨우 아홉 살이었지만, 짐칸을 100량이나 단 화물열차가 트랙에 묶여 있는 그에게로 질주해오는 걸 볼 때처럼 두려운 심정으로 그때가 닥치는 걸 지켜봤다. 조는 조짐을 알아챘지만, 그러면서도 어머니가 그것들을 무시하면서 남편이 폭발하기를 원한다는 듯 노인네에게 빈정거리는 것을 지켜봤다. 조가 원하는 건 어머니가 그러길 멈추는 것, 아버지를 진정시킬 말과 행동을 하는 것, 그 지옥 같은 곳을 벗어나 안전하게 숨을 수 있는 숲으로 도망치는 게 다였다.

하지만 일은 그렇게 안 됐다.

어머니는 맹목적이었고, 조는 어머니가 더 거세게 밀어붙이는 걸 지켜봐야 했다. 조는 너무 겁에 질려서 때로는 아버지를 그냥 놔두라고 어머니에게 애원하며 울먹였지만, 참을 만큼 참은 아버지가 결국 벌떡 일어나 "그 대가로 지옥을 경험하게 될 거야."라고 소리 지를 때까지 그의 애원은 아무 소용도 없었다.

아버지는 매번 그렇게 말했다.

그 말을 할 때가 구타를 시작할 때였다.

파이크 부인이 남편이 칼질할 로스트비프를 식탁으로 가져왔다. 그러고는 매시드 포테이토와 강낭콩을 가지러 난로로 갔다. 어머니와 아버지는 서로를 쳐다보지 않았고, 말도 거의 하지 않았다. 조는 그게 걱정스러웠다. 아버지가 피위 리즈와 디지 진(둘 다 프로야구선수다)이 나오는 「이주의 게임」을 보고 있던 토요일 이후로 두 사람 사이에는 긴장감이 감돌았다. 어머니가 TV 근처에서 진공청소기를 돌리다 잘못해서 안테나를 건드렸다. 그러면서 3 대 2 스코어로 진행되던 8회 말 중계의 수신 상태가 엉망이 됐다. 이후로 집안 공기가 불기운으로 팽배해진 듯 보일 때까지, 두 사람 다 침묵과 적대감 속으로 퇴각해서는 날마다 긴장감을 쌓아왔다.

이 집의 외동자식인 아홉 살배기 조 파이크는 그들의 분노가 쌓이고 있다는 걸 느낄 수 있었다. 두려운 상황이 보름이 다가오는 것처럼 확실하게 다가오고 있다는 것도 알고 있었다.

파이크 씨가 위스키를 또 한 모금 들이켰다. 그러고는 고기를 자르기 시작했다. 그가 두 조각을 자르더니 얼굴을 찡그렸다. "이런 싸구려 고기는 대체 어디서 산 거야? 고기 한가운데에 망할 놈의 심이 있잖아."

시작됐다.

어머니는 대꾸도 없이 감자와 콩을 식탁에 가져왔다.

아버지가 나이프와 포크를 내려놨다. "우리말 까먹었어? 내가 어떻게 이 따위 고기를 먹을 거라고 생각한 거야? 놈들이 너한테 상한 고기를 팔아먹었잖아."

그녀는 여전히 그를 쳐다보지도 않았다. "그냥 조용히 저녁 드시지그래요? 심 있는 건 몰랐어요. 심 있는 고기라고 딱지를 붙여놓은 것도 아니잖아요."

조는 어머니가 겁에 질렸다는 걸 알았다. 하지만 그녀는 겁먹지 않은 듯 행동했다. 화나고 뚱한 것처럼 보였다.

아버지가 호통 쳤다. "내가 그렇다면 그런 줄 알아야지. 이걸 봐. 네년은 나를 쳐다보지도 않잖아."

"망할 심은 내가 먹을게요. 내 접시에 올려놔요."

파이크 씨의 얼굴이 벌게지는, 느리지만 막을 수 없는 과정이 시작됐다. 그는 아내를 응시했다. "무슨 놈의 말대답이 그따위야? 말투가 그게 뭐야?"

조가 나섰다. "제가 먹을게요, 아빠. 저 심 좋아해요."

아버지의 눈에서 빛이 번쩍하더니 눈이 쇠공처럼 자그마해졌다. "망할 놈의 심을 먹는 사람은 세상에 없어."

파이크 부인이 고기를 들었다. "오, 제발요, 이딴 것 때문에 말싸움을 하다니. 심을 잘라낼게요. 당신이 보지 않아도 되도록."

파이크 씨가 그녀에게서 접시를 빼앗아 테이블에 쾅 하고 내려놨다. "벌써 봤잖아. 이건 쓰레기야. 내가 쓰레기 먹는 걸 보고 싶었던 거야?"

"오, 제발, 그만 좀 해요."

그녀의 남편이 벌떡 일어나 고기를 잽싸게 들어 올리더니 주방문을 발길질로 열고는 고기를 뒤뜰에 던졌다. "내가 저기서 식사를 하는 꼴이잖아. 쓰레기통에서. 마당에 있는 개처럼."

의자에 앉은 조는 자신이 점점 작아지는 것 같았다. 그는 자신이 그렇게 됐으면 하고 바랐다. 점점 작아지다가 결국에는 사라져버리기를 바랐다. 화물열차가 집 측면을 덮치려고 다가오고 있었지만, 아무도 그걸 멈출수가 없었다.

어머니도 일어섰다. 어머니는 붉어진 얼굴로 소리를 지르고 있었다. "나는 저거 치우지 않을 거예요!"

"너는 저걸 치우게 될 거야. 그러지 않으면 그 대가로 지옥을 경험하게 될 테니까."

마법의 주문. 대가로 지옥을 경험하게 될 거야.

조가 훌쩍이며 말했다. "제가 치울게요. 제가 할게요, 아빠."

아버지가 그의 팔을 붙잡고는 그를 의자에 다시 앉혔다. "네가 그러겠다고? 아니, 망할 놈의 네 에미가 할 거다."

이제 파이크 부인은 비명을 지르고 있었고, 안색은 분노로 시퍼레졌다. 그녀는 떨고 있었다. 조는 그녀가 두려워서 그러는 건지 화가 나서 그러는 건지, 아니면 둘 다여서인지 알지 못했다. "**네년** 때문에 우리 꼬맹이 저녁이 문밖에 던져진 거야! **네년**이 치워. 세상 모두가 볼 수 있도록 거기 놔둘 거니까."

아버지의 눈이 주름이 있는 점들처럼 쪼그라들었다. 빨간 얼굴에 동맥이 볼록볼록 튀어나왔다. 그러더니 주방을 가로질러 돌진해서 아내의 얼굴에 주먹을 휘둘렀고, 조는 어머니가 식탁에 쓰러지는 걸 보면서 비명을 질렀다. 올드 크로우 병이 떨어지면서 유리 파편과 싸구려 위스키가 사방으로 흩어졌다.

어머니가 피를 뱉었다. "네 애비가 어떤 작자인지 봤지? 봤지?"

사지에 불 같은 액체가 묻었다고 여긴 조는 사지에서 힘과 통제력이 빠져나간 듯했다. 그는 혼자서는 움직일 수가 없었다. 숨이 막혔고, 눈물과 콧물이 코에서 뿜어져 나왔다. "아빠. 그러지 마세요! 제발 그만하세요!"

아버지가 어머니의 뒤통수에 주먹을 날렸고, 그러자 어머니는 배를 깔고 누웠다. 어머니가 다시 눈을 들었을 때, 왼눈은 감겨 있었고 코에서는 피가 떨어졌다. 그녀는 남편을 보지 않았다. 아들을 봤다.

파이크 씨가 발길질을 하자 그녀는 옆으로 쓰러졌고, 조는 어머니의 눈에서 생생하고 끔찍한 공포감이 번쩍이는 걸 봤다. 그녀가 소리쳤다. "조, 경찰 불러라. 경찰한테 이 망나니를 잡아가라고 해."

오줌 때문에 갑자기 바지가 뜨뜻해진 아홉 살배기 파이크는 울먹이면서 앞으로 뛰어나가 있는 힘을 다해 아버지를 밀쳤다. "엄마를 해치지 마요."

파이크 씨는 소년에게 힘껏 팔을 휘둘렀고, 옆통수를 스쳐 맞은 소년은 옆으로 나동그라졌다. 그러더니 그의 발길질이 이어졌다. 발가락 부분에 강철을 댄 무거운 작업화가 조의 허벅지를 가격했고, 조는 신경 쇼크의 고통으로 폭발하며 뒤집어졌다.

아버지가 그를 다시 발길질했다. 그러더니 아이 위로 와서는 벨트를 끌렀다. 어머니가 콜록대며 피를 토하는 동안, 아버지는 아무 말도 않고 두꺼운 가죽벨트를 반으로 접어 소년을 구타했다. 조는 지금 아버지의 눈에 그가 보이지 않는다는 걸 알았다. 아버지의 작고 빨간 눈은 생기가 없고 공허했다. 조가 이해하지 못하는 분노로 이루어진 구름이 아버지의 눈을 가리고 있었다.

두꺼운 벨트가 올라갔다 내려왔다를 거듭했다. 조는 비명을 지르면서 아버지에게 그만하라고 애걸했다. 그러다가 조는 마침내 두 발로 일어나 현관을 통해 달아났다. 그는 안전한 숲을 향해 미친 듯이 달렸다.

아홉 살배기 조 파이크는 날카로운 낮은 가지들을 부러뜨리면서 있는 힘껏 달렸다. 두 다리는 더 이상 그의 일부가 아니었다. 그는 달리는 걸 멈추려고 애썼지만, 통제력을 벗어난 두 다리는 뿌리에 발이 걸려 넘어질 때까지 그를 집에서 멀리 떨어진 곳으로 데려갔다.

그는 몇 시간쯤을 거기 누워 있었다. 등과 두 팔이 후끈거렸고, 목과 코는 점액으로 막혀 있었다. 그는 숲 가장자리로 기어서 돌아갔다. 집에서는 고함과 비명이 여전히 흘러나오고 있었다. 아버지가 다시 문을 걷어차서 열더니 매시드 포테이토 냄비를 마당에 던진 다음 몇 마디 욕설을 더 뱉으려고 집으로 들어갔다.

조 파이크는 나뭇잎 아래 숨어 앉아서는 집을 지켜봤다. 몸이 천천히 진정되고 있었고 눈물도 마르고 있었다. 그는 어머니를 아버지 옆에 혼자 놔둔 채로 집에서 도망칠 때마다 찾아온 화끈거리는 수치심을 느끼고 있었다. 그는 아버지의 힘 앞에서 연약함을 느꼈고, 아버지의 분노 앞에서 두려움에 떨었다.

시간이 어느 정도 지난 후, 고함이 멈추고 숲이 차츰 조용해졌다. 앵무새가 지저귀었고, 작은 날벌레들이 어둑해지는 햇살 속을 이리저리 날아다녔다.

조 파이크는 집을 응시했다. 시간과 공간에서 자유로이 벗어나 떠다니는 듯한 기분이 들었다. 그저 존재하고만 있는 듯한, 여기 숲 가장자리에 숨은 보이지 않는 투명인간으로 존재하는 것만 같은 기분이었다.

이곳에서 그는 안도감을 느꼈다.

하늘이 벌게지면서 숲이 어두워졌다. 그래도 조 파이크는 여전히 움직이지 않았다.

그는 상처와 공포와 수치심을 챙겼다. 그러고는 그것들을 작은 상자들에 접어 넣는 자신의 모습을, 그런 다음에 그 상자들을 깊은 계단 아래에 있는 육중한 오크 트렁크에 집어넣는 자신의 모습을 상상했다.

그는 트렁크를 잠갔다. 그는 열쇠를 던져버렸다. 그는 세 가지를 약속했다.

앞으로는 항상 이런 식은 아닐 것이다.

나 자신을 강하게 만들겠다.

아파하지 않겠다.

해가 질 때, 아버지가 집에서 나와 킹스우드에 오른 다음 멀어져갔다.

조는 킹스우드가 사라질 때까지 기다렸다가 어머니를 살피러 집으로 돌아갔다.

앞으로는 항상 이런 식은 아닐 것이다.

나 자신을 강하게 만들겠다.

아파하지 않겠다.

11

집 뒤쪽에 있는 유리 첨탑을 통해 들어온 아침 햇살이 위층을 가득 채웠다. 루시가 알몸으로 엎어져 자고 있었다. 그녀의 머리카락은 몇 시간 전의 일 때문에 엉켜 있었다. 그녀에게 바싹 다가가 그녀의 엉덩이 라인에 내 몸을 맞추고는 그녀의 따스함을 즐겼다.

그녀의 머리칼을 만졌다. 부드러웠다. 그녀의 어깨에 입을 맞췄다. 입술에 느껴지는 짭짤한 따스함이 좋았다. 그녀를 쳐다보면서 이런 광경을 보게 된 나는 행운아라고 생각했다.

그녀의 피부는 짙은 황금색이었고, 두 다리와 등의 라인은 자는 중에도 선명했다. 테니스선수 장학금을 받으며 루이지애나 주립대학을 다닌 루시는 실력을 유지하려고 열심히 연습했었다. 그녀는 타고난 운동선수의 여유 있는 태도로 처신을 잘했다. 그러면서 적극성과 열정을 갖고 테니스를 치는 방식을 사랑했다. 그런데 나를 감동시킨 건 그녀가 보여주는 수줍어하는 모습들이었다.

고양이가 위층 모서리 난간에 걸터앉아 그녀를 응시하고 있었다. 그녀가 놈의 영역에 들어와 있었지만, 놈은 화가 난 것 같지는 않았다. 그저 궁금한 듯했다. 놈도 이 광경이 마음에 드는 것 같았다.

루시가 중얼거렸다. "더 자."

잠기운에 취한 그녀의 눈이 반쯤 열렸다.

그녀의 소리를 들은 고양이가 계단으로 황급히 달려가더니 거실에서 야옹거렸다. 이럴 때는 놈을 무시해야 한다.

"당신이 가져온 깜짝 선물은 보지도 못했어."

그녀가 몸을 바싹 기댔다. "오늘 밤을 고대해."

나는 그녀의 등에 혀를 갖다 댔다. "지금 당장 봤으면 싶은데."

그녀가 키득거렸다. "욕심쟁이."

"당신을 욕심내는 거야."

"나 출근해야 돼."

"당신 사무실에 전화해서 당신이 세계 최고의 탐정이랑 사랑을 나누느라 바쁘다고 말할게. 그들도 이해할 거야. 그렇게 얘기하면 사람들은 늘 이해해주거든."

그녀가 팔꿈치로 바닥을 짚으며 몸을 일으켰다. "늘?"

"말실수한 거야. 미안(sorry)."

"앞으로 유감스러워할(sorry) 정도에는 반도 못 미치는걸."

그녀가 나한테 달려들었지만 나는 전혀 유감스럽지 않았다.

그날 오전에, 루시를 그녀의 차로 데려다주고 나는 내가 가고 있다는 걸 크란츠에게 알리지 않고 파커 센터로 차를 몰았다. 내가 더쉬를 만나러 간 일 때문에 그는 길길이 날뛸 것이다. 그런데 내가 쌍여닫이문을 밀고 들어갔을 때, 그가 말했다. "부검 관련해서 일이 꼬인 것 때문에 자네가 곤란해지지 않았기를 바라네."

"아뇨. 하지만 유족들은 보고서를 원해요."

"몇 분 뒤에 줄게. 브리핑받을 준비는 됐나?" 우리는 다정한 단짝처럼 보였다. 그는 나를 자기 팀에 합류시키게 돼서 기쁜 듯 보였다.

"물론이죠. 그런데, 과학수사대 보고서는 아직 안 왔나요?"

"곧 올라올 거야. 함께 줄게."

누군가가 그에게 우울증 치료제를 몰래 먹인 것 같았다. 그의 유쾌한 모습은 내가 브리핑받는 동안 더쉬를 만나러 갔다는 죄로 그와 와츠와 윌리엄스가 나를 죽도록 두들겨 패기 위한 술책인지도 몰랐다. 어떤 경우건, 그는 보고서에 대해서는 여전히 나한테 거짓말을 하고 있었다.

우리는 회의실에 모였다. 브리핑에 나선 스탠 와츠가 전남편을 확인했고─그는 카렌이 살해당한 시각에 센트럴파크에서 소프트볼을 하고 있었다─, 레이크 할리우드 주위의 집들을 조사하는 걸 완료했으며─무언가를 보고 들은 사람은 아무도 없었다─, 카렌이 같이 일한 사람들이나 학교에 다닌 사람들을 심문하는 중이라고 말했다. 나는 살인범에 대한 이론을 세운 게 있는지 와츠에게 물었다. 하지만 수사진이 여전히 그걸 작업하는 중이라는 대답은 크란츠가 했다. 크란츠는 와츠가 브리핑을 하나하나 마칠 때마다 고개를 끄덕였다. 지금껏 그를 봐온 중에 가장 느긋한 기색이었다. 그런데 여전히 아무도 내가 더쉬를 찾아간 일을 거론하지 않았다. 그들은 그걸 알고 있는 게 분명했다. 나는 크란츠의 행동보다도 그게 더 기묘하다고 생각했다.

내가 물었다. "보고서는 언제 받아볼 수 있을까요? 여기서 나가고 싶어서요."

크란츠는 이성적인 모습으로, 여전히 사무적인 분위기로 자리에서 일어섰다. "돌런, 서류작업 얼마나 진척됐는지 확인해봐. 콜 씨께서 떠나고 싶어 하시니까."

회의실을 나가던 돌런이 그의 등 뒤에서 그에게 가운뎃손가락을 올려

보였다.

브리핑이 끝난 후, 그녀를 찾아 강력반 사무실로 갔지만 그녀는 책상에 없었다. 기분 좋은 사람은 크란츠만이 아니었다. 브룰리와 살레르노가 커피메이커 앞에서 하이파이브를 하고는 낄낄대며 걸어갔다. 윌리엄스와 단발머리가 쌍여닫이문을 통해 들어왔고, 크란츠가 손을 내밀자 단발머리가 그 손을 잡았다. 단발머리도 웃고 있었다.

내가 전에 여기 있을 때, 사무실 분위기는 사무실에 있는 사람들의 머리카락을 쭈뼛 서게 만드는 전자기장 비슷한 것에 사로잡힌 것처럼 긴장 감으로 빽빽했었다. 그런데 무슨 일인가로 전기가 차단됐다. 어마어마한 변화가 일어나면서 그들의 쭈뼛 선 머리카락이 내려왔고, 내가 더쉬를 방문하는 것으로 수사를 간섭했다는 사실을 그들이 못 본 척 넘기게끔 만들었다. 그런데 그 일은 못 본 척 넘길 사소한 일이 아니다.

나는 커피를 따라서 돌런을 기다리려고 팔걸이도 없는 의자에 앉았다. 그러고는 우편물 카트를 미는 청년이 사무실에 들어올 때까지 이 상황에 대해 의아해했다. 브룰리가 그 청년과 하이파이브를 했고, 두 사람은 내가 들을 수 없는 무슨 얘기를 하면서 깔깔거렸다. 살레르노도 대화에 끼어들었다. 세 사람이 2분쯤 대화를 한 후 청년이 자리를 떴다. 그도 이동할 때 미소를 짓고 있었다. 그가 남들 모두와 같은 이유로 미소를 짓고 있을지 궁금했다.

그가 카트를 밀고 지나갈 때 물었다. "헤이, 커티스. 뭐 하나 물어봐도 될까요?"

그가 의심스러운 눈빛으로 나를 쳐다봤다. 지난번에 내가 커티스 우드에게서 정보를 뽑아내려고 애썼을 때는 일이 썩 잘 진행되지 않았었다.

"우선, 이 사람들이 업계 최고라는 당신 말은 맞아요. 나는 이들을 새로이 존경하게 됐어요. 이 사람들, 정말로 실적이 뛰어나더라고요."

"그렇죠."

"이 사람들이 내 얘기 하는 걸 들은 적이 있는지 궁금해서요."

이제 그는 의심스러워하기보다는 혼란스러워하는 기색이었다.

"그게 무슨 뜻이죠?"

"순전히 직업적인 관심에서 비롯된 질문이에요. 나는 이 사람들을 정말로 존중하고 있어요. 그들도 나를 존중해줬으면 하고요."

나는 희망을 품고 그를 바라봤다. 내 의도가 무엇인지 이해한 그는 어깨를 으쓱했다. "그들은 당신을 괜찮게 생각해요, 콜. 당신이 주위에 있는 걸 좋아하지는 않지만, 그들은 당신이 할 일을 제대로 하고 있는지 확인하더라고요. 당신은 사람들이 우수하다고 말하는 정도의 절반 정도만 우수하고, 당신 좆은 길이가 30센티미터라고 돌런이 말하는 걸 들었어요."

"돌런은 정말 여걸이에요, 그렇죠?"

"최고죠."

이번에는 일이 전보다 잘 풀리고 있었다. 나는 그와 라포를 형성했고, 우리의 대화를 내밀한 기반에 올려놓았다. 조금만 있으면, 그를 손아귀에 넣고 맘대로 갖고 놀 수 있게 될 터였다.

"당신이 나한테 이런 얘기를 해주니까 좋네요, 커티스. 오늘 사방에서 귓속말을 해대는 걸 보면서 나를 놀림감으로 삼고 있다고 생각했거든요."

"아니에요."

나는 안도하는 것처럼 한숨을 크게 내쉰 다음, 브룰리와 살레르노와 다른 사람들을 둘러보는 쇼를 연출했다. "사방에서 웃고 있는 사람들을 보니까 수사에 큰 진척이 있는 게 분명한 것 같군요."

커티스 우드가 카트로 몸을 돌렸다. "나는 아무것도 몰라요, 콜."

"뭐에 대해 아무것도 모른다는 거죠?" 나는 천진난만 그 자체다.

"속이 훤히 들여다보여요, 콜. 당신은 나한테서 정보를 빼내려고 애쓰고 있어요. 그런데 나한테는 그런 정보가 없어요. 무슨 일인가가 벌어지고 있다고 생각한다면, 쥐새끼처럼 돌아다니는 대신에 누군가에게 당당하게 물어볼 배짱을 갖도록 해요."

그는 실망했다는 투로 고개를 젓더니 투덜거리면서 우편물 카트를 밀었다. "30센티미터라고? 설마."

경찰 지망생에게 다시 망신을 당했다. 그는 다음번에는 나한테 총질을 해댈지도 모른다.

2분 후, 복사실에서 나온 돌런이 나와 눈을 마주치지 않으면서 커다란 마닐라 봉투를 건넸다. "크란츠가 주라고 한 보고서들이에요."

"돌런, 여기서 무슨 일이 벌어지고 있는 건가요?"

"아무 일도 없어요."

"그런데 내가 따돌림당하고 있다는 기분이 드는 건 무슨 이유일까요?"

"당신이 피해망상에 걸렸으니까죠."

직설적인 접근방식은 이쯤 해두자.

차로 돌아가서 나는 햇볕을 쐬려고 뚜껑을 열고 기다렸다. 40분 후, 주차장에 모습을 나타낸 단발머리가 황갈색 포드 토러스 운전석에 앉았다. 하버 프리웨이로 향한 그는 LA 복판을 가로질러 서쪽으로 차를 몰더니 405번 주간고속도로를 북쪽으로 달려 웨스트우드로 들어갔다. 그는 서두르지 않았다. 그래서 미행이 쉬웠다. 그도 느긋했다. 그리고 웃고 있었다.

그의 차량등록증을 확인해보려고 차 번호를 적었지만, 그럴 수고를 할 필요는 없었다. 그가 윌셔 대로에 있는 미합중국 연방빌딩의 곧게 뻗은 기다란 진입로에 오르는 순간, 나는 그의 정체를 파악했다.

단발머리는 FBI였다.

나는 연방빌딩을 지나쳐 박하 잎으로 싼 오징어 요리 때문에 알게 된 작은 베트남식당으로 갔다. 그 식당에서는 오징어를 그렇게 쪄내는데, 나는 그 방식이 좋았다. 오징어를 먹으면서도 FBI가 어째서 카렌 가르시아 살인사건에 개입하는지 의아했다. 지방경찰이 FBI의 정보시스템과 전문성을 활용하려고 피브(FBI 요원)에 연락하는 일은 잦았다. 하지만 단발머리는 이번 수사의 거의 모든 단계에 모습을 비쳤다. 그게 이상했다. 그리고 부검 때 내 소개를 하자 그는 자기소개를 거부했었다. 그것도 이상했다. 그런데 지금 피브들은 웃고 있다. 그들은 그리 잘 웃는 족속들이 아니다. 미소 짓게 만들 수는 있지만, 그러려면 뭔가 대박 사건이 필요하다.

이 문제로 고민하고 있을 때 레스토랑 여주인이 말했다. "우리 오징어 요리가 마음에 드세요?"

"예. 정말 맛있습니다." 우아한 미모를 자랑하는 여자는 작고 연약해 보였다.

"손님을 우리 가게에서 꽤 자주 뵀어요."

"음식이 마음에 들어서요." 나는 대화를 하지 않으면 견딜 수가 없었다.

여자가 내 쪽으로 몸을 기울였다. "손님이 좋아하는 이 음식은 우리 큰딸이 만든 거예요. 그 애는 손님이 굉장히 잘생겼다고 생각해요."

나는 레스토랑 뒤쪽으로 여주인의 시선을 따라갔다. 여주인의 젊은 복제물이 주방 문간에서 나를 훔쳐보고 있었다. 그녀가 수줍게 웃었다.

나는 그녀의 어머니를 봤다. 어머니가 더 환한 웃음을 지으며 고개를 끄덕였다. 딸을 다시 쳐다봤더니 딸도 고개를 끄덕였다.

내가 말했다. "그런데 저는 유부남이에요. 자식이 아홉이나 되고요."

어머니가 얼굴을 찡그렸다. "반지가 없는데요."

나는 내 손을 내려다봤다. "금 알레르기가 있어서요."

어머니가 실눈을 떴다. "결혼했다고요?"

"죄송합니다. 자식이 아홉이에요."

"반지가 없는데?"

"알레르기 때문에요."

여주인이 딸에게 가더니 베트남어로 무슨 말을 했다. 딸이 쿵쿵거리며 주방으로 돌아갔다.

오징어를 다 해치운 나는 보고서를 읽으려고 집으로 차를 몰았다. 살다 보면, 드라이브 스루에서 끼니를 해결해야 할 날들도 있는 법이다.

부검 보고서에 놀랄 만한 내용은 없었다. 카렌 가르시아는 근접거리에서 발사된 22구경 탄환에 살해됐다. 탄환은 그녀의 오른쪽 안구강(眼球腔) 상단 3.5센티미터 지점을 강타했다. 사입구에서 적정량의 화약가루가 관찰됐는데, 이는 총알이 60센티미터에서 1.2미터 사이 거리에서 발사됐다는 걸 가리킨다. 다른 증거를 밝히지 않더라도, 총격에 의한 피살은 확실했다.

과학수사대 요원의 보고서를 다시 읽으면서 이 일들을 논의하기 위해 몬토야에게 전화를 걸어야겠다고 생각했다. 그런데 그에게 말하려던 내용을 생각하던 중에 흰색 플라스틱 얘기가 없다는 걸 깨달았다.

파이크가 어젯밤에 가져온 보고서에서 첸이 절벽 꼭대기 오솔길에서 세모난 흰색 플라스틱을 회수했다는 내용을 읽은 걸 떠올렸다. 그는 플라스틱에 회색 물질이 얼룩져 있었으며 테스트를 해봐야 할 거라고 기록했었다.

그런데 새 보고서에는 그 플라스틱 조각 얘기가 없었다.

나는 누락된 페이지가 있는지 확인하려고 페이지 번호를 확인했다. 그런 다음, 파이크의 사본을 찾아 그것들과 비교했다. 파이크의 보고서에는 흰색 삼각형 얘기가 있었다. 크란츠의 보고서에는 흰색 삼각형 얘기가 없었다.

조에게 전화를 걸었다. "자네가 가져온 보고서, 존 첸에게서 직접 입수한 거야?"

"그래."

"그가 자네한테 직접 준 거야?"

"그래."

나는 사라진 플라스틱에 대해 얘기했다.

"크란츠 그 개자식이 보고서를 주물렀어. 그래서 나한테 그걸 한참 있다 준 거야."

"그가 첸의 보고서에서 무언가를 제외시켰다면, 부검에서는 뭘 제외시켰을지 궁금하군."

나도 그걸 궁금해하는 중이었다.

파이크가 말했다. "러스티 스웨타겐이 도와줄 수 있을지도 몰라."

"맞아."

전화를 끊고 베니스에 있는 지인인 러스티 스웨타겐의 레스토랑에 전화를 걸었다. 러스티는 장인이 사망하면서 그들 부부에게 레스토랑을 물려줄 때까지 성인이 된 이후 인생의 대부분을 LAPD 순찰차를 몰면서 보낸 사람이었다. 그는 유언장이 낭독된 바로 그날 경찰복을 벗고는 단 한 번도 뒤를 돌아보지 않았다. 손님들에게 프라이드 치즈와 생맥주를 내가는 게 순찰차를 모는 것보다 훨씬 재미있고 벌이도 나았다. 러스티가 말했다. "세상에, 마지막으로 본 게 까마득한 옛날이군, 엘비스. 엠마는 자네가 죽었을 거래." 엠마는 그의 부인이다.

"사촌이 아직도 검시관 사무실에서 일하나요?" 나는 그가 틈틈이 사촌 얘기를 하는 걸 들었다.

"제리 말이로군. 그럼. 아직도 거기서 일해."

"카렌 가르시아라는 여자가 이틀 전에 살해됐어요."

"토르티야 가이 가족인가? 몬스터 사이즈?"

"딸이에요. 제가 강력반하고 그 사건을 맡고 있는데, 그들이 저한테 뭔가를 감추고 있다는 생각이 들어요."

러스티가 작은 휘파람 소리를 냈다. "왜 강력반이 그 사건을 맡은 거지?"

"그들 말로는 토르티야 가이가 시의회를 쥐락펴락하기 때문이라고 하더라고요."

"그런데 자네 생각은 그렇지 않고?"

"모두들 비밀을 감추고 있는 것 같은데, 그 비밀을 알고 싶어요. 에반젤린 루이스라는 검시관이 부검을 집도했어요. 경찰이 저한테 준 또 다른 보고서는 조작됐고요. 그래서 부검 보고서도 수정됐을 거라고 생각하고 있어요. 사촌이 그에 대해 알아봐줄 수 있을까요?"

"실험실에서 일하는 애가 아냐, 엘비스. 관리부서에서만 일하지."

"저도 알아요."

나는 러스티가 그 문제를 고민하게 놔두면서 기다렸다. 6년 전에, 러스티의 어린 딸이 그녀를 윤간 섹스 사업에 밀어 넣어서 사업자금을 마련하고 싶어 한 코카인 딜러와 도망쳤을 때, 그는 내게 딸을 찾아달라고 부탁했다. 딸에게는 아무 말도 하지 말라면서. 나는 그의 딸을 찾아낸 후 녹화된 테이프들을 파기했다. 이제 그의 딸은 안전했고, 재활그룹에서 만난 멋진 젊은 남자와 결혼해서 아이도 낳았다. 러스티는 결코 내가 술값을 내게 놔두지 않았고 식대를 지불하게 하지도 않았다. 그 모든 공짜음식 때문에 난처하다는 이유로 그의 식당에 가는 걸 중단한 후, 나는 우리 집과 사무실에 음식 보내는 걸 중단하라고 그에게 사정해야만 했다. 러스티 스웨타겐은 나를 도울 방법이 있다면 무슨 일이 있어도 그렇게 해줄 것이다.

"그러려면 제리가 사건파일을 입수하거나 검시관의 개인 파일들을 입수해야 하겠지." 그가 머릿속의 생각을 요란하게 내뱉었다.

"사촌이 그런 일을 해서 저한테 얘기해줄까요?"

"검시관 이름이 뭐라고?"

"에반젤린 루이스요."

"자네한테 얘기해줘야지. 그러지 않으면 내가 녀석을 죽도록 두들겨 팰테니까." 러스티의 말에 웃음기는 전혀 없었다. "녀석한테 전화할게. 하지만 녀석한테 언제야 말이 통할지는 나도 모르겠어."

"고마워요, 러스티. 집으로 전화주세요."

"엘비스?"

"예, 러스티."

"나는 아직도 자네한테 빚진 게 많아."

"저한테 빚진 거 하나도 없어요, 러스티. 엠마한테 안부 전해주세요. 아이들한테도 사랑한다는 말 전해주시고요."

"제리는 자네를 위해 이 일을 할 거야. 그러지 않으면 내가 그 녀석 목을 조를 거니까."

"그렇게까지 하지는 마세요, 러스티. 그래도 아무튼 고마워요." 내 말뜻 알겠나?

이후로 한 시간을 집안 청소를 하며 보낸 나는 베란다로 나가 요가를 했다. 요가를 하면서, 보답할 필요가 없는 무엇인가를 보답하려고 드는 러스티의 욕구에 대해 생각했다. 심리학자들은 러스티가 딸의 구원에 대리 참여하고 싶어 한다고 추측할 것이다. 그가 딸이 모욕당한 탓에 상실한 남성성을 되찾으려고 갖은 애를 다 쓴다면서 말이다. 내 생각은 달랐다. 나는 러스티 스웨타겐, 그리고 그와 비슷한 남자들을 안다. 그는 딸을 향한 너무도 끔찍하고 강력한 사랑으로 충만한 사람이다. 내가 보기에, 솟구치는 사랑이 가하는 엄청난 압박은 밖으로 방출돼야만 한다. 그러지 않으면 그 사랑이 그를 죽일 것이다. 사람들이 사랑 때문에 죽는 일은 자주 일어난다. 그리고 이건 우리 모두가 간직한, 심지어 우리 자신에게조차 숨기는 비밀이다.

집 안에 들어오자 메시지가 기다리고 있었다. 러스티였다. 그는 내일 새벽 5시에, 그러니까 사촌이 주간 근무조의 근무를 시작하기 전에 타라스 커피숍에서 사촌을 만나라고 말했다. 그는 주소를 남겼고, 가는 길도 알려줬다.

나는 일이 그렇게 술술 풀릴 거라는 걸 알고 있었다.

12

이튿날 새벽 4시 15분에 루시를 따스한 침대에 남겨두고 집을 나섰다.

그녀가 전날 밤 일찍 퇴근해서 우리 집에 왔을 때, 우리는 벤이 떠난 2주 간 같이 살기로 결정했다. 산을 내려간 우리는 그녀의 아파트로 가서 그녀에게 필요한 옷가지와 개인용품들을 가져왔다. 루시가 내 벽장에 그녀의 옷을 놓고 내 욕실에 그녀의 세면용품을 놓는 걸 지켜보면서, 나는 영원히 이렇게 결합하는 문제를 재미있게 고민해봤다. 나는 오랫동안 혼자 살아 왔다. 그런데 내 집을 그녀와 공유하는 건 자연스러운 일로 보였다. 나 자신의 평생을 그녀와 공유하게 만드는 것처럼 옳은 일로 보였다. 그게 사랑이 아니라고 하더라도, 사랑하고 충분히 비슷한 감정인 건 분명했다.

우리는 로렐 캐니언에 있는 이탈리아 식당에서 테이크아웃으로 가져온 음식을 먹고 레드와인을 마시면서 스테레오에서 나오는 빅 배드 부두 대디의 스윙 사운드에 귀를 기울였다.

거실 소파에서 사랑을 나눴다. 그런 후 그녀가 구릿빛으로 빛나는 촛불 안에서 손가락으로 내 몸에 있는 흉터들을 따라가며 만질 때, 등에 물기가 느껴졌다. 돌아보자 그녀가 울고 있었다.

"루스?" 나비의 키스처럼 부드러운 목소리로 물었다.

"자기를 잃으면, 난 죽어버릴 거야."

나는 그녀의 얼굴을 어루만졌다. "자기가 나를 잃을 일은 없을 거야. 나는 세계 최고의 탐정이잖아."

"물론 자기는 그런 사람이지." 그녀의 목소리를 간신히 들을 수 있었다.

"자기는 나를 잃지 않을 거야, 루실. 나를 제거하는 일조차 할 수 없을 거야."

그러자 그녀가 내게 키스했고, 우리는 몸을 더 바짝 붙이고는 잠에 빠져들었다.

청명하고 밝지만 별은 하나도 보이지 않는 하늘 아래에서 어둠에 잠긴 굽이진 산길을 내려갔다. 이제 화재는 진압됐다. 화재의 열기는 더는 없다. 열기는 나중을 위해 대기하고 있었다.

LA에 처음 왔을 때, 육군을 갓 제대한 나는 별자리를 이용해서 방향을 찾는 데 익숙한 상태였다. LA의 하늘은 조명 때문에 너무 밝은 탓에 제일 밝은 별들만 볼 수 있다. 그나마도 희미하고 흐리다. 나는 툭하면 농담처럼 너무도 많은 사람이 방향을 잃는 건 이렇게 별들이 없기 때문이라고 얘기했다. 그 시절 나는 그 문제를 해결하는 해법은 쉽다고 생각했다. 나는 지금은 그에 대해 더 잘 안다. 우리 중 일부는 우리를 안내하는 단 한 점의 불빛으로도 길을 찾아내지만, 어떤 사람들은 별들이 펼쳐진 시야가 네온 천장처럼 선명할 때조차 길을 잃는다. 세상의 윤리와 도덕이 상황에 따라 달라지는 일은 없지만, 감정은 그렇다. 우리는 적응하는 걸 배운다. 시간이 흐르면서, 우리가 나아갈 길을 안내받으려고 사용하는 별들은 우리 외부가 아니라 우리 내면에서 같이 지내려고 우리를 찾아온다.

세상에. 새벽 4시인 지금, 나는 엄청나게 지혜로운 사람이다.

4시 40분에 프리웨이를 벗어나서 텅 빈 다운타운의 거리와 타라스 커피

179

숍이라고 불리는 노란 불빛의 웅덩이로 향했다. 정복 경찰 둘이 카운터에 앉아 있었고, 『타임스』 인쇄소 작업자처럼 보이는 피곤에 쩐 과체중 남자 10여 명도 있었다. 모두들 계란과 베이컨과 버터 바른 토스트를 허겁지겁 먹고 있었다. 콜레스테롤이나 칼로리를 걱정하는 사람은 없는 듯 보였다.

실내에서 유일하게 정장 차림인 남자가 물었다. "당신이 콜이죠, 맞죠?" 나지막한 목소리. 그래서 다른 사람은 아무도 들을 수 없었다.

"맞습니다. 만나주셔서 감사합니다."

제리 스웨타겐이 온기를 유지하려고, 작은 모닥불이나 되는 양 커피잔 위로 몸을 굽혔다. 그는 러스티처럼 덩치가 컸다. 안색은 분홍색이고 머리는 옅은 금발이었다. 동안으로, 빵빵하게 부풀어 오른 열네 살배기가 어른에게 물려받은 정장을 입은 모습이었다. 정장은 몇 주간 다림질을 하지 않은 듯 보였다. 그는 그 기간의 대부분을 밤에만 근무했을 것이다.

"가르시아 파일은 입수했나요?"

그가 정복 경찰들을 힐끔 봤다. 초조한 기색이었다. "이 일 때문에 내 모가지가 날아갈 수도 있어요. 러스티 형한테 그 말 꼭 전하세요. 두 사람은 이 일로 나한테 큰 신세를 지는 거라고."

"그럼요. 그러니 커피는 제가 사겠습니다." 내 말을 들은 사람이 있더라도 내가 정부의 비밀문서를 요구하고 있다고 생각하는 사람은 아무도 없을 것이다.

"당신은 감도 못 잡고 있군요. 오, 맙소사. 당신은 감 근처에도 못 갔어요."

"지금까지 제가 한 유일한 생각은 이 일 때문에 늦잠을 잘 수가 없었다는 겁니다. 가르시아 파일의 사본을 주실 수 있습니까?"

"파일은 입수하지 못했지만, 당신이 원하는 건 알아냈어요." 제리의 손이 옷깃으로 올라갔다. 헝클어진 재킷 아래에 살고 있는 무엇인가를 꺼내고 싶어 하는 것처럼. 그가 다시 경찰들을 힐끔 봤다. 셔츠 아래 입고 있는 케블라 조끼 때문에 경찰들의 등짝이 펑퍼짐해 보였다. "여기서는 안 돼요. 커피 들고 걸읍시다."

"왜 그렇게 호들갑을 떠는 거예요? 카렌 가르시아한테 무슨 일이 있었기에 모두들 이렇게 이상하게 구는 겁니까?"

"커피 들라니까요."

테이블에 2달러를 놓고는 그의 뒤를 따랐다. 따스한 산들바람이 몰려와 자그마한 티끌들을 우리에게 퍼부었다.

"당신에게 줄 사본은 입수하지 못했지만, 내용은 읽어봤어요."

"읽는 건 도움이 안 돼요. 나는 그걸 내가 가진 다른 사본하고 비교하고 싶어요."

"사본을 이미 갖고 있다고요? 그러면 왜 내 모가지를 위태롭게 만든 건데요?"

"내가 가진 사본이 조작된 건지도 몰라서요. 뭔가가 누락된 것 같은데, 그걸 알고 싶어요. 사소한 것일지도 모르지만, 누군가가 나를 곤란하게 만드는 건 마음에 들지 않거든요."

그는 실망한 기색이 역력했다. "맙소사. 숫자를 원하는 거예요? 도표를? 나는 루이스의 보고서를 몽땅 기억하지는 못해요."

"내가 원하는 건 그녀의 살인사건과 관련해서 경찰이 숨기고 싶어 하는 게 있는지 여부입니다."

놀란 제리 스웨타겐의 눈썹이 아치처럼 휘었다. "그걸 모르고 있다는 거예요?"

"뭘 모른다는 거죠?"

"가르시아 사건을 맡은 사람이니까 이미 알고 있을 거라고 짐작했는데. 세상에, 러스티 형은 나한테 신세 단단히 진 겁니다. 당신도 마찬가지고요."

"그 얘기는 이미 했잖아요. 우리가 무엇 때문에 당신한테 신세를 지는 건데요?"

"피부 조사를 통해 사입구에서 개별적인 미립자 열네 개를 식별했어요. 그건 지금 성분 분석 중이에요. 절차를 마칠 때까지 48시간이 걸려요. 그 래서 루이스 박사는 내일까지는 결과를 받아보지 못할 거예요. 하지만 거기서 표백제가 발견될 거라는 건 모두들 이미 알고 있어요."

"표백제요?" 나는 그게 무슨 뜻인지 마땅히 알고 있어야 하는 사람 같았다.

"플라스틱에서 검출되는 거요. 플라스틱 표면에 항상 존재하죠."

나는 그를 응시했다. "흰색 플라스틱."

"그래요."

"그녀의 상처에서 흰색 플라스틱이 발견됐죠." 내가 읽은 부검 보고서에 플라스틱 미립자에 대한 언급은 없었다. 표백제도 언급이 없었다.

"플라스틱은 살인자가 임시변통으로 제작해서 소음기로 사용한 표백제 병에서 나온 거예요. 병에 붙은 덕트 테이프에서 나온 접착제도 아마 검출될 거예요."

"뭐가 검출될지를 어떻게 아는 겁니까?"

제리가 옷깃을 다시 만지기 시작했다. 정복 경찰들이 밖으로 나왔다. 그는 무엇인가를 몸에서 털어내는 시늉을 하면서 몸을 돌렸다.

"저 경찰들은 우리가 살아 있다는 사실조차 몰라요, 제리."

"이봐요, 지금 달랑달랑한 게 당신 모가지는 아니잖아요."

키 작은 경찰이 복장을 추스르느라 몸을 흔들었다. 그런 후에 두 경찰은 우리에게서 멀리 떨어진 거리로 걸어갔다. 범죄와 싸우려고.

경찰들이 거리를 한참 내려가자, 제리가 세 겹으로 접은 종이를 꺼냈다. "경찰이 감추고 있는 게 무엇인지 알고 싶죠, 콜? 그게 얼마나 큰일인지 알고 싶죠?"

그가 종이를 흔들어 펼치고는 나한테 한 방 크게 먹이려는 듯 내밀었다. 그는 실제로 나한테 크게 한 방 먹였다.

"카렌 가르시아는 지난 19개월간 이런 방식으로 살해된 다섯 번째 피살자예요."

나는 종이를 들여다봤다. 거기에는 다섯 명의 이름이 각자에 대한 짤막한 묘사와 함께 타이핑돼 있었다. 다섯 번째가 카렌 가르시아였다. 이름 다섯 개와 날짜 다섯 개.

내가 물었다. "다섯이라구요?"

"맞아요. 모두 머리에 22구경을 맞았어요. 모두 흰색 플라스틱하고 표백제가 검출됐고 일부에서는 덕트 테이프 조각이 발견됐어요. 여기 있는 날짜는 사망일이에요." 제리는 우리가 기온이 영상 25도를 넘는 여기 대신, 기온이 영하를 맴도는 동부 해안 어딘가에 있는 것처럼 두 손을 비벼댔다. "이 파일들이 특별 섹션에 보관돼 있기 때문에 보고서를 몰래 빼올 수가 없었어요. 하지만 이름하고 다른 사항들은 옮겨 적을 수 있었죠. 당신이 원하는 게 그거라고 생각했으니까."

"특별 섹션이 뭡니까?"

"경찰들이 어떤 사건에 대해 검시관들이 계속 함구하게 만들고 싶을 때면 언제든 그 파일들을 거기에 봉해둬요. 특별 명령이 있어야만 접근할 수 있어요."

나는 이름을 응시했다. 살인사건은 한 건이 아니라 다섯 건이었다. 홀리오 무노즈, 월터 셈플, 비비언 트레이노, 데이비스 키치, 그리고 카렌 가르시아.

"이거 확실한 거죠, 제리? 위조된 거 아니죠?"

"틀림없어요. 확실해요."

"이게 강력반이 이 사건을 맡은 이유로군요. 그들이 이토록 신속하게 사건에 뛰어든 이유였고요."

"그래요. 그들은 이 사건을 다루는 태스크포스를 1년 넘게 운영해왔어요."

"그 파일의 사본을 입수할 수 있는 방법이 있나요?"

"젠장, 없어요. 방금 전에 말했잖아요."

"그 보고서들을 읽을 수 있게 해줄 수는 있나요?"

그가 양 손바닥을 나한테 보이고는 뒤로 물러섰다. "전혀 없어요. 러스티 형이 얼마나 으름장을 놓건 신경 안 써요. 내가 이렇게 많은 정보를 흘렸다는 걸 누군가 알아내면 난 모가지예요. 쫓겨날 거라고요."

그가 걸어가는 걸 지켜보다 그를 불러 세웠다.

"제리."

"왜요?"

끈적거리는 무엇인가의 발 수백 개가 내 척추를 따라 기어 다녔다.

"피살자 다섯 명을 잇는 연결고리가 있나요?"

제리 스웨타겐은 웃음을 지었는데, 지금의 웃음은 두려움에서 짓는 웃음이었다. 능글맞은 웃음은 사라지고 뭔가 두려운 기운이 그걸 대체했다.

"아뇨. 경찰은 무작위적이라고 말했어요. 연결고리가 전혀 없다고요."

나는 고개를 끄덕였다.

제리 스웨타겐이 여명보다 앞서 도착한 희미한 햇빛 속으로 사라졌다. 종이를 주머니에 넣었다가 다시 꺼내 이름을 살펴봤다.

"경찰 나리들께서 비밀을 감추고 계셨다, 좋았어."

나는, 설령 내 자신의 목소리일지라도, 인간의 목소리를 들을 필요가 있다고 생각했다.

종이를 집어넣고는 무슨 일을 할지 가늠하려고 애썼다. 사건의 규모를 파악하는 건 두 팔을 감아서 거대한 광고용 비행선을 붙잡으려는 것처럼 불가능한 일이었다. 이 종이가 FBI가 개입한 이유를, 그리고 경찰이 내가 주위에 있는 걸 원치 않는 이유를 설명해줬다. 경찰들이 태스크포스를 비밀로 유지하고 있었다면, 거기에는 그럴 만한 이유가 있을 것이다. 하지만 프랭크 가르시아는 딸이 살해된 사건과 관련해서 경찰이 무슨 짓을 하고 있는지를 물어볼 것이고, 나는 그에 대한 대답을 해줘야 할 것이다. 그에게, 사실은 그렇지 않은데도, 만사가 괜찮다고 말하고 싶지는 않았다. 제리 스웨타겐이 방금 전에 해준 얘기를 그에게 전한다면, 비밀은 더 이상 유지되지 않을 것이고, 그건 살인자를 체포하려는 경찰의 노고에 상처를 줄지도 몰랐다. 한편으로, 크란츠는 나한테 진실을 감췄다. 그래서 나는 그들이 무슨 정보를 갖고 있는지, 수사가 어디까지 진척됐는지를 몰랐다. 나는 그들의 노고를 신뢰할 수 있었지만, 프랭크 가르시아는 신뢰를 구하고 있는 게 아니었다.

그리고 목숨을 잃은 사람은 그의 딸이었다.

식당으로 돌아가 화장실 뒤에서 공중전화를 찾았다. 사만다 돌런의 사무실 번호로 전화를 걸었다. 주간 근무조가 일찍 출근하는 일이 때때로 있지만, 실제로 어떨지는 모를 일이다.

벨이 네 번째 울릴 때 흡연자처럼 느껴지는 남자 목소리가 전화를 받았다. "강력반 테일러입니다."

"사만다 돌런은 아직 출근 안 했나요?"

"아직 출근 전입니다. 메시지 남기시겠습니까?"

"다시 전화하겠습니다. 감사합니다."

커피 한 잔을 테이크아웃으로 사서 파커 센터로 차를 몰았다. 다가오는 여명의 산호색 햇빛 속에서 파커 센터 진입로 건너에 차를 세웠다.

내가 할 수 있는 일과 그 일을 수행할 방법을 가늠하려고 애썼지만, 뒤죽박죽 엉키고 불안정한 생각들은 해법을 도출할 여지를 남기지 않았다.

누군가가 2년 가까이 로스앤젤레스의 거리에서 사람들을 스토킹해오고 있었다. 피살자들 사이에 연결고리가 있다면, 그 살인자는 암살자라 부를 수 있다. 만약 피살자들이 무작위로 선택됐다면, 그에게는 다른 이름이 붙는다.

연쇄살인범.

13

조금씩, 야간 근무조가 퇴근하고 주간 근무조가 출근했다. 사만다 돌런이 진청색 비머(BMW의 속어)를 몰고 모습을 나타냈다. 그녀의 번호판 프레임에는 "나는 세상 모든 걸 가진 쌍년인 바비 인형이 되고 싶어요."라고 적혀 있었다. 다른 경찰 대다수는 미제 세단이나 픽업트럭을 몰았고, 거의 모두가 차에 트레일러 견인고리를 달고 있었다. 경찰은 보트를 좋아하기 때문이다. 그건 유전으로 물려받은 취향이다. 그런데 돌런의 차에는 트레일러 견인고리가 없었다. 그리고 다른 경찰들 중에 비머를 모는 사람은 없었다. 그걸로 그들의 승부는 무승부가 된 것 같았다.

그녀를 따라가서 그녀 옆에 차를 세웠다. 그녀가 주차하고 있는 나를 보더니 눈살을 찌푸렸다. 그녀는 내가 차에서 내려 그녀의 차에 오르는 동안 나를 지켜봤다. 블랙 포레스트 가죽이 피아제 시계와 잘 어울렸다. "TV 시리즈가 그렇게까지 나쁘지는 않았던 것 같네요, 돌런. 차가 근사해요."

"맙소사, 이렇게 이른 시간에 여기서 뭐 하는 거예요? 당신같은 사립탐정은 태평하게 늦잠을 즐기는 사람들이라고 생각했는데."

"크란츠가 없는 데서 당신하고 얘기를 했으면 해서요."

그녀가 미소를 지었다. 갑자기 그녀가 굉장히 예쁘게 보였다. 이웃집에 사는 악녀처럼.

"음담패설을 하지는 않을 거죠, 그렇죠? 그런 말을 들으면 얼굴이 시뻘

게질지도 몰라요."

"지금은 안 그럴 거예요. 당신이 준 보고서들을 읽어봤어요. 그런데 몇 가지가 누락됐다는 걸 알게 됐어요. 과학수사대 요원이 찾아낸 작은 플라스틱 조각이랑 검시관이 카렌 가르시아의 상처에서 식별해낸 흰색 미립자 같은 것들요. 당신이 내가 진짜 보고서를 입수하도록 도와줬으면 해요."

돌런의 얼굴에서 웃음기가 싹 가셨다. 적갈색 다이어리가 서류가방과 시그 사우어 9밀리와 함께 그녀의 무릎에 있었다. 시그는 권총집에 들어 있었다. 아마 운전석 아래에 있었을 것이다. 대다수 경찰들은 베레타를 소지하지만, 시그는 사격이 쉬운 데다 굉장히 정확하다. 그녀의 총에는 야광 가늠장치가 달려 있었다.

내가 말했다. "우리, 서로에게 호의를 베풀도록 하죠. 내가 말하는 내용을 모른다고 하지는 마요. 그렇게 하면 당신은 무척이나 평범한 형사로 보일 테니까."

돌런이 갑자기 중앙 콘솔에서 휴대전화를 꺼내 백에 넣었다. "나는 크란츠가 준 보고서를 당신한테 줬어요. 보고서에 문제가 있으면, 그에게 직접 말해야 옳잖아요. 당신이 이걸 까먹었는지 모르겠는데, 나는 그 사람 밑에서 일해요."

"그런데 크란츠는 누구를 위해 일하나요? FBI?"

그녀는 물건 꾸리는 걸 계속했다.

"돌런, 백발 단발머리 남자를 쫓아갔었어요. 그가 FBI라는 거 알아요. 그들이 왜 이 사건에 합류했는지도 알고 당신들이 뭘 감추고 있는지도 알아요."

"당신, 「X파일」을 너무 많이 본 것 같네요. 내려요. 출근해야 하니까."

나는 다섯 명의 이름이 적힌 종이를 꺼내 그녀에게 건넸다.

"내가 멀더라면, 당신은 스컬리인가요?"

돌런은 이름 다섯 개를 응시하고는 내 얼굴을 살폈다. "이거 어디서 났어요?"

"나는 세계 최고의 탐정이에요, 돌런. 지금은 나한테는 이른 시간도 아니에요. 나는 잠을 조금도 자지 않으니까."

돌런은 이런 일이 일어나고 있다는 게 믿기지 않는다는 듯 종이를 되돌려줬다. 종이를 돌려주면 그 종이를 본 적이 없는 척할 수 있다는 것 같았다.

"왜 이걸 들고 나한테 온 거예요? 수사 책임자는 크란츠예요."

"당신하고 내가 이 사건을 비공개로 수사할 수 있다고 생각해서요."

"뭘 한다고요?"

"당신들은 나한테 거짓말만 해오고 있어요. 나는 이 수사가 정말로 어떻게 진행되고 있는지 알고 싶어요."

내가 말을 끝내기도 전에 돌런이 두 손을 들면서 고개를 저었다. "절대 안 돼요. 나는 이 일에는 절대 관여하지 않을 거예요."

"나는 이미 피해자들이 누구인지, 그들이 언제 어떻게 살해됐는지 알아요. 오늘 자정 무렵에는 그들의 이력도 내 손에 들어올 거예요. 당신들이 더쉬를 감시하고 있다는 것도 알아요. 이유는 모르지만요. 강력반이 태스크포스를 운영해왔다는 것도, FBI가 관여하고 있다는 것도, 당신들이 입을 확실하게 봉해두고 있다는 것도 알아요."

내가 말하는 동안 돌런이 나를 지켜봤다. 그녀의 입가에 웃음 비슷한 무엇인가가 감돌았다. 악녀의 웃음이 아니라, 내가 하는 말을 높이 평가한다는 투의 웃음에 가까웠다.

내가 말을 마치자 그녀가 말했다. "세상에."

"내 수사력이 괜찮은 편이기는 하죠."

"당신은 꽤 뛰어난 수사관인 것 같네요, 콜. 솜씨가 꽤 좋은 것 같아요."

나는 양손을 벌리고는 겸손하게 보이려고 애썼다. 쉬운 일은 아니었다. "세계…"

"…최고. 그래요, 알아요." 그녀가 숨을 들이쉬었다. 갑자기 그녀의 미소가 엄청나게 마음에 들었다. "당신은 그런 사람인지도 모르겠어요. 부지런히 일해온 것 같네요."

"그러니까 말해줘요, 돌런. 무슨 일이 벌어지고 있는지."

"지금 당신이 나를 어떤 곳으로 몰아넣고 있는지 알아요?"

"알아요. 나는 당신의 적으로 여기 오고 싶지 않아요, 돌런. 하지만 프랭크 가르시아는 무슨 일이 벌어지고 있는지를 나한테 물어볼 거고, 나는 그에게 거짓말을 할지 말지를 결정해야 해요. 당신은 나를 몰라요. 아마 나에 대해 아무 생각도 없을 거예요. 하지만 이 얘기는 하게 해줘요. 내가 이 문제를 가볍게 보지는 않는다는 걸. 나는 거짓말하는 걸 좋아하지 않아요. 의뢰인에게 거짓말하는 건 훨씬 더 싫어하고, 납득할 만한 이유가 없는 한 그러지도 않을 거예요. 이걸 이해해줘요, 돌런. 지금 내가 지켜야 할 도의적 의무의 상대는 당신이나 크란츠나 당신들이 하는 수사의 신성함이 아니에요. 프랭크 가르시아예요. 오늘 중으로 그는 나한테 수사가 어떻게 돼가냐고 물을 거예요. 내가 지금 여기 앉아 있는 건, 내가 그에게 이 정보를 제공해서는 안 되는 이유를 당신이 말해줄 수 있게 하기 위해서예요."

"내가 말한 내용이 마음에 들지 않으면 어떻게 할 건데요?"

"우리, 한 번에 한 계단씩만 오르도록 합시다."

그녀가 나한테 해줄 얘기를 고민할 때, 그녀의 미간에 누군가를 쏘아볼 때 생겨나는 날카로운 수직선 하나가 드러났다. 나는 쏘아보는 모습이 근사해 보이는 여자를 많이 보지는 못했는데, 그녀는 그런 사람에 속했다.

"데이비드 버코위츠 기억해요? 샘의 아들(the Son of Sam)?"

"그럼요. 뉴욕에서 주차된 차 뒷자리에 있는 사람들을 쏜 놈이죠."

"버코위츠는 차로 그냥 걸어가서 안에 있는 사람은 남녀 가리지 않고 누구건 쏘고는 걸어서 현장을 떠났어요. 그는 사람들을 쏘는 일에서 성적 흥분을 느꼈고, 상대가 누구인지는 중요하지 않았어요. 피브들은 이런 놈들을 '무작위 암살자들'이라고 불러요. 체포하기 가장 어려운 유형의 킬러예요. 왜 그런지 알아요?"

"피살자들 사이에 연결고리가 없으니까. 다음에 노릴 사람이 누구인지 예측할 방법이 없으니까."

"맞아요. 대다수 살인자들은 아는 사람을 살해하는데, 그들이 체포되는 건 그래서예요. 남편은 아내를 살해하고 약쟁이들은 딜러를 죽여요. 그런 식이죠. 대다수 살인사건은 TV 탐정물에서 보는 것처럼 단서를 통해 해결되거나 패트리샤 콘웰의 소설에서 읽은 것처럼 법의학자들에 의해 해결되지 않아요. 살인사건 수사의 쉬운 진실은, 거의 모든 살인사건이 누군가가 다른 누군가에게 관련 사실을 누설했을 때 해결된다는 거예요. 어떤 남자가 '엘모가 그 남자를 쏠 거라고 했어.'라고 말할 때처럼요. 그러면 경찰은 엘모의 거처에 가서 엘모의 침대 밑에 숨겨진 살인무기를 찾아내죠. 살인사건은 이렇게 무미건조해요. 그런데 엘모를 손가락질할 사람이 아무도 없다면, 엘모는 수사망에서 빠져나가요.

우리의 상황이 지금 그래요, 콜. 훌리오 무노즈는 전과가 있는 유일한 피살자였어요. 전직 남창이던 그는 과거를 청산하고 벨플라워에 있는 사회복귀 훈련시설에서 카운슬러로 일하고 있었어요. 셈플은 알타데나에 거주하는 지붕공사 하청업자였어요. 무노즈하고는 완전 딴판이었죠. 전과도 없고, 처자식이 있는 교회 집사로, 모든 걸 다 가진 사람이었어요. 비비언 트레이노는 간호사로, 셈플처럼 정말로 모범적인 사람이었어요. 시티 파크스의 관리인으로 은퇴한 키치는 하시엔다 하이츠에 있는 퇴직자 전용 아파트에 살았어요. 그리고 이번에는 카렌 가르시아가 당했죠. 그러니까 우리는 남창하고 주일학교 선생님, 간호사, 은퇴한 공원 관리인, 부유한 대학생이 피살당한 사건을 다루고 있어요. 히스패닉이 두 명이고 백인이 두명, 흑인이 한 명인데, 모두 LA의 각기 다른 지역 출신이에요. 각자의 가정을 방문해서 다른 피해자들 이름을 슬쩍 떠봤지만, 그들을 잇는 연결고리는 찾을 수가 없었어요. 우리는 가르시아를 연결시키려고 애쓰고 있지만, 거기서도 빈손이 될 거라는 게 분명해지고 있어요. 어쩌면 당신이 그 문제를 도와줄 수 있을지도 모르겠네요."

"어떻게요?"

"크란츠는 그 여자 아버지의 심기를 건드릴까 봐 겁내요. 그런데 우리는 그분하고 얘기를 해봐야 해요. 크란츠는 그의 화를 가라앉히려고 말을 삼가고 있지만, 나는 우리한테 마냥 기다리고 있을 여유가 있다고는 생각하지 않아요. 그분한테 이름들을 보여주고 싶어요. 그 여자의 물건들도 살펴보고 싶고요."

"그녀의 아파트에 아직 안 가봤단 말이에요?"

"당연히 가봤죠. 우리가 거기 가는 데 그분의 허락은 필요하지 않아요. 하지만 그녀가 아버지 집에 물건들을 놔뒀을 수도 있어요. 내가 집에서 독립해서 나올 때 그랬거든요."

"뭘 찾고 싶은 건데요?"

"그녀를 다른 피살자와 연결시켜줄 물건요. 그런 거면 뭐든 돼요. 그러면 우리는 더 이상은 무작위 사건을 상대하지 않게 될 거고, 그 재수 없는 놈을 체포하기가 훨씬 쉬워질 거예요."

"파이크한테 얘기할게요. 그 일을 성사시킬 수 있을 거예요."

"이놈은 영리해요. 머리를 다섯 방 쐈어요. 모두 22구경으로 쐈는데, 탄환들이 하나도 매치가 안 돼요. 매번 다른 총을 쓰고 있다는 뜻이에요. 놈은 총을 쓴 다음에는 버릴 거예요. 그래서 우리는 놈의 소지품에서 살인 무기를 찾지 못할 거예요. 각각의 총격은 외딴곳에서 일어났어요. 다섯 건중 세 건은 밤중이었고, 그래서 목격자가 없어요. 22구경 탄피를 두 개 회수했어요. 지문도 없고, 두 발 다 만든 곳이 다르고, 상이한 반자동 권총에서 발사됐어요. 살해 현장 세 곳에서 발자국을 찾아냈지만, 사이즈가 다 달라요. 10호, 10.5호, 11호예요. 놈은 우리를 상대로 잡다한 요소들을 이어붙이는 식의 게임을 벌이고 있어요."

"게다가 놈은 신발도 버리겠죠."

쏘아보는 눈빛이 깊어졌지만, 이제 그 눈빛은 나 때문이 아니었다.

"아마도 그렇겠지만, 그걸 누가 알겠어요. 이런 미친놈은 이 망할 살인 사건들을 녹화했을지도 몰라요. 젠장, 이런 인간쓰레기를 박살 냈으면 좋겠어요."

우리는 거기에 한동안 앉아 있었다. 우리 둘 다 아무 말도 않던 중에 돌런이 손목시계를 힐끗 봤다.

"덕분에 배경 정보를 많이 알게 됐어요, 돌런. 그런데 당신은 내가 프랭크에게 사실을 털어놓지 말아야 할 이유는 아직까지도 말하지 않았어요."

"많은 경우, 이런 놈들은 경찰이나 언론과 접촉하려고 들어요. 샘의 아들이 편지를 계속 보냈던 것, 알죠?"

"얘기 계속해요."

"버코비츠는 살인을 저지르고도 수사망을 피했어요. 그 때문에 그는 자신이 막강한 존재라고 느꼈어요. 경찰이 자신을 체포하지 못한다는 사실을 과시하고 싶었던 그는 여러 신문사에 편지를 보내기 시작했어요."

"오케이."

"으음, 우리 녀석은 아직 그러지 않았어요. 피브들은 우리 녀석이 홍보를 원치 않는다고, 심지어는 홍보를 두려워할지도 모른다고 말했어요. 그게 우리가 이 사건들을 상자에 계속 넣어두기로 결정한 이유의 하나예요. 사건을 공개하면, 놈은 작업방식을 바꿀지도 몰라요. 심지어는 다른 도시로 이주해서 사건을 처음부터 다시 시작할지도 몰라요. 내 말 이해하죠?"

"하지만 당신들이 사건을 공개한다면, 누군가가 이놈을 체포하는 데 도움이 될 정보를 제공할지도 모르잖아요."

그녀의 눈에 냉기가 돌면서 짜증기가 돌았다. 그녀의 눈은 근사하다. 녹갈색 눈동자.

"으음, 젠장, 세계 최고 씨, 여기서는 그게 문제인 것 같지 않아요? 이런 살인자를 체포하는 방법을 다루는 망할 놈의 규정집은 세상에 없어요. 수사를 해나가면서 그런 책을 만들어가야 하는 거예요. 우리가 올바르게 수사하고 있는 것이기를 바라면서요. 우리가 그 문제를 논의해봤을 거라고 생각하지 않아요?"

"맞아요. 당신들은 그 문제를 논의해봤을 것 같아요."

나는 강력반 사무실에서 목격한 변화를, 모두들 갑자기 엄청나게 느긋하게 보였던 걸, 미소와 하이파이브들을, 심지어는 미소 짓는 피브들을 곰곰 생각하다가 불현듯 뭔가가 더 있다는 걸 알게 됐다.

"돌런, 용의자가 누구예요?"

그녀가 뭔가를 결심하는 듯한 모습으로 나를 응시하다가 입술을 적셨다. "더쉬요."

"유진 더쉬요?" 경찰들이 그에게 붙어 있던 이유가 그거였다.

"이런 미친놈들은 자신이 무언가를 안다는 걸 남들이 알아주지 않는 상황을 참아내지 못해요. 놈들은 우리에게 바짝 다가와서 우리가 자신에 대해 무슨 말을 하고 있는지 파악하는 걸 좋아해요. 놈들이 그런 짓을 하는 방법 중 하나가 범죄와 뭔가 연관이 있다고 주장하는 거예요. 놈들은 목격자인 척하거나 술집에서 무슨 얘기를 우연히 들었다고 말하고는 해요. 연방요원들은 우리가 그런 면에서 운이 좋은 것 같다고 말했고, 크란츠는 더쉬가 제 발로 굴러온 복덩이라고 생각해요."

"더쉬가 시신을 발견했기 때문이군요."

"딱히 그래서는 아니에요. 크란츠하고 피브 둘이 FBI의 행동과학 전문가와 얘기하려고 콴티코(FBI의 실험실과 훈련아카데미가 있는 곳)로 날아갔어요. 그들이 우리가 확보한 증거를 바탕으로 프로파일을 만들었는데, 더쉬는 거기에 꽤 잘 부합해요."

나는 얼굴을 찡그렸다. "당신 말은 그럴싸하게 들리지만, 돌런, 그리 설득력이 있어 보이지는 않아요."

그녀는 아무 말도 하지 않았다.

"오케이, 더쉬가 용의자라고 칩시다. 라일리 워드는 어떻게 연관되는 건데요?"

"피브들 말이 옳다면, 그는 시신 발견을 위해 더쉬가 내세운 보호막일 뿐이에요. 당신도 그 두 사람 진술서 읽어봤죠? 워드는 더쉬가 시신을 발견하는 쪽으로 자신을 이끌었다고 밝혔어요. 더쉬가 이야기할 때, 그는 그들이 어쩌다 저수지로 내려갔는지에 대해 다르게 얘기했어요. 그런 진술 때문에 모두들 어느 쪽 이야기가 옳은지, 그들의 이야기가 왜 다른지 의아해했죠."

"달리 말하면, 당신들은 아무것도 확보하지 못한 거예요. 물증이 전혀 없잖아요. 당신들은 FBI 프로파일 때문에 더쉬를 엮으려고 애쓰고 있어요."

녹갈색 눈동자 두 개가 나한테 머물렀다. 그러다가 그녀가 어깨를 으쓱했다. "아니, 우리가 더쉬를 엮으려고 애쓰는 건 크란츠가 상부에서 뿜어대는 열기를 느끼고 있기 때문이에요. 비숍이 1년 전에 그에게 태스크포스를 맡겼지만, 그는 그에 따른 성과를 전혀 내지 못했어요. 상부에서 길길이 날뛰고 있는데, 그건 비숍이 크란츠를 영원히 데리고 가지는 못한다는 뜻이에요. 다른 희생자가 쓰러지고 크란츠가 용의자를 확보하지 못하면, 그는 옷을 벗게 될 거예요."

"어쩌면 상부에서 이 사건을 당신한테 맡길지도 모르겠군요, 돌런."

"그래요. 맞아요." 그녀는 먼 산을 봤다.

나는 더쉬와 케냐산 커피를 생각해봤다. 화사한 그림들과 매직펜의 기름 냄새가 나는 집을 가진 더쉬를. "당신 생각은 어때요? 당신도 더쉬를 용의자로 생각해요?"

"크란츠는 더쉬가 살인범이라고 생각해요. 나는 더쉬를 타당한 용의자라고 생각해요. 우리 생각에는 차이가 있어요."

나는 한숨을 쉬고는 여전히 무슨 일을 할지 가늠하려고 애쓰면서 고개를 끄덕였다. "과학수사대 보고서는 살인자가 오프로드 차량이나 SUV를 몰고 있다고 했어요. 내가 말한 홈리스 기억해요?"

"크란츠는 구제불능일지도 몰라요, 콜. 하지만 우리 전부가 노름에 이겨서 강력반에 온 사람들은 아니에요. 내가 어제 거기 올라가봤는데, 디지는 찾을 수가 없었어요. 할리우드 경찰서 정복 경찰들한테 잘 살펴보라고 당부하고 왔어요."

프랭크 가르시아와 그에게 전할 말에 대한 기분이 갑자기 나아졌다.

"으음, 오케이, 돌런. 이 문제는 입 닫고 있을게요."

"가르시아한테 말하지 않을 거예요?"

"않을 거예요. 내가 이 얘기를 전할 유일한 사람은 내 파트너예요."

"파이크." 그녀의 눈이 갑자기 반짝거리더니 악녀가 복귀했다. "젠장, 크란츠는 달가워하지 않을 거예요. 조 파이크는 그의 큰 비밀을 알고 있으니까요."

나는 손을 내밀었다. "당신하고 같이 일하게 돼서 좋네요, 돌런. 프랭크한테 얘기하는 문제에 대해서는 나중에 전화할게요."

그녀의 손은 차갑고 건조하고 억셌다. 그 느낌이 마음에 들었다. 그러면서 내가 그 느낌을 약간 지나치게 좋아하는 것에 대해 일말의 죄책감도 느꼈다.

그녀는 손을 한 번 꽉 쥐었고, 나는 차에서 내리려고 문을 열었다.

"이봐요, 콜."

나는 멈칫했다.

"그 조작된 보고서들을 당신한테 넘겨주는 게 싫었어요."

"알아요. 나도 알아요."

"당신은 이 모든 걸 한데 모아 맞추는 일을 잘 해냈어요. 경찰이 됐다면 좋은 경찰이 됐을 거예요."

나는 그녀의 비머에서 내렸다. 내가 걸어가는 동안 그녀가 나를 지켜봤다.

14

7시 조금 넘어 사무실에 도착했지만, 거기 머무르지는 않았다. 더쉬와 워드의 인터뷰를 챙겨서 길 건너 좋아하는 베이글 가게로 갔다. 훈제연어를 얹은 시나몬-건포도 베이글을 주문한 후, 창가 테이블에 자리를 잡았다. 옆 테이블의 중년 여성이 미소로 굿모닝 인사를 보냈다. 나도 굿모닝 인사로 화답했다. 그녀와 같이 있는 중년 남자는 신문을 읽고 있었는데, 우리 중 누구에게도 신경을 쓰지 않았다. 오만해 보였다.

여기는 다중(多重) 살인사건을 숙고하기에 이상적인 장소였다.

화장실 옆에 있는 공중전화로 조 파이크에게 전화를 걸었다. 두 번째 벨이 울릴 때 그가 전화를 받았다.

"사무실 건너편 베이글 가게에 있어. 카렌 가르시아는 19개월 전부터 시작된 일련의 살인사건의 다섯 번째 희생자였어. 경찰은 그 사실을 알고 있고, 용의자도 확보했어." 우리는 무슨 말을 하려는 참이라면 그 말을 마구 내뱉어야만 한다.

파이크는 대꾸가 없었다.

"조?"

"20분 안에 갈게."

기다리는 동안 더쉬와 워드의 인터뷰를 다시 읽었고, 그러는 내내 유진 더쉬를 생각했다. 내가 보기에 더쉬는 살인광처럼 보이지 않았다. 하지만 사람들은 테드 번디나 앤드류 커나난(둘 다 미국의 연쇄살인범)에 대해서도 그렇게 말할 것이다.

상황을 설명하는 더쉬와 워드의 버전은 레이크 할리우드로 하이킹을 가자고 제안한 사람이 더쉬였다는 점에서는 일치했지만, 중요한 사안인 그들이 물가를 따라 하이킹하려고 오솔길을 떠난 이유에 대해서는 달랐다. 워드는 물가를 따라 걷자는 건 더쉬의 아이디어였고, 오솔길을 떠난 지점도 더쉬가 골랐다고 진술했다. 경찰은 더쉬가 시신 발견으로 이어지도록 하이킹 경로를 이끌고 있었다는 듯, 이걸 "지휘"했다고 불렀다. 그런데 더쉬가 그들의 행동에 대해 명료하고 서슴없이 진술한 지점에서, 워드는 앞뒤가 맞지 않고 불확실했다. 이유가 궁금했다.

중년 여성이 나를 지켜보고 있었다. 우리는 또 다른 미소를 주고받았다. 중년 남성은 아직도 신문에 빠져 있었다. 내가 거기 있는 내내, 두 사람 다 상대에게 한마디도 하지 않았다. 어쩌면 그들은 서로에게 해야 할 말을 몇 년 전에 모두 다 한 건지도 몰랐다. 그렇지 않을 수도 있고. 그들의 침묵은 별개의 인생을 살아온 두 사람에게서 비롯된 게 아니라, 천생연분이라서 그저 가까이 있다는 것만으로도 사랑과 커뮤니케이션을 도출할 수 있는 두 사람에게서 비롯된 것인지도 모른다. 사람들이 다른 사람들을 아무 이유 없이 죽이는 세상에서, 우리는 그런 것들을 믿고 싶어 한다.

조 파이크가 들어오자, 중년 남성이 신문에서 눈길을 잠깐 들더니 얼굴을 찡그렸다. 이런 놈들이 꼬이는 걸 보니 이 동네도 끝장났군.

내가 말했다. "나가서 걷지. 여기서 얘기하고 싶지는 않아."

우리는 해 뜨는 동쪽으로 향하면서 산타모니카 대로 남쪽을 따라 걸었다. 파이크에게 다섯 명의 이름이 적힌 종이를 건넸다.

"아는 이름 있어?"

"카렌만 알겠어. 이 사람들이 다른 희생자들인가?"

"그래. 무노즈가 첫 번째야." 나는 사만다 돌런과 제리 스웨타겐에게서 얻은 모든 정보를 주면서 다른 사람들 얘기도 했다. "경찰은 이 사람들의 연결고리를 찾으려고 애써왔지만 찾을 수가 없었어. 이제 그들은 놈이 희생자들을 무작위로 선정한다고 생각하고 있어."

"용의자가 있다고 했잖아."

"크란츠는 더쉬를 용의자로 생각해."

걸음을 멈춘 파이크가 평평한 접시 같은 감정 표현을 모두 담은 눈빛으로 나를 쳐다봤다. 오전 러시아워의 교통체증은 심각했다. 우리가 걸은 불과 2분의 시간 동안 몇 천 명이 우리를 지나쳤을지 궁금했다.

"시신을 발견한 남자?"

"크란츠는 그를 체포하려고 스트레스를 많이 받고 있어. 그는 더쉬가 범인이라고 생각하고 싶어 해. 하지만 경찰에게 더쉬를 살인과 결부시킬 물증은 하나도 없어. 그들이 가진 건 FBI 프로파일이 전부야. 그래서 크란츠는 그를 24시간 감시하고 있어. 그래서 내가 거기 갔을 때 그들이 나를 미행한 거야."

"으음."

지나가는 차량들이 파이크의 선글라스에 반사됐다.

"이 일은 처음부터 일급비밀이었어, 조. 경찰은 계속 그런 식으로 비밀을 유지하고 싶어 해. 내가 돌런하고 한 협상은 우리가 그걸 존중해야 한다는 거야. 우리는 프랭크에게 이걸 알릴 수 없어."

파이크가 교통을 지켜보는 동안 그의 가슴이 넓어졌다. 그게 그의 유일한 움직임이었다. "알려주지 않기에는 너무 큰 사건이야, 엘비스."

"크란츠가 똥 덩어리인지는 모르지만, 돌런은 우수한 경찰이야. 와츠도 그렇고. 젠장. 이 친구들 대다수는 에이스야. 그게 그들이 강력반에 있는 이유고. 그러니까 크란츠는 약간 맛이 갔다고 해도, 나머지 사람들은 마땅히 해야 할 수사를 해나가고 있어. 우리가 그들에게 수사할 시간을 줘야 한다고 생각해. 그건 수사 진행 상황에 대해 계속 함구한다는 뜻이야."

파이크가 조용히 코웃음을 쳤다. "내가 크란츠를 도와준다고?"

"돌런은 프랭크한테 나머지 희생자 넷에 대해 물어보고 카렌의 물건들을 살펴보고 싶어 해. 프랭크한테 그렇게 얘기해줄 거지?"

파이크는 고개를 끄덕였지만, 그 끄덕임이 내 말에 찬성한다는 뜻인지는 분명치 않았다.

우리는 다시 걸었다. 우리 둘 다 말이 없었다. 얼마 안 있어 우리는 파이크의 지프에 다다랐다. 그는 문을 열었지만 타지는 않았다.

"엘비스?"

"응?"

"그것들을 볼 수 있을까?" 그는 인터뷰 녹취록을 원했다.

"그럼." 나는 녹취록을 건넸다.

"자네도 더쉬라고 생각해?" 설령 그렇다 하더라도, 나는 더쉬가 범인이기를 원치는 않을 터였다.

"모르겠어, 조. 항상 믿음직하지만 지나치게 혹사당하는 내 육감은 아니라고 말하지만, 잘 모르겠어."

파이크는 입을 한 번 크게 벌려 턱을 풀었다. 그러더니 그 움직임도 사라졌다.

"프랭크한테 물어보고 알려줄게."

조 파이크가 지프에 올라 문을 닫았다. 그 순간, 내 심정은 그의 속마음을 들여다볼 수만 있다면 무엇이건 감내할 수 있을 것 같았다.

파이크는 유진 더쉬를 보고 싶었다.

혼자만 있는 환경에서 그를 살펴보고 싶었다. 그러면서 그 자신도 더쉬가 카렌 가르시아를 살해했다고 생각하는지 확인하고 싶었다. 더쉬가 살인자일 가능성이 있다면, 파이크는 그 사실을 바탕으로 무슨 일을 할지 숙고할 작정이었다.

파이크는 경찰 인터뷰 녹취록을 통해 더쉬가 재택근무를 한다는 걸 알았다. LAPD 인터뷰는 모두 그런 식으로 시작됐다. 기록을 위해, 당신 이름과 주소를 진술해주십시오. 당신 직업을 진술하십시오. 아카데미에서 파이크를 가르친 교관은 심문자가 던지는 질문들에 대답할 분위기에 대상자를 밀어 넣기 위해 이런 식으로 인터뷰를 시작하라고 가르쳤다. 훗날, 파이크는 그런 방식이 대상자를 거짓말할 분위기에 얼마나 자주 몰아넣는지를 알고 놀랐다. 심지어는 무고한 사람들도 거짓말을 했다. 이름과 주소를 꾸며낸 통에, 몇 주 지나 그들과 접촉하려 애쓸 때, 그 주소는 자동차 부품 매장이거나 영어를 하는 사람이 아무도 없는, 불법체류자들로 가득한 아파트였다.

쉐브론 주유소에 차를 댄 파이크는 그가 가진 지도에서 더쉬의 주소를 살폈다. 더쉬는 나지막한 언덕들의 윤곽을 따라 거리들이 구불구불 꼬여 있는 로스 펠리스의 오래된 주거지에 살았다. 크란츠의 부하들이 더쉬의 거처를 감시하고 있기 때문에 거리 배치를 확인하는 건 중요했다. 파이크는 그들이 있는 곳을 알고 싶었다.

더쉬의 집을 에워싼 거리의 이름을 파악한 파이크는 휴대전화로 알고 지내는 부동산업자에게 전화를 걸어 그 거리에 매매용이나 임대용으로 나온 매물이 있느냐고 물었다. 경찰은 어쩔 도리가 없다면 이동용 밴에 감시초소를 설치하고는 했지만, 주택을 이용하는 쪽을 선호했다. 파이크의 친구는 매물 명단 여러 개를 잠시 살펴본 후 그 지역에는 매매용 주택이 세 채 있다고, 그중 두 채는 비어 있다고 알려줬다. 그녀는 파이크에게 주소를 알려줬다. 지도를 놓고 더쉬의 주소와 비교해본 파이크는 그중 한 채가 더쉬의 집 바로 북쪽에, 골목의 대각선 방향에 있는 걸 확인했다. 경찰들이 있는 곳은 거기일 것이다.

파이크는 할리우드를 가로질러 차를 몰았다. 그러고는 더쉬의 자그마하고 깔끔한 집에 다다를 때까지 유서 깊은 지역의 고요 속을 이리 틀고 저리 틀었다. 파이크는 경찰의 감시초소일, 골목 바로 입구에 있는 2층 주택을 주목했다. 차를 몰아 골목 입구를 지나치는 눈 깜짝할 사이에, 파이크는 열려 있는 2층 창문에서 뭔가가 반짝거리는 걸 봤다. 거기 있는 경관들은 쌍안경과 삼각대에 얹은 소형 망원경, 비디오카메라를 갖고 있을 터였다. 그런데 파이크가 그들과 자신 사이에 더쉬의 주택을 위치시킬 경우, 그들은 파이크를 보지 못할 것이다. 실전상황에서, 그들은 빠른 속도로 기억으로만 남은 존재가 될 것이다.

동네는 아늑했다. 소형 주택들이 도로에서 멀찌감치 떨어져 있었고, 나무와 관목이 무성했으며, 주택들 사이에는 작은 공터들이 보였다. 앞마당에서 꽃을 자르고 있는 사람은 아무도 없었고, 거실 창문에서 밖을 응시하는 가정부도, 지나가는 산책객도, 짖어대는 강아지도 없었다.

파이크는 더쉬의 집에서 서쪽으로 두 번째 집 도로경계석에 차를 대고는 가장 가까운 집의 관목 사이로 자취를 감췄다가 거기에 잠깐 머문 다음 사라졌다. 이파리들과 잔가지들과 녹색이 자신을 에워싸도록 몸을 놀리는 그 순간, 그는 절대적인 평온을 느꼈다.

그는 근처의 주택들을 따라 이동했다. 창문들 아래에 머무른 다음, 더쉬의 집을 둘러싼 가시 덮인 관목들로 들어가 나무들 사이를 가로질렀다. 초목들을 건드리지도 흩뜨리지도 않았다. 대신, 어렸을 때부터 해온 방식대로 초목을 둘러 가거나 초목들 사이로 이동했다.

거실 창문 모서리로 슬그머니 이동한 파이크는 환한 실내를 잽싸게 힐끔 살펴서 집 안 깊은 곳의 움직임을 포착하고는 음악을 들었다. 프랑스어로 노래하는 이브 몽탕(프랑스 가수 겸 배우)이었다.

파이크는 양치식물과 백합들과 함께 심어진 작은 고무나무 숲을 통해 주택의 서쪽 벽을 따라가면서 침실의 높은 창문 아래를 지나 더쉬의 스튜디오에 있는 여닫이창으로 갔다. 그는 스튜디오에서 두 남자를 봤다. 둘 중 키가 작은 쪽인 더쉬는 청바지와 하와이언 셔츠 차림이었다. 그 사람이 더쉬가 분명했다. 젊어 보이는 다른 남자는 정장 차림이었기 때문이다. 더쉬는 이곳이 그의 집인 양 움직였고, 다른 사람은 손님처럼 움직였다. 파이크는 귀를 기울였다. 두 남자는 컴퓨터 앞에 있었다. 더쉬는 앉아 있었고, 다른 남자는 더쉬의 어깨 너머에 있는 모니터를 가리키고 있었다. 파이크는 이브 몽탕의 목소리를 들을 수 있었고, 가끔씩 그들이 주고받는 단어 몇 개를 들었다. 그들은 잡지 광고의 레이아웃을 논의하는 중이었다.

파이크는 더쉬를 지켜보면서 그에 대한 감을 잡으려고 애썼다. 더쉬는 경찰이 의심하는 일들을 저지를 능력이 있는 것처럼 보이지는 않았다. 하지만 겉모습만 보고 그걸 알 수는 없다. 그는 강해 보이고 강하게 행동하지만 속은 여린 사람들을 많이 알았다. 소심해 보이지만 엄청난 강인함을 발휘하고 대단한 일들을 성취하는 사람들도 알았다.

파이크는 숨을 들이마셔서 호흡을 고르고는 나무에서 지저귀는 새소리를 들으면서 그가 무척 많은 시간을 같이 보낸 카렌 가르시아를, 그리고 그녀가 어떻게 목숨을 잃었는지를 떠올렸다. 조는 키보드를 눌러대는 더쉬의 손가락과 그가 몸을 멈추는 방식, 다른 남자가 말한 무슨 얘기에 폭소를 터뜨리는 방식을 눈여겨보면서 더쉬를 자세히 살폈다. 그는 더쉬가 카렌 가르시아를 죽였다면 자기가 직접 더쉬를 끝장내겠다고 생각했다. 그는 정의로 짠 옷감을 잘라서는 그걸 더쉬의 수의로 삼을 터였다. 그는 지금 당장이라도 그렇게 할 수 있었다. 경찰이 지켜보는 백주대낮의 이곳에서라도.

하지만 잠시 후 파이크는 창문에서 슬그머니 멀어졌다. 유진 더쉬는 살인자처럼 보이지 않았다. 파이크는 경찰이 확보한 증거가 무엇인지 확인할 때까지 기다릴 작정이었다. 증거를 보고 나서 결정할 터였다.

정의를 구현할 시간은 많았다.

학교

"우리는 날마다 푸시업을 8백 회 합니다. 어떤 날에는 턱걸이를 2백 회 넘게 하고, 구보도 합니다. 젠장, 아침마다 16킬로미터를 달리고 밤에 다시 8킬로미터를 달립니다. 가끔은 그보다 더 달리기도 하고요. 우리는 덩치가 미식축구 라인맨이나 프로틴 셰이크로 키운 호모 같은 근육이 울퉁불퉁한 람보처럼 크지는 않습니다. 우리 체격은 대체로 비쩍 말랐습니다. 굶은 탓에 군살이 모두 다 빠진 체형이죠. 그렇지만, 젠장, 우리는 40킬로 그램 군장과 총알 4백 발을 소지하고는 망할 놈의 오르막길을 온종일 뛰어오를 수 있습니다. 우리가 어떤 존재였는지 아십니까? 늑대였습니다. 눈이 이글거리는 늑대 말입니다. 당신은 우리가 당신 엉덩이를 쫓는 걸 원치 않을 겁니다. 우리는 졸라 위험한 놈들이었습니다. 상관들이 원하는 게 그거였죠. 포스리콘. 우리가 원하는 것도 그거였습니다."

    −패트리샤 바버 박사가 지은 『전쟁터의 젊은 남성들: 외상 후 스트레스 장애 사례들』(듀크대 출판부, 1986)에서 발췌.

    레온 에임스 중사는 캘리포니아 오션사이드 정남쪽에 있는 캠프 펜들턴 해병 훈련소의 바싹 마른 경사지가 내려다보이는 낮은 산등성이에 서서 아내에게 선물받은 자이스 쌍안경으로 훈련장을 살피고 있었다. 마흔 네 번째 생일날 선물상자를 열었다가 안에 든 내용물을 봤을 때, 그는 엄청나게 열받았다. 자이스를 사는 데는 집안의 석 달치 생활비가 들기 때문이었다. 하지만 자이스는 비교할 상대가 없는, 세상에서 가장 잘 보이는 쌍안경이었다. 그래서 나중에 그는 투덜거린 것에 대해 사과하려는 개와 비슷한 심정으로 아내를 찾아갔다. 자이스는 최고였다. 그는 올가을에 검정꼬리 사슴을 사냥할 때 이걸 이용할 작정이었다. 그리고 포스리콘 중대 교관 임무를 마치는 지금부터 1년 후, 네 번째 전투 파견을 받아 베트남으로 복귀할 때, 베트콩들을 사냥하기 위해 그걸 사용할 터였다.
    에임스는 제일 친한 술친구인 프랭크 호스 중사와 함께 지프에 앉았다.

두 사람은 검정 티셔츠와 야전장비와 앨리스 하니스(미 육군이 채택한 벨트 형태의 개인용 전투장비 운반시스템) 차림이었고, 두 사람 다 두 달 전에 티후아나에서 구입한 형편없는 시가를 피우고 있었다. 호스는 순수 혈통의 메스칼레로 아파치로, 에임스는 그가 걸출한 전사일 뿐만 아니라 캠프 펜들턴의 보병 고급반을 가르치는 최고의 교관이라고 믿었다. 에임스는 흑인이었지만, 그에게 아파치의 피가 흐르고 있고―그는 그걸 믿었다― 그가 위대한 전사의 후예―그는 그게 진실임을 철석같이 믿었다―라는 얘기를 언젠가 할머니에게 들었다. 그래서 그와 호스는 테킬라를 조금 과하게 마셨을 때는 자신들이 동족이라는 사실을 농담 삼아 이야기하고는 했다.

호스가 입술로 시가를 돌리면서 미소를 보였다. "안 보이지, 그렇지?"

에임스도 입술로 시가를 돌렸다. 그들 아래에 바닷가 사막 120만 제곱미터가 펼쳐져 있었다. 사막은 작은 개천의 바닥으로 미끄러져 내려가다 8백 미터쯤 떨어져 있는 또 다른 기다란 산등성이로 솟아올랐다. 호스가 전사의 혼을 갖고 있다고 생각하는 젊은 해병이 그 120만 제곱미터의 어딘가에 있었다. "아직은 아니지만, 곧 찾아낼 거야."

호스가 더 활짝 웃으면서 딱히 누구에게랄 것도 없이 고개를 끄덕였다. "걔는 자네의 망할 놈의 코 바로 아래 있어, 레온. 제기랄."

"헛소리 마. 걔가 저기에 있다면 내가 찾아낼 거야." 레온 에임스는 시선을 더 날카로이 가다듬고는 대지 위에 놓인 거대한 체스판을 상상했다. 그는 체스판의 블록을 하나하나 세심히 살피면서 단상사나무 무더기와 풀밭을 주목했다. 그러면서 마지막으로 이 지역을 훑었을 때 이후로 최근 몇 분 사이에 무엇인가가 움직인 흔적이 있는지 확인하려고 머릿속으로 두 이미지를 비교하고 있었다. 그는 움직임의 흔적은 하나도 못 찾았지만,

젊은 해병이 저기 어딘가에서 그를 향해 천천히 다가오고 있다는 건 잘 알고 있었다.

호스가 싸구려 시가 연기를 깊이 들이쉬는 허세를 보이고는 큼지막한 연기 기둥을 미풍에 실어 보냈다. "우리, 여기에 우라질 두 시간 가까이 있었어, 친구." 그가 시간을 자꾸 들먹였다. 레온의 심기가 정말로 불편해졌다. "걔가 뛰어나다는 걸 알잖아. 그렇지 않으면, 자네는 지금쯤 걔를 찾아냈을 거야. 걔를 저기에 온종일 있게 만들 거야? 아니면 이 기회를 자네가 걔를 특출한 해병으로 변신시킬 기회로 삼을 거야?"

결국, 레온 에임스 중사가 한숨을 쉬고는 쌍안경을 내렸다. 그의 친구 프랭크 호스는 전사인 만큼이나 현자였다. "오케이, 젠장. 그놈 어디 있나?"

그를 상대로 걸었던 망할 내기에서 이겼다는 투로 호스의 눈에 잔주름이 잡혔다. 에임스는 그 웃음을 보면서 호스가 이 병사를 마음에 들어 한다는 걸, 무척이나 마음에 들어 한다는 걸 알 수 있었다. 호스가 왼쪽 전방을 시가로 가리켰다. "3-4-0 구역을 향하고 있어. 저기 3백 미터 지점에 움푹한 곳 보이지?"

에임스는 쌍안경을 올리는 일조차 하지 않고 그곳을 곧바로 쳐다봤다. 헐벗은 그늘이었다. "그래."

호스가 핸드 마이크를 잡으려고 뒤로 손을 뻗었다. "저기 오른쪽에 있는 하구 둑의 작은 절개지를 따라서 계속 올라오고 있었어."

열받은 에임스가 갈색 가래를 뱉었다. "그걸 도대체 어떻게 본 거야?"

"봐서 아는 게 아냐." 호스도 가래를 내뱉고는 친구를 쳐다봤다. "그렇게 올라오라고 지시했거든."

그들의 눈이 마주쳤다. 에임스가 미소를 지었다. "그놈 튀어오라고 해.

애기 좀 하게."

호스가 마이크의 스위치를 누르고는 훈련장을 향해 명령했다. "이 프로그램은 종료됐다, 이병. 기립하라."

3-4-0 구역에 있는 3백 미터 떨어진 곳의 움푹한 곳은 움직이지 않았다. 대신, 잔가지들과 두꺼운 삼베와 흙이 성기게 모여 있는 물체가 그들의 오른쪽 2백 미터도 떨어져 있지 않은 땅에서 천천히 솟아올랐다. 호스는 물고 있던 시가를 놓칠 뻔했고, 에임스는 배꼽을 잡았다. 에임스가 오랜 친구의 등을 찰싹 때렸다. "3-4-0이라고? 그래, 그렇군."

"하늘에 맹세할 수도 있었는데…."

"저 친구가 우리 궁둥이에 총질을 하지 않아서 다행이야."

두 전투 베테랑은 한참을 웃었다. 그러다가 에임스가 고개를 끄덕였다. "이리 와라, 이병. 눈썹 휘날리게 빨리."

이병이 평탄하지 않은 땅을 가로질러 달려오는 동안, 에임스는 길리 슈트(저격수가 입는 위장복) 때문에 이병이 털이 엉킨 페키니즈 강아지처럼 보인다고 생각했다. 그가 달리는 동안 매트 전체가 출렁였다. 에임스가 물었다. "몸은 좋은가?"

"여기 올 때부터 좋았어."

"시골 출신이야?"

"시골에서 살았지만, 농사를 지은 것 같지는 않아." 에임스는 대지에서 자라고 그곳의 생활방식을 아는 청년들을 좋아했다.

"무슨 이름이 이따위야? 파이크? 영국계인가? 아일랜드계?"

"몰라. 가족 얘기는 안 해. 말 자체를 많이 안 해."

에임스는 고개를 끄덕였다. 그건 전혀 잘못된 일이 아니었다. "할 말이 전혀 없는 건지도 모르지."

이제 호스는 약간 초조해 보였다. 도로에서 잘 어울리지 않는 무엇인가를 우연히 마주쳤는데, 그것이 그가 마주치지 않기를 희망하고 있던 대상이었던 것처럼. "그래, 으음, 있잖아, 쟤는 말을 많이 안 해. 그렇다고 멍청한 것 같지는 않아."

에임스가 친구를 날카로운 눈으로 흘끗 봤다. "내가 바보천치한테 시간 낭비하는 일 없도록 자네가 잘 알아서 했겠지." 그는 뛰어오는 해병을 다시 힐끗 봤다. "이 테스트에서 이 정도로 높은 점수를 올린 놈이 멍청하지는 않을 거잖아." 이 청년은 여기까지 온 대학생 대다수보다 시험 점수가 높았고, 필수적으로 이수해야 하는 모든 훈련 과목에서도 1등이었다.

"으음, 일부 교관들은 그를 약간 괴짜라고 생각해. 소대원 일부도 그렇게 생각하고. 남들하고 어울리지를 않아. 대부분의 시간은 책을 읽으면서 지내고. 자유 시간에도 시간을 허비하는 엉뚱한 일은 전혀 하지 않아. 쟤가 여기 온 후로 미소 짓는 모습을 본 적이 없는 것 같아."

에임스는 그 점이 걱정스러웠다. "남자가 웃는 모습을 보면 그에 대해 많은 걸 알 수 있는 법이지."

"그래. 그렇지."

그들은 그가 가까이 오는 걸 지켜봤다. 결국 에임스가 한숨을 쉬었다. "팀플레이어가 아닌 놈은 아무짝에도 못 써."

호스가 내뱉었다. "쟤가 팀플레이어가 아니었다면 우리는 지금 여기 있지도 않을 거야. 쟤가 입술을 씰룩거리는 걸 많이 봤지만, 훈련장에 나오면 동료들을 도우려고 전진 속도를 늦추고는 했어. 그러라는 말을 하지 않았는데도 말이야."

에임스가 그러면 괜찮은 놈이라며 그 점을 마음에 들어 하면서 고개를 끄덕였다. "그렇다면 괴짜라는 얘기는 대체 뭐야? 자네는 자네가 데리고 있는 훈련 소대에서 가장 우수한 병사라고 말했고, 쟤가 자기 반에서 최고 성적을 냈다는 걸 보여주는 파일을 보여줬어. 그러고는 나를 여기로 데려 왔고. 게다가 우리는 정찰병/저격수 3년 차처럼 접근한 열일곱 살배기에 게 기습을 당했잖아."

호스는 어깨를 살짝 으쓱했다. "자네가 알아줬으면 해서. 그게 전부야. 쟤는 일반적인 신병이 아냐."

"포스리콘은 일반적인 신병에게는 관심이 없어. 자네나 나나 그 사실을 누구보다 잘 알잖나. 나는 프로페셔널 킬러로 탈바꿈시킬 수 있는, 도덕적 인 판단을 할 줄 아는 장병을 원해. 그게 다야."

호스가 두 손을 들었다. "그냥 자네가 알아줬으면 해서라니까."

"그래, 좋았어." 에임스가 형편없는 시가를 씹고는 젊은 해병을 주시했 다. "쟤가 읽는 게 뭔데?"

"그냥 읽어. 그게 다야. 손에 잡히는 건 뭐든 읽어. 소설, 역사책. 언젠가 는 니체를 읽는 걸 본 적도 있어. 쟤 라커에서 바쇼(일본의 하이쿠 작가)를 몇 권 봤어."

"설마."

"자네가 그것도 좋아할 거란 걸 내가 알지."

"그래. 그렇지. 좋아하지."

레온 에임스는 새로운 관심을 갖고 이병에 대한 생각에 잠겼다. 그는 모든 뛰어난 전사들은 시인이라고 믿었기 때문이다. 과거의 그 일본 사무 라이는 그 점을 증명했다. 에임스는 그 이유에 대한 나름의 견해를 갖고 있었다. 청년의 머리를 군에서 원하는 의무와 명예, 국가와 관련된 관념들로 채울 수는 있지만, 총알이 날기 시작하고 정신적인 혼란 상태에 빠지고 나면, 제아무리 용감한 청년일지라도 그곳에서 고향에 있는 귀여운 샐리를 위해 죽거나 성조기를 위해 죽는 걸 참아내지 못한다는 걸 에임스는 잘 알았다. 그가 그걸 견뎌낸다면, 그건 순전히 옆에 있는 전우들을 위해서였다. 그들을 향한 전우애, 그리고 전우들의 눈에 떠오를 수치심에 대한 공포감이 괄약근이 헐렁하게 벌어진 후에도, 심지어 그의 세계가 지옥으로 변했을 때에도 전투를 계속하게 만들었다. 전장에서 홀몸으로 상황을 견뎌내기 위해서는 그를 특정 지점에 못 박아두는 전우들의 무게감을 짊어지지 않는 특별한 사내여야 했다. 에임스는 홀몸으로 이동하고 싸우고 승리하도록 훈련시킬 수 있는 젊은 전사를 찾고 있었다. 그런데 시인은 달랐다. 시인을 찾아내 그의 심장을 의무와 명예의 관념으로 채울 수 있다면, 때때로 무척 운이 좋을 경우, 그것만으로 충분했다. 에임스는 시인은 장미한 송이를 위해서도 죽을 수 있다는 걸 오래전에, 아마도 인생 초년에 깨달았다.

이병이 쿵쾅거리고 올라와 그들 앞에 차렷 자세로 정렬하자 호스가 시가로 손짓을 했다. 괴물 같은 길리 슈트 때문에 청년은 키가 크고 말라비틀어진 건초 더미처럼 보였다.

호스가 지시했다. "길리 슈트를 벗고 쉬어라, 이병. 이분은 에임스 중사로, 체스티 풀러(2차 세계대전과 한국전에 참전했던 미국의 해병 장성)와 나 자신을 제외하면 우리 해병대에서 가장 우수한 해병이시다. 이분의 말을 경청하도록. 알겠나?"

"예. 중사님!" 젊은 해병이 외쳤다.

파이크 이병이 길리 슈트를 벗어 지프 뒤에 집어넣고는 원위치로 돌아왔다. 그가 그러는 동안 에임스나 호스는 아무 말도 하지 않았다. 그가 동작을 마친 후, 에임스는 여러 생각을 하면서 그를 1분간 거기에 세워뒀다. 에임스는 그가 읽은 파일에서 이 청년의 이름은 가운데 이름의 이니셜이 없는 조지프 파이크라는 걸 떠올렸다. 키가 컸다. 185센티미터쯤 돼 보였다. 호리호리했고 힘줄이 불거졌으며, 캘리포니아 남부의 태양 때문에 피부는 황갈색으로 그을려 있었다. 얼굴과 두 손은 위장용 물감으로 덮여 있었지만, 눈은 에임스가 본 중에 가장 푸른 눈으로, 진짜 얼음처럼 하얀 백인의 눈이었다. 어쩌면 그의 조상은 노르웨이나 스웨덴이나 어떤 망할 곳에서 왔을 것이다. 에임스는 그 점도 마음에 들었다. 그는 바이킹을 엄청나게 존경했다. 그는 그들을 자신의 아프리카인 조상들만큼이나 뛰어난 전사 집단으로 여겼다. 에임스는 그 파란 눈을 들여다보면서 눈이 차분하다고, 가식이나 회한이 전혀 담겨 있지 않다고 생각했다. 에임스가 물었다. "몇 살인가, 이병?" 에임스는 물론 이병의 나이를 알고 있었지만, 청년에 대한 감을 잡고 싶어서 질문한 거였다.

"열일곱 살입니다, 중사님!"

에임스는 팔짱을 꼈다. 거기 있는 커다란 근육들이 그가 입은 검정 해병대 티셔츠를 팽팽하게 늘렸다. "어머님이 자네를 조기 입대시키려고 서류에 서명하신 건가, 아니면 자네가 직접 서명을 위조한 건가?"

청년은 대답하지 않았다. 땀방울이 두피에서 굴려 내리면서 여윈 얼굴을 따라 트랙들을 아로새겼다. 청년의 몸 어느 구석도 움직이지 않았다.

"대답이 안 들린다, 해병."

청년은 아무 응답도 않고 거기 서 있었고, 호스는 청년이 그의 미소를 볼 수 없도록 이병의 등 뒤를 돌아다녔다.

레온 에임스 중사가 이병에게 바짝 다가가 귀에 대고 속삭였다. "나는 혼잣말하는 걸 좋아하지 않는다, 해병. 내 질문에 대답할 것을 권하는 바이다."

젊은 해병이 대답했다. "그게 중사님께서 상관하실 일인지 모르겠습니다, 중사님."

호스가 M16이 약실에 새 총알을 채우는 것보다 빨리 젊은 해병의 면전으로 튀어가서 그의 얼굴이 자주색으로 변할 정도로 호통을 쳤다. "이 세상에 있는 모든 *것이* 본 중사가 상관할 일이다, 해병! 자네는 두 번의 전쟁에서 영웅이었고, 자네가 전성기에 그런 모습이기를 소망하는 가장 우수한 해병 앞에서 나를 창피하게 만들 정도로 멍청한가?"

에임스는 기다렸다. 청년은 겁먹은 듯 보이지 않았는데, 그건 좋았다. 그렇다고 오만해 보이지도 않았는데, 그것도 좋았다. 그는 생각이 깊은 듯 보였다.

그러더니 청년이 입을 열었다. "아버지입니다."

"곤경에 처했던 건가? 그래서 자네 아버님이 자네를 해병대에 처넣은 건가? 자동차를 훔치거나 말썽을 일으키거나 그런 짓을 한 건가?"

"아닙니다, 중사님." 푸른 눈이 레온 에임스의 눈과 마주쳤다. "아버지에게 서류에 서명하지 않으면 제 손으로 죽여버리겠다고 말했습니다." 청년이 그렇게 말할 때 그의 말에는 유머가 조금도 깃들어 있지 않았다. 에임스는 그 건방진 태도 중 어느 것도 크게 싫지가 않았다. 젊은 해병은 일반인이 평범한 말을 하는 것처럼 단순하게 그렇게 말했지만, 그 순간 에임스는 그게 참말이라는 것을 알았다. 에임스는 그게 궁금했다. 하지만 그렇다고 그에 대한 흥미를 잃지는 않았다. 폭력적인 청년들이 해병대에 입대하는 경우가 잦았다. 그러면 해병대는 그들에게 폭력성을 배출할 방법을 가르쳤다. 그게 안 되면 그들을 제대시켰다. 따라서 이 청년은 성공한 해병이 되는 정도를 이미 넘어선 존재였다.

에임스 중사가 물었다. "포스리콘이 뭔지 아나, 이병?"

"소규모 정찰부대입니다, 중사님."

"그렇다. 정보를 수집하고 적을 쫓거나 살상하기 위해 각자의 조그만 궁둥이를 홀로 끌고서 사망의 골짜기로 침투하는 군인들로 구성된 소규모 부대다. 나 자신이 포스리콘 전사로, 하나님께서 창안하신 가장 고결하고 비교 대상이 없는 종족이다."

호스가 맞장구를 쳤다. "동감이야, 친구. 비교 대상이 없지."

"리콘은 특별한 군인을 받는다. 누구에게나 열려 있는 건 아니야. 포스리콘 전사는 지구상에서 가장 뛰어난 전사들이다. 나는 오징어 같은 SEAL이나 육군 특수부대에 있는 녹색 베레모 쓴 놈들이 무슨 말을 하건 신경 쓰지 않는다."

이병은 그냥 거기에 서 있었다. 에임스를 보는 것 같기도 했고 아닌 것 같기도 했다. 에임스는 실망했다. 그가 늘어놓는 허풍은 상대에게서 웃음을 이끌어내는 게 보통이었는데, 이 청년은 그냥 거기에 서 있기만 했다.

"포스리콘 훈련은 해병대뿐만 아니라 군 전체에서 가장 힘든 훈련이다. 우리는 날마다 완전 군장으로 32킬로미터를 달린다. 푸시업을 헤라클레스보다 더 많이 한다. 망할 놈의 닌자처럼 어둠 속에서 보는 법과 정신력만으로 적들을 죽이는 법을 배운다. 자네가 어째서 웃지 않는지 알고 싶다, 이병. 왜냐하면 지금 한 말이 누군가가 네 볼기짝에 얹은 똥 덩어리 중에 가장 웃기는 똥 덩어리이기 때문이다."

여전히 무반응이었다.

호스는 이병 뒤에서 고개를 저으며 다시 미소를 지었다. 그 미소는 "그렇다고 말했잖아."라고 말하고 있었다.

에임스는 한숨을 쉰 다음, 두툼한 두 팔로 팔짱을 끼고는 눈을 굴리기 위해 파이크 뒤로 갔다. 호스가 그와 가까운 위치에서 폭소를 터뜨리지 않으려고 무진 애를 쓰고 있었다. "좋다, 해병. 나는 망할 플립 윌슨(미국의 흑인 코미디언)이 아닐지도 모른다. 그러나 내가 아는 비교 상대가 없는 뛰어난 전사인 호스 중사는 자네가 내 훈련병이 되는 데 필요한 자질을 가진 것 같다고 생각하고, 나도 그의 말에 동의한다." 에임스가 파이크의 다른 쪽으로 돌아가 그의 앞에서 걸음을 멈췄다. 이제 에임스는 그의 눈에서 유머러스한 기운을 조금도 안 남기고 회수해서 조심스레 한 구석에 접어뒀다. "중사는 자네의 육박전 솜씨가 좋다고 말했다."

다시 무반응이었다. 에임스는 이 청년이 왜 이리 과묵한 건지 궁금했다. 순전히 과묵한 집안 출신이라서 그런 건지도 몰랐다.

에임스가 앨리스 하니스에서 전투용 단검을 꺼내 손잡이가 청년 쪽을 향하도록 들었다. "이게 뭔지 아나?"

푸른 눈은 칼 쪽으로 향하지도 않았다. "K-바(Bar)는 아닙니다."

에임스는 그의 칼을 자세히 바라봤다. "해병대에서 지급하는 K-바 전투용 단검은 비교 상대가 없는 뛰어난 무기다. 하지만 나 같은 전사에게는 그렇지 않다." 그는 손가락 등 주위로 칼을 빙글빙글 돌렸다. "이건 수제 전투용 단검으로, 도검 제작의 장인이 내게 맞게 제작한 것이다. 칼날이 망할 정도로 날카로워서 네가 네 똥구멍을 베면 네 옆에 서 있던 놈이 피를 흘리기 시작할 것이다."

호스는 그보다 더 진실한 말은 절대로 얘기된 적이 없다는 듯, 다 아는 듯한 표정으로 입술을 오므리며 고개를 끄덕였다.

에임스는 칼을 획획 돌리다 칼끝을 잡고는 청년에게 내밀었다. 청년은 그걸 오른손으로 잡았다.

에임스가 두 팔을 벌렸다. "내 가슴을 쑤셔봐라."

에임스가 예상했듯, 파이크는 잠시도 주저하지 않고 몸을 놀렸다. 그의 모습이 흐릿해 보일 정도로 빠르게 움직인 탓에 에임스는 청년의 팔을 잡아 팔목을 뒤로 꺾고는 팔목이 꺾이면서 내는 섬뜩한 소리를 듣기 전까지 딴생각을 할 시간이 전혀 없었다. 청년은 등을 깔고 쓰러졌다.

청년은 얼굴을 찡그리지 않았고, 말도 하지 않았다.

에임스와 호스는 둘 다 청년이 두 발로 서도록 도우면서 호들갑을 떨었다. 이병이 그 푸른 눈을 그에게 고정시키면서 "어떻게 하신 겁니까?"라고 물었을 때, 에임스는 소름이 끼쳤다. 아주 위험한 묘기를 펼쳤다가 된통 당할 뻔했다는 기분을 느꼈다. 청년의 말에는 비난이나 탓하는 기색이 없었다. 그는 순전히 사실을 알고 싶어 했다.

에임스가 젊은 해병이 지프 뒷자리에 타는 걸 도우면서 말했다. "암 트랩(arm trap)이었다. 영춘권이라는 무술에서 나온 기술이다. 4백 년 전에 어떤 중국 여자가 창안한 무술이다."

"여자." 청년이 그 말을 주의 깊게 곱씹으면서 살짝 고개를 끄덕였다. 그는 에임스가 방금 전에 자기 팔목을 부러뜨렸다는 사실은 전혀 개의치 않는 듯 보였다. 그가 말했다. "중사님은 저를 이용해서 저를 상대했습니다. 덩치가 작은 여자라면 그렇게 해야만 할 겁니다."

에임스는 그를 향해 눈을 깜빡였다. "그렇다. 자네는 앞으로 돌진하고 있었다. 나는 그 에너지를 가둬서 자네의 추진력을 자네 손으로 돌려 자네 쪽으로 향하게끔 만드는 데 썼다."

이제야 처음으로 자기 손을 내려다본 청년이 손을 부드럽게 잡았다.

에임스가 말했다. "젠장, 자네는 빨랐다, 이병. 우라질 빨라서 나도 거의 찔릴 뻔했다. 유감이다."

청년이 에임스에게로 시선을 들었다. "리콘 훈련에서 이런 것들을 가르치십니까?"

"영춘권은 정규 과목에는 속해 있지 않다. 하지만 나는 일부 부하들에게 영춘권을 가르친다. 우리가 배우는 건 대체로 독도법(讀圖法)과 탈출 및 회피 전술, 매복 기법이다. 전투 기술들 말이다."

"제게도 그걸 가르쳐주시겠습니까?"

에임스는 호스를 힐끔 봤고, 호스는 이제 자기 일은 끝났다며 고개를 끄덕였다. 그는 운전석에 앉아 기다렸다.

에임스가 말했다. "그렇다, 해병. 와서 내 훈련병이 돼라. 내가 자네를 살아 있는 가장 위험한 사나이로 만들어주겠다."

젊은 해병은 의무실에 도착하기 전까지는 다시는 입을 열지 않았다. 의무실에서 사고 경위서를 작성하는 동안, 에임스는 그 부상에 대한 모든 책임을 졌다. 그러자 청년이 그에게 한 말은 "중사님께서 저를 다치게 하신 건 아무 문제 안 됩니다."였다.

그날 저녁, 여전히 죄책감 때문에 께름칙한 에임스와 호스는 펜들턴의 체육관에서 비무장 전투기술을 훈련했다. 그들이 자신들이 느낀 수치심을 불태우려고 간절히 애쓰는 동안, 그들이 가진 추악한 흉포함이 두 남자를 피투성이로 만들었다. 나중에, 그들은 술을 마셨다. 나중에, 레온 에임스는 아내에게 모든 걸 고백했다. 젊은 훈련병이 부상을 당하고 그가 거기에 책임을 느낄 때면 언제나 항상 그랬던 것처럼. 그러면 그녀는 여명이 밝아올 때까지 그를 안아줬다.

전사이자 사나이로서, 레온 에임스는 비교 대상이 없는 훌륭한 존재였다.

여드레 후, 가운데 이름의 이니셜이 없는 조지프 파이크 일병은 팔목이 부러진 상태에서도 고급 보병 훈련을 완료하면서 전우들과 함께 과정을 수료한 후 추가교육을 위해 포스리콘 중대로 재배치됐다. 그는 미합중국의 베트남전 개입이 시들해지던 몇 년간 베트남공화국에 순환 배치됐다. 레온 에임스는 그가 가르친 모든 젊은이에게 그렇게 했던 것처럼 젊은 해병의 이동 과정을 좇으며, 파이크 일병이 두드러진 실적을 올리면서 복무하는 데 자부심을 느꼈다.

레온 에임스가 항상 말했듯, 세상에는 비교 대상이 없었다.

15

파이크가 전화를 걸어 프랭크가 그날 오후 3시에 우리를 만나줄 거라고 말했다. 나는 그 말을 돌런에게 전했고, 그러자 돌런이 말했다. "인상적이네요, 세계 최고. 당신이 유용할 거라고 짐작했어요."

"앞으로 나를 그렇게 부를 건가요, 돌런?"

"그게 머릿속에 떠오른 딴 호칭들을 다 물리쳤어요."

경찰들은 자기들이 대단히 재미있는 사람이라고 생각한다.

내가 도착했을 때, 프랭크 가르시아의 집은 잠자는 핏불처럼 조용했고 매력적이었다. 고위직 경찰도 없었고 시의회 의원도 없었다. 그저 상심에 젖은 노인과 가정부뿐이었다. 프랭크가 내 눈에서 거짓을 알아볼 것인지 궁금했다. 그래서 파이크의 선글라스를 빌려야 옳은 게 아닐까 생각해봤다.

파이크와 돌런을 기다리려고 커다란 단풍나무가 드리운 그림자 안에 차를 세웠다. 나무와 이 지역이 너무 고요해서 조금 무거운 나뭇잎이라도 떨어지면 거리가 쩌렁쩌렁 울릴 것 같았다. 악마 같은 산타아나는 사라졌지만, 그 바람이 예상치 못한 깜짝 놀랄 방향에서 도시 전역을 할퀼 때까지 힘을 모으려고 북쪽에 있는 건조하고 황량한 협곡에 숨어 휴식을 취하는 것뿐이라는 느낌을 떨칠 수가 없었다.

2분쯤 후에 파이크가 도착해서 내 차에 탔다. "더쉬를 봤어."

다른 사람이 한 말이면 농담이었을 테지만, 파이크는 농담을 하지 않는다. "더쉬를 봤다고? 그랑 얘기했어?"

"아니. 보기만 했어."

"그냥 보기만 하려고 거기 갔었다고?"

"음."

"도대체 왜 보러 간 건데?"

"그럴 필요가 있어서."

"흐음, 그 말로 모든 게 설명이 되는군."

내 직장 생활이 어떤지 알겠는가?

돌런이 비머를 거리 건너편에 주차시켰다. 그녀는 담배를 피우고 있었다. 그러다 차에서 내린 후 거리에 꽁초를 버렸다. 우리는 그녀를 만나려고 차에서 내렸다.

"그가 무얼 알고 있죠?"

"내가 아는 건 다 알아요." 그. 파이크는 그 자리에 없는 것처럼.

돌런이 한동안 조를 자세히 살피더니 입술을 적셨다. "입 계속 다물고 있을 수 있겠어요?"

조는 반응을 보이지 않았다.

돌런이 얼굴을 찡그렸다. "뭐라고요? 안 들려요."

내가 말했다. "대답을 들은 거나 마찬가지예요, 돌런."

돌런이 파이크를 향해 미소를 지었다. "그래요. 당신이 말수가 적다는 얘기는 들었어요. 앞으로도 계속 그래주면 좋겠네요."

돌런이 앞장서서 집으로 향했다. 파이크와 나는 서로를 쳐다봤다.

"터프한 여자야."

파이크가 대답했다. "음."

가정부가 우리를 거실로 안내했다. 우리가 들어갈 때 그녀는 돌런을 신경질적으로 힐끔거렸다. 돌런이 경찰이고 말썽이 생길지도 모른다는 걸 감지한 듯했다.

프랭크는 거실에서 돌덩어리 사자들이 어슬렁거리는 미닫이 유리문 밖의 수영장과 과실수들을 응시하고 있었다. 내가 그를 만난 지는 사흘밖에 안 됐지만, 술꾼이 흘린 땀이 송골송골 맺힌 그의 살갗은 창백했고, 머리는 기름기가 덕지덕지했으며, 공기 중에 떠도는 암내는 코를 쐈다. 지금은 비어 있는 작은 유리잔이 그의 무릎에 놓여 있었다. 외동자식을 잃었을 때는 그런 식으로 행동해야만 하는 듯했다.

파이크가 그를 불렀다. "프랭크."

프랭크가 이해가 안 된다는 표정으로 돌런을 바라보더니 조를 쳐다봤다. "카렌은 괜찮나?"

"얼마나 많이 드신 겁니까?"

"그런 얘기부터 꺼내지는 말게, 조. 그런 얘기부터 꺼내지는 마."

조가 다가가 잔을 들었다. "이쪽은 제가 말씀드린 돌런 형사입니다. 몇 가지를 여쭤고 싶답니다."

"안녕하세요, 가르시아 씨. 삼가 조의를 표합니다." 돌런은 그녀가 형사임을 증명하는 황금 방패 모양의 배지를 내밀었다.

프랭크는 실눈을 뜨고 배지를 본 후, 그가 가장 알고 싶은 일을 물어보는 걸까 해서 기대하는 기색으로 돌런을 자세히 살폈다. "우리 딸아이를 죽인 게 누구요?"

"제가 그래서 여기 온 거예요, 선생님. 저희는 그걸 알아내려고 노력하고 있어요."

"당신네는 이 사건에 일주일간 매달렸소. 이런 짓을 한 게 어떤 놈인지 감도 못 잡고 있다는 거요?"

그보다 더 신랄할 수는 없었다.

돌런은 그의 고통을 이해한다고, 심지어 공감까지 한다고 말하는 상냥한 미소를 지었다. "선생님이나 따님께서 알고 있을지도 모르는 몇 사람에 대해 여쭤봐야겠어요."

프랭크 가르시아는 고개를 저었지만, 그래도 우리가 간신히 들을 정도로 작게 말했다. "그게 누구요?"

"따님이 훌리오 무노즈라는 사람을 알았나요?"

"그게 우리 딸을 죽인 개자식이오?"

"아뇨, 선생님. 저희는 따님의 명함정리기에 있는 사람들을 모두 접촉하는 중이에요. 그런데 네 명이 전화번호가 바뀌었어요. 그 사람들한테 따님하고 마지막으로 연락한 게 언제인지, 따님이 무슨 말을 했는지 같은 것들을 묻고 싶어요." 돌런은 훌륭했다. 그녀는 그것들이 절대적인 사실이나 되는 양 주저 없이 매끄럽게 거짓말을 했다.

프랭크는 이런 사소한 이유로 모두가 여기에 모였다는 사실에 짜증이 난 듯했다. "훌리오 무노즈라는 사람은 모르오."

"월터 셈플이나 비비언 트레이노나 데이비스 키치는 어떤가요? 따님이 그들하고 학교에서 알고 지냈을지도 모르고, 아니면 이 사람들이 선생님 밑에서 일했을지도 몰라요."

"모르겠소." 그가 기억해내려고 애쓰고 있다는 걸, 하지만 기억이 나지 않는다는 사실에 실망했다는 걸 알 수 있었다.

"따님이 선생님께 이 사람들 이름을 거론한 적이 전혀 없었나요?"

"없었소."

"가르시아 씨. 제가 부모님 집에서 독립해 나올 때, 제 물건 몇 박스를 두고 나왔어요. 학창시절 물건들, 옛날 사진들 같은 걸요. 혹시 따님이 여기에 그런 걸 남겨두었다면, 제가 좀 봐도 될까요?"

그는 가정부가 보일 때까지 휠체어를 돌렸다. "마리아, 이분 카렌의 방으로 안내해드려요. 부탁해요."

내가 그녀의 뒤를 따라갈 때 프랭크가 말했다. "두 사람을 1분만 봤으면 좋겠소."

그가 돌린이 커다란 문을 통해 사라질 때까지 기다렸다가 목소리를 낮췄다. "저 여자는 말하는 것 이상을 알고 있소. 저 여자가 물어본 그 사람들이 저 여자가 말한 그런 사람이 아니라는 데 내 마지막 토르티야를 걸겠소. 카렌 방에서 저 여자를 잘 살피시오. 저 여자가 진짜로 찾는 걸 찾지 못하게 만들도록 하시오."

내가 보기에, 바보천치인 사람이 석수장이에서 출발해 백만장자의 반열에 오르지는 못할 것 같았다.

조는 프랭크 곁에 머물렀지만, 나는 문밖에서 나를 기다리는 마리아에게 당도할 때까지 복도를 따라갔다.

"고마워요, 마리아. 우리끼리만 있어도 괜찮을 것 같네요."

나는 카렌의 방이었던 곳에, 어떤 면에서는 여전히 그런 곳에 발을 들였다. 십 대가 쓰는 가구들이 그 방을 시간 속에 동결시켜놓았다. 책과 동물 인형들과 이미 10년도 더 전에 존재하기를 멈춘 밴드들의 포스터가 타임 포털의 문을 형성하고는 나를 과거로 데려갔다. 어 플록 오브 시걸스 (1980년대에 활동한 영국의 뉴웨이브 밴드)라니, 맙소사.

돌런은 빈틈이 없었다. 오래된 옷과 젊은 여성들이 수집하는 장신구를 제외하면 방 안에 남은 게 그리 많지 않았지만, 우리는 고등학교와 대학교 노트, 고등학교 졸업앨범, 어린 소녀의 방의 그림자 안에 축적된 삶의 편린들을 훑으면서 세 시간 가까이 보냈다. 벽장에는 옷 말고도 보드게임들이 바닥에서 천장까지 장벽을 이루고 있었다. 파치지, 모노폴리, 클루, 라이프. 우리는 상자란 상자는 다 열어봤다.

마리아가 어느 시점엔가 멕시칸 아이스티를 가져왔다. 라임과 민트가 들어 있는 달달한 차였다. 우리는 침대 밑에서 상자들을 찾아냈다. 대다수 상자에는 옷이 담겨 있었는데, 상자 하나에는 카렌이 UCLA에 처음 2년을 다니는 동안 사귄 비키 퀘사다라는 펜팔 친구에게서 받은 메모와 편지들이 가득했다. 우리는 네 사람의 이름을 찾아 편지를 하나하나 훑었지만, 그들의 이름은 찾지 못했다. 편지를 읽으면서 거리감을 느끼던 중에 조를 언급한 편지를 찾아냈다. 편지가 쓰인 날짜는 카렌이 2학년일 때였다. 비키는 조가 정말로 섹시한 남자인 것 같고, 카렌이 그의 사진을 보내줬으면 한다고 적었다. 나는 미소를 지었다. "우리 조 말이로군."

"그게 뭐예요?"

"아무것도 아니에요."

돌런이 얼굴을 찡그리고는 허리에 손을 가져갔다. "오, 젠장."

"뭔데요?"

"삐삐가 왔어요. 젠장, 크란츠예요. 곧 돌아올게요."

돌런이 핸드백을 들고 방을 나갔다.

나는 편지 훑는 일을 마쳤다. 그러면서 조가 여섯 번 더 언급됐다는 걸 알게 됐다. 두 번째 언급은 조가 "너어어무 매력적"이라는 거였다—그녀는 사진을 받아봤다–. 편지들은 날짜순으로 정리돼 있어서 따라가기가 쉬웠다. 하지만 대다수 언급은 의문형 문장에 들어 있었다. *경찰이랑 데이트하는 기분은 어때? 네 친구들이 그랑 있는 걸 불편해하지는 않니? 그 사람이 너를 드라이브시켜주니?* 처음 두세 개의 언급을 보면서는 미소를 지었지만, 마지막 언급에는 그러지 못했다. 비키는 조하고 일이 잘 풀리지 않는다는 소식에 안타까웠다고 적으면서, 남자들은 개자식이며 항상 자신들이 가질 수 없는 걸 원한다고 적었다. 그녀는 그를 언급한 마지막 편지에 이렇게 썼다. "왜 너는 그 사람이 다른 누군가를 사랑한다고 생각하는 거니?"

조가 나랑 공유하지 않은 인생의 일부를 열쇠구멍을 통해 훔쳐본 것처럼 불편하고 창피한 기분이 들었다. 나는 편지를 다 상자에 다시 넣고는 상자들을 침대 밑에 되돌려놨다.

돌런이 돌아왔다. 짜증 난 기색이었다. "뭐 좀 찾아냈어요?"

"아뇨."

"아버님한테 희소식이 될 얘기를 들었어요. 카렌 양의 시신을 유가족에게 인계하기로 결정했대요. 이제는 적어도 따님을 매장할 수는 있게 됐어요."

"그렇군요. 그분도 고마워할 거예요." 나는 여전히 조 생각을 하고 있었다.

"안 좋은 소식이 있어요. 크란츠는 장례식을 감시하지 않을 거예요."

그 소식에 나는 멈칫했다. "이봐요, 돌런. 장례식을 감시하는 건 당연히 해야 하는 일이잖아요." 살인범들은 때때로 그들이 살해한 희생자들의 장례식에 참석한다. 때로는 정체를 드러내기조차 한다.

"나도 *알아요*, 콜. 하지만 그건 내가 결정할 수 있는 문제가 아니에요.

227

크란츠는 더쉬에게 24시간 내내 감시를 붙여놓으면서 초과근무 수당을 지나치게 많이 쓰고 있는 데 겁먹고 있어요. 그는 이 짓을 한 게 누구인지를 이미 아는 판국에 다른 일에 돈을 쓰는 걸 어떻게 정당화할 수 있느냐고 말해요."

"더쉬를 감시하는 건 중요한 일이 아니잖아요. 바니 파이프(미국 시트콤에 나오는 느림보 보안관 대리 캐릭터)조차도 장례식을 감시할 거예요."

그녀가 양쪽 입꼬리에 하얀 점들이 생길 때까지 입을 굳게 다물었다. "그 문제는 내가 처리할게요, 세계 최고. 오케이? 내가 장례식에 참석할게요. 시간외 근무를 할 사람 두엇을 구할 수 있을 거예요. 이런 부탁을 하기는 싫지만, 당신도 도와줄 수 있을 것 같나요?"

나는 그렇다고 대답했다.

"디지는 어떻게 됐어요? 이후로 그를 확인한 사람이 있나요, 아니면 그것도 지나치게 많은 초과근무 수당인가요?"

"당신은 진짜 왕짜증이에요. 그거 알아요?"

"당신이 그런 사람이 아니라는 건 알아요, 돌런. 미안해요."

그녀가 고개를 젓더니 양손을 들었다. 갑자기 모든 게 피곤해졌다.

"정복 경찰들이 계속 살펴보고 있다고 했잖아요. 그는 아직 나타나지 않았어요. 그게 전부예요. 오케이?"

"당신은 그런 사람이 아니라는 걸 안다니까요."

"그래요, 맞아요."

그녀가 우리에게 필요한 걸 제공할 만한 장소를 한 군데 잊고 지나친 건지도 모르겠다는 듯 찌푸린 얼굴로 방을 둘러봤다. 결국, 그녀가 말했다. "여기서 볼일은 다 본 것 같아요, 콜. 젠장, 6시가 넘었네. 한잔할래요?"

"여자 친구랑 저녁 먹을 거예요."

"오, 맞아요." 그녀가 양손을 엉덩이에 짚고는 방을 다시 돌아보며 얼굴을 찡그렸다. "있잖아요, 도와줘서 고마워요. 내가 여기 올 수 있게 해줘서 고마워요."

"이게 무슨 대단한 일이라고요."

그녀가 나를 앞장서 걸었다. 돌런이 떠나자 프랭크가 물었다. "저 여자가 아무것도 가져가지 않은 거 맞소?"

"그렇습니다, 어르신."

그가 날카로운 시선을 던지면서 휠체어에서 등을 구부렸다. "저 여자가 원하던 걸 찾아냈소?"

"그 여자가 말한 것만 찾아봤습니다. 그 여자는 이름들을 찾고 있습니다."

"저 쌍년은 거짓말을 하고 있소."

조와 나는 개가 된 듯한 기분으로 그의 집을 나왔다.

차에 다다랐을 때 내가 말했다. "그녀의 방을 뒤지던 중에 침대 아래 상자에서 편지를 찾아냈어. 몇몇 편지에 자네가 언급됐더군. 그걸 읽어야만 했어."

파이크는 묵묵히 얘기를 들었다.

"자네하고 카렌 사이가 잘되지 않은 건 유감이야. 그녀는 좋은 여자처럼 보였어."

파이크가 느릅나무를 올려다봤다. 나뭇잎들은 연한 녹색 덮개가 돼 있었다. 그것들은 그림을 그리고 있는 것처럼 고요했다.

"편지에 뭐라고 쓰여 있던가?"

나는 일부 내용을 들려줬다.

"그게 다야?" 그는 거기에 무엇이 있었는지 알면서도 내가 그걸 말하기를 원한 것 같았다.

나는 그가 다른 누군가를 사랑한다고 말한 편지에 대해 들려줬다.

"누구라고 하던가?"

"몰라. 그건 내가 상관할 바가 아니니까."

램파트 경찰서 가족의 날, 14년 전 6월

미행하는 차는 갈색 카프리스로, 체증이 가벼운 일요일 오전의 교통흐름 속에서 넉 대 뒤에서 그를 따라오고 있었다. 단발머리에 선글라스를 낀 내 사과의 백인 사내 둘. CIA 요원 지망생들.

그들은 솜씨가 썩 좋았지만, 파이크보다는 아니었다. 그는 카렌을 태우러 가는 길에 그들이 따라붙게 만들었다.

파이크가 그녀를 트럭으로 데려올 때는 그들의 모습이 보이지 않았지만, 그가 할리우드 프리웨이의 리듬에 자리를 잡을 때 그들은 다시 그와 함께 있었다. 그들이 그가 향하는 곳을 모르고 있는 건 아닌지 궁금하던 그는 그들이 반드시 그걸 알고 있을 거라는 결론에 도달했다. 그들이 모른다면, 그들은 그의 목적지를 알고는 놀라 자빠질 것이다. 카렌이 물었다. "나 괜찮아 보여요?"

"괜찮은 정도 이상이야." 그는 내내 백미러를 지켜보고 있었다.

그러자 그녀가 눈 한구석으로 그를 살짝 쏘아봤다. "얼마나 좋은데요?"

그는 엄지와 검지를 들어 5밀리미터가량 벌렸다.

그녀가 그의 다리를 살짝 때렸다.

그가 손가락들을 한껏 벌렸다.

"한결 낫네요."

그녀는 몸을 미끄러뜨려 포드 레인저의 긴 좌석을 가로질러서는 그의 품에 파고들었다. 미행하는 차나 그 차에 탄 사람들을, 그리고 그 차 때문에 벌어질지도 모르는 일을 의식하지 않는 행동이었다. 그녀는 밝은 노란색 선드레스와 샌들 차림이었다. 노란색은 그녀의 황금빛 피부와 새하얀 미소와 잘 어울렸다. 검정 머리가 늦은 오전의 햇살 속에서 반짝거리면서 라벤더 향을 풍겼다. 사랑스러운 아가씨였다. 발랄하고 유머러스했다. 파이크는 그녀와 함께 있는 게 좋았다.

그가 골든 스테이트 프리웨이에서 빠져나가는 스타디움 웨이 출구를 택했을 때, 미행하던 차가 그를 떠났다. 그가 어디로 가고 있는지를 안다는 뜻이었다. 감시를 중단하게 돼서 만족했거나 그를 감시하는 일을 배정받은 다른 사람이 생겼거나 둘 중 하나였다.

그는 스타디움 웨이를 따라가면서 엘리시안 파크의 깔끔하게 손질된 푸른 잔디밭을 통과해 아카데미 로드로 향했다. 그러면서 다저 스타디움의 출입문에서부터 위쪽 도로를 따라 이미 주차돼 있는 차들을 봤다. 그는 레인저를 경계석에 댔다. 카렌이 말했다. "차들 좀 봐. 사람들이 얼마나 오는 거예요?"

"5백에서 6백 명 정도." 워즈니악도 여기 올 것이다. 아내와 딸과 함께. 파이크는 내사과의 첩자들이 여기에도 인력을 배치할지 여부가 다시 궁금했다.

파이크는 트럭 앞으로 돌아가 그녀가 내리는 걸 도왔다. 체중이 136킬로그램이나 되는 램파트의 사기사건 담당 형사 디들이 레인저 뒤에 차를 세우고는 고개를 끄덕였다. 조도 고개를 끄덕여 인사했다. 잘 아는 사이는 아니었지만, 인사를 주고받을 정도로는 낯익은 사이였다. 디들의 아내와 자녀 넷이 그의 차에 몸을 쑤셔 넣었었다. 디들과 아내, 그리고 아이 셋은 무늬와 색깔이 어울리는 하와이언 셔츠 차림이었다. 십 대 소녀인 넷째는 검정 티셔츠 차림으로, 시무룩해 보였다.

가족들과 커플들이 각자 타고 온 차를 떠나 협곡으로 이어지는 작은 길을 오르고 있었다. 파이크는 카렌의 손을 잡았고, 사람들 뒤를 따랐다. "예상한 거하고는 하나도 안 닮았어요. 리조트랑 비슷해 보여요."

파이크는 입이 씰룩거리게 놔뒀다. 철없는 어린 아가씨는 LA 폴리스 아카데미를 리조트로 볼 만도 했다. "기온이 37도가 넘고 장애물 코스를 달리고 있는 동안에는 리조트하고는 거리가 한참 멀어. 여기 와본 적 없지?"

"이게 여기에 있다는 건 알았지만, 다저 스타디움에 와본 게 여기에 가장 가까이 와본 거예요. 근사한 곳이네요."

아카데미는 엘리시안 파크의 구릉들에 속한 산등성이 두 곳 사이에, 다저 스타디움에서 북쪽으로 권총을 쏘면 총알이 닿을 거리에 파묻혀 있었다. 스페인식 건물들이 다 자란 적송과 유칼립투스나무들 아래 놓여 있었다. 아카데미 주차장에 서면 몇 평 너비의 주차장 건너로 야구장의 외야석과 1루 쪽 관중석을 볼 수 있었다. 그만큼 가까웠다. 램파트 경찰서의 이벤트 담당관은 가족의 날 피크닉이 열리는 이 특별한 일요일에 아카데미를 예약하기에 앞서 다저스가 원정길에 오르는 것인지 확인할 정도로 영리했다. 그렇게 되면 야구를 보러 온 관중 때문에 생기는 체증을 걱정할 필요는 없을 터였다. 그런데 경찰들 스스로 상당한 체증을 빚어내고 있었다. 절도사건 담당 경찰 워렌 스테이너와 램파트 정복 경찰 고위직인 데니스

오할로런 경감은 도착하는 가족들이 야구장 주차장을 이용할 수 있도록 다저스의 출입문을 개방하려 애쓰고 있었다. 그들은 그 문제와 관련해서는 그다지 운이 좋지 못했다.

파이크는 카렌을 언덕 위로 안내하면서 경비초소와 무기고를 지났다. 작은 타맥포장 도로는 야외사격장과 신입경찰 훈련센터로 연결되는 소나무 숲 사이로 이어졌다. 이미 2백 명쯤 되는 사람들이 육상장에 펴져 있었다. 담요를 펴고 각자의 위치에 말뚝을 박은 사람들도 있었고 프리스비나 너프(Nerf)볼을 던지고 있는 사람들도 있었지만, 대다수 사람들은 아직은 긴장을 풀기에 충분할 정도로 맥주를 많이 마시지 않았기 때문에 그냥 멀뚱멀뚱 서 있었다. 기다란 바비큐 그릴 세 개가 필드 저쪽 끝에 있는 피크닉 테이블들 옆에 설치돼서는 고기 피우는 연기와 닭 익는 냄새로 숲에 구름을 걸고 있었다. 올해의 요리사 임무를 맡은 램파트 강력반은 "어디서 난 고기인지는 묻지 마세요."라고 적힌 맞춤 티셔츠를 입고 있었다.

경찰의 유머는 이런 식이다.

카렌이 물었다. "아는 사람 봤어요?"

"대부분이 아는 사람이야."

"자기 친구는 누구예요?"

조는 그 질문에 어떻게 대답해야 할지를 몰랐다. 그는 워즈니악과 다운타운에 있는 파커 센터에서 본 얼굴들을 찾고 있었다. 그는 내사과가 감시를 이어받을 경찰관을 위해 램파트 지휘부에 작업했을 가능성도 있다고 생각했지만, 그런 일이 실제로 일어났을 거라고는 생각하지 않았다. 워즈니악은 이 일을 오랫동안 해왔다. 내사과는 램파트 지휘부의 애정의 대상이 누구일지를 확신하지 못할 터였다.

카렌이 그의 팔을 잡아끌면서 미소를 지었다. "여기에 그냥 서 있을 수는 없잖아요. 이리 와요!"

경찰서는 아카데미 심벌과 LAPD의 모토인 '보호와 봉사'의 그림과 글씨가 장식된 시멘트 벽 앞에 소프트드링크 테이블을 설치했다. 파이크가 신입일 때, 그의 클래스가 어느 더운 겨울 오후에 육상장에서 신체 단련을 하고 있을 때였다. 교관이 궁둥짝을 날래게 끌고 다니지 않는다면 너희들은 개똥을 보호하고 뜨끈한 맥주를 서빙하는 데 적합하지 않을 거라고 고래고래 소리를 질렀다. 엘리후 짐블이라는 어떤 흑인 청년이 자신은 서빙을 하면 행복할 것 같지만 커피와 도넛을 먹은 후에야 그럴 거라는 농담을 던졌고, 그래서 클래스 전체가 추가로 8킬로미터를 더 뛰어야 했다. 다섯 달 후, 수습 경찰로 이스트 LA를 순찰하던 짐블은 여성의 신고가 들어왔다는 호출을 받고 출동했다가 정체 모를 암살자가 쏜 총에 등을 맞았다. 총을 쏜 자의 신원은 끝내 밝혀지지 않았다.

파이크는 카렌을 테이블로 데려갔고, 두 사람은 음료수를 받으려고 함께 줄을 섰다. 카렌은 팔로 계속 그의 팔을 감싸고 있었다. 오래지 않아 그녀는 주위에 있는 모든 사람과 수다를 떨고 있었다. 파이크는 그녀에게 감탄했다. 그가 좀처럼 입을 열지 않는 반면, 그녀는 끊임없이 얘기를 해댔다. 그가 너무 개성이 강해서 남들과 떨어져 지내는 반면, 그녀는 상대에게 빠르게 화답하는 개방적인 태도로 상대와 쉽게 어울렸다. 그들이 음료수를 받을 차례가 됐을 즈음, 그녀는 자리를 함께할 다른 커플을 찾아냈다. 쌍둥이 아들을 둔 얼굴이 하얀 여자는 정복 경찰 케이시의 아내였다. 케이시는 야간 근무조로 일했기 때문에 파이크는 그를 만난 적이 없었다.

그들이 담요를 펼칠 때 폴렛 워즈니악이 그들 뒤에 나타났다. "안녕하세요, 조. 이 여자 분이 우리가 그렇게 얘기를 많이 들은 분인가요?"

카렌이 재빨리 상냥한 미소를 환하게 짓고는 손을 내밀었다. "카렌 가르시아예요. 조가 뭔가에 대해 그렇게 많은 말을 하는 건 상상이 안 되지만, 이이가 제 얘기를 했다니 기쁘네요. 좋은 징조잖아요."

두 여자는 악수를 했고 폴렛은 미소로 화답했는데, 그녀의 미소는 느리면서도 진심이 담긴 순수한 미소라서, 어떤 면에서 파이크는 깨끗한 물이 담긴 깊은 수영장을 떠올렸다. "폴렛 워즈니악이에요. 나는 조의 파트너 아벨하고 살아요. 모두들 그이를 워즈라고 불러요." 그녀가 육상장 너머를, 강력반이 미스터리한 고기를 굽고 있는 곳 너머에 있는 숲을 가리켰다. 아벨 워즈니악과 어린 여자아이가 숲에서 막 나오고 있었다. 파이크는 워즈가 딸에게 장애물 코스를 보여줬다고 추측했다. "오다리인 남자가 우리 그이고, 아이는 내 딸이에요."

폴렛은 조보다 여덟 살 연상이었다. 머리는 연한 갈색 단발이었고 눈은 연한 갈색이었으며 이빨은 가지런했다. 하얀 피부의 눈 주위와 입가에는 주름이 지기 시작했다. 그녀는 주름에는 신경 쓰지 않는 듯 보였는데, 파이크는 그 점이 좋았다. 그녀가 화장을 하는 일은 드물었는데, 파이크는 그 점도 좋았다. 주름은 그녀의 얼굴을 흥미로운 사람으로, 많은 걸 알고 있는 듯한 사람으로 만들어줬다.

폴렛이 조의 팔을 만졌다. "당신을 1분만 빌릴 수 있을까요, 조?" 그녀는 카렌을 향해 미소를 지었다. "오래 붙들고 있지는 않을게요."

카렌이 말했다. "저는 그동안 담요 펴는 걸 마무리할게요."

조는 폴렛을 따라 트랙으로 올라갔다. 그러고는 그녀가 남편을 볼 수 있는 위치에 서 있다는 걸 깨달았다. 그녀의 얼굴에서 웃음기가 싹 가셨고, 이마에는 주름이 졌다. 워즈는 흑인 커플과 얘기하려고 걸음을 멈춘 상태였다. 그녀가 물었다. "조, 워즈한테 무슨 일 있어요?"

파이크는 대답하지 않았다.

"그이가 추가 근무를 그렇게 많이 하는 이유가 뭐예요?"

파이크는 고개를 저으면서, 자신이 마음속에서 추락하고 있는 것처럼 느꼈다.

그녀는 그에게 얼굴을 찡그렸다. 그는 그 찡그림을 멈추기 위해서라면 무슨 일이건 할 것 같다고 생각했지만 무슨 일을 해야 할지는 몰랐다. 그는 워즈가 그녀에게 말해야 마땅한 일들을 자신의 입으로 말해야만 하는 게 자신이 처한 처지라고 생각하지는 않았다. 그녀가 말했다. "제발 내 앞에서 말 못 하는 사람 행세는 하지 마요, 조. 무서워요. 그리고 그이가 걱정돼요."

"무슨 말을 해야 할지 모르겠네요." 거짓말이 아니었다. 실제로 몰랐으니까.

그녀의 눈이 남편에게로 돌아갔다. 그녀는 팔짱을 꼈다. "그이한테 여자가 생긴 것 같아요." 그녀는 조를 다시 돌아봤다. 이제 그녀는 더 강인해 보였다. 그는 그 강인함을 보면서 그녀를 안고 싶었지만, 그 사실을 깨닫기 무섭게 그녀에게서 반 발짝 떨어졌다. 그녀는 그걸 감지하지 못했다. "그이한테 여자가 생긴 건지 알고 싶어요."

"저는 여자에 대해서는 아는 게 없어요, 폴렛."

"그이는 추가 근무를 뛰지 않을 때에도 집을 나가요. 집에 돌아오면 늘 화가 나 있고요. 그이답지 않아요."

파이크는 워즈를 힐끔 봤다가 그도 그들을 보고 있는 걸 봤다. 흑인 커플이 자리를 떴지만 워즈니악은 거기에 그냥 서 있었다. 그의 얼굴에 미소는 보이지 않았다. 파이크는 음료수 테이블을 다시 힐끔 봤다가 정체 모를 두 남자가 서장과 얘기하고 있는 걸 봤다. 그들 뒤에서는 또 다른 남자가 기다란 렌즈가 달린 카메라로 그들을 겨냥하고 있었다. 카메라가 가리키는 게 서장과 낯선 두 남자인지도 모르지만, 파이크는 그게 자신을 겨냥하고 있다고 생각했다. 워즈니악의 아내와 얘기하고 있는 그의 모습을 촬영하고 있을 터였다. 경찰서 피크닉을 온 지금 이곳에서도 그들은 지켜보고 있었다.

조가 물었다. "제가 선배하고 얘기해보면 어떨까요? 당신이 원하면 얘기해볼게요."

폴렛은 한동안 아무 말도 하지 않았다. 그러다가 고개를 저었다. 그녀가 조의 팔을 다시 만졌을 때, 그는 전기가 두 팔과 두 다리로 짜릿하게 흐르는 것 같았다. 그는 억지로 수영장 깊은 곳으로 내려갔다. 한층 더 조용했다. 더 고요했다. 그녀가 말했다. "고마워요, 조. 하지만 안 그래도 돼요. 이건 내가 처리할 문제예요. 내가 당신한테 이런 얘기 했다는 걸 그이한테는 말하지 말아줘요."

"말하지 않겠습니다."

"그이가 오고 있어요. 그이한테 당신하고 여자 친구를 집에 초대하고 있었다고 말할게요. 그래도 괜찮겠죠?"

"그럼요."

"사실, 그건 맞는 말이에요. 당신을 초대했으니까요."

폴렛 워즈니악이 그의 팔을 쥐었다. 건조하고 따스한 그녀의 손이 오래 머물렀다. 그런 후 그녀는 남편을 만나러 육상장을 가로질렀다.

조 파이크는 트랙에 서서 그녀가 걸어가는 모습을 지켜봤다. 그러면서 그들이 가진 비밀이 이런 내용이 아니기를 소망했다.

카렌은 담요 모서리를 부드럽게 펴고는, 메리베스 케이시가 쌍둥이 아들들에 대해-둘 중 하나는 자다가 오줌을 싼다-, 남편 월터에 대해-그는 경찰 일을 즐기지는 않지만, 그들 부부는 지금 당장은 야간대학 학비를 감당하지 못한다-, 이런 경찰서 피크닉은 새로운 사람들을 만나는 자리라서 항상 무척 재미있는 자리라는 것에 대해 계속 주절거리는 소리를 경청했다.

메리베스가 왼쪽 유방에 생긴 유섬유종을 묘사하기 시작할 때, 카렌은 자신이 더 이상은 그 얘기에 귀를 기울이고 있지 않다는 걸 깨달았다. 그녀는 조와 폴렛 워즈니악이 육상 트랙 위쪽에 함께 있는 걸 주시하고 있었다. 폴렛이 조의 팔에 손을 얹었을 때, 카렌은 그녀에게 밀려든 두려움의 물결은 다혈질인 라틴계의 피를 너무 많이 물려받은 탓일 것이라고 혼잣말을 했다. 그들은 친구지간이었다. 그녀는 조의 파트너와 결혼한 여자였고, 그녀는 조보다 나이가 꽤 많았다.

카렌이 조를 어쩌나 강렬히 응시했는지, 그녀의 시야가 망원경처럼 좁혀지면서 그의 얼굴 가까이로 다가갔다. 그래서 땀구멍 하나하나가 두드러져 보였고, 모든 뉘앙스가 과장돼 보였다. 조는 그녀가 아는 사람 중에서 속내를 알아내기가 가장 어려운 사람이었다. 그는 너무 꽁꽁 싸매진 사람이라, 그녀는 그가 내면 깊은 곳에 보관한 작은 비밀의 상자 안에 자기 자신을 넣어둔 게 분명하다고 생각했다. 그게 그녀가 그에게 끌린 이유이기도 하다는 걸 그녀도 알고 있었다. 그녀는 그에 대해 많은 것을 알기에 충분할 정도로 심리학책을 많이 읽었다. 그녀는 미스터리에, 그 상자를 열어보고 싶다는 욕구에, 그의 내면에 있는 비밀스러운 자아를 찾아내고 싶다는 자신의 내면에 있는 엄청난 욕구에 이끌렸다.

그녀는 그를 사랑했다. 아직 조에게는 그 사실을 말하지 않았음에도, 친구들에게 그를 사랑한다는 말까지 했다. 그는 너무 말이 없었다. 그녀는 그가 그런 말에는 반응을 보이지 않을까 봐 두려웠다. 그는 너무나 조심스러운 사람이라서 그녀는 확신할 수가 없었다.

카렌은 그들이 얘기하는 모습을 지켜봤다. 그러다가 폴렛 워즈니악이 그를 만질 때 질투심이 몰려오는 걸 느꼈다. 하지만 조는 그녀와 같이 있을 때만큼이나 폴렛과 같이 있을 때도 해독이 불가능한 사람이었다. '내가 지금 멍청한 생각을 하고 있는 거야.' 그녀는 생각했다. '그이는 사람을 가리지 않고 모두에게 저런 식이야.'

폴렛 워즈니악이 조의 팔을 다시 만지더니 남편을 향해 육상장을 가로질렀다. 그때 카렌은 자신의 생각이 틀렸다는 걸 알게 됐다.

조의 시선이 폴렛 워즈니악을 따라 이동하는 걸 지켜보는 동안 심술궂은 두려움의 물결이 그녀의 몸 곳곳으로 몰려다녔다. 그녀가 조의 얼굴과 태도에서 본 모든 것이 그의 마음이 누군가 다른 사람의 것이라고 그녀에게 말했다.

16

카렌 가르시아를 매장하는 날 아침 베란다에 알몸으로 서서 어둠 속에서 스트레칭을 했다. 해는 아직 뜨지 않았다. 천사들의 도시 상공을 떠다니는 후광을 가로지르며 자신들이 갈 길을 밝히기에 충분할 정도로 밝은 별 몇 개를 나는 한동안 지켜봤다. 살인자도 이 도시 어딘가에서 저 별들을 지켜보고 있을지 궁금했다. 나는 그렇지 않을 거라고 생각했다. 사이코 킬러들은 아마도 늦잠을 잘 것이다.

몸이 조금씩 따스해지면서 잠 때문에 굳어진 몸이 풀렸다. 나는 요가의 고요함에서 태권도 품새의 역동성으로 옮겨갔다. 처음에는 천천히 시작하다, 움직임이 폭발적이고 격렬해질 때까지 더 빨리 움직였다. 땀에 젖은 채로 품새를 마무리할 때, 떠오르는 태양이 내뿜은 최초의 보라색 빛줄기가 우리 집 아래에 있는 협곡을 밝혔다. 나는 땀이 식게 놔두고는 물건을 챙겨 안으로 들어갔다. 언젠가 내가 밖에 너무 오래 머물렀을 때, 이웃에 사는 여자가 나를 보고는 유혹하는 투의 휘파람을 불었다. 그러자 그녀의 남편이 베란다에 나와서는 역시 그런 휘파람을 불었다. LA 생활은 이런 식이다.

주방에 서서 오렌지주스를 마시며 계란이 삶아지는 걸 지켜볼 때 전화가 울렸다. 루시가 깨지 않도록 벨이 처음 울렸을 때 수화기를 움켜쥐었다.

사만다 돌런이 말했다. "포레스트 론에서 나랑 같이 있을 사람 둘을 확보했어요."

"두 명이나요, 와우, 돌런. 너무 많아서 조문객이 들어설 틈이 없을 것 같네요." 나는 크란츠 때문에 여전히 열받아 있었다.

"그런 비아냥은 아껴두고 눈을 계속 크게 뜨고 있도록 해요. 당신하고 파이크까지 하면 우리는 다섯이에요."

"파이크는 프랭크랑 있을 거예요."

"그래도 여전히 사방을 주시할 수는 있잖아요, 그렇죠? 우리는 이십 대에서 사십 대 사이의 백인 남자를 찾고 있어요. 놈은 멀리 떨어진 곳에 머무를 수도 있지만, 무덤에 접근할지도 몰라요. 놈들은 가끔씩 뭔가를 남겨두기도 하는데, 그렇지 않으면 기념품을 가져갈 거예요."

"크란츠의 피브 단짝이 그렇게 말하던가요?" 그건 연쇄살인범의 전형적인 행동이다.

"매장 예정 시간은 10시예요. 나는 9시 30분에 거기 갈 거예요. 그리고, 콜?"

"왜요?"

"그렇게 재수 없게 굴지 않도록 노력해봐요."

포레스트 론 메모리얼 파크는 글렌데일의 할리우드 힐스 기슭에 160만 제곱미터 넓이로 펼쳐진 초록의 잔디밭이다. 흠잡을 데 없이 깔끔한 토양, 유명한 예배당들을 재현해놓은 건물들, 그리고 슬럼벌랜드와 베일 오브 메모리, 위스퍼링 파인스 같은 이름이 붙은 매장구역들이 있는 이곳을 나는 늘 망자들을 위한 디즈니랜드라고 생각했었다.

나는 9시 30분에 올 예정인 돌런보다 일찍 거기에 가 있고 싶었다. 그런데 내가 거기 도착해서 카렌 가르시아를 매장할 곳을 찾아갔을 때, 돌런은 이미 거기에 있었다. 다른 사람들도 마찬가지였다. 그녀는 산비탈에서 전방에 있는 군중을 주시하기에 수월한 위치에 차를 세워두고 있었다. 기다란 렌즈가 달린 코니카 카메라가 그녀의 무릎에 놓여 있었다. 그녀는 나중에 사람들을 식별하기 위해 군중을 촬영하는 데 그걸 사용할 터였다.

비머의 조수석에 오른 나는 한숨을 쉬었다. "돌런, 당신이 힘닿는 한 최선을 다하고 있다는 거 알아요. 오늘 아침에는 내가 좀 재수 없게 굴었어요. 사과할게요."

"그렇게 군 건 사실이죠. 하지만 사과 받아들일게요. 잊어버려요."

"그냥 사과하려고 꺼낸 얘기예요. 말 꺼내고 나니까 내가 무척 왜소하게 느껴지네요."

"그건 당신 여자 친구가 고민할 문제죠."

나는 그녀를 쳐다봤다. 하지만 그녀는 창밖을 응시하고 있었다. 한 방세게 맞았다.

"오늘 아침 크란츠가 어디 있는지 알아요? 더쉬 옆에 있나요?"

"더쉬한테는 감시팀이 붙어 있어요. 크란츠하고 비숍은 장례식에 참석할 거예요. 밀스도 올 거고요. 그들은 말데나도 시의원이 자신들을 볼 수 있는 자리에 앉고 싶어 해요."

그녀가 한 일을 나는 할 수 없었을 것이다. 나는 크란츠와 비숍 같은 사람들하고는 같이 일할 수가 없었다. 어쩌면 그게 내가 혼자 활동하는 이유일 것이다.

"9시 30분에 오겠다고 한 것 같은데요."

"당신이 나를 이겨먹으려고 애쓸 것 같아서 더 일찍 왔어요."

나는 그녀를 쳐다봤다. 그녀는 웃고 있었다.

"당신은 걸물이에요, 사만다."

"우리는 똑같은 줄무늬를 가진 고양이들인 것 같아요, 세계 최고 씨."

나는 미소로 맞받았다. "오케이. 그러니까 나하고 당신하고 다른 남자 둘이군요. 어떻게 플레이할까요?"

그녀가 언덕 위에 있는 대리석 무덤을 힐끗 쳐다봤다. "한 명은 저기 무덤으로 보내고 다른 한 명은 저 아래로 보냈어요. 두 사람은 수상해 보이는 사람들을 지켜볼 거고, 차량 번호를 확보할 거예요." 높은 곳에 배치된 남자는 우리 위쪽에 있는 무덤 바깥의 풀밭에 앉아 있었다. 그 앞을 지나가는 작은 도로는 우리가 주차하고 있는 도로와 똑같았다. 사람들은 우리 아래에 있는 비탈 곳곳에 흩어져 있었고, 낮은 곳에 배치된 남자는 그들 틈에 끼여 보이지 않았다. "당신은 저 사람들 중 일부를 아니까 군중과 가까운 데서 작업할 수 있을 거라고 생각해요. 나는 여기 머무르면서 장례행렬의 스냅사진을 찍은 다음에 내려갈게요."

"오케이."

"지금 내려서 주변을 돌아다니는 건 어때요."

그건 질문이 아니었다.

그녀가 나를 쳐다봤다. "왜요?"

"알겠습니다, 마님." 자유 시간을 만끽하는 사람은 세상 사람 모두에게 이래라저래라 말할 수 있는 것 같다.

내가 비머에서 미끄러져 내리자, 그녀가 말했다. "그건 그렇고, 조금 전에 당신은 처음으로 나를 사만다라고 불렀어요."

"그런 것 같네요."

"다시는 그런 일 없도록 해요."

하지만 그녀는 웃고 있었고, 그래서 나도 걸어가며 미소를 지었다.

나는 다음 2분을 군중 주위를 돌아다니면서 보냈다. 이십 대에서 사십 대 사이 백인 남성은 열여섯 명이었다. 내가 돌런을 내려다봤을 때, 그녀는 카메라를 나한테 맞추고 있었다. 따분한 듯 보였다.

10시 2분 전에 청색 닛산 센트라가 언덕을 올라와 다른 차들이 주차된 곳에 섰다. 그러더니 유진 더쉬가 차에서 내렸다.

나는 나도 모르게 탄식했다. "오, 맙소사."

베이지색 스포티한 상의와 바지를 입은 더쉬의 차림새는 보수적이었다. 그가 차문을 잠그고 언덕을 올라올 때, 별다른 표시가 없는 수사용 차량 두 대가 나타나서는 앞쪽 출입구 옆에서 공회전하고 있었다. 그 차가 무슨 일을 하는 중인지는 불확실했다. 두 번째 차의 운전자는 윌리엄스였다. 앞차에 탄 사람들은 나를 미행하던 사람들이었다.

무덤 옆에 선 형사가 일어서서 그들을 응시했다. 그는 더쉬를 못 봤지만, 강력반 차량들은 알아봤다.

나는 잰걸음으로 돌런에게 내려갔다. "패거리가 다 여기 온 것처럼 보이네요."

더쉬는 자신을 보고 있는 우리를 보더니 나를 알아보고는 손을 흔들었다.

나도 손을 흔들어 답례했다.

10시 15분에 LAPD 오토바이 넉 대가 영구차를 호위하며 정문을 통과했다. 반짝거리는 검정 리무진 세 대가 뒤를 따르면서 햇빛이 조금만 있어도 반짝반짝 광이 나도록 왁스를 바른 차들의 행렬을 뒤쫓았다. 그들이 오는 걸 본 더쉬의 얼굴에 유순한 분위기의 호기심이 떠올랐다.

차량 행렬이 우리에게 당도했을 때, 유가족처럼 보이는 10여 명이 리무진에서 내렸다. 선두 차량의 운전사가 트렁크에서 프랭크의 휠체어를 꺼내는 동안, 조와 다른 남자가 프랭크가 내리는 걸 도왔다. 조는 짙은 회색 스리피스 정장 차림이었다. 짙은 선글라스 때문에 대통령 경호실 요원처럼 보였지만, 여기는 LA이기 때문에 모두가 선글라스를 끼고 있었다. 심지어 신부님조차 그랬다.

말데나도 시의원과 애보트 몬토야가 마지막 리무진에서 내렸다. 여섯 번째 차에서 내린 비숍과 크란츠, 밀스 치안감이 시의원 뒤에 정렬하려고 걸음을 서둘렀다. 시의원을 보호하고 봉사하려는 마음이 간절한 것 같았다.

돌런과 내가 걸어갈 때, 크란츠와 비숍이 우리를 봤다. "자네, 여기서 콜이랑 대체 뭐 하고 있는 건가?"

돌런이 더쉬를 가리켰다.

몸을 돌린 크란츠와 비숍이 우리를 돌아보고 있는 더쉬를 봤다. 더쉬가 함박웃음을 지으며 손을 흔들었다.

크란츠가 속삭였다. "이런 젠장!"

비숍이 크란츠를 팔꿈치로 찔렀다. "손 흔들어서 답례해, 저 친구가 의심하기 전에 말이야, 젠장."

그들은 손을 흔들어 답례했다.

비숍이 속삭였다. "웃어!"

크란츠가 웃었다.

조가 프랭크의 휠체어를 밀며 언덕을 거의 다 올랐을 때였다. 지역 네트워크 계열사의 뉴스 밴이 정문을 뚫고 들어왔다. 잠시 후 다른 네트워크 제휴사의 밴이 모습을 보이더니, 10초 후에는 루시가 일하는 방송사의 밴이 쏜살같이 달려와 영구차 옆에서 격렬하게 브레이크를 밟았다. 촬영기사들과 생방송 리포터들이 차에서 뛰어내리는 동안 밴에 달린 마이크로 웨이브 접시들이 펼쳐졌다.

돌런이 말했다. "예감이 안 좋아요."

돌런과 나는 빠른 걸음으로 걸었고, 크란츠와 비숍이 우리를 따랐다.

리포터 세 명이 프랭크에게 서둘러 다가갔다. 그중 둘은 무선마이크를 들고 있었고 다른 사람은 그렇지 않았다.

나는 비숍에게 쏘아붙였다. "정신 차려요, 비숍. 정복 경찰들 불러서 이 사람들 막아요."

돌런과 내가 프랭크와 리포터들 사이를 막아섰고, 크란츠는 오토바이 경찰들을 데리러 뛰어갔다. 빨강머리 미녀가 내 옆으로 몸을 기울이고는 마이크를 프랭크에게 내밀었다. "가르시아 씨, 경찰의 연쇄살인범 수사에 진전이 있습니까?"

비숍이 말했다. "오, 젠장."

프로 미식축구선수로 뛰었던 키 큰 흑인 리포터가 나와 정복 경찰 사이를 비집고 들어가려고 애썼지만, 우리는 둘 다 물러서지 않았다. "가르시아 씨, 유진 더쉬라는 남자가 따님을 살해했다고 믿으십니까? 그러시다면, 그 이유는 무엇입니까?"

비숍이 크란츠의 팔을 비틀었다. 그가 패닉에 빠진 목소리로 속삭였다. "이 망할 놈들이 대체 그걸 어떻게 알아낸 거야?"

우리 뒤에서 프랭크 가르시아가 물었다. "이게 뭔가? 연쇄살인범이라니, 이 사람들 무슨 얘기를 하고 있는 거야? 더쉬라는 자는 누구야?"

말데나도 시의원이 기자들을 쫓으려고 한걸음 앞으로 나왔다. "부탁드

립입니다. 이분은 따님을 마지막 떠나 보내려는 참입니다."

유진 더쉬가 불어나는 군중의 모서리로 다가왔다. 그는 사람들이 하는 말을 듣기에는 너무 멀리 있었지만, 다른 사람들처럼 호기심에 찬 모습이 었다.

빨강머리 리포터의 촬영기사가 더쉬를 보고는 그녀의 등을 때렸다. 그냥 쿡 찌른 게 아니라 주먹으로 쳤다. *"개자식! 더쉬가 저기 있어."*

그녀가 흑인 리포터를 거칠게 밀쳐내고는 더쉬를 향해 달려갔다. 흑인 리포터가 그녀를 쫓았다. 더쉬는 다른 모든 사람들처럼 혼란스럽고 어안이 벙벙한 모습이었다.

프랭크 가르시아는 더쉬를 보려고 애썼지만, 휠체어에 앉은 탓에 그의 시야는 사람들에 막혀 있었다. "저게 누군가?" 그가 말데나도를 향해 몸을 비틀었다. "헨리, 저 사람들은 어떤 놈이 카렌을 죽인 건지 아는 건가? *저 놈이 카렌을 죽인 건가?*"

언덕 위에 있는 더쉬는 리포터 둘이 질문을 쏟아내자 겁을 먹고 당황했다. 묘지 주위에 있는 조문객들이 리포터들이 더쉬에게 하는 말을 듣고는 웅성거리면서 시선을 모으기 시작했다.

마지막 리포터는 프랭크 옆에 머무른 동양계 여성이었다. "다른 희생자들도 있어요, 가르시아 씨. 경찰이 아직 말씀을 안 드렸나요? 다섯 명이 살해됐어요. 따님은 다섯 번째 희생자예요." 리포터가 시선을 프랭크에게서 말데나도로 옮겼다가, 다시 프랭크에게로 돌렸다. "어떤 미치광이가 여기 로스앤젤레스에서 지난 19개월 동안 *인간 사냥*을 하고 있었어요." 그녀가 그런 방식으로 말하는 걸 좋아하는 건 그런 언행이 뉴스 화면에서 큰 효과를 발휘하기 때문이라는 걸 알 수 있었다. 그녀는 더쉬를 가리켰다. "경찰은 저 남자 유진 더쉬를 의심하고 있어요."

프랭크가 휠체어에서 휘청거리며 몸을 높여서는 더쉬를 보려고 목을 길게 뺐다. "저놈이 카렌을 죽였다고? 저 개자식이 내 딸을 살해한 거야?"

말데나도가 동양계 리포터를 어깨로 밀쳐냈다. "지금은 때가 아닙니다. 제가 나중에 성명서를 발표하겠습니다. 하지만 지금은 아닙니다. 이분이 따님을 떠나보내게 해드립시다."

우리 위에서, 유진 더쉬가 두 리포터를 밀치고 그의 차가 있는 언덕 아래로 빠르게 걸어갔다. 그들은 그를 바싹 따라가면서 카메라들이 현장을 녹화하는 동안 질문을 던져댔다. 더쉬는 자신의 모습을 뉴스에서 다시 볼 수 있을 터였다. 이번에는 그리 만족스럽지 않을 테지만.

프랭크의 안색은 말라붙은 피 색깔이었다. 그는 휠체어에서 몸을 까딱거리면서 휠체어를 붙잡고 씨름하며 더쉬를 추적하려고 애썼다. "저놈이야? 저놈이 그 개자식이야?"

더쉬는 차에 올랐고, 리포터들은 여전히 질문을 외쳐대고 있었다. 고요한 분위기 속에서 그의 목소리는 겁에 질린 고음이었다. "무슨 얘기를 하는 거예요? 나는 아무도 죽이지 않았어요. 나는 그 여자 시신을 발견한 것뿐이라고요."

프랭크가 고함을 질렀다. "너 이 새끼 죽여버리겠다!"

그가 심하게 요동을 치던 중에 앞으로 고꾸라지면서 휠체어에서 떨어졌다. 가족들은 숨을 제대로 못 쉬었고 여자 둘은 고음의 비명을 내질렀다. 파이크와 몬토야, 그리고 유족 몇이 그의 주위에 모여들었다. 파이크는 솜털을 드는 것처럼 가볍게 노인을 들어 휠체어에 다시 앉혔다.

더쉬가 차를 몰고 떠났다. 그가 속도를 높여 정문을 통과할 때, 사복 경찰이 모는 차량 두 대가 조용히 그의 뒤를 따랐다.

신부는 프랭크의 형제들에게 되도록 빨리 유족들을 착석시키라고 말했다. 모두들 당황하면서 불편해했고 프랭크의 가정부는 큰 소리로 울었지만, 운구하는 이들이 영구차 주위에 모이자 군중은 각자 자리에 앉았다. 나는 돌린을 찾으려고 애썼지만, 그녀는 밀스와 비숍, 크란츠와 함께 군중의 가장자리에서 정신 사나운 대화를 하고 있었다. 나를 본 크란츠가 쿵쾅거리며 다가왔다. "너하고 네 짝 파이크, 고인이 땅에 묻히면 곧바로 파커센터에서 꺼지도록 해. 우리는 여기서 일어난 일의 전말을 반드시 알아낼거야." 그는 빠르게 떠나갔다.

유족이 착석하는 동안, 솟구치는 태양은 하늘에서 뜨거운 횃불이 됐다. 운구하는 이들이 카렌의 시신을 무덤으로 운반했다. 열기가 내 어깨와 얼굴을 적시면서, 조그마한 땀방울들이 머리에서 흘러내리는 걸 느낄 수 있었다. 주위에서 몇 사람이 울먹였지만, 대다수는 슬프고도 심란한 순간에 넋을 놓고는 가만히 지켜보기만 했다.

뉴스 카메라 세 대가 우리 뒤에 줄지어 서서 카렌 가르시아의 매장을 녹화하고 있었다.

그들은 총살형 집행 부대처럼 보였다.

17

뉴스 밴들이 파커 센터 바깥의 로스앤젤레스 스트리트에 도열했다. 기자들과 방송기술자들이 인도에서 신경질적으로 서성거리다가, 경찰관이 담배를 쥐고 밖에 나올 때마다 상한 고기에 몰려드는 피라냐처럼 달려들었다. 시는 실내 흡연을 허용하지 않았다. 그래서 골초 경찰들은 층계나 화장실에서 몰래 담배를 피우거나 실외로 나와야 했다. 이 사람들은 더위에 대해서나 살인사건에 대해 남들보다 아는 게 많지 않았지만, 기자들은 그 말을 믿지 않았다. 소문이 엄청나게 퍼졌고, 뉴스를 향한 방송국의 허기에 누군가는 먹이를 제공해야 했다.

조와 내가 돌런의 차를 따르는 두 번째 차로 진입로에 들어설 때, 파커 센터 밖에 있는 가느다란 야자수 세 그루는 조금만 더 힘을 주면 부러질 것처럼 휘어져 있었다. 프랭크의 리무진은 이미 도로변에 있었고, 프랭크의 운전사와 애보트 몬토야는 그가 휠체어에 앉는 걸 돕고 있었다.

우리는 협상하려고 여기 온 변호사들 차량인 은빛 포르셰 박스터와 회갈색 재규어 XK8 사이에 차를 세우고 차에서 내렸다. 파이크는 납작한 건물을 한동안 응시했다. 푸르른 잔디 일곱 줄에서 거칠게 반사된, 우리를 태워버리려 드는 오전 중반의 태양이 파이크의 선글라스에 반사됐다.

파이크가 한 말에 나는 깜짝 놀랐다. "여기 온 지도 한참 됐군."

"들어가고 싶지 않으면 여기서 기다려도 돼."

조 파이크가 마지막에 여기 있었던 건 아벨 워즈니악이 사망한 날이었다.

파이크가 진정이 담기지 않은, 특유의 엷은 미소를 지었다. "메콩 강처럼 불쾌하지는 않을 거야."

그는 정장 코트를 벗고 어깨에 멘 권총집을 풀었다. 그러고는 권총집의 끈을 357구경 파이톤 리볼버에 감았다. 좌석들 뒤에 있는 작은 저장공간에 재킷을 넣은 그는 조끼의 단추를 끌러서 조끼를 재킷과 같이 넣었다. 그는 타이를 끄르고 셔츠를 벗었다. 셔츠 아래에 흰색 민소매 티셔츠를 입고 있었는데, 그에게는 그게 잘 어울렸다. 민소매 티와 짙은 회색 바지, 검정 가죽 구두가 그의 어깨와 가슴에 있는 근육 덩어리와 밝은 빨간색 문신들과 대조되면서 꽤나 선명한 패션 감각을 표방했다. 차에서 내리던 어떤 여형사가 그의 모습을 응시했다.

로비 경비원에게 우리 이름을 밝히자 2분 후에 스탠 와츠가 로비로 내려왔다.

내가 물었다. "프랭크 가르시아는 위층에 있나요?"

"그래. 자네들이 마지막이야." 와츠는 팔짱을 끼고 엘리베이터 옆쪽에 서서 파이크를 응시했다.

파이크가 짙은 선글라스 뒤에서 그를 응시했다.

와츠가 말했다. "나는 아벨 워즈니악이랑 아는 사이였어."

파이크는 대꾸하지 않았다.

"내가 이런 말을 할 기회가 없을까 봐 그러는데, 엿 먹어라, 이 새끼야."

파이크가 고개를 곧추세웠다. "한판 뜨고 싶으면 덤비시든가."

내가 말렸다. "이봐요, 와츠. 당신은 정말로 더쉬가 그런 짓을 할 사람이라고 생각해요?"

와츠는 대답하지 않았다. 그는 조를 생각하고 있는 것 같았다.

5층에서 엘리베이터에서 내린 우리는 와츠의 뒤를 따라 강력반 사무실을 가로질렀다. 형사들 대다수는 각자의 전화기를 붙잡고 있었고, 더 많은 전화기가 울리고 있었다. 그들은 뉴스 취재 때문에 정신이 없었다. 그런데도 우리가 들어가자, 우리를 주목하는 시선이 파문처럼 사무실에 퍼졌다. 조에게 향한 눈동자들이 사무실을 가로지르는 그를 쫓았다.

우리 뒤에서, 누구 것인지 모르겠는 목소리가 우리가 듣기에 충분할 정도로 크게 말했다.

"경찰을 죽인 놈."

파이크는 돌아보지 않았다.

와츠는 우리를 회의실로 안내했다. 거기에서는 프랭크 가르시아가 경찰을 몰아붙이고 있었다. "왜 이 개자식이 여전히 세상을 활보하고 다니는지 이유를 알고 싶소. 이놈이 내 딸을 죽였다면, 왜 놈은 감방에 있지 않은 거요?"

말데나도 시의원이 팔짱을 끼고 그의 옆에 서 있었고, 애보트 몬토야가 두 손을 주머니에 꽂고는 다른 쪽에 서 있었다. 돌런은 브리핑 때 그러던 것처럼 다른 사람들로부터 되도록 멀리 떨어진 자리에 앉아 있었다. 크란츠와 비숍은 프랭크와 같이 있었는데, 크란츠는 해명하려고 애썼다. "더쉬는 용의자입니다, 가르시아 씨. 하지만 저희는 여전히 수사를 차근차근 해나가야 합니다. 지방검사는 유죄 판결을 받기에 충분할 정도의 증거가 없는 사건은 기소하지 않을 겁니다. 저희는 이 사건에 다른 해석의 여지를 남기고 싶지 않습니다. 저희는 또 다른 O. J. 심슨을 원치 않습니다."

프랭크가 얼굴을 문질렀다. "오, 맙소사. 농담으로라도 그런 말은 마시오."

비숍이 우리에게 자리를 권했다. "자네들이 여기서 일어난 일을 궁금해하고 있다는 걸 알아. 우리는 이 사건에는 우리가 예전에 털어놓은 것보다 많은 정보가 있다는 걸 가르시아 씨께 설명드리는 중일세."

비숍은 좋은 사람이었다. 목소리는 부드럽고 자신감이 있었다. 프랭크는 겉보기로도 심히 동요하고 있었지만, 몬토야와 말데나도는 묘지에서 보인 모습보다 한결 차분해 보였다.

말데나도는 기분이 좋지 않았다. "경감, 나는 당신들이 비밀을 유지할 필요가 있는 정보가 있다는 걸 우리에게 알렸어야 옳았다고 생각합니다. 그렇게 했다면 가르시아 씨께서 방금 일어난 일을 보면서 충격을 받는 일은 없었을 거요. 내 말은, 우리 모두 충격을 받았다는 거요. 다섯 명이 살해되고 연쇄살인범이라니. 게다가 그 짓을 한 자라고 당신들이 말한 놈이 장례식에 왔잖소."

크란츠가 테이블에 엉덩이를 반쯤 걸치고 앉아서는 프랭크를 똑바로 쳐다봤다. "저는 따님을 살해한 망할 자식을 원합니다, 가르시아 씨. 선생님께서 이런 식으로 상황을 아셔야 했던 건 유감입니다만, 저희는 이 일을 비밀에 부친다는 옳은 결정을 내렸습니다. 이제 더쉬는 저희가 자기를 의심한다는 걸 알았고, 으음, 그러면서 저희가 가진 이점은 없어졌습니다. 저는 망할 놈의 언론이 어떻게 이걸 알아냈는지 알고 싶습니다. 제가 발설한 놈을 호되게 족치고 싶기 때문입니다."

프랭크가 말했다. "내 말 잘 들으시오. 나는 댁들이 나한테 정보를 알려주지 않아서 화가 난 게 아니오. 아시겠소? 나는 처음에는 댁들한테 화가 났소만, 내가 틀렸던 것 같소. 내가 관심을 갖는 건 오로지 카렌을 죽인 그 개자식을 체포하는 것뿐이오. 그게 전부요."

비숍이 말했다. "이분들께 현재까지 수사 상황을 알려드리게, 하비."

크란츠는 좋은 인상을 연출해내고 있었고, 비숍은 그 사실이 즐거웠다.

이제 크란츠는 전부 해서 다섯 건의 살인사건이 있었고 그들이 1년 가까이 태스크포스를 운영해왔다는 걸 인정하면서 모든 정보를 내놓았다. 몬토야가 앞서 살해된 피살자 네 명에 대해 물었고, 크란츠는 훌리오 무노즈부터 시작해서 이름을 하나하나 밝혔다.

크란츠가 이름들을 말할 때, 프랭크가 휠체어에서 몸을 똑바로 세우고는 처음에는 나를, 다음에는 돌런을 쳐다봤다. "당신이 물었던 사람들이군."

크란츠는 프랭크가 실수했다고 확신하면서 고개를 저었다. "아닙니다, 선생님. 콜이 이 사람들에 대해 물어봤을 리가 없습니다. 그는 아무것도 몰랐으니까요."

프랭크가 말했다. "콜이 아니라, 저 여자를 말하는 거요."

돌런이 목을 가다듬고는 앉은 자리에서 자세를 바꿨다. 그녀는 한동안 테이블에 납작하게 올려놓은 두 손을 바라보다가 크란츠와 눈을 마주쳤다. "콜은 모든 걸 알고 있었어요."

방 안이 얼어붙었다.

크란츠가 물었다. "무슨 말인가, 형사?"

"콜은 피살자 다섯 명의 이름을 갖고 나한테 왔어요. 사건의 특징들도, 그들의 신원도 알고 있었어요. 그래서 태스크포스에 대해 얘기해줬어요. 그는 내가 앞서 이름이 거론된 네 명에 대해 물어볼 수 있도록 가르시아 씨와 만나는 걸 주선해줬어요."

크란츠가 파이크를 뚫어져라 바라봤다. 어떤 면에서는 기분이 좋은 듯 보였다. "콜이 알고 있었다면, 파이크도 알고 있었겠군."

파이크가 말했다. "맞아요."

"촉새 짓을 한 게 누구인지 알 것 같군요."

돌런이 말했다. "말도 안 돼요, 하비. 그들은 아무 말도 안 했어요."

프랭크 가르시아는 상처받은 듯 보였다. "이걸 알면서도 나한테 알리지 않았다는 건가?"

파이크가 말했다. "어르신께 알리지 않는 게 영리한 짓이었습니다. 그 문제와 관련해서는 크란츠 말이 맞습니다. 그게 수사에 더 유익했습니다."

돌런이 말했다. "그는 그 정보를 들고 가르시아 씨한테 가려고 했지만, 내가 그러지 말라고 그를 설득했어요, 하비. 그가 대체 왜 이걸 언론에 누설했겠어요? 그런다고 득 될 게 하나도 없잖아요."

비숍이 물었다. "다른 피살자에 대해서는 어떻게 알아낸 건가, 콜?"

"저는 탐정입니다. 조사를 해서 알아냈습니다."

크란츠가 테이블에서 몸을 일으키면서 역겹다는 표정으로 두 손바닥을 비숍에게 보였다. "수사에 외부인을 들이면 무슨 일이 일어나는지 보셨죠? 우리는 1년간 이 일을 잘 처리해왔습니다. 그런데 이제 이놈들, 그리고 돌런 때문에 우리가 엿을 먹었잖습니까."

그러자 돌런이 벌떡 일어섰다. 그녀의 눈빛은 탄피처럼 딱딱했다. "엿이나 먹어요, 바지. 그게 유일한 수사방식이었단 말이에요."

그녀가 그렇게 말하자 크란츠의 안색이 보랏빛으로 변했다.

비숍이 목을 가다듬고는 말데나도에게 가까이 갔다. "우리는 엿 먹지 않았네, 하비. 우리는 여전히 범인을 체포할 거네." 시의원 들으라고 하는 소리였다. 그는 돌런 쪽으로 몸을 돌렸다. "자네가 이런 식으로 우리 수사를 위태롭게 만들었다는 걸 믿을 수가 없군, 돌런 형사. 이건 심각한 규정

위반이야. 심각해."

내가 나섰다. "나는 이미 그 정보를 알고 있었어요, 비숍. 피살자들과 FBI의 개입 여부도 알았고 당신들이 태스크포스를 운영하고 있다는 것도 알고 있었어요. 나는 당신들이 그다지도 더쉬에게 관심을 기울이는 이유가 뭔지를 알아내려고 애쓰고 있었던 것뿐이에요."

크란츠가 턱을 다시 내밀었다. "그게 대체 무슨 뜻인가? 우리가 더쉬를 주목하는 건 더쉬가 살인범이기 때문이야."

"당신들은 살인범과 관련해서는 아는 게 하나도 없어요. 당신이 더쉬를 몰아붙이는 건 범인을 체포해야 한다는 절박감 때문이에요."

프랭크가 휠체어를 앞으로 밀다가 몬토야와 부딪쳤다. "잠깐. 더쉬가 범인이 아니란 말이오?"

크란츠가 말했다. "맞습니다. 더쉬가 범인입니다."

"경찰이 가진 건 살인범이 더쉬와 비슷한 사람일 가능성이 있다는 프로파일이 전부입니다. 경찰은 그가 진범이라는 증거는 하나도 갖고 있지 않아요. 하나도 없단 말입니다."

윌리엄스가 앞으로 몸을 기울이면서 나머지 사람들 중에서 처음으로 입을 연 사람이 됐다. "자네는 완전히 틀렸어, 콜. 피브들은 범인이 뭔가를 아는 척하는 식으로 수사에 개입하려고 애쓸 거라고 했어. 그런데 더쉬가 한 짓이 바로 그거였어. 자네도 인터뷰 읽어봤잖아. 더쉬는 자기들이 피살자를 찾아낼 수 있도록 워드를 비탈 아래로 데리고 갔어." 윌리엄스는 자기가 무슨 말을 했는지 깨닫고는 당황한 기색을 보였다. "죄송합니다, 가르시아 씨."

프랭크는 고개를 끄덕이고 있었다. 그는 자기 딸을 죽인 게 누구인지 알고 싶었기에 상황을 이해하고 싶었다.

"그렇다면, 당신들 말은 더쉬라는 자가 범인인데 그걸 증명할 수는 없다는 거요?"

크란츠는 합리적인 모습을 보이려 애쓰면서 양팔을 벌렸다. "아직까지는 그렇습니다. 저희는 놈이 그랬다고 믿습니다만, 콜이 말했듯, 그를 이 범죄들과 연결시키는 직접적인 증거가 현 시점에 저희에게는 하나도 없습니다."

"그렇다면 당신들은 그 개자식을 체포하려고 무슨 일을 하고 있는 거요?"

크란츠와 비숍이 눈빛을 주고받았다. 그러더니 크란츠가 어깨를 으쓱했다. "으음, 현재 저희는 갖고 있던 이점을 상실했습니다. 저희가 할 수 있는 유일한 일은 놈이 식은땀을 흘리게 만드는 겁니다. 더 공격적으로 수사에 임해서 증거를 찾기 위해 놈의 주거지를 수색하고 놈이 자백하거나 실수를 저지를 때까지 계속 압박을 가할 겁니다."

나는 고개를 저었다. "정신 나갔군요, 크란츠."

크란츠는 나를 보면서 이맛살을 찌푸렸다. "자네가 이 사건을 수사하는 경찰이 아닌 건 다행스러운 일이야."

비숍은 반응을 살피려고 말데나도를 주시했다. "어떻게 생각하십니까, 의원님?"

"우리의 유일한 관심사는 살인자를 체포하는 거요, 경감. 카렌 양의 살인범을 체포하기 위해서도 그렇지만, 우리 도시와 다른 피살자들을 위해서도 확실히 그렇게 해야만 해요. 우리는 정의를 원하오."

크란츠가 나와 조 쪽으로 고개를 까딱했다. "저희가 무슨 일을 하기 전에 정보가 새나가는 곳을 틀어막는 게 좋을 것 같습니다."

내가 말했다. "우리한테서 새나간 게 아니에요, 크란츠. 무슨 얘기를 우연히 들은 정복 경찰이거나 사실을 캐낸 영리한 기자가 그런 걸 수도 있어요. 어쩌면 당신일지도 모르죠."

크란츠는 그럴듯한 이유가 있는 미소를 지었다. "자네 여자 친구가 KROK에서 일한다고 들었어. 그게 이 문제와 관련이 있는 게 아닌지 궁금하군."

방에 있는 모두가 나를 쳐다봤다. 돌런조차도.

"나는 아무한테도 말하지 않았어요, 크란츠. 여자 친구한테도 안 했고 아무한테도 안 했어요."

크란츠가 테이블에 다시 걸터앉으면서 말데나도를 날카롭게 쏘아봤다. "으음, 저희가 알아내겠습니다. 하지만 저희는 지금 당장은 미치광이가 거리를 활보하지 못하게 만들었습니다. 심각한 정보 누설자가 있었는데, 수사진에 다른 누설자를 데리고 있을 여유가 저희에게는 없습니다. 그건 저희가 이놈을 체포하느냐 못 하느냐가 거기에서 갈린다는 걸 뜻할 수도 있습니다."

프랭크는 나한테서 조에게로 시선을 돌렸다. 조는 프랭크를 주시하고 있었다. 그가 무슨 생각을 하고 있는지 궁금했다.

프랭크가 말했다. "나는 이 사람들이 정보를 누설했다고는 믿지 않소."

말데나도가 크란츠에게 맞춘 시선을 유지하다가 양팔을 벌렸다. "프랭크, 저는 경찰이 우리가 그들의 활동을 신뢰할 수 있다는 걸 입증했다고 생각합니다. 파이크 씨와 콜 씨가 이 일의 배후는 아니기를, 아아, 그게 판단착오이기를 바랍니다만, 저희가 경찰을 신뢰하는 한 저희가 직접 경찰과 작업하지 못할 이유는 없습니다."

프랭크가 말했다. "더쉬를 잡으시오."

크란츠가 말했다. "옳은 말씀입니다, 가르시아 씨. 저희는 더쉬를 용의 자로 확보했습니다. 그러니 저희는 다른 데 신경 쓸 여유가 없습니다."

프랭크가 다시 고개를 끄덕이고는 조를 향해 몸짓을 취했다. "그럼요. 타당한 말이오, 그렇지 않나, 조? 나는 자네가 누군가에게 정보를 누설했다고는 믿지 않아. 하지만 경찰이 이렇게 뛰어나게 수사를 벌이고 있는 한, 내가 자네에게 이 사건들을 맡겨서 시간을 낭비하게 만들 필요는 없는 것 같네, 그렇지?"

파이크가 어찌나 조용히 말하는지 내 귀에는 소리가 들리지도 않았다. "맞습니다, 프랭크."

크란츠가 문으로 가서 문을 열었다. 우리가 떠나는 동안 누구도 입을 열지 않았다.

강력반 사무실을 나온 우리는 내 차로 향했다. 우리가 차에 다다랐을 때, 내가 물었다. "우리가 방금 전에 잘린 게 내 탓인가?"

"자네 잘못이 아냐."

파이크의 지프는 여전히 예배당에 있었다. 나는 파이크를 내려주려다가 주차 차선으로 들어가는 길을 잘못 들면서 지프 뒤쪽에 차를 세웠다. 우리는 드라이브 내내 아무 말도 하지 않았다. 자주 그러는 것처럼, 나는 그가 그 짙은 선글라스 뒤에서, 그리고 그의 얼굴이라는 공허한 가면 뒤에서 어떤 감정을 느끼고 있을지 궁금했다.

그는 분명 상처받았을 것이다. 그는 상실감과 분노, 수치심을 느꼈을 게 분명했다.

"우리 집에 와서 이 문제를 얘기해볼래?"

"얘기할 거 하나도 없어. 우리는 잘렸고, 크란츠가 수사를 맡았어."

글로브박스에서 총을 꺼낸 파이크는 좌석 뒤에서 옷을 꺼낸 다음 차를 몰고 떠났다.

나는 우리 둘 다를 위해서 그런 감정들을 느껴야 할 것 같았다.

18

옆집 사는 여자가 그녀 집의 비탈에 서서 화사하고 빨간 채송화에 물을 주고 있었다. 산타아나는 가버렸지만, 그러면서 생긴 고요 때문에 나는 그 것들이 다시 돌아올 거라고 생각하게 됐다. LA의 공기가 가장 고요할 때는 그 바람이 우리를 다시 거칠게 덮치면서 세상을 다시금 화염에 휩싸이게 만들기 직전의 순간들이다. 고요는 어쩌면 경고일지도 몰랐다.

여자가 소리를 질렀는데, 너무 멀어서 그녀가 하는 소리를 간신히 들을 수 있었다. "거기는 어때요?"

"덥네요. 아드님들은 어떻게 지내나요?"

"머슴애들이 다 그렇죠, 뭐. TV에서 당신을 봤어요."

그녀가 무슨 말을 하는 건지 몰랐다.

"오후 뉴스에서요. 그 장례식에서요. 어, 전화가 왔네요."

그녀는 호스를 잠그고는 집 안으로 뛰어갔다.

나는 주방으로 돌아가 TV를 켰지만 막장 드라마가 방송되고 있었다. 미래에는 누구나 15분간은 유명해진다는 앤디 워홀의 말이 떠올랐다. 내가 TV에 나오면서 누린 15분간의 유명세가 왔다가 가버린 것 같았는데, 나는 내 모습을 보는 걸 놓치고 말았다.

청바지와 티셔츠로 갈아입고 스크램블에그를 만들었다. 싱크대에 서서 그걸 먹으면서, 우유를 따라 마시는 동안 창밖을 응시했다. 주방 바닥에는 멕시코식 페이버 타일이 깔려 있는데, 그중 일부는 94년도에 일어난 지진 때문에 여전히 덜커덕거리는 상태였다. 실직자 신세일 때는 그런 걸 손보는 문제를 고민할 시간이 있다. 문제는 내가 그걸 손볼 방법을 모른다는 것뿐이었다. 나는 그러는 방법을 배울 수 있을 거라고 생각했다. 그렇게 하면 뭔가 해야 할 일이 생길 것이다. 게다가 그러는 과정에서 상당한 만족감을 느끼게 될지도 몰랐다. 사립탐정 일하고는 다르게 말이다.

나는 타일 하나하나를 다 밟아봤다. 그러면서 타일이 말짱한지 보려고 살짝 두드려봤다. 타일 여섯 개가 덜거덕거렸다.

고양이가 와서는 자기 그릇 옆에 앉아 나를 지켜봤다. 입에 뭔가를 물고 있었다.

"그거 뭐니?"

뭔가가 꼼지락거렸다.

"내가 이 타일들을 고칠 건데 돕고 싶니?"

놈은 뭔가를 물고 자리를 떴다. 놈은 내가 뭔가를 수리하려는 시도를 전에도 본 적이 있다.

4시 40분에 타일 네 개를 뜯어냈는데, 그러면서 약간의 시멘트 가루가 바닥을 어지럽혔다. 타일 작업을 하는 동안 방송국에서 뉴스를 다시 방송할 거라는 생각이 들었다. 그래서 다시 TV를 켰다. 유진 더쉬가 집 밖에 서 있는 동안 경찰 10여 명이 증거물 상자를 들고 카메라 앞을 지나는 모습이 보였다. 그는 겁먹은 듯 보였다. 채널을 계속 돌리다가, 자기 집 현관문에서 5센티미터쯤 벌어진 문틈으로 밖을 내다보며 인터뷰하는 더쉬의 모습을 담은 녹화된 뉴스를 찾아냈다. "이 상황을 도무지 이해 못 하겠어요. 내가 한 일이라고는 그 가여운 여자의 시신을 발견한 게 전부예요. 나는 아무도 죽이지 않았어요." 다시 채널을 돌리다가 기자들에게 둘러싸인 크란츠를 찾아냈다. 기자가 질문할 때마다 크란츠는 대답했다. "노코멘트."

TV를 껐다. "크란츠, 멍청한 자식."

6시 20분에 타일 작업에 복귀했을 때, 루시가 중국음식이 가득 든 큼지막한 흰색 쇼핑백을 들고 나타났다. "자기한테 그 이야기가 퍼졌다고 경고하는 전화를 걸려고 애썼었어."

"알아. 나도 포레스트 론에 있었어."

그녀는 조리대에 쇼핑백을 올려놨다. "바닥에 이게 다 뭐야?"

"타일 고치는 중이야."

"오호."

고양이처럼, 그녀가 깊은 인상을 받았다는 투로 탄성을 질렀다.

"엘비스, 자기도 그 사람이라고 생각해?" 더쉬는 이미 '그 사람'이었다.

"나도 몰라, 루스. 내 생각은 그렇지 않아. 크란츠는 더쉬가 범인이라고 믿고 싶어 하고, 그걸 입증하는 방법은 더쉬가 망가지도록 강한 압박을 가하는 거라고 생각해. 지금 우리가 보고 있는 건 모두 크란츠가 언론에 밀어 넣고 있는 정보야. 그는 내가 파커 센터를 떠날 때 이미 그런 술책을 짜고 있었어. 기자들은 그저 크란츠가 그들이 말하기를 원하는 내용만, 프로파일이 그렇다고 말하기 때문에 더쉬가 유죄라는 말만 주절거리고 있는 거야."

"잠깐만. 더쉬를 이 범죄들하고 연결시키는 구체적인 증거가 경찰한테 하나도 없다는 거야?"

"하나도 없어."

나는 우리 집 바닥의 시멘트 가루 구덩이에 앉아, 제리 스웨타겐부터 시작해서, 하지만 그의 이름은 밝히지 않으면서, 내가 아는 모든 내용을 그녀에게 들려줬다. 법의학 보고서와 부검 결과, 돌런의 브리핑을 거치는 식으로 내가 기억하는 사건의 세부정보를 모두 들려줬다. 내가 말하는 동안, 그녀는 신발과 재킷을 벗고는 먼지 속에 나와 함께 앉았다. 그녀는 6백 달러짜리 정장 바지를 입고 있었음에도 흙먼지 속에 나와 함께 앉았다. 사랑이란 이런 것이다.

내가 말을 마쳤을 때, 루시가 물었다. "내가 지금 나치 치하 독일에서 깨어난 거야?"

"그게 끝이 아냐."

"왜?"

"프랭크가 우리를 해고했어."

그녀가 한없는 근심이 담긴 시선으로 나를 보고는 내 머리를 만졌다. "끔찍한 하루였겠네, 그렇지?"

"지옥 같았어."

"안아줄까?"

"다른 선택 대안은 뭐야?"

"자기가 원하는 건 뭐든."

내 기분이 나쁠 때조차, 그녀는 나를 웃게 만들 수 있다.

내가 주방에 진공청소기를 돌린 다음에 음료를 만드는 동안 루시가 스테레오에 짐 브릭만(미국의 뉴에이지 피아니스트)을 올려놓았다. 우리는 음식이 담긴 용기를 데우려고 오븐에 집어넣었다. 그러는 동안 초인종이 울렸다.

사만다 돌런이 현관에 서 있었다.

"이런 식으로 찾아온 걸 개의치 않아줬으면 해요."

"전혀요."

그녀는 청바지에 자락이 겉으로 나온 남성용 흰색 셔츠 차림이었다. 그녀의 눈이 물기로 번들거렸지만, 울어서 그런 건 아니었다. 그녀가 지나치게 안정돼 보이지는 않았다.

집으로 들어오던 돌런이 여전히 주방에 있는 루시를 봤다. 돌런이 내 팔을 잡아당겼다. "여자 친구인 것 같네요."

그녀도 커플인 적이 있었다.

돌런이 나를 따라 주방으로 왔고, 나는 두 사람을 인사시켰다. "루시, 이쪽은 사만다 돌런이야. 돌런, 이쪽은 루시 셰니에예요."

"부탁인데, 반드시 돌런이라고 부를 필요는 없어요." 그녀가 손을 내밀자 루시가 그 손을 잡았다.

루시가 말했다. "만나서 반가워요. 경찰이시라고 들었어요."

돌런은 그녀의 손을 계속 잡고 있었다. "현재까지는요." 그러더니 돌런이 우리가 마시는 술을 봤다. "오, 한잔하고 계셨네요. 저도 한잔해도 될까요?"

그녀는 커플이 되는 것 이상의 경험을 해본 여자였다.

내가 물었다. "진 토닉 괜찮아요?"

"테킬라 있어요?" 서너 잔쯤 마실 기세였다.

내가 돌런에게 줄 술을 만드는 동안, 그녀는 게슴츠레한 눈으로 타일을 바라봤다. "바닥이 어떻게 된 거예요?"

"집안 수리 좀 했어요."

"이런 일 처음 하나 보네요, 그렇죠?"

사람은 누구나 하고 싶은 얘기가 있는 법이다.

루시가 말했다. "중국음식을 먹으려던 참이에요. 같이 드실래요?"

돌런이 루시를 보고는 미소를 지었다. "억양이 독특하군요. 고향이 어디예요?"

루시도 근사한 미소로 답례했다. "루이지애나요. 그쪽은요?"

"베이커즈필드(LA 북쪽에 있는 도시)요."

"거기 소 키우는 데죠, 그렇죠?"

나는 돌런에게 테킬라를 건넸다. "그래, 무슨 일이에요, 돌런?"

"크란츠가 나를 태스크포스에서 잘랐어요."

"저런, 유감이에요."

"당신 잘못이 아니에요. 나는 그런 식으로 굴지 말았어야 했어요. 그리고 나는 언론에 정보를 흘린 게 당신이라고는 믿지 않아요." 그녀는 술잔을 루시 쪽으로 까딱했다. "여기 있는 당신 친구가 방송국 사람이라고 하더라도요. 어쨌든, 나는 당신을 탓하지는 않아요. 그걸 알아줬으면 해요."

"앞으로 어쩔 셈이에요?"

그녀는 깔깔 웃었다. 하지만 그건 다른 선택 대안이 우는 것밖에 없을 때 보이는 웃음이었다. "할 수 있는 게 없어요. 비숍은 나를 원래 자리로 복귀시켰지만, 그 정도로 끝내지는 않을 거예요. 그는 이틀 정도 냉각기를 갖겠다고 했어요. 그런 후에 다른 치안감들하고 이 문제를 논의해서 적절한 조치를 강구하겠다면서요. 그는 나를 전출시킬 생각을 하고 있어요."

루시가 물었다. "엘비스가 이미 알고 있는 내용을 확인해줬다는 순전히 그 이유 때문에요?"

"그들은 비밀이 누설돼서 퍼지는 걸 심각한 일로 봐요, 변호사님. 수사를 위태롭게 만드는 짓으로 보는데, 그들은 내가 한 짓이 그런 일이라고 생각해요. 내가 충분히 고분고분하게 굴고 비숍에게 알랑방귀를 뀌면 그는 나를 주위에 남겨둘 거예요."

루시는 얼굴을 찡그렸다. "이게 성차별에서 비롯된 이슈라면, 당신은 법률에 호소할 수 있을 거예요."

돌런은 깔깔 웃었다. "이봐요. 성차별이야말로 내가 여전히 이 부서에 남아 있는 유일한 이유예요. 그건 그렇고, 나는 그 문제 때문에 온 게 아니에요." 그녀는 나를 힐끗 돌아봤다. "더쉬에 대한 생각은 나도 당신과 같아요. 그 불쌍한 작자는 억울하게 몰리고 있어요. 하지만 내가 그나마 얼마 남지 않은 경력을 포기하지 않는 한, 지금 당장은 할 수 있는 일이 많지 않아요."

"얘기 계속해요."

"이 모든 일 중에서 크란츠가 옳은 게 하나 있어요. 더쉬와 워드는 뭔가에 대해 거짓말을 하고 있어요. 와츠가 그들을 인터뷰할 때 나는 양면거울(한쪽만 거울이고 다른 쪽은 유리인 거울) 뒤에 있었어요. 당신도 녹취록을 보면서 감지했겠지만, 그 방에 있었다면 확실하게 알 수 있었을 거예요. 크란츠가 더쉬가 용의자라고 그토록 확신하는 이유가 그거예요."

"듣고 있으니까 계속해봐요. 그들이 무엇에 대해 거짓말을 하고 있는 건가요?"

"나도 실마리는 없어요. 하지만 워드가 겁을 먹었다는 건 확신해요. 그는 언급하고 싶지 않은 무언가를 알고 있어요. 나는 그 문제와 관련해서는 무슨 일을 할 처지가 아니에요. 그렇지만 세계 최고, 당신은 할 수 있어요."

나는 고개를 끄덕였다. "알았어요. 내가 할 수도 있을 것 같네요."

돌런은 술을 다 마시고는 잔을 내려놨다. 술잔을 비우는 데는 오래 걸리지 않았다. "가는 편이 낫겠네요. 불쑥 찾아와서 미안해요."

"정말로 저녁 같이 안 먹을 거예요?"

돌런은 현관으로 가서는 루시를 돌아봤다.

"아무튼 고마워요. 하지만 음식이 우리가 다 같이 먹기에는 충분하지 않을 것 같아요."

루시가 다시 근사한 미소를 지었다. "맞아요. 그렇게 많지는 않아요."

내가 주방으로 돌아왔을 때, 루시는 오븐에서 용기를 꺼내 열고 있었다.

"저 여자, 자기를 좋아해."

"그게 무슨 말이야?"

"자기도 저 여자가 순전히 유진 더쉬 얘기를 하려고 여기 온 거라고는 생각하지 않지, 그렇지? 저 여자, 자기를 좋아해."

나는 아무 말도 하지 않았다.

"나쁜 년."

"질투하는 거야?"

루시가 나에게 달콤한 미소를 보였다.

"내가 제대로 질투하고 나서면 저 여자는 몇 십 바늘은 꿰매야 할 거야."

이런 얘기에 대꾸할 수 있는 말은 그리 많지 않다.

다시 입을 연 루시의 목소리는 부드러웠다. "그래서, 자기는 그 일을 할 거야?"

"무슨 일?"

"더쉬를 도우려고 노력하기."

나는 그 문제를 고민해보고는 고개를 끄덕였다. "그가 살인자라고 생각하지는 않아, 루실. 그가 살인자가 아니라면, 그는 도시 전체의 무게를 홀몸으로 짊어져야 하는 사내일 뿐이야."

루시가 가까이 다가와 두 팔을 내게 감았다.

"당신이 그럴 거라고 짐작했어, 우리 멋쟁이. 최후의 백기사."

내가 바로 그런 사람이다.

19

이튿날 아침 레이크 할리우드는 조용했고, 이른 시간의 공기는 선선했다. 나는 방송국 기자들 그리고 병적으로 호기심이 많은 사람들보다 먼저 그곳에 도착하기를 희망하면서 해가 뜬 직후에 거기로 올라갔는데, 다행히 그렇게 됐다. 산책객과 조깅객들이 둘레가 6.4킬로미터인 호수 둘레를 다시금 고리 모양으로 이동하고 있었지만, 그들 중에 살인 현장을 넋 놓고 들여다보는 사람은 없었다. 거기가 그런 곳이라는 사실을 아는 사람조차 없는 듯했다.

경찰은 노란 테이프를 걷고 경비원을 철수시켜서 범행 현장을 공개했다. 철조망에 뚫린 출입구 옆에서 차를 떠나 카렌 가르시아의 시신이 발견된 곳까지 덤불이 우거진 땅을 통과하며 오솔길을 내려갔다. 검시관의 부하들이 그녀의 시신을 운반한 곳에 난 울퉁불퉁한 발자국들이 여전히 땅에 선명하게 새겨진 채로 거기에 있었다. 시든 장미 색깔이 된 핏자국들이 그곳이 그녀가 영면에 든 곳임을 알렸다.

한동안 그 지점을 응시하다 물가를 따라 북쪽으로 가면서 발걸음을 셌다. 제방이 너무 급하게 꺼진 곳이 두 곳이나 있고 덤불이 지나치게 웃자란 탓에 신발을 벗고 물에 발을 디뎌야 했지만, 물가의 대부분은 평평한 데다 맨땅이라 이동 속도는 빨랐다.

핏자국이 있던 곳에서 쉰두 걸음 떨어진 곳에서, 더쉬와 라일리가 물에

도달한 곳의 나무에 15센티미터 너비의 오렌지색 테이프가 묶여 있는 걸 봤다. 비탈은 가팔랐다. 그들이 옆으로 미끄러지면서 길게 남긴 발자국들을, 키 작은 나무들이 옹기종기 모인 곳을 통과하면서 서서히 줄어든 발자국들을 여전히 볼 수 있었다. 위쪽으로 그들의 발자국을 되짚어갔다. 얼마 지나지 않아 지나치게 웃자란 빽빽한 초목을 통과하며 힘들게 걸은 후에야 오솔길에 올랐다. 더쉬가 수사관에게 자신들이 오솔길을 떠난 곳이라고 말한 지점을 표시한 오렌지색 테이프가 여기에도 묶여 있었다.

오솔길을 백 미터쯤 올라간 다음에 거의 비슷한 거리를 되돌아 내려와 테이프를 지나쳤다. 오솔길 높은 곳에서는 저수지를 볼 수 있었지만, 오렌지색 테이프에서는 아니었다. 그래서 어째서 그들이 내려갈 길을 찾으려고 이 지점을 골랐는지 궁금했다. 덤불은 울창했고 나뭇가지들이 형성한 덮개는 촘촘했으며 쏟아져 들어오는 햇빛은 얼마 되지 않았다. 보이스카우트 활동을 2년 정도 한 꼬맹이라면 누구든 이들보다 더 나은 결정을 내릴 것이다. 아니, 평균적인 사람이라면 누구나 그렇게 할 것이다. 물론, 더쉬나 워드 중 어느 쪽도 스카우트가 아니었다. 그저 소변을 보려고 그랬던 건지도 모른다. 또는 '아무럼 어때, 여기도 다른 데만큼이나 좋은데.' 하는 생각으로, 물론 그렇게 좋지는 않지만, 그랬을지도 모른다.

차를 몰고 산을 내려가 정글 주스로 갔다. 거기 있는 전화번호부에서 라일리 워드 앤 어소시에이츠를 찾았다. 전화번호와 주소를 옮겨 적고는 웨스트 할리우드로 차를 몰았다.

워드는 한때 선셋 대로 남부의 주거 지역이었던 곳에 있는 개조된 크래프츠맨 하우스(1930년대에 유행한 디자인 콘셉트로 지은 주택)에 사무실을 두고 있었다. 그 집에는 보기 좋은 현관 베란다와 핑크색과 화사한 터키석

색조로 칠해진 정교한 목조부가 있었는데, 어느 것도 주택 정면에 주차된 TV 뉴스 밴 두 대와 어울리지 않았다.

나는 치과의사 사무실에 딸린 작은 주차장에 차를 세우고 기다렸다. 두 사람이 워드의 건물로 들어갔는데, 그중 한 명은 파도타기를 즐기는 서퍼 같은 분위기라서 얼굴을 알아본 생방송 리포터였다. 그들은 3분쯤 안에 있다가 실망한 표정으로 나와 그들의 밴 옆에 섰다. 워드는 여전히 인터뷰를 거절하고 있었다. 아니면 안에 없는 건지도 몰랐다.

세 번째 밴이 도착했다. 젊은 남자 둘이 나왔는데, 한 명은 검정 뿔테안경을 낀 동양계였고 다른 한 명은 머리를 굉장히 짧게 깎은 금발이었다. 동양계 남자는 유로-트래시 스타일을 좇아 머리에 흰색 줄무늬를 염색했다. 새로 온 남자들이 서퍼와 그의 친구들에게 가세했다. 네 사람이 무엇인가에 대해 낄낄거릴 때 젊은 여성이 다른 밴에서 내려 다가왔다. 밝은 노란색 스프링 드레스를 입고, 걷는 게 거의 불가능에 가까워 보이는 밑창이 두툼한 구두를 신고 있었다. 안경은 눈꼬리가 올라간 고양이 눈처럼 생겼다. 패션의 노예.

나는 우리가 모두 언론계 밥을 먹는 사람들인 것처럼 미소를 지으면서 그들에게 다가갔다. "워드를 만나려고 여기들 오신 거죠?"

서퍼가 고개를 저었다. "그 사람은 아는 게 없어요. 그래도 그가 나올 때까지 기다리려고요."

"안에 없는지도 모르잖아요."

카나리아처럼 보이는 드레스를 입은 젊은 여자가 말했다. "아니, 안에 있어요. 오늘 아침에 들어가는 걸 봤어요."

"아하."

나는 거리를 가로질렀다.

여자가 충고했다. "잊어버려요, 아미고. 그 사람, 아무 말도 안 할 거니까."

"두고 봅시다."

작은 베란다는 한때는 거실이었지만 지금은 리셉션 룸으로 쓰이는 곳으로 이어졌다. 갓 내린 커피 향이 자그마한 집 안에 진동했다. 누군가 대니시 페스트리를 가져온 것처럼 향긋한 빵 냄새도 났다. 검정 바디슈트와 조끼를 입은 젊은 여자가 홀리 마이라라고 적힌 작은 명판이 놓인 유리 책상 뒤에서 수상쩍다는 눈빛으로 나를 지켜봤다. "무엇을 도와드릴까요?"

"안녕하세요, 홀리. 워드 씨를 뵈러 온 엘비스 콜이라고 합니다." 그녀에게 명함을 건네고는 목소리를 낮췄다. "카렌 가르시아 양 일 때문입니다."

그녀는 명함을 쳐다보지도 않고 내려놨다. "죄송해요. 사장님은 인터뷰를 하지 않으세요."

"저는 기자가 아니에요, 홀리. 저는 고인이 된 여자 분의 유가족을 위해 일하고 있어요. 당신도 그분들이 얼마나 궁금한 게 많을지 이해하시죠?"

그녀의 얼굴이 부드러워졌지만, 여전히 명함에는 손을 대지 않았다. "유가족을 위해 일하는 분이시군요."

"가르시아 가족을 위해서요. 그분의 변호사는 애보트 몬토야라는 분이에요. 원한다면 그분께 전화를 걸어보셔도 좋아요." 나는 몬토야가 건넨 명함을 꺼내 내 명함 옆에 내려놨다. "유족들이 고마워할 거라는 얘기를 워드 씨에게 전해주세요, 부탁드려요. 그분 시간을 많이 빼앗지는 않겠다고 약속할게요."

홀리는 명함 두 장을 다 살피고는 수줍은 미소를 보였다. "정말로 사립탐정이세요?"

나는 겸손하게 보이려고 애썼다. "으음, 당신이 세상에서 제일가는 모범 탐정이라고 부를지도 모르는 사람이죠."

홀리는 더 활짝 웃었다. "제가 알기로, 사장님은 조금 있다 전화회의를 하실 거예요. 하지만 사장님이 당신하고 얘기를 나누실 거라고 확신해요."

"고마워요, 홀리."

2분 후, 라일리 워드가 홀리를 따라 리셉션 룸으로 나왔다. 워드는 내가 준 명함을 들고 있었다. 목까지 단추를 채운 진홍색 셔츠와 트리플 플리츠 바지(허리 주위에 세 줄을 접은 바지)를 입고 있었고, 부드러운 회색 이탈리안 로퍼를 신고 있었다. 하지만 이런 근사한 차림새도 그의 압박감을 가리지는 못했다. "콜 씨?"

"맞습니다. 힘든 일을 겪는 중인데도 만나주셔서 감사합니다."

초조하고 불편한 기색이 역력한 그가 명함을 앞뒤로 구부렸다. "믿지 못하실 겁니다. 악몽 그 자체입니다."

"왜 안 그렇겠습니까."

"우리가 한 일이라고는 그 여자 분 시신을 발견한 게 전부입니다. 그리고 으음, 진은 살인자가 아닙니다. 그냥, 아니에요. 유가족에게 이 얘기를 제발 전해주세요. 그분들이 제 말을 믿지 않을 거라는 거 압니다만, 그 친구는 살인자가 아닙니다."

"알겠습니다, 선생님. 그렇게 전하겠습니다. 그런데 저는 더쉬 씨 때문에 찾아온 게 아닙니다. 저는 유가족이 품은 우려 몇 가지를 종식시키려 애쓰고 있습니다. 무슨 말인지 이해하시겠습니까? 시신에 관한 우려 말입니다." 나는 홀리를 힐끔 보고는 유가족의 우려는 사적으로 논의하는 게 낫다는 암시를 주려고 말을 멈췄다.

워드가 고개를 끄덕였다. "으음, 좋습니다. 아아, 제 사무실로 가시죠."

사무실은 널찍했다. 판자로 짠 커다란 책상과 속이 빵빵하게 채워진 소파, 그것과 어울리는 의자들이 있었다. 책상 뒤에 있는 좁은 테이블에 매력적인 여자와 뻐드렁니인 아이 둘과 함께 찍은 워드의 사진들이 도열해 있었다. 워드가 몸짓으로 소파를 가리켰다. "커피 드릴까요?"

"고맙습니다만, 괜찮습니다."

라일리는 블라인드 틈으로 창밖에 있는 뉴스 밴들을 엿보고는 사진들을 마주 보는 의자에 앉았다. "저 사람들 때문에 미치겠습니다. 집에도 찾아왔어요. 오늘 아침에 출근했더니 여기에도 있더군요. 정신 나간 짓입니다."

"저도 그렇게 생각합니다."

"지금 저는 변호사를 고용하느라 하루를 허비해야 합니다. 그런데 가여운 진은 저보다도 더 고생하고 있죠."

"그렇죠, 선생님. 그러실 겁니다." 나는 노트를 적으려는 것처럼 수첩을 꺼냈다. 그러고는 그에게로 몸을 기울이면서 창에도 귀가 달려 있을지 모른다는 양 창문들을 힐끔 봤다. "워드 씨, 제가 드리려는 말씀은, 으음, 제가 드린 말씀을 다른 분께는 얘기하지 않아 주시면 감사하겠습니다. 이해하시겠습니까? 유족들도 고마워할 겁니다. 이 얘기를 세상에 알리셨다가는 수사에 지장을 줄 수도 있습니다."

워드가 나를 응시했다. 그의 눈은 초조하고 불안해 보였다. 그의 생각이 귀에 똑똑하게 들리는 것 같았다. 그럼 이제는 뭘 해야 하죠?

나는 기다렸다.

내가 기다리고 있다는 걸 깨달은 그가 고개를 끄덕였다. "좋습니다. 그렇게 하겠습니다. 당연히 그래야죠."

"유족들은 경찰이 더쉬 씨와 관련해서는 완전히 틀렸다고 생각합니다. 저희는 경찰이 진범을 확보했다고는 확신하지 않습니다."

그의 얼굴에 희망이 보인다는 기색이 스쳐갔다. 내가 추잡한 놈이 된 것 같다는 기분이 들었다.

"당연히 경찰이 잘못 판단한 겁니다. 진은 그런 짓을 할 수 있는 사람이 아닙니다."

"제 생각도 같습니다. 유족들도 마찬가지고요. 으음, 그래서 저희는 저희 나름의 수사를 진행하고 있습니다. 무슨 뜻인지 아시겠죠?"

친구가 솟아날 구멍을 확인한 그가 고개를 끄덕였다.

"그래서 두어 가지 질문을 드릴까 합니다. 아시겠습니까?"

"물론이죠. 제가 할 수 있는 거라면 무슨 일이든 돕겠습니다."

이제는 불안해 보인다. 보기 드문 일이다.

"오케이, 좋습니다. 제 질문은 두 분이 오솔길을 떠나신 이유와 관련이 있습니다."

그는 얼굴을 찡그렸다. 그리고 더 이상은 불안한 기색을 보이지 않았다. "우리는 저수지가 보고 싶었습니다."

나는 미소를 지었다. 상냥함의 화신.

"으음, 알겠습니다. 그런데 제가 선생님의 진술서를 읽은 다음에 저수지에 올라가서 경찰과 함께 그 길을 걸어봤습니다."

워드는 입술을 오므리고는 손목시계를 힐끔 봤다. "홀리, 망할 놈의 변호사는 아직도 전화 안 한 거야?"

그녀가 대답했다. "네, 사장님."

"두 분이 오솔길을 떠난 지점을 표시하려고 경찰이 사용한 테이프를 발견했습니다. 그 바로 아래에 자란 덤불은 꽤나 빽빽하더군요.”

그는 팔짱을 끼고는 얼굴을 더 찡그렸다. 불편한 기색이 역력했다. “이 해가 안 되는군요. 유족들이 알고 싶어 하는 게 이런 것들입니까?”

“두 분이 그 지점에서 오솔길을 떠난 이유가 궁금했을 뿐입니다. 그 지역에는 내려가기에 더 수월한 곳들이 있었는데 말입니다.”

라일리 워드는 30초 정도를 꼼짝도 않은 채로 나를 응시했다. 그는 입술을 한 번 적셨는데, 그가 어찌나 생각에 몰두했는지 머릿속에서 톱니바퀴와 기어들이 회전하는 모습이 보이는 것 같았다. “글쎄요, 우리는 그 문제를 논의하지는 않았습니다. 무슨 말이냐면, 우리가 아래에 다다르는 가장 좋은 길이 어디인지 *조사해보지는* 않았다는 겁니다. 우리는 그냥 거기에 *갔습니다*.”

“10미터만 더 가면 덤불이 훨씬 성기던데요.”

“우리는 저수지로 내려가고 싶었습니다. 그래서 내려간 겁니다.” 그가 갑자기 일어나 문으로 가서는 홀리를 다시 불렀다. “내 대신 전화 좀 해주겠어? 이런 식으로 기다리고만 있지는 못하겠어.” 그는 양손을 주머니에 넣더니 다시 두 손을 꺼내 나를 향해 저었다. “우리가 거기서 오솔길을 떠난 이유를 신경 쓰는 사람이 누굽니까? 그게 중요한 문제가 될 수 있는 겁니까?”

“누군가가 두 분을 위협했기 때문에 두 분이 거기를 떠난 거라면, 그렇습니다. 그건 굉장히 중요한 문제가 될 수 있습니다. 그 사람이 살인자일 수 있으니까요.”

워드가 나를 보며 눈을 깜빡거리더니 갑자기 느긋해졌다. 무엇이건 그를 버겁게 만들었던 모든 것들이 지평선 저 멀리로 멀어진 듯했다. 그의 입가에 웃음기가 감돌았다. "죄송하지만, 아닙니다. 오솔길에서 벗어나라고 우리를 위협한 사람은 없었습니다. 우리는 아무도 못 봤습니다."

나는 수첩에 적는 척했다.

"그러니까 더쉬 씨가 저수지로 곧장 내려가자고 말해서 두 분이 그냥 내려갔다는 거죠? 그게 전부입니까?"

"그게 전부입니다. 내가 거기서 누군가를 봤으면 좋았겠네요, 콜 씨. 지금은 특히 그런 심정이에요. 여자 분에 대해서는 유감입니다. 댁을 도와드릴 수 있으면 싶은데, 그러지를 못하겠네요. 저는 진을 도와줄 수 있었으면 싶습니다."

나는 뭔가가 빠져 있다는 투로 수첩을 응시했다. 나는 펜으로 수첩을 툭툭 쳤다. "으음, 또 다른 이유가 있을 수는 없나요?"

"무슨 말씀인지 모르겠군요."

"두 분이 그 특정 지점에서 오솔길을 떠나야만 했던 이유 말입니다." 나는 그를 쳐다봤다. "남들이 보는 걸 원치 않는 무슨 일을 하기 위해서라든지."

라일리 워드의 안색이 백짓장이 됐다.

홀리가 문간에 나타났다. "사장님, 미켈슨 씨가 연결돼 있어요."

워드가 전기가 흐르는 소몰이 막대에 찔린 것처럼 휘청거렸다. "하나님 감사합니다! 변호사 전화입니다, 콜 씨. 이 전화는 반드시 받아야 합니다." 그는 책상 뒤로 가서 수화기를 들었다. 전화벨이 그를 구조한 것이다.

나는 수첩을 집어넣고는 홀리가 있는 문간으로 갔다.

"시간 내주셔서 감사합니다, 워드 씨. 고맙습니다."

그가 수화기를 손으로 덮고는 머뭇거렸다.

"콜 씨. 유가족 분들께 제 조의를 전해주십시오. 진은 그 여자 분을 해치지 않았습니다. 도움을 드리려고 애썼던 것뿐입니다."

"그렇게 전하겠습니다. 감사합니다."

나는 홀리를 따라 리셉션 룸으로 나와서 현관으로 갔다. 기자들이 여전히 길거리에 모여 있었다. 네 번째 밴이 다른 밴들에 가세했다.

내가 말했다. "좋으신 분 같네요."

"예, 사장님은 정말 좋은 분이에요."

"초조해하신다는 이유로 그분을 탓할 수는 없는 거겠죠."

홀리가 나를 위해 문을 잡아주면서 엷은 미소를 지으려 애썼다. "으음, 사장님이 초조해하시는 건 많은 민감한 질문들에 대답하셔야 해서 그러신 거예요."

나는 그녀를 쳐다봤다. "그게 무슨 말입니까, 민감하다는 게?"

"사장님하고 진은 굉장히 가까운 친구 사이예요."

그녀가 나를 쳐다봤다.

"굉장히 가까워요."

나는 베란다로 발을 내디뎠지만, 그녀는 안에 머물렀다.

내가 물었다. "하이킹 친구보다 더 가까운 사이요?"

그녀가 끄덕였다.

"지금 우리가 정말로 가까운 사이 얘기를 하는 거죠?"

그녀가 내 옆으로 나오면서 등 뒤에 있는 문을 닫았다. "사장님은 우리가 그걸 모를 거라고 생각해요. 하지만 그걸 어떻게 감출 수 있겠어요? 진은 우리 사무실에 처음 왔을 때부터 사장님한테 푹 빠졌어요. 그러면서 창피한 줄도 모르고 사장님을 쫓아다녔어요."

"이 관계가 얼마나 오래됐나요?"

"그리 오래되지는 않았어요. 사장님은 일주일에 세 번 진하고 이렇게 산책을 하지만, 우리는 다 알아요." 그녀는 그 말을 하면서 눈썹을 치켜 올렸다. 그러더니 안으로 다시 몸을 기울여서 듣는 사람이 아무도 없다는 걸 확인하려고 어깨너머를 흘끗 봤다. "꽃미남이 나를 그런 식으로 쫓아다녔으면 좋겠어요."

나는 내가 지을 수 있는 가장 멋진 미소를 그녀에게 보였다. "전력을 다해 당신을 쫓는 남자가 있을 거라고 생각해요, 홀리."

그녀가 나를 보면서 눈을 크게 떴다. "그렇게 생각해요?"

"미안해요, 홀리. 나는 임자가 있는 몸이에요."

"으음, 혹시라도 여친을 업그레이드하기로 결정하면." 자신의 감정을 드러낸 그녀가 지금까지 보여준 중에 가장 멋진 미소를 보이면서 안으로 들어갔다.

"홀리?"

그녀가 내게 미소를 보였다.

"방금 전에 나한테 한 말, 아무한테도 하지 마세요, 오케이?"

"그건 우리 둘만 아는 비밀이에요." 그러더니 그녀는 문을 닫고 가버렸다.

나는 아담한 크래프츠맨 하우스의 베란다를 내려와 내 차를 향해 거리를 가로질렀다. 기자들과 촬영기사들이 나를 지켜보고 있었다. 서퍼는 열받은 듯 보였다. 그가 물었다. "이봐요, 워드가 무슨 말을 합디까?"

"아뇨. 화장실을 쓰게 해주더라고요."

기자들은 집단으로 한숨을 쉬고는 느긋해졌다. 상황에 대한 기분이 좋아진 듯했다.

나는 차에 앉았지만 시동을 걸지는 않았다. 사건을 조사하는 건 인생살이와 비슷하다. 머리를 낮추고 있는 힘껏 쟁기를 끌며 나아갈 수 있지만 그러다가 무슨 일이 생기면, 세상은 더 이상 우리가 생각하는 그런 곳이 아니다. 갑자기, 우리가 만사를 보는 방식이 달라진다. 세상이 전에 거기에 있던 것들을 감추고는 다른 식으로는 보지 못했을 것들을 드러내면서 색깔을 바꾸기나 한 것처럼.

언젠가 어떤 남자와 친했었다. 16년을 재직한 경찰이었는데, 착하고 착실했던 그 사람은 그 기간 내내 가정에 충실한 유부남으로서 부인과의 사이에 아이를 셋 두고 빅 베어 마운틴(LA 인근의 휴양지)에 오두막을 마련하는 식으로 행복한 인생을 즐기고 있었다. 그러던 그가 어느 날 부인을 떠나 다른 여자와 결혼했다. 그가 내게 그 소식을 전했을 때, 나는 그들 부부에게 문제가 있었는지는 몰랐었노라고 말했다. 그러자 그는 자신도 알지 못했다고 말했다. 그의 부인은 엄청나게 충격을 받았고, 그 사람은 끔찍한 죄책감을 느꼈다. 나는 그에게 친구들이라면 으레 그러는 방식대로 물었다. 무슨 일이 있었던 거냐고. 그의 대답은 간단하면서도 끔찍했다. "사랑에 빠졌어." 은행에 가서 줄을 섰다가 어떤 여자를 만났는데, 단 한 번의 대화를 하는 중에 그의 세계가 곤두박질치면서 완전히 딴 세상이 돼버렸다는 거였다. 사랑 때문에 눈이 먼 것이다.

라일리 워드를, 그리고 사무실에 있는 사진 속 여자와 두 아이를 생각해봤다. 그 역시 사랑에 눈이 먼 건지도 모른다고 생각했다. 그랬더니 갑자기 저수지에서 있었던 사건에 대한 그의 버전과 더쉬의 버전이 일치하지 않는 이유가, 그리고 라일리가 인터뷰를 하면서 얼버무리고 방어적인 것처럼 보였던 이유가 대단히 타당해졌다. 나는 경찰과 사립탐정들이 지나치게 오랫동안 세워온 이론들이 하나도 중요치 않다는 걸 깨달았다.

더쉬와 워드는 다른 하이커들에게서 모습을 감춰줄 두꺼운 위장을 찾아 오솔길을 떠났었다. 그들은 남들에게 모습을 보이고 싶지 않았다. 그들은 보이지 않게 존재하고 싶었다.

그들은 그 장소의 폐쇄된 속성 때문에 물가로 내려갔다. 그러면서 카렌 가르시아의 시신이, 그처럼 뜻밖의 장소에 가야 했던 이유를 해명하는 이야기를 꾸며낼 수밖에는 별다른 도리가 없는 방식으로, 거기에서 그들을 기다리고 있으리라고는 결코 짐작하지 못했었다. 그들은 각자가 구축해온 세계를 보호하려고 거짓말을 했지만, 지금은 그렇게 내놓은 커다란 거짓말이 그들을 찾아와 그들의 공포를 증폭시키고 있었다.

나는 아내와 두 아이와 비밀스러운 게이 연인을 둔 라일리 워드를 안타까워하면서 차에 앉아 있다가 사만다 돌런에게 전화를 걸기 위해 그곳을 떠났다.

돌런이 내 전화에 회신했을 때, 사무실은 금빛으로 가득했다. 나는 개의치 않았다. 나는 폴스타프를 두 캔째 마시는 중이었고, 한 캔을 더 마실지 고민하는 중이었다. 나는 하루의 대부분을 우편물에 회신하고, 청구서를 지불하고, 피노키오 시계와 대화하면서 보냈었다. 피노키오의 대답은 아직도 듣지 못했지만, 몇 캔 더 마시면 대답을 들을 것도 같았다.

돌런이 물었다. "그 여자 억양이 스칼렛 오하라 같았어요. 그걸 어떻게 참아내는 거예요?"

"오늘 아침에 워드를 보러 갔었어요. 당신이 맞았어요. 그들은 거짓말을 하고 있었어요."

남아 있는 맥주를 끝장낸 나는 작은 냉장고에 눈길을 보냈다. 대화를 시작하기 전에 세 번째 캔을 가져왔어야 옳았는데.

"듣고 있어요."

"워드하고 더쉬는 연인이기 때문에 오솔길을 떠났어요."

돌런은 아무 말도 하지 않았다.

"돌런?"

"듣고 있어요. 워드가 그렇게 말했어요? 오솔길을 떠난 이유가 그거라고?"

"아뇨, 돌런. 워드는 그런 말은 안 했어요. 워드한테는 아내하고 자식이 둘 있어요. 나는 그가 처자식이 그걸 알지 못하게 막기 위해서는 무슨 짓이든 할 거라고 생각해요."

"얘기 좀 살살 해요."

"그의 사무실에서 일하는 사람한테서 들었어요. 우리는 순전히 얘기만 했지만, 돌런, 20분쯤 겪어본 결과 그게 맞는 얘기일 거란 생각이 들어요. 당신들이 배경수사를 죽어라고 열심히 하지는 않았던 것 같네요."

"살살 좀 하라니까요."

나는 그녀의 숨소리를 들었다. 그녀는 내 말을 경청하는 것 같았다.

그녀가 물었다. "당신, 괜찮아요?"

"더쉬 때문에 열받았어요. 이 모든 일이 공개되면 워드의 가족이 상처를 받을 거라는 사실에 열받았어요."

"한잔하러 갈래요?"

"돌런, 나는 혼자서도 잘 마시고 있어요."

그녀는 한동안 아무 말도 없었다. 나는 다음 맥주를 가져오는 걸 고민했지만, 그러지 않았다. 피노키오가 나를 지켜보고 있었다.

그녀가 말했다. "당신한테 전화하려던 참이었어요."

"왜요?"

"에드워드 디지를 찾았어요."

"뭘 갖고 있던가요?"

"그가 뭘 갖고 있었더라도, 우리는 그걸 알 수 없을 거예요. 그는 죽었어요."

나는 몸을 젖히고는 유리창 밖을 응시했다. 조금 있으면 갈매기들이 빠르게 맴을 돌거나 바람을 타고 선회하겠지만, 지금은 하늘이 비어 있었다.

그녀가 말했다. "공사장 인부 몇이 호수 옆에 있는 쓰레기통에서 그를 발견했어요. 구타로 사망한 듯 보여요."

"무슨 일이 있었는지는 모르고요?"

"다른 홈리스하고 충돌했을 거예요. 어쩌다가 그렇게 되는지 알잖아요. 아니면 그가 누군가가 모아놓은 물건을 빼앗았을지도 모르고요. 할리우드 경찰서가 수사 중이에요. 유감이에요."

"워드에 대해서는 어떻게 할 건가요?"

"스탠 와츠한테 슬쩍 흘려서 후속 수사를 하게 만들게요. 스탠은 좋은 사람이에요. 무리하지 않으면서 수사하려고 애쓸 거예요."

"잘됐군요."

"더쉬에게는 이게 유일한 기회예요."

"잘됐네요."

"술 한잔 않겠다는 생각, 확실해요?"

"확실해요. 다음번에 합시다."

돌런이 결국 다시 입을 열었을 때, 그녀의 목소리는 차분했다.

"당신 뭔가를 알고 있죠, 세계 최고?"

"뭘요?"

"당신은 순전히 워드 때문에 화가 난 게 아니에요."

그녀는 전화를 끊었고, 나는 그녀가 말하려는 바가 무엇인지 궁금한 상태로 남았다.

20

그날

어렸을 때 구타를 당하는 동안 피부가 화끈거리던 것처럼, 통증이 온몸에 화끈거리며 번졌다. 화끈거림이 어찌나 심한지, 피부 아래 있는 신경들이 살 속 곳곳을 들썩이고 다니는 전기로 된 벌레들처럼 몸을 비틀었다.

문제는 자제력이다.

그는 그걸 잘 안다.

내가 스스로 자제력을 발휘할 수 있다면, 남들은 나를 해칠 수 없다.

내가 자제력을 발휘할 수 있다면, 사람들은 그에 대한 대가를 치를 것이다.

살인자는 첫 주사기에 멕시코에서 구입한 메탄드로스테놀론 스테로이드인 디아나볼을 채우고는 그걸 오른쪽 허벅지에 주사했다. 다음으로는 소마트로핀을 채웠다. 역시 멕시코에서 구입한 것으로, 가축용 종합 성장 호르몬이다. 그걸 왼쪽 허벅지에 주사한 그는 그걸 주사할 때마다 항상 따라오는 타는 듯한 감각을 즐겼다. 그는 한 시간 전에 자기 몸의 테스토스테론 생산량을 증대시키려고 안드로스테론을 두 알 삼켰다. 그는 2분을 더 기다릴 것이다. 그러고는 웨이트 벤치에 자리를 잡고, 근육들이 비명을 지르며 나가떨어질 때까지 운동한 후에야 휴식을 취할 것이다. 고통이 없으면 소득도 없다. 그는 강인함과 덩치와 힘을 얻어야 한다. 아직도 해치워야 할 살인이 남아 있기 때문이다.

.그는 전신 거울에 비친 자신의 알몸을 감탄하는 눈길로 바라보고는 몸을 풀었다. 잔물결처럼 생긴 근육. 자갈 같은 복근. 신성한 살을 훼손하는 문신들. 근사했다. 그는 선글라스를 꼈다. 더 근사했다.

살인자는 웨이트 벤치에 등을 대고는 화학물질들이 혈관을 구석구석 돌아다닐 때까지 기다렸다. 경찰이 결국 에드워드 디지의 시체를 찾아낸 게 기뻤다. 그건 그가 세운 계획의 일부다. 시체 때문에, 경찰은 이웃들을 탐문할 것이다. 그가 심어놓은 증거가 발견될 텐데, 그것도 계획의 일부다. 그가 자신의 육체를 공들여 만드는 것처럼 조심스럽게 고안해낸 계획의 일부, 그리고 그의 복수의 일부다.

그는 참을성을 가지라고 자신에게 경고한다.

군대 매뉴얼은 적과 처음 접촉하고 난 후에도 온전한 형태로 살아남는 작전 계획 따위는 없다고 말한다. 사람은 적응할 수 있어야 한다. 사전에 세운 계획이 상황에 맞게 진화하는 걸 허용해야 한다.

그의 계획은 이미 대여섯 번 변모해왔고-에드워드 디지는 그런 변모의 하나다-앞으로도 계속 변모할 것이다. 더쉬를 해치우자. 그는 모든 시선이 더쉬에게 쏠렸다는 사실 때문에 짜증이 났었다. 더쉬가, 디지와 비슷하게, 계획의 일부가 될 수 있다는 걸 깨닫기 전까지는 말이다. 더쉬 덕분에 사형선고가 무기징역을 선고받는 쪽으로 변한 때는 그에게는 기분 좋은 순간이었다. 굴욕감. 수치심.

만사는 융통성에 달려 있다.

그 자신이 변모하고 있었다. 모두들 그가 무척이나 과묵하다고 생각한다. 모두들 그는 조심스러운 사람이라고 생각한다.

그는 그가 돼야 할 필요가 있는 존재다.

살인자는 생각들이 여기저기 떠돌게 놔두면서 휴식을 취한다. 하지만 생각들이 더위나 계획이나 복수를 향하지 않는다. 그것들은 그 끔찍한 날을 향해 되돌아간다. 그는 더 잘 알아야 한다. 그는 그 자신을 고문하려고 드는 것처럼 늘 그날로 돌아간다. 상처 속에서 뒹구는 것보다는 계획이라는 끊임없는 체스게임을 하는 편이 낫다. 그 오랜 세월 동안 상처는 그가 가진 모든 거였다. 그가 받은 상처가 그를 규정한다.

그는 어느 누구에게도 보이는 걸 결코 허용하지 않았던 눈물을 느꼈다. 그는 눈을 질끈 감았다. 선글라스 아래에서, 습기가 천천히 내려가며 신랄한 기억들의 흔적을 남겼다.

그는 구타를 느낀다. 피부가 무감각해질 때까지 벨트가 그를 후려친다. 주먹들이 양어깨와 등에 쏟아진다. 그가 비명을 지르고 애원하고 울먹이지만, 그를 사랑하는 사람들 대다수는 그를 가장 증오하는 사람들이다. 세상에 집 같은 곳은 없다. 걷는다. 버스 여행. 그는 다정함과 잔인함이 동일한 곳에서, 애정과 혐오가 구분되지 않는 곳에서 탈출한다. 간이식당 밖에 있을 때 어떤 남자가 다가온다. 그의 고통을 알아봐주는 친절한 남자. 남자의 손이 그의 어깨를 어루만진다. 위로와 우정이 담긴 말들. 남자는 배려한다. 안락함. 나머지는 너무 쉽게 따라온다. 사랑. 의존. 배신. 복수. 회한.

그는 그날을 무척이나 선명히 기억한다. 그는 그의 인생이라는 영화의 프레임이 하나씩 하나씩 쪼개진 것처럼 모든 이미지를 볼 수 있다. 각각의 사진은 냉혹하고 날이 서 있으며, 색채는 눈부시고 뚜렷하다. 증오하는 놈들이 그에게서 그 남자를 앗아간 날. 놈들은 그를 체포해서는 그를 파괴하고 죽였다. 그날은, 그 오랜 세월이 지나고 이곳의 모든 것이 변한 후에도, 그의 모든 세포에 낙인찍힌 것처럼 그의 내면에 깊은 화상 자국을 남겼다.

그는 몇 년간 엉망진창으로 산 끝에 자제력을 획득했다. 그는 자신의 감정들을, 그리고 삶을 굴복시켰다. 이 일을 해낼 수 있도록 자신을 제어했고, 자제력을 키웠고, 자신을 준비시켰다.

눈물이 그쳤다. 그는 눈을 떴다. 남은 눈물을 훔치고는 일어나 앉았다.

자제력.

그는 자제하고 있다.

그의 상실감은 보상을 받아야 한다. 그리고 그는 현재 그러는 데 쓸 수단들을 갖고 있다. 더 이상 약하지 않고, 더 이상 무력하지 않다.

그는 그에게 제일 큰 상처를 준 이를 상대로 복수할 계획을 세웠고, 그리고 그에게 그런 짓을 저지른 공모자들의 명단을 갖고 있다.

그는 그들을 하나씩 죽이고 있다. 내가 개자식이 되는 것, 이게 놈들이 치러야 할 대가다. 그는 이 도시의 길거리를 천사들과 함께 걸었던 사람들 중에서 가장 흉악한 개자식이다.

군에서는 이걸 "임무 몰입"이라고 부른다.

그의 임무 몰입은 최고다.

그들은 대가를 지불할 것이다.

벤치에서 몸을 일으킨 그는 거울을 보면서 근육을 풀었다. 살갗이 팽팽하게 당겨지고 핏줄들이 불거지면서 밝은 빨간색 화살들이 삼각근에서 뜨겁게 달아오를 때까지.

더쉬.

파이크의 꿈

그는 오솔길이 아닌 곳을 달렸다. 그런 식으로 달리는 게 더 힘들기 때문이다. 쓰러진 나무에서 떨어진 죽은 나뭇가지들이 땅에서 손을 뻗은 손톱들처럼 그의 두 다리를 긁었다. 그가 균형감각을 키울 수 있도록 나무들과 덩굴식물들과 싱크홀들을 피하거나 그 주위에서 몸을 비틀 때, 숲의 바닥을 덮은 갈색 잎들은 미끄러웠다. 그는 뜀박질하는 동안에도 쓰러진 나무들과 떨어진 나뭇가지들을 뛰어넘고 있기 때문에 러너의 리듬에 빠져들 수가 없었다. 그게 그가 이런 식으로 뜀박질을 하는 이유였다. 그가 헌책방에서 구입한 해병대 피트니스 매뉴얼은 이런 유형의 러닝을 '파틀렉 트레이닝'이라고 불렀다. 스웨덴의 알파인 부대가 고안한 훈련법으로, 해병대가 채택한 전설적인 장애물 코스의 밑바닥에 깔려 있는, 사람들 진을 빼놓는 기초훈련이었다. 피트니스 매뉴얼은 터프한 사나이를 만들어내려면 터프한 트레이닝이 필수적이라고 말했다.

조 파이크, 열네 살.

그는 겨울 숲의 냄새를, 그리고 홀로 있는 데서 비롯된 평화를 사랑했다. 그는 이곳에서 매뉴얼에 적힌 훈련 격언을 읽고 생각하고 따르면서 될 수 있는 한 많은 시간을 보냈다. 매뉴얼은 그의 경전이 됐다. 기력을 소진시키다 보면 환희가 느껴졌고, 땀을 흘리다 보면 성취감이 느껴졌다. 조는 열일곱 살 생일에 해병대에 입대하기로 결심했다. 날마다 그걸 생각했고 밤이면 그걸 꿈꿨다. 그는 군복을 입고 늠름하게 기립한 자신의 모습을, 또는 -그는 겨우 열네 살이었고 전쟁은 얼마 안 있어 끝날 가능성이 높았지만- 전쟁이 벌어지고 있는, 지구 반 바퀴 떨어진 아시아의 정글을 은밀하게 통과하는 자신의 모습을 생생하게 그렸다. 그는 해병이 된 자신에 관한 천 가지 상이한 판타지를 즐겼지만, 사실, 그가 가장 자주 그리는 자신의 모습은 아버지에게서 그를 멀리로 데려갈 버스에 오르는 모습이었다. 그는 바로 이곳에 있는 집에서 나름의 전쟁을 치렀다. 베트남에서 벌어지는 전쟁도 이 전쟁보다 참혹할 수는 없을 것이다.

조는 여전히 나이치고는 키가 컸고, 살이 붙기 시작하고 있었다. 열여섯 살이 됐을 때 나이가 충분히 들어 보일 경우, 그는 해병대에 더 빨리 입대할 수 있도록 어머니를 부추겨 서류를 조작할 수 있을지도 모른다고 희망했다. 아마도 어머니는 아들을 위해 그렇게 해줄 것이다.

그때까지 살아 있다면.

뜀박질의 끝이 가까워지자 조는 자신을 더 거세게 몰아붙였다. 그가 내뿜는 숨이 차가운 공기 속에서 기둥으로 솟아났지만, 땀에 젖어 번들거리는 그는 빨간 체육복 반바지와 하이탑(복사뼈까지 덮는 목이 긴 운동화) 케즈, 녹색 민소매 티셔츠 차림이었을 뿐인데도 추위를 느끼지 못했다. 그는 개울을 따라 상류로 거의 한 시간 가까이 왔다. 그가 방향을 돌려 처음 출발한 곳으로 되돌아가려던 참이었다. 깔깔거리는 웃음소리에 그는 동작을 멈췄다. 개울은 자갈길 밑에 있는 비탈 바닥을 따라 흘렀다. 파이크가 지켜보는 동안 비탈길 꼭대기에 나타난 남자애 둘과 여자애 하나가 개울로 향하는, 인적에 의해 반들반들해진 오솔길을 내려오고 있었다.

파이크는 나무들 사이로 미끄러져 들어갔다.

그들은 조보다 나이가 많았고, 남자애들은 덩치가 컸다. 조는 그들이 그가 신입생인 고등학교의 졸업반일 거라고 생각했다. 그렇다면 그 애들은 열일곱 살쯤일 것이다.

덩치 큰 남자애는 피부가 거칠고 빨간 얼굴에 여드름이 난 키 큰 아이였다. 앞장서서 걷고 있는 그 아이는 낮게 걸린 나뭇가지들을 옆으로 밀면서 무언가가 들어 있는 자루를 들고 있었다. 다른 남자애는 맨 뒤에서 따라왔다. 히피처럼 장발이었고, 멍청해 보이는 성긴 콧수염을 길렀지만, 양어깨와 허벅지는 두툼했다. 입술에서 담배 한 개비가 달랑거렸다. 여자애는 엉덩이가 펑퍼짐한, 서양 배 같은 체형이었다. 필스버리 도우보이(필스버리 회사의 마스코트)의 얼굴처럼 이목구비가 가운데로 몰려 있었다. 가느다랗게 찢어진 눈은 비열해 보였다. 그녀는 조가 잔디깎이를 채울 때 사용하는 것과 비슷한 4리터들이 석유통을 들고 있었다. 여자애가 깔깔 웃었다. "이렇게 종일 걷다가는 아프리카까지 가게 될 거야, 대릴. 그럴 필요 없잖아. 주위에 아무도 없는데."

여자애가 그의 이름을 불렀을 때, 조는 자루를 든 남자애를 알아봤다. 대릴 헤인스는 셸 주유소에서 일하는 고등학교 중퇴생이었다. 한동안 편의점에서 일하면서 담배와 슬러시를 팔았지만, 금전등록기에서 돈을 훔치다 발각돼 잘렸다. 그는 최소한 열여덟 살로, 어쩌면 그보다 더 나이를 먹었는지도 몰랐다. 언젠가, 대릴이 아버지의 킹스우드에 기름을 넣은 적이 있었다. 그런데 파이크 씨가 기름이 차에 튄 걸 발견했다. 화가 난 파이크 씨는 한바탕 난리를 폈다. 요즘에 셸에 차를 몰고 들어가면 파이크 씨는 직접 기름을 채웠고, 대릴은 그의 차에서 멀찌감치 떨어졌다. 아버지는 언젠가 대릴을 가리키면서 조에게 이렇게 말했었다. "저 새끼는 똥 덩어리다."

지금, 조는 대릴이 하는 소리를 들었다. "걱정 마, 베이비. 내가 어디로 가는지 잘 아니까."

여자애가 다시 깔깔거렸다. 단춧구멍 같은 작은 눈이 훨씬 더 비열해 보였다. 사악해 보였다. "재미 좀 보자고 온종일 기다리지는 않을 거야, 대릴. 닭처럼 겁먹고 꽁무니 빼지나 마셔."

뒤에 있는 남자애가 닭 소리를 냈다. "부악-부악-부악." 소리를 낼 때마다 담배가 위아래로 출렁거렸다.

대릴이 걸음을 갑자기 멈추고는 쏘아봤다. "얻어터지고 싶냐, 시방새야?"

다른 남자애가 양 손바닥을 보였다. "에이, 아냐, 친구. 별 뜻 없었어."

"시방새."

이제는 여자애가 담배를 문 애를 바라보며 닭 소리를 냈다. "부악-부악-부악."

대릴은 그건 마음에 들어 했고, 그러면서 그들은 오솔길을 계속 걸었다.

조는 그들이 앞장서게 놔두고는 뒤를 쫓았다. 그는 조심스레 몸을 놀렸다. 잔가지와 가지들을 피하는 데 시간을 들였고, 가급적이면 나뭇잎은 밟지 않았으며, 나뭇잎을 밟을 때면 아래에 있는 축축한 곳에 자신의 무게를 올려놓기 위해 발가락이 바삭거리는 맨 윗부분 아래에 놓이게 만들었다. 파이크는 숲에서 많은 시간을 보낸 덕에 그런 운신방법을 습득했다. 그래서 그 지역에서 먹이를 얻는 흰꼬리 사슴을 가까이서 추적할 수 있었다. 그는 투명인간으로 존재할 수 있는 이곳의 일부가 되는 것에서 평안을 찾았다. 언젠가, 아버지가 집 뒤에 있는 숲으로 그를 쫓은 적이 있었다. 하지만 조는 유유히 자취를 감췄고 아버지는 그를 찾지 못했다. 숨는 것은 안전해지는 거였다.

그들은 그리 멀리 가지 않았다.

대릴은 그들을 개울 상류의 작은 공터로 안내했다. 음주 파티를 벌이는 곳으로 인기 좋은 장소였다. 바닥에는 모닥불을 피운 흔적과 맥주 캔들이 흉터처럼 남아 있었다. 여자애가 탄성을 질렀다. "와, 좋았어! 자루에서 그거 꺼내. 이제 쇼 좀 보자!"

담배를 문 아이가 파이크가 들을 수 없는 무슨 말을 하고는 폭소를 터뜨렸다. 여크-여크-여크. 바보천치처럼.

대릴이 자루를 땅에 내려놓고는 작은 검은 고양이를 꺼냈다. 그는 고양이의 목덜미와 뒷다리를 붙잡고는 말했다. "나를 할퀴었단 봐라, 이 개새끼야."

파이크는 개울 바닥으로 슬그머니 내려가, 더 가까이 가기 위해 부드러운 땅을 따라 천천히 그리로 이동했다. 고양이는 다 자랐지만, 조그마했다. 그래서 파이크는 암컷일 거라고 생각했다. 대릴에 비해 보니 더욱 작아 보였다. 고양이의 노란 눈이 공포로 휘둥그레졌다. 자루에 갇히는 바람에, 그리고 이 사람들 때문에 겁을 먹은 것도 있었지만, 숲 때문에 겁을 먹은 것이기도 했다. 고양이는 잘 모르는 장소는 좋아하지 않았다. 그런 곳에서는 무엇인가가 해칠지도 모르기 때문이다. 작은 고양이가 내는 찍찍거리는 울음소리가 조한테는 서글프게 들렸다. 고양이는 귀가 하나밖에 없었다. 파이크는 다른 귀를 어쩌다가 잃은 건지 궁금했다.

여자애가 석유통 마개를 열면서 방금 전에 상을 받은 사람처럼 미소를 지었다. "이거 정말로 잘 뿌려야 해, 대릴!"

담배를 문 아이가 말했다. "가솔린 목욕을 하셔야지."

여자애가 딱딱거렸다. "테레빈유가 더 좋아! 그런 것도 모르냐?"

여자애가 이 짓을 백 번쯤 한 사람처럼 말했다. 파이크는 그 애가 실제로 그래왔을 거라고 생각했다.

두 시간 만에 처음으로, 조 파이크는 추위를 느꼈다. 그들은 고양이를 불태울 작정이었다. 고양이에 불을 붙일 생각이었다. 고양이가 지르는 비명을 들을 작정이었다. 죽을 때까지 온몸을 비트는 꼴을 지켜볼 심산이었다.

대릴이 말했다. "통 가져와. 자, 서둘러, 망할 놈이 나를 물기 전에."

대릴은 고양이를 그에게서 되도록 먼 땅 위에 붙잡았고, 담배를 문 아이는 통을 가져와 고양이에게 테레빈유를 끼얹었다. 테레빈유가 쏟아지자, 고양이는 몸을 웅크리면서 벗어나려고 애썼다.

여자애가 말했다. "불은 내가 붙일래." 두 눈이 밝아지면서 추악해졌다.

대릴이 말했다. "그래, 젠장, 나한테는 안 붙게 해."

담배를 문 아이가 셔츠 주머니에서 안전성냥 몇 개비를 더듬거리며 꺼내다 대부분을 떨어뜨렸다. 여자애가 그중 하나를 낚아채서는 청바지의 지퍼에 성냥을 그으려고 애썼다.

대릴이 재촉했다. "서둘러, 젠장. 이 개자식을 영원히 붙잡고 있을 수는 없어!"

조 파이크는 덩치 큰 남자애 둘과 추잡한 여자애를 응시했다. 여전히 뜀박질을 하는 중인 것처럼 가슴이 오르내렸다.

첫 번째 성냥이 부러졌다. 그러자 여자애가 소리를 질렀다. "빌어먹을!"

그녀는 두 번째 성냥을 집어서 지퍼에 긁었고, 성냥은 불꽃에 휩싸였다.

담배를 문 남자애가 말했다. "좋았어!"

대릴이 재촉했다. "빨리."

조는 진창에서 말라 죽은 나뭇가지를 뽑았다. 길이가 90센티미터에 두께가 5센티미터쯤 됐다. 진창에서 가지가 빠져나오면서 나는 소리에 아이들이 그를 쳐다봤다. 그러자 그는 개울 바닥에서 밖으로 걸음을 내디뎠다.

담배를 문 아이가 뒤로 펄쩍 물러나다가 제 발에 걸려 넘어질 뻔했다. "야!"

세 사람은 조를 응시했다. 그러다가 그들이 놀란 순간이 지나갔다.

성냥이 여자애의 손가락을 태웠고, 여자애는 그걸 떨어뜨렸다. "젠장, 그냥 꼬맹이잖아."

대릴이 말했다. "꺼져, 시방새야. 혼쭐나기 전에."

고양이가 여전히 꼼지락거렸다. 조는 테레빈유 냄새를 맡았다.

"고양이 놔줘."

여자애가 말했다. "지랄하네, 덜떨어진 새끼가. 이놈이 어떻게 길길이 날뛰는지 구경이나 하셔." 여자애가 허리를 굽혀 또 다른 성냥을 집었다.

조는 그들이 그냥 떠나기를 바랐다. 그들이 하려던 짓이 발각됐으니 고양이를 풀어주기를 바랐다. 그는 앞으로 나아갔다. "고양이를 불태우게 놔둘 수는 없어."

대릴의 눈이 몽둥이로 향했다가 조에게로 향했다. 그는 미소를 지었다. "보아하니 이미 혼쭐이 난 꼬락서니네, 새끼. 원한다면 다른 쪽 눈도 밤탱이를 만들어주마. 창자를 다 토해내게 만들어주겠어."

담배를 문 아이가 배꼽을 잡았다.

조의 왼쪽 눈에 든 보라와 녹색이 섞인 멍은 가라앉는 중이었는데, 이건 아버지가 엿새 전에 가한 구타가 남긴 유물이었다. 그는 이 세 아이가 그를 구타할 수도 있을 거라고 생각했다. 하지만 뻔질나게 구타를 당해온 입장에서 한 번 더 구타를 당하는 게 심각한 문제는 아닐 터였다. 조는 그 생각을 재미있게 여기면서 한바탕 크게 웃고 싶었다. 그는 한바탕 웃으면서 포효하겠다는 생각이었지만, 그에게 찾아온 감정 표현은 입가를 씰룩거리는 게 전부였다.

작은 고양이의 눈이 조를 찾아왔다. 조는 고양이의 눈이 아버지가 그를 두들겨 팰 때 보이는 눈하고 비슷하다고 생각했다.

그는 대릴에게 한 발짝 다가갔다. "재수 없는 놈들이나 작고 힘없는 고양이를 괴롭히는 거야."

두 번째 성냥이 타올랐고 여자애가 고양이에게로 서둘러 다가왔다.

조 파이크의 눈에 비친 세계가 잘못된 쪽 렌즈를 통해 망원경을 들여다볼 때처럼 멀어졌다. 그는 차분해졌다. 몽둥이를 들어 온힘을 다해 대릴에게 달려들 때 그는 절대적인 평온 상태였다. 조가 진짜로 달려들자 깜짝 놀란 대릴은 고함을 질렀다. 그러고는 돌격하는 상대를 맞으려고 몸을 일으켰다. 갑자기 자유로워진 고양이가 쏜살같이 나무들 사이로 달려가 사라졌다.

여자애가 소리를 질렀다. "도망가고 있잖아!" 아기자기한 쇼가 끝났는데, 클라이맥스를 놓쳤다는 듯한 분위기였다.

조는 있는 힘을 다해 몽둥이를 내리쳤지만, 절반쯤 썩은 몽둥이는 대릴의 팔뚝에 맞는 순간 부러졌다.

조의 이마와 가슴을 붙잡은 대릴은 거세게 돌아가는 바람개비처럼 주먹을 휘둘렀다. 그리고 다른 사내아이가 조의 뒤에서 있는 힘을 다해 주먹을 날리고 있었다. 조는 그들의 주먹이 그를 가격하는 걸 느꼈지만, 이상하게도 아픔은 전혀 느끼지 않았다. 그는 자신이 자신의 내면 깊은 곳 어딘가에 있는 것 같은, 어두운 숲에 홀로 있는 작은 소년이 돼서 그 순간의 행위를 행위의 일부가 되는 일 없이 지켜보고 있는 듯한 기분이었다.

실망감을 이겨낸 뚱뚱한 여자애가 이제는 펄쩍펄쩍 뛰면서, 자신의 미식축구 팀에게 결승점을 내라고 응원하는 것처럼 주먹을 계속 펌프질했다. "죽여! 그 개자식 죽여버려!"

조는 거칠게 주먹을 날리는 나이 많은 두 남자애 사이에 서 있었다. 담배를 문 아이가 그의 오른쪽 귀 뒤를 세게 때렸다. 조가 그를 상대하려고 몸을 돌리자, 대릴이 다리 뒤쪽을 발길질해서 조를 쓰러뜨렸다.

대릴과 담배를 문 아이가 조에게로 몸을 기울여 조의 얼굴과 머리와 등과 두 팔에 소나기처럼 주먹을 날렸지만, 조는 여전히 아무것도 느끼지 못했다.

그 애들은 덩치가 컸지만, 아버지는 그들보다 더 컸다.

그 애들은 힘센 아이들이었지만, 아버지는 힘이 더 셌다.

조는 몸을 굴려 무릎을 꿇으면서 몸을 일으켰다. 그가 휘청거리면서 두 발로 설 때조차도 그들의 주먹과 발길질이 느껴졌다.

대릴 헤인스는 그의 얼굴을 힘껏 치고, 치고, 또 쳤다. 조는 덩치 큰 남자애들을 가격하려고 애썼지만, 그가 날린 주먹의 대부분은 거리가 못 미치거나 빗나갔다.

그러다 누군가가 발을 걸었고, 그는 다시 쓰러졌다.

대릴 헤인스가 그를 발길질했다. 하지만 아버지의 발길질보다는 약했다.

조는 용을 쓰며 일어섰다.

여자애는 여전히 고함을 지르고 있었지만, 조가 다시 일어섰을 때 대릴 헤인스는 조의 얼굴에서 이상한 기색을 봤다. 담배를 문 아이는 거친 숨을 쉬고 있었다. 주먹을 너무 많이 날리느라 숨을 쉬기가 어려웠고, 두 팔은 납덩이처럼 옆구리에 붙어 있었다. 역시 거친 숨을 쉬는 대릴은 자신의 눈을 믿을 수 없다는 듯한 표정으로 조를 보고 있었다. 그의 두 손은 빨간색으로 덮여 있었다.

여자애가 고함을 쳤다. "때려, 대릴! 제대로 때려눕혀!"

조는 대릴의 눈을 찌르려 애쓰면서 대릴을 할퀴다가 성공하지 못하고 는 옆구리를 땅으로 향하며 쓰러졌다.

대릴이 그의 위에 섰다. 양손에서 피가 떨어지고 있었다. "그대로 있어, 새끼야."

"죽을 때까지 때려, 대릴! 멈추지 마!"

"그대로 있으라고."

조는 무릎을 밀어 몸을 일으켰다. 그는 대릴에 초점을 맞추려고 애썼지만, 대릴은 흐릿하고 벌건 형체로만 보였다. 조는 자신의 두 눈이 피로 덮여 있다는 걸 깨달았다.

"너, 정신 나갔냐? 그대로 있으라고."

조는 휘청거리며 일어서서는 젖 먹던 힘을 다해 주먹을 휘둘렀다.

밖으로 피한 대릴이 앞으로 몸을 날려 조의 코끝을 제대로 가격했다. 조는 부러지는 소리를 들었고 그걸 느꼈다. 대릴이 그의 코를 부러뜨렸다는 걸 알았다. 전에도 그 소리를 들은 적이 있다.

조는 쓰러졌다. 하지만 곧바로 다시 일어나려고 애썼다.

대릴이 그의 셔츠 자락을 움켜쥐고는 그를 거칠게 밀었다. "좆만 한 새끼가! 뭘 잘못 먹어서 이러는 거야?"

담배를 문 아이는 옆구리가 쑤시는지 옆구리를 붙들고 있었다. "야, 튀자. 더 이상은 이러고 싶지 않아."

조가 말했다. "너희들을 두들겨 패줄 거야." 입술이 터진 탓에 말도 제대로 나오지 않았다.

"끝났어!"

조는 땅바닥에 누운 채로 대릴을 치려고 애썼지만, 주먹은 30센티미터는 족히 빗나갔다.

"끝났다니까, 망할. 네가 졌다고!"

조는 대릴을 다시 때리려고 애썼지만, 이번에는 1미터쯤 빗나갔다.

"아직 안 끝났어… 내가 이길 때까지는."

대릴이 그에게서 뒷걸음쳤다. 그의 얼굴은 생생한 분노로 가득한 마스크였다. "오케이. 이 멍청한 새끼야. 경고했다."

대릴은 뒤로 물러섰다가 있는 힘을 다해 조를 발길질했고, 조는 두 다리 사이에서 세상이 폭발하는 느낌을 받았다. 그러더니 별들과 암흑이 생겨났다.

조는 그들이 떠나는 소리를 들었다. 또는 들었다고 생각했다. 그가 움직일 수 있기까지는 몇 시간이 흐른 것 같았다. 그가 마침내 몸을 일으켜 무릎을 꿇었을 때, 숲은 고요했다. 사타구니가 아팠고 욕지기가 느껴졌다. 얼굴을 만져봤다. 손은 빨갰다. 티셔츠는 사방에 피가 말라붙어 있었다. 더 많은 피가 두 팔에 기다란 자국을 남겼다.

그러고서 몇 분 후, 그는 테레빈유 냄새를 다시 맡았다. 귀가 하나밖에 없는 고양이가 보였다. 고양이는 쓰러진 나무의 썩은 나뭇가지 아래서 그를 응시하고 있었다.

"안녕, 나비야."

고양이가 사라졌다.

"괜찮아, 나비야. 괜찮아."

그는 암컷 고양이도 무서웠을 거라고 생각했다.

그는 왜 자신은 무섭지 않았던 건지 궁금했다.

한참 후에 그는 집으로 갔다.

사흘 후, 대릴 헤인스는 봉투를 쏘아보며 말했다. "망할 놈의 통지서."

오후 8시 5분 전의 셸 주유소였다. 대릴은 주유소 앞 콜라 자판기 옆에 가져다 놓은 딱딱한 의자에 앉아 있었다. 특유의 방식으로 몸을 젖히고는 다운재킷을 걸쳐 포근함을 느꼈지만, 편지에 대해서는 열을 받았다. 망할 놈의 육군이 신체검사를 받으러 오라고 보낸 통지서였다.

열여덟 살로, 대학 재학으로 인한 징병 유예라는 호사를 누리지 못하는 대릴 헤인스는 1-A 보병 자원이었다. 호모 군의관들이 그를 베트남으로 보낼 수 있는지 알아보기 위해 엉덩이를 찌르는 검사를 할 수 있도록 이번 주 토요일에 시내로 가는 버스를 타야만 했다.

대릴이 투덜거렸다. "엿 같네."

공군에 입대하는 편이 옳은지도 몰랐다.

대릴의 형인 토드는 이미 거기 가 있다. 형은 사이공 근처 공군기지에서 트럭 관련 일을 하는 땡보직인데, 형 말로는 그리 나쁘지 않다고 했다. 한참을 빈둥거리면서 지내고, 마음 내킬 때까지 대마초를 피우고, 예쁘장한 국(gook, 동남아시아인을 비하하는 표현) 계집들을 한 번에 25센트에 따 먹을 수 있어. 형은 그곳 생활을 망할 놈의 디즈니랜드 비슷하게 얘기했지만, 대릴은 자신의 박복함을 생각하면 아마도 총 들고 땅을 기다 총에 맞게 될 거라는 쪽으로 생각했다.

"제장."

8시에 대릴은 불을 끄고 펌프를 끄고 주유소를 걸어 잠그고는 거리로 향했다. 술집에 들를 수 있으면 좋겠다고 생각했다. 열여덟 살은 국들을 죽이기에는 충분한 나이였지만, 맥주 생각이 날 때 술집에 들어가기에는 충분한 나이가 아니었다.

대릴은 캔디 크로울리의 가랑이에서 슬픔을 달랠 수 있을 거라고 생각하고 있었다. 그 뚱보 사이코 쌍년을 마주치기만 한다면 말이다. 그는 그 쌍년이 고양이를 불태우자는 아이디어를 내놓은 지난 일요일에 그가 목표로 삼은 지점까지 거의 다 갔었다. 살다 보면 그냥 고개를 저어야만 하는 때가 있는 법이다. 그 애가 그런 짓을 하자고 찾아왔을 때가 그런 때였다. 그년의 사타구니는 제대로 축축한 듯 보였다. 대릴은 마침내 녹슨 장비를 제대로 꽂을 때가 온 것 같다고 생각했다. 그런데 그 요상한 꼬맹이가 거래를 망쳐버렸다. 또 다른 염병할 미친 새끼. 그 꼬맹이는 대릴 헤인스가 여태껏 해온 중에 제일 끝내주는 구타를 당했다. 그런데도 멈추려 들지 않았다. 울지도 않았다. 대릴이 놈의 불알을 깨버리고 난 후에도 그랬다. 그놈이 고양이한테 보인 태도를 보면, 망할 놈의 고양이는 그놈 거였던 것 같다. 그런데 대릴은 이웃집에 사는 윌버 노파에게서 고양이를 훔치지 않았던가.

살다 보면 그냥 고개를 저어야만 하는 때가 있는 법.

대릴이 여전히 생각에 잠겨 있을 때 그를 부르는 목소리가 들렸다. "대릴."

대릴은 엉겁결에 대답했다. "예?"

커다란 진달래 덤불 뒤에서 꼬맹이가 나왔다. 사방에 멍이 든 얼굴은 부은 데다가 혹투성이였다. 커다란 테이프 조각이 코를 덮고 있었고, 시커먼 바늘자국이 입술과 왼쪽 눈썹을 철길처럼 수놓고 있었다.

징병 대상이 된 탓에 제대로 짜증이 난 대릴이 말했다. "좀 더 두들겨 맞고 싶은가 본데, 좆만아, 타이밍 기가 막히게 골랐구나. 나, 베트남 간다."

하지만 꼬맹이는 그 말에도 그리 큰 인상을 받지 않았다. 갑자기 루이빌 슬러거 야구배트를 두 손에 쥔 그가 펜웨이 파크(보스턴 레드삭스의 홈구장)의 그린몬스터를 노리며 힘껏 스윙하는 것처럼 대릴의 왼쪽 무릎 바깥쪽을 가격했다.

대릴 헤인스는 쓰러지면서 비명을 질렀다. 누군가가 무릎에 폭죽을 박아놓고 터뜨린 것 같았다. 대릴은 무릎을 붙잡았다. 그가 여전히 울부짖고 있을 때 꼬마가 배트를 다시 내리쳤다. 대릴은 배트가 날아오는 걸 보고는 양손을 들었다. 그러면서 두 번째 폭죽이 오른팔에서 터졌다. 대릴은 큰 소리로 외쳤다. "젠장! 그만해! 그만! 그만 때려!"

꼬마는 배트를 옆으로 던지고는 그를 응시했다. 꼬마의 얼굴은 공허했다. 그러면서 대릴은 베트남에 있는 모든 국보다 이놈이 더 무서워졌다.

꼬마가 대릴의 옆통수를 찼다. 다시 또 발길질을 하고는 허리를 굽혀 대릴의 얼굴에 주먹을 빠르게 세 방 날렸다. 시커먼 벌판에 반짝이는 작은 별 백만 개가 대릴의 하늘을 채웠다. 그런 후, 대릴은 토했다.

"대릴?"

"으음…."

"내가 이길 때까지는 끝난 게 아냐."

대릴은 피를 뱉었다. "네가 이겼어, 젠장. 네가 이겼다고. 항복."

꼬마가 뒤로 물러섰다.

대릴은 갓난아기나 된 것처럼 꺼이꺼이 울었다. 꼬마가 그의 다리와 팔을 부러뜨렸다. 젠장, 아팠다.

"대릴."

"제발, 그만 때려." 꼬마가 그를 몇 대 더 갈길까 봐 겁이 났다.

"어떻게 그렇게 약한 상대를 해치고 싶을 수가 있는 거냐?"

"젠장, 오, 젠장."

"다시 그런 짓을 하면, 대릴, 널 찾아내서 죽여버리겠어. 그 고양이도 그럴 힘만 있었다면 너를 죽였을 거야. 그런데 그럴 힘이 없었던 거지. 그러니까 내가 고양이 대신 널 죽일 거야."

"다시는 그런 짓 않겠다고 예수님께 맹세할게! 맹세한다고!"

꼬마가 배트를 집더니 멀리 사라져갔다.

12주 후, 깁스를 제거하고 꿰맨 곳의 마지막 실밥을 뺀 후, 육군 군의관이 마침내 그의 신체를 검사했다. 대릴 헤인스는 왼쪽 무릎의 영구장애 때문에 4-F 등급을 받았다. 군 복무 부적합.

그는 베트남에 가지 않았다.

그는 또 다른 고양이를 불태우려는 시도를 결코 하지 않았다.

21

눈을 떴을 때, 파이크는 지금이 새벽 2시가 아니라 한낮인 것처럼 정신이 초롱초롱했다. 꿈을 꾸고 났더니 잠은 다시 찾아오지 않았다. 그래서 그는 자리에서 일어나 팬티와 반바지를 입었다. 책을 읽을까 한참을 생각했지만, 그는 꿈을 꾸고 나면 운동을 하는 게 보통이었다. 그에게는 운동이 효과가 더 좋았다.

파란 나이키 러닝화를 신고 작은 엉덩이 백을 맸다. 그러면서도 불을 켜는 수고 따위는 하지 않았다. 그는 어둠 속에서도 편안했다. 오래전, 해병대 군의관들은 그의 야간 시력이 뛰어난 건 높은 수준의 비타민 A와 "빠른 로돕신" 때문이라고 말했다. 흐릿한 빛에 반응하는 망막 색소들이 대단히 민감하다는 뜻이었다. 고양이 눈. 의사들은 그렇게 불렀다.

서늘한 밤공기로 나가 햄스트링을 풀기 위해 스트레칭을 했다. 일주일에 64킬로미터를 달리는 일이 잦았음에도, 요가와 무술 수련을 다년간 해온 덕에 근육들은 잘 풀려 있었고 반응도 잘했다. 백을 엉덩이에 위치시킨 그는 경비용 문을 통과하고 복합단지의 부지를 가로질러 길거리로 조깅을 하러 나갔다. 백에는 열쇠와 검정색 소형 25구경 베레타가 들어 있었다. 무슨 일이 벌어질지는 누구도 모르는 일이므로.

그는 러닝의 대부분을 이렇게 이른 시각에 했다. 그러면서 그는 러닝에서 평온을 찾았다. 도시는 고요했다. 그는 경로를 선택할 수 있었다. 언덕의 길거리나 공원을 통과하는 경로를 선택할 수도 있었고, 골프 코스를 가로지르는 경로를 선택할 수도 있었다. 그는 풀과 흙에서 나는 자연의 느낌을 즐겼다. 그는 이런 느낌들이 자신의 어린 시절과 공명한다는 걸 잘 알았다.

워싱턴 대로에 올라 바다를 향해 서쪽으로 달렸다. 처음 4백 미터는 몸을 데우려고 천천히 달리다가 차츰 속도를 높였다. 공기는 서늘했고, 안개가 낮게 깔려 거리를 덮었다. 안개는 빛을 붙잡고 별들을 감췄는데, 그는 그걸 좋아하지 않았다. 그는 별자리를 읽고 별자리로 길을 찾아내는 걸 즐겼다. 젊은 해병으로서 그의 목숨을 별자리에 의존하던 시절이 있었다. 그는 천체역학의 확실성에서 평안을 찾았다. 그와 친구 엘비스 콜은 1년에 두세 번 외딴 지역에 가서 배낭여행을 하거나 사냥을 하고는 했다. 그럴 때, 그들은 해와 달과 별을 이용해 방향을 읽는 것을 통해 자신과 상대방을 테스트하고는 했다. 파이크는 엘비스보다 자주 홀로 외딴 오지로 모험을 떠나고는 했다. 나침반과 GPS가 방향을 찾는 데 실패할 수도 있다는 걸 그는 한참 전에 터득했다. 사람은 자기 자신에게 의지해야 한다. 사람은 자기 자신에게만 의지할 수 있는 법이다.

이미지들이 다가왔다. 그의 어린 시절을 찍은, 그가 알았던 여성들을 찍은, 그가 죽어가는 모습을 본 사람들과 그가 죽인 사람들의 모습을 찍은 스냅사진들이 휙휙 지나갔다. 친구이자 파트너인 엘비스 콜의 모습과, 그가 벌인 다양한 사업에 고용한 사람들의 모습도. 그는 때로는 그 이미지들을 깊이 숙고했지만, 그것들이 사라질 때까지 작게, 더 작게 접고는 한 적도 있었다.

북쪽으로 굽어지는 워싱턴 대로를 따라 베니스를 관통한 다음, 오션 애비뉴로 가기 위해 메인 스트리트를 떠났다. 오션 애비뉴에 가면 절벽 아래 있는 바닷가에서 부서지는 파도 소리를 들을 수 있었다.

파이크는 산타 모니카 피어를 지나치면서 속도를 높였다. 6분에 1.6킬로미터를 주파하는 속도까지 속도를 높이면서 쇼핑카트와 홈리스들의 야영지를 지났다. 유명한 레스토랑과 호텔들을 전력질주로 지나면서 자신의 뜀박질이 정점에 도달했다고 느꼈다. 한동안 정점을 유지하다가 느린 조깅 수준으로 속도를 늦춘 후 절벽 모서리에 있는 난간까지는 걸어서 갔다. 난간에 다다른 그는 바다를 보려고 걸음을 멈췄다.

그는 선박들과 칠흑 같은 수평선 위에 뜬 별들을 지켜봤다. 미풍이 그의 등을 어루만졌고, 내륙의 공기는 따뜻한 바다로 끌려왔다. 머리 위에서는 목마른 야자수들이 즐겁게 바스락거렸다. 차 한 대가 미끄러져 지나쳐서는 밤공기 속으로 사라졌다.

바다를 굽어보는 여기 절벽에서는 푸른 잔디밭과 자전거도로와 높이 솟은 야자수들이 보였다. 오른쪽의 덤불이 바스락거렸다. 그는 그녀를 보기도 전에 그게 여자라는 걸 알았다.

"당신이 맷인가요?"

여자는 머뭇거렸지만, 무서워하는 기색은 없었다. 십 대 후반이거나 이십 대 초반으로, 하얗게 탈색한 단발머리 여자는 커다란 갈색 눈으로 기대한다는 눈빛을 보냈다. 어깨에는 색 바랜 녹색 백 팩이 걸려 있었다.

"당신이 맷이에요?"

"아니."

그녀는 실망한 듯 보였지만, 여유로운 분위기였다. 이렇게 인적 없는 장소에서 낯선 남자를 만난다는 두려워해야 마땅한 현실이 그녀에게는 전혀 닿지 않았다는 투였다. "그쪽이 그 사람이 아닐 거라고는 짐작했어요. 트루디라고 해요."

"조야."

그는 수평선 위에 있는 불빛들을 향해 몸을 돌렸다.

"만나서 반가워요, 조. 나도 러닝 중이에요."

그는 그녀를 잠시 자세히 바라보면서 그녀가 왜 그런 단어들을 선택한 것인지 궁금해하다가 다시 선박들 쪽으로 몸을 돌렸다.

트루디는 난간에 몸을 기대면서 팰리세이드 비치 로드 쪽의 절벽 모서리 너머를 보려고 애썼다. 그녀는 떠나려는 기미를 전혀 보이지 않았다. 파이크는 러닝을 다시 시작해야 할지도 모르겠다고 생각했다.

그녀가 물었다. "당신 진짜 사람 맞아요?"

"아니."

"장난치지 마요. 알고 싶어요."

그는 손을 내밀었다.

트루디가 손가락으로 그를 만지더니, 첫 접촉은 믿지 못하겠다는 양 그의 팔목을 잡았다.

"으음, 당신이 유령이나 그런 것일지도 모른다고 생각했어요. 나는 그런 걸 보거든요. 때로는 그런 걸 상상하기도 하고요."

파이크가 대꾸하지 않자, 그녀가 말했다. "마음을 고쳐먹었어요. 당신이 뛰어서 여기를 떠나는 중이라고는 생각하지 않아요. 당신이 뛰어서 여기로 오고 있다고 생각해요."

"그게 유령인가? 아니면 당신이 상상했던 건가?"

그녀는 어느 쪽일지 고민해야만 하는 양 그를 응시하다 고개를 저었다.

"관찰에 따른 의견이에요."

"저기 봐."

조명의 모서리에서 나타난 코요테 세 마리가 팰리세이드에서 시작되는 절벽으로 이어진 길을 올랐다. 두 마리는 공원에 흩어져 있는 쓰레기통에 코를 대고 킁킁거렸고, 세 번째 놈은 오션 애비뉴를 빠르게 가로질러 골목으로 사라졌다. 놈들은 말라깽이 회색 개들처럼 보였다. 쓰레기 더미를 뒤지는 놈들.

트루디가 말했다. "야생동물이 이 도시에서 산다는 건 놀라운 일이에요, 그렇죠?"

"야생동물은 세상 어디에나 있어."

트루디가 그를 향해 다시 미소를 보였다. "흐음. 참으로 심오한 생각이네요."

코요테 두 마리가 갑자기 경계심을 보였다. 파이크가 코요테 무리의 울부짖음을 듣기 직전에 놈들은 북쪽에 있는 팰리세이드를 바라보고 있었다. 놈들의 울부짖음이 언덕에서 불어오는 미풍에 실려 내려왔다. 파이크는 놈들의 수가 여덟 마리에서 열두 마리 사이일 거라고 짐작했다. 쓰레기통 옆의 코요테 두 마리가 서로를 쳐다보더니 공기를 테스트해보려고 코를 들었다. *너희들은 충분히 안전해*, 파이크는 생각했다. *다른 놈들은 적어도 5킬로미터는 떨어져 있어. 팰리세이드의 협곡 높은 곳에 있을 거야.*

여자가 말했다. "저 소리, 너무 끔찍해요."

"놈들이 먹이를 찾았다는 뜻이야."

그녀가 배낭을 당겼다. "놈들은 사람들이 키우는 애완동물을 잡아먹어요. 개를 화나게 만들어서 집에서 멀리 오게 유인한 다음에 둘러싸고는 갈

기갈기 찢어버린다니까요."

파이크는 그게 맞는 말이라는 걸 알았다. 그래서 달리 할 말이 없었다. "놈들도 먹고살아야 하니까."

울음소리가 고음으로 올라갔다. 쓰레기통 옆의 코요테 두 마리가 얼어붙었다.

여자가 그 소리에서 시선을 돌렸다. "뭔가를 붙잡았나 보네요. 지금은 그걸 죽이고 있나 봐요."

여자의 눈은 공허했다. 파이크는 그녀가 더 이상은 여유 있어 보이지 않는 것 같다고 생각하면서 그녀가 코요테 무리의 일원인 건 아닌지 궁금해졌다.

"그것들을 갈기갈기 찢겠죠. 그러다 가끔 놈들 중 한 놈이 지나치게 피를 많이 뒤집어쓰면 다른 놈들이 그놈도 먹이라고 잘못 생각하고는 자기네 패거리를 죽이기도 할 거예요."

파이크는 고개를 끄덕였다. 사람들도 그런 식으로 행동할 수 있다.

울음소리가 돌연 뚝 그쳤다. 그러더니 여자가 본연의 모습을 찾았다. "그쪽은 말수가 많지 않네요, 그렇죠?"

"그쪽이 우리 둘이 할 얘기를 다 하고 있으니까."

여자가 깔깔 웃었다. "그래요. 그런 것 같아요. 내가 그쪽 혼을 빼놓은 게 아니었으면 좋겠네요. 나는 가끔 사람들한테 그런 짓을 하거든요."

조는 고개를 저었다. "아직까지는 아냐."

검정 미니밴이 윌셔를 떠나 오션 애비뉴를 따라오면서 헤드라이트로 그들을 훑었다. 차는 코요테가 건넜던 곳 근처의 거리 한복판에 멈춰 섰다.

트루디가 말했다. "맷이 분명해요. 얘기 즐거웠어요, 러닝 맨."

그녀는 배낭을 낚아채고는 밴을 향해 빠르게 걸어갔다. 트루디가 조수석 창문을 통해 누군가와 얘기를 나눴다. 그러자 문이 열렸고 트루디는 차에 올랐다. 밴은 대리점 주차장에서 막 몰고 나온 새 차처럼 반짝거렸음에도 번호판도 없고 대리점에서 다는 임시 번호판도 없었다. 밴은 몇 초 만에 사라졌다.

파이크는 작별인사를 했다. "굿바이, 러닝 걸."

파이크는 쓰레기통을 힐끔 봤지만, 코요테들은 보이지 않았다. 야생동물들은 산에 있는 그들만의 보금자리로 돌아갔다. 어둠 속으로 자취를 감췄다.

파이크는 종아리 근육을 풀려고 난간에 몸을 기댔다. 그러고는 윌셔를 향해 내륙으로 달렸다.

그는 어둠 속을 달렸다. 차량들과 사람들에게서 멀리 떨어진 곳에서 고독을 즐기면서.

아만다 킴멜이 말했다. "속이 다 시원하네!"

일흔여덟 살 난, 그녀의 외모를 새하얀 건포도처럼 보이게 만드는 헐렁한 피부에 둘러싸인, 주름 때문에 생긴 작은 골들에서 벌레들이 꼼지락거리고 있는 것마냥 왼쪽 다리가 따끔거리는 아만다 킴멜은 유진 더쉬를 염탐하는 데 사용되는 집에서 형사 둘이 슬그머니 나와 차를 몰고 떠나는 걸지켜봤다. 그녀는 넌더리를 치면서 고개를 저었다. "갓난애 볼기에 난 사마귀처럼 꼴 보기 싫은 놈들. 그렇지 않아요, 잭?"

잭은 대답하지 않았다.

"파이브-오에서 기대하는 것만큼 좋지는 않을 거예요. 왜 안 그렇겠어요. 당신이라면 놈들 궁둥짝을 쥐새끼들이 교미하는 것보다 더 빠르게 물으로 날려 보냈을 거예요."

아만다 킴멜은 육중한 M1 개런드 라이플을 TV로 다시 끌고 와서 안락의자 옆에 놓았다. TV는 요즘에 그녀가 허용하는 유일한 조명이었다. 그녀는 이웃인 더쉬 씨가 미치광이라는 걸 경찰이 알게 된 이후로 바깥에서 온갖 요란한 소리를 내며 돌아다니는 경찰과 기자와 정신 나간 구경꾼들을 감시할 수 있도록 망할 놈의 어둠 속에서 두더지처럼 살고 있었다. 염병할 차세대 샘의 아들의 바로 옆집에 사는 건 그녀가 누리는 망할 놈의 행운이었다.

아만다가 물었다. "엿 같은 일이에요, 그렇죠, 잭?"

잭은 대답하지 않았다. 그녀가 볼륨을 죽였기 때문이다.

아만다 킴멜은 케이블로 밤마다 「하와이 파이브-오」(1968년부터 장기간 방영된 TV 수사물) 재방송을 시청하면서 잭 로드(「하와이 파이브-오」의 주연 배우)가 역사상 제일 훌륭한 경찰이었다고, 「하와이 파이브-오」는 역사상 제일 뛰어난 형사물이라고 생각했다. 척 노리스와 지미 스미츠를 꼽는 사람도 있을 것이다. 하지만 그녀는 언제든 잭 로드를 꼽았다.

다시 자리를 잡은 아만다는 스카치를 한 모금 듬뿍 들이켜고는 M1을 사랑스럽게 토닥였다. 그녀의 두 번째 남편은 백만 년쯤 전에 쪽발이들과 싸운 뒤에 집으로 M1을 가져와 침대 밑에 놔뒀었다. 아니, 첫 남편이었던가? M1은 전봇대만큼 컸고, 아만다는 그 망할 물건을 간신히 들 수 있었지만, 요즘 들어 미치광이의 이웃집에 살고 있다는 사실을 감안하면, 그리고 온갖 낯선 놈들이 집 밖을 헤집고 다니는 걸 감안하면, 으음, 여자는 여자가 마땅히 해야 할 일을 하는 법이다.

"맞죠, 잭?"

잭이 미소를 지었다. 그래서 그녀는 그도 동의한다는 걸 알았다.

처음 며칠간, 엄청나게 많은 사람들이 그녀의 이웃집에 몰려왔다. 구경꾼들과 얼간이들을 가득 채운 차들. 더쉬의 마당에 선 자신의 모습을 사진으로 찍고 싶어 하는 멍청이들. ─염병에나 걸려버려라!─ 자신들이 온갖 소음을 내서 사람들 생활을 방해하고 있다는 사실에는 눈곱만큼도 관심을 보이지 않는, 카메라와 마이크를 든 기자들. 그녀는 기자 한 놈을 붙잡기까지 했다. 채널 2에 나오는 그 끔찍한 난쟁이. 놈은 더쉬의 마당에 들어가려고 기를 쓰면서 그녀가 기르는 장미를 짓밟았다. 그녀는 벼락이나 맞으라며 저주를 퍼부었지만, 놈은 어찌 됐든 앞으로 나가려 들었고, 그래서 그녀는 스프링클러를 켜고 호스에 물을 틀어서 그 교활한 개자식을 혼내줬다.

처음 며칠이 지난 후, 잔뜩 몰려든 기자와 멍청이들이 줄었다. 경찰이 수색할 곳이 다 바닥나는 바람에 방송국 놈들이 촬영할 곳이 더 이상은 없었기 때문이다. 경찰은 더쉬의 집 앞 거리에 상당히 오래 머무르면서 그가 떠날 때 떠나고 돌아올 때 돌아왔다. 비어 있는 이웃집 주변을 네 시간 간격으로 얼씬거리는 경찰들은 예외였다. 아만다는 기자 놈들은 그 집에 있는 경찰에 대해 아는 게 없을 거라고 짐작했다. 그녀 입장에서는 좋은 일이었다. 근무조가 교대할 때마다 알아서 충분히 큰 소음을 내는 것으로 선잠을 자는 데다 다리를 비롯한 곳곳이 좋지 않은 그녀를 깨웠기 때문이다.

"늙는 건 지옥 같은 일이에요, 그렇지 않수, 잭? 잠도 못 자고, 똥도 못 싸고, 만리장성도 못 쌓잖수."

잭 로드가 뚱뚱한 하와이언의 코에 주먹을 날렸다. 그래, 잭은 늙는 건

지옥 같은 일이라는 걸 잘 알고 있어.

아만다가 남아 있는 스카치를 다 비우고는 술병으로 눈길을 돌리면서 약간 리필을 할 시간인지도 모르겠다고 생각할 때였다. 차문이 닫히는 큰 소리가 났다. 그녀는 생각했다. "망할 놈의 경찰들이 다시 시끄럽게 구네 그려." 집에 놓고 간 담배를 가지러 온 건지도 모른다.

아만다는 TV를 끄고 큼지막한 M1을 끌고 창문으로 돌아가서 망할 놈들에게 도저히 잠을 못 자겠다며 고래고래 소리를 질러야겠다고 생각했다. 그런데 그건 경찰이 아니었다.

침침한 눈은 78년이나 된 거였고 배에서는 스카치가 출렁거리고 있었지만, 그녀는 반달과 가로등 사이에 서 있는 그 남자를 썩 잘 볼 수 있었다. 남자는 더쉬의 집으로 이어지는 골목을 따라 거리를 내려가고 있었다. 경찰이나 기자는 아닌 게 확실했다. 거구였다. 청바지와 소매 없는 운동복 차림으로, 눈에 잘 띄는 사람이었다. 지금 이곳은 고양이의 똥구멍 안처럼 어두운 한밤이었다. 그런데도 이 재수 없는 놈은 선글라스를 끼고 있었다.

그녀가 처음 한 생각은 그가 도둑이나 강간범 같은 범죄자가 분명하다는 거였다. 그래서 그녀는 개자식을 겨냥하려고 M1을 들었다. 하지만 놈은 총을 고정시키기도 전에 산울타리를 지나쳐 사라졌다.

"젠장! 이리로 돌아와, 이 개자식아!"

그녀는 기다렸다.

아무도 오지 않았다.

"젠장!"

M1을 창문에 받쳐둔 아만다 킴멜은 의자로 돌아가서는 스카치를 한 모금 따라서 맛을 봤다. 어쩌면 놈은 더쉬의 친구일지도 모른다—더쉬를 찾아

오는 남자 친구들이 항상 많았는데, 그녀는 그게 무슨 뜻인지 확실히 알았다−. 아니면 그저 퇴근 후에 찾아온 구경꾼일지도 모른다−그런 놈들이 셀 수 없이 많았는데, 이보다 더 괴상한 차림새로 오는 놈들도 꽤 많았다−.

그녀는 짧고 날카로운 빵 소리 때문에 의자에서 떨어질 뻔했다.

아만다는 평생 그런 소리를 들어본 적이 없었지만, 그게 무슨 소리인지는 의심의 여지가 없었다.

총소리.

"망할, 잭! 결국 그 개자식은 구경꾼이 아닌 것 같아요."

아만다 킴멜은 수화기를 들고 경찰에 전화를 걸어 유진 더쉬가 팔에 빨간 화살들 문신이 있는 남자에 의해 방금 전에 살해됐다고 말했다.

2부

22

아침 더위가 야생 허브 향기를 협곡에서 상층으로 들어 올렸다. 뭔가가 덜커덩거리는 소리가, 강력한 폭탄들이 지평선 너머에서 쿵쾅거리며 터지는 소리가 많이 약해진 듯 아련하게 들렸다. 몇 년간 전쟁 생각을 해본 적이 없던 나는 시트를 머리 위로 당겼다.

루시가 내 등에 바싹 달라붙었다. "현관에 누가 와 있어."

"뭐?"

그녀가 내 몸에 얼굴을 파묻었다. 그녀의 손이 내 옆구리를 따라 미끄러졌다. 그녀의 손바닥에서 나는 건조한 열기가 좋았다. "현관 말이야."

노크 소리.

"7시도 안 됐는데."

그녀가 얼굴을 더 깊이 파묻었다. "총 가져가."

운동복 반바지와 점퍼를 입고 무슨 일인지 보려고 내려갔다. 고양이가 두 귀를 내리고 으르렁거리며 출입구에 쪼그려 앉아 있었다. 이런 고양이를 데리고 있을 때 도베르만(경호 견종)이 필요한 사람이 누가 있겠는가?

스탠 와츠와 제롬 윌리엄스가 현관문 반대쪽에 있었다. 한동안 거기 있었던 걸로 보였다. 와츠는 입 냄새 제거용 사탕을 씹고 있었다.

"여기서 뭐 해요?"

그들은 대답도 않고 안으로 들어왔다. 그들이 들어오자 고양이가 등을 활처럼 휘면서 쉿 소리를 냈다.

윌리엄스가 말했다. "그놈 참 볼만한 고양이일세."

"눈을 안 떼는 편이 좋을 거예요. 잘 무니까."

윌리엄스가 고양이에게 다가갔다. "염병, 고양이들은 나를 좋아해. 좀 있으면 알게 될 거야."

윌리엄스가 손을 내밀었다. 고양이가 털을 곤두세웠고 울음소리는 경찰 사이렌만큼이나 커졌다. 윌리엄스가 빠르게 뒤로 물러났다.

"흑인한테 무슨 감정이 있나?"

"모든 사람한테 감정이 있어요. 지금은 아침 7시예요, 와츠. 더쉬가 자백을 한 건가요? 살인자 신원을 밝혀낸 거예요?"

와츠가 사탕을 뺐다. "우리가 궁금한 건 간밤에 자네가 어디 있었는지가 전부야. 물어볼 게 두어 가지 있어."

"뭐에 대해서요?"

"자네가 어디 있었는지에 대해."

윌리엄스를 다시 힐끔 봤다. 이제 윌리엄스는 나를 주시하고 있었다.

"여기 있었어요, 와츠. 무슨 일인데요?"

"증명할 수 있나?"

루시가 말했다. "예, 할 수 있어요. 하지만 그이가 반드시 그래야만 하는 건 아니죠."

우리 셋은 위를 올려다봤다. 루시가 내 흰색 테리 클로스 가운 차림으로 위층 난간에 서 있었다.

내가 그들을 소개했다. "루시 셰니에예요. 와츠 형사하고 윌리엄스 형사셔."

와츠가 물었다. "당신이 이 친구하고 여기에 같이 있었나요?"

루시가 미소를 지었다. 상냥하게. "제가 그 질문에 답해야 할 이유는 없는 것 같은데요."

와츠는 배지를 내밀었다.

"이제는 내가 그 질문에 대답할 필요가 없다는 걸 잘 알겠네요."

윌리엄스가 투덜거렸다. "젠장. 처음에는 고양이가 이러더니."

와츠는 어깨를 으쓱했다. "좀 더 나은 대접을 받을 거라고 기대했었는데 말이야."

루시의 웃음기가 서서히 가셨다. "두 분은 원하건 원하지 않건 친절하게 굴어야 할 거예요. 두 분이 영장을 갖고 있지 않는 한, 우리는 두 분께 나가달라고 요구할 수 있고, 실제로 그럴 거예요."

윌리엄스가 투덜댔다. "으음. 젠장."

"루시는 변호사예요, 와츠. 그러니까 우리를 갖고 놀 생각은 마요. 나는 여기 있었어요. 루시하고 쇼핑하러 마트에 갔다 와서 저녁을 차렸어요. 영수증이 쓰레기통에 있을 거예요. 비디오대여점에서 영화도 빌렸어요. 그 테이프가 저기 VCR에 있어요."

"자네 단짝 파이크는 어때? 그를 마지막으로 본 게 언제였지?"

계단을 내려온 루시가 팔짱을 끼고는 내 옆에 섰다. 그녀가 충고했다. "저분이 이유를 말할 때까지는 대답하지 마. 어쩌면 이유를 말하더라도 대답하지 않아도 될 거야. 저분 질문에는 더 이상 대답하지 마." 내 얼굴을 바라보는 그녀의 눈은 진지했다. "이건 변호사로서 하는 소리야. 알아듣겠어?"

나는 양팔을 벌렸다. "들었죠, 와츠? 그러니까 무슨 일인지 얘기하거나 우리 집에서 나가주세요."

"유진 더쉬가 간밤에 총에 맞아 죽었어. 우리는 그 일로 조 파이크를 체포했고."

나는 그를 응시했다. 윌리엄스를 힐끗 봤다.

"농담이죠?"

농담이 아니었다.

"크란츠가 조를 엮고 있는 거예요? 이게 그런 짓거리하고 관련된 거예요?"

"조가 그 집으로 들어가는 걸 본 목격자가 있어. 지금 우리는 라인업(범인 색출을 위해 용의자를 무고한 사람들과 함께 목격자 앞에 도열시키는 것)에 세우려고 그를 다운타운에 데리고 있어."

"말도 안 돼요. 파이크는 아무도 죽이지 않았어요." 나는 흥분하고 있었다. 루시가 내 등을 토닥였다.

와츠가 차분하게 말했다. "자네 얘기는 조가 당신들 둘하고 같이 여기 이 집에 있었다는 거야?"

루시가 내 앞으로 나왔다. "두 분은 콜 씨를 체포하는 건가요?"

"아뇨."

"지금 영장을 집행하고 있는 건가요?" 그녀의 목소리는 지극히 사무적이었다.

"그저 얘기를 좀 하고 싶었던 것뿐입니다." 그의 시선이 나를 지나쳐 그녀에게 향했다. "우리는 자네가 그런 짓을 할 사람이라고는 생각하지 않아. 그냥 자네가 무얼 알고 있는지 확인하고 싶었던 것뿐이야."

루시가 고개를 저었다. "이 인터뷰는 끝났어요. 저이나 나를 체포할 준비가 돼 있지 않다면, 나가주세요."

내가 문을 잠그는 순간 전화기가 울렸다.

내가 전화기에 당도하기 전에 루시가 수화기를 낚아채 응대했다. "실례지만 누구시죠?"

그녀는 본격적인 변호사 모드였다. 내 여자 친구이자 내가 사랑하는 여자인 건 여전했지만, 지금은 자신의 짝을 보호하는 암호랑이로서 엄청난 집중력을 보여줬다. 그녀는 얼굴을 낮추고 수화기에서 들려오는 내용에 집중하고 있었다.

결국, 그녀가 수화기를 내밀었다. "찰리 바우먼이라는 사람이야. 자기가 조를 변호하는 형사사건 전문 변호사래."

"맞아."

찰리 바우먼은 연방 사건들을 기소하는 미합중국 정부의 법률대리인으로 일하다, 언젠가 그가 창살 뒤에 처넣으려고 애썼던 동일한 사람들을 변호하면서 다섯 배나 많은 돈을 벌기로 결심한 사람이었다. 산타모니카에 사무실을 둔 그는 전처가 셋 있었고, 그들과의 사이에서 낳은 자식이 마지막으로 세어봤을 때 여덟이었다. 그는 내가 수입이 짭짤한 해에 벌어들인 돈보다 많은 돈을 양육비로 지불하고 있었다. 그는 예전에 조하고 나를 변호했었다.

그가 물었다. "조금 전 여자, 누구야?"

"루시 셰니에라고, 내 친구인데 변호사이기도 해요."

"젠장, 대가 세도 엄청 센 여자로군. 조 얘기 들었어?"

"조금 전에 형사 둘이 여기 있었어요. 내가 아는 건 더쉬가 살해됐다고 그들이 말했고, 그들이 조가 현장에 있었다고 말한 목격자를 확보했다는 게 다예요. 도대체 일이 어떻게 돌아가는 거예요?"

"사건 관련해서 아는 거 있어?"

"아뇨. 하나도 없어요." 그가 그런 걸 묻는다는 사실에 짜증이 났다.

"오케이, 오케이. 야, 조심해, 이 멍청한 새끼야! 젠장!" 경적이 여러 차례 울렸다. 찰리는 카폰으로 통화하는 중이었다. "지금 파커 센터로 가는 중이야. 경찰은 그를 기소하기 위해 라인업을 실시할 준비를 하고 있어."

"나도 거기 있고 싶어요."

"그 생각은 접어둬. 경찰은 자네가 거기 오는 걸 결코 허용하지 않을 거야."

"나도 그리로 가는 중이에요, 찰리. 나도 갈게요. 진심이에요."

나는 다른 말 없이 전화를 끊었다. 루시가 심각한 얼굴로 나를 지켜보고 있었다.

"엘비스?"

나는 전쟁에 참전했었다. 총을 든 사내들과, 나를 해치려고 온힘을 다하는 위험하고 억센 남자들과 대면했었다. 하지만 내가 지금보다 더 두려웠던 적이 있었는지는 떠올릴 수가 없었다. 두 손이 떨렸다.

루시가 물었다. "엘비스? 이 사람, 솜씨 좋아?"

"찰리는 잘해."

그녀는 무언가를 찾는 듯한 투로 나를 계속 주시했다.

내가 말했다. "조는 그런 짓을 하지 않았어."

그녀는 고개를 끄덕였다.

"조는 그런 짓을 하지 않았어. 더쉬는 카렌을 죽이지 않았어. 조는 그걸 알아. 그가 더쉬를 죽일 리가 없어."

루시가 내 뺨에 입을 맞췄다. 그녀의 눈에는 내가 신경을 쓰게끔 만드는 상냥함이 담겨 있었다.

"더 아는 게 생기면 전화해줘. 조한테 인사 전해주고."

그녀는 위층으로 올라갔다. 나는 그녀가 올라가는 모습을 지켜봤다.

파커 센터는 1층을 용의자들의 입건 관련 서류를 기록하고 그들을 처리하는 용도로 쓴다. 내가 체크인하고 2분 후, 찰리가 회색 금속 문으로 허둥지둥 들어왔다.

"딱 맞춰 왔군. 5분만 늦었어도 놓쳤을 거야." 찰리 바우먼은 나보다 10센티 작았다. 야윈 얼굴에는 얽은 자국이 있었고 눈빛은 강렬했다. 그에게서 담배 냄새가 났다.

"조를 만나볼 수 있나요?"

"끝나기 전까지는 안 돼. 방에 들어가면 거기에 목격자가 있을 거야. 조그마한 노파야. 경찰이 모든 말을 다 하게 놔둬야 해. 목격자가 무슨 말을 하건 상관 말고."

"나도 알아요, 찰리."

"혹시나 해서 말해두는 거야. 목격자가 무슨 말을 하건, 자네는 아무 말마. 나하고 자네, 우리는 그 여자한테 말을 할 수 없어. 질문할 수도 없고, 무슨 의견을 내놓을 수도 없어. 오케이?"

"알았어요." 찰리는 초조한 듯 보였다. 그게 마음에 들지 않았다.

우리가 그런 얘기를 나누는 동안, 나는 타일이 깔린 복도를 따라 그를 쫓아갔다. 복도는 일반 기업의 작업장과 비슷해 보이는 넓은 방으로 이어졌다. 유일한 차이점은, 이 방에는 음주운전의 치사율을 보여주는 포스터들이 있다는 거였다.

"조하고 얘기해볼 기회가 있었어요?"

"골자를 파악하기에는 충분했어. 자세한 얘기는 끝난 다음에 하자고."

나는 그를 멈춰 세웠다. 우리 뒤에서, 내가 모르는 형사 둘이 운전면허 사진을 찍을 때 사용하는 것 같은 카메라 앞에 흑인 사내를 세우고 있었다. 다른 게 있다면 이 사내는 면허증을 갱신하러 거기 온 게 아니라는 거였다. 그의 손에는 수갑이 채워져 있었고, 휘둥그레진 눈에는 두려움이 가득했다. 그는 하소연하고 있었다. **"이건 말도 안 돼요, 삼진아웃제라는 쓰레기는 말도 안 돼요."**

"찰리, 경찰이 뭔가를 갖고 있나요?"

"목격자가 조의 신원을 긍정적으로 확인하면 경찰은 서류를 작성할 거야. 그런 다음에 어찌하는지 두고 보자고. 목격자는 나이가 많아. 나이 많은 사람들은 혼동을 잘하지. 우리가 운이 좋으면 그녀는 엉뚱한 사람을 고를 거야. 그러면 일찍 집에 갈 수 있어."

그는 내 질문에 답한 게 아니었다.

"경찰이 뭔가를 갖고 있냐고요?"

"검사가 이미 내려오는 중이야. 그가 여기 도착하면 우리한테 사건 개요를 설명할 거야. 경찰이 뭘 갖고 있는지는 나도 몰라. 하지만 경찰이 자기들한테 조를 입건할 만한 물증이 있다고 생각하지 않았다면 검사를 여기로 부르지는 않았을 거야."

옆에 있는 복도에서 크란츠와 스탠 와츠가 나왔다. 크란츠는 커피 한 잔을 들고 있었고, 와츠는 두 잔을 들고 있었다.

찰리가 말했다. "오케이, 크란츠. 그쪽이 준비되는 대로 언제든 시작합시다."

나는 크란츠를 쳐다봤다. "조한테 무슨 누명을 씌우고 있는 거예요?"

크란츠는 내가 본 그의 모습 중에서 가장 차분한 모습을 보였다. 평온해 보였다. "자네가 원한다면 더쉬의 시신을 보여줄 수도 있어."

"더쉬한테 무슨 일이 일어났는지는 모르겠어요. 내 말은 조는 이런 짓을 하지 않았다는 거예요."

크란츠가 눈썹을 치켜 올리고는 와츠를 쳐다봤다. "여기 있는 스탠이 자네가 간밤에 어떤 여자랑 집에 있었다고 하더군. 이 친구 말에 뭐 잘못된 게 있나?" 그는 나를 돌아봤다. "자네, 파이크랑 있었나?"

"내가 무슨 말을 하는 건지 알잖아요."

크란츠는 커피를 불고는 한 모금 마셨다. "아니, 콜. 난 그건 모르겠어. 내가 아는 건 이거야. 오늘 새벽 3시 15분에 파이크의 인상착의와 일치하는 남자가 유진 더쉬의 뒤뜰에 들어가는 게 목격됐어. 그러고서 잠시 후, 더쉬는 357구경 매그넘에 머리를 한 방 맞고 사망했어. 38구경일 수도 있지만, 머리가 박살 난 방식을 놓고 판단할 때, 나는 357구경이라는 데 내기를 걸 거야. 탄환을 회수했으니까 탄환이 무슨 말을 들려줄지는 두고 보면 알겠지."

"지문은 확보했어요? 조가 한 짓이라는 걸 입증할 물증은 확보한 거예요, 아니면 이것도 더쉬를 수사할 때처럼 충동적으로 밀어붙이는 또 다른 억지 수사인가요?"

"검사님이 파이크의 변호사에게 우리 사건을 설명하게 해드릴 거야. 콜, 자네는 방문증을 받아서 여기에 있는 거야. 그 점 명심하라구."

우리 뒤에서 윌리엄스가 나타나 모든 준비가 끝났다고 말했다.

크란츠가 나를 향해 고개를 끄덕였다. 자신감이 넘쳤다. "목격자가 뭐라는지 보자고."

그들은 구치실 여섯 개를 지나 정복 경찰 한 명과 형사 두 명이 칠십 대 후반인 왜소한 여자와 함께 기다리고 있는 어두침침한 방으로 우리를 안내했다. 와츠가 그녀에게 커피 한 잔을 건넸다. 그녀는 그걸 한 모금 마시더니 얼굴을 찌푸렸다.

찰리가 속삭였다. "아만다 킴멜이라고, 저 여자가 목격자야."

크란츠가 물었다. "괜찮으신가요, 킴멜 부인? 앉고 싶으세요?"

그녀는 그를 보더니 얼굴을 찡그렸다. "빨리 끝내고 여기서 나갔으면 좋겠수. 나는 낯선 데서 내 몸뚱어리를 움직이는 걸 좋아하지 않거든."

우리 앞에 있는 벽은 커다란 이중 유리 창문으로, 눈이 부실 정도로 밝은 조명이 돼 있는 좁은 방을 들여다볼 수 있었다. 크란츠가 수화기를 들었고, 30초 후에 그 방의 오른쪽에 있는 문이 열렸다. 보디빌더처럼 근육질인 흑인 경찰이 남자 여섯 명을 이끌었다. 조 파이크는 세 번째였다. 나머지 다섯 중 셋은 백인이고 둘은 히스패닉이었다. 남자 넷은 조와 키가 비슷하거나 작았고, 하나는 컸다. 다른 남자들 중 한 명만이 조처럼 청바지에 민소매 운동복 차림이었는데, 팔이 가느다란 키 작은 히스패닉이었다. 다른 세 명은 치노나 덩거리나 커버올, 긴소매 운동복이나 반팔 티를 섞어서 입고 있었다. 여섯 명 모두 선글라스를 끼고 있었다. 조만 제외하고 방에 있는 다른 사람들은 모두 경찰이었다.

나는 찰리의 귀 쪽으로 몸을 굽혔다. "저 인간들, 모두 조처럼 차려입은 것 같은데요."

"법에는 모두가 비슷하게 보여야 한다고 돼 있어. 그게 무슨 뜻인지는 도무지 모르겠지만. 지켜보자고. 이게 우리한테 유리하게 작용할지도 몰라."

여섯 명 전원이 무대를 따라 도열하자, 크란츠가 말했다. "유리 저쪽에 있는 사람들은 여기를 볼 수 없습니다, 킴멜 부인. 그 문제는 걱정하지 않으셔도 됩니다. 부인은 완벽하게 안전합니다."

"저 인간들이 나를 볼 수 있건 말건, 나는 눈곱만치도 그런 데 관심이 없어요."

"저 남자들 중 한 명이 부인께서 유진 더쉬의 뜰로 들어가는 걸 목격한 남자와 같은 남자입니까?"

아만다 킴멜이 말했다. "저 남자요."

"어떤 남자입니까, 킴멜 부인?"

"세 번째 남자요."

그녀는 조 파이크를 가리켰다.

"확실합니까, 킴멜 부인? 자세히 봐주십시오."

"저기 있는 저 남자예요. 내가 뭘 봤는지는 내가 잘 알아요."

찰리가 속삭였다. "제기랄."

크란츠가 찰리를 힐끗 봤지만, 찰리는 킴멜 부인을 주시하고 있었다.

크란츠가 말했다. "좋습니다. 그런데 다시 여쭤봐야겠습니다. 부인께서는 저 남자, 3번 남자가 부인 집 옆의 골목으로 걸어가 유진 더쉬의 뒤뜰로 들어가는 걸 봤다고 말씀하신 거죠?"

"젠장, 맞아요. 저런 얼굴을 어떻게 몰라볼 수 있겠수. 저 팔뚝을 어떻게 몰라볼 수 있겠냐고."

"저 남자가 경찰관들이 부인의 진술서를 받을 때 부인께서 인상착의를 설명한 남자입니까?"

"제기랄, 맞는다니까 그러네. 난 저 남자를 제대로 봤어요. 저 망할 놈의 문신들 좀 봐요."

"좋습니다, 킴멜 부인. 이제 와츠 형사가 부인을 제 사무실로 안내할 겁니다. 감사합니다."

크란츠는 그렇게 말하는 동안 그녀를 쳐다보지 않았다. 그는 조를 응시하고 있었다. 그는 나나 찰리나 윌리엄스나 방 안에 있는 다른 사람은 보지 않았다. 킴멜 부인이 떠나는 것도 보지 않았다. 그는 오로지 파이크에 눈을 고정하고 있다가 수화기를 들었다.

"용의자한테 수갑 채워서 이리로 데려오게."

용의자.

덩치 큰 경찰이 조에게 수갑을 채운 다음, 그를 참관실로 데려왔다.

크란츠는 파이크에게 수갑이 채워지는 걸 지켜봤다. 그가 방으로 끌려오는 걸 지켜봤다. 파이크가 마침내 우리와 함께 있게 됐을 때, 크란츠는 조의 선글라스를 벗겨서 접은 다음, 그걸 자신의 주머니에 떨어뜨렸다. 크란츠 입장에서, 그 방에는 그 자신과 조 말고는 어느 누구도 존재하지 않았다. 살아 있거나 중요한 다른 사람은, 심지어 저주받을 다른 사람은 아무도 없었다. 그에게는 이제 곧 일어날 참인 일이 모든 거였다. 유일한 사건이었다.

그가 말했다. "조 파이크, 너를 유진 더쉬를 살해한 혐의로 체포한다."

23

크란츠는 조의 입감서류 작업과 지문 채취, 사진 촬영, 양식 타이핑을 모두 직접 처리했다. 할리우드 경찰서는 더쉬 살인사건이 그들의 관할구역에서 일어난 일이므로 그 사건의 수사 권한을 지켜내려고 길길이 뛰었다. 하지만 크란츠는 이 사건을 강력반이라는 블랙홀 안으로 빨아들였다. 그는 말했다. 더쉬 수사와 연관된 사건이오. 그는 말했다. 중첩된 사건들이오. 그는 파이크를 원했다.

비어 있는 책상에 스탠 와츠와 동석한 나는 파이크와 얘기를 나눌 수 있기를 소망하면서 한동안 상황을 지켜봤다. 잠을 자고 일어났다가 친구가 살인 혐의로 입감되는 걸 지켜보는 신세였다. 감정 따위는 멀리 치워버렸다. 이성적으로 생각하려고 애썼다. 아만다 킴멜은 라인업에서 조를 지목했다. 그런데 그게 뜻하는 바는 무엇인가? 그녀가 라인업에 있는 다른 남자들보다 조하고 더 비슷해 보이는 누군가를 봤다는 뜻이었다. 조와 얘기를 나누면 더 많은 걸 알게 될 터였다. 검사의 사건 브리핑을 들으면 더 많은 걸 알게 될 터였다. 더 많은 걸 알았을 때에야 나는 무슨 일을 할 수 있었다.

나는 그렇게 계속 되뇌었다. 나로서는 그걸 믿어야 하거나 고함을 질러서 분통을 터뜨리거나 둘 중 하나였기 때문이다.

내가 말했다. "이건 말도 안 돼요, 와츠. 당신도 알잖아요."

"그래?"

"파이크가 이 사람을 죽일 리가 없어요. 파이크는 더쉬가 그런 살인을 저지를 만한 사람이라고는 생각하지 않았어요."

와츠는 나를 그냥 멍하니 쳐다봤다. 벽처럼 공허한 시선으로. 그는 무슨 짓을 저지르고도 그런 짓을 저지른 적이 없다고 하소연하는 사람들을 천 명쯤 상대해왔다.

"다음은 뭔가요, 스탠? 연쇄살인범이 죽었으니, 승리 선언을 하고 도넛을 먹으러 갈 건가요?"

와츠의 표정은 조금도 변하지 않았다. "자네가 친구 때문에 화가 났다는 건 알아. 하지만 나를 크란츠하고 혼동하지는 마. 수틀리면, 한 방 날려서 자네 빌어먹을 이빨들을 목구멍 너머로 넘겨버릴 테니까."

결국, 와츠는 조가 찰리와 나를 기다리고 있는 면회실로 데려갔다. 그의 청바지와 운동복은 **LAPD 구치소**의 파란 커버올로 교체돼 있었다. 그는 깍지 낀 손을 테이블에 올려놓고 앉아 있었다. 눈은 산에 있는 호수처럼 차분했다. 선글라스를 끼지 않은 그를 보는 기분이 묘했다. 내가 그의 눈을 본 횟수는 내 양손에 있는 손가락 개수보다 적었다. 그의 눈동자의 푸른색은 믿기 힘들 정도였다. 빛에 익숙지 않은 그는 실눈을 떴다.

나는 한숨을 쉬었다. "세상에 죽일 필요가 있는 사람들이 넘쳐나는데, 하필이면 더쉬를 골라야 했나?"

파이크가 나를 쳐다봤다. "유머였나?"

부적절한 농담을 해대는 게 내 주특기다.

찰리가 물었다. "시작하기 전에, 뭐 좀 먹고 싶어?"

"아뇨."

"오케이. 현재 상황은 이래. 자네 사건을 담당하는 검사보는 로비 브랜 포드라는 친구야. 그 사람 알아?"

파이크와 나는 둘 다 고개를 저었다.

"고지식한 친구야. 핏불 같지만 고지식해. 조금 있으면 올 거야. 그러 면 그가 판사에게 뭘 제시할 심산인지 알 수 있겠지. 심리는 오늘 오후에 지방법원에서 열릴 거야. 경찰은 자네를 여기 계속 가둬두다가 심리 직전 에 형사법원 청사로 데려갈 거야. 일단 거기에 가면, 한두 시간 이상 걸리 지는 않을 거야. 브랜포드는 증거를 제시할 거고, 판사는 자네가 더쉬에게 총질을 한 사람이라고 믿을 만한 타당한 이유가 있는지 결정할 거야. 자, 만약에 판사가 자네를 구속한다고 하더라도, 그게 자네의 유죄를 입증할 증거가 존재한다는 뜻은 아냐. 그저 자네를 법정으로 데려갈 충분한 사유 가 있다고 판사가 믿는다는 뜻이지. 그런 식으로 일이 풀릴 경우, 우리는 보석을 요청할 거야. 오케이?"

파이크가 고개를 끄덕였다.

"자네가 더쉬를 죽였나?"

"아뇨."

그가 그렇게 말했을 때, 나는 한숨을 쉬었다. 파이크는 그 소리를 들은 게 분명했다. 그가 나를 뚫어져라 쳐다봤기 때문이다. 그의 입꼬리가 씰룩 거렸다.

내가 말했다. "알았어, 조."

찰리는 큰 인상을 받거나 감동을 받지는 못한 듯 보였다. 그런 말을 백 만 번은 들어온 사람이니까. 나는 무고해요. "방금 전에 더쉬의 이웃이 자 네를 라인업에서 지목했어. 그녀는 오늘 새벽 더쉬가 살해되기 전에 자네가 더쉬의 마당으로 들어가는 걸 봤다고 말했어."

"내가 아니에요."

"간밤에 거기 갔었나?"

"아뇨."

"어디 있었나?"

"러닝을 했어요."

"염병할 한밤중에 뜀박질을 하고 있었다고?"

내가 말했다. "조는 늘 그렇게 해요."

찰리가 나를 보면서 눈살을 찌푸렸다. "자네한테 물어봤나?" 그는 필기를 하려고 노란 리걸패드를 펼쳤다. "뒷받침할 정보를 찾아보자고. 저녁 내내 한 일을 말해봐. 7시쯤부터 시작해서."

"7시에 가게에 갔어요. 7시 45분까지 거기 있었어요. 그러고는 집에 가서 저녁을 차렸어요. 8시에 집에 있었어요. 혼자."

찰리는 조가 데리고 있는 직원들의 이름과 전화번호를 적었다. "오케이. 자네는 집에 가서 저녁을 차렸어. 저녁 먹은 다음에는 뭘 했지?"

"11시 10분에 침대로 갔어요. 2시 조금 넘어 깨서 러닝하러 갔어요."

찰리는 글씨를 휘갈기고 있었다. "좀 더 빨리 말해봐. 8시하고 11시 10분 사이에는 뭘 했나?"

"아무것도."

"무슨 말이야? 아무것도라니? TV 봤어? 비디오 빌렸어?"

"샤워했어요."

"염병할 샤워를 세 시간 동안 하지는 않았을 거 아냐. 책 읽었나? 친구한테 전화하거나 누가 자네한테 전화를 했나? 빨래했나?"

"아뇨."

"자네는 염병할 샤워 말고 무슨 일을 하고 있었어야 해."

파이크는 생각에 잠겼다.

"그냥 있었어요."

찰리가 패드에 긁적거렸다. 그의 입술이 움직이는 걸 볼 수 있었다. **있었다.**

"오케이. 그러니까 자네는 밥을 먹고 샤워한 다음, 침대로 가기 전까지 앉아 있었어. 그러다 2시 조금 넘어서 깨서는 러닝을 하러 갔어. 러닝 경로를 말해봐."

조는 그가 따라갔던 경로를 묘사했다. 이제는 나도 그걸 적고 있었다. 낮에 그가 뛴 경로를 되밟아갈 작정이었다. 그러는 동시에 그가 달리는 동안 그를 봤을지도 모르는 사람을 찾아볼 작정이었다.

파이크가 말했다. "바다를 볼 수 있는, 월셔하고 산 빈센테 사이에 있는 오션 애비뉴의 절벽에 들렀어요. 거기서 어떤 여자랑 얘기를 했어요. 여자 이름은 트루디예요."

파이크는 그녀의 생김새를 묘사했다.

찰리가 물었다. "그 여자, 성은?"

"안 물어봤어요. 그녀는 맷이라는 사람을 만나려고 했어요. 검정 미니밴이 왔어요. 신형 닷지인데, 번호판이나 딜러의 임시 번호판은 없었어요. 뒷유리가 주문형 티어드롭 윈도(늘어진 눈물 모양으로 생긴 유리창)였어요. 그녀는 거기에 탔고 차는 떠났어요. 안에 누가 있었건 나를 봤을 거예요."

내가 물었다. "그게 언제였어?"

"절벽에는 2시 50분에 도착했어. 3시에 러닝을 다시 시작했고."

찰리가 눈썹을 치켜 올렸다. "시간 확실해?"

"예."

내가 말했다. "그건 노인네가 총소리를 듣기 15분쯤 전이거나 직전의 일이야. 바다에서 더쉬의 집까지는 무슨 수를 써도 15분 안에 도착할 수 없어. 아무리 새벽 3시라고 해도."

그 문제를 생각해본 찰리는 흡족해하면서 고개를 끄덕였다. "오케이. 그게 큰 역할을 하겠군. 우리는 자네를 본 여자가 있다는 걸 알게 됐어. 그리고 이 러닝은 잠재적인 목격자를 많이 제공할 거야." 그가 나를 힐끔 봤다. "자네, 그 문제부터 시작할 거지?"

"예."

누군가 문을 쿵쾅거렸다. 찰리가 들어오라고 소리쳤다.

윌리엄스가 머리를 밀어 넣었다. "검사님 오셨어요."

"바로 나가겠소."

윌리엄스가 문을 닫자, 조가 물었다. "보석은 어떻게 될까요?"

"자네는 사업을 하고 있어. 집도 있고. 자네가 도망칠 일은 없다고 판사한테 설득할 때 그 모든 게 유리하게 작용할 거야. 하지만 살인사건에서는 경찰이 가진 증거가 얼마나 강력한지가 보석 여부를 좌우해. 브랜포드는 노인네하고 관련해서 호들갑을 떨 거야. 하지만 목격자의 증언은 법정이 인정할 수 있는 증거 중에서 가장 신뢰성이 떨어지는 증거라는 걸 그도 알아. 판사도 마찬가지고. 그가 확보한 게 노인네밖에 없다면, 우리가 유리해. 걱정하지 말고 가만히 앉아 있도록 해, 오케이?"

파이크가 차분한 눈으로 나를 봤다. 나는 그 눈 뒤에 뭐가 있는지 알았으면 좋겠다고 생각했다. 그는 평온해 보였다. 훨씬 더 심각한 일들을 겪었었다는, 여기서 일어나는 그 어떤 일도 그 일들보다 더 흉할 수는 없을 거라는 투였다. 심지어 여기에서도 흉한 일은 일어나지 않을 터였다. 살인 죄로 기소되더라도 그럴 터였다.

그가 말했다. "카렌을 잊지 마."

"잊지 않을게. 하지만 지금 당장은 자네 일을 먼저 처리해야 해. 에드워드 디지가 죽었어. 살해된 채로 발견됐어."

파이크가 고개를 까딱였다. "어떻게?"

"돌런 말로는 길거리 다툼으로 보인대. 사건 관할은 할리우드야. 그들이 수사하고 있어."

파이크가 끄덕였다.

"내가 트루디 찾는 문제를 알아볼게."

"알아."

"그 문제는 걱정하지 마."

"걱정 안 해."

나는 셔츠 주머니에서 선글라스를 꺼내서 그에게 내밀었다.

파이크의 눈이 선글라스를 슬쩍 봤다.

"크란츠는 그걸 갖고 다닐 거야."

찰리 바우먼이 말했다. "자, 제발. 하루 종일 이러고 있을 거야?"

나는 선글라스를 주머니에 다시 넣고는 찰리를 따라 나갔다.

로버트 브랜포드는 키가 크고 손이 큼지막하며 눈썹이 뻣뻣한 남자였다. 복도에서 만난 우리를 회의실로 데려갔는데, 크란츠가 기다란 테이블의 상석에 앉아 있었다. TV와 VCR이 구석에 있었고, 테이블에는 파일들과 리컬패드들이 그리 높지 않게 쌓여 있었다. 켜진 TV는 아무것도 없는 블루 스크린만 보여주고 있었다. 그들이 무얼 보고 있던 건지 궁금했다.

방에 들어가기 훨씬 전부터 찰리가 물었다. "이봐요, 로비, 목격자 만나 봤어요?"

"킴멜 부인요? 아직요. 심리 끝난 후에 만날 거예요."

"그 전에 만나보는 편이 나을 텐데."

"왜죠, 찰리? 머리가 세 개 달린 여자예요?"

찰리는 술잔을 꺾는 시늉을 했다. "술꾼이더라고요. 세상에, 크란츠, 라인업 때 당신이 그 여자한테 그렇게 가까이 있으면서도 술 냄새를 견뎌내는 걸 보고 깜짝 놀랐어요. 나라면 그 여자가 옆을 지나가기만 해도 쓰러졌을 거예요."

자기 서류가방으로 간 브랜포드가 마닐라 폴더들에서 서류를 꺼내고 있었다. 그가 크란츠를 보며 눈썹을 치켜 올렸다.

그가 보낸 신호에 크란츠가 끄덕였다. "술꾼 맞습니다."

찰리는 자기 서류가방을 여는 수고조차 하지 않으면서 테이블에 자리를 잡았다. "크란츠가 M1 얘기도 하던가요? 그 여자 집에 갈 생각이라면 차에서 내리기 전에 백기부터 흔드는 게 좋을 거요."

크란츠가 말했다. "그 얘기도 드렸어요, 바우먼. 그게 도대체 무슨 상관이 있는 거요?"

찰리는 양팔을 벌렸다. 순진무구의 화신. "로비한테 자신이 어떤 사건에 발을 들여놓은 건지 확실히 알려주고 싶어서 이러는 것뿐이에요. 일흔여덟 살 먹은 알코올중독자가 M1 개런드 라이플로 사람들 주목을 끌려고 애쓰면서 어떤 사내에 대한 인상착의를 설명하고 있잖아요. 그런 진술을 법정에 가져가면 정말 가관일 거예요."

브랜포드가 껄껄 웃었다. "그렇겠네요, 바우먼. 당신이 내 걱정을 많이 해주고 있군요." 브랜포드가 서류가방에서 얇은 서류 뭉치를 꺼내 찰리에게 건넸다. "여기, 킴멜 부인의 진술서, 그리고 그녀의 신고를 받은 경찰관들이 작성한 보고서예요. 검시관이나 과학수사대에서는 아직 아무것도 받지 못했어요. 들어오는 즉시 복사해서 줄게요."

찰리는 멍한 표정으로 페이지를 휙휙 넘겼다. "고마워요, 로비. 당신이 킴멜 부인 이상의 증거를 법정에 제출할 수 있었으면 해요."

브랜포드는 야무진 미소를 지었다. "이미 갖고 있어요. 하지만 그녀 문제부터 시작해보죠. 우리는 당신의 의뢰인이 현장에 있었던 걸 목격하고 라인업에서 그를 지목한 목격자를 확보했어요. 둘째, 샘플을 채취한 면봉들의 결과가 긍정적이에요. 파이크가 최근에 총기를 발사했다는 게 확인됐어요."

내가 말했다. "파이크는 총포점을 갖고 있어요. 그는 평생토록 매일 사격을 해왔어요."

크란츠가 몸을 젖혔다. "그래. 그런데 오늘은 평소보다 한 발 더 쐈지."

찰리는 그를 무시했다. "과학수사대가 총알이 파이크의 총과 일치한다는 걸 확인했나요?"

크란츠가 말했다. "우리가 그의 거처에서 총을 얼마나 많이 찾아냈는지 알아요? 권총 열두 정, 샷건 네 정, 라이플 여덟 정, 그중 두 정은 암살용 전자동 무기였어요. 이 친구는 총기 규제를 주장하는 포스터에 모델로 세울 적임자란 말입니다."

찰리가 당황한 듯한 몸짓을 보였다. "그래요, 그래, 그렇겠지. 그런데 그

무기들 모두가 합법적으로 등록된 거죠. 예언 하나 할까요, 로비? 당신들은 총알과 일치하는 무기를 찾지 못할 거요."

브랜포드는 어깨를 으쓱했다. "아마 못 찾겠죠. 하지만 그건 중요하지 않아요. 그는 전직 경찰이었어요. 살인무기를 폐기할 정도로 아는 게 많은 사람이죠. 그한테 알리바이가 있나요?"

이제 찰리는 짜증 난 듯 보였다. "파이크는 산타모니카에 있었어요. 바닷가에요."

"오케이, 계속해봐요."

"지금 목격자를 찾는 중이오."

브랜포드는 웃음을 참으려는 모양새가 아니었다. "그리고 내가 해야 할 일은 당신의 말을 믿는 게 전부겠죠." 그가 서류가방 근처에 있는 의자에 앉아 몸을 젖혔다. 그와 크란츠가 그런 모습을 사전에 리허설해본 건지도 몰랐다. "살인 동기와 관련해서, 우리는 카렌 가르시아가 살인 동기라고 봐요. 파이크는 더쉬가 자신의 여자 친구를 살해했다고 봤어요. 그는 이곳에서 진행되는 수사 과정에 참여했었어요. 그래서 세상 모두가 더쉬가 범인이라는 걸 알고 있는데도 경찰이 그를 입건하지 못하는 걸 보고는 그를 죽인 거예요."

내가 말했다. "그들의 관계는 몇 년 전에 끝났어요. 카렌의 아버지에게 확인해봐요."

"그게 중요한가요? 남자들은 여자 문제에 있어서는 해괴한 짓들을 벌이잖아요."

브랜포드가 서류가방에서 또 다른 마닐라 폴더를 꺼내 테이블에 툭 던졌다.

"그것 말고도, 우리가 여기서 다루는 사람이 인성이 지극히 안정적인 사람은 아니죠, 그렇지 않나요? 이 친구 기록을 보세요. 그가 관여된 총격전을 다 알고 있나요? 그가 죽인 사람이 얼마나 되는지 알아요? 이 친구는 자기가 처한 문제를 해결하기 위해서는 아무 생각도 없이 치명적인 완력을 휘두르는 사람이에요."

나는 크란츠를 주시하고 있었다. 크란츠는 브랜포드가 생각을 밝힐 때마다 고개를 끄덕였지만, 현재까지 브랜포드의 주장은 설득력이 그리 크지 않았다. 그런데도 크란츠는 자신만만한 기색으로 이 자리에 있었다. '전력' 같은 하찮은 것들에는 전혀 개의치 않는 기색이었다. 심지어 브랜포드는 재미있어하는 듯, 자신이 우리에게 내놓은 게 아무것도 없다는 걸 잘 아는 듯 보였다.

내가 말했다. "당신이 어째서 조를 주목하는지 이해가 안 돼요."

그들이 나를 쳐다봤다.

브랜포드가 말했다. "노파."

"그녀는 조하고 안면이 있나요? 그녀가 911에 전화를 걸어서 조 파이크가 골목으로 몰래 들어가는 걸 봤다고 말했나요?"

크란츠가 팔짱을 풀고 앞으로 몸을 기울였다. "머리를 굴려봐, 셜록. 민소매에 문신을 하고 선글라스를 끼고 밤중에 돌아다니는 사내가 세상에 몇이나 될까?"

"누군가가 조 파이크처럼 보이려고 애쓰고 있던 거겠죠, 셜록."

크란츠가 폭소를 터뜨렸다. "오, 제발, 콜. 이걸 추정하기 위해 아인슈타인이 될 필요는 없잖아."

찰리가 브랜포드가 준 서류를 서류가방에 넣고 일어섰다. "당신들 처신이 너무 가볍군요. 너무 가벼워요. 당신들이 더쉬의 집 문손잡이에 묻은 파이크의 지문 같은 확실한 물증을 내놓을 거라고 생각하고 여기 왔는데, 내가 얻은 거라고는 당신들이 그가 전미총기협회 회원이라는 사실을 싫어한다는 것뿐이군요. 이건 설득력이 없어요, 로비. 나는 그 노인네가 산타클로스를 봤다고 털어놓게 만들 거요. 그러면 판사도 당신들을 조롱할 거요."

로비 브랜포드가 갑자기 의기양양한 기색을 보였다. "흐음, 또 다른 게 있어요. 지금 볼래요?"

그는 우리 대답을 기다리지 않고 VCR로 가서 플레이 버튼을 눌렀다.

밋밋한 블루 스크린이 주택 뒤쪽을 찍은 소리 없는 컬러 감시화면으로 채워졌다. 다음 순간, 나는 그게 더쉬의 집이라는 걸 깨달았다. 나는 그 집을 정면에서만 봤었다.

크란츠가 말했다. "이건 더쉬의 집을 찍은 감시테이프예요. 밑에 있는 날짜 보이죠?"

스크린 왼쪽 하단에 시간과 날짜가 있었다. 카렌 가르시아의 장례식이 있기 사흘 전 날짜였다. 내가 희생자 다섯 명에 관한 진실을 알게 된 날이었다. 파이크가 더쉬를 보러 간 날이기도 했다.

더쉬의 스튜디오에 있는 커다란 전망창이 보였다. 실내에는 흐릿한 인물이 둘 보였는데, 나는 그게 유진 더쉬와 다른 남자라고 판단했다.

내가 말했다. "저건 파이크가 아니에요."

"그래, 아니지. 여기를 자세히 봐, 거리가 보이는 집의 가장자리 지난 부분을."

크란츠가 스크린의 왼쪽 상단을 툭툭 쳤다. 더쉬의 집 진입로 일부가 보였다. 그 너머는 거리였다.

크란츠가 버튼을 누르자, 이미지가 느려졌다. 2초 후, 빨간 지프 체로키 앞부분이 프레임에 서서히 들어왔다. 운전석을 볼 수 있게 되자, 크란츠가 화면 정지 버튼을 눌렀다.

크란츠가 말했다. "저건 파이크야."

찰리의 얼굴이 갑자기 피곤해졌다. 그의 입술이 시커멓고 가느다란 선을 그었다.

화면이 프레임 바이 프레임으로 넘어갔다. 조가 고개를 돌렸다. 조가 집 안을 들여다봤다. 조가 사라졌다.

"이걸 본 배심원단은 우리가 가진 모든 증거를 하나로 끼워 맞춰서, 지금 우리가 생각하는 바로 그걸 생각하게 될 거예요. 파이크는 사건이 일어난 지역을 차로 정찰하고 지나갔어요. 그러면서 방아쇠를 당기기 위해 자신의 광기를 자극하고 있었어요."

로비 브랜포드는 양손을 주머니에 꽂고는 자기 자신과 그가 확보한 증거를 즐거워하고 있었다. "이제는 꽤나 근사해 보이네요. 그렇지 않아요, 찰리? 나는 당신 의뢰인이 감방에 갈 거라고 말하고 싶어요."

찰리 바우먼이 내 팔을 잡고 말했다. "가세. 밖으로 나가서 이 사태를 얘기해보잔 말이야."

찰리는 내가 입감 구역에서 그의 손을 떨칠 때까지 계속 내 팔을 잡고 있었다. "보이는 것하고는 달라요. 저건 카렌 가르시아의 장례식이 있기 사흘 전이에요. 파이크는 순전히 더쉬를 보려고 저기 간 거라고요."

"목소리 낮춰. 그가 더쉬를 보러 간 이유가 뭐야?"

"내가 다른 희생자들에 대해, 그리고 크란츠가 더쉬를 살인자로 의심하고 있다는 사실을 막 알아낸 참이었어요."

"그래서 파이크가 용의자를 확인하러 가고 싶었다는 거야?"

"그래요. 그 비슷해요."

찰리는 우리 얘기를 들을 만한 사람이 근처에 아무도 없다는 걸 확실히 해두려고 나를 엘리베이터로 데려갔다. "더쉬하고 얘기하려고 거기 갔다는 거야? 그런 짓을 저질렀는지 물어보려고?"

"아뇨. 그는 그냥 그를 보고 싶어 했어요."

"그를 그냥 보기만 했다고?"

"더쉬가 살인할 수 있는 사람이라는 생각이 드는지 확인하고 싶었던 거예요."

찰리가 한숨을 쉬고는 고개를 저었다. "배심원단에게 그걸 설명하려고 애쓰는 내 모습이 눈에 선하군. *신사숙녀 여러분, 제 의뢰인이 망할 놈의 신기가 있어서 희생자가 살인자인지 아닌지, 감을 잡으려고 애쓰고 있던 거라는 점을 이해하셔야 합니다.*" 찰리는 다시 한숨을 쉬었다. "이건 정말로, 정말로 우리한테 불리할 거야."

"심리에서도 이 문제가 제기될까요?"

"당연하지. 제시될 거야. 봐, 나는 조가 재판을 받기 위해 구속될 거라는 걸 지금 이 자리에서 확언할 수 있어. 그는 이 상황을 감수해야 할 거야. 이제 문제는 더 이상은 심리를 맡은 판사가 아냐. 배심원단이 문제지."

"보석은 어떻게 될까요?"

"몰라." 찰리가 재킷에서 담뱃갑을 꺼내 한 개비를 입에 물었다. 초조한 기색이었다.

지나가던 경찰이 말했다. "여기서 담배 피우면 안 됩니다. 여긴 공공건물이에요."

찰리는 담배에 불을 붙였다. "체포하시든가."

경찰은 껄껄 웃으면서 가던 길을 갔다.

"봐, 엘비스. 나는 배심원단에게 파이크는 그냥 이 사람을 보고 싶어서 거기 갔던 거라고 말하지는 않을 거야. 그것보다는 더 나은 이야기를 짜낼 거야. 하지만 그렇게 해도 여전히 모양새는 형편없을 거지만." 그는 시계를 확인했다. "경찰이 그를 몇 분 안에 형사법원 청사로 이송할 거야. 거기 가서 심리가 열리기 전에 파이크하고 다시 얘기해볼게."

"그럼 거기서 만나요."

"아냐. 자네는 오지 마. 자네는 파이크가 해변에서 본 여자를 찾으러 가도록 해. 나랑 같이 있어봐야 자네가 할 수 있는 일은 하나도 없어."

엘리베이터 문이 열렸고 우리는 안으로 들어갔다. 여자 둘과 과체중인 남자가 안에 있었다. 여자들 중 작은 쪽이 찰리의 담배를 보고 코를 쿵쿵거렸다. "여기서 담배 피우면 안 돼요."

찰리가 연기를 잔뜩 뿜어낸 후 손을 저었다. "죄송합니다. 곧바로 끄도록 하죠."

그는 그러지 않았다.

"상황이 얼마나 나쁜 거예요, 찰리?"

그가 담배를 깊이 빨더니 여자를 향해 엄청난 연기를 내뿜었다.

"자네, 플리 바겐(피의자가 유죄를 인정하는 대가로 검찰이 형량을 경감해주기로 협의하는 제도)이라고 들어봤나?"

24

파커 센터를 걸어 나갈 때, 주위 사람들의 목소리가 아련한 잡음으로 들렸다. 세상은 달라져 있었다. 카렌 가르시아와 프랭크 가르시아와 유진 더쉬는 사라졌다. 경찰은 그들이 쫓는 암살자도 사라졌다고 생각했다. 설령 그가 사라지지 않았더라도, 그건 중요하지 않았다.

내가 보는 세상에는 감옥에 갇힌 조만, 그리고 그를 구해낼 필요성만 있었다.

나는 파이크가 달렸던 9.6킬로미터 경로를 역추적하면서 오후를 보냈다. 그 길에 놓여 있는, 직원을 24시간 내내 고용했을 가능성이 있는 모든 매장의 명단을 작성했다. 파이크가 여자를 만난 오션 애비뉴 구역에 도착해 차를 놔두고 도보로 움직였다. 홈리스들 무리가 공원 곳곳에 흩어져 있었다. 일부는 뜨거운 햇볕 아래 담요를 깔고 잠자고 있었고, 일부는 소규모 집단으로 뭉쳐 있거나 쓰레기통을 뒤지느라 바빴다. 트루디나 맷을 아는 사람이 있는지 묻기 위해, 또는 간밤에 어둠 속에서도 선글라스를 끼고 조깅하는 사람을 본 적이 있는지 묻기 위해, 자고 있는 홈리스들은 깨우고 대화 중인 사람들은 대화를 중단시켰다. 거의 모두가 "예스"라고 답했고, 거의 모두가 거짓말을 했다. 트루디는 호리호리하거나 땅딸막하거나 애꾸눈이었다. 조깅하는 남자는 장기를 기증할 의사가 없는 사람들에게서 장기를 뽑아가려고 대상자를 물색하는 흑인이거나, 홈리스들을 세뇌하려고 달려드는 정부의 첩보원이었다. 정신분열증 환자들은 특히 협조적이었다. 나는 점심도 걸렀다.

오션 애비뉴에 있는 모든 호텔을 방문해서 야간에 근무한 직원들의 이름을 물었다. 작업을 마친 나는 통화를 개시하려고 집으로 차를 몰았다. 조가 달린 경로를 처음으로 조사하는 작업에는 거의 다섯 시간 가까이 걸렸는데, 그러면서 나는 상황 전개에 뒤처지고 있다는 느낌을 받았다.

더쉬가 살해된 사건은 시내에서 4시에 방송되는 모든 뉴스의 헤드라인 스토리였다. LAPD는 조의 이름을 용의자로 공개했고, 어느 방송국은 **자경단 킬러**라는 자막과 함께 조의 사진을 내보냈다. 모두들 더쉬가 최근 발생한 일련의 살인사건의 주요 용의자였다고 보도했는데, "LAPD 고위층에 있는" 소식통들이 다른 용의자가 식별될 거라는 기대는 없음에도 수사는 그대로 진행될 거라고 말했다는 내용도 덧붙여졌다. 뉴스가 방송되는 동안 고양이가 다가와 나와 같이 뉴스를 시청했다.

5시 10분 전에 전화기가 울렸고 찰리 바우먼이 말했다. "심리가 막 끝났어. 그는 구금됐어."

찰리의 목소리는 공허하게 들렸다.

"보석은 어떻게 됐어요?"

"보석은 없어."

나는 힘도 빠지고 피곤했다. 정신없이 돌아다닌 게 악영향을 끼친 듯했다.

"고등법원에서 한 달쯤 후에 또 다른 심리를 열 거야. 거기서 다시 보석을 주장할 수 있어. 어쩌면 거기 판사는 우리에게 우호적인 판결을 내릴지도 몰라. 여기 판사는 그러지 않았지만."

"그럼 이제 어떻게 되는 거예요?"

"경찰은 그를 파커 센터에 이틀 더 놔뒀다가 멘스 센트럴(로스앤젤레스 카운티가 운영하는 교도소)로 이감할 거야. 전직 경찰이기 때문에 그를 안전동(棟)에 계속 놔둘 거야. 그러니까 그 문제는 걱정하지 않아도 돼. 우리가 걱정할 건 그를 방어할 전략을 짜는 거야. 그를 본 사람 찾아냈나?"

"아직요." 그에게 내가 하루를 어떻게 보냈는지 말해줬다.

"젠장, 이름은 몇 개나 확보했나?"

"호텔 직원하고 매장들까지 해서 214개요."

"와아, 자네 일솜씨 정말 번개 같군."

나한테 과분한 칭찬 같지는 않았다.

"자, 그 명단, 팩스로 내 사무실로 보내. 내일 비서한테 그 명단 작업시킬게. 그런 식으로 길을 계속 탄탄하게 다져나갈 수 있을 거야."

"전화는 내가 직접 할게요."

찰리가 머뭇거렸다. 그가 다시 입을 열었을 때 그의 목소리는 차분했다. "나 맛 가게 하지 마, 엘비스."

"무슨 말을 하는 거예요?"

"6시가 넘었어. 가게들은 영업이 끝났고, 야간 근무조는 아직 출근 전이야. 누구한테 전화 걸 건데?"

나는 몰랐다.

"조는 지금 당장은 괜찮아. 우리한테는 시간이 있어. 우리가 할 일을 제대로 해내자고. 알았어?" 나는 제일 친한 친구를 잃은 꼬맹이 같았고, 그는 내가 차분하게만 있으면 만사가 괜찮아질 거라고 말하는 아빠 같았다.

"팩스로 명단 보낼게요, 찰리."

"좋아. 내일 얘기하세."

전화를 끊은 후, 나는 명단을 발송하고 맥주 캔을 가지고 베란다로 나
갔다. 공기는 뜨뜻했지만, 협곡은 맑았다. 붉은꼬리 말똥가리 두 마리가 머
리 위에서 느긋하게 원을 그리며 날고 있었다. 그들은 딱히 무언가를 노리
고 있지 않았다. 그저 참을성 있게 날면서 들쥐와 땅다람쥐를 찾는 동안
대가리를 이쪽저쪽으로 곤추세우고 있었다. 그것들이 그런 식으로 몇 시
간을 떠다니는 걸 본 적이 있다. 참을성 많은 사냥꾼이 성공하는 사냥꾼이
다. 찰리의 말이 옳다. 조지아 주 포트베닝의 레인저 스쿨에 있을 때, 교관
들은 패닉이 사람을 잡는다고 가르쳤다. 전쟁을 세 번 겪은 교관들은 너희
가 패닉에 빠지면 생각하는 걸 멈추게 될 것이고, 생각하는 걸 멈추면 죽
게 될 거라고 가르쳤다. 이름이 짐인 병장은 날마다 24킬로그램 야전군장
과 총알이 가득 든 탄띠와 M16을 소지하고 8킬로미터를 달리게 했다. 그
는 구보 중간 중간에 우리에게 고함을 쳐댔다. "내 정신은 내가 가진 가장
치명적인 무기다. 짐 병장님께서 그렇게 말씀하신다. 짐 병장님은 절대 틀
리지 않는다. 짐 병장님은 하나님이다. 고맙습니다, 하나님."

열여덟 살짜리에게 그런 호언장담은 강한 인상을 남긴다.

나는 말했다. "오케이, 멍청아. 생각을 해봐."

아만다 킴멜이 조와 비슷한 선글라스를 끼고 조의 문신들과 똑같은 문
신들을 뽐내는 조처럼 차려입은 남자를 봤다면, 그건 누군가가 조 흉내를
내고 있던 것이다. 조의 혐의를 벗기는 데는 그 남자를 찾아내는 게 트루
디나 맷을 찾아내는 것보다 나은 방법일 것이다. 하지만 현재까지 내가 가
진 건 어느 누구도 갖고 있지 않은 듯 보이는 거였다. 조 파이크가 진실을
말하고 있다는 절대적이고 철저한 믿음. 나는 그를 의심하지 않았다. 의심
하지 않을 것이다. 경찰이 조가 그 집으로 들어가는 비디오테이프를 갖고

있을 수도 있다. 그런데 조가 TV를 가리키면서 "저건 내가 아냐."라고 말한다면, 나는 그의 말을 믿을 것이다.

사람은 자신이 갖고 있는 것들을 바탕으로 일을 해야 한다. 내가 가진 건 신뢰가 전부였다. 그것으로도 충분하다는 걸 굉장히 많은 사람들이 깨달아왔다.

연결고리를 찾아봐.

크란츠는 더쉬를 살해할 동기를 가진 사람을 찾는 식으로 이 사건에 접근했다. 그는 파이크의 동기는 카렌이라고 생각했다. 프랭크 가르시아도 동일한 동기를 갖고 있고 더쉬를 살해할 수 있는 자금력도 있지만, 그가 그 일을 조에게 맡기지는 않을 것이다. 그건 누군가 다른 사람이 있다는 걸 뜻했다. 누군가가 더쉬와 제대로 된 연결고리로 이어진 건 아닌지, 또는 더쉬를 목표를 이루는 수단으로만 활용했던 건 아닌지 궁금했다. 어쩌면 이 사건에서 더쉬는 전혀 중요하지 않은 존재이고, 중요한 건 파이크였는지도 모른다.

리걸패드를 찾아 안으로 들어갔다가 다시 돌아와 시간표를 작성했다. 카렌이 살해당한 시점부터 더쉬가 용의자라는 게 공표될 때까지 엿새가 걸렸다. 더쉬에 관한 이야기가 폭로된 때부터 그가 살해당하기까지는 사흘밖에 안 걸렸다. 파이크에게 원한을 가진 어떤 사내가 TV를 시청하는 모습을 상상해보려고 애썼다. 그는 파이크를 증오하면서 거기 있다. 평생 단 한 번도 카렌 가르시아나 유진 더쉬라는 이름을 들어본 적이 없지만, 그가 이 모든 걸 보는 순간 세상에서 제일 큰 백열전구가 그의 머리 위에서 깜빡거린다. 이봐, 파이크를 잡는 데 이 더쉬라는 놈을 활용할 수 있어! 모든 게 사흘이라는 짧은 기간 안에 이뤄졌다.

흐음.

그가 정보가 누설되기 전에 더쉬에 대해 알고 있었고 그 문제를 고민해볼 시간을 갖고 있었다는 뜻이다. 더불어, 경찰이 더쉬를 24시간 내내 감시하고 있다는 걸 LA 모두가 알고 있었다. 그런데도 이 사내는 감시 인력이 줄어든 이후의 시간을 골랐다. 그게 의아했다.

맥주를 안으로 갖고 들어와 쏟아버린 후 베란다로 돌아갔다. 말똥가리들은 여전히 저 위에 있었다. 나는 놈들이 사냥하는 중이라고 생각했었지만, 어쩌면 놈들은 그저 바람을 쐬고 있는 건지도 모른다. 나는 놈들이 먹잇감을 찾고 있다고 생각했었지만, 어쩌면 놈들은 먹잇감 대신 서로를 바라보고 있는 것인지도, 그러면서 대지 위의 그곳에서 서로의 반려자를 찾고 있는 것인지도 모른다. 사랑에 빠진 말똥가리들.

인간관계는 처음에 언뜻 보는 것하고는 다른 경우가 잦다.

나는 살인자는 조와 더쉬 모두와 연관이 있는 사람이라는 결론을 내렸다. 조는 프랭크가 더쉬와 연관된 방식과 동일한 방식으로 더쉬와 연결돼 있다. 카렌을 통해. 어쩌면 살인자도 카렌을 통해 조와 연결돼 있을 것이다.

안으로 들어가 사만다 돌런의 집 전화번호를 찾아 전화를 걸었다.

그녀가 말했다. "만사 세계 최고 나리시군요. 쉰네입니다요."

취한 목소리였다.

"돌런, 괜찮아요?"

"젠장. 사만다라고 불러줄래요?"

"사만다."

"짝꿍 때문이죠, 맞죠? 내 말은, 그냥 작업 걸려고 전화한 건 아닐 거잖아요."

"맞아요. 조 때문이에요."

"나, 거기서 쫓겨났어요. 기억 안 나요? 나는 태스크포스에서 밀려났고, 크란츠가 무슨 짓을 하고 있는지 모르는 데다가 관심도 없어요. 이봐요, 들은 바로는, 파이크가 범인인 것 같던데요."

"브랜포드가 그를 기소할 만한 근거를 갖고 있는 건 알아요. 하지만 나는 파이크는 이런 짓을 저지르지 않았다고 생각해요."

"오, 제-에-발요. 당신은 그 자리에 없었잖아요, 그렇죠? 당신 눈으로 직접 본 게 아니잖아요."

"나는 그를 알아요. 그게 내 믿음의 전부예요. 파이크라면 한밤중에 더쉬의 집에 가서 그런 식으로 그를 쏘지는 않을 거예요. 그건 파이크 스타일이 아니에요."

"그가 사용하는 살인 스타일은 어떤 건데요? 그를 잘 안다면서요?"

"확인할 수 없는 종류의 스타일이에요. 파이크는 그런 짓을 저지르더라도, 사람들이 그게 그가 한 짓이라는 걸 절대 알지 못하게 만들 수 있고, 그런 생각을 꿈에서조차 하지 못하게 만들 수도 있어요. 어느 날 여기 있던 사람이 이튿날 자취를 감추는 식으로 사람을 사라지게 만드는 거예요. 그러면 사람들은 무슨 일이 일어난 건지 궁금해하기만 할 뿐이죠. 돌런, 파이크가 그런 짓을 저지른다면 그런 방식으로 할 거예요. 장담하는데, 당신은 시신도 결코 찾아내지 못할 거예요. 파이크는 내가 아는 중에 제일 위험한 사람이에요. 내가 그에 대해 아는 건 빙산의 일각일 뿐이에요. 그는 타의 추종을 불허해요."

돌런은 아무 말도 하지 않았다.

"돌런? 듣고 있어요?"

"뭔가가 나한테 당신도 꽤나 위험할 수 있다고 말하네요."

나는 대답하지 않았다. 그녀가 원하는 바를 생각하게 놔뒀다.

돌런이 한숨을 쉬었다. "오케이. 세계 최고. 원하는 게 뭐예요?"

"더쉬를 죽인 게 어느 놈이건 카렌 가르시아를 통해서 조와 연결돼 있을 거예요. 그러면 사건은 조가 순찰차를 타던 시절로 거슬러 올라가요. 조의 파트너는 아벨 워즈니악이라는 사람이었어요."

"알아요. 파이크가 죽인 경찰."

"그런 식으로 말할 필요는 없잖아요, 돌런."

"그걸 말하는 방식은 딱 하나뿐이에요."

"그 시절에 더쉬를 죽이고 파이크에게 누명을 씌울 정도로 파이크에게 앙심을 품을 만한 사람이 누구인지 알고 싶어요. 파일하고 기록이 필요한데, 도움 없이는 그걸 입수할 수가 없어요."

다시, 그녀가 대답하지 않았다.

"돌런?"

"당신, 자충수를 두는 거라는 거 알아요? 나는 지금 곤란한 처지예요."

그녀가 전화를 끊었다.

그녀에게 다시 전화를 걸었지만, 그녀는 수화기를 내려놓았다. 통화 중입니다. 이후로 30분간 5분마다 전화를 걸었다. 통화 중입니다.

"젠장."

20분 후, 식탁에 앉아 돌런에게 다시 전화를 걸까 고민하고 있을 때 루시가 들어왔다. 그녀는 정장 코트와 구두를 벗고는 나를 쳐다보지도 않고 냉장고로 향했다.

내가 말했다. "자기, 조 얘기 들은 것 같네?"

"사무실에서 진행 상황 들었어. 방송국에 심리에 참석했던 사람이 있거든."

"으응, 그렇군."

그녀는 나한테 키스하려고 오지 않았다. 아직 나를 쳐다보지도 않았다.

"먹을 것 좀 만들어 줄까?"

그녀는 고개를 저었다.

"와인 한잔할래?"

"좀 있다."

그녀는 상자를 응시하고 있었다.

"뭐 잘못됐어?"

그녀가 응시를 관두더니 문을 닫았다.

"이 물건들이 조하고 관련이 있다는 걸 전혀 몰랐어."

그날 하루의 긴장이 딱딱해지는 근육과 함께 내 양어깨로 스멀스멀 돌아왔다.

"브랜포드가 보석을 반대하는 논거를 펼치는 테이프를 봤어. 그는 조가 개입된 모든 총격전과 그가 죽인 사람들에 대해 말했어."

긴장감이 칼로 찌르는 듯한 통증으로 바뀌었다.

"조를 자기 친구인 강인하고 과묵한 남자라고 생각했었어. 그런데 이제 그는 내가 전혀 알지 못하는 사람처럼 느껴져. 나는 이런 일들을 아는 게 유쾌하지 않아. 이런 짓들을 할 수 있는 남자를 알고 있다는 게 마음에 들지 않아."

"그가 자기를 친절하게 대하고 존중한다는 거 알잖아. 벤하고도 잘 지내고, 내 제일 친한 친구라는 것도."

뭔가 혼란스럽고 두려운 감정이 그녀의 눈에서 맴돌았다. "브랜포드는 그가 열네 명을 죽였다고 말했어, 세상에."

나는 어깨를 으쓱했다. "LA에서 성공할 수 있다면 세상 어디에서도 성공할 수 있어."

"그런 농담, 재미있지 않아."

나는 통증을 어떻게 해보려고 애썼지만 아무것도 이루지 못했다. 돌런에게 다시 전화를 걸고 싶었지만, 그러지 않았다. "그가 죽인 사람들은 그나 나, 또는 조가 보호하고 싶었던 누군가를 죽이려고 기를 쓰던 자들이었어. 그는 청부살인업자가 아냐. 살인 의뢰에 고용된 적도 없고, 순전히 죽이고 싶다는 이유로 누군가를 죽인 적도 없어. 그가 사람을 죽였다면, 그래야 할 필요가 있는 상황에 처했었기 때문이야. 내가 그랬던 것처럼 말이야. 우리 둘 다 뭔가 문제가 있는 사람들인 것 같다는 것, 당신이 도달한 결론이 바로 그거야?"

루시는 문으로 갔지만 문을 넘지는 않았다. "아니, 내가 말하는 건 그게 아냐. 여기서 일어나는 일은 완전히 이해하기에는 너무 지나쳐. 미안해. 이런 식으로 굴려던 게 아니었어." 그녀는 미소를 지었지만, 긴장감이 도는 미소였다. "온종일 자기를 보지 못해서 자기가 그리웠어. 그리고 조하고 관련된 모든 일이 자기를 더 보고 싶게 만들었어. 내가 무슨 생각을 하는지 모르겠어. 브랜포드가 법정에 제출한 서류를 읽었는데, 거기 들어 있는 내용이 무서웠어."

"그건 자기를 무서워하게 만들려고 제출된 거야, 루시. 바로 그게 브랜포드가 보석을 반대하는 주장을 펴려고 그걸 이용한 이유야. 자기도 잘 알잖아."

자리에서 일어나 그녀에게 가고 싶은 마음이 무엇보다도 간절했지만, 그럴 수가 없었다. 그녀도 나를 원할지 모른다고, 또는 그녀가 나한테 다가오고 싶어 한다고 생각했다. 하지만 무언가가 그녀를 막고 있었다.

"엘비스?"

"왜?"

"조가 그 남자를 죽였어?"

"아니."

"확신해?"

"그럼, 확신하고말고."

그녀가 고개를 끄덕였다. 하지만 그녀의 목소리는 멀리서 들려오는 것처럼 작았다.

"그런데 내가 그걸 확신한다는 생각이 안 들어. 나는 그가 그런 짓을 저질렀을 수도 있을 거라고 생각해. 그가 그런 짓을 저질렀다는 생각까지 들어."

우리는 한동안 말없이 서 있었다. 그러다가 나는 거실로 들어가 라디오를 켰다. 나는 주방으로 돌아가지 않았다.

나는 소파에 앉아 어두워지는 하늘을 응시하고 있었다. 그러다 조 파이크가 이 밤에 있는 곳이 어디인지를 깨달았다. 그는 사방에 벽만 볼 수 있었다.

살인자는 무엇을 볼 수 있는지 궁금했다.

넘버 식스

뜨거운 미풍이 공중화장실의 악취를 살인자가 숨어 있는 빨간 협죽도

356

덤불로 실어왔다. 맥아더 파크는 사냥을 하기에 완벽한 시간인 야간의 이 시간에는 조용했다.

살인자는 상황이 정말로 순조롭게 진행되고 있다는 흥분감에 상기됐다. 태스크포스는 살인사건 다섯 건 사이의 연결고리를 아직도 찾아내지 못했고, 할리우드 경찰서 형사들은 에드워드 디지 살인사건의 증거를 이제야 찾기 시작했으며, 더쉬를 죽인 건 탁월한 선택이었던 걸로 입증됐다.

조 파이크는 감옥에 있다. 여생 동안 거기 머물게 될 것이다. 어떤 정신 나간 종신형 재소자가 그의 갈비뼈 사이에 날카로운 무기를 찔러 넣기 전까지는 말이다.

그런데 그런 일이 생기더라도 분이 풀리지는 않을 것이다.

살인자는 순전히 그 생각을 하면서 미소를 지었다. 살인자는 자주 웃지는 않았다. 지금까지 오랫동안 파이크를 연구해오면서 파이크에게서 터득한 특성이었다. 그가 어느 누구보다도 더 증오하는 존재인 파이크에게서. 그런데 지금은 특별한 시간이었다. 상당한 증오감을 발산할 시간이었다.

파이크, 완벽한 자제력을 갖춘.

파이크, 절대적인 통제력을 발휘하는.

파이크, 그에게서 모든 것을 앗아갔으면서 그에게 목표를 제공한.

복수다, 개자식아.

유일한 옥에 티는 트루디라는 계집이다. 살인자는 그 계집하고 비슷한 사람들로부터 자신을 보호할 수 있는 짓을 했었다. 그는 파이크의 집을 감시하면서 파이크가 홀로 있는지 확인하고는 집에 불이 꺼질 때까지 기다렸다. 그런 후, 파이크가 잠든 걸 확인할 때까지 더 오래 기다린 후에야 더쉬를 죽이러 출발했다. 살인자는 트루디는 세상에 없는 사람이라고, 파이크가 날조해낸 여자라고 의심한다. 하지만 확신하지는 못한다. 그래서 트루디를 직접 찾아내야 할지도 모른다고 생각한다. 그는 NCIC(National Criminal Information Center, 전미범죄정보센터) 컴퓨터에, 그리고 FBI를 통해 VICAP(Violent Criminal Apprehension Program, 흉악범죄방지프로그램)에 그녀의 이름을 돌려볼 수 있었다. 누군가가 그를 앞질러 그녀를 찾아낸다면, 으음, 그는 누구보다도 빨리 그 사실을 알게 될 것이다. 그런 후에 그녀를 처리할 것이다.

그럼에도, 힘든 부분은 완료했다. 이제 남은 건 나머지 인물들을 해치우는 것, 그리고 하늘이 두 쪽이 나더라도 파이크가 유죄 판결을 받게 만드는 거였다.

그건 파이크의 파트너인 엘비스 콜에 대한 대비를 하는 걸 뜻한다.

엘비스라니, 이 얼마나 멍청한 이름인가.

살인자가 콜을 다루는 방법을 고민하고 있을 때 헤수스 로렌조가 다가오는 소리가 들렸다. 그는 표백제 병에 총구를 넣고 테이프를 붙인 22구경 피스톨을 쥐었다. 로렌조를 잘못 알아볼 일은 없다. 키 178센티미터인 그는 굽이 10센티미터인 빨간 펌프스(운동할 때 신는 가벼운 신발)를 신고 빨간 새틴 드레스를 입고 연한 금발 가발을 쓰고 있었다. 살인자는 그가 엿새 동안 날마다 이 시간대에 여기 맥아더 파크에서 파트너를 물색하고 다니는 걸 지켜봤었다. 바로 이 순간을 기다리면서.

헤수스 로렌조가 남자 화장실로 사라졌을 때, 살인자는 협죽도 사이로 걸어 나와 뒤를 쫓았다. 주위에는 아무도 없었고, 남자 화장실 안에도 아무도 없었다. 살인자는 그걸 잘 알았다. 거의 두 시간 가까이 여기 있었기 때문이다.

계획은 계속된다.

복수다, 개자식아.

25

루시와 나는 조심스럽고 주저하는 태도로 이튿날을 시작했는데, 나는 그 사실이 불편했다. 뭔가 새로운 게 우리 관계에 들어왔는데, 우리 둘 다 그것에 어떻게 접근해야 할지 몰랐다. 우리는 동침했지만, 사랑을 나누지는 않았다. 그녀는 자는 듯 보였지만, 나는 그녀가 자는 척하는 거라고 생각했다. 그녀와 조에 대해 얘기하고 싶었다. 그녀가 조를 괜찮게 받아들이기를 원했지만, 그게 가능한지 여부를 몰랐다. 내가 무턱대고 얘기를 시작해야겠다고 결심할 무렵, 그녀는 출근해야 했다.

그녀가 나가면서 물었다. "오늘 조 보러 갈 거야?"

"그럼. 아마 늦게쯤."

"내 인사 전해줄래?"

"당연하지. 나랑 같이 가서 직접 만나도 돼."

"해야 할 일이 있어."

"오케이. 나도 알아."

"혹시 시간이 날지도 몰라."

"루시?"

그녀가 나를 쳐다봤다.

"조가 어떤 사람이건, 나도 그런 사람이야."

그녀는 그런 말을 듣고 싶지는 않았을 것이다.

"나를 괴롭히는 건 자기가 이런 일들을 심란하게 받아들이지 않는다는 사실인 것 같아. 자기는 이런 일을 평범한 일로 받아들여. 그런데 이건 평범한 일이 아냐."

나는 내가 해야 할 이기적인 것처럼 들리지 않을 만한 말이 뭐가 있는지 몰랐다. 그래서 아무 말도 하지 않았다.

루시가 문을 당겨 닫고는 출근했다.

천사들의 도시에 찾아온 또 다른 멋진 날.

찰리 바우먼의 비서에게 전화를 걸어 내가 이미 해놓은 작업을 말하고 싶었지만, 아직 출근하지 않았을 터였다. 찰리가 그녀에게 말을 해놨겠지만, 나도 그녀와 얘기하고 싶었다. 실종됐거나 가출한 아동들의 관련 정보를 모아놓은 데이터뱅크에 접속하기 위해 FBI와 캘리포니아 보안관 모두에게 연락하고 싶었다. 트루디와 맷이라는 이름으로 얻을 수 있는 정보가 있을지 확인하고 싶었다. 검정 닷지 미니밴과 관련한 도난차량 보고서가 있는지도 확인하고 싶었다. 돌런에게 먼저 전화를 걸기로 결정했는데, 전화를 받은 건 윌리엄스였다.

"안녕하세요, 윌리엄스. 돌런 있어요?"

"그걸 왜 물어보는데?"

"그녀하고 얘기 좀 했으면 해서요."

"못 봤어. 내가 크란츠한테서 무슨 말 들었는지 알고 싶어?"

"듣기 좋은 소리는 아닐 것 같은데, 그렇죠?"

"크란츠 말이, 자네는 아마 그 개자식 파이크랑 공범일 거라고 했어. 그가 자네를 이 일에 엮을 수 있다면, 자네하고 파이크는 교도소에서 껴안고 뒹굴 수 있을 거라더군." 윌리엄스는 그렇게 말하면서 키득거렸다.

"이봐요, 윌리엄스."

"왜?"

"당신은 내가 여태껏 만난 중에 가장 피부가 하얀 흑인이에요."

"엿이나 먹어, 콜."

"당신도요, 윌리엄스."

전화를 끊으면서 오늘 하루가 이보다 조금 나아지면 내 고양이가 죽게 될 거라고 생각했다.

샤워하려고 위층으로 올라갈 때 초인종이 울렸다. 사만다 돌런이었는데, 숙취에 시달리는 듯 보였다.

"방금 전에 당신한테 전화했었어요."

"내가 거기 있던가요?"

"있잖아요, 돌런. 오늘은 유머 감각을 발휘하기에는 좋은 날이 아니에요."

그녀는 나를 지나쳐서 집으로 들어왔다. 다시금 초대받지 않은 채였다. 그러고는 주방을 엿봤다. 민무늬 흰색 티셔츠와 청바지 위에 감청색 블레이저를 입고 있었다. 그리고 이탈리아제 타원형 선글라스를 끼고 있었다. 짙은 색 블레이저 아래에 있는 셔츠는 무척이나 하얗게 보였다. "으음, 그래요, 나도 그런 식의 날들을 보내고 있어요. 타일에는 손도 대지 않았네요."

"무례하게 굴고 싶지는 않지만, 도대체 여기서 뭐 하는 거예요?"

"그 땅딸보 여자가 질투할까 봐 걱정하는 거예요?"

"부탁인데, 그녀를 땅딸보라고 부르지 말아요. 그런 소리 들으면 열받으니까."

"아무렴 어때요. 주스나 물 한 잔 마실 수 있을까요? 목이 마르네요."

그녀를 주방으로 데려가 망고주스 두 잔을 따랐다. 잔을 건네자, 그녀가 선글라스를 벗었다. 그녀의 눈은 충혈돼 있었고, 몸에서는 테킬라 냄새가 났다. "젠장, 아침 8시밖에 안 됐어요, 돌런. 꼭두새벽부터 한잔 때린 거예요?"

충혈된 눈에 분노가 번득거렸다. "내가 언제 술을 때리건 그게 당신이 상관할 일인가요?"

나는 두 손을 올렸다.

돌런이 다시 선글라스를 꼈다.

"당신이 간밤에 한 말을 생각해봤어요. 살인자가 가르시아를 통해 파이크하고 연결됐을지도 모른다는 말요. 맞는 말인 것 같은데, 내가 사무실에서 그런 얘기를 하려고 당신한테 전화할 수는 없을 것 같더라고요."

"도와주겠다는 뜻인가요?"

"내가 그 문제를 얘기하고 싶어 한다는 뜻이에요."

고양이가 고양이 출입구를 통해 천천히 들어왔다. 절반쯤 들어온 놈이 걸음을 멈추고는 그녀를 응시하고 있었다.

돌런이 고양이를 노려봤다. "도대체 뭘 보고 있는 거니?"

고양이가 여전히 응시하면서 고개를 곤추세웠다.

"이 고양이, 뭐가 문제예요?"

"혼란스러워하는 것 같아요. 저애가 좋아하는 다른 사람은 세상에서 조 파이크뿐이에요. 선글라스 때문에 그런 것 같아요."

돌런은 더 뚫어져라 노려봤다. "나한테는 정말로 영광이네요. 90킬로그램 나가는 거구에 칼자국 많고 가슴도 없는 남자하고 나를 헷갈려 한다니."

돌런이 선글라스를 벗고는 눈을 고양이에게 고정시켰다.

"보기 좋니?"

고양이가 다른 쪽으로 고개를 곤추세웠다.

"왜 저런 식으로 고개를 드는 거예요?"

"누군가가 그 애한테 총질을 한 적이 있어요."

돌런이 쪼그려 앉았더니 손을 내밀었다.

내가 말했다. "그러지 마요, 돌런, 물어요."

"사만다라고 불러요."

"사만다."

고양이가 킁킁거렸다. 고양이가 그녀에게 천천히 다가오더니 다시 킁킁거렸다.

"나한테 못되게 굴지는 않는 것 같아요."

그녀는 고양이의 머리를 긁은 다음에 주스를 다 마셨다.

"망할 놈의 고양이일 뿐이에요."

나는 고양이를, 다음에는 그녀를 응시했다. 지난 몇 년간 그 고양이가 백 명쯤 되는 사람을 할퀴는 걸 봐왔다. 그런데 나하고 조 말고 다른 사람이 자기를 만지게 놔두는 건 한 번도 본 적이 없다.

"왜요?"

나는 다시 고개를 저었다. "아무것도 아니에요."

그녀가 주머니에서 말보로 담뱃갑을 꺼냈다. "피워도 괜찮겠어요?"

"아니, 안 돼요. 굳이 피워야겠다면, 베란다로 나갑시다."

우리는 밖으로 나갔다. 어제의 희뿌연 안개가 아직도 공중에 걸려 있었지만, 어제보다는 옅었다. 돌런은 난간으로 가서 협곡을 자세히 살폈다. "근사하네요. 의자들을 여기다 내놔봐요. 고기 굽는 그릴도 갖다 놓고."

그녀가 말보로에 불을 붙이고는 엄청난 양의 연기를 안개에 보냈다. 매력적이었다.

내가 물었다. "그래, 어젯밤에 무슨 생각을 했나요?"

"워즈니악하고 파이크에게 그 일이 일어났을 때, 나는 경찰이 아니었어요. 하지만 스탠 와츠는 재직 중이었죠. 그에게 그 일에 대해 물어봤어요. 무슨 일이 일어났는지 알아요?"

"알아요."

어린 소녀 라모나 앤 에스코바가 경찰이 소아성애자이자 아동포르노 제작자라는 걸 아는 레너드 드빌이라는 남자와 함께 공원을 떠나는 게 목격됐다. 드빌이 아일랜더 팜스 모텔에 들어가는 게 목격됐다는 걸 알아낸 파이크와 워즈니악은 그를 조사하려고 그리로 차를 몰았다. 그들이 방에 들어갔을 때, 라모나는 보이지 않았다. 파이크는 나한테 이 사건 얘기는 입도 뻥긋 안 했지만, 나는 어린 딸을 둔 아버지인 워즈니악이 드빌이 그 여자애를 해쳤을 거라고 걱정했던 게 분명하다는 뉴스 기사를 떠올렸다. 그는 무기를 꺼내 드빌을 가격했다. 워즈니악이 피의자를 위태롭게 만들지도 모른다고 느낀 파이크가 워즈니악을 말렸다. 몸싸움이 이어졌고, 그러는 동안 워즈니악의 총이 발사되면서 워즈니악이 목숨을 잃었다. 내사과가 조사에 착수했지만, 그들은 파이크를 상대로는 아무런 기소도 하지 않았다. 내가 읽은 기사에 적혀 있지 않았던 건, 내사과가 파이크를 기소하지 않았음에도 현직에 있는 거의 모든 경찰이 그때 워즈니악이 목숨을 잃은 걸 파이크 탓으로 돌렸다는 거였다. 그들이 파이크를 더욱 증오한 건, 파이크가 레너드 드빌 같은 재수 없는 놈을 방어하려고 워즈니악을 죽였기 때문이었다. 그런 아동성추행범 따위를 방어하려고.

돌런이 말했다. "그러니까 당신이 파이크에게 앙심을 품은 사람을 찾는 중이라면, 경찰 2천 명부터 시작해야 할 거예요."

"나는 그렇다고는 믿지 않아요."

"나는 증오 얘기를 하는 거예요, 친구. 워즈니악한테 일어난 일 때문에 파이크를 증오하는 경찰들이 아직도 있어요."

"당신이 하는 말을 생각해봐요, 돌런. 당신은 어떤 경찰이 품은 앙심이 너무 커서, 그저 파이크에게 누명을 씌우기 위해 더쉬 같은 무고한 남자를 기꺼이 죽이려 든다고 믿는 거예요?"

"당신은 무고하다고 말하는데, 이건 당신이 세운 이론이지, 내 이론은 아니에요. 이 카우보이들 중 하나가 더쉬를 연쇄살인범이라고 생각한다면, 그는 그를 죽이는 건 어렵지 않게 희생양을 바치는 거라고 판단할 거예요. 그가 경찰이 아니라면, 당신은 파이크가 체포했던 2백에서 3백 명의 얼간이 중 하나를 얘기하고 있는 걸 거예요. 그것도 용의자 규모로는 여전히 꽤나 큰 편이죠."

나는 양손을 벌렸다. "나는 거기까지는 갈 수 없어요, 돌런. 여기에는 변수가 너무 많아서 그것들을 다 다루려고 애쓸 경우, 나는 그냥 집에 앉아서 크란츠가 사건을 해결하는 걸 기다리는 쪽을 택할 거예요."

"그게 당신한테 유익할 것 같지는 않군요."

"당신한테는 유익한가요?"

그녀는 미소를 지었다. "아뇨. 젠장, 볕이 너무 따갑네요."

돌런은 블레이저를 벗어 베란다에 있는 의자에 걸쳤다. 시그가 청바지 오른쪽 엉덩이에 있는 권총집에 들어 있었다. 그을린 두 팔은 강인해 보였다. 흰색 셔츠가 더욱 밝아지면서 나는 실눈을 떠야 했다.

내가 말했다. "나는 내 앞에 놓인 정보에 머물러 있어야 해요. 워즈니악과 카렌 가르시아, 그리고 그들 모두가 어떻게 만나게 됐는지에요. 워즈니악과 드빌에 대해 찾을 수 있는 건 모두 찾아낼 필요가 있어요. 사격팀 보고서와 사건 보고서, 그리고 내사과가 보유한 건 무엇이건 입수하고 싶어요."

그녀는 내가 말을 끝내기도 전에 고개를 저었다. "지금 이 자리에서 해줄 수 있는 얘기는 내사과 서류는 잊는 게 나을 거라는 거예요. 그건 봉인돼 있어요. 법원 명령이 필요할 거예요."

"워즈니악의 인사파일하고 드빌의 사건파일이 필요해요. 조하고 얘기해서 그가 무슨 말을 하는지 볼 거예요."

"세상에, 원하는 게 별로 많지는 않네요, 그렇죠?"

"내가 그것 말고 뭘 할 수 있을까요?"

그녀가 담배를 한 모금 깊이 빨았다. "아무것도 없는 것 같네요. 전화할게요. 시간이 조금 걸릴 거예요."

"나를 위해 이렇게까지 해줘서 고마워요, 사만다."

그녀가 난간에 팔꿈치를 얹고는 협곡을 내려다봤다. "딱히 더 나은 일도 할 게 없어요. 비숍이 무슨 일 시켰는지 알아요? 작년에 일어난 강도사건들을 대상으로 실사통화를 하래요. 그게 뭔지 알아요?"

"아뇨."

"우리는 미제사건들을 석 달에 한 번씩 조사해야 해요. 순전히 그 사건들을 살려놓기 위해서요. 수사기록에 적힌 형사한테 전화를 걸어서 새로운 걸 알아낸 게 있는지 물어보고 그가 아니라고 대답하면 그걸 일지에 적어요. 망할 놈의 경리직원도 할 수 있는 일이죠. 내가 비숍을 볼 때마다, 그는 고개를 설레설레 젓고는 가버려요."

나는 무슨 말을 해야 할지 몰랐다.

담배를 다 피운 그녀는 꽁초를 주스 잔에 떨어뜨렸다.

"유감이에요, 사만다."

그녀가 나를 쳐다봤다. "당신이 미안해할 일은 하나도 없어요."

"나는 당신을 태스크포스에서 밀려나는 쪽으로 몰아갔어요. 지금 당신을 몰아가는 것처럼요. 그런 짓을 한 걸 사과하는 거예요. 나라면 크란츠한테 내가 그 사실을 알고 있다는 얘기나 그날 아침에 당신 차에서 대화를 했었다는 말을 하지는 않았을 거예요."

"만사는 항상 드러나게 돼 있어요, 친구. 나는 지금 살얼음 위에 있어요. 내가 그날 거짓말을 했는데 위에서 그 사실을 알아냈다면, 나는 분명 물속으로 빠졌을 거예요. 내가 말한 것처럼, 내가 알랑방귀를 충분히 뀌었다면 비숍은 나를 그냥 태스크포스에 머무르게 해줬을 거예요."

나는 끄덕였다.

그녀가 주위를 훑어봤다. "내가 망할 놈의 술꾼이 된 것 같은 기분이네요."

"아침부터 두 잔을 마셨기 때문에요?"

"지금 한잔 더 마셨으면 하니까요."

그녀가 나를 조금 더 응시했다.

"내가 술을 마신 건 이 염병할 직장 문제 때문이 아니었어요, 이 멍청한 아저씨야."

나는 그녀를 쳐다보면서 그녀가 굳이 우리 집에 올 필요가 없었다는 걸, 전화를 걸어도 됐을 거라는 걸 생각하고 있었다. 루시가 떠나고 불과 2분쯤 후에 그녀가 초인종을 눌렀다는 걸 떠올렸다.

돌런은 난간에 몸을 기대고 있었다. 그녀의 등은 팽팽하고 길게 늘어졌고, 흰색 티셔츠는 팽팽하게 당겨졌다. 근사해 보였다. 그녀가 나를 바라보다가 무게중심을 옮기면서 엉덩이가 흔들렸다. 나는 시선을 돌렸지만, 쉽지 않은 일이었다. 나는 루시를 생각했다.

"엘비스."

나는 고개를 저었다.

돌런이 가까이 다가와 두 팔을 내 목에 두르고는 내게 입을 맞췄다. 담배와 테킬라와 망고 맛이 났다. 그녀에게 입맞춤을 돌려주고 싶었다. 나는, 잠깐 동안은, 그렇게 한 것 같다.

그러다가 내 목에 두른 그녀의 팔을 떼어냈다.

"안 돼요, 사만다."

돌런이 빠른 걸음으로 물러섰다. 얼굴이 시뻘게지더니 몸을 돌려서는 집 안을 가로질러 뛰어나갔다. 잠시 후, 비머의 엔진이 살아나면서 떠나는 소리가 들렸다.

나는 입술을 만져봤다. 그러고는 오랫동안 생각에 잠긴 채 베란다에 서 있었다.

그러고는 안으로 들어가 찰리 바우먼에게 전화를 걸었다.

26

내가 파이크와 얘기하고 싶어 하는 이유를 설명하는 동안 찰리는 말없이 듣기만 했다.

내가 말을 마치자, 그가 말했다. "면회는 10시에 시작돼. 경찰이 오늘 아침에 그를 멘스 센트럴에 데려갈 게 아니라면 말이야. 전화해서 알아보고 전화해줄게."

내가 기다리는 동안 고양이가 층계참으로 내려와 나를 지켜봤다. 놈은 게스트 룸으로 갔다가 거실로 돌아와서는 다시 나를 지켜봤다.

내가 말했다. "그 여자 갔어."

놈이 옆으로 벌렁 눕더니 제 물건을 핥았다. 고양이들이란.

돌런 생각을 머리에서 떨칠 수가 없었다. 그녀를 머릿속에 계속 놔두면서, 나는 내가 처음으로 사람을 죽였을 때 이후로 느낀 죄책감과 다르지 않은 죄책감을 느꼈다. 돌런은 난간에 기대고 있었다. 그러더니 내게 몸을 밀었다. 그녀의 담배 맛이 여전히 느껴졌다. 주방으로 가서 물을 한 잔 마셨지만, 그 맛은 가시지 않았다. 내가 루시에게 느끼는 사랑이 뭔가 새하얗고 격렬한 것으로 타올랐다. 그녀가 여기에 있었으면 싶었다. 그녀를 안고서 내가 얼마나 사랑하는지 말하고는 그녀가 똑같은 말로 화답하는 소리를 듣고 싶었다. 그녀의 애무를, 그녀의 사랑이라는 안락함을 원했다. 그 무엇보다도 사만다 돌런을 원하는 걸 그만두고 싶었지만, 방법을 몰랐다.

그런 상황 때문에 나 자신이 불성실한 놈으로 느껴졌다.

한동안 주방 창밖을 응시하다 잔을 씻어 치운 다음, 내가 해야 할 일이 무엇인지를 억지로 생각하기 시작했다.

찰리가 4분 후에 전화를 걸어서 11시에 파커 센터 로비에서 만나자고 말했다.

나는 그때까지 남은 시간을, 지난 두 달간 판매된 모든 신형 미니밴의 소유자 이전과 등록 정보를 차량 색깔별로 확인하려고 차량관리국에 전화를 걸어 트루디를 찾는 데 썼다. 나는 검정색 차에만 관심이 있다고 그들에게 말했다. 검색 결과는 28대가 나왔다. 그 정보를 팩스로 보내줄 수 있느냐고 묻자, 그들은 안 된다고, 우편으로만 제공할 수 있다고 했다. 정부가 하는 짓이 이 모양이다. 그 후, FBI와 연방보안관실, LA 카운티 보안관과 전화로 얘기하는 데 거의 두 시간을 썼다. 그 시간의 대부분은 통화 대기를 하는 데 썼지만, 지난 석 달간 올해 연식의 검정 미니밴이 도난당한 사건은 한 건도 없다는 걸 알게 됐다. 법 집행기관에 VICAP과 NCIC 컴퓨터를 통해 트루디와 맷이라는 이름을 검색해달라고 요청했다. 이 컴퓨터들에는 전국 곳곳에서 지명 수배된 두드러진 인물들뿐 아니라 실종됐거나 납치된 아동들의 데이터베이스도 들어 있다. 이 정보를 왜 원하는 거냐는 질문에, 나는 파이크에 대한 말은 하지 않고, 내가 아동들의 부모들을 위해 일하고 있다고 말했다. 그런 식으로 대처하면 모두들 더욱 협조적이었다. 하지만 모두들 내게 똑같은 결과를 전했다. 성(姓)이 없으면, 유용한 정보를 얻을 가능성은 희박하다는.

일찌감치 파커 센터로 차를 몰고 가서 인도에 나와 있는 흡연자들을 훑으면서 돌런이 있는지 살폈다. 그들 중에 그녀는 없었다. 그녀가 내가 필요로 하는 파일들을 확보하고 있는지, 또는 그러려는 의향이 있는지 궁금했다. 그러다가 내가 또 다른 핑계거리를 찾고 있는지도 모른다는 데 생각이 미쳤다. 죄책감이 쓰디쓴 커피처럼 속을 화끈거리게 만들었다.

내가 이른 시간에 도착했음에도, 찰리 바우먼은 이미 로비에서 나를 기다리고 있었다. 그가 말했다. "꼴이 말이 아니군. 무슨 문제야?"

"졸라 별거 아니에요."

"나한테 필요한 게 바로 그거야. 싹싹한 태도."

얼굴색이 붉은 과체중 경찰이 뒤쪽 복도를 따라 우리를 면회실로 안내했다. 자리에 앉은 찰리와 나는 그들이 조를 데려오는 데 걸린 5분 동안한 마디도 하지 않았다. 조는 파란 점프슈트 차림이었는데, 소매를 말아올리고 있었다. 경찰이 그를 데리러 갔을 때 운동하던 중이었다고 말하는 듯 팔목과 팔뚝에 있는 핏줄들이 불거져 있었다.

조를 라인업에서 데리고 나갔던, 양팔이 역도선수 같은 먼젓번의 흑인 경찰이 문을 통해 그를 인도했다. "괜찮겠소?"

"예."

파이크는 수갑과 족쇄를 차고 있었다. 흑인 경찰이 수갑을 풀어서 주머니에 넣었다.

"발목은 그대로 둬야 합니다."

파이크는 고개를 끄덕였다. "손을 풀어줘서 고맙소."

경찰이 가자 나는 미소를 지었다. 조는 더 이상 실눈을 뜨지 않았다. 그는 빛에 점점 익숙해지고 있었다.

조가 물었다. "트루디 찾았나?"

"아직."

"어째서 나를 여기서 빼내지 못하는 거야?"

"너무 쉬운 일이라서. 나는 힘든 쪽 길을 택했어. 누가 자네에게 누명을 씌웠는지 파악하는 쪽을."

찰리가 테이블 너머로 다이빙을 하려는 것처럼 앞으로 몸을 기울였다. "콜은 더쉬를 쏜 놈이 누구건, 자네를 통해 카렌 가르시아하고도 연결돼 있을지 모른다고 생각하고 있어. 심지어는 그녀를 죽인 놈하고 같은 놈일지도 몰라."

파이크가 나를 쳐다봤다. 나는 그가 호기심을 느꼈을지도 모른다고 생각했지만, 파이크의 속을 아는 사람은 세상에 없다.

내가 말했다. "더쉬를 죽인 놈이 누구건, 그는 자네를 너무나 증오한 탓에 외모도 자네하고 비슷하게 꾸미고, 심지어는 자네처럼 357구경을 사용했어. 이건 놈이 자네를 잘 안다는 뜻이거나 최소한 자네를 파악하려는 노력을 기울였다는 뜻이야."

파이크가 끄덕였다.

"놈이 자네를 그토록 증오한다면, 왜 지금까지 기다린 걸까? 더쉬를 죽인 이유는 뭘까? 순전히 자네에게 누명을 씌우려고? 자네를 직접 해치우지 않는 이유가 뭘까?"

파이크의 입술이 씰룩거렸다. "그럴 수가 없기 때문이지."

찰리가 눈동자를 굴렸다. "장화를 신고 왔어야 했나 봐. 테스토스테론이 여기 높은 곳까지 차오르고 있어."

나는 사건 발생 시간표에 대해, 그리고 그 모든 우연의 일치에 대해 생각한 내용을 들려줬다. "놈은 이 일만 생각해왔어, 조. 더쉬 관련 정보가 공개되기 전부터. 어쩌면 카렌이 살해당하기 전부터일지도 몰라. 놈은 자네를 죽이고 싶어 하지 않아. 자네를 징벌하고 싶어 해. 놈은 오랫동안 앙심을 품고 살아왔어. 그리고 이제 놈은 해결 방법을 찾아냈어. 그 점 때문에 놈이 카렌하고 연관이 있는 건지 여부가 궁금해졌어."

파이크가 고개를 삐딱하게 기울였다. 그의 눈에 고인 고요한 파란 바다가 이제는 뭔가 심오한 걸 담고 있었다.

"놈이 카렌하고 반드시 연관이 있는 건 아닐 거야. 내가 체포한 놈들은 2백 명이나 돼."

"만약에 놈이 다른 놈이라면, 왜 여기이고 왜 지금일까? 다른 놈이라면, 우연의 일치가 심해도 너무 심해. 나는 그 생각은 납득을 못 하겠어."

찰리가 늑대처럼 웃으면서 고개를 끄덕였다. 그는 요점을 제대로 이해하고 있었다. "졸라 맞는 얘기야."

파이크가 말했다. "레너드 드빌."

워즈니악이 사망한 날에 조와 워즈니악이 체포하러 갔던 남자.

찰리가 물었다. "누구?"

우리는 그에게 얘기를 들려줬다.

조가 말했다. "드빌이 결국 등장하는군. 그는 카렌하고 내가 만난 계기이기도 해. 워즈하고 나는 그녀가 소아성애자로 의심된다면서 신고한 사건에 출동했어. 워즈는 드빌이 범인일 거라고 생각했지."

찰리가 말했다. "그러면 드빌이 범인이겠구먼."

조는 고개를 저었다. "드빌은 감옥에서 죽었어요. 복역 2년 차 때 에이틴스 스트리트의 청소년 갱이 놈의 목을 그었어요." 아동성범죄자는 감옥에서 오래 버티지 못했다.

내가 물었다. "오케이. 워즈니악은 어때? 그를 통해 이어지는 연결고리가 있을지도 몰라."

"없어."

"생각해봐."

"워즈도 죽었어, 엘비스. 생각하고 자시고 할 게 없어."

누군가가 문을 크게 두 번 노크했다. 찰리가 들어오라고 소리쳤다.

크란츠와 로비 브랜포드였다.

찰리의 담배를 본 크란츠가 얼굴을 찡그렸다. "여기서 담배 피우면 안 돼요, 바우먼."

"미안합니다, 형사 나리. 바로 끄도록 합죠." 찰리는 한 모금 깊이 빨아 들이더니 연기를 브랜포드에게 뿜었다. "내가 없는 자리에서 내 의뢰인하고 얘기할 계획이었나 보네요, 로비?"

브랜포드가 짜증 난 얼굴로 손부채질을 했다.

"형사들이 당신이 여기 있다는 걸 알고는 나를 부른 거예요. 당신이 여기에 없었다면 내가 전화를 걸었을 거예요. 그리고 담배 피우는 건 명을 재촉하는 거예요, 찰리."

찰리가 말했다. "그렇겠지."

나는 그들의 표정이 마음에 들지 않았는데, 찰리도 그런 기색이었다.

그가 물었다. "무슨 일이에요? 내 의뢰인하고 한창 회의 중이란 말입니다."

로비 브랜포드가 작은 가죽수첩을 꺼내서 힐끗 봤다. "오늘 아침 7시 22분에 헤수스 로렌조라는 복장도착자가 맥아더 파크 공중화장실에서 시신으로 발견됐어요. 22구경을 한 방 맞았고, 사입구에서 흰색 플라스틱 미립자가 식별됐어요. 사망 시간은 오늘 새벽 3시쯤이에요."

수첩을 닫은 그는 그걸 치운 다음 파이크를 쳐다봤다.

"당신이 더쉬를 죽이고 꼬박 하루가 지났을 때요."

나는 몸을 젖히고는 크란츠를 응시했다. "따라서 더쉬는 카렌 가르시아나 다른 사람들을 죽이지 않았어요."

찰리 바우먼이 말했다. "그 사건이 대체 우리랑 무슨 관련이 있는 건데 그러쇼? 파이크를 그 사건으로도 기소할 거요?"

브랜포드는 고개를 저었다. "아니, 이 사건으로는 안 해요. 누군가가 복수를 하겠다고 사적인 제재를 가하는 것도 충분히 나쁜 일이지만, 사람들이 일을 개판으로 만들고는 엉뚱한 사람을 살해하는 건 더욱 나쁜 일이에요."

찰리가 말했다. "파이크는 아무도 죽이지 않았어요."

"우리는 그 결정을 배심원단에게 맡길 거예요. 그러는 동안 당신에게 통고하고 싶어요."

"뭘 말이오?"

"다음 달에 고등법원에서 사건을 심리할 때, 우리는 특수사정(무기형이나 사형 같은 가혹한 처벌을 정당화시켜주는 범죄행위)을 주장할 거예요. 우리는 사형을 구형할 겁니다."

찰리의 왼쪽 눈 아래에 틱 증세가 나타나기 시작했다. "말도 안 돼요, 로비."

브랜포드는 어깨를 으쓱했다. "더쉬의 친척들은 생각이 다를 거예요. 점심 먹은 후에 당신 의뢰인하고 얘기를 했으면 해요. 여기 용무를 마친 다음에 시간을 잡아서 자리를 함께하는 건 어떨까요?"

나는 여전히 크란츠를 응시하고 있었는데, 크란츠도 응시로 맞받아치고 있었다.

"무고한 사람이 살해되게 만들었다는 죄로 크란츠를 기소할 건가요?"

브랜포드는 대답 없이 걸어 나갔지만, 크란츠는 문간에서 잠시 걸음을 멈췄다.

그가 말했다. "그래, 더쉬는 오해를 받았어. 나는 평생을 그걸 감수하면서 살아갈 거야. 하지만 나는 여전히 파이크는 체포하고 있어."

그가 밖으로 나가 문을 닫았다.

워즈니악 가족과 함께한 일요일 오후

파이크가 말했다. "꽉 잡아."

쭉 뻗은 그의 두 손을 아홉 살 난 이블린 워즈니악이 있는 힘껏 붙잡았다.

"아저씨가 나를 못 들어 올린다는 데 내기를 걸게요! 나는 꽤 크단 말이에요!"

"어디 볼까?"

"나 떨어뜨리지 마요!"

조가 여자애를 팔 길이쯤에서 붙잡아 들어 올려 천천히 원을 그리며 돌았다. 이블린이 까악까악 소리를 질렀다.

아벨 워즈니악이 바비큐 그릴 앞에서 아이를 불렀다. "에비, 엄마한테 분무기에 넣을 물이 더 필요하다고 말해라. 염병할 닭이 타기 전에 서둘러."

파이크는 이블린을 땅에 내려놨다. 땅에 내려온 아이가 상기된 채로 숨을 헐떡거리며 집으로 달려 들어갔다. 2분 전, 조와 아벨은 햇빛 가리개를 덮은 파티오에 피크닉 테이블을 설치했고, 카렌과 폴렛은 상을 차리고 시원한 음료를 만들려고 안으로 들어갔다. 지금, 조는 커다란 파라솔 아래 접이식 의자에 앉아 맥주를 홀짝이고 있었다. 잔디밭 건너에서는 아벨이 닭고기를 쿡쿡 찌르면서 뜨거운 석탄에 욕설을 퍼붓고 있었다.

조는 워즈니악의 뒤뜰을 늘 감탄하며 바라보고는 했다. 아벨과 폴렛은 뜰을 소박하고 깔끔하게 관리했다. 그들은 많은 경찰 가족이 거주하는 이곳 산 가브리엘의 수수한 주택에 살았다. 부부는 집과 뜰을 근사한 모습으로 유지하려고 맞벌이로 열심히 일했다. 그들의 노력은 결실을 맺었고, 조는 일요일 오후의 실외파티를 위해 그들의 집에 오는 게 늘 즐거웠다.

아벨이 다시 석탄에 대고 욕설을 퍼부었다. 망할 놈의 물이 필요하다고 소리를 지른 그가 그릴을 덮은 다음 조의 옆자리로 와서 앉았다. 아벨은 자기 맥주를 갖고 있었다. 이미 대여섯 병을 마신 상태였다.

조가 물었다. "아직도 그 일을 하고 있어요?"

"입 닥쳐, 자네는 자기가 무슨 말을 하고 있는 건지도 모르잖아." 아벨은 바비큐 환기구에서 뿜어져 나오는 연기를 응시했다.

"선배 뒤를 쫓았어요, 선배. 선배가 치와 형제랑 같이 있는 걸 봤어요. 그 여자랑 같이 있는 것도 봤어요. 선배가 무슨 일을 하고 있는지 알아요."

워즈니악이 의자 옆 땅바닥에 놔둔 살렘 담뱃갑을 집어 담배에 불을 붙였다. "도대체 왜 그런 짓을 하는 거야?"

"계속 이런 식으로 놔둘 수는 없으니까요."

"나는 자네의 염병할 파트너야. 젠장."

조는 맥주를 다 마시고는 빈 병을 잔디밭에 내려놨다. 폴렛과 카렌이 나왔다. 카렌은 감자샐러드가 든 큼지막한 그릇을 들고 있었고, 폴렛은 포크와 나이프와 냅킨이 담긴 쟁반과 분무기를 들고 있었다. 아벨이 석탄으로 가서 물을 뿌리고 돌아왔다. 여자들은 상을 차리느라 바빴다.

워즈니악이 중얼거렸다. "망할 놈의 닭이 똥처럼 보이는군."

"진심으로 하는 말이에요, 선배. 이걸 영원히 방치하지는 않을 거예요."

워즈는 담뱃재를 털었다. 신경질적이었다. "나는 져야 할 책임이 있어."

"그래서 제가 선배한테 선택 대안을 주는 거예요."

워즈니악이 의자가 기울어질 정도로 그를 향해 한껏 몸을 기울였다. "내가 좋아서 이러는 줄 알아? 내가 이런 식이 되기를 원한다고 생각해? 세상에, 나는 염병할 범죄에 연루된 것 같은 기분이야."

카렌이 조를 향해 무척이나 환한 미소를 지어 보였고, 조는 손을 흔들었다. 폴렛도 미소를 지으며 손을 흔들었다. 그녀들은 남자들이 주고받는 얘기를 들을 수 없었다.

"그게 범죄라는 거 알아요, 선배. 나는 선배를 도우려고 애쓰고 있어요."

"헛소리 마."

"선배한테는 달리 선택할 수 있는 대안이 없어요."

워즈니악이 두 여자를 주시한 다음 조를 뚫어져라 쳐다봤다 "자네가 그녀에게 어떤 감정을 느끼는지를 내가 모른다고 생각하지는 마."

파이크는 그를 응시했다.

워즈니악이 고개를 끄덕였다. "자네가 폴렛을 자세히 살피는 거 봤어. 카렌 같은 훌륭한 여자를 두고서도 내 마누라한테 눈독을 들이다니."

파이크가 일어서서 파트너를 내려다봤다.

"선배는 퇴직이 멀지 않았어요, 선배. 얼마 안 남았어요."

"경고한다, 이 개자식아. 물러서지 않으면 우리 중 하나는 죽게 될 거야."

그릴로 간 폴렛과 카렌은 닭을 보고는 얼굴을 찡그렸다. 폴렛이 소리쳤다. "아벨! 이 닭은 죽은 것 같아!"

아벨 워즈니악은 한참을 조를 응시했다. 그러다가 그릴로 성큼성큼 걸어갔다.

파이크는 아벨과 폴렛과 카렌을 주시했다. 하지만 얼마 안 있어 그는 폴렛만을 바라봤다. 그녀를 제외한 나머지 모든 것들이 계속해서 희미해지는 것만 같았다.

그는 어렸을 때 이후로 그런 공허함을 느낀 적이 없었다.

27

내가 파커 센터를 떠날 때는 더 많은 흡연자들이 실외에서 뉴스 밴들
이 도착하는 걸 지켜보고 있었다. 인도에 모인 경찰 숫자를 보면 청사 안
에 남은 경찰은 많지 않을 터였지만, 그건 모를 일이었다. 그들 중에 사만
다 돌런은 없었고, 스탠 와츠도 없었다. 인도에 있는 경찰 중 절반은 내사
과 소속일 가능성이 높은데, 그들 중 대다수는 비흡연자였다. 그들은 아마
도 거기 있는 사람들 이름을 적고 있을 거였다.

돌런의 비머를 찾으면서 덮개가 덮인 지역을 걸어서 내려갔다. 그녀의
차가 있는 걸 확인하고는 로비의 공중전화로 돌아가 그녀에게 전화를 걸
었다. 두 번째 벨이 울리자 그녀가 받았다.

"돌런입니다."

"나예요."

"잘 들어요, 지금 바빠요. 얘기하고 싶지 않아요."

"아래층에 있어요. 당신하고 얘기 좀 했으면 해요. 그 파일들이 필요해요."

그녀가 목소리를 낮췄다. "나는 지금 당장은 약간 쪽팔린 기분이에요.
이해가 안 돼요? 나는 보통은… 나는 오늘 아침에 한 짓을 평상시에는 하
지 않아요."

"그래요. 알겠어요. 나도 기분이 꽤나 편치 않아요."

"그쪽은 거절당한 쪽이 아니잖아요."

"나는 사귀는 사람이 있어요, 사만다. 그렇게 얘기했잖아요." 나 자신을 정당화해야만 할 것 같은, 수세에 몰린 기분이었다.

"땅딸보."

"그녀를 그렇게 부르지 마요. 루시도 한 터프 해요. 그녀한테 잘못 걸리면 혼쭐 날걸요."

돌런은 아무 말도 하지 않았다.

"농담이었어요, 돌런."

"알아요. 웃느라고 아무 말도 안 한 거예요."

"아하."

"그녀에게 전화를 걸어서 누가 이기는지 알아봐야겠네요."

"내가 원한 파일들 알아봤어요?"

"지금 그 얘기를 하는 건 진짜 어려워요. 새 희생자 얘기 들었어요?"

"크란츠하고 브랜포드가 내려왔을 때 파이크하고 같이 있었어요. 당신 차로 내려올 수 있어요? 나는 지금 당신의 도움이 정말로 필요해요. 당신이 나한테 느끼는 감정이 무엇이건, 이 일이랑 혼동하지 않았으면 해요."

그녀가 대답했지만, 그 대답은 쌀쌀맞고 차가웠다. "그럭저럭 혼동하지 않을 수 있다고 생각해요. 5분 후에 봐요."

"사만다."

하지만 그녀는 이미 전화를 끊은 다음이었다.

돌런은 뉴스 밴들을 주시하면서 주차장 입구에 서 있었다. 그녀는 담배를 피우고 있지 않았지만, 그녀의 발가락 옆에는 짓이겨진 꽁초가 한 개비 있었다. 그녀가 담배를 피우던 중간에 내가 그녀를 발견한 것 같았다. 그녀는 파일도 들고 있지 않았다.

그녀가 말했다. "위에서 이 사실을 알면 뚜껑이 열릴 거예요."

"그렇겠죠. 어떻게 돼가요?"

싸늘한 눈빛이 내게로 향했다. "내 자존심이 당신의 거절을 이겨냈느냐는 뜻이에요? 아니면, 내가 자존심을 상실한 걸 비통해하는 중이냐는 거예요?"

"그런 감정들이 당신의 진짜 모습보다 더 강하지는 않을 거 아니에요, 그렇죠?"

그녀가 주차장으로 몸을 돌렸고, 나는 그녀를 따라 비머로 갔다.

"오케이. 내가 알아낸 내용은 이래요. 워즈니악은 사망한 지가 너무 오래돼서 램파트는 그의 파일을 더 이상 갖고 있지 않아요. 그 파일을 유니언 스테이션 옆에 있는 서류보관소에 보냈을 거예요."

"이런 서류가 컴퓨터에 하나도 올라 있지 않다는 거예요?"

"여긴 LAPD예요, 세계 최고. 우리는 컴퓨터에는 젬병이에요."

나는 고개를 끄덕였다.

"내사과는 별도의 보관시설이 있어요. 그들의 기록에 접근하는 절차도 따로 있고요. 그러니까 그쪽 서류는 포기해요. 하지만 서류보관소는 달라요. 그쪽은 시도해볼 수 있어요."

"오케이."

"램파트에 있는 아는 형사랑 얘기해봤어요. 그 사람 말이, 드빌에 대해서는 당신이 한 말하고 거의 같대요. 그는 교도소에서 죽었기 때문에, 그 사건을 담당했던 램파트 성범죄 전담 형사들은 파일을 상자에 넣어서 보관소에 보냈을 거예요. 지방검사의 사건파일 보관소에 그걸 보내달라고 요청할 수 있지만, 그렇게 하지 않아도 될 거예요."

"보관소에 있는 파일을 입수할 방법이 있어요?"

"나는 염병할 실사통화 때문에 거의 날마다 거기에 가요. 하지만 그냥 거기 가서 서명하고 파일을 갖고 나올 수는 없어요. 알겠어요?"

"그럼 어떻게 하죠?"

"훔쳐야죠. 할래요?"

"예."

"기꺼이 나서주니 기쁘네요."

로스앤젤레스 경찰국의 서류 보관시설은 철도역 바로 남쪽의 산업 지역에 있는 아주 오래된 빨간 벽돌건물이다. 벽돌은 곧 바스러질 듯 보였다. LAPD 소유 건물이 아니었다면 내진 검사를 통과하기 힘들었을 건물이라는 생각이 들었다. 안에 있는 동안 대형 지진이 덮치는 일이 없기를 바라면서 시간을 보내게 될 것 같은 그런 건물이었다.

돌런은 비머를 거기 있는 다른 차들과 상당히 떨어진 곳에 세웠다. 그러고는 평범한 회색 문 안으로, 그리고 짧은 복도를 따라 나를 안내했다.

"푹푹 찌네요." 내가 말했다.

"빌어먹을 에어컨이 또 멈춘 게 분명해요. 잘 들어요, 우리 둘 다 위해서 하는 말이에요. 당신은 한 마디도 하지 마요. 말은 내가 다 할 테니까."

나는 대답하지 않았다.

"왜요?"

"한 마디도 하지 말라면서요."

"잔머리 굴리려고 애쓰지 마요. 당신은 그런 일은 그리 잘하는 편이 아니니까."

과체중인 민간인 직원 시드 로진이 낮은 카운터 뒤에서 잡지를 읽고 있었다. 예순 줄인 그는 머리가 벗어지고 있었다. 머리카락은 가늘고 성겼으며 한쪽 눈은 의안이었다. 그는 돌런을 보자 안색이 밝아지면서 잡지를 내려놨다. 삐질삐질 땀을 흘리며 조그마한 부채를 갖고 있었다. 부채가 딱해 보였다. 치와와가 꼬리를 흔들어도 그 부채보다 더 시원한 바람을 일으킬 터였다.

"헤이, 새미, 안녕하쇼? 위에서 여전히 실사통화하라고 뺑뺑이 돌리는 모양이네요?" 흑인처럼 행동하는 중산층 백인.

돌런은 그에게 밝은 미소를 보였다. 나는 누군가 그녀를 새미라고 부르면 그녀가 그 자리에서 그 사람을 쏴 죽일 거라고 짐작했었다. "뭐, 항상 똑같죠. 우리는 사망한 경찰관하고, 역시 사망한 레너드 드빌이라는 범인에 대한 정보를 추적하고 있어요."

로진이 출입대장을 그녀 쪽으로 돌렸다. "이름하고 배지 번호 적어요. 당신이 말한 범인이 체포된 시기가 언제인가요?"

그녀가 그의 펜을 집고는 나를 힐끗 봤다. "나도 알아요. 뭐 그런 걸 다 설명하고 그러세요." 그녀는 드빌이 사망한 시기를 로진에게 말했다.

"파일들을 반출할 거요?"

"운이 좋으면, 아뇨. 날짜 몇 개만 확인하면 되거든요." 그녀는 다시 밝은 미소를 보였다. "내가 범인에 관한 자료를 찾는 동안, 여기 내 파트너가 경찰에 관한 자료를 찾아볼 수 있을 것 같은데요. 그러면 모두들 시간을 절약할 수 있잖아요."

"오케이. 뒤로 돌아와요."

돌런과 나는 로진을 따라 먼지를 뒤집어쓴 산업용 판지상자들을 보관하고 있는 산업용 선반이 도열한 방들로 들어갔다.

"경찰 이름이 어떻게 되죠?"

"스튜어트 빈센트요." 그녀가 빈센트의 철자를 말했다.

"잘됐네. 2층에 있는 경찰이에요. 당신하고 나는 범인 자료를 찾으러 2층으로 올라가죠."

"별일도 아니네요."

우리는 통로를 따라 로진의 뒤를 쫓았다. 형편없는 판지상자들이 쌓인 그곳은 작은 지하묘지처럼 보였다.

우리는 모퉁이를 돌아 *T–Z*라고 표시된 통로가 있는 섹션으로 들어갔다. 로진이 말했다. "빈센트는 *V*로 시작하니까, 그 사람 서류는 여기 있어요." *V* 표시가 된 상자가 여섯 개였다. 그가 *Vi*를 담고 있을 상자 하나를 당겼다. "파일만 확인하면 일이 다 끝나는 거요?"

돌런이 나를 힐끗 보고는 고개를 끄덕였다.

내가 대답했다. "맞습니다."

뚜껑을 연 로진이 끈으로 묶인 두툼한 파일을 꺼냈다. 그는 얼굴을 찡그렸다. "엄청 두껍네, 새미. 전부 다 읽어봐야 하는 거요?"

"바빠 보이시네요, 시드. 이런 식으로 폐를 끼쳐서 죄송해요."

"으음, 그런 말이 아니에요. 위에서는 여기에 사람들을 들이는 걸 좋아하지 않아서 말이오."

돌런이 그를 향해 눈썹을 치켜 올리면서 굳은 얼굴이 됐다. "으음, 시드니, 내가 파커로 돌아가서 윗분들이 당신한테 전화를 걸게 만드는 편이 낫다고 생각하시나 보네요." 그녀는 그를 살피면서 그 말을 슬쩍 내뱉었다.

"아니, 아니에요. 젠장. 그럴 필요 없어요. 빨리 돌아가서 안내데스크를 지켜야 해서 그러는 거요."

내가 말했다. "두 분이 2층에서 돌아올 즈음이면 제 일을 마칠 겁니다. 별일 아니거든요."

"확실해요?"

"그럼요."

돌런이 시드의 어깨를 탁 치고는 그에게 다시 웃음을 보였다. "가요, 시드. 이 망할 놈의 더위에서 빨리 벗어나자고요."

나는 그들의 발소리가 들리지 않을 때까지 빈센트의 파일에 관심이 있는 척했다. 그러고는 W가 표시된 통로를 찾아갔다. W 표시가 있는 상자는 열두 개로, 여덟 번째와 아홉 번째 상자들이 Wo를 담고 있었다.

워즈니악의 파일을 요청하고 관련 서류에 서명할 수도 있었지만, 돌런은 우리가 지금 하고 있는 일과 결부되는 서류에 기록을 남기는 걸 원치 않았다. 그녀는 이미 충분히 곤경에 빠져 있었다. 일이 잘못될 경우, 그녀가 더 심한 곤경에 빠지는 걸 나는 원치 않았다.

워즈니악의 파일을 꺼낸 다음, 상자를 밀어서 원래 자리에 돌려놨다.

워즈니악의 인사파일은 너무 두꺼워서 바지에 쑤셔 넣을 수가 없었다. 하지만 나는 파일의 대부분에는 관심이 없었다. 파이크 이전에 그와 함께했던 파트너들의 이름과 배지 번호가 적힌 종이를 빼낸 다음, 경력 초기로 돌아가 그의 훈련 담당자들을 보여주는 시트를 빼냈다. 워즈니악은 우수 경찰이었다. 무용훈장을 두 번, 포상훈장을 열두 번, 그리고 학생들과 방황하는 청소년들을 보살핀 데 따른 공공서비스훈장을 여섯 번 받았다. 체포 대상자와 체포일자, 죄목이 기록된, 그가 체포한 범인의 명단은 몇 페이지나 됐다. 그 페이지들을 뽑아서 접은 다음, 재킷에 넣었다. 파일의 다음 섹션은 징계 관련 사항만 들어 있었다. 아벨 워즈니악이 사망 6주 전에 내사과로부터 두 번이나 소환을 받았다는 기록만 아니었다면, 나는 그 부분을 볼 생각조차 하지 않았을 것이다. 내사과에서 그의 소환을 요청한 경찰관은 하비 크란츠 형사였다.

"젠장."

내사 종료 날짜와 함께 내사가 종료됐다는 내용을 제외하면 다른 정보는 없었다.

크란츠.

그 페이지도 뽑아서 다른 서류들과 함께 넣었다.

돌런의 목소리가 복도를 따라 오고 있었다. 돌런이 큰 소리로 말했다. "이봐, 친구, 떠날 준비가 됐으면 좋겠네. 우리, 여기서 나가자구."

파일의 나머지를 함께 모아 상자들 사이에 밀어 넣은 후, V들이 있는 복도로 서둘러 돌아갔다. 내가 빈센트의 파일을 집었을 때 돌런과 로진이 모퉁이를 돌아 들어왔다.

그녀가 물었다. "필요한 거 찾았어?"

"그래. 당신은?"

그녀는 고개를 저었다. 천천히.

"드빌 파일은 여기 없어."

나는 눈썹을 치켜 올렸다. "어디 있는데?"

로진이 손을 저었다. "다른 멍청이가 갖고 나갔을 거요. 알아봐 줄까요?"

내가 말했다. "괜찮으시다면요. 그 사람한테 전화해서 필요한 걸 얻을 수 있으면 해서요."

그를 따라 카운터로 돌아간 우리는 그가 작은 인덱스카드들이 담긴 상자를 손가락으로 훑는 동안 기다렸다. 그가 머리를 긁적였다. 작은 패드에 적은 숫자들을 확인하더니 얼굴을 찡그렸다. "제기랄, 여기 없잖아. 서명하고 반출한 거라면 여기에 로그아웃 카드를 남겼을 텐데, 여기에는 없어."

"얼마나 오래전에 없어진 건지 알아볼 다른 방법은요?"

"카드가 없으면 수가 없어요. 엿 같은 상황이지 않소?"

돌런이 나를 다시 힐끗 보고는 내 팔을 당겼다.

"그냥 정리가 잘못돼서 그런 걸 거예요, 시드. 별일 아니니까 신경 쓰지 않으셔도 돼요."

우리가 그녀의 차를 향해 나올 때 그녀가 말했다. "나는 우연의 일치는 믿지 않아요."

"누군가가 그 파일을 뜯어냈다고 생각하는 거예요?"

"나는 우연의 일치는 믿지 않는다고 생각하는 거예요. 하지만 사본을 입수할 방법은 있어요. 지방검사 사무실은 그들의 모든 사건파일을 자체 보관시설에 보관해요. 그것들을 보내달라고 요청할 수 있어요."

"얼마나 걸릴까요?"

"이틀쯤. 초조해하지 마요, 세계 최고. 당신이 입수한 건 뭐예요?"

"이름 몇 개하고, 체포 기록, 그리고 다른 몇 가지요." 나는 그녀에게 워즈니악이 내사 대상자였다는 걸 보여주는 징계기록에 대한 얘기와 크란츠가 담당 조사관이었다는 얘기를 들려줬다.

돌런이 쉿 소리를 냈다. "내사과라니, 세상에. 그렇다고 크란츠에게 직접 물어볼 수는 없잖아요."

우리는 그녀의 차에 탔다. 가죽이 바지를 뚫고 살에 화상을 입힐 정도로 뜨거웠다. 돌런이 운전석에서 엉덩이를 뗐다.

"새까맣게 타버리지 않으려면 이렇게 해야 돼요."

그녀는 시동을 걸고 에어컨을 켰지만 기어를 넣지는 않았다.

서류를 꺼내 다시 살폈다. 체포 페이지들을 대충 훑었지만, 결국에는 징계 서류로, 그리고 크란츠와 가진 두 번의 만남으로 돌아갔다. 날짜가 거기 적혀 있었다. "파일을 입수할 수 없다면, 크란츠에게 물어볼 수도 없어요. 아마도 궁금한 걸 물어볼 만한 다른 사람이 있을 거예요."

그녀가 서류를 달라며 손을 내밀었다. "이 서류에 적힌 내용이 개소리는 아니에요."

"그렇죠. 개소리는 아니죠."

"하지만 이 서류가 그가 내사 대상자였는지 여부를, 아니면 내사과가 그를 심문하기를 원했던 게 다른 누군가의 문제 때문이었는지를 밝혀주는 건 아니에요."

"그렇죠."

그녀는 서류를 돌려주고 생각에 잠겼다. 그러더니 휴대전화를 꺼내 번호를 찍었다.

"기다려봐요."

그녀는 전화를 세 통 걸면서 20분 가까이 통화했다. 두 번은 수첩에 필기까지 했다. "이분이 당신을 도와줄 수 있을지도 몰라요. 크란츠가 거기 있을 때 내사감독관이던 분이에요."

"누군데요?"

그녀가 종이를 내밀었다. "마이크 맥코넬이라고, 지금은 은퇴해서 시에라마드레에 살아요. 이게 그분 번호예요. 떼 농장을 갖고 있어요."

"떼라고요?"

"잔디를 기르는 거예요."

"무슨 뜻인지는 알아요."

"그렇다는 생각이 안 드네요. 당신은 가끔은 멍청해 보여요."

그녀는 가속기를 밟고 타이어를 회전시켜서 내 차가 있는 데로 나를 데려다줬다.

28

시에라마드레는 LA 동쪽의 산 가브리엘 산맥에 속한 작은 산들 사이에 있는 평온한 지역공동체다. 다 자란 나무들이 거리에 도열해 있고, 아이들은 지나가는 차에서 쏴대는 총에 맞을지도 모른다는 걱정 없이 자전거를 타고 다닌다. 이 소도시는 개발업자들이 LA 시청을 장악했을 때 LA가 상실한 평화로운 시골의 느낌을 아직도 갖고 있다. 돈 시겔 감독이 오리지널 「신체 강탈자의 침입」을 촬영한 장소이기도 하다. 나는 파드 퍼슨(pod person, 외계인에게 신체를 강탈당한 사람)을 볼 수 있을까 싶어 계속 주위를 둘러봤지만, 아직까지는 보지 못했다. 서쪽으로 한참 떨어진 LA에는 그런 사람들이 가득한데.

마이크 맥코넬의 떼 농장은 이튼 캐니언 저수지 근처의 광활한 평야에 있었다. 저수지는 오래전에 말라버렸고, 그 아래 있는 부동산은 그 땅을 유용하게 활용하는 농부들과 묘목장들에게 임대됐다. 모형비행기 제작자들이 사용되지 않는 땅에서 조그만 기계들을 날리려고 찾아왔다. 덤불이 많고 황량한 땅이었지만, 관개된 구역들은 몇 킬로미터에 걸쳐 펼쳐진 꽃들과 1년생 식물들과 떼 덕분에 활력이 넘쳤다.

포장도로에서 벗어나 버팔로 그래스, 바히아 그래스, 세인트오거스틴 그래스, 버뮤다 그래스, 그리고 내가 알아보지 못한 다른 풀들이 자라는 평평한 녹색 들판 사이에 난 자갈길을 따라갔다. 레인버드(스프링클러 브랜드)들이 금속 장난감 세트에 끼어 있는 허수아비처럼 들판 곳곳에 흩어져서 물을 뿌리고 있었다. 공기에서는 거름 냄새가 났다. 나는 영화에서처럼 맥박이 뛰는 파드들이 가득한 들판을 찾을지도 모른다는 희망을 품고 있었지만, 그 대신에 막대기 같은 유칼립투스나무들에 둘러싸인, 트레일러와 커다란 금속 작업장이 있는 서비스 구역에 당도했다. 우리, 희망을 품고 살도록 하자.

히스패닉 사내 셋이 포드 픽업트럭의 짐칸에 앉아 샌드위치를 먹으며 웃고 있었다. 떼를 키우는 들판에서 일하는 바람에 그들은 지저분했고 볕에 심하게 그을려 있었다. 내가 차를 대고 내리자 그들은 정중한 미소를 지었다. 말라빠진 갈색 개 한 마리가 픽업의 문짝 아래에 누워 있었다. 놈도 나를 멀뚱멀뚱 바라봤다.

"세뇨르 맥코넬?" 내가 물었다.

제일 젊은 사내가 트레일러 쪽으로 고갯짓을 했다. 나무들 사이에 신형 캐딜락 엘도라도가 주차돼 있었다. "안에 계세요. 불러드릴까요?"

"고맙지만, 괜찮습니다."

내가 자갈들을 으드득거리며 밟으면서 걷는 동안 맥코넬이 나왔다. 육십 대인 그는 카키색 바지 안에 커다란 똥배가 나와 있었고, 작업용 부츠를 신고 있었다. 단추를 채우지 않은 하와이언 셔츠는 그가 똥배를 자랑스러워한다는 투로 똥배를 보여줬다. 색이 짙은 네그라 모델로(멕시코산 흑맥주) 맥주병을 든 그가 자유로운 손을 내밀었다. "마이크 맥코넬이외다. 콜씨시오?"

"그렇습니다, 선생님. 엘비스라고 불러주십시오."

그가 껄껄 웃었다. "내가 그 이름을 정색을 하고 부를 수 있을지 모르겠

393

구려."

이런 얘기를 들으면 무슨 말을 해야 할까?

"안으로 모셨으면 싶소만, 저 안이 여기보다 더 더워서 말이오. 맥주 하시겠소? 내가 가진 건 이 멕시코산 쓰레기가 전부요. 미국산은 다 떨어졌소."

"괜찮습니다, 선생님. 말씀은 고맙습니다."

스물을 넘겼을 것 같지 않은 호리호리한 치카나(멕시코계 미국 여성)가 트레일러 문에 모습을 나타내더니 그를 향해 얼굴을 찌푸렸다. 누군가가 그녀의 몸 위에 얇은 코튼 프린트 드레스를 분무기로 뿌린 것 같았다. 게다가 그녀는 맨발이었다. 저 안은 더울 테니까, 괜찮은 차림새였다.

그녀가 말했다. "No me hagas es perar. No me gusta estar sola.(기다리게 하지 마요. 혼자 있는 거 싫어요.)"

맥코넬은 분개한 기색이었다. "Quidado con lo que dices o te regreso a Sonora.(말투 조심해. 그러기 싫으면 소노라로 돌아가.)"

그녀는 혀를 날름 내밀고는 트레일러 안으로 돌아갔다. 트럭에 있는 사내들이 서로를 팔꿈치로 찔러댔다.

맥코넬이 사과하는 의미로 어깨를 으쓱했다. "아직 철이 없어서 말이오."

나를 유칼립투스나무들 사이의 그늘에 설치된 삼나무 테이블로 안내한 그는 모델로를 몇 병 가져왔다. 그의 오른쪽 팔뚝에 새겨진, 미국 해병대를 상징하는 지구(地球)와 닻은 너무나 희미해서 잉크 자국처럼 보였다. "오늘 저녁에 산마리노에 사는 중국인에게 세인트오거스틴 1,670제곱미터를 보내야 하외다. 그러니 세인트오거스틴을 찾는 중이라면 도움을 드릴 수 없을 것 같소. 그렇지만 나한테는 다른 떼가 열두 종류 있어요. 어떻게 생각하시오?"

나는 그에게 명함을 건넸다. "솔직하게 말씀드리지 못해 죄송합니다, 맥코넬 씨. 그 점 사과드립니다. 하지만 저는 선생님께서 감독하실 때 있었던 내사 사건에 대해 여쭤보고 싶습니다. 선생님께서 그 사건에 대해 말씀해주셨으면 합니다."

그는 명함을 훑어보고는 테이블에 올려놨다. 그러더니 화장지를 뽑으려는 것처럼 등 뒤로 손을 뻗었는데, 그가 내게로 몸을 돌렸을 때 그의 손에는 작은 검정색 38구경 자동권총이 들려 있었다. 그는 나를 겨냥하지는 않고 총을 들고만 있었다.

트럭에 탄 남자들이 식사를 중단했다.

"거짓말은 사업을 시작하기에는 딱한 방식이지, 젊은이. 갖고 있나?"

나는 총을 보지 않으려고 애썼다. "그렇습니다. 왼팔 아래에요."

"왼손으로 꺼내게. 두 손가락만 써서. 쇳덩이에 닿은 손가락이 두 개가 넘는 게 보이면 바로 쏴버리겠어."

나는 그가 말한 대로 했다. 손가락 두 개.

"계속 그런 식으로 들고는 고약한 냄새가 나는 것처럼 몸에서 떨어뜨리게. 저기로 걸어가서 당신 차에 그걸 떨어뜨린 다음에 돌아오는 거요."

트럭 짐칸에 있는 일꾼들은 총격이 시작될 경우 출발 플랫폼에 선 수영 선수들처럼 다이빙을 할 준비를 마친 상태였다. 상상해보라. 떼 농장에서 총에 맞으려고 사카테카스에서 북쪽으로 그 먼 길을 온 사람들을.

앞좌석에 총을 떨어뜨리고는 테이블로 돌아왔다.

"선생님을 곤란하게 만들려고 찾아뵌 게 아닙니다, 맥코넬 씨. 두어 가지 대답만 들으면 됩니다. 찾아뵙겠다고 사전에 알리면 도착했을 때 그분들이 거기 계시지 않는 경향이 있는 걸 저는 경험해왔습니다. 제가 지금 선생님께서 자리를 비우시게 만들 정도로 여유 있는 형편이 아닙니다."

맥코넬이 고개를 끄덕였다.

"그 작은 총을 여기에 항상 갖고 계시는 겁니까?"

"나는 경찰로 30년을 일했소. 내사과에서만 25년을 있었지. 온 구석이 썩어문드러진 경찰들을 길거리에 있는 건달들만큼이나 많이 기소했소. 그러면서 적들을 만들었소. 그런 놈들 중에 나를 찾겠다고 기를 쓰는 놈이 최소한 한 명은 넘을 거요."

나라도 총을 소지할 것 같았다.

"저는 아벨 위즈니악이라는 사망한 경찰에 대해 알아보고 있습니다. 선생님께서 감독관으로 재직하실 때 조사를 받은 사람입니다. 그런데 조사 받은 이유가 뭔지, 어떤 결과가 나왔는지를 모르겠습니다. 그를 기억하십니까?"

그가 38구경으로 제스처를 취했다. "어째서 그에게 관심을 갖는 건지부터 먼저 말해줘야 하지 않겠소?"

내가 더쉬와 파이크 얘기를 하는 동안, 은퇴한 3등 형사 마이크 맥코넬은 무표정하게 듣고만 있었다. 그는 여기에서 서쪽으로 불과 몇 킬로미터 떨어진 곳에서 벌어지고 있는 헤드라인 뉴스에 대해 무언가를 알고 있는지 여부를 조금도 드러내지 않았다. 경찰들은 그런 식이다. 내가 조의 이름을 처음 언급했을 때 맥코넬의 눈이 실룩거렸지만, 그는 내사과에서 일한 조사 담당 형사가 하비 크란츠였다고 말할 때까지는 다시는 반응을 보이지 않았다.

맥코넬의 풍파를 겪은 얼굴이 짓궂은 미소로 갈라졌다.

"바지에 똥 지린 크란츠! 젠장, 그 구불구불한 장어 같은 똥을 싸던 날

나도 그 자리에 있었소이다!" 그는 그 기억이 어찌나 즐거웠던지 38구경을 나한테서 멀리 치우기까지 했다. 트럭에 탄 사내들은 그제야 안도했고, 얼마 안 있어 그들은 종이봉투를 구기고는 트럭 운전석에 올랐다. 쇼는 끝났고, 이제는 일터로 돌아갈 때였다.

맥코넬이 물었다. "그래서 파이크가 지금은 당신 파트너란 말이오?"

"그렇습니다."

"파이크는 크란츠가 바지에 똥을 지리게 만든 친구요."

"저도 압니다, 선생님."

맥코넬이 껄껄 웃었다. "그 친구 때문에 나도 하마터면 똥을 지릴 뻔했지 뭐요. 크란츠를 어찌나 억세게 움켜쥐던지. 젠장, 그 친구는 빨랐소. 바지를 바닥에서 곧장 들어 올립디다. 그가 해병이었다고 기억하오, 나처럼."

그 문제를, 그리고 크란츠가 느꼈을 수치심이 얼마나 컸을지를 생각해봤다. 그 일은 그의 경력을 망쳤고, 그는 지금도 그 별명을 달고 다닌다.

"크란츠가 워즈니악을 조사한 이유를 기억하십니까?"

"오, 그럼. 워즈니악은 절도범 패거리하고 연루돼 있었소."

그는 별일 아니라는 투로 말했다. 하지만 그 말을 들었을 때, 나는 그가 손을 뻗어 내 전원 스위치를 꺼버린 것처럼 딱딱하게 굳어버렸다.

맥코넬이 고개를 끄덕였다. "그래, 맞소. 크란츠는 밸리 북쪽에 있는 파코이마에서 활동하는 멕시코 장물아비 둘을 시작으로 조사를 진행했소. 리나하고 우리베라는 땅딸한 놈들이었지. 우리는 놈들을 치와와 형제라고 불렀소. 정말 쪼그만 놈들이었거든. 우리가 파악한 바로는, 워즈니악은 매장의 알람이 고장 나거나 경비원이 병가를 냈다는 걸 알게 됐거나 하는 식의 일이 생기면 이 멕시코 놈들에게 정보를 줬소. 그러면 놈들은 사람들을 보내서 그곳을 털었지. 자동차부품, 스테레오, 그런 물건들을 말이오."

"워즈니악이 부패 경찰이었다는 말씀이시군요."

"맞소."

"조 파이크의 파트너가 절도범 패거리의 일원이었다는 말씀이시고요."

그의 말을 잘못 들었고 그걸 확인하고 싶은 기분이었다.

"글쎄, 우리는 그를 입건해서 기소할 수 있는 지점까지 조사를 진행하지는 못했소. 하지만 그는 그럴 만한 대상이었소. 그가 사망한 후로는 조사를 더 진행시킬 수가 없었소. 그래서 나는 그 사건을 끝내기로 결정했지. 그 남자한테 가족이, 부인과 딸이 있었거든. 그들을 그런 일에 연루시킬 이유가 뭐겠소? 하지만 크란츠는 그 결정에 길길이 뛰었소. 그는 조사를 계속 진행해서 파이크를 체포하고 싶어 했소."

"파이크가 그를 망신시켜서요?"

맥주를 한 모금 마시려던 참이던 맥코넬이 잠시 멈칫하더니 나를 뚫어져라 쳐다봤다.

"그게 전부는 아니오. 하비는 파이크도 연루돼 있다고 믿었소."

살다 보면 때로는 절대 듣고 싶지 않은 일에 관해 듣게 된다. 우리 경험하고는 너무 동떨어진 일들을, 너무 기이한 까닭에 누워 있던 침대에서 밀려나 스티븐 킹의 소설 속으로 떨어지는 것 같은 일들을.

"못 믿겠습니다."

맥코넬은 어깨를 으쓱했다. "글쎄올시다. 대다수가 선생처럼 생각했었지. 크란츠가 바지에 똥을 지리게 한 파이크를 체포하려고 열을 올리는 거라고. 그런데 크란츠는 파이크가 연루됐다고 진심으로 믿는다는 말을 나한테 했소. 증거는 하나도 없었는데, 그가 생각하는 건 날마다 같은 차를 타고 돌아다니는 두 사람이 어떻게 그러지 않을 수 있느냐는 거였소. 나는 그에게 더 폼 나는 자리로 가려고 알랑방귀를 뀌어대는 대신에, 진짜 경찰이 돼서 차에서 더 많은 시간을 보낸다면 그도 알게 될 거라고 말했소. 같이 순찰을 다니는 건 결혼생활하고 비슷한 거요. 누군가와 평생을 함께 보내면서도 상대의 진짜 속내는 전혀 알 수가 없으니까." 그가 들판을 힐끗 쳐다봤다. 트럭이 레인버드 통제소 옆에 멈췄다. 나이 든 사내 둘이 거기서 일하고 있었는데, 젊은 사내가 떼 위에 올라가 두 팔을 저으며 펄쩍펄쩍 뛰면서 사방으로 첨벙거리고 있었다.

맥코넬이 테이블에서 슬그머니 몸을 뺐다. "저 머저리가 무슨 짓을 하고 있는 것 같소?"

맥코넬이 스페인어로 뭐라고 소리를 질렀지만, 사내들에게는 그가 하는 얘기가 들리지 않았다. 여자가 그가 고함치는 이유를 알아보려고 문간에 다시 나타났다. 그녀도 맥코넬만큼이나 혼란스러워하는 듯 보였다.

맥코넬이 캐딜락의 열쇠를 찾아 바지를 더듬었다. "개자식. 가봐야겠소."

"맥코넬 씨. 시간을 2분만 더 주시면 됩니다. 크란츠가 증거가 전혀 없는데도 파이크가 연루됐다고 생각하게 만든 게 뭘까요? 그저 두 사람이 같은 차를 타고 다녔다는 이유에서인가요?"

"하비는 그 모텔방에서 일어난 일에 대한 파이크의 설명을 믿지 않았소. 그는 내사 때문에 두 사람 사이가 소원해지고 있었다고 생각했고, 파이크는 워즈니악이 협상을 위해 그를 내사과에 넘길까 봐 걱정하고 있었을 거라고 생각했소. 실제로 크란츠는 그런 협상을 하려고 애쓰고 있었소. 두 사람 사이를 이간질하려고 한 거요. 그는 파이크가 워즈니악의 입을 막으려고 그를 살해했다고 확신했소."

"선생님도 그렇다고 믿으십니까?"

"글쎄, 나는 우리가 그 방에서 실제로 무슨 일이 있었는지 알 방법은 없다고 생각했소. 워즈니악은 드빌한테 열받아서는 그를 때려눕혔소. 드빌하고 파이크가 하는 얘기가 똑같았기 때문에 거기까지는 확실한 상황이라는 걸 알았소. 하지만 드빌이 의식을 잃은 후, 우리가 아는 거라고는 파이크가 한 얘기가 전부인데, 그 얘기 중 일부는 사리에 맞지를 않아요. 파이크는 해병대를 제대한 젊고 강인한 사람으로, 온갖 무술을 다 익힌 사람이오. 그가 워즈니악을 진정시키려고 애쓰는 동안 그렇게 애를 먹었다는 설명은 그리 타당하게 들리지 않았소. 크란츠는 파이크가 우리의 내사를 방해하고 있다고 생각했는데, 아마 그랬던 것도 같소만, 당신이라면 그런 상황에서 어떻게 하겠소? 우리는 그를 입건할 수가 없었소."

이런 얘기를 듣는 게 마음에 들지 않았다. 짜증이 나기 시작했고, 맥코넬이 들판에 있는 사내들에게 정신이 팔리는 것도 기분이 나빴다. 이제는 다른 두 사내도 젊은 사내에 합세해서 인공 강우로 뛰어 들어가 펄쩍펄쩍 뛰어다니고 있었다.

맥코넬이 말했다. "젠장, 완전 통제 불능이구만."

"크란츠가 옳았다고 생각하십니까?"

맥코넬이 다시 스페인어로 고함을 질렀지만, 사내들은 여전히 그 소리를 듣지 못했다.

나는 옆으로 돌아가, 그가 사내들 대신 나를 볼 수밖에 없도록 그의 앞에 섰다.

"크란츠가 옳았습니까?"

"크란츠는 파이크를 입건할 수 있게 해줄 그 어떤 것도 입증하지 못했소. 비극은 한 번 발생한 것으로도 충분하다고 판단했기 때문에 나는 크란 츠에게 내사를 중지하라고 지시했소. 그게 우리가 실제로 한 일이오. 보시 오, 선생께 도움을 주지 못해 미안하오만, 나는 저기로 나가봐야겠소. 저 정신 나간 망나니들이 내 돈을 펑펑 쓰고 있단 말이오."

그가 나를 돌아서 그쪽으로 가기 시작했다. 그가 그럴 때, 나는 그의 손 을 붙잡아서 총을 비틀어 빼앗았다. 그가 전혀 예상하지 못한 일로, 내가 움직이는 데 든 시간은 10분의 1초 정도에 불과했다.

맥코넬이 눈이 휘둥그레지면서 얼어붙었다.

"장물아비 두 놈은 어떻게 됐습니까? 둘 중 한 놈이 조 파이크에게 누 명을 씌우려고 기를 쓰고 있는지도 모른다고는 생각하지 않으십니까?"

"워즈니악은 그 두 놈에 비하면 하찮은 존재였소. 리나는 어떤 마약중 독자하고 사이가 나빠지면서 티후아나로 줄행랑을 쳤소. 우리베는 주유소 에서 말다툼에 휘말렸다가 총에 맞아 죽었고."

"워즈니악의 파일을 보니까 그가 별개의 다섯 가지 이유로 행정적인 징계를 받았더군요. 과도한 경찰력 행사 때문에 정직도 두 번 받았고요. 고소도 일곱 번 당했는데, 그중 다섯 번이 소아성애자나 아동매춘에 관여 한 포주들이 한 거였습니다. 워즈니악에게 드빌에 대한 정보를 제공한 정 보원이 누구인지 아십니까?"

맥코넬의 눈이 권총을 슬쩍 보더니 다시 내게로 돌아왔다.

"모로오. 워즈니악은 정보원을 여럿 뒀을 거요. 그가 그토록 성과가 좋 은 순찰 경찰이었던 이유가 그거였소."

"어떻게 하면 그의 정보원들을 찾아낼 수 있을까요?"

"경찰서에서는 등록된 정보원 명단을 보관하고 있소. 경관들을 보호하기 위해 그런 일을 하는 거지. 하지만 램파트에서 워즈니악의 정보원 명단을 아직도 갖고 있는지는 모르겠소. 너무 오래전 일이잖소."

맥코넬의 시선이 나를 지나 다시 들판으로 향했다. 그러더니 고개를 저었다. "젠장, 나를 쏠 거요, 젊은이? 아니면 내 사업을 돌보러 가게 해줄 거요? 놈들이 낭비하고 있는 물 좀 보시오."

나는 총을 쳐다본 후, 그걸 그에게 돌려줬다. 나도 모르게 얼굴이 붉어지는 걸 느꼈다.

"죄송합니다. 제가 왜 그랬는지 저도 모르겠습니다."

"빌어먹을."

그가 캐딜락을 향해 성큼성큼 걸어갔다. 문에 당도한 그는 몸을 돌려서 나를 돌아봤지만, 더 이상은 화난 듯 보이지 않았다. 서글퍼 보였다.

"보시오, 당신 파트너가 곤경에 처해 있는 게 어떤 기분인지 아외다. 그냥 알려주고 싶어서 하는 말인데, 파이크가 그 절도범 패거리하고 관계가 있었다는 얘기를 나는 절대로 믿지 않았소. 그리고 그가 워즈니악을 살해했다고도 생각하지 않소. 그가 그런 짓을 했다고 생각했다면, 나는 그에 대한 조사를 계속 진행시켰을 거요. 하지만 그러지 않았잖소."

"고맙습니다, 맥코넬 씨. 그리고 죄송합니다."

"그래, 괜찮소."

캐딜락에 오른 맥코넬이 요란한 소리를 내며 들판을 향해 떠났다.

차로 돌아가 나는 총을 권총집에 넣고 거기 앉아 생각했다. 거름 냄새가 이제 더 강해졌다. 레인버드들이 뿌려대는 연무 안에서 춤추는 남자들 주위에 무지개들이 떠다녔다. 캐딜락이 트럭 뒤에 미끄러지며 멈추자 열받은 맥코넬이 내리더니 소리를 질러댔다. 사내들이 뛰어다니는 걸 멈추고 일터로 돌아갔다. 맥코넬이 물을 잠갔고, 레인버드들은 잠잠해졌다.

거기 앉아서 LAPD의 사건 보고서를 다시 읽고 참조사항을 재차 확인했다. 익명의 정보원에게서 받은 정보에 따라 행동에 나선 워즈니악 경관과 파이크 경관이 아일랜더 팜스 모텔 205호에 들어갔다.

생각에 잠겨 거기 오래 앉아 있을수록, 익명의 정보원에 대한 생각을, 그리고 그가 뭔가를 알지도 모른다는 생각을 더 하게 됐다. 그 또는 그녀는 아무것도 몰랐을 것이다. 하지만 나처럼 아무것도 가진 게 없을 때는 되는대로 일을 벌이기 시작하는 것도 좋은 방법이다.

자료의 나머지 부분을 살피는 작업으로 돌아가 워즈니악의 과부를 찾아냈다. 폴렛 렌프로.

워즈니악은 직장에서 있었던 일을 아내에게 말했을지도 모른다. 그녀는 정보원에 대해 뭔가를 알고 있는지도 모른다. 하비 크란츠에 대해 무엇인가를, 그리고 레너드 드빌 파일이 어쩌다가 없어진 건지를 알지도 모른다.

연결고리를 찾아야 한다.

차에 시동을 걸고 커다란 동그라미를 그린 후 고속도로를 향해 차를 몰았다.

내 뒤에서, 떼들이 오후의 열기에 이미 구워지고 있었다. 아지랑이가 지옥에서 뿜어내는 안개처럼 땅바닥 위로 일렁거렸다.

29

공룡이 보이기 시작하면 팜 스프링스에 가까워지고 있는 것이다.

산 버나디노와 산 재신토 산맥이 서로를 향해 좁혀들면서 코첼라 밸리의 고지대 사막으로 들어가는 입구를 형성하는 곳인, LA에서 동쪽으로 160킬로미터 떨어진 배닝 패스를 통해 차를 몰고 가다 보면, 모롱고 인디언 보호구역에 들어서게 된다. 고속도로 바로 옆에 엄청나게 큰 아파토사우루스와 티라노사우루스 렉스가 서 있다. 일사병에 걸린 사막의 천재가 마이클 크라이튼이 『쥐라기 공원』을 창안하기 한참 전에 만든 것들이다. 그 공룡들은 오래전부터 이곳에 있는 유일한 인공물로, 가공할 크기의 실물 규모로 재창조된 공룡들은 시간과 공간 속에 얼어붙은 것처럼 사막의 열기 속에 서 있었다. 10센트를 내면 공룡들 주위를 돌아다닐 수 있다. 공룡 옆에 선 당신의 사진을 찍어서 버지니아에 있는 고향 사람들에게 보낼 수도 있다. *봐요, 엄마, 우리는 여기 캘리포니아에 있어요.* 공룡들은 그곳에 오랜 세월을 있었지만, 취객들과 약쟁이들은 여전히 근처 소도시 카바존의 술집들로 비틀거리며 들어가서는 사막에서 괴물들을 봤노라고 맹세해대고 있었다.

공룡을 지나 3킬로미터쯤 갔을 때 프리웨이를 떠나 산 재신토 산맥의 기슭을 따라 팜 스프링스로 이어지는 주(州)고속도로를 따라갔다.

겨울철 동안, 팜 스프링스는 관광객과 주말 거주자와 캐나다에서 한파를 피하려고 남하한 스노버드(북미대륙 북부에서 추위를 피해 남쪽으로 내려와 겨울을 나는 노인)들 때문에 활기가 넘친다. 하지만 기온이 섭씨 49도를 상회하는 6월 중순에, 숨을 쉬는 것조차 쉽지 않고, 차량에 치이면서 길가에서 죽음을 기다리는 짐승처럼 더위에 축 처진 소도시는 맥박조차 잡히지 않는다. 관광객들은 떠나버렸고, 낮에 돌아다니는 사람들은 자살행위나 다름없는 짓을 하는 모험가들뿐이다.

이 지역의 지도를 사기 위해 티셔츠 가게에 들렀다가 폴렛 렌프로의 주소를 찾아본 후 사막을 가로질러 북쪽으로 쭉 뻗은 길을 달렸다. 어느 순간에는 공룡들과 인디언들을, 다음 순간에는 컴퓨터로 디자인한 매끈한 풍차 수백 개라는 SF에 나올 것 같은 기괴한 물체들을 지나쳤다. 풍차들의 굉장히 얇은 날들이 바람으로부터 에너지를 훔치기 위해 슬로모션으로 돌아가고 있었다.

팜 스프링스 자체는 리조트와 별장들과 부자들을 노리는 동성애자들로 이뤄진 소도시였다. 이 도시가 계속 명맥을 유지하게끔 이런저런 노동을 하는 남녀들은 남쪽에 있는 커시드럴 시티나, 프리웨이에서 잘못된 방향에 지어진 것으로 여겨지는 노스 팜 스프링스 같은 규모가 작은 지역공동체에 거주한다.

폴렛 렌프로는 풍차들이 보이는 프리웨이 위쪽의 산기슭에 지은 작고 깔끔한 사막형 주택에 살았다. 그녀의 집은 지붕에 빨간 타일을 얹고 베이지색 치장벽토를 바른 곳으로, 특대형 에어컨은 도로에서도 돌아가는 소리를 들을 수 있을 정도로 컸다. 저지대인 팜 스프링스의 사람들은 마당에 기르는 잔디를 위해 관개시설을 설치할 여유가 있지만, 여기 고지대에서 잔디밭은 바위와 모래에 밀려난 신세로, 물이 거의 필요치 않은 사막의 식물들이 그 자리를 차지했다. 여기 사람들은 가진 돈을 모두 에어컨에 쓴다.

도로 옆에 차를 세우고 집의 진입로를 올라가면서 잎이 녹색 칼처럼 생긴 엄청나게 큰 용설란을 지나쳤다. 신형 폭스바겐 비틀이 토요타 캠리 뒤에 주차돼 있었는데, 캠리만 차고 안에 있고 비틀은 햇빛을 그대로 받고 있었다. 손님.

초인종을 누르자 키 크고 매력적인 여성이 대답했다. 근사한 스커트를 입은 그녀는 화장도 멋졌다. 조금 있다가 집을 나설 참이거나 지금 막 귀가한 듯했다.

내가 물었다. "미즈 렘프로신가요?"

"예." 가지런한 이와 예쁜 미소. 나보다 대여섯 살 연상이었는데, 그건 아벨 워즈니악보다 연하였다는 뜻이다.

"저는 콜이라고 합니다. LA에서 온 사립탐정입니다. 아벨 워즈니악 씨에 대해 얘기를 나눴으면 합니다."

그녀는 초조한 기색으로 집 안을 힐끗 봤다. "지금은 정말로 타이밍이 좋지 않네요. 게다가, 아벨은 오래전에 죽었어요. 제가 댁을 어떻게 도와드릴 수 있는지 모르겠네요."

"예, 부인, 저도 압니다. 고인께서 사망 당시에 수사 중이던 사건과 관련해서 두어 가지 질문에 대한 대답을 들었으면 합니다. 굉장히 중요한 일이라서 먼 길을 왔습니다." 때로는 처량해 보이는 것만으로도 충분히 도움이 된다.

젊은 여자가 그녀 뒤에서 모습을 나타냈다. "누구예요, 엄마?"

폴렛 렘프로는 우리 때문에 시원한 공기가 다 빠져나가고 있다면서 들어오라고 청했다. 그러는 게 흡족해 보이는 기색은 아니었지만 말이다. 대다수 사람들이 탐정을 집에 들이는 걸 흡족해하지 않는다. "여긴 딸 이블 린이에요. 이블린, 이분은 LA에서 오신 콜 씨란다."

"이사 마무리해야 돼요." 짜증 난 어투.

"안녕하세요, 미즈 렌프로." 내가 손을 내밀었지만, 이블린은 손을 내밀 지 않았다.

"내 성은 워즈니악이에요. 렌프로하고 재혼한 건 엄마의 실수였어요."

"에비, 제발."

내가 말했다. "10분을 넘기지는 않을 겁니다. 약속드립니다."

폴렛 렌프로는 시계를 힐끗 본 다음 자신의 딸을 힐끗 봤다. "으음, 몇 분쯤 시간이 될 것 같아요. 하지만 할 일들도 있고, 집을 보여드리기로 한 약속이 한 시간도 안 남았네요. 저는 부동산 중개 일을 해요."

에비가 말했다. "엄마 도움 필요 없어요. 남아 있는 물건을 들여오기만 하면 돼요."

에비 워즈니악이 성큼성큼 밖으로 나가더니 문을 거칠게 닫았다. 그녀 의 얼굴은 어머니의 20대 버전처럼 보였지만, 폴렛 렌프로가 단정하고 아 기자기한 반면, 딸은 과체중에다 부어 있었고, 이목구비가 가운데로 몰려 있어서 세상사 대부분에 짜증이 나 있는 인상이었다.

내가 말했다. "하시는 일을 방해한 것 같군요. 죄송합니다."

미즈 렌프로는 피곤해 보였다. "살다 보니 방해받을 일이 늘 있네요. 저애 는 남자 친구 때문에 힘들어하고 있어요. 늘 남자 친구 때문에 힘들어하죠."

집은 깔끔하고 매력적으로, 전망창이 엄청나게 컸고, 남서부 스타일의 가구는 편안해 보였다. 거실은 한쪽 벽에 주방이 있었고, 다른 쪽은 침실 들로 이어질 것으로 보이는 복도가 딸린 가족실로 이어져 있었다. 가족실 너머에는 작고 푸른 풀장이 더위 속에서 반짝거렸다. 전망창에서는 프리 웨이 건너를 볼 수 있었는데, 느리게 회전하는 풍차들이 보였고, 훨씬 남 쪽으로는 팜 스프링스가 보였다.

"정말 근사하네요, 미즈 렌프로. 팜 스프링스의 야경도 무척 아름답겠 군요."

"아름답다마다요. 풍차들을 보면, 낮에는 점잖게 돌아가는 움직임 때문 에 바다가 생각나고 밤에는 팜 스프링스가 『아라비안나이트』에 나오는 동 화 속 도시처럼 보인답니다."

그녀는 바깥 전망을 보는 방향으로 놓인 편안한 소파로 나를 안내했다.

"마실 것 좀 드릴까요? 여기처럼 무더운 곳에서는 탈수가 되지 않도록 조심해야 해요."

"고맙습니다. 물을 주시면 감사하겠습니다."

거실은 좁았지만, 바닥이 확 트여 있고 가구가 드물게 배치된 덕에 더 크게 느껴졌다. 나는 폴렛 렌프로가 조 파이크에게 우호적인 기억을 간직 하고 있으리라고는 기대하지 않았었다. 하지만 물을 기다리는 동안, 책장 에 있는 볼링 트로피들로 이뤄진 작은 숲 속에 조그마한 사진액자가 있는 걸 발견했다. 폴렛 워즈니악이 수수한 주택의 진입로에 주차된 LAPD 순찰 차 앞에서 남편과 파이크와 함께 서 있었다. 폴렛은 청바지, 그리고 소매 를 걷고 자락을 홀터처럼 묶은 남성용 흰색 셔츠 차림이었다.

조 파이크는 웃고 있었다.

나는 책장으로 가서 사진을 응시했다.

파이크가 웃는 걸 본 적이 없었다. 그와 알고 지낸 그 오랜 세월 동안 한 번도 못 봤다. 해병대에서 찍은 조의 사진을, 그가 사냥을 하거나 낚시를 하거나 캠핑하는 사진을, 친구들과 함께 찍은 사진을 천 장쯤 봤지만, 그중에서 그가 웃고 있는 사진은 단 한 장도 없었다.

그런데 여기에 그녀가 전남편과 그 사람을 죽인 남자와 함께 찍은 사진이 있었다.

조가 웃고 있는 사진.

폴렛 렌프로가 말했다. "물 여기 있어요."

나는 잔을 받았다. 그녀는 자기가 마실 물도 가져왔다.

"왼쪽에 있는 사람이 아벨이에요. 우리는 시미 밸리에 살았어요."

내가 말했다. "미즈 렌프로, 저는 조 파이크의 친구입니다."

그녀가 양손으로 잔을 쥔 채 한동안 나를 응시하다 소파로 갔다. 그녀는 소파 끄트머리에 걸터앉았다.

"제가 그 사진을 보관하고 있는 걸 이상하게 여기실 거라고 생각해요."

"이상하게 보이는 거 하나도 없습니다. 사람들은 다들 나름의 이유를 갖고 있습니다."

"LA에서 벌어지는 난장판에 대한 기사를 다 읽었어요. 처음에는 카렌이, 지금은 조가 어떤 남자를 살해한 죄로 기소를 당했잖아요. 수치스러운 일이라고 생각해요."

"카렌 가르시아를 아십니까?"

"조가 그 시절에 그녀하고 데이트하고 있었어요. 예쁘고 상냥한 여자였죠." 그녀는 시계를 다시 힐끗 보더니 무엇인가를 결심했다. "조하고 친구 사이시라고요?"

"맞습니다, 부인. 우리는 사무소를 공동으로 운영하고 있습니다."

"당신도 경찰이었나요?" 그녀는 조에 대해 말하고 싶은 눈치였지만, 그 얘기를 어떻게 꺼내야 할지 모르는 것 같았다.

"아닙니다, 부인. 탐정으로만 일해왔습니다."

그녀가 사진을 다시 힐끗 봤다. 사진에 대한 해명을 해야겠다는 기색이었다. "으음, 아벨에게 일어난 일은 오래전 일이에요, 콜 씨. 끔찍하고 소름 끼치는 사고였어요. 그 일에 대해 조보다 나쁜 감정을 느낀 사람이 있었을 거라고는 상상이 안 돼요."

이블린 워즈니악이 말했다. "엄마가 낳은 자식도 그 사건에 기분이 나쁘거든요, 엄마. 그 사람이 우리 아빠를 죽였으니까요."

그녀가 커다란 판지상자를 들고 주방을 통해 들어와 있었다.

폴렛의 얼굴이 굳어졌다. "도와줄까?"

이블린은 대답도 않고 거실을 가로질러 복도 아래쪽으로 사라졌다.

폴렛이 말했다. "이블린한테는 힘든 일이었어요. 저 애는 지금 집에 다시 이사 들어오는 거예요. 얼마 전에 저 애를 떠난 남자 친구가 임대료로 줄 돈을 들고 가버리는 바람에 저 애는 이제 아파트를 잃었어요. 어디서 찾아내도 꼭 그런 남자들만 찾아내는지."

"따님이 아버지와 가까웠나요?"

"예. 아벨은 좋은 아빠였어요."

나는 고개를 끄덕였다. 그녀가 크란츠의 조사에 대해 알고 있는지 궁금했다. 리나와 우리베와 절도범들에 대해 알고 있는지 궁금했다.

"정말로 조금 있다가 나가봐야 해요. 궁금하신 게 뭔가요?"

"그날 무슨 일이 일어났는지를 알고 싶습니다."

폴렛의 얼굴이 굳어졌지만, 정도가 심하지는 않았다. 그래도 나는 그걸 감지할 수 있었다.

"그 일에 대해 왜 알고 싶어 하시는 거죠?"

"누군가가 유진 더쉬를 살해한 죄를 조에게 씌우려 애쓰고 있다고 생각하니까요."

그녀는 고개를 저었지만, 굳은 표정은 여전했다.

"짐작도 못 하겠어요, 콜 씨. 남편은 나한테 직장 얘기는 하지 않았어요."

"남편께서 사망하시던 날, 그분과 조는 그분의 정보원에게서 드빌이라는 남자의 행방에 대한 정보를 얻었습니다. 그 정보원이 누구인지 아십니까?"

폴렛 렘프로가 자리에서 일어났다. 이제 그녀는 도움을 주고 싶은 생각이 그리 많지 않은 듯 보였다. 불편하고 미심쩍어하는 듯 보였다.

"아뇨. 죄송해요."

"그분이 그런 종류의 일을 부인께 얘기하지 않았던 겁니까, 아니면 부인께서 기억을 못 하시는 겁니까?"

"그날에 대해서는 얘기하고 싶지 않아요, 콜 씨. 그에 대해서는 아는 게 없어요. 남편 일에 대해서도, 그런 일에 대해서도 아는 게 없어요. 그이는 경찰 일에 대해서는 나한테 한 마디도 하지 않았어요."

"잠시 시간을 갖고 생각해주십시오, 미즈 렘프로. 부인께서 이름을 알려주신다면 도움이 될 겁니다."

"분명히 말씀드리는데, 저는 아는 게 하나도 없어요."

그때 그녀의 딸이 빈 상자들과 옷걸이들을 들고 방으로 다시 돌아왔다. 폴렛 렘프로가 물었다. "물건은 다 챙겼니?"

"마지막 짐 가지러 돌아가는 중이에요."

"돈 필요하니?"

"괜찮아요."

이블린 워즈니악이 거실을 뚜벅뚜벅 걸어가서 문을 쾅 닫았다. 다시.

폴렛 렌프로의 턱이 울퉁불퉁해졌다. "아이가 있으세요, 콜 씨?"

"없습니다, 부인."

"운이 좋으시네요. 저는 정말로 지금은 집을 나서야만 해요. 더 도움을 드릴 수가 없어서 유감이에요."

"여쭤볼 게 생각나면 다시 전화를 드려도 될까요?"

"그때가 돼도 지금보다 더 도움을 드릴 수 있을 거라는 생각은 안 드는군요."

그녀는 나를 문까지 안내했고, 나는 더위 속으로 돌아왔다. 그녀는 나와 함께 밖으로 나오지는 않았다.

이블린이 그녀의 비틀 옆에서 기다리고 있었다. 작은 선글라스를 끼고 있었지만, 여전히 게슴츠레한 눈으로 나를 노려보고 있었다. 이 정신 나간 더위 속에서 나를 기다리다니. 상자들과 옷걸이들은 그녀의 차에 들어 있었다.

"엄마가 아빠 얘기는 하지 않으려고 하죠, 그렇죠?"

"그다지 많이는 않으시는군요."

"엄마는 그날 얘기는 하지 않을 거예요. 절대로 안 할 거예요. 그 남자를 옹호하기 위한 경우는 예외지만요."

"조 말인가요?"

에비가 풍차 쪽을 힐끗 봤지만, 그것들을 쳐다보지도 않은 채로 어깨를 으쓱했다.

"상상이 돼요? 그 개자식이 엄마 남편을 죽였는데, 그 망할 놈의 사진을 보관하고 있다는 게. 나는 툭하면 그 염병할 사진을 헤아릴 수 없을 정도로 많이 박살 냈었어요."

나는 아무 말도 하지 않았다. 그녀의 시선이 나에게로 돌아왔다.

"당신은 그 사람 친구죠, 그렇죠? 그를 도우려고 애쓰다 보니 여기까지 온 거잖아요."

"맞습니다."

"그들이 우리 아빠를 조사하고 있었다는 거 알아요? 내사과가?"

"예. 압니다."

"엄마는 그걸 나한테 감추려고 애썼어요. 아빠도 그랬고요." 아빠. 아직도 열 살배기인 것처럼. "남자들이 집에 와서 엄마를 심문했어요. 나는 그 소리를 들었고요. 엄마가 그 문제로 아빠한테 소리 지르는 것도 들었어요. 어렸을 때 그런 일을 겪는 게 어떨지 상상이 돼요?"

상상이 된다고 생각했지만, 그 말을 입 밖에 꺼내지는 않았다.

"엄마는 그 얘기는 하지 않을 거예요. 다른 얘기는 하려고 하겠지만, 그 얘기는 안 할 거예요. 그런데 바로 그 일이 내 인생에서 일어난 가장 중요한 일이었어요. 그 일이 내 망할 인생을 망쳐버렸으니까요."

시멘트 진입로에 서 있는 건 화창하고 새하얀 바닷가에 서 있는 거랑 비슷했다. 열기가 신발을 뚫고 들어와 살을 구워버렸다. 움직이고 싶었지만, 그녀는 말하기가 쉽지 않은 무엇인가를 말하려는 참인 듯 보였다. 나는 내가 조금이라도 움직이면 그녀의 결심이 깨질지도 모른다고 생각했다.

"당신이 그 사람 친구라니까 하고 싶은 얘기가 있어요. 우리 아빠를 죽인 남자 말이에요. 그걸로 내 세계는 끝장난 거나 마찬가지예요. 나는 아빠를 정말로 사랑했어요. 아빠를 나에게서 앗아간 그 염병할 끔찍한 남자를 해치는 것보다 내가 더 좋아할 일은 세상에 없어요."

파이크.

"그런데 그것보다 더 원하는 일이 있어요."

나는 기다렸다.

"엄마는 아빠의 모든 물건을 어딘가에 있는 보관소에 넣어놨어요. 있잖아요, 공간을 임대해주는 그런 데요."

"어딘지 아나요?"

"찾아봐야 해요. 거기에 도움이 될 만한 게 있을지는 모르겠어요. 하지만 당신은 그때 있었던 일을 밝히려고 애쓰는 중이잖아요. 맞죠?"

나는 그녀에게 그렇다고, 하지만 다른 것도 원한다고 말했다. 내가 말했다. "저는 조 파이크를 도우려고 애쓰고 있습니다. 이블린, 그 점을 아셨으면 합니다."

"상관없어요. 아빠에 대한 진실을 알고 싶을 뿐이에요."

"그 진실이 나쁜 일로 밝혀진다면요?"

"그래도 알고 싶어요. 나쁜 일일 거라는 예상도 하고 있어요. 하지만 아빠가 왜 죽었는지를 꼭 알고 싶어요. 그걸 알고 싶어 하면서 내 염병할 평생을 보냈어요. 내가 이렇게 망가진 이유도 그래서일 거예요."

나는 무슨 말을 해야 할지 몰랐다.

"그게 사고였다고는 생각하지 않아요. 나는 당신 친구가 아빠를 살해했다고 생각해요."

크란츠가 생각했던 것과 똑같았다.

"내가 도와줘서 그걸 알아낸다면, 나한테 얘기해줄래요?"

"당신이 알고 싶어 한다면, 그렇게 하겠습니다."

"나한테 진실을 말해준다고요? 내용이 어떻든 상관없이요?"

"당신이 원하는 게 그거라면요."

그녀가 코를 훔쳤다. "그걸 알게 되면, 나는 인생을 제대로 살아갈 수 있을 거예요."

우리는 한동안 거기 서 있었다. 그런 후 나는 그녀를 안았다. 햇볕에서 너무 오랫동안 서 있던 중이라, 내 손이 그녀의 등을 건들 때는 뜨거운 석탄을 쥐는 것 같았다.

나는 결코 멈추지 않을 바람을 맞은 풍차들이 날개를 돌려대며 사막의 평야 너머로 펼쳐진 모습을 주시했다.

잠시 후, 에비 워즈니악이 물러섰다. 그녀가 다시 코를 훔쳤다. "꼴이 우습네요. 당신이 어떤 사람인지도 모르는데. 그런 마당에 당신한테 내 인생의 비밀을 털어놓고 있다니."

"세상사가 때로는 그런 식으로 돌아가죠, 그렇지 않나요?"

"맞아요. 나한테 전화번호를 주겠어요?"

그녀에게 명함을 건넸다.

"전화할게요."

"알겠습니다."

"엄마한테는 말하지 말아요, 알았죠? 엄마가 알면, 허락하지 않을 거예요."

"말하지 않겠습니다."

"우리 사이의 작은 비밀이에요."

나는 차를 몰아 하산했다. 팜 스프링스가 존재하지 않는 장소처럼 까마득히 먼 곳에서 열기 속에 일렁거렸다.

행동하는 남자

감방은 너비가 1.2미터에 길이가 2.4미터, 높이가 2.4미터였다. 변좌가 없는 변기와 세면대가 세라믹으로 된 종양처럼 시멘트벽에서 툭 튀어나와 있었는데, 1인용 침대 뒤에 모습을 거의 감추고 있었다. 머리 위에는 자살하려는 사람들이 감전으로 목숨을 끊지 못하도록 밝은 형광등이 철조망 뒤에 안전하게 설치돼 있었다. 매트리스는 특수 레이온 소재라 베거나 찢을 수 없었고, 침대 프레임과 매트리스 받침대는 점용접이 돼 있었다. 나사도 없고 볼트도 없고 분해할 방법이 전혀 없었다. 이 방은 1인용 침대 덕에 파커 센터 구치소의 최고급 스위트룸이 되면서, 할리우드 유명인사와 언론계 종사자, 철창의 그릇된 방향으로 가는 길을 개척한 전직 경찰들을 위해 예약된 상태였다.

조 파이크는 침대에 누워, 재소자 2만 2천 명을 수용하는, 10분 거리에 있는 멘스 센트럴 교도소로 이감되기를 기다리고 있었다. 운동을 한 후 세면대에서 끼얹은 물 때문에 머리가 여전히 축축했다. 하지만 그는 달리고 싶다고, 얼굴에 내리쬐는 햇빛과 공기의 흐름과 가슴을 흘러내리는 땀을 느끼고 싶다고 생각하고 있었다. 그는 그런 활동이 주는 평온함을, 그리고 몸을 놀리는 게 좋은 일이라는 확실한 지식을 원했다. 모든 몸놀림이 확실하게 유익한 건 아니었지만, 러닝은 확실하게 그렇게 해줬다.

복도 끝에 있는 보안 출입문이 열리더니 크란츠가 철창 반대편에 나타났다. 그는 무언가를 들고 있었다.

크란츠가 파이크를 한참 동안 응시하다가 입을 열었다. "심문하러 온 게 아니니까 변호사 걱정은 하지 마."

파이크는 걱정하지 않았다.

"이 순간을 오랫동안 기다려왔어, 조. 나는 이 순간을 즐기고 있어." 조라고 불렀다. 친구처럼.

"더쉬에 대해 헛다리를 짚으면서 꼴이 영 아니군요."

파이크가 조용히 말했다. 그래서 크란츠는 가까이 다가와야만 했다.

"나도 알아. 더쉬 문제로 기분이 좋지는 않아. 하지만 나는 피브들도 욕을 먹게끔 만들었어. 더쉬의 유족들이 고소장을 제출했다는 얘기 들었나? 형제 둘하고 어머니, 그리고 20년간 그를 본 적도 없던 누이가 고소장을 냈어. 쫄딱 망했던 사람들이 보물 상자를 찾아낸 셈이지."

파이크는 크란츠가 흡족한 기분으로 여기 오게끔 만든 게 무엇일지 궁금했다.

"그들은 시와 경찰국과 모두를 고소하고 있어. 비숍하고 서장은 경찰국이 잘못을 저질렀다고 인정하는 모양새를 취하지 않으면서 나를 자를 수는 없어. 그래서 그들은 그저 자신들은 FBI의 지휘를 따랐을 뿐이라고 말하고 있지."

"유족들이 승소할 거요, 크란츠. 당신은 책임이 있어."

"그럴지도 모르지. 하지만 그들은 너도 고소했어. 방아쇠를 당긴 건 너였으니까."

파이크는 그 얘기에는 대꾸하지 않았다.

크란츠는 어깨를 으쓱했다. "하지만 네 말이 맞아. 내 꼴이 영 아니지. 지금부터 1년쯤 후에 모든 게 조용해지고 나면, 그제야 내 문제가 제기될 거야. 상부에서는 나를 다른 부서로 보내겠지. 괜찮아. 나는 재직한 지 25년이나 됐으니까. 그러다가 더 나은 수를 마련하면 30년도 채울 수 있을 거야."

"여기는 왜 온 거요, 크란츠? 내가 당신을 망신시켜서?"

크란츠의 얼굴이 붉어졌다. 파이크는 그가 얼굴을 붉히지 않으려 애쓰고 있다는 걸 알고 있었지만, 그의 얼굴은 그의 생각과는 달랐다.

"나는 당신을 망치지 않았어요, 크란츠. 당신 앞가림이나 잘하도록 해요. 당신 같은 사람들은 그걸 절대로 이해하지 못하지만."

크란츠는 그 문제를 고민해보는 듯 보이더니 어깨를 으쓱했다. "망신 문제는 말이야, 네 말이 맞아. 하지만 너는 여기 올 만해서 온 것이기도 해. 너는 워즈니악을 죽이고도 살인죄를 모면했어. 하지만 지금은 여기에 있고, 나는 네 꼴을 보는 게 마음에 들어."

파이크는 자세를 바로잡았다. "나는 워즈를 죽이지 않았어."

"너는 도둑질을 할 때 그와 같이 있었어. 너는 내가 그를 체포할 거라는 걸 알았고, 내가 너도 잡아들일 거라는 것도 알았어. 너는 겁쟁이야, 파이크. 그래서 너는 워즈니악을 제거하기로 결심한 거야. 너는 다른 사람의 인생을 끝장내는 문제를 두 번 생각하지도 않는, 도덕관념도 없고 살인 충동을 제어하지도 못하는 미치광이니까. 네가 워즈니악에 대해 한 생각은 딱 더쉬 문제를 고민할 때만큼이었겠지."

"당신이 조사하는 내내 내놓은 얘기가 그거였지. 당신은 정말로 내가 워즈의 입을 막으려고 그 방에서 그를 살해한 거라고 생각하는 거요?"

크란츠는 미소를 지었다. "그가 너를 포기했다고 생각해서 네가 그를 죽였다고 생각하지는 않아, 파이크. 그를 죽인 건 네가 그의 아내를 탐했기 때문이라고 생각해."

파이크가 그를 응시했다.

"그 여자한테 마음이 있었던 거지, 그렇지?"

파이크가 두 다리를 그네처럼 흔들어 침대에서 일어났다. "당신은 자기가 무슨 얘기를 하는 건지도 모르고 있군."

크란츠는 미소를 지었다. "네 재수 없는 친구놈이 말한 것처럼, 나는 형사야. 조사해봤어. 나는 그 여자를 지켜보고 있었어, 파이크. 네가 그 여자와 있는 걸 봤어."

"당신은 그 문제를 잘못 짚었어. 더쉬 문제도 잘못 짚었고. 당신은 세상만사를 다 잘못 짚고 있어."

크란츠는 동의한다는 듯 고개를 끄덕였다. "알리바이가 있으면 내놔봐. 네가 더쉬를 해치지 않았다는 걸 입증할 수 있다면, 브랜포드에게 기소를 철회해달라고 개인적으로 요청할게."

"아무것도 없다는 걸 알잖아."

"네가 그 짓을 했으니까 아무것도 없는 거야, 파이크. 우리는 그의 집을 염탐하는 네 모습을 담은 테이프를 확보했어. 라인업에서 너를 지목한 노파도 확보했어. 네 손에 남은 화약 잔류물 결과도 확보했고, 너하고 죽은 여자 사이의 관계도 알고 있어. 그리고 이것도 갖고 있지."

크란츠는 자신이 가진 걸 파이크에게 보여줬다. 비닐봉투에 든 리볼버였다.

"357구경 매그넘이야. 과학수사대가 이 총의 강선이 더쉬를 살해한 총알과 일치한다고 확인해줬어. 이건 살인무기야, 파이크."

조는 아무 말도 하지 않았다.

"깨끗한 총이야. 지문도 없고, 모든 번호는 불로 지져 제거됐어. 그래서 총을 추적할 수가 없지. 하지만 우리는 네가 여자랑 얘기를 나눴다고 말한 바로 그 산타모니카의 바닷물에서 이걸 회수했어. 그러면서 너는 이 총과 결부됐어."

파이크는 비닐봉투를 응시하다가 크란츠를 응시했다. 그러면서 그가 있던 곳이라고 인정한 바로 그 자리에서 살인무기가 나타난 우연의 일치가 궁금해졌다.

"생각해봐요, 크란츠. 거기가 내가 총을 던진 곳이라면, 내가 어째서 거기 있었다는 걸 인정했겠어요?"

"누군가가 너를 봤으니까. 내 생각에, 너는 총을 버리려고 거기 가서 총을 버렸는데 때마침 누군가가 너를 본 거야. 네가 한 여자 얘기를 처음에는 믿지 않았어. 그런데 그 부분에 대해서는 진실을 말하고 있는 것 같더군. 그 여자가 거기서 너를 봤고, 네가 관련 사실을 부인할 경우 우리가 그 여자를 찾아내는 바람에 거짓말이 탄로 날까 봐 걱정이 돼서 네 자신을 보호하려고 애썼던 거야."

파이크는 비닐봉투를 다시 쳐다봤다. 경찰이 용의자에게서 자백을 이끌어내려는 노력의 일환으로 그런 물건들을 보여주며 거짓말을 하는 일이 잦다는 걸 그는 알고 있었다.

"이것도 개소리인가?"

크란츠가 다시 미소를 지었다. 차분하고 자신감이 넘치는 미소였다. 그런데 파이크는 이상하게도 그 미소가 따스하게 느껴졌다. "거짓말 아냐. 바우먼한테 물어보면 되잖아. 지금 지방검사가 그 친구한테 이 얘기를 들려주고 있어. 나는 너를 체포했어. 조. 워즈니악이 관련된 사건은 기소하지 못했지만, 이번에는 너를 붙잡았어. 브랜포드는 이 요란한 사건을 특수사정이니 뭐니 하면서 떠들고 있지만, 그건 말도 안 되는 헛소리야. 나는 그만큼 운이 좋지는 않았어, 파이크. 이제 성깔 좀 부려보시지."

"나는 거기에 총을 버리지 않았소, 크란츠. 그건 누군가 다른 사람이 했다는 뜻이오."

"참 대단한 우연의 일치로군, 조. 너하고 총이 우연히도 같은 장소에 있었다니."

"내가 한 진술의 내용을 아는 사람들이 있었다는 뜻이오. 생각이라는 걸 좀 해봐요."

"내가 생각하는 건 우리가 유죄 판결을 받아내기에 충분히 많은 증거를 확보했다는 거야. 찰리도 너한테 똑같은 얘기를 할 거야."

"아니."

"바우먼은 이미 플리 바겐 얘기를 꺼내고 있어. 하지만 너한테는 그 얘기를 하지 않았겠지, 그렇지? 너는 바우먼한테 플리 바겐은 안 된다고 말할 테지. 그는 물론 그러지 않을 거라고 대답하겠지. 네 생각에 동의하는 것처럼 말이야. 하지만 그는 얼간이가 아냐. 찰리는 영리해. 그는 네가 봤다고 주장하는 여자에 대한 진실을 말해주기를 희망하면서 너를 멘스 센트럴에 여섯 달 정도 앉혀놓을 거야. 그러다가 그 여자가 나타나지 않으면 플리 바겐을 받아들이는 문제를 협의해보자는 얘기를 꺼낼 거야. 내 짐작에 브랜포드는 너한테 가석방 가능성이 있는 20년 형을 구형할 거야. 그러면서 더쉬 문제를 망친 일과 관련된 관련자 모두가 그리 꼴사납게 보이지는 않게 해주겠지. 가석방 가능한 20년 형은 적어도 12년은 복역해야 한다는 뜻이야. 옳은 얘기로 들리나?"

"나는 감옥에 가지 않을 거요, 크란츠. 내가 저지르지도 않은 짓 때문에 가지는 않을 거요."

크란츠는 창살을 만졌다. 창살이 연인이나 되는 양 손가락들을 창살 위

아래로 놀렸다.

"너는 지금 갇혀 있어. 그리고 계속 거기 머무르게 될 거야. 네가 법정에 갈 정도로 충분히 멍청한 놈이라면, 너는 무척이나 고지식한 놈이라서 그럴 거라고 생각하고 있지만, 너는 여생 동안 여기하고 비슷한 우리에 갇히게 될 거야. 나는 해냈어, 파이크. 해냈다고. 너는 내 거야. 너한테 그렇게 말하고 싶었어. 그래서 여기 온 거야. 그 말을 하려고. 너는 내 거라는 걸."

팔뚝이 우람한 흑인 교도관이 독방동에 와서 크란츠 옆에 멈춰 섰다. "이감 갈 때가 됐소, 파이크. 방 가운데로 가요."

크란츠가 자리를 뜨다가 몸을 돌렸다. "오, 하나 더 있어. 홀리스 시체를 찾았다는 얘기 들었지, 그렇지?"

"디지."

"그래, 디지. 얼빠진 놈이야, 그렇지, 파이크? 네 트럭하고 비슷한 트럭이 카렌 옆에 멈춰 섰고 그걸 운전하는 사람이 너처럼 생긴 남자라는 말을 너희들한테 하다니."

파이크는 기다렸다.

"누군가가 그의 목을 꺾고는 시신을 저수지 밑 막다른 골목에 있는 쓰레기통에 넣었어."

파이크는 기다렸다.

"십 대 두 명이 거기서 빨간 지프 체로키를 봤어, 조. 더쉬가 살해된 바로 그 밤에 도로 가운데에 주차되어 기다리고 있는 걸 말이야. 아이들은 운전자도 봤어. 걔들이 본 운전석에 앉아 있던 사람이 누굴까?"

"나."

"흥미진진해지는군."

크란츠는 파이크를 약간 더 응시하다가 몸을 돌려 떠났다.

그보다 앞서, 원숭이 울음소리—우우—우우—우우—를 내는 죄수가 있었다. 파이크는 그 죄수에게 멍키보이라는 별명을 붙였다. 그리고 "나는 가스맨이다!"라고 소리치면서 감방 밖으로 배설물을 투척한, 방귀 소리가 요란한 또 다른 죄수가 있었다.

그들은 모두 감방을 떠났다. 파이크는 팔뚝이 우람한 교도관에게 링마스터(서커스의 무대감독)라는 별명을 붙였다.

파이크가 서 있는 동안, 링마스터가 복도 아래쪽으로 손짓을 보냈다. 교도관들은 더 이상은 열쇠를 사용하지 않는다. 독방동 끄트머리에 있는 경비실의 방탄유리 파티션 뒤에 앉은 여경 둘이 감방을 전자식으로 통제했다. 링마스터가 신호를 보내면 여경들이 버튼을 눌렀고, 그러면 파이크의 문이 둔탁한 딸깍 소리와 함께 열렸다. 파이크는 라이플의 볼트가 제자리로 잽싸게 돌아갈 때 나는 소리하고 비슷하다고 생각했다.

링마스터가 수갑을 들고 들어왔다. "호송할 때는 족쇄는 사용하지 않을 겁니다. 하지만 이건 차야 합니다."

파이크가 양팔을 내밀었다.

링마스터가 수갑을 채우며 말했다. "운동하는 모습을 쭉 지켜봤습니다. 푸시업을 몇 개나 합니까?"

"천 개."

"딥(dip)은요?"

"2백 개."

링마스터는 끙 소리를 냈다. 그는 유니폼이 제2의 피부처럼 팽팽하게 늘어나게 만드는, 팔과 어깨와 가슴 근육이 지나치리만치 발달한 거구였다. 그에게 저항하려고 드는 죄수는 많지 않았고, 저항을 시도하더라도 성공할 거라는 희망을 품을 수 있는 놈들은 더 적었다.

수갑이 꼭 맞도록 조이고 확실하게 채워졌는지 확인한 링마스터가 뒤로 물러섰다.

"당신이 더쉬 때문에 이성을 잃었었는지 여부는 나도 모르겠습니다. 아마 그랬던 것 같다고 짐작합니다만, 어떤 정신 나간 놈이 내 여자한테 총질을 했다면, 나도 내 머릿속에서 이 경찰 배지를 지워버렸을 겁니다. 사나이는 그런 존재니까요."

파이크는 아무 말도 하지 않았다.

"전직 경찰이었다는 거 압니다. 복무할 때 일어났던 일에 대해서도 들었습니다. 하지만 나는 그런 건 신경 안 씁니다. 내가 하고 싶은 말은 당신을 여기 내 집에 모신 이틀간 지켜본 결과 당신은 꽤나 정직한 사람이라고 생각한다는 것뿐입니다. 행운을 빕니다."

"고맙소."

여경 둘이 버튼을 눌러 그들을 감방에서 보호시설 특유의 회색 복도로 나오게 해줬다. 링마스터가 파이크를 계단 아래로 안내해서 보안관의 재소자 대기실로 데려갔다. 마룻바닥에 볼트로 연결된 특수 플라스틱 의자에 팔이 수갑으로 채워진 다른 재소자 다섯 명이 있었다. 갱단의 문신을 새긴 키 작은 히스패닉 사내 셋, 세상 풍파를 다 겪은 늙은 흑인 남자와 앞니가 없는 젊은 흑인 사내 하나. 테이저와 야경봉으로 무장한 보안관 보조 셋이 문 옆에서 얘기 중이었다. 폭동 진압부대.

링마스터가 파이크를 방으로 안내하자, 파이크를 응시하던 젊은 흑인

재소자가 늙은 남자를 팔꿈치로 꾹 찔렀지만, 늙은 남자는 반응을 보이지 않았다. 젊은 남자는 덩치가 파이크만 했다. 교도소에서 새긴 문신이 있었지만 피부색이 짙은 탓에 거의 보이지 않았다. 목 옆에 삐죽삐죽한 칼자국이 그어져 있었다. 언젠가 누군가가 그의 목을 땄던 듯했다.

링마스터는 파이크를 벤치에 포박한 후 보안관 보조들로부터 클립보드를 받았다.

파이크는 꿈쩍도 않고 앉아, 딱히 특정한 것을 보지도 않으면서 정면을 응시했다. 그는 크란츠를, 그리고 크란츠가 한 말을 생각하고 있었다. 방 건너편에서 칼자국이 있는 젊은 사내가 그를 계속 힐끗거렸다. 파이크는 나이 든 흑인이 그를 롤린스라고 부르는 걸 들었다.

15분 후, 재소자 여섯 명 전원이 각자의 의자에서 풀려난 후 대열을 형성했다. 그들은 주차장으로 인도돼 LA 카운티 교도소의 회색 밴에 탔다. 모스버그 샷건을 든 보안관 보조 둘이 주시하는 동안 밴의 뒷문을 통해 차에 올랐다. 세 번째 보조인 운전자는 시동이 걸려 있는 차의 운전석에 앉았다. 에어컨 때문에 엔진을 돌리고 있어야 했다.

밴 내부에서, 운전석 구역은 창문들을 덮은 것과 동일한 튼튼한 철망으로 뒤쪽과 분리돼 있었다. 재소자들이 앉는 뒤쪽 구역에는 각자의 벽을 따라 놓인 벤치가 고정돼 있었다. 그래서 재소자들은 서로를 마주 보게 돼 있었다. 밴은 열두 명을 수용할 수 있었지만, 정원의 절반만 탄 상태라 모두들 공간이 넉넉했다.

그들이 차에 오르자, 보안관 보조 몬태나가 각자의 어깨를 건드리면서 왼쪽으로 앉아라 오른쪽으로 앉아라 지시했다. 멕시코인 한 명이 말을 잘못 알아듣는 바람에 몬태나는 절차를 중단하고는 안으로 들어가 그를 제대로 된 자리에 앉혀야 했다.

파이크의 바로 건너편에 앉은 롤린스가 이제는 노골적으로 그를 응시하고 있었다.

파이크는 응시로 맞받았다.

롤린스가 이빨이 있어야 마땅한 곳에 난 넓은 구멍을 보여주려고 입술을 벌리고는 위협적인 표정을 지었다.

파이크가 말했다. "귀엽군."

멘스 센트럴 교도소로 가는 길은 평소의 다운타운 교통 상황에서는 12분쯤 걸릴 것이다. 여섯 명 중 마지막 사람이 착석하자, 몬태나가 새장 저편에서 소리를 질렀다. "잘 들어라. 주둥이 열지 말고 돌아다니지 말고 허튼짓하지 마라. 얼마 안 걸리니까, 오줌을 눠야겠다는 둥의 헛짓거리는 시도도 하지 마라."

그는 그 얘기를 스페인어로 다시 했다. 그런 다음 운전자가 밴에 기어를 넣고는 주차장에서 차를 꺼내 도로 위의 교통 흐름에 합류했다.

그들이 정확히 두 블록을 갔을 때 롤린스가 파이크 쪽으로 몸을 숙였다. "너 경찰이었다면서, 개새끼야?"

파이크는 그를 그냥 쳐다봤다. 그를 보고 있었지만, 그를 보고 있지는 않았다. 파이크는 여전히 크란츠를, 그에게 불리한 방향으로 서서히 한데로 모아지고 있는 사건을 생각하고 있었다. 허공을 둥둥 떠다니고 있었다. 이 밴이 아닌 다른 곳에 존재하고 있었다.

롤린스가 다른 흑인을 쿡 찔렀다. 그는 지구가 아닌 다른 곳에 있는 것처럼 보였다. "이 개새끼가 경찰이었대. 내가 그런 건 기가 막히게 알아내잖아. 사람들이 저놈 얘기를 하는 걸 들었어."

파이크는 클라렌스 롤린스 같은 놈을 백 명 정도 체포했었고, 그에게 반감을 보였던 놈들은 5백 명쯤 더 있었다. 파이크는 롤린스의 겉모습만 보고도 평생의 대부분을 교도소에서 보낸 놈이라는 걸 알았다. 교도소가 고향인 놈. 귀향하는 사이사이에 잠깐씩 세상에 다녀오는 놈.

"너 진짜 아리아인 개자식이지, 그렇지. 저 망할 창백한 놈들이 네놈 볼 기를 눈여겨보더라. 나한테 얘기해봐, 개자식아. 네가 어떤 개자식을 죽였 더라도 나한테는 별것 아냐. 나는 개자식들을 네가 세지도 못할 만큼 많이 죽였거든. 그런데 세상에서 내가 너 같은 염병할 짭새보다 더 싫어하는 건 없어. 여기 봐!"

롤린스가 파이크에게 *LAPD 187*이라는 글자가 들어 있는 하트 문신을 보여주려고 소매를 걷었다. 187은 LAPD가 살인을 가리킬 때 쓰는 코드였다.

"이게 무슨 뜻인지 알아, 새끼야? LAPD 일팔칠이? 내가 경찰을 죽인 개 자식이란 뜻이야. 이게 그런 뜻이라고. 그러니까 나를 무서워하는 게 좋을 거야."

롤린스는 뭔가에 스스로 흥분하기 시작했다. 화물열차가 커브를 도는 걸 지켜보는 것처럼 예측이 가능했지만, 파이크는 그런 데 관심을 보이는 수고 따위는 하지 않았다. 파이크는 어렸을 때 살던 집 뒤편의 숲에 있는 자신의 모습을 보고 있었다. 풋풋한 여름의 나뭇잎과 축축한 시냇가의 진 창 냄새를 맡고 있었다. 열여덟 살 때 겪었던 베트남 송베의 푹푹 찌는 더 위를 느끼고 있었다. 캠프 펜들턴의 덤불 덮인 건조한 구릉 저편에서 그를 향해 소리 지르는 병장의 목소리를, 그게 아버지의 목소리였으면 좋겠다 고 간절히 바라던 목소리를 듣고 있었다. 그가 사랑했던 첫 여인인 아름답 고 자존심 강한 농장 아가씨 다이앤이 흘린 깨끗한 땀방울을 맛보고 있었다. 그녀는 괜찮은 집안 출신이었는데, 조를 경멸한 그녀의 가족들은 그녀가 그를 만나지 못하게 했다.

"왜 찍소리도 없어, 개자식아? 내가 너 같은 염병할 새끼한테 말씀하실 때는 재깍재깍 대답하는 편이 좋아. 그게 너한테 좋은 일이라는 거 알지? 네놈 볼기가 여기에 나하고 같이 갇혀 있잖아." 롤린스는 그렇게 말하면서 양말에 숨겨둔 길고 가느다란 칼날을 슬쩍 내보였다.

다른 곳과 사람들이 녹아 없어지면서 밴과 파이크와 건너편에 앉은 남자만 남았다. 파이크는 어렸을 때 집 뒤쪽의 숲 같은 평온함을 느꼈다.

"아니." 파이크가 속삭였다. "네가 나랑 같이 갇혀 있는 거야."

클라렌스 롤린스는 놀란 기색이 역력한 채로 눈을 한 번 깜빡였다. 그러고는 온힘을 다해 벤치에서 몸을 날려 칼날을 파이크의 가슴을 향해 곧장 몰고 갔다.

파이크는 칼날이 그의 양손을 지나치게 놔뒀다. 그러다가 롤린스의 팔목을 비틀어 꺾으면서, 공격하는 롤린스의 모든 속도와 힘을 칼날 쪽으로 돌렸다. 에임스 중사가 봤으면 기뻐할 터였다.

롤린스는 거구에 강인한 남자였다. 그래서 상당한 힘이 그의 팔뚝으로 돌아갔다. 요골과 척골이 푸르른 나뭇가지처럼 뚝 하고 부러지면서, 뼈가 근육과 정맥과 동맥을 뚫은 다음 살갗을 찢고 나왔다.

클라렌스 롤린스가 비명을 질렀다.

보안관 보조 프랭크 몬태나와 로웰 카모디는 비명 소리에 펄쩍 뛰어오르면서 모스버거를 들고 앞에 총 자세를 취했다. 히스패닉 재소자 셋이 스크린 앞에 몰려 있어서 뒤에서 벌어지는 일을 보기가 쉽지 않았다. 롤린스가 뭔가에 물린 사람처럼 통로에서 몸부림을 치고 있었다.

운전자가 소리쳤다. "젠장, 뒤에 무슨 일이야?"

카모디가 소리를 질렀다. "그만! 제자리로 돌아가!"

파이크는 롤린스와 함께 통로에 있었다. 롤린스는 계속 몸을 뒤집으면서 몸부림을 치고 데굴데굴 굴렀다. 롤린스가 조그만 여자아이 같은 고성으로 비명을 질러대는 동안, 피가 1미터 높이로 뿜어지는 간헐천처럼 밴 뒤쪽 전역에 뿌려졌다.

몬태나가 말했다. "젠장! 파이크가 놈을 죽이고 있어!"

몬태나와 카모디 모두 히스패닉들 너머로 모스버거를 쏠 시야를 확보하려고 애썼다. 몬태나가 소리쳤다. "놈에게서 떨어져, 파이크! 네 자리로 돌아가, 제기랄!"

멕시코인들이 샷건을 보고는 잽싸게 길을 터줬다. 그러면서도 그들은 여전히 피를 맞지 않으려고 기를 쓰고 있었다. 에이즈를 걱정하는 게 분명했다.

파이크가 두 손을 롤린스에게서 들어 올리고는 벤치로 서서히 돌아갔다.

클라렌스는 몸 전체가 불에 올려진 것처럼 계속 몸부림치고 구르며 비명을 질렀다.

몬태나가 소리쳤다. "닥쳐, 롤린스! 거기 뒤에서 대체 무슨 일이 벌어지고 있는 거야?"

나이 든 남자가 말했다. "젠장, 죽을 정도로 피를 흘리고 있어요. 피를 흘린다고요."

롤린스가 계속 울부짖고 있었다. 피가 사방으로 튀었다. 나이 든 남자가 피를 피하려고 애쓰면서 자기 자리에 웅크리고 있었다.

파이크가 말했다. "내가 그를 도울 수 있습니다. 내가 출혈을 막을 수 있습니다."

"염병할 네 자리에 머물러 있어!"

카모디가 철망 너머를 쏘아봤다. "젠장, 가짜로 그러는 게 아냐, 친구. 저놈, 창에 찔린 염소처럼 피를 흘리고 있어. 이 망나니들 중 한 놈이 칼질을 한 게 분명해."

나이 든 남자가 말했다. "칼질을 당한 게 아니에요! 저기 튀어나온 건 저놈의 망할 뼈예요. 팔이 부러졌어요. 안 보여요?"

몬태나는 롤린스가 몸부림치는 동안에도 그걸 볼 수 있었다. 뼈들은 분홍색 상아처럼 보였다.

운전자가 교도소까지는 10분만 가면 된다고 말했지만, 그가 그렇게 말할 때 그들은 점점 심해지는 교통체증에 갇힌 상태였다. 밴에는 경광등도 사이렌도 없었다. 그래서 그들에게는 앞에 있는 차들을 비키게 할 방법이 없었다.

나이 든 남자가 소리를 질렀다. "10분이라니 말도 안 돼요! 이 친구는 지혈대가 필요해요. 여기 뒤쪽에는 벨트 같은 게 하나도 없어요. 저렇게 피 흘리게 놔둘 거예요?"

몬태나가 말했다. "젠장. 무슨 조치를 취하는 게 좋겠어." 망나니가 저 뒤에서 피를 흘리는 걸 볼 수 있었다. 보안관 보조 세 사람은 미국시민자유연맹에게 고소를 당한 상태였다.

몬태나는 운전자에게 무전으로 상황을 보고하고 의료진을 요청하라고 말했다. 그는 샷건과 휴대용 무기를 카모디에게 넘겼다. 이 망나니들이 무기를 손에 넣으려는 유혹을 느끼는 걸 원치 않았기 때문이다. 그러고는 비닐장갑을 꼈다. 그는 저 개자식이 에이즈에 걸렸다는 걸 알고 있었다. 이 인간쓰레기들 모두가 에이즈에 걸렸을 것이다.

"엄호 잘해, 젠장." 그는 카모디에게 당부했다.

카모디는 모두들 망할 좌석에 머무르라고 소리 지르면서, 롤린스의 신음 소리와 몸 뒤집는 소리를 계속 들으려고 애썼다. 피가 멕시코인들을 향해 뿜어질 때마다, 작은 무리를 이룬 그들은 펄쩍펄쩍 뛰었다.

몬태나가 뒤쪽으로 황급히 달려가 열쇠로 문을 열고는 안을 들여다봤다. 제기랄, 사방이 다 피투성이였다.

"가만히 있어, 롤린스. 내가 도와줄게."

롤린스는 브레이크댄스를 추는 것처럼, 발길질을 해대고 울부짖으며 등지고 누운 채로 몸을 돌리고 있었다. 미스터 187은 덩치만 큰 갓난아기라고 몬태나는 생각했다.

파이크가 그의 왼쪽에 앉아 있었고, 나이 든 남자는 오른쪽에, 멕시코인들은 왼쪽 전방에 웅크리고 모여 있었다. 카모디는 샷건을 앞에 총 자세로 잡았고, 운전자는 권총을 꺼냈다.

카모디가 말했다. "놈을 거기서 빼내고 망할 놈의 문을 닫아. 놈을 밖에서 보살필 수 있을 거야."

그게 계획이었다.

파이크가 말했다. "도와드릴까요?"

"망할 놈의 벤치에 그대로 있어. 망할 놈의 힘줄 하나도 까딱하지 마."

몬태나는 재소자들을 지켜보는 동시에 롤린스에게 처치를 해주려고 애를 쓰면서 밴에 올라갔다.

롤린스는 몬태나의 바지에 피를 뿜어대면서 이쪽 끝에서 저쪽 끝으로 몸을 굴렸다. 그러더니 통로 뒤쪽으로 몸을 뒤집어 멕시코인들을 향했다. 세 명 모두 자리 위로 펄쩍 뛰어올라 카모디의 앞을 막았다.

"젠장, 롤린스. 너 에이즈 걸렸잖아. 망할 자식, 죽을 때까지 두들겨 패 주겠다. 하나님께 맹세하는데, 너는 내 손에 뒈질 거야."

파이크와 나이 든 남자를 지나치며 재빨리 통로를 올라간 몬태나는 멕시코인 셋이 신경질적인 발길질로 롤린스를 밀어내고 있는 곳으로 갔다.

몬태나는 이를 악물고 욕설을 퍼부으며 롤린스를 통로 아래쪽으로 끌고 가려고 롤린스의 다리를 잡았다. 그때 카모디와 운전자가 소리를 질렀다. "비켜! 비켜봐! 놈이 도망치고 있어!"

그들의 모스버거가 곧바로 몬태나를 조준하고 있었다.

프랭크 몬태나는 바닥으로 엎드리며 몸을 돌리는 동안 싸늘한 냉기가 배 속으로 급속히 퍼지는 걸 느꼈다. 그는 조 파이크가 열린 문을 통해 탈출했다는 걸 알게 됐다.

30

거울이 달린 LA의 고층빌딩들이 바다에서 뚝 떨어진 섬 같은 분지에 솟아 있었다. 거울에 반사된 저무는 태양이 빌딩들 사이를 튀어 다녔다. 서쪽으로 자줏빛 하늘을 배경으로 삼은 빌딩들이 뜨겁게 달궈지면서 오렌지색으로 물들었다. 프리웨이는 태양을 쫓으면서 흘러가는 붉은 불빛들로 이뤄진 용암이었다. 노을이 지기 시작했다.

당신이 우리 집에 찾아올 때, 산꼭대기에 있는 멀홀랜드에 도착했다면 우드로 윌슨 드라이브로 급하게 차를 꺾어야 한다. 그런 후 나무들 사이로 구불구불 난 길을 따라오다 보면 우리 집으로 이어지는 작은 도로에 당도하게 된다. 멀홀랜드에 있는 우드로 윌슨의 입구에서 넓은 갓길이 갑자기 등장하는데, 이 갓길은 주위를 둘러싼 집들을 방문한 손님들이 차를 세워두는 곳으로 자주 사용된다. 그래서 나는 평소에는 그곳에 관심을 갖지 않는다. 하지만 오늘 밤은 앞자리에 남자와 여자가 한 명씩 앉아 있는 상자모양의 미제 세단이 그 길가에 있는 유일한 차였다. 내가 그들을 힐끔 보자 그들은 시선을 돌렸다. 차에 **짭새**라고 적힌 네온사인을 달아둔 것 같았다.

5분 후, 우리 집 간이차고의 서늘한 그늘로 들어섰다가 집에 들어갔을 때 경찰이 거기 있는 이유를 알게 됐다.

조 파이크가 어둠 속에서 팔짱을 끼고는 주방 조리대에 몸을 기대고 있었다. 고양이가 근처에 앉아서 숭배하는 듯한 비굴한 눈빛으로 그를 응시하고 있었다.

조가 말했다. "서프라이즈!"

우리 집에 있는 그의 모습은 무척이나 평범하고 자연스러워 보였다. 문제가 있다면 집 밖에 지프가 없고, 그는 감방에 있어야 하는 사람이라는 것뿐이었다. 그는 바다에서 자유로이 솟구쳐 오르는 조그만 갈색 돌고래들을 보여주는 헐렁한 코튼 비치 셔츠를 입고 있었다. 셔츠의 소매는 빨간 문신을 감추고 있었고, 자락은 청바지 밖으로 나와 있었다. 그는 다시 선글라스를, 심지어 여기 어두운 내 집 안에 서 있으면서도, 끼고 있었다.

나는 불을 켰다.

"켜지 마."

불을 껐다.

"찰리가 꺼내준 거 아니지, 그렇지?"

"DIY 프로그램이었어."

나는 1층을 돌아다니면서 커튼을 치고 차양을 내렸다.

"나는 지금 집에 왔어. 불을 켜지 않으면 이상해 보일 거야."

그는 고개를 끄덕였고, 우리는 불을 켰다.

"우드로 윌슨으로 들어오는 멀홀랜드에 차가 한 대 있었어. 무엇보다도, 대체 왜 탈출한 건지 이유부터 얘기를 시작해야 하지 않겠어?"

"니콜스 캐니언에도 한 대 있어. 아래쪽에 할리우드에서 올라오는 길에 세 번째 차도 있을 거야. 두 대가 내 콘도에 있고, 다른 한 대가 총포점에 있어."

"조만간 경찰이 나를 심문하러 여기 올 거야."

"그 전에 떠날 거야."

"묵을 데는 있어? 차는 있어?"

내가 그런 걸 묻는 건 멍청한 짓이라는 듯, 그의 입꼬리가 씰룩거렸다.

"경찰은 내 집도 감시하고 있을 거야. 자네가 여기 왔을 때는 여기 없었 겠지만, 경찰이 수색 대형을 갖출 시간이 지났어. 완전히 깜깜해질 때까지 기다렸다가 떠나도록 해. 깜깜해지면, 할리우드로 가는 길은 많아. 그러면 경찰도 자네를 보지 못할 거야."

그는 끄덕였다.

"젠장, 조. 왜 그런 거야?"

"밖에 있는 편이 나아, 엘비스. 크란츠는 이 사건을 입건했어. 내가 한 짓이 아니었지만, 그들은 이걸 입건했고, 승소할 수 있을 거야. 여기 밖에 서는 내가 나 자신을 확실하게 도울 수 있어. 안에서는, 놈들의 희생자가 되는 것 말고는 도리가 없어. 나는 희생자 노릇은 안 해."

파이크는 무슨 일이 어떻게 일어났는지 들려줬다. 그는 말하는 동안 고 양이를 집어서 안았다. 나는 터프한 사내들도 고동치는 심장을 느낄 필요 가 있을 때가 있다고 생각했다.

여자를 만난 지점에서 살인무기가 회수됐다는 얘기를 그가 했을 때 내 가 말했다. "경찰이 심어둔 거야."

"누군가가 그런 짓을 했어. 그렇지 않으면 우리는 다시 우연의 일치로 돌아온 거야. 디지 소식 들었나?"

"그는 죽었어."

"살해됐어. 그 일이 일어난 곳에서 꼬맹이 둘이 빨간 지프를 봤어. 운전 석에서 나랑 비슷하게 생긴 남자를 봤고."

나는 그를 응시했다. 무슨 말을 하고 싶었지만, 무슨 말을 해야 할지 몰랐다. 분위기가 마냥 심각해져갔다.

"상황이 썩 잘 들어맞아. 나는 더쉬를 죽였어. 디지를 죽였어. 조금 있으면 내가 이 사람들을 모두 죽인 것처럼 보이게 될 거야."

"로렌조는 제외시켜. 로렌조가 살해당할 때 자네는 감방에 있었으니까."

파이크는 어깨를 으쓱했다. 그는 경찰이 그 사건도 그가 한 짓으로 몰 방법이 있을지 모른다고 생각하는 것 같았다.

내가 말했다. "크란츠는 자네를 싫어해. 모든 게 크란츠에게로 돌아오고 있어."

"모든 게 나하고 워즈하고 드빌에게로 돌아오는 거야. 크란츠는 그 사건의 일부분이야. 카렌도 그렇고."

내가 말했다. "카렌하고 더쉬만 그런 건 아닐지도 몰라. 희생자 여섯 명 전원이 그날하고 관계가 있는지도 몰라. 더쉬 이전에, 우리한테는 다섯 명을 살해한 살인자가 있었어. 그는 편지도 보내지 않았고 메시지도 남기지 않았어. 하지만 그는 다섯 명 전원을 살해하는 데 똑같은 방법을 썼어. 그건 그에게는 경찰이 그에게 책임이 있다는 걸 알아주기를 원하는 심리가 있다는 뜻이야."

"권력을 가졌다는 걸 보여주고 싶어 하는 거지."

"그게 혀를 내밀어 약을 올리는 그 나름의 방식일 거야. 피살자들은 3개월 간격을 두고 살해됐어. 아무도 연결고리를 찾을 수 없었고, 모든 게 연쇄살인을 가리키고 있어. 그런데 놈이 연쇄살인범이 아니라면 어떻게 될까? 놈이 그저 앙심을 품은 살인자일 뿐이라면, 살인행각을 위한 계획을 가진 자라면 어떻게 될까?"

파이크가 끄덕였다.

"드빌의 파일을 구하려고 애썼지만, 서류는 없었어. 자네하고 워즈니악이 정보원을 통해 드빌의 소재를 파악했다는 걸 알아. 그래서 워즈니악의 파일도 찾아봤지만, 거기에도 아무것도 없었어. 그가 정보를 얻은 데가 어디인지 알아?"

"아니. 워즈는 먹이사슬의 위아래에 고루 정보원을 갖고 있었어."

"그의 과부를 보러 갔었지만, 그녀도 몰랐어."

그가 고양이 쓰다듬는 걸 멈췄다.

"폴렛을 보러 갔었다고?"

"지금 그녀의 성은 렌프로야. 그녀는 그 문제를 얘기하고 싶어 하지 않았지만, 그녀의 딸은 우리를 도우려고 애쓰고 있어."

파이크가 오랫동안 나를 응시했다. 그러다가 고양이가 그의 팔에서 빠져나가게 놔뒀다. 그는 주방에서 맥주 두 캔을 가져와 하나를 나한테 건넨 다음 조리대에 맥주를 약간 따랐다. 고양이가 그걸 핥았다.

"오래전 일이야, 엘비스. 폴렛을 내버려둬."

"그녀가 도움을 줄 수 있을지도 몰라."

그때 차 한 대가 도착했다. 조는 거실로 자취를 감췄지만, 나는 그 차를 잘 알았다.

"루시야."

주방문을 열어서 그녀가 슈퍼마켓 쇼핑백 하나와 세탁소 비닐봉투에 든 정장 두 벌을 들고 들어오게 해줬다. 자기 아파트에 다녀오는 길이라고 짐작했다. 그녀의 안색은 잿빛이었다. 그녀는 초조한 기색으로 잰걸음으로 걸었다. 고양이가 쉿 소리를 내더니, 전속력으로 달려 고양이 출입구로 나갔다.

"조용히 좀 해, 야옹아. 일 생겼어. 조가 탈출했어."

"알아. 그가 여기 있어."

내가 문을 닫을 때, 조가 거실에서 걸어 나왔다.

조를 본 루시가 주방 한복판에 멈춰 섰다. 그녀는 그를 보게 돼서 기분이 좋지 않았다.

그녀가 물었다. "무슨 생각으로 그런 거예요?"

"안녕하세요, 루시."

그녀는 핸드백과 쇼핑백을 조리대에 올려놨지만, 정장 두 벌은 내려놓지 않았다. 그녀의 얼굴은 딱딱했다. 초조한 기색은 더 이상 보이지 않았고, 대신 화가 난 기색이 역력했다. "이게 얼마나 나쁜 행보인지 알아요?"

조는 대답하지 않았다.

"경찰이 그를 난처하게 만들었어, 루스. 이게 영리한 행보인지는 나도 모르겠지만, 아무튼 이미 벌어진 일이야."

루시가 나를 노려봤다. 그녀의 얼굴에는 내가 좋아하지 않는 분노가 어려 있었다. "이걸 옹호하지 마. 의심의 여지가 없게 만들라는 말이야. 이게 영리한 행보가 아니라는 걸 나는 두 사람 모두에게 장담할 수 있어요." 그녀가 조에게 몸을 돌렸다. "변호사하고 얘기는 해봤어요?"

"아직."

"그 사람은 포기하라고 말할 거예요. 당신은 그렇게 해야 옳고요."

"그런 일은 없을 거요."

루시가 내게로 몸을 돌렸다. "자기, 이 일하고 조금이라도 관련이 있어?"

엄마가 어린 두 아들에게 화를 내는 것 같은 느낌이었다. 나는 그게 훨씬 더 마음에 들지 않았다.

"아니. 나는 이 일하고는 관련이 전혀 없어. 그런데 왜 그러는 거야? 왜 그렇게 화를 내는 거야?"

그녀는 내가 바보천치라는 듯 눈동자를 굴린 후, 정장들을 쇼핑백 위에 걸쳤다. "잠깐 볼까?"

그녀가 거실을 성큼성큼 가로질렀다.

우리가 조에게서 한참 떨어진 곳에 당도했을 때 내가 물었다. "자기가 조를 조금이라도 더 응원하고 지지해줄 수 있다고 생각하지 않아?"

"나는 이 일을 지지하지 않아. 자기도 지지하지 않아야 마땅하고."

"나도 이 일을 지지하지 않아. 나는 이 문제를 해결하고 있어. 내가 어떻게 해야 좋겠어? 그를 쫓아낼까? 경찰을 부를까?"

루시는 눈을 감고는 기분을 가라앉힌 다음에 눈을 떴다. 그녀의 목소리는 침착하고 차분했다.

"지난 세 시간을 그를, 그리고 자기를 걱정하면서 보냈어. 자기한테 연락하려고 했지만, 못 했어. 내가 아는 바로는, 자기는 이 일의 일부야. 자기하고 저기 있는 선댄스 키드(「내일을 향해 쏴라」의 주인공 캐릭터), 지금 당신들 두 파트너는 절벽에서 뛰어내리고 있는 거야."

내가 무슨 말을 하려고 했지만, 그녀는 손을 들어 막았다.

"그가 여기 있는 게 캘리포니아 법 아래에서 자기 면허를 위태롭게 만든다는 걸 알기나 해? 자기는 도망자를 숨겨주고 있어. 그건 중죄야."

"그가 여기 있는 건, 이 난국을 타개하려면 우리가 같이 일해야만 하기 때문이야. 그는 유진 더쉬를 죽이지 않았어."

"그렇다면 그가 법정에서 그걸 증명하게 해줘."

"우리는 그걸 증명할 증거를 갖고 있어야 해. 현 시점에서, 주(州)는 사건을 입건시켰는데 우리한테는 그걸 반박할 방법이 하나도 없어. 우리는 더쉬를 죽인 진범을 찾아내야 해. 지금 나는 그놈이 카렌 가르시아하고 다른 다섯 명을 죽인 놈하고 같은 놈이라고 생각하고 있어."

루시가 입을 힘껏 다물었다. 내가 한 말이 자신이 듣고 싶은 얘기가 아니었기 때문에, 그녀의 얼굴은 딱딱한 마스크 같았다.

"그가 여기 있는 건 위험해, 루시. 그도 그걸 알고, 나도 알아. 그는 여기 머무르지 않을 거야. 하지만 어두워질 때까지는 여기를 떠날 수 없어."

"경찰이 지금 당장 현관문을 두드리면 어쩔 건데? 수색영장을 갖고 있으면 어쩔 거냐고?"

"그런 일이 생기더라도 우리가 적절하게 해결할 거야."

그녀가 내게서 뒤로 물러섰다.

"지금 위험해진 건 자기만이 아냐."

그녀는 겉으로 드러나 보일 정도로 마음을 굳게 먹었다. "나는 조의 변호사가 아냐. 내가 여기서 자기와 동거하는 한, 내 변호사 면허도 위험해질 수 있어. 더 나쁜 건, 지금 여기서 일어나고 있는 일이, 리처드가 양육권 관련 소송을 제기할 경우 벤의 엄마로서 내 자격에 의문을 제기할 수도 있다는 거야."

나는 조를 힐끔 보고는 루시에게 다시 시선을 돌렸다.

루시는 감정이 전혀 실리지 않은 시선을 나에게 유지하고 있었다.

"조가 머무르겠다면, 나는 떠나야 해."

"그는 어두워지는 대로 떠날 거야."

그녀가 눈을 감았다. 그러더니 다시, 천천히 조심스럽게, 말했다.

"조가 머무르겠다면, 나는 떠나야 해."

"나한테 이런 걸 강요하지 마, 루시."

그녀는 움직이지 않았다.

"나는 그에게 떠나라고 못 해."

오래전에 다른 곳에서, 심한 부상을 입었는데 즉각적인 의학적 처치를 받을 수가 없던 적이 있었다. 뜨겁고 작은 쇳조각들이 등을 뚫고 들어와 내 몸 속의 동맥과 조직들을 찢고 있었다. 그런데 내가 할 수 있는 일이라고는 구조의 손길을 기다리는 것뿐이었다. 바지와 셔츠는 점점 피로 물들었고, 내 밑에 있는 땅바닥은 붉은 진창으로 변했다. 그날, 나는 피를 흘리다 죽게 될지 궁금해하면서 거기 누워 있었다. 피가 빠져나가면서 1분 1분이 몇 시간으로 변했고, 시간이 느릿느릿 흐르면서 나는 앞으로도 늘 그 끔찍한 순간이라는 덫에 빠져 살 거라는 생각을 하기에 이르렀다.

지금, 시간이 그렇게 흘렀다.

루시와 나는 벽난로 옆에 서 있었다. 둘 다 아무 말 없이 상대에게서 상처를 받았다는 눈빛으로, 또는 상대에게 충분한 상처를 주지 못했다는 눈빛으로 서로를 응시하고 있었다.

내가 말했다. "사랑해."

루시가 거실을 가로질러 주방으로 가더니 정장들을 낚아채서 문 밖으로 나가 차를 몰고 떠났다.

조가 말했다. "그녀를 따라가는 게 옳은 처신이야."

나는 그가 다가오는 소리를 듣지 못했었다. 그가 내 어깨에 손을 얹는 걸 느끼지 못했었다. 주방에 있던 그가 지금은 내 옆에 있었다.

"나 때문에 그런 거라면, 내가 집을 떠났을 거야."

"어두울 때가 자네한테 훨씬 유리해."

441

"나한테 유리한 기회는 내가 만들어낸 기회야."

그는 테이블로 이동해서 의자를 꺼내 조용히 앉았다. 너무나 조용해서 나는 아무 소리도 듣지 못했다. 내가 다른 일에 귀를 기울이고 있는 건지도 몰랐다. 고양이가 다시 나타나 그의 곁에 있으려고 테이블로 뛰어올랐다.

주방으로 돌아가 그녀가 가져온 쇼핑백을 들여다봤다. 연어 스테이크, 브로콜리, 갓 캔 감자 꾸러미. 두 사람을 위한 만찬.

조가 주방에서 말했다. "자네와 알고 지낸 이후로, 나는 자네가 나한테 지혜를 줄 거라고 기대했었어."

그림자 속에서 파이크는 하나의 형체가 돼 있었다. 고양이가 그의 양손에 머리를 부딪고 있었다.

"그게 대체 무슨 뜻이야?"

"자네는 내 가족이야. 나는 자네를 사랑해. 하지만 때때로 자네는 바보천치 같아."

나는 음식을 치우고는 소파로 갔다. "먹고 싶은 게 있으면 직접 차려 먹도록 해."

두 시간 후, 사위가 완전히 어두워졌다. 그동안, 우리는 우리가 해야 할 일을 결정했고, 그런 후 조는 주방문 밖으로 나가 어둠 속으로 미끄러져 들어갔다.

그러면서 나는 진정한 외톨이가 됐다.

31

나는 뭔가 소중한 것을 잃은 듯한 심한 메스꺼움을 느끼면서 빈 집의 소파에 앉아 있었다. 내가 실제로 그런 일을 겪은 것 같다는 생각이 들었다. 잠시 후, 루시에게 전화를 걸었지만, 전화를 받은 건 응답기였다.

"나야. 거기 있어?"

그녀는 거기 있는 것 같았지만, 수화기는 들지 않았다.

"루스, 우리 이 문제를 대화로 풀어. 제발 전화 좀 받아."

그녀는 여전히 수화기를 들지 않았다. 나는 수화기를 내려놓고 소파로 돌아갔다. 조금 더 거기 앉아 있다가 커다란 유리문을 열어서 밤중의 소리들을 집에 들였다. 바깥 어딘가에서 경찰들이 감시하고 있었다. 그런데 내가 상관할 게 뭔가? 지금 그들은 나한테 가장 가까이 있는 동반자 비슷한 존재들이었다.

연어 스테이크 한 점을 맥주에 담아 졸이고는 그걸로 샌드위치를 만들었다. 그러고는 주방에 있는 전화기 근처에 서서 먹었다.

루시 셰니에가 여기 온 지는 채 한 달도 되지 않았다. 그녀는 여기에 오려고 자기 인생을 바꿨는데, 지금 그녀의 모든 것이 지옥으로 향하는 중이었다. 나는 그게 두려웠다. 우리는 우리가 좋아하는 영화들이 다르다는 이유로, 또는 내가 그녀의 친구들을 무례하게 대했다는 이유로 화를 낸 게 아니었다. 우리가 화를 낸 건, 그녀가 그녀 자신과 조 사이에서 한 명을 선택하도록 내게 선택권을 줬기 때문이었고, 내가 조를 선택했다고 그녀가 느꼈기 때문이었다. 나는 그녀가 옳다고 판단했다. 하지만 그에 대해 무슨 일을 해야 할지를 몰랐다. 그녀가 또다시 동일한 선택권을 준다고 해도, 나는 똑같은 결정을 내릴 터였다. 내 결정이 나에 대해, 또는 우리에 대해 어떤 말을 이끌어낼지 확신이 서지 않았다.

누군가가 현관문을 거칠게 두드렸다. 경찰일 거라고 생각했는데, 어떤 면에서는 맞는 생각이었다.

사만다 돌런이 두 손을 엉덩이에 짚고는 완전히 취한 채로 문간에서 비틀거리고 있었다.

"집에 테킬라 남아 있어요?"

"지금은 타이밍이 좋지 않아요, 사만다."

그녀는 예전에 그랬던 것처럼 나를 지나쳐서 집 안으로 들어오기 시작했다. 하지만 나는 이번에는 비켜주지 않았다.

"뭐예요, 당신 그 땅딸보하고 화끈한 데이트를 했던 거예요?"

나는 움직이지 않았다. 그녀에게서 테킬라 냄새를 맡을 수 있었다. 냄새가 너무 심해서 그녀의 땀구멍에서도 테킬라가 새어나오는 것 같았다.

돌런이 날카로운 눈빛으로 나를 응시했다. 그러다가 눈빛이 부드러워졌다. 그녀는 고개를 저었고, 그러고 나니까 오만한 기운이 싹 다 없어졌다. "내 입장에서도 좋은 타이밍은 아니에요, 세계 최고. 비숍이 나를 잘랐어요. 강력반에서 쫓아냈다고요."

문에서 옆으로 비켜서서 그녀를 집에 들였다. 어색했고, 나 자신이 왜소해진 듯했다. 그녀에게 생긴 일에 죄책감을 느꼈다. 그간 쌓이고 쌓인 그녀에 대한 죄책감이 루시에게 느끼는 죄책감을 능가했다.

쿠에르보 1800을 꺼내서 잔에다 손가락 두 개 높이까지 따랐다.

"더."

더 따랐다.

"같이 한잔 안 할 거예요?"

"나는 맥주를 조금 마셨어요."

돌런이 테킬라를 한 모금 마시더니, 숨을 깊이 들이쉬고는 내뱉었다.

"제기랄, 좋네요."

"얼마나 마신 거예요?"

"성에 찰 정도에는 근처도 못 갔어요." 그녀는 나를 보고는 눈썹을 치켜 올렸다. "친구하고 말다툼한 거예요?"

"누구 말하는 거예요?"

"당신 고양이를 말하는 게 아니에요, 멍청한 아저씨야. 땅딸보를 말하는 거예요." 돌런이 잔을 주방 쪽으로 기울였다. "핸드백이 조리대에 놓여 있잖아요. 이 집에 수사관이 당신 하나가 아니에요." 그녀는 자신이 한 말을 깨닫고는 술잔을 더 기울였다. "으음, 지금은 당신만 수사관인지도 모르겠네요."

루시의 핸드백이 냉장고 옆에, 쇼핑백을 내려놓을 때 놔둔 곳에 있었다. 옷은 가져가면서 핸드백은 깜빡한 것이다.

돌런이 테킬라를 더 마시고는 조리대에 몸을 기댔다. "파이크가 이런 식으로 구는 건 영리하지 못한 일이에요. 그 사람한테 얘기해요. 그 사람을 자수시키는 게 옳아요."

"그는 그러지 않을 거예요."

"이런 짓은 그가 무고해 보이는 데 도움이 되지 않아요."

"그는 경찰이 그의 무죄를 입증하려고 들지 않는다면, 자신이 직접 그 일을 해야 한다고 판단하는 것 같아요."

"우리, 이 문제는 얘기하지 않는 게 맞는 것 같네요."

"그러니 그 얘기는 관둡시다."

"내 말은, 모양새가 좋지 않다는 거예요."

"그러니까 그 얘기는 그만하자고요."

우리 둘은 거기에 서 있었다. 그렇게 멀뚱멀뚱 서 있는 건 언제나 무척이나 재미있고 흥겨운 일이었다. 나는 그녀에게 앉고 싶은지 물었고, 그녀는 그렇다고 대답했다. 그래서 우리는 거실로 이동했다. 테킬라가 우리를 따라왔다.

"비숍 일은 유감이에요."

돌런은 생각에 잠긴 표정으로 고개를 저었다.

그녀가 말했다. "파이크는 내가 경찰에 들어오기 직전까지 경찰복을 입고 있었어요. 그가 근무했던 지역이 어딘지 알아요?"

"홀렌백에서 1년 근무하다 램파트로 발령을 받았어요."

"나는 웨스트 LA에서 시작했어요. 그때도 지금처럼 여경이 그리 많지 않았죠. 거기서 몇 안 되는 우리가 그 지역에서 일어나는 모든 지저분한 일을 맡아야 했어요."

그녀는 얘기를 하고 싶어 하는 듯 보였다. 그래서 나는 그녀가 얘기를 하게 놔뒀다. 나는 맥주가 있어서 흡족했다.

"아카데미를 졸업하자마자 맞은 근무 첫날에 어떤 집에 갔다가 땅에서 튀어나온 발 두 개를 발견했어요."

"사람 발을요?"

"그래요. 사람 발 두 개가 땅에서 똑바로 튀어나와 있었어요."

"맨발이요?"

"그래요, 콜, 말 좀 끊지 마요, 알았어요? 맨발 두 개가 그 집 뒷마당에 튀어나와 있었어요. 그래서 우리는 본부에 연락했고, 감독관이 현장에 와서 말했어요. '발 두 개가 맞는군, 좋았어.' 그런데 그 발에 몸뚱이가 달려 있는지는 알 길이 없었어요. 내 말은, 땅속에 몸뚱이가 있는 건지, 아니면 누군가가 발 두 개만 심어놓은 건지 몰랐다는 거예요."

"옥수수처럼 발을 기르려던 중이었나 보군요."

"웃기려고 애쓰지 마요. 당신이 제대로 못하는 일의 긴 명단에는 사람들 웃기는 것도 들어 있으니까."

나는 고개를 끄덕였다. 나는 꽤나 웃긴 사람이라고 생각했었는데. 계속 술을 마신 탓인가 보다.

"그래서 우리는 그 발 한 쌍을 앞에 두고는 거기 서 있었어요. 검시관이 작업을 완료하기 전까지는 건드릴 수가 없으니까요. 검시관은 이튿날 아침까지는 올 수 없다고 했어요. 그러자 감독관은 누군가가 그 발들을 지키고 있어야 한다고 말했어요. 내 말은, 그것들을 거기에 그냥 내버려둘 수는 없었다는 거예요, 맞죠? 감독관은 나하고 내 파트너한테 발을 지켜보라고 지시했어요."

"계속해봐요."

그녀는 잔에 남은 테킬라를 해치우고는 직접 잔을 채우면서 이야기를 이어갔다.

"그러던 중에 소란이 벌어졌다는 호출이 감독관한테 왔고, 감독관은 내 파트너한테 그가 출동하는 게 낫겠다고 말했어요. 발들은 아가씨한테 맡겨두라면서요."

"아가씨라고요?"

"맞아요. 나 말이에요."

"그 부분은 조금 짜증이 나네요, 사만다."

그녀가 테킬라를 다시 한번 벌컥 들이켜고는 담배를 꺼냈다.

"여기는 금연이에요."

그녀는 얼굴을 찡그리고는 담배를 집어넣었다.

"그들은 서둘러 떠났고, 이제 나는 폐가 뒷마당에 발들과 함께 홀로 남아 있었어요. 너무너무 으스스했어요. 한 시간이 지나고 두 시간이 지났어요. 그들은 돌아오지 않았어요. 무전기로 호출을 했지만 아무도 응답하지 않았어요. 그래서 나는 열을 받았어요. 엄청 열받았죠. 세 시간이 지났어요. 그러다가 내가 평생 들어본 중에 제일 오싹한 소리를 들었어요. 우우우-우우우-우우우 하는 신음 소리 같은 걸요."

"누구였나요?"

"유령이 야자수들 사이를 떠다니면서 다가왔어요. 커다란 하얀 유령이 이랬어요. 우우우-우우우-우우우, 내 다리 내놔. 정말 오싹하고 으스스했어요. 봐요, 딱 이런 식이었어요."

"여기서 그만. 시트 안에 있는 건 당신 파트너였죠?"

"아뇨. 감독관이었어요. 그는 아가씨를 겁주려고 애쓰고 있었어요."

"그래서 어떻게 했나요?"

"스미스를 번개같이 뽑고는 소리쳤어요. '꼼짝 마, 개자식아, LAPD다.' 그러고는 정조준으로 여섯 발을 최대한 빨리 발사했어요."

"돌런. 그 사람을 죽였어요?"

그녀가 나를 보고 웃었다. 사랑스러운 웃음이었다. "멍청하기는. 아니에요. 이 얼간이들이 언제가 됐건 나를 상대로 엿 같은 짓을 벌일 거라는 걸 알고 있었어요. 그래서 공포탄을 늘 갖고 다녔어요."

나는 키득거렸다.

"감독관이 몸을 웅크리고는 땅바닥에 쓰러졌어요. 두 팔로 머리를 감싸고는 나한테 쏘지 말라고 소리를 질러댔죠. 여섯 발을 모두 발사하고는 그에게 다가가서 말했어요. '이봐요, 경장님. 흔히들 말하는 도보 순찰이 뜻하는 게 이건가요?'"

나는 배꼽을 잡았다. 하지만 돌런은 숨을 깊이 들이쉬고는 고개를 저었다. 나는 웃음을 멈췄다.

"샘?"

그녀의 눈이 빨개졌다. 그녀는 눈물을 훔쳤다. "내가 가진 모든 걸 이 일에 쏟아부었어요. 나는 결혼도 하지 않았고 아이도 없어요. 그런데 이 일이 이제는 사라졌어요."

"이의를 제기할 수 있지 않아요? 당신이 할 수 있는 일이 있지 않아요?"

"심사위원회를 열어달라고 요청할 수는 있지만, 내가 위원회에 이 일을 갖고 가면, 그 멍청이들은 나를 자를 거예요. 비숍은 내가 강력반에서 나가기만을 원해요. 그는 내가 더 이상은 팀플레이어가 아니라고 말했어요. 자기는 나를 신뢰하지 않는다고요."

"유감이에요, 사만다. 정말로, 정말로 유감이에요. 이제는 어떻게 되는 건가요?"

"인사 발령이 날 거예요. 발령이 날 때까지는 휴직 상태고요. 나를 다른 경찰서로 보낼 거예요. 사우스 센트럴에 있는 사우스 뷰로 같은 데로요."

잔을 내려다본 그녀는 잔이 비었다는 사실에 깜짝 놀란 듯 보였다.

"적어도 여전히 재직 중이기는 하잖아요."

나를 지진아로 보는 듯한 다정한 눈빛이 그녀의 눈에 감돌았다. "이해가 안 돼요, 콜? 내가 어디를 가건, 그건 내리막길이에요. 강력반은 꼭대기예요. 메이저리그에서 뛰다가 남쪽 쓰레기장의 2군 팀으로 가야 하는 거랑 비슷하다고요. 내가 할 일은 그들이 나를 은퇴시킬 때까지 시간이나 죽이는 게 전부일 거예요. 이게 나한테 무슨 의미인지 감이 안 잡히나요?"

나는 무슨 말을 해야 할지 몰랐다.

"내 염병할 전체 커리어 덕에 비숍 같은 사람들은 나를 선발선수로 출장시켜야 했어요. 그런데 지금 나한테는 망할 놈의 일거리가 하나도 없어요." 그녀가 나를 쳐다봤다. "맙소사, 나는 당신을 원해요."

내가 말했다. "샘."

그녀가 다시 손을 들고는 고개를 저었다.

"알아요. 테킬라 때문이라는 걸."

그녀는 빈 잔을 들여다보고는 한숨을 쉬었다. 잔을 테이블에 올려놓은 그녀가 어찌해야 할지 모르겠다는 듯 팔짱을 꼈다. 그녀의 눈이 다시 촉촉해졌기 때문에 그녀는 눈을 깜빡였다.

그녀가 나를 불렀다. "엘비스?"

"왜요?"

"나 좀 안아줄래요?"

나는 움직이지 않았다.

"그런 뜻으로 한 말이 아니에요. 그냥 누군가가 안아줬으면 좋겠어요. 그런데 그렇게 해줄 사람이 달리 없어요."

나는 맥주를 내려놓고 다가가 그녀를 안았다.

사만다 돌런이 내 가슴에 얼굴을 파묻었다. 그러고는 한동안 눈물로 내 셔츠를 적셨다. 몸을 뗀 그녀가 두 손으로 얼굴을 훔쳤다. "나도 참 한심하네요."

"한심하지 않아요, 사만다."

그녀가 훌쩍거리더니 눈을 다시 훔쳤다. "내가 여기 온 건, 달리 찾아갈 사람이 없어서예요. 나는 이 염병할 일에 모든 걸 바쳤어요. 그런데 지금 내가 나 자신에게 내놓을 수 있는 결과물이라고는 다른 여자를 사랑하는 남자뿐이에요. 개인적으로 생각할 때, 정말 염병할 정도로 한심해요."

"아무도 그렇게 생각하지 않아요, 사만다."

"당신을 원해요, 젠장. 당신하고 자고 싶어요."

"쉿."

그녀의 가슴이 내 팔을 비볐다. "당신이 나를 사랑하게 만들고 싶어요."

"쉿."

"내 입 막지 마요, 젠장."

그녀의 손가락이 내 허벅지를 따라 올라왔고, 두 눈이 희미한 조명 속에서 반짝거리고 있었다. 그녀가 나를 응시했다. 그녀의 숨결이 반딧불이들이 내 뺨을 날아다니는 것처럼 가까이 있었다. 그녀는 예쁘고 터프하고 재미있었다. 나는 그녀를 원했다. 그녀를 안고 싶었고, 그녀에게 안기고 싶었다. 내가 그녀의 공허함을 채워줄 수 있다면 그녀도 내 공허함을 채워줄 수 있겠지.

하지만 나는 말했다. "돌런. 나는 못 해요."

그 순간 주방문이 열렸다. 이 순간하고는 전혀 관련이 없는 낯선 소리들이 들렸다.

루시가 주방에 있었다. 한 손으로 여전히 문을 잡은 채로 우리를 응시하고 있었다. 끔찍한 고통이 그녀의 눈에 파고들었다.

나는 벌떡 일어섰다.

"루시."

루시 셰니에가 주방에 있는 핸드백을 낚아채서는 주방을 성큼성큼 가로지르고는 문을 거칠게 닫았다.

밖에서 그녀의 차가 포효하며 활기를 되찾았고, 기어가 걸린 시동장치가 고함을 질렀다.

밖에서, 그녀의 타이어들이 그녀가 떠나는 동안 비명을 질렀다.

돌런이 소파에 털썩 몸을 눕히고는 말했다. "이런, 제기랄."

내 심장의 아픔이 너무 깊은 곳까지 퍼지는 바람에 나는 공허감을 느꼈다. 나는 속이 빈 껍데기에 불과하고 공기의 무게가 그런 나를 으깨버릴 것만 같은 기분이었다.

나는 그녀를 따라갔다.

루시의 렉서스가 그녀의 아파트 앞에 주차돼 있었다. 내가 차에서 내렸을 때, 그녀의 차 엔진은 여전히 미세하게 떨고 있었다. 아파트에는 불이 켜져 있었지만, 처진 커튼 사이로 새어나오는 불빛은 사람을 초대하는 불빛이 아니었다. 아니면, 내가 그냥 겁을 먹은 건지도 몰랐다.

거리에 서서 그녀의 창문을 응시하고 그녀의 차가 떨리는 소리를 들었다. 나는 그녀 차의 흙받이에 기대고 손을 후드에 올려 따스함을 느끼고 있었다. 계단 하나만 오르면 2층이었는데, 그 계단은 영원토록 올라가야 할 것 같았다.

계단을 올라 그녀의 문을 부드럽게 노크했다.

"루스?"

그녀가 문을 열고는 아무 감정도 실려 있지 않은 눈으로 나를 봤다. 울고 있었다. 서글픈 눈물들은 아픔의 우물을 향해 난 작은 창문들 같았다.

"돌런이 해고되고 나서 잠깐 들른 거야. 그녀는 나를 사랑해. 또는 그렇다고 생각해. 나랑 같이 있고 싶어 했어."

"이런 말 할 필요 없어."

"그녀에게 내가 함께할 수 없다고 말했어. 당신을 사랑한다고 말했어. 그런 말을 하던 중에 당신이 들어온 거야."

루시가 문에서 옆으로 비켜서면서 들어오라고 말했다. 상자는 치워져 있었고 가구의 배치도 달라져 있었다.

그녀가 말했다. "당신 때문에 겁이 났어."

나는 고개를 끄덕였다.

"돌런한테는 감정 없어. 일찍부터 그랬었어. 나는 당신 때문에 화가 난 거야, 엘비스. 당신 때문에 마음이 아파."

조.

"당신은 여기 오려고 당신 인생을 바꿨어, 루스. 당신은 리처드를 염려했고, 벤에게 일어날 일을 걱정했어. 내 걱정은 할 필요 없어. 우리가 가진 게 무엇인지, 내 감정이 어떤지, 당신이 나한테 어떤 존재인지는 의심할 필요도 없어. 당신은 내게 세상 모든 것을 뜻해."

"지금은 그걸 모르겠어."

세상이 무너져 내리는데 내가 내 몸을 전혀 통제하지 못하는 채로 그

공간에 매달려 있는 것 같은 기분이었다. 미풍이 살짝만 불어도 끄트머리 너머로 추락할 지경인데도, 미풍이 나를 떠밀게 놔두는 것 말고는 할 수 있는 일이 하나도 없는 듯한 기분이었다.

"조 때문이군."

"나한테 중요한 모든 걸 당신이 기꺼이 위기로 몰아넣고 있었기 때문이야."

"경찰에 전화해서 그를 넘기길 원했던 거야?" 내가 거기에 깃들어 있기를 원했던 것보다 더 센 긴장감이 내 목소리에 감돌았다.

그녀가 두 눈을 감으면서 손바닥을 올렸다.

"당신도 나한테 단단히 화가 난 것 같네."

"나는 이런 선택을 좋아하지 않아, 루스. 당신과 조 사이에 낀 신세가 되는 걸 좋아하지 않아. 돌런이 갈 데가 아무 데도 없다는 이유로 내 집에 오는 것도 좋아하지 않아. 지금 우리 사이에 벌어지고 있는 일도 좋아하지 않아."

그녀가 숨을 깊이 들이쉬고는 내쉬었다. "그럼 우리 둘 다 서로에게 실망한 것 같네."

나는 고개를 끄덕였다.

"이러자고 3천 2백 킬로미터를 온 게 아냐."

나는 고개를 저었다.

나는 물었다. "나 사랑해?"

"사랑해. 하지만 지금 당장은 자기에 대한 내 감정이 어떤지 모르겠어. 무슨 일에 대한 내 감정이 어떤지 확신이 서지를 않아."

너무나 단호하고 완결적인 이야기라, 나는 내가 무언가를 놓친 게 분명하다고 생각했다. 그녀의 얼굴을 자세히 살폈다. 그녀의 목소리에서 놓친 무언가가 그녀의 눈빛에 있는지 확인하려고 애쓰면서. 그런데 설령 거기에 그게 있었다손 쳐도 나는 그걸 찾아내지 못했다. 나는 정서적인 카타르시스를 원했다. 그런데 그녀의 침착한 심사숙고 때문에 나는 장이 비비 꼬이는 것 같았다.

"지금 무슨 말을 하는 거야, 루스?"

"우리에 대해 생각해볼 필요가 있다고 말하는 거야."

"우리한테 지금 문제가 있는 건 맞아. 그런데 그게 우리가 서로에게 느끼는 모든 감정에 의문을 제기할 만큼 큰 문제인 거야?"

"물론 아니야."

"그게 우리에 대한 생각이 뜻하는 바야. 사건이 하나 벌어졌는데, 당신은 나와 함께 우리로서 존재하는 걸 중단해버렸잖아."

나는 상자들을 둘러봤다. 그녀의 인생이 담긴 물건들. 이건 내가 가고팠던 길이 아니었다. 듣고 싶은 얘기를 듣고 있는 게 아니었다. 말하고 싶은 걸 잘 말하고 있는 것도 아니었다.

루시가 두 손으로 내 손을 잡았다.

"당신은 내가 여기 오려고 내 인생을 바꿨다고 말했어. 하지만 내가 여기 오면서 당신 인생도 바뀌었어. 내가 시 경계선을 넘었다고 해서 그 변화가 끝난 건 아니야. 변화는 지금도 진행 중이야."

나는 그녀에게 두 팔을 둘렀다. 우리는 서로를 안았지만, 우리 사이에는 불확실성이라는 막이 쳐져 있는 것 같았다.

잠시 후, 그녀가 천천히 멀어졌다. 그녀는 이제 울고 있지 않았다. 단호해 보였다.

"자기를 사랑해. 하지만 자기는 오늘 밤에는 여기 머물 수 없어."

"확실한 생각이야?"

"아니. 확실한 건 아무것도 없어. 그게 문제야."

그녀가 다시 내 손을 잡아서 내 손가락들에 다정하게 입을 맞췄다. 그러고는 내게 떠나라고 했다.

희생양

살인자는 바늘을 사두근에 깊이 찔러 평소 주입하던 디아나볼 분량의 두 배를 주입했다. 통증이 그를 몹시도 격분하게 만들었고, 혈압이 치솟는 동안 그의 분노는 피부를 검붉은 색으로 상기시켰다. 벤치에 몸을 던진 그는 바를 잡고 들어 올렸다.

136킬로그램.

웨이트를 가슴으로 낮춘 그는 그걸 올렸다가 낮췄다가 다시 올렸다. 엄청나게 힘든 초인적인 활동을 여덟 번이나 했음에도 분노를 달래는 데는 아무 소용이 없었다.

망할 놈의 136킬로그램.

벤치에서 몸을 일으킨 그는 이곳 코딱지만 한 형편없는 임대주택의 거울에 비친 자신을 쏘아봤다. 근육들이 부어올랐고, 가슴은 붉게 상기됐으며, 얼굴에는 살기가 돌았다. *침착해. 자제력을 발휘해. 분노를 떨치고 세상으로부터 너 자신을 감춰.*

그의 얼굴이 공허해졌다.

파이크를 물리치기 위해 파이크가 되라.

살인자는 호흡을 고르고는, 벤치로 돌아가 앉았다.

파이크의 탈주가 상황을 바꿨다. 따라서 콜과 그 쌍년 돌런을 노려야 한다. 누명을 썼다는 걸 아는 파이크는 누가 그랬는지 파악하려고 애쓸 거고, 그를 찾아올 것이다. 콜과 돌런은 드빌의 파일을 입수하려고 이미 애쓰고 있다. 좋지 않은 일이었다. 하지만 그는 그들이 그걸 입수하지 못했다는 것도 알고 있었다. 그들은 드빌의 파일 없이는 그에게로 이어지는 자취를 쫓아올 수 없다. 하지만 그들은 가까워지고 있었다. 살인자는 그들이 자신의 정체를 밝혀내는 데 대단히 근접했다는 걸 인정했다.

이제 행동에 나서야 한다. 그는 마지막 표적들을 향해 돌진하기로 결심했다. 무엇도 그를 막지 못할 것이다. 파이크는 예측이 불가능한 사람이지만, 콜은 가늠할 수 있는 존재였다. 콜의 주의를 산만하게 만들어야 한다. 그가 정신을 파이크를 구하는 데서 다른 곳으로 돌리게 만들어라.

살인자는 돌런이 수사관으로서 늘 과대평가돼왔다고 믿는다. 그래서 살인자는 그녀를 무시한다. 하지만 콜은 다른 문제다. 그는 콜을 만났었고, 콜을 연구했었다. 콜은 위험한 존재다. 레인저 휘장을 단 육군 제대자이자, 경험 많은 탐정. 콜은 명백하게 위험한 존재로는 보이지 않지만, 많은 경찰들이 그를 존중한다. 어느 노형사가 콜의 말장난과 현란한 셔츠에 속지 말라고, 콜은 경찰이 그에게 씌우는 모든 부담감을 감당할 수 있는 존재라고, 경찰을 혼쭐낼 수 있는 존재라고 말하는 걸 들은 적이 있다. 살인자는 이 의견을 진지하게 받아들인다.

적을 상대로 책략을 꾸미는 중이라면, 활용 가능한 약점을 항상 찾아봐야 한다.

콜에게는 여자 친구가 있다.

그리고 그 여자 친구에게는 아이가 있다.

32

차에 가서 앉기 위해 루시의 아파트에서 한도 끝도 없이 아래로 뻗어 있는 계단을 내려왔다. 시동을 걸까 생각해봤지만, 그건 내 결정의 차원을 넘어선 문제였다. 그녀에게 화를 내려고 애썼지만, 화는 나지 않았다. 그녀에게 분개하려고 애썼지만, 그럴수록 내가 왜소한 존재로 느껴졌다. 그녀의 불이 모두 꺼질 때까지 그녀의 아파트 앞 조용한 도로에 있는 내 오픈카에 앉아 있었다. 나는 손가락 하나 까딱하지 않았다. 그저 그녀 가까이에 있고 싶었다. 그녀가 저 위 아파트에 있고 나는 여기 차에 있다고 하더라도 말이다. 그리고 그 밤의 대부분 동안, 어떻게 상황이 이렇게 빠르게 잘못될 수 있는지 가늠해보려고 애썼다. 나보다 더 뛰어난 탐정이라면 해답을 찾아낼 수 있을 것 같았다.

내가 마침내 차를 뺐을 때, 하늘은 연한 보라색이었다. 나는 기꺼운 심정으로 아침의 교통 행렬에 슬금슬금 끼어들었다. 머리를 쓸 일이 없는 운전의 단조로움은 친숙하고 편안했다. 집에 도착했을 때, 돌런은 가고 없었다. 그녀는 주방 조리대에 메모를 남겼다. 메모에는 이렇게 적혀 있었다. *원한다면, 내가 그녀하고 얘기할게요.*

간밤에 우리가 썼던 잔을 설거지하고 테킬라를 치웠다. 그러고는 샤워하려고 위층으로 올라갈 때 전화가 울렸다.

전화를 응시하는 동안 심장이 쿵쾅거렸다. 전화가 두 번 울릴 때까지 놔뒀다. 숨을 들이쉰 후, 혼자서 고개를 끄덕였다.

세 번째 울릴 때 수화기를 들고 16킬로미터를 막 달리고 돌아온 듯한 소리를 내지 않으려고 애썼다.

"루시?"

이블린 워즈니악이 물었다. "왜 전화 안 했어요?"

"그게 무슨 말이에요?"

"어제 메시지 남겼잖아요. 메시지를 언제 확인하든 상관없이 전화해달라고 했잖아요."

나는 파이크가 여전히 집에 있을 때 자동응답기를 확인했었다. 그런데 그때 메시지는 한 통도 없었다. 지금 다시 확인해봤지만, 메시지는 하나도 찾지 못했다.

"오케이. 어쨌든 나랑 통화하게 됐잖아요."

이블린은 어머니가 이용하는 노스 팜 스프링스에 있는 보관시설의 위치를 알려줬다. 그녀는 자물쇠를 열 복제키를 만들어 봉투에 넣은 다음, 나를 위해 그 봉투를 현장에 있는 관리인에게 맡겼다고 했다. 나는 아버지 물건들을 살피러 갈 때 같이 가고 싶은지 물었다. 하지만 그녀는 무얼 보게 될지 몰라 겁이 난다고 했다. 그 심정을 이해할 수 있었다. 나도 겁이 났으니까.

그녀의 용건이 끝나자 내가 물었다. "이블린, 당신이 남긴 메시지에도 이런 내용을 남겼었나요?"

"일부는요. 당신한테 그 시설의 이름을 말했어요. 이런 생각을 할까 봐 말하는 건데요, 나는 딴 사람이 아니라 당신 응답기라는 걸 알았어요. 당신 말고 세상에 누가 세계 최고의 인간 운운하는 안내 멘트를 응답기에 녹음해두겠어요?"

수화기를 내려놓고 위층으로 가서 옷을 갈아입고는 팜 스프링스로 차를 몰면서 파이크가 그 메시지를 들었던 건지, 그가 그걸 지웠던 건지 궁금해했다.

그리고 그렇게 한 이유도.

파이크를 생각하고 있을 때, 루시 생각은 할 필요가 없었다.

두 시간 10분 후, 프리웨이를 떠나 바람의 농장을 통과하는 길에 다시 올랐다. 사막은 이미 무더웠고, 공중에는 대지가 불타는 냄새가 진동했다.

보관시설은 외딴곳에 있었다. 커다란 금속출입문이 있는 철조망 울타리 뒤에 놓인 콘크리트 블록으로 만든 헛간 여러 개였다. 출입문 옆에 앉은 콘크리트 블록 빌딩에는 **주변 최저 가격**임을 알리는 커다란 간판이 있었다. 주변에 아무것도 없으니, 지키기 쉬운 약속이었다.

피부가 건조한 양피지 같은 과체중 여자가 내게 열쇠를 건넸다. 그녀의 사무실은 작았지만, 정육점 냉동고를 냉동시키기에 충분할 정도로 큰 웨스팅하우스 에어컨이 벽에 붙박이 설치돼 최대한으로 가동되면서 그녀를 향해 곧바로 바람을 보내고 있었다. 작은 사무실을 식히기에는 충분했다.

그녀가 물었다. "거기 오래 있을 거예요?"

"모르겠는데요. 왜요?"

"더울 거예요." 그녀가 말했다. "기절하지 않도록 준비 단단히 해요. 기절하더라도, 나를 고소하려고 들지는 마요."

"고소 안 할게요."

"경고했어요. 여기 시원한 물병이 있어요. 1달러 50센트밖에 안 해요."

그녀의 입을 막으려고 물을 한 병 샀다.

폴렛 렌프로의 보관소는 시설 뒤쪽에 있었다. 각각의 보관소는 콘크리트 블록으로 골격을 만들고, 거기에다 골이 진 금속을 대서 만든 보관공간이었다. 골격에는 문이 없었다. 그래서 개별 보관공간에 가려면 작은 동굴에 해당하는 골격 내부로 걸어 들어가야 했다.

자물쇠의 변색된 부분을 볼 때, 폴렛은 여기 온 적이 거의 없었던 게 분명했다. 하지만 열쇠는 부드럽게 돌아갔고, 그러면서 벽장 크기만 한 공간이 열렸다. 크기가 다양한 상자들이 벽을 따라 쌓여 있었고, 상자들을 따라 선풍기와 여행 가방들, 램프 두 개가 있었다.

상자에 들어 있지 않은 물건들을 옆으로 치우고 상자를 꺼내 벽장을 비웠다. 상자를 모두 꺼내 오래된 상자부터 살폈다. 거기서 이블린 워즈니악이 기억하는 공책을 찾아냈다. 그녀의 아버지는 그가 훈련시킨 젊은 경찰들에 대해, 단속한 범인들에 대해, 도우려고 애쓰고 있던 청소년들에 대해 일일이 날짜를 기입하며 기록하는 식으로, 일지하고 사뭇 비슷한 현장노트를 작성해왔다. 그 기록이 작고 두툼한 스리-링 바인더 일곱 권에 빽빽하게 적혀 있었다. 나는 최근의 기록이 가장 관련성이 높을 거라고 확신했다.

바인더 일곱 권을 옆으로 치우고, 유용할지도 모르는 게 있는지 확인하려고 나머지 상자를 살폈다. 하지만 거기 있는 아벨의 물건들은 비닐봉지에 담긴 순찰모와 배지가 들어 있는 선물케이스, 무용훈장을 받았을 때 만든 액자에 든 훈장 두 개가 전부였다. 훈장들이 왜 여기 상자에 들어 있는지 궁금해하다가, 그녀가 재혼했다는 걸 떠올렸다. 시간이 흐르면서 그녀가 훈장의 행방을 까먹었을 거라고 추측했다.

상자들을 다시 꾸릴 때 그림자 하나가 문간에 모습을 드러냈다. 조 파이크가 말했다. "자네보다 먼저 오고 싶었는데."

나는 그를 힐끔 보고는 상자 싸는 일을 계속했다.

"자네, 너무 쉽게 모습을 드러내는 거 아냐?"

"찾은 거 있나?"

"워즈니악의 일지."

"아직 안 살펴봤나?"

"이 안은 그걸 살피기에는 너무 더워. 시원한 데로 가져가려고."

"도와줄까?"

"그럼 좋지."

그는 내가 꾸리는 걸 마친 상자들을 벽장 안으로 돌려놨다. 나는 마지막 두 상자를 봉한 다음 그에게 하나씩 넘겨줬다.

"이블린 메시지, 자네가 지웠나?"

그가 끄덕였다.

"왜?"

"자네가 여기서 폴렛에게 상처를 줄 만한 걸 찾지 못하게 확실히 해두고 싶었어."

"나는 자네를 도와줄 걸 찾는 중이야."

"알아. 운이 좋으면 그렇게 되겠지."

"그런데 여기에 있는 뭔가가 폴렛에게 상처를 줄지도 몰라."

파이크가 끄덕였다.

나는 그 심정을 이해했다. 뼛속 깊이 이해했다.

"카렌 가르시아의 마음을 어떻게 아프게 한 거야, 조?"

파이크는 마지막 상자가 자리를 잡을 때까지 상자들을 쌓았다. 그러고 는 문으로 가서 뭔가가 거기에 있는 것처럼 사막을 응시했다. 내가 그의 너머로 볼 수 있는 건 다른 사람들의 기억을 담은 콘크리트 블록 건물들뿐 이었다.

내가 물었다. "카렌은 자네를 사랑했지만, 자네는 폴렛을 사랑한 거지?"

파이크가 끄덕였다.

"자네는 데이트는 카렌하고 했지만, 사랑은 파트너의 부인과 빠졌어."

그가 내게 다시 몸을 돌렸다. 평평한 렌즈들은 공허했다.

"폴렛은 유부녀였어. 그녀를 향한 내 감정이 사라지기를 계속 기다렸지 만, 그러지 않더군. 불륜은 아니었어, 엘비스. 육체적인 일은 전혀 없었어. 워즈는 내 친구였어. 하지만 내 감정은 느낌 그대로였지. 다른 감정을 느 끼려고 다른 사람들하고 데이트하려고 애썼지만, 사랑은 그냥 왔다가 그 냥 가는 게 아냐. 그냥 그대로 존재하는 거지."

나는 루시 생각을 하면서 그를 응시했다.

"왜?"

나는 고개를 저었다.

"크란츠가 워즈니악이 절도범 패거리에 연루됐다고 생각하는 걸 자네 는 이미 알고 있었지?"

"맞아."

"그건 사실이었고."

나는 그를 주시했다.

"크란츠는 내가 폴렛 때문에 워즈니악을 살해했다고 생각해."

"그랬었나?"

파이크의 입꼬리가 씰룩였다. 그가 선글라스를 내 쪽으로 기울였다. "그걸 믿나?"

"자네가 더 잘 알잖아. 크란츠는 자네가 워즈와 함께 패거리에 연루됐다고도 생각해. 나는 그것도 믿지 않지만."

파이크가 머리를 다른 쪽으로 기울이고는 얼굴을 찡그렸다. "그건 어떻게 알게 된 거지?"

나는 양손을 벌렸다.

"맞아."

파이크가 숨을 깊이 들이쉬더니 고개를 저었다. "나는 감도 못 잡았어. 워즈랑 같은 차를 타고 다닌 그 긴 시간 동안, 나는 크란츠가 폴렛에게 그 얘기를 해서 겁을 줄 때까지 하나도 모르고 있었어. 그녀는 그 일에 대해 워즈에게 물었고, 그는 부인했어. 그래서 그녀가 나한테 물었던 거야. 나는 그렇게 그걸 알게 됐고, 워즈를 미행해서 그가 치와와들하고 같이 있는 걸 봤어. 어떤 여자를 임신시킨 그는 엘 세군도에 그 여자가 살 아파트를 마련해줬어. 그러고는 치와와들에게 털기 쉬운 곳들을 알려주는 것으로 아파트 임대료를 지불하고 있었지. 크란츠는 그걸 모두 알고 있었어. 입증할 수만 없었을 뿐이지." 맥코넬이 했던 얘기와 비슷했다.

"폴렛한테 얘기했어?"

"일부는. 전부는 아니고. 그는 그녀의 남편이었어, 엘비스. 사이에 아이도 있었고."

"그래서 어떻게 됐어?"

"그에게 퇴직해야 한다고 말했어. 선택권을 주고, 고민할 시간을 췄어. 그런 식으로 그 문제는 그와 나 사이의 일이 됐어. 그게 그가 죽은 이유였어."

나는 크란츠의 생각이 많은 부분에서 맞았던 것 같다고 생각했다.

"모텔에서는 무슨 일이 있었던 거야, 조?"

"그는 퇴직하고 싶어 하지 않았어. 하지만 나는 그에게 다른 선택권을 주지 않았어. 그를 크란츠에게 넘기고 싶지도 않았지만, 부패 경찰이 현직에 머무르게 놔둘 수도 없었어. 그가 퇴직하지 않으면, 나는 폴렛을 개입시키고, 치와와들을 체포할 작정이었어."

"치와와들은 그를 계속 이용해먹으려고 들었겠지."

"그가 퇴직하면, 나는 놈들을 다룰 방법을 찾아낼 생각이었어. 그런데 그런 일은 결코 일어나지 않았지. 우리는 실종된 여자아이와 드빌에 대한 호출을 받았고, 워즈는 드빌의 소재지를 파악했어. 우리가 거기 갔을 때, 워즈는 이미 흥분해 있었어. 뚜껑이 열린 그가 총으로 드빌을 갈겼어. 나는 그가 막 이성을 잃고 있었던 거라고 생각해. 그는 자기가 무슨 일을 할 것인지를 이미 알고 있었으니까. 그 생각은 나에 대한 것, 그가 처한 곤경에 대한 것, 그리고 그 곤경에서 벗어날 방법에 대한 거였어." 파이크가 한동안 말을 멈췄다가 이었다. "그는 드빌을 공격했고, 내가 그를 밀치자 나한테 총을 겨눴어."

"자기 방어를 하려고 자네가 그를 쏜 거야?"

"아니. 나는 그를 쏠 생각이 없었어. 무기조차 꺼내지 않았어."

나는 그를 응시했다.

"그는 내가 자기 아내를 사랑한다는 걸 알았어. 그녀가 나를 사랑한다는 것도 알았고. 그의 커리어는 끝났어. 크란츠가 그를 입건하는 데 성공하면 감옥에 가야 했어. 세상에는 중압감을 감당하지 못하는 사람들이 있어. 어떤 사람들은 무너지면서, 그 압박을 막으려고 무슨 짓이건 하려고 들지."

"아벨 워즈니악은 자살한 거로군."

파이크가 턱을 만졌다. "여기에 총을 갖다 대고 방아쇠를 당겼어. 총알이 턱을 뚫고 들어가서 정수리로 나왔어."

나는 물었지만, 대답은 이미 짐작하고 있었다. "왜 비난을 감수한 거야?"

"해명해야 했으니까. 내가 진실을 말했다면, 크란츠는 그 사건을 입건할 수 있었을 거야. 워즈가 중죄를 저질렀을 경우, 그의 연금과 수당이 지급되지 않을 수도 있었어. 폴렛과 딸은 모든 걸 잃었을 거야. 파커 센터가 유감스러운 심정으로 그들에게 기회를 줬을지도 모르지만, 그들이 어떻게 할지를 내가 알 수 있었겠나? 그가 자살했을 경우에는 보험금도 지불되지 않았을 거야. 우리가 그때 든 보험은 자살할 경우에는 보험금을 지불하지 않기로 돼 있었거든."

"그래서 자네가 그 중압감을 다 짊어진 거로군."

"드빌은 깨어나서 워즈가 그를 가격했다고 진술할 거였어. 그래서 나는 그냥 그 진술을 따랐어. 그들에게 우리가 몸싸움을 벌였다고, 그러다가 일이 벌어졌다고 말했어. 그러면 드빌이 하려는 말하고 맞아떨어질 테고, 워즈가 사망한 경위를 설명할 거였어."

"자네한테는 소아성애자를 보호하려고 파트너를 죽음으로 몰고 간 썩을 놈이라는 낙인만 찍혔고."

"사람은 자신한테 닥칠 일을 감수하면서 최선을 다해야 되는 거야."

"폴렛도 진실을 알았나?"

파이크는 시멘트를 응시했다. "폴렛이 알았다면, 그녀는 부서에 그대로 말했을 거야. 그게 수당을 잃는다는 뜻이더라도."

"그녀가 내린 결정이 아니었어?"

"내가 우리 모두를 위해 내린 결정이었어."

"그러면 그녀는 남편이 자살했다는 걸 모르는군."

"그렇지."

파이크는 그냥 거기에 서 있었다. 나는 이것이, 설령 영원토록 그의 사랑을 대가로 치르는 한이 있더라도 그가 사랑했던 여자를 보호하는 외로운 방법이었다고 생각했다.

파이크는 그 중압감을 감수할 터였다.

그리고 그렇게 해왔다.

내가 말했다. "그 세월 내내, 모든 경찰이 자네를 근거도 없이 증오하고 있던 거였군."

파이크가 머리를 곧추세웠다. 작은 건물의 희미한 조명 속에서도 그의 선글라스가 빛을 발하는 것 같았다.

"아무 근거도 없었던 건 아냐. 모든 게 근거가 됐지."

"오케이. 이제는 어쩔 거야?"

"그녀는 여전히 유족 수당을 받고 있어. 여기 남겨진 게 무엇이건 그것에 영향을 주지 않도록 확실히 해두고 싶어."

"그게 자네를 도울 수 있는 것일지라도?"

파이크의 입꼬리가 씰룩였다. "지금 와서 그게 중단되게 만들려고 이렇게 먼 길을 온 게 아냐."

"그럼 우리가 뭘 찾았는지 확인해볼까?"

우리는 프리웨이 바로 옆에 있는 데니스에서 두 시간 반 동안 차를 마시며 일지들을 훑었다. 데니스 사람들은 우리를 신경 쓰지 않았다. 그렇게 더울 때, 가게를 찾는 손님은 많지 않았다.

우리는 가장 최근 공책부터 시작해서 역순으로 작업했다. 그 공책에서는 여덟 페이지가 없어진 상태였지만, 나머지는 그대로 있었고, 글씨도 또렷했다. 워즈니악이 기입한 내용은 아리송한 경우가 잦았지만, 나는 얼마 안 있어 그것들을 이해했다.

어느 순간, 파이크가 읽는 걸 멈추는 걸 보고는 물었다. "뭔데?"

그가 대답하지 않았고, 나는 가까이 몸을 숙여 그를 멈추게 만든 게 뭔지 찾아봤다.

"파이크는 영리한 친구다. 좋은 경찰로 성장할 것이다."

파이크가 다시 공책으로 돌아가 계속 읽었다.

많은 항목이 훗날 참조하려고 기록한 죄목과 범인과 증인에 대한 내용이 딸린 워즈니악의 체포 실적이었다. 그런데 그가 기입한 내용의 상당 부분은 워즈니악이 도우려고 애썼던 길거리 아이들에 대한 내용이었다. 나중에 어떤 사람으로 전락했건, 워즈니악은 자신이 보호하고 봉사하겠다고 맹세했던 사람들을 도우려는 노력을 진지하게 기울였었다.

그 일곱 권 모두에서, 맥락상 정보원일지도 모르는 이름은 딱 세 명만 사용됐다. 그리고 그중에서 딱 하나만이 그럴 법해 보였다. 워즈니악이 사망 다섯 달 전에 기입한 항목이었다.

그 항목을 파이크에게 읽어줬다.

"들어봐. 로렌스 소벅이라는 아이가 불쑥 나타났다. 열네 살짜리 남창이다. 얘기하는 걸 좋아한다. 그래서 좋은 정보원이 될지도 모르겠다. 쿱스터를 통해 알게 됐다. 신분? 신세를 망친 아이다. 그 애를 입소시키려고 애쓰겠다." 나는 눈을 들었다. "이게 무슨 뜻이야? 그 애를 입소시킨다는 게?"

"사회 복귀 훈련시설이나 프로그램에 넣는다는 거야. 워즈는 그런 일을 했어."

"쿱스터는 누구야?"

파이크는 고개를 저었다.

나는 페이지를 응시했다.

"드빌일 수 있을까?"

파이크는 그 문제를 숙고했다. "별명 같아. 쿠페 드빌(1949년에 출시된 캐딜락)에서 따온."

"그런 것 같네."

"가능성은 희박해."

"로렌스 소벡 기억해?"

"아니."

"여기서 괜찮아 보이는 다른 건?"

파이크가 다시 고개를 저었다.

"그렇다면 우리한테 쓸모가 있는 건 이거로군."

우리는 대금을 치르고 일지를 차로 가져갔다. 로렌스 소벡을 언급한 공책은 내가 챙겼다.

"어떻게 연락할 수 있을까?"

"가게에 전화해서 직원들한테 나랑 통화해야겠다고 말해. 삐삐 마련할게."

"오케이."

우리는 더위 속에 서서 프리웨이를 지나가는 트럭들을 지켜봤다. 우리 뒤에서, 풍차들이 우리의 시선이 닿는 저 멀리까지 날개를 회전시키고 있었다. 파이크는 오리건 주 번호판이 달린 적갈색 포드 토러스를 몰고 있었다. 어디서 그걸 구했는지 궁금했다. 내가 살펴보는 걸 끝냈을 때, 그가 나를 지켜보고 있었다.

내가 물었다. "왜?"

"나는 이걸 이겨낼 거야. 내 걱정은 마."

나는 알프레드 E. 뉴먼(미국의 유머잡지 『매드』의 마스코트인 가상의 캐릭터) 같은 표정을 지었다. "왜? 내가 뭘 걱정하는데?"

"뭔가가 자네를 잠식하고 있어."

그에게 루시 얘기를 할까 생각했지만, 그러지 않았다.

"몸조심해, 조."

그는 나와 악수를 하고는 차를 몰고 떠났다.

33

늦은 시간에 집에 도착했지만, 그래도 돌런에게 전화를 걸었다. 그녀의 집에 전화를 두 번 걸었고, 그때마다 메시지를 남겼다. 하지만 그녀는 이튿날 아침에도 여전히 회신을 하지 않았다. 그녀가 책상을 비우느라 파커 센터에 있을지도 모르겠다고 생각했다. 그곳에 있는 그녀의 직통전화로 전화를 걸었는데, 전화를 받은 건 스탠 와츠였다.

"안녕하세요, 스탠. 엘비스 콜이에요."

"어쩌라고?"

"돌런 있어요?"

"그녀는 끝장났어, 이 인간아. 댁 덕택에."

나는 그런 소리를 들을 필요가 있는 것 같았다.

"그녀가 거기 있을 거라고 생각했어요."

"없다니까."

와츠는 전화를 끊었다.

돌런의 집으로 다시 전화를 걸었지만, 여전히 그녀의 응답기로 넘어갔다. 그래서 이번에는 워즈니악의 공책을 들고 거기로 차를 몰았다.

사만다 돌런은 멜로즈에서 두 블록 떨어진 시에라 보니타의 방갈로에 살았다. 경찰관의 거주지가 아니라 아티스트들 거주지로 더 유명한 지역이다.

그녀의 BMW 뒤에 차를 댔다. 내가 앉은 차 안에서도 집에서 나는 음악 소리가 들렸다. 스니커 핌스(영국 출신의 트립합 밴드). 요란했다.

초인종을 눌러도, 노크를 해도 대답이 없었다. 시험 삼아 문을 열려고 해봤지만, 잠겨 있었다. 그녀가 죽어 있으면 내가 침입하는 게 옳은 일이라 는 생각으로 세게 문을 두드렸다. 그러자 마침내 문이 열렸다. 돌런은 빛바 랜 **메탈리카** 티셔츠와 청바지 차림에 맨발이었다. 충혈된 눈은 아홉 가지 색조의 빨간색을 보여주고 있었다. 방금 전에 꺾은 테킬라 냄새가 났다.

"당신, 음주 문제가 있군요, 돌런."

그녀는 콧물이 흐르는 듯 코를 훌쩍였다. "내가 오늘 필요한 게 그거예 요. 당신한테서 인생살이의 조언을 듣는 것."

그녀의 옆을 지나쳐서 집으로 들어가 음악을 껐다. 거실은 컸다. 벽난 로는 근사했고 바닥은 단단한 나무였지만, 가구 배치는 엉성했다. 나는 그 엉성함에 놀랐다. 커다란 소파가 의자 두 개를 마주 보고 있었고, 바닥이 보일락 말락 한 포르피디오 아녜호 테킬라 병이 소파 옆 바닥에 놓여 있었 다. 뚜껑은 없었다. LAPD 전투사격 대회 트로피가 TV 위에 있었고, 방은 담배 냄새로 찌들어 있었다. 내가 물었다. "왜 회신 안 했어요?"

"응답기 확인 안 했어요. 봐요, 당신은 내가 당신 친구랑 얘기하기를 원 하잖아요. 그럴게요. 간밤의 일은 미안해요."

"잊어버려요."

워즈니악의 공책을 그녀에게 건넸다.

"이게 뭐예요?" 담뱃갑을 바닥에서 잽싸게 들어 올린 그녀가 담배에 불 을 붙이고는 화산이 쏟아내는 연기 같은 구름을 뿜어냈다.

"아벨 워즈니악이 기입한 일지예요."

"파이크 파트너 아벨 워즈니악요?"

"내가 표시한 페이지들 읽어봐요."

그녀는 얼굴을 찡그리고 읽으면서 한 모금을 깊이 빨았다. 뒤쪽 몇 페이지를 획획 넘기더니, 내가 표시해둔 지점 이후를 읽었다. 읽기를 마친 그녀가 나를 쳐다봤다. 담배는 깜빡한 듯한 표정이었다.

"이 애가 드빌과 관련한 얘기를 워즈니악한테 해줬다고 생각하는 거예요?"

"이 애는 워즈니악하고 관계가 있었어요. 우리는 그렇다는 걸 꽤나 확신하고 있고요. 이 애는 쿱스터라고 불리는 인물에 의해 워즈니악 앞에 등장했어요. 쿱스터가 드빌을 가리키는 거라면, 드빌은 소백을 카렌 가르시아와 이어주는 연결고리이기도 해요."

돌런이 게슴츠레한 눈으로 나를 봤다. "소백이 더쉬를 죽였다고 말하는 거로군요."

"그가 모두를 죽였을 수도 있다고 말하는 거예요. 크란츠와 FBI는 연쇄 살인범을 추적해왔지만, 이놈은 그런 존재가 아닐지도 몰라요, 돌런. 나는 처음에는 워즈니악을 통한 연결고리를 생각했었는데, 지금까지 자행된 살인들은 워즈니악하고는 아무 연관도 없을지 몰라요. 드빌하고 관련된 짓일지도 몰라요."

그녀는 날카로운 눈빛으로 짜증을 내면서 고개를 저었다. "기억나요? 내가 연결고리를 찾으려고 애쓰던 경찰 중 하나였다는 거? 그런데 우리는 그런 건 못 찾았어요."

"드빌은 확인해봤어요?"

그녀는 담배를 든 손을 휘휘 저었다. "대체 우리가 왜 그래야 했던 건데요?"

"나도 몰라요, 돌런. 당신들이 아무것도 찾지 못한 이유도 몰라요. 하지만 당신은 지방검사의 기록보관실에 드빌의 파일을 요청했어요, 맞죠? 우리, 그걸 확인해서 거기에 뭐가 있는지 봅시다."

그녀는 담배를 한 모금 다시 빨고는 연기 구름을 응시했다. 확률을 따져보고 이 모든 게 무슨 뜻일지 파악하느라 톱니바퀴들이 맞물려 돌아가는 모습이 눈에 선했다. 그녀 입장에서, 이건 팀에 복귀하기 위한 시도였다. 수사 상황을 진척시킬 무언가를 제시할 수 있다면, 그녀는 강력반으로 복귀해서 자신의 경력을 스스로 구할 수 있을 것이다.

소파에서 벗어나 전화기로 간 돌런이 스탠 와츠에게 전화를 걸어 지방검사 기록보관실에서 자신에게 온 서류가 있는지 물었다. 전화를 끊은 그녀가 말했다. "5분만 줘요."

그녀가 샤워하고 옷을 입는 데는 거의 20분이 걸렸다.

밖으로 나온 그녀가 말했다. "당신 차 치워요. 내 차 타고 갈 거니까."

"말도 안 돼요, 돌런. 당신 운전 솜씨 때문에 겁나 죽을 지경이라고요."

내가 내 차를 옮기는 동안 그녀가 비머의 시동을 걸었다.

우리는 그다지 많은 말을 하지 않으면서 파커 센터로 이동했다. 우리 각자는 자신의 속내를 드러내지 않았다. 정문 옆에 있는 적색구역에 차를 댄 그녀가 나한테 아무것도 만지지 말라고 지시한 다음 서둘러 청사로 들어갔다. 10분 후, 그녀가 드빌의 파일을 들고 나왔다.

"무전기 안 만진 거 맞죠, 그렇죠?"

"안 만졌어요. 아무것도 건드리지 않았어요."

우리는 한 블록 떨어진 작은 주차장에 차를 세웠다. 돌런이 먼저 파일을 자세히 살폈다. 그러더니 페이지들을 한 무더기 빼서 차 바닥에 떨어뜨렸다.

"뭔데요?"

"변호사들이 싸놓은 똥 덩어리요. 이것들이 우리한테 해줄 말은 한 단어도 없어요. 우리한테 필요한 건 형사들이 작성한 사건 설명서예요."

사건을 담당한 주임형사는 램파트 경찰서 성범죄과 2등 형사 크라카우어였다. 돌런은 사건 설명서가 사건을 입건하는 데 사용된 증거를 전부 모아놓은 종합 자료라고, 더불어 증인진술서와 범죄 입증 증거와 인터뷰들을 포함하고 있는 자료라고, 형사가 수사 과정에서 축적할 수 있는 모든 걸 모아놓은 자료라고 말했다.

변호사가 싼 똥 덩어리를 분리한 돌런이 형사가 작성한 사건 설명서의 반을 뚝 떼어내더니 다른 절반을 나한테 주면서 말했다. "읽어봐요. 사건은 사안과 발생 시간순으로 구분돼 있을 거예요."

나는 소벡이 드빌과 연관이 있다는 걸 보여주는 정보가 있기를, 워즈니악이 사망한 날에 파이크와 워즈니악을 그 모텔방에 가게 만든 정보원에 대한 정보가 있기를 기대하고 있었지만, 내가 읽은 내용의 대부분은 라모나 앤 에스코바에 집중하고 있었다. 그 애의 이웃들과 모텔 데스크 직원과 아이의 부모에게서 받은 진술서들이었다. 드빌이 자신의 옷을 벗기려고 어떻게 10달러를 지불했는지를 묘사하는 라모나의 진술 녹취록도 있었다. 라모나 앤 에스코바는 당시 일곱 살이었다. 읽기 불편한 내용이었지만, 소벡을 찾으리라는 희망으로 읽었다.

내가 여전히 정보를 찾고 있을 때 돌런이 조용히 속삭였다. "오, 젠장."

딱딱하게 굳은 그녀의 얼굴은 창백했다.

"왜요?"

그녀가 드빌을 고발하는 고발장을 제출한 사람들의 이름을 모아놓은 증인 명단을 건넸다. 명단이 길었다. 그래서 처음에 나는 돌런이 명단 중간쯤에 있는 이름 하나를 가리킬 때까지는 상황을 이해하지 못했다.

카렌 가르시아.

얼굴이 잿빛이 된 돌런이 말했다. "계속 읽어봐요."

모두 거기에 있었다. 첫 희생자 다섯이, 그리고 새로 희생된 헤수스 로렌조도. 더쉬는 명단에 없었다. 하지만 그는 예외였다.

돌런이 나를 응시했다. "당신이 맞았어요, 왕재수 아저씨. 이 사람들은 무작위로 선정된 게 아니었어요. 그들을 잇는 연결고리가 있었어요. 놈은 레너드 드빌을 교도소로 보내는 걸 도운 사람들을 모두 죽이고 있어요."

내가 할 수 있는 일은 끄덕이는 것밖에 없었다.

"어쩌면 당신은 세계 최고의 염병할 수사관인지도 모르겠네요."

실제로 드빌에게 불리한 증언을 한 건 피살자 여섯 중 한 명뿐이었다. 그 사람은 월터 셈플로, 그는 어린 소녀가 실종된 공원에서 드빌을 목격했었다. 다른 사람들은 돌런이 잡동사니라고 부른 사람들의 일부로, 크라카우어가 그들을 심문한 것은 그들이 크라카우어가 드빌이라고 믿은 남자를 상대로 고발장을 제출했기 때문이었다. 하지만 드빌이 결국 기소되면서, 그들은 사건과 직접적으로 결부되지는 않았다.

우리가 파일의 나머지 부분을 읽는 동안 돌런의 가슴이 오르내렸다. 드빌의 체포 기록 사본이 첨부돼 있었는데, 거기에 기록된 드빌의 가명 여러 개 중 하나가 쿱스터였다.

내가 말했다. "소백 짓이에요. 소백 짓이어야 해요. 이걸 크란츠한테 가져가야 해요. 이 명단에 있는 다른 사람들한테도 사실을 알려야 하고요."

"아직은 아니에요. 나는 더 많은 걸 원해요."

"무슨 뜻이에요, 더 많은 거라니? 이 명단이 지금 진행 중인 수사를 박살 낼 거예요. 이건 대박 자료라고요."

"이게 소백하고 드빌을 연결시키기는 해요. 하지만 그가 살인자라는 걸 증명하지는 못해요. 내가 상부에 살인자를 데려갈 수 있다면, 비숍은 나를 다시 받아들여야 할 거예요."

"당신은 이미 중요한 자료를 확보했어요, 돌런. 우리는 이 사람들 사이의 연결고리를 찾아냈고, 단서도 확보했어요. 당신은 이 사건을 올바른 방향으로 돌려놓게 될 거예요."

"나는 더 많은 걸 원해요. 사건 전체를 수사 테이블에 제대로 올려놓고 싶어요. 나는 헤드라인을 원해요, 콜. 크란츠의 얼굴을 납작하게 만들 거예요. 내가 너무도 완벽하기 때문에 비숍이 나를 그의 팀에 다시 받아들일 수밖에 없게 만들 거예요."

나는 그녀를 응시하면서, 내가 그녀 입장이라도 그렇게 간절히 바랄 거라고 생각했다. 어쩌면 나도 더 많은 걸 원하는지도 몰랐다. 우리가 살인자를 체포하면, 조 파이크도 누명을 벗게 될지 몰랐다.

"오케이, 사만다. 이놈을 찾아냅시다."

우리는 다시 그녀의 집으로 차를 몰았다. 돌런은 통화를 두 시간 가까이 했다. 우리는 로렌스 소백의 기록이 성인범죄자 시스템에는 없다는 걸 알게 됐다. 당연히 그의 현재 소재지에 대한 기록도 시스템에는 없었다.

이건 둘 중 하나를 뜻했다. 그가 갱생해서 새사람이 됐거나, 열여덟 살이 되기 전에 LA를 떠났거나. 물론, 그는 언제든 사망했을 수도 있다. 거리를 떠도는 소년들은 그런 최후를 맞곤 한다.

돌런이 여러 통의 통화를 하는 동안, 나는 물 잔을 찾으려고 그녀의 주방으로 갔다. 냉장고에는 2백만 장쯤 되는 사진이 작은 자석들로 붙어 있었는데, 돌런이 TV 시리즈에서 그녀를 연기한 여배우와 함께 포즈를 취한 사진도 대여섯 장 있었다. 돌런은 상대를 혼쭐낼 능력이 있고 실제로 그런 행위를 즐기는 사람처럼 보였지만, 여배우는 거식증에 걸린 헤로인 중독자처럼 보였다. 연예계는 이런 식이다.

돌런이 포레스트 론에서 나를 찍은 사진이 손잡이 근처에 작은 원더우먼 자석으로 붙어 있었다. 거기서 그 사진을 보자 나도 모르게 미소가 지어졌다.

물을 다 마시고 거실로 돌아왔을 때 그녀가 수화기를 내려놨다.

돌런이 말했다. "램파트로 가봐야겠어요."

"왜요?"

"소백이 청소년일 때 체포된 데가 거기니까요. 거기 청소년과는 그의 자료를 어디서 찾을 수 있을지 알 거예요. 그들의 시스템에 입력시켜놨을지도 몰라요. 그래도 누군가는 서류를 뒤적거려야만 할 거예요."

"청소년 관련 서류를 입수하려면 법원 명령이 필요할 거라고 당신 입으로 말한 것 같은데요."

그녀가 짜증 난 표정으로 얼굴을 찡그렸다. "나, 사만다 돌런이에요, 이 멍청한 아저씨야. 빠릿빠릿하게 움직여요."

그리고 그녀는 나랑 자고 싶어 하는 여자였다.

램파트 경찰서 건물은 조 파이크가 카렌 가르시아를 처음 만난 곳인 맥아더 파크에서 서쪽으로 두 블록 떨어진, 램파트 스트리트를 마주 보고 있는 아주 낮은 갈색 벽돌빌딩이었다. 우리는 사무실 뒤에 마련된 작은 주차장에 차를 대고 뒷문을 통해 경찰서에 들어갔다. 돌런은 이번에는 나한테 입 닥치고 영리하게 보이려 애쓰라고 말하지 않았다. 경찰서에서 영리해 보이는 건 어울리지 않는 모습일 터였다.

돌런은 배지를 내미는 것으로 청소년과로 가는 길을 텄다. 청소년과는 코딱지만 했다. 지저분한 사무실의 모서리에 있는 강력반 테이블에 간신히 자리를 차지한 형사 네 명이 전부였다. 파커 센터와 강력반 사무실이 현대적이고 밝은 분위기라면, 램파트의 형사용 테이블들은 빛바래고 협소해 보였다. 오래된 가구들은 형사들만큼이나 피곤해 보였다. 램파트는 범죄율이 높은 지역이다. 그래서 형사들은 열심히 뛰었다. 하지만 그들이 해결한 사건들이 헤드라인에 오르는 일은 드물다. 그래서 「60분」과 인터뷰하려고 6백 달러짜리 스포츠 코트를 입고 거드름을 피우고 있는 사람은 아무도 없었다. 그들 대부분은 그저 근무시간을 살아서 넘기기 위해 애쓰고 있었다.

돌런은 방에서 가장 젊은 형사를 겨냥했다. 돌런이 그에게 배지를 보이면서 자기소개를 했다. "강력반의 사만다 돌런이에요."

그녀가 그렇게 말하자, 이름이 머레이인 형사의 눈썹이 치켜 올라갔다. "우리 구면이죠, 그렇죠?"

그녀는 그에게 미소를 보였다. "미안해요, 머레이. 우리가 구면인 것 같지는 않아요. 당신이 그렇게 생각하는 건 TV 드라마 때문 아닐까요?"

머레이는 스물여섯이나 일곱을 넘지 않을 듯 보였다. 그는 강한 인상을 받은 게 분명했다. "맞아요. 당신, 드라마로 만들어진 사람이죠, 그렇죠?"

돌런이 환하게 웃었다. 내가 그 드라마를 언급했을 때는 웃지 않았던 그녀가 지금은 그러고 있었다. "할리우드 사람들은 형사가 된다는 게 정말로 무슨 의미인지를 모른다니까요. 우리가 하는 일하고는 닮은 구석이 전혀 없잖아요."

머레이가 더 활짝 웃었다. 그녀가 바닥을 구르면서 짖으라고 명령하면 그는 주저하지 않고 그렇게 할 거라고 나는 생각했다. "으음, 당신은 몇 가지 사건을 해결해냈잖아요. 그에 대한 기사를 읽었던 게 기억나요. 세상에, 뉴스에 나온 분이라니."

"에이, 그건 그냥 강력반에서 해낸 일이에요. 우리가 맡는 사건들이 핫한 것들이다 보니까 언론도 따라오는 거지, 우리 일도 당신이 여기서 하는 일하고 다를 게 없어요."

돌런은 겸손한 모습을 연기하는 걸 잘하는 듯 보이지 않았다. 아마도 그 분야의 전문가는 나일 것이다.

머레이는 어떻게 하면 그녀를 도울 수 있는지 물었고, 돌런은 오래된 비행청소년 자료를 보고 싶다고, 그런데 법원 영장은 없다고 말했다. 머레이가 그 말을 듣고 불안한 기색을 보이자, 그녀가 진지한 표정을 짓고는 그에게로 몸을 기울였다. "우리 파커 센터에서 진행하는 사건이 있어요. 헤드라인감이에요. 진짜 큰 건이라고요."

머레이는 진짜 큰 건을 수사하면 얼마나 멋있을지 생각하면서 고개를 끄덕였다.

돌런이 더 가까이 몸을 기울였다. "RHD에 합류하는 생각 해본 적 있어요, 머레이? 우리는 올바른 결정을 내릴 줄 아는 영리한 경찰이 필요해요."

머레이가 입술을 적셨다. "제 얘기를 해주실 수 있다고 생각하시는 건가요?"

돌런이 그에게 윙크했다. "으음, 우리는 이 청년을 찾으려고 애쓰는 중이에요, 알겠죠? 그러니까 우리가 그의 파일을 읽는 동안, 당신은 차량관리국 시스템을 확인하고 통신사에 전화를 걸 수 있을 거예요. 우리를 위해 주소를 알아봐줄 수 있는지 확인해줄래요?"

머레이가 나이 많은 형사들을 힐끔 봤다. "제 감독관이 탐탁지 않아 할 거예요."

돌런의 눈빛이 공허해졌다. "이런. 당신이 저분한테 그걸 알리지는 않을 거라고 짐작했는데."

머레이가 그녀를 조금 더 오래 응시하더니, 분주하게 몸을 놀렸다.

나는 고개를 저었다. "당신은 정말 물건이에요, 잘했어요."

돌런이 나를 뚫어져라 쳐다봤다. 하지만 지금 그녀는 웃고 있지 않았다. "물건이죠. 하지만 그 정도로는 충분치 않아요."

"이쯤 해둡시다."

그녀가 양손을 들었다.

20분 후, 우리는 면회실에서 파일 하나를 앞에 놓고 있었고, 머레이는 여기저기에 전화를 걸고 있었다.

로렌스 소백은 열두 살부터 열여섯 살 사이에 피의자로 일곱 번 기록됐다. 두 번은 들치기로, 네 번은 뚜쟁이질로였다. 생년월일로 보면 그는 지금쯤은 이십 대 후반일 터였다. 아벨 워즈니악은 그를 두 번 체포한 경찰이었다. 처음에는 들치기 혐의였고, 나중에는 뚜쟁이질로 기소된 두 번째 체포였다. 서류에 붙어 있는 소백의 가장 최근 사진은 열여섯 살 때 찍은 것으로, 콧수염은 몇 가닥 안 되고 머리카락은 지저분하며 여드름이 심하게 난 말라깽이 청년의 모습이었다. 소심하고 주눅 들어 보였다.

체포됐을 당시, 그는 어머니 드루실라 소백 부인과 살고 있었다. 기록에 따르면, 이혼녀인 그녀는 아들이 체포된 일곱 번 동안 아들을 데리러 오거나 경관들을 만난 적이 한 번도 없었다.

돌런의 눈빛이 날카로워졌다. "전형적이네."

머레이가 문을 열기 전에 노크하는 걸로 우리를 방해했다. 그는 의기소침해 보였다.

"캘리포니아 운전면허는 받은 적이 전혀 없어요. 통신사도 그의 이름을 들어본 적이 전혀 없고요. 정말로 유감이에요, 사만다." 그는 핫한 사건들을 맡을 기회가 지글거리는 소리를 내면서 녹아내리는 모습을 지켜보고 있었다.

"걱정 마요, 친구. 당신은 우리 일에 도움이 됐으니까."

입건서류들은 그의 어머니가 메이우드라는 LA 남부 지역에 거주하고 있었음을 보여줬다.

내가 말했다. "그녀가 여전히 살아 있다면, 그녀를 통해 수사를 해나갈 수 있을 거예요. 그녀가 여전히 이 주소에 살고 있을 거라고 생각해요?"

"그건 쉽게 알아낼 수 있어요."

돌런은 입건 사진을 복사한 후, 머레이의 전화기로 통신사에 전화를 걸었다.

돌런이 통화하는 동안, 머레이가 머뭇거리면서 내게 다가왔다. "제가 정말로 RHD에 들어갈 수 있을 거라고 생각하세요?"

"머레이, 당신은 이미 동아줄을 잡았어요."

3분 후, 우리는 로렌스 소벡의 어머니가 여전히 메이우드에 살고 있다는 걸 알아냈다.

우리는 드루실라 소벡을 만나러 갔다.

머레이 형사는 우리와 같이 갈 수 없다는 사실에 실망했다.

드루실라 소벡은 온두라스와 에콰도르에서 온 불법체류자들이 대다수를 차지하는 메이우드의 어느 동네에 있는 작은 치장벽토 주택에 거주하는 심술궂은 여자였다. 불법체류자들은 급여가 최저임금에 못 미치는 일자리들을 전전하는 동안 짐승우리 같은 집에서 침대 하나를 여러 명이 교대로 사용하는 식으로 주택 한 채에 열여덟 명 이상이 사는 경우가 많았다. 그래서 드루실라는 그 사람들이 염병할 동네를 점령하는 게 마음에 들지 않았다. 그녀는 그런 속내를 노골적으로 드러냈고, 우리에게도 그렇게 말했다.

그녀는 현관에 서서 우리를 심술궂은 눈빛으로 노려봤다. 주름진 납작한 얼굴로 우리를 쏘아봤다. 현관을 꽉 채우는 거구였다. "염병할, 하루 종일 여기 서 있고 싶지 않아요. 저 멕시코인들이 문을 열어놓고 여기 서 있는 나를 보면 음흉한 마음을 먹을지도 몰라요."

내가 말했다. "이 사람들은 중미에서 온 사람들입니다. 소벡 부인."

"그딴 걸 누가 신경 쓰는데요? 멕시코인처럼 보이고 멕시코인처럼 주절거리면 멕시코인인 거죠."

돌런이 말했다. "저희는 부인의 아드님을 찾으려고 애쓰고 있어요, 소벡 부인."

"그놈은 몸 파는 호모새끼예요."

이런 식이었다.

그녀가 처음 현관문에 나타났을 때, 돌런이 그녀에게 배지를 보였지만 소백 부인은 우리를 집에 들일 수 없다고 말했다. 그녀는 낯선 사람들은 들이지 않는다고 말했는데, 나는 그 말을 들어서 기뻤다. 시큼한 냄새가 그녀의 집에서 흘러나왔고, 그녀가 풍기는 체취도 지독했다. 위생관념이 없는 사람이었다.

내가 물었다. "주소나 전화번호를 주실 수는 없나요?"

"안 돼요."

"어떻게 하면 아드님을 찾을 수 있을지 아시나요?"

그녀의 눈이 가늘어졌다. 펑퍼짐한 얼굴에 작고 추잡한 눈빛이 떠올랐다. "보상금 같은 게 있나요?"

돌런이 목청을 가다듬었다. "아뇨, 부인. 보상금은 없어요. 우리는 그저 아드님께 질문을 두어 가지 하려는 것뿐이에요. 굉장히 중요한 일이에요."

"그럼 다른 데 가서 찾아보는 게 낫겠수, 아줌마. 몸 파는 내 호모 아들 놈은 중요한 일에는 근처에도 가보지 못한 놈이니까."

그녀가 문을 닫으려는 순간, 돌런이 문 아래에 발을 들이밀어 문틈을 막았다. 돌런의 왼쪽 눈이 꿈틀거렸다.

드루실라는 소리를 질렀다. "이봐요! 무슨 짓이에요?"

돌런은 드루실라 소백보다 키가 조금 더 컸지만 몸무게는 90킬로그램 정도 가벼웠다. 그런 그녀가 마구 쏘아댔다. "야, 이 뚱뚱한 젖소년아, 고분고분 굴지 않으면 정신이 나갈 때까지 두들겨 맞을 줄 알아."

드루실라 소백이 입으로 O자를 그리면서 뒷걸음질을 쳤다. 경악한 표정이었다.

나는 무슨 말을 하려고 했지만, 돌런은 내게 입 닥치라는 뜻으로 한 손가락을 들었다. 나는 입을 다물었다.

그녀가 물었다. "로렌스 소백을 어디 가면 찾을 수 있지?"

"몰라요. 3, 4년은 못 봤어요." 드루실라의 목소리는 이제 기어들어 가고 있었다. 호통하고는 거리가 한참 멀었다.

"당신이 마지막으로 아는 그의 주소는 어디였어?"

"다른 호모들하고 같이 사는 샌프란시스코요."

"지금도 거기 사나?"

"몰라요, 정말 몰라요." 그녀의 아랫입술이 떨렸다. 나는 그녀가 울지도 모르겠다고 생각했다.

돌런이 긴장을 풀려고 애쓰면서 심호흡을 했다. "오케이, 소백 부인. 부인 말 믿어요. 그래도 우리는 여전히 아드님을 찾아야만 해요. 여전히 부인 도움이 필요하고요."

드루실라 소백의 입술이 더 심하게 흔들렸고, 턱에 주름이 잡혔으며, 작은 눈물방울이 뺨을 타고 흘러내렸다. "나는 그렇게 무례한 방식으로 대화하는 걸 좋아하지 않아요. 그건 옳지 못해요."

"아드님에게서 주소나 전화번호를 받은 적이 있으신가요?"

"예. 그랬던 것 같아요. 오래전에요."

"가서 찾아봐 주셨으면 하는데요."

드루실라가 여전히 울먹이면서 고개를 끄덕였다.

"우리한테 아드님이 열여섯 살 때 찍은 입건 사진이 있어요. 하지만 최근 사진도 있었으면 좋겠어요. 성인이 된 후에 찍은 사진 갖고 계신가요?"

"예."

"그것들도 가져오세요. 우리는 여기서 기다릴게요."

"알았어요. 멕시코인들을 집에 들이지는 말아줘요."

"그럴게요, 부인. 가서 찾아보세요."

드루실라가 문을 열어둔 채로 발을 끌며 집 안으로 돌아갔다. 시큼한 냄새를 풍기는 안개가 밖에 있는 우리를 덮쳤다.

내가 말했다. "젠장, 돌런, 너무 심했어요."

"저 여자 자식이 인생을 망친 게 놀라운 일이라고 생각해요?"

우리가 15분쯤 거기서 햇빛을 맞으며 서 있은 후에야 드루실라 소벡이 마침내 가족을 실망시킨 감수성 예민한 어린아이처럼 발을 끌며 문으로 돌아왔다.

"거기서 호모들하고 살던 이 옛날 주소밖에는 없어요. 이건 그 애가 2년 전에 준 사진이에요."

"이게 샌프란시스코 주소인가요?"

그녀가 끄덕이자 두드러지게 발달한 아래턱이 흔들렸다. "호모들하고 사는 데 맞아요."

그녀가 주소와 사진을 돌런에게 건넸는데, 그것들을 보자마자 돌런의 얼굴이 딱딱하게 굳었다. 내 얼굴도 그랬을 것이다. 주소는 필요치 않을 터였다.

어른이 되면서 덩치가 커지고 강해졌으며 살집이 붙은, 머리카락이 훨씬 짧아진 장성한 어른 로렌스 소벡을 우리는 알아봤다.

그는 파커 센터에서 일했다.

마지막 작전

그의 진짜 이름이자 현재 알려져 있는 이름이 아닌 로렌스 소백은 창문에 검정 비닐을 부착하는 작업을 끝냈다. 욕실에 있는 작은 창문 하나를 뺀 모든 창문들을 이미 폐쇄하면서, 집을 나설 수 있는 곳을 현관문 하나만 남겨둔 상태였다. 차고를 개조해서 만든 그곳은 푹푹 쪘다.

소백이 기록보관실에서 드빌의 사건파일을 집어 들었을 때, 계획은 단순하고 명백했다. 성범죄 전담형사들이 쿱스터를 감옥으로 보내 죽게 만드는 데 도움을 준 거기 있는 모든 사람들을, 고발장을 제출하거나 불리한 진술을 해서 쿱스터를 감옥에 있는 인간들에게 희생양처럼 바친 모든 사람들을 그는 알고 있었다. 소백은 LAPD 시스템에 있는 약점들을 활용하기 위해 사람들을 살해하는 순서를 세심하게 결정했다. 그는 LAPD 입장에서는 관련을 짓는 게 불가능할 주변부 민원인들부터 시작했다. 태스크포스가 무슨 일이 벌어지고 있는지를 마침내 깨달았을 때에도 그를 막기에는 너무 늦은 때가 될 때까지, 먹이사슬을 꾸준히 올라가는 식으로 열심히 작업했다.

콜과 그 쌍년 돌런 덕에, 이제 그는 남아 있는 소소한 인간들은 젖혀두고, 가장 책임이 크다고 여기는 사람들을 죽여야만 한다. 성범죄 주임형사 크라카우어는 은퇴하고 이틀 후에 심장마비로 죽었다. ─이건 의외로 살인자에게는 잘된 일이었다. 크라카우어는 초기 피살자들의 이름들을 한데 엮을 수 있는 그나마 미미한 가능성을 가진 유일한 인물이었기 때문이다.─ 파이크는 쿱스터를 체포했고, 그를 재판할 때 증인석에 앉았으며, 드빌의 관에 못을 박았었다. 하지만 지금 파이크는 도망자 신세다.

그러면 한 명이 남는다.

이제 아파트를 봉쇄하는 작업을 마쳤다. 소벡은 벽장에 숨겨둔 장소에서 드빌의 사건파일을 드빌의 체포를 다룬 바삭바삭해진 빛바랜 신문기사들과 함께 꺼냈다. 그는 수갑을 찬 채로 모텔방에서 끌려 나오는 쿱스터를 찍은 선명하지 않은 사진들을 어루만지면서 이 자료들을 10만 번쯤 읽었었다. 그는 지금 그것들을 다시 어루만졌다. 그는 그날 던킨도너츠 매장에서 그를 찾아낸, 그리고 그가 아는 내용을 폭로하게끔 만들기 위해 그를 조종했던 워즈니악을 증오했다. 이 재수 없는 새끼는 너를 이용해먹고 있어. 워즈니악이 말했었다. 이놈이 너한테 하고 있는 짓은 나쁜 짓이야. 그는 말했었다. 너를 도울 수 있도록 나를 도와주려무나.

아일랜더 팜스 모텔. 체포. 교도소. 사망.

소벡은 눈을 감고는 드빌을 향한 그의 감정에 남아 있는 건 무엇이건 제거했다. 그는 파이크를 연구했었고, 그를 잘 학습했다. 인간성을 버려라. 무감각해져라. 만사는 자제력에 달려 있다. 네가 자제력을 발휘하면, 너 자신을 재창조할 수 있다. 거물이 되라. 모든 것을 통제하라.

소벡은 눈을 감고 호흡을 고르고는 확실성에서만 끌어낼 수 있는 내면의 차분함을 느꼈다. 그는 거울에 비친 자신의 몸을 감탄하는 눈으로 바라봤다. 양쪽 소매를 잘라낸 회색 나이키 운동복. 6밀리미터 길이의 머리카락을 손으로 쓸었다. 그러고는 자신이 로렌스 소벡을 보고 있는 게 아니라 조 파이크를 보고 있다고 상상한다. 몸을 푼다. 삼각근에 직접 그려 넣었던 빨간 화살들은 사라졌다. 일이 끝나고 나면, 거기에 영구문신을 새겨야겠다고 생각한다. 가랑이를 비비면서 그 감각을 즐긴다.

자제력.

짙은 선글라스를 낀다.

그는 총신을 잘라낸 2연발 샷건과 #4 산탄을 채울 12구경 탄환 한 상자를 파커 센터 증거보관실에서 가져왔다. 웨이트 벤치를 마루 한가운데로 당긴 다음, 덕트 테이프로 샷건을 거기에 고정시킨다. 문이 열렸을 때 총이 발사되도록 조작하려고 손잡이에서부터 두 개의 방아쇠로 끈을 당긴 다음, 공이치기를 뒤로 당긴다.

콜과 경찰이 찾아내고 싶어 하는 증거를 늘어놓은 그는 뒤쪽 창문으로 집을 빠져나간다. 그는 다시는 여기로 돌아오지 않을 것이다.

로렌스 소백은 사람을 죽이려고 차를 몰고 떠났다.

34

돌런은 자동차 파괴경기의 여왕처럼 드루실라 소벡의 집에서 거칠게 멀어졌다. 그녀는 너무 흥분한 탓에 몸을 떨고 있었다. "우리가 개자식의 정체를 알아냈어요. 염병할 우리 코 바로 앞에 있던 놈이었지만, 어쨌든 놈을 잡은 거나 다름없어요."

"아뇨, 돌런, 아직은 놈을 잡은 게 아니에요. 지금은 놈에 대한 생각을 머릿속에만 담아두고 있어야 할 때예요."

그녀가 나를 힐끔 봤다. 나는 그녀가 무슨 생각을 하고 있는지 알았다. 그녀가 놈의 손에 직접 수갑을 채우고 싶어 한다는 것을, 그리고 크란츠와 비숍과 염병할 태스크포스 전원을 체포 과정에서 배제시키고 싶어 한다는 것을.

"이게 당신이 원했던 거잖아요, 사만다. 이게 당신을 팀에 복귀시켜줄 거예요. 하지만 비숍을 지금 이미 열받아 있는 것보다 더 열받게 만들면 안 되잖아요."

그녀는 내 얘기를 썩 좋아하지는 않았다. 하지만 결국에는 내 얘기를 받아들였다. "이놈은 주간 근무조로 일해요. 그러니까 지금 파커 센터에 있을 거예요. 이걸 비숍의 책상에 직접 올려놓을 거예요. 우리는 파일들하고 워즈니악의 일지를 확보했어요. 비숍에게 전후를 모두 밝히고는 크란츠를 엿 먹일 거예요."

"마음대로 해요. 전화 좀 써야겠으니까 어디서든 차를 세워줘요."

"내 전화 써요. 핸드백에 있어요."

"공중전화를 쓰는 편이 낫겠어요. 오래 걸리지 않을 거예요."

그녀가 나를 미친 놈 보듯 힐끔 봤다. "소백이 지금 거기 있다고요."

"전화를 걸어야겠어요, 돌런."

"파이크하고 통화하려는 거군요."

나는 그녀를 쳐다봤다.

"그럴 거라는 거 알고 있었어요."

그녀가 비머를 가장 가까운 주유소로 급히 꺾으면서 버스를 타려고 기다리고 있던 사람들 무리를 빠르게 지나쳤다. 그녀는 날카로운 소리를 내면서 공중전화 근처에 차를 세웠다. 그러면서 시동은 계속 걸어뒀다.

"온종일 통화하지는 마요."

나는 전에 했던 것과 똑같은 일을 했다. 파이크의 직원에게 전화를 걸어서 내가 쓰는 공중전화 번호를 알려주고는 전화를 끊었다. 파이크는 2분도 되지 않아서 내게 전화를 걸었다. 지직거리는 잡음을 들으면서 그가 휴대전화로 통화 중이라는 걸 알 수 있었다.

"우리 생각이 맞았어, 조. 소백이 범인이야."

"놈을 체포했나?"

"아직은. 우리가 지금 비숍한테 이 정보를 가져가고 있다는 걸 알려주고 싶었어. 운이 좋으면, 소백을 더쉬와 결부시킬 수 있을 거야. 그러지 못하더라도, 놈을 그 사건과 결부시키면서 자네의 무죄를 입증할 뭔가를 찾아낼 수 있을 거야."

"그러면 워즈 문제가 대두될 거야."

"그러겠지. 소백을 드빌하고, 그리고 워즈니악하고 연결시키려면 워즈니악의 공책을 제시해야 해. 이 이야기가 나오면, 경찰은 모텔방에서 있었던 일을 파헤칠 거야. 비숍하고 얘기를 끝내면, 찰리한테 전화를 걸 거야. 그런 다음에 폴렛하고 이블린이 놀라는 일이 없도록 그들을 만나러 갈 작정이야."

"그럴 필요 없어. 내가 할게."

나는 무슨 말을 할지 몰랐지만, 미소를 지었다.

돌런이 경적을 울렸다.

파이크가 말했다. "긴 시간이 흘렀어. 이제는 우리가 얘기를 나눌 때라고 생각해."

"오케이. 하지만 이놈이 더쉬 사건의 진범이라는 게 밝혀지기 전까지는 안전하게 지내도록 해. 자네는 여전히 수배자야. 우리는 놈에게서 무엇을 얻어낼 수 있는지 모르는 상태고."

내가 차로 돌아가자, 돌런은 주유소를 크게 휘저으며 방향을 틀더니 버스 앞으로 끼어들어서 로스앤젤레스 강을 향해 쏜살같이 달렸다.

"돌런, 이런 짓 하다가 사람 잡은 적 있어요?"

"겁나면 벨트 꽉 조이도록 해요. 그러면 안전할 테니까."

그녀를 힐끗 봤더니 웃고 있었다. 나도 웃고 있을 것 같았다.

파커 센터에 다다랐을 때, 돌런은 주차장으로 가는 수고조차 하지 않았다. 그녀는 현관 앞의 적색구역에 차를 댔다. 우리는 성큼성큼 안으로 들어갔고, 돌런은 배지를 보이면서 데스크의 경비원을 통과했다. 나는 우리 옆을 지나가는 모두를 지켜봤다. 엘리베이터 문이 열릴 때 소백이 거기 서 있을지 궁금했지만, 그는 거기에 없었다.

우리는 강력반 사무실로 밀고 들어갔다. 와츠와 윌리엄스는 우리를 보자마자 눈썹을 치켜 올렸다. 돌런은 비숍의 사무실로 곧장 달려가서 통화 중인 그를 놀래주었다.

돌런이 말했다. "살인범 알아냈어요."

그가 짜증 난 표정으로 수화기를 막았다. "통화 중인 거 안 보이나?"

그녀는 로렌스 소벡의 사진을 그의 책상에 올려놨다. "진짜 이름은 로렌스 소벡이에요. 이건 그가 청소년 시절에 진짜 이름으로 입건됐을 때 찍은 사진이에요. 이놈이 우리 살인범이에요, 그렉. 우리가 알아냈어요."

비숍은 누구인지 모를 통화 상대에게 5분 후에 전화하겠노라고 말하고는 전화를 끊었다. 그는 사진들 쪽으로 몸을 숙였다. 소벡은 근육을 키우고 외모를 바꿨지만, 사진들을 나란히 놓고 보면 그들이 같은 사람이라는 걸 알 수 있었다.

"이건 우디 머시기인가 하는 놈이잖아."

내가 말했다. "경감님은 그를 커티스 우드로 알고 있어요. 그는 여기서 일하는 민간인 직원이에요. 우편물 카트를 밀고 사방을 돌아다니죠."

크란츠와 와츠가 문간에 나타났다. 윌리엄스가 그들의 어깨 너머를 보려고 까치발을 딛고 있었다.

크란츠가 물었다. "무슨 문제 있습니까, 경감님?"

돌런이 깔깔 웃었다. "오, 제발, 크란츠. 대단한 일을 해낸 사람처럼 굴지 마요."

"이 친구들 말이 이놈이 우리 살인범이라는군, 하비." 실눈을 뜬 비숍이 사진들에서 시선을 들었다. "이 입건 사진은 어디서 얻은 건가?"

내가 설명했다. "소벡의 청소년 기록에서요. 최근 사진은 소벡의 어머니에게서 확보한 거예요."

나는 아벨 워즈니악의 공책에서 복사한 페이지들을 보여주면서 소벡과 드빌에 대해, 그리고 그들의 관계에 대해 언급한 부분들을 가리켰고, 그런 후에는 워즈니악이 그를 체포한 경관 중 한 명임을 보여주는 소벡의 청소년 기록을 보여줬다.

내가 설명하는 동안, 크란츠는 상한 당근을 씹은 듯한 뚱한 표정을 지었다. "이것들이 입증하는 건 우리 내부에 가명으로 일하는 사람이 있다는 것뿐이야. 어렸을 때 일으킨 문제들 때문에 합법적으로 개명했을 수도 있잖아."

"아뇨, 크란츠. 우리는 그보다 더 많은 걸 알아냈어요."

돌런이 물었다. "피살자 여섯 명 사이의 연결고리를 아직 못 찾았죠, 하비?"

크란츠가 그녀를 미심쩍어하는 눈으로 바라봤다. 그들 사이에는 연결고리가 없다는 말을 하고 싶어 한다는 걸 알 수 있었다. 하지만 그는 그녀가 폭탄을 투하하려던 참이 아니라면 그런 질문을 할 리가 없다는 걸 잘 알고 있었다. 그는 그러는 대신에 나를 힐끔 봤다. "자네들이 알아낸 이 사람들 사이의 연결고리가 뭔데?"

"소벡이 피살자 여섯 명을 살해했다면, 아마 더쉬를 죽인 것도 그놈일 거예요."

크란츠가 비숍을 쏘아봤다. "우리가 놀아나고 있는 겁니다. 이건 콜이 파이크를 구하려고 지어낸 헛소리입니다."

비숍은 미심쩍어하는 기색이었다. 하지만 스탠 와츠는 점점 깊은 생각에 잠기는 모습이었다. "그 사람들이 어떻게 연관되는데?"

돌런이 설명했다. "레너드 드빌은 아벨 워즈니악이 살해당했을 때 모텔에 있던 소아성애자였어요. 워즈니악하고 파이크는 라모나 에스코바라는 여자애를 찾기 위해, 아마도 소벡에게서 받은 정보를 바탕으로 거기에 갔어요."

와츠가 고개를 끄덕였다. "기억나."

"콜은 더쉬에서부터 역순으로 작업했어요. 파이크인 척 가장하려는 동기와 이유를 가진 사람이 누구일지 물어보면서요."

크란츠가 말했다. "헛소리야. 더쉬를 죽인 건 파이크였어."

그 문제에 대한 생각에 잠긴 비숍이 손을 들어 크란츠를 막았다.

와츠가 나를 쳐다봤다. "어떻게 하다가 드빌에게 점프하게 된 거야?"

"연결고리가 드빌을 통해 뻗어나갈 거라는 생각은 못 하고 있었어요. 워즈니악을 통해서 이어져야만 말이 될 거라고 생각하고 있었는데, 결국에는 다른 사람인 것으로 판명이 난 거예요."

돌런이 말을 이었다. "보관소에서 드빌의 사건파일을 받아보려고 애썼지만, 없어진 상태였어요. 소벡이 거기 들어가서 그걸 슬쩍했을 수도 있어요. 제가 지방검사 보관소에 이 사본을 요청했어요. 이건 사건파일에서 가져온 증인 명단이에요. 피살자 여섯 명 전원이 명단에 있어요."

비숍이 30초 가까이 무표정하게 증인 명단을 응시했다. 방에 있는 누구도 움직이지 않다. 비숍이 조용히 입을 열었다. "틀림없군. 염병할 정도로 틀림이 없어. 피살자 여섯 명 전원이 여기 있어."

크란츠가 명단을 읽었고, 와츠와 윌리엄스가 그의 어깨 너머로 명단을 봤다. 윌리엄스가 휘파람을 불었다.

비숍이 말했다. "오케이. 좋아 보이는군. 월척이야. 그런데 자네들이 갖고 있다는, 소벡을 살인사건들하고 연결 짓는 증거는 뭔가?"

"현재까지는 여기 보이는 것뿐이에요. 관계들이오. 소벡을 데려와서 몰아붙일 필요가 있어요. 우리는 그의 집과 차를 수색할 영장을 받기에 충분할 정도의 근거를 확보했어요."

윌리엄스는 여전히 명단을 보면서 고개를 젓고 있었다. "이 망할 자식을 여기서 맨날 봤는데 말이야. 얼마 전에도 브루스 윌리스 신작영화에 대해 얘기를 나눴다고."

크란츠는 턱을 내밀었다. 그는 돌런이나 내 의견에 따르는 게 싫었지만, 비숍의 속내를 읽을 수 있던 그는 비숍이 그걸 원한다는 걸 잘 알았다. "좋군요, 경감님. 소벡인지 우드인지 머시기인지 하는 놈을 찾아서 여기로 데려오시는 게 어떨까요. 이놈하고 얘기하는 동안 전화로 수색 영장을 받아내서 일을 해치울 수 있습니다."

비숍이 수화기를 들었다. 그가 말하는 동안 입을 연 사람은 아무도 없었지만, 스탠 와츠는 돌런과 눈빛을 마주치고는 윙크를 보냈다. 그가 그렇게 하자, 그녀는 미소를 지었다. 2분 후, 비숍이 뭔가를 패드에 긁적거린후 수화기를 내려놨다. "우드는 오늘 출근하지 않았어. 어제도 그제도 출근하지 않았고."

크란츠가 돌런을 응시했다. "자네가 놈을 줄행랑치게 만든 짓을 하지 않았기 바라네."

"우리는 이놈 근처에도 가지 않았어요, 하비. 그에게 정보를 알려줄 수 있는 사람도 없고요. 놈의 어머니를 만난 게 20분 전이에요. 그런데 그녀는 그와 연락할 방법을 몰라요."

비숍이 말했다. "자, 하비, 우리끼리 비난하는 짓은 하지 마세. 나는 샘이 지금은 일을 잘해냈다고 생각하네."

크란츠가 부드럽고 우호적인 미소를 지었다. 그러고는 비숍에게 알랑
방귀를 뀌었다.

"자네를 비난하려던 게 아냐, 사만다. 이건 잘한 일이야. 정말로 그래."
그는 비숍에게 몸을 돌렸다. "하지만 지금은 한 번에 한 계단씩 올라가야
해. 이게 알려지면, 그렇게 될 거라고 믿는데, 사만다, 이놈은 LA 경찰국의
민간인 직원이야. 그는 우리가 여기서 일하는 동안 사람들을 살해하고 있
었어. 그러면서 그런 짓을 저지르기 위해 우리가 가진 정보 출처들을 활
용하고 있었어. 조심스레 처신하지 않으면, 우리는 또 다른 홍보의 악몽을
겪게 될 수도 있어. 그의 지문을 확인해볼 필요가 있어. 물증을 일부나마
확보해야 하고, 살인이 벌어진 날들을 이놈이 휴가를 받았거나 결근한 날
과 대조해보는 식으로 작업을 해야 해. 그러고는 우리가 놈의 집을 급습했
을 때 물증을 찾아낼 수 있기를 바라야 하고."

그는 돌런을 본 다음 다른 사람들을 봤다. 사람들에게 요점을 납득시키
려고 애쓰는 것 같았다. 상황을 정상에서 내려다보면서 지휘하기 위해.

"놈이 여기 없다면 놈을 찾아야만 합니다. 그러려면 시간이 걸릴 겁니
다. 서둘러 움직이고 싶습니다만, 마땅히 취해야 할 모든 조치를 취하지
않았다는 이유로 놈을 놓치고 싶지는 않습니다. 말이 새나가는 바람에 놈
이 정보를 입수하는 것도 원치 않습니다." 크란츠는 그렇게 말하면서 돌
런을 쳐다봤다. 그녀의 얼굴이 상기됐다.

비숍이 고개를 끄덕이며 깍지를 꼈다. "오케이. 어떻게 플레이하기를
원하나, 하비?"

"우리가 다루는 문제가 어떤 상태인지 파악하기 전까지는 수사 규모를

소규모로 유지하는 게 어떨까요. 우리하고, 순찰차 두 대쯤으로요. SWAT을 투입하는 대형 쇼를 연출하지는 마시고요. 뭔가가 잘못되면, 전 언론이 우리한테 달려들 테니까요. 저는 놈을 체포하기 전까지는 우리가 자기를 노리고 있다는 걸 놈이 아는 걸 원치 않습니다. 놈을 놓칠 경우, 모든 채널이 그 얘기를 떠들어댈 거고 놈은 우리 손가락 사이로 빠져나갈 겁니다."

"오케이, 하비. 괜찮게 들리는군. 원하는 대로 작전 짜서 곧바로 실행하도록 하게."

크란츠가 스탠 와츠의 어깨를 툭툭 치고는 문으로 몸을 돌렸다. 그는 「새벽 정찰」(에롤 플린이 주연을 맡은 전쟁영화)을 나서는 에롤 플린처럼 보였다.

돌런이 말했다. "저도 거들고 싶어요."

모두들 걸음을 멈추고 그녀를 쳐다봤다.

"경감님, 저는 상황이 여기까지 오는 데 한몫했어요. 저는 이 사건을 원해요. 우리가 이 망할 자식을 잡을 때 거기 있고 싶어요."

크란츠의 턱이 팽팽해졌다. 그가 턱을 약간 내밀었다. 그는 그녀에게 안 된다고 말하고 싶은 생각이 굴뚝같았지만, 그러지는 못하고 비숍의 눈치를 살피고 있었다.

비숍은 한순간 책상을 툭툭 두드리다 몸을 젖히더니 고개를 끄덕였다. "이건 하비의 태스크포스야, 사만다. 나는 지휘관에게 그가 원치 않는 사람을 휘하에 받아들이라고 강요하는 일은 절대로 하지 않아."

크란츠가 고개를 끄덕이고는 턱을 다시 내밀었다.

"하지만 자네가 제2의 기회를 받을 만한 자격은 있다고 생각해. 자네는 어떤가, 하비? 돌런이 들어갈 여지를 찾아낼 수 있을 거라고 생각하나?"

비숍이 그러기를 원한다는 게 분명해졌다. 크란츠는 그게 싫었다. 그의 턱에 긴장감이 감도는 파문이 퍼졌다. 하지만 그는 씩씩하게 고개를 끄덕였다. "주차장에서 만나세, 돌런. 같이 출동하게 된 걸 환영하네."

미팅이 파하면서 모두들 일렬로 방에서 나갔다. 스탠 와츠가, 심지어 윌리엄스가 돌런의 등을 토닥이거나 그녀와 악수를 했다. 그녀는 밝고 환한 미소와 반짝거리는 눈빛, 그리고 흥분이 역력한 표정으로 그들의 축하를 받았는데, 그 모습은 숨이 막힐 정도로 아름다웠다. 사만다 돌런은 아름다웠다.

그녀가 그렇게 행복해하는 모습을 다시는 보지 못할 것 같았다.

35

그녀의 차에 다다르자, 돌런이 트렁크를 열고는 내게 방탄조끼를 던졌다. "여기요. 작을 거예요. 그렇지만 끈을 조절하면 문제없을 거예요."

나는 그걸 내 몸에 대보고는 트렁크에 다시 넣었다. "나한테 어울리는 색이 아니네요."

"마음대로 해요."

돌런은 주차장 그 자리에서 브라만 남을 때까지 윗옷을 벗고는 조끼를 걸쳤다. 로스앤젤레스 스트리트에 있는 모든 사람이 그녀의 모습을 볼 수 있었고, 파커 센터에서 나오는 경찰들도 그럴 수 있었지만, 그녀는 신경 쓰지 않는 눈치였다.

돌런이 내가 지켜보는 걸 알아차리고는 추잡한 미소를 지었다. "마음에 드는 게 보이면, 덤벼들어서 차지해봐요."

나는 차에서 기다렸다.

옷을 다 입은 돌런이 운전석에 앉았다. "이 순간만을 기다렸어요, 재간꾼 아저씨. 그리고 당신한테 통고하는데, 나는 당신을 포기하지 않았어요."

나는 그녀를 쳐다봤다.

"당신한테 남부 미녀가 있다는 순전히 그 이유 때문에 포기하지는 않을 거예요. 나는 당신을 원해요. 그리고 나는 원하는 건 늘 차지해요. 스칼렛 오하라한테도 통고할 거예요. 나는 그녀에게서 당신을 빼앗아 올 작정이에요."

나는 고개를 젓고는 창밖을 응시했다.

"당신이 여태까지 만난 여자들 중에 최고가 될게요."

"돌런, 우리 그 얘기는 그만합시다. 오케이?"

그녀의 목소리와 눈빛이 부드러워졌다. "당신이 그 여자 사랑하는 거 알아요. 나는 당신이 나를 더 사랑하게 만들 거예요."

그녀는 그러고 나서 시선을 돌렸고, 나도 시선을 돌렸다.

우리는 그러고서는 에어컨을 돌리면서 말없이 앉아 있었다. 크란츠와 와츠가 즐거운 드라이브에 나서려고 덮개 덮인 주차장으로 나왔고, 윌리엄스와 브룰리가 그들의 뒤를 따랐다. 돌런이 작은 검정색 무전기의 키를 눌렀다. "준비됐습니다."

와츠가 대답했다. "오케이."

윌리엄스가 말했다. "이상무."

우리는 그들이 이룬 대열의 후방에 합류해서 주차장을 천천히 빠져나 갔다.

내가 말했다. "이봐요, 돌런."

"으음?"

그녀가 나를 힐끔 볼 때까지 그녀를 응시했다.

"나는 당신을 꽤 좋아해요. 꽤 좋아한다고요, 알겠어요?"

그녀는 눈에 주름이 잡힐 때까지 다정한 미소를 지었지만, 대답은 하지 않았다.

계획은 단순했다. 우리는 소벡의 주소지로 곧장 이동해서 그 지역을 정찰하고는 철수해서, 백업 부대로 찾아올 램파트 경찰서 순찰차 두 대를 기다리는 동안 어떻게 할지 결정할 터였다.

소백의 주소지에서 두 블록 떨어진 곳에 있는 편의점을 통과했을 때, 크란츠가 속도를 늦추면서 무전기로 지시했다. "놈의 집을 통과한 후에 편의점으로 돌아와서 만나기로 한다."

모두들 알았다는 신호를 보냈다.

"돌런, 자네는 이쪽으로 접근해. 그러면 우리가 2분 후에 따라갈게. 윌리엄스는 북쪽으로 올라갔다가 그쪽에서 내려오도록. 우리가 카퍼레이드를 하는 것처럼 보이는 건 원치 않으니까."

돌런이 무전기를 두 번 눌러서 알았다는 신호를 보내고는 나를 힐끔 봤다. "이 멍청이가 처음으로 영리한 얘기를 하네요."

"아마 와츠가 그러자고 제안했을 거예요."

돌런이 깔깔 웃었다.

윌리엄스가 북쪽으로 방향을 틀어서 올라가는 동안, 돌런과 나는 가던 길을 계속 갔다.

커티스 우드로도 알려진 로렌스 소백은 파커 센터에서 채 1.6킬로미터도 떨어져 있지 않은 침체된 주거 지역에 있는, 차고를 개조한 아파트에 살고 있었다. 네모난 작은 움막 같은 소형 주택이 도로 가까운 곳에 지어진 복층 아파트에 비집고 들어서 있었다. 측면을 따라 난 진입로가 대지 뒤쪽에 있는 작은 움막으로 이어졌는데, 그 움막이 소백이 사는 개조 아파트였다. 이웃집 앞마당에서 다부진 히스패닉 여성과 어린아이 셋이 정원용 호스를 갖고 놀고 있었다. 이 동네도 그의 어머니가 살던 곳과 달라 보이지 않았다. 대체로 멕시코나 중미에서 온 이주자들이 거주하는, 치장벽토를 바른 작은 움막들과 오래된 아파트 건물들의 대열. 소백의 움막은 황량하고 처량했다.

내가 말했다. "문이 두 개인 것 같아요. 하나는 복층 아파트 본체를 향해 나 있고 다른 하나는 측면에 있어요. 창문들에 뭔가가 있는 것처럼 보여요."

"집 안에 누가 보여요?"

"모르겠어요. 하지만 조용해 보이기는 하네요."

"차는 못 봤어요."

"나도요. 하지만 거리에 주차된 차량들 중에 그의 차가 있을 수도 있어요."

우리는 맞은편에서 다가오는 윌리엄스와 브룰리를 지나쳤다. 그러고는 우회전을 두 번 해서 편의점으로 돌아갔다. 우리가 거기 도착했을 때, 램파트 순찰차 두 대가 기다리고 있었다. 우리는 그들 옆에 차를 대고는 엔진과 에어컨을 계속 돌게 놔뒀다. 윌리엄스가 우리보다 30초 뒤에 차를 댔고, 크란츠가 거의 1분 뒤에 뒤를 따랐다. 우리는 그의 차로 모였다.

크란츠가 말했다. "통신으로 영장을 받았어. 그러니까 그의 집으로 들어가도 괜찮아. 스탠, 어떻게 작전을 펴고 싶나?"

돌런이 나를 쿡 찔렀다. 크란츠가 다시 와츠에게 의견을 묻고 있었다.

와츠가 의견을 밝혔다. "우선 복층 아파트부터 확보합니다. 여성과 애들을 거기서 데리고 나왔으면 합니다. 소백이 뒤쪽으로 도주할 경우를 대비해서 순찰차 한 대를 소백의 개조주택 바로 뒤쪽에 배치합니다. 우리는 출입문과 창문들을 커버합니다. 문을 두드렸는데 놈이 대답하지 않더라도 문을 부수고 들어가고 싶지는 않습니다. 그랬다가는 우리가 여기 왔었다는 걸 놈이 알게 될 테니까요. 자물쇠를 딸 수 있을지 확인해보겠습니다. 그렇게 못 할 경우에는 창문을 하나 깨고 진입할 수 있습니다."

내가 물었다. "집에는 어떻게 접근하고 싶은데요?"

크란츠가 나를 보고 얼굴을 찡그렸다. "그건 우리가 걱정할 거야."

그래도 와츠는 대답했다. "수색 팀을 둘로 나눠서, 하나는 진입로로 접근하고 다른 하나는 북쪽에서 옆집 뜰을 통해 접근하는 겁니다. 다시 말하지만, 조용히 움직여야 합니다. 놈이 집에 없다면, 우리가 여기 왔었다는 걸 놈이 모르게 만드는 게 최상입니다."

크란츠가 순찰차로 온 경찰들에게 각자의 임무를 하달하면서 소백의 인상착의를 설명하고는 채용사무실에서 찍은 그의 증명사진 사본을 건네줬다. 그는 이놈이 뜰을 가로질러 나올 경우 위험인물로 간주하고는 그에 따른 조치를 취하라고 말했다.

정복 경찰들이 각자의 차로 돌아가자, 크란츠가 나머지 우리에게 몸을 돌렸다. "모두들 조끼 착용했지?"

돌런이 말했다. "콜은 안 입었어요."

크란츠는 어깨를 으쓱했다. "그게 뭐 중요하겠나. 그는 여기서 대기할 건데. 자네도 마찬가지고."

"뭐라고요?"

"자네는 여기까지야. 나는 자네가 동행하는 건 순순히 허용했지만, 자네 한계는 여기까지야. 이건 태스크포스 작전이야. 그런데 자네는 태스크포스가 아니잖아."

돌런이 크란츠에게 어찌나 빠르게 달려드는지 그가 뒤로 펄쩍 물러섰다. 윌리엄스가 그들 사이에서 휘청거렸다.

"진정해, 돌런!"

돌런이 소리쳤다. "당신은 이럴 수 없어요, 염병할! 콜하고 내가 이놈을 찾아냈단 말이에요."

"나는 원하는 건 무엇이건 할 수 있어. 이건 내 작전이야."

내가 따졌다. "이건 정말로 말도 안 돼요, 크란츠. 이런 식이라면, 당신은 비숍 앞에서 해명을 해야 할 거예요."

크란츠는 턱을 내밀었다. "나는 현장을 답사해본 결과 태스크포스 멤버들만 작전에 참여하는 것이 최상책이라는 결정을 내렸어. 우리가 지금 규모로 거기 돌아가면 대군(大軍)이 움직이는 것처럼 보일 거야. 자네하고 돌런이 거기 있으면, 우리는 서로 걸리적거리면서 굼벵이처럼 느려질 거고, 누군가가 다치게 될 확률도 커질 거야."

나는 와츠에게 미소를 보냈지만, 와츠는 땅만 쳐다보고 있었다. "그렇군요. 안전이 중요하다는 거군요."

돌런의 얼굴이 세라믹 가면처럼 딱딱하고 팽팽해졌지만, 목소리는 부드러웠다. "나를 이 작전에서 잘라내지 마요, 하비. 비숍은 내가 가도 된다고 했어요."

"그렇게 했잖아. 그래서 여기 있는 거잖아. 그런데 여기까지가 한계라고, 현장이 확보되면, 자네하고 자네 남자 친구도 거기 들어올 수 있어."

그가 나를 향해 턱을 내밀었다. 나는 엿 먹을 때 기분이 어떤지 궁금했다. '남자 친구'는 제대로 엿을 먹이는 표현으로 들렸다.

내가 물었다. "왜 이러는 거예요, 크란츠? 돌런이 당신이 한 수사의 공을 모두 가로챌까 봐 무서워요?"

와츠가 말했다. "자네가 그러는 건 도움이 안 돼."

나는 양손을 벌리고는 물러섰다. "내가 빠지기를 원하는 거라면, 좋아요. 빠질게요. 하지만 돌런은 이 작전을 성사시키는 데 한몫을 했어요."

크란츠가 나를 응시하더니 고개를 저었다. "관대한 사람이군, 콜. 이런 식으로 스스로 나서다니. 하지만 자네가 원하건 말건 나는 신경 안 써. 나는 여전히 자네 파트너가 더쉬를 죽였다고 생각해. 자네가 그의 탈주에 어떤 식으로건 관련이 있다고도 생각하고. 비숍은 그걸 못 본 척할지 모르지만, 나는 그렇지 않어." 그는 돌런을 다시 힐끔 쳐다봤다. "여기가 돌아가는 방식은 이래. 나는 이 태스크포스의 지휘관이야. 자네가 강력반으로 복귀할 기회를 조금이라도 잡기를 원한다면, 조금이라도 말이야, 엉덩이를 저 차 좌석에 붙이고 내가 말한 그대로 해야 할 거야. 확실하게 이해했나?"

돌런의 얼굴이 백짓장이 됐다. "내가 말 잘 듣는 소녀가 되기를 원하는 거예요, 하비?"

크란츠는 가슴을 펴고는 조끼를 여러 차례 잡아당겼다. 그는 기형 허수아비처럼, 덩치 큰 괴인(怪人)처럼 보였다. "딱 그게 내가 원하는 거야. 자네가 말 잘 듣는 소녀가 되면, 자네한테도 일부 공적이 돌아갈 수 있도록 보장해줄게."

돌런이 그를 응시했다.

크란츠는 나머지 대원들에게 한 차로–그의 차로–이동하자고 말했고, 그들 넷이 탄 차는 편의점을 떠났다.

내가 말했다. "젠장, 돌런, 멍청이도 저런 멍청이가 없네요. 유감이에요."

그녀가 내 말이 혼란스럽다는 듯이 나를 쳐다보더니 미소를 지었다.

"원한다면 당신은 여기 앉아 있어도 좋아요, 세계 최고. 하지만 나는 집 뒤로 해서 그 집에 들어갈 거예요."

영리한 아이디어라고 생각하지는 않았다. 하지만 거기서 죽치고 있어봐야 아무 소용이 없었다. 그녀는 나를 기다리지도 않고 비머에 올랐다. 크란츠의 말 잘 듣는 개가 돼서 거기에 그대로 있느냐 그녀와 같이 가느냐 둘 중 하나였다.

크란츠는 집 앞 도로로 올라갔다. 그래서 우리는 집 뒤쪽으로 차를 몰아 두 번째 순찰차가 대기하는 곳으로 직행했다. 정복 경찰 둘이 흙받이에 기대고 서서 크란츠의 호출을 기다리는 동안 담배를 피우고 있었다.

돌런이 물었다. "크란츠한테서 아직 얘기 못 들었어요?"

그들은 아직 얘기를 듣지 못했다.

"오케이. 우리는 이동할 거예요. 호출 기다리도록 해요."

나는 그녀를 말렸다. "돌런, 이건 영리한 짓이 아니에요. 이 사람들 중 한 명이라도 우리 때문에 놀랄 경우, 그들은 우리 머리를 날려버릴 수도 있어요." 나는 누군가가 뒤에서 재채기를 할 경우 그 사람의 머리를 날려 버릴 것 같을 정도로 수상쩍어 보이는 윌리엄스를 생각하고 있었다.

"조끼 입으라고 충고했어요."

끝내주는군.

소백의 집 뒤에 있는 부동산은 아이스박스 크기만 한 1인 가구용 방갈로였다. 집에는, 철망으로 된 비좁은 우리에 갇힌 누렁이를 제외하면, 아무도 없었다. 개가 짖을까 걱정했지만, 개는 희망에 찬 눈으로 우리를 주시하며 꼬리를 흔들기만 했다. 진입로 위쪽으로 이동한 돌런과 나는 더위 때문에 갈색으로 변하고 쉽게 부러지는 나팔꽃들 옆에 세워진 철조망 울타리로 소백의 집과 분리된 뒷마당으로 들어갔다. 차고를 개조한 그의 아파트는 울타리 근처에 있어서 들여다보기가 쉬웠다.

돌런이 내 주의를 끌려고 혓 소리를 냈다. 그러고는 같이 울타리를 넘자는 몸짓을 보였다.

소백의 집 측면에 위치한 우리는 각자 반대 방향으로 건물 주위를 돌았다. 창문들 가까이에 귀를 대보고 안을 들여다보려 애썼지만, 창문들이 비닐 쓰레기봉투처럼 보이는 것들로 덮여 있어서 그럴 수가 없었다. 봉투들은 놈이 뭔가를 감추고 있다는 뜻이었는데, 나는 그게 마음에 들지 않았다.

소백의 현관문 근처에서 만난 돌런과 나는 함께 측면으로 이동했다.

내가 속삭였다. "아무것도 볼 수가 없었어요. 당신은요?"

"망할 놈의 창문들이 하나같이 이런 식이에요. 아무것도 못 봤고 아무 소리도 못 들었어요. 놈이 우리가 찾는 놈이 아니라면, 놈은 망할 놈의 흡혈귀일 거예요. 우리, 현관문을 시도해봐요."

스탠 와츠와 하비 크란츠가 진입로로 들어왔다가 우리를 보고는 얼어붙었다. 크란츠가 자기한테 오라며 우리한테 정신없이 손짓을 했지만, 돌런은 그에게 가운뎃손가락을 들어 보였다.

"당신은 이놈을 갖고 당신 자신의 목을 베고 있는 거예요, 돌런."

"저 인간은 나를 충분히 오랫동안 엿 먹여 왔어요. 총 있죠?"

"있어요."

"그럼 우리, 현관문을 시도해봐요."

돌런이 현관문으로 가서 노크를 했다. 이웃에게 사소한 부탁을 하고 싶을 때 노크하는 딱 그런 방식으로. 나는 그녀의 왼쪽 1미터쯤에 서서 총을 꺼내 들고 소백이 문을 열 경우 소백을 덮칠 준비를 했다.

총을 꺼내 든 스탠 와츠가 서둘러 내 옆에 자리를 잡았다. 크란츠는 복층 아파트 옆에 머물렀다. 옆집 뜰에서 윌리엄스와 브룰리가 내는 소리가 들렸다.

와츠가 투덜거렸다. "젠장, 사만다." 하지만 그 소리는 나만 들을 수 있을 정도로만 컸다.

돌런이 두 번째로, 조금 더 세게 노크하고는 소리쳤다. "가스회사예요. 문제가 생겨서 쫓아오다 보니까 선생님 댁에 오게 됐어요."

대답이 없었다.

그녀가 조금 더 크게 말했다. "가스회사인데 문제가 생겼어요."

여전히 아무도 대답하지 않았다. 와츠가 몸을 일으켰고, 크란츠가 복층 아파트 옆에서 서둘러 다가왔다. 얼굴이 시뻘겠다. 누군가의 목을 물어뜯고 싶어 하는 기색이었다.

"젠장, 돌런, 자네는 이 건 때문에 곤란해질 거야." 그는 소리를 낮춰 속삭이려는 심산이었지만, 목소리는 거칠고 요란했다. 누군가가 집에 있었다면 그 소리를 들었을 것이다. "이건 내 작전이야."

내가 말했다. "놈은 여기에 없어요, 돌런. 우리, 퇴각해서 어떻게 할지 판단해봐요."

크란츠가 총을 치우고는 손가락으로 나를 찔렀다. "자네도 이 일로 곤란해질 거야. 자네, 그리고 돌런. 스탠, 자네는 증인이야."

우리 셋이 여전히 옆에 있을 때 돌런이 손잡이를 건드렸다. "어라, 열려 있는 것 같아요."

내가 말렸다. "돌런, 그러지 마요."

사만다 돌런이 문틈으로 안을 들여다보기에 충분할 정도까지만 천천히 문을 열었다. 하지만 그녀는 아무것도 볼 수 없었을 것이다.

돌런은 긴장을 풀었다.

"아무 이상 없어요, 크란츠. 내가 다시 당신이 할 일을 대신 해치운 것 같네요."

그러더니 그녀가 문을 밀어 열었다. 그 순간 천둥처럼 요란한 소리가
나면서 무엇인가가 그녀를 뒤로 날려버렸다.

스탠 와츠가 "총이다!"라고 고함을 치면서 바닥으로 엎드렸지만, 나는
그가 외친 소리를 듣지 못했다.

문간으로 몸을 낮춘 나는 상대의 정체를 알아차리기 전인데도 연기가
피어오르는 2연발 샷건을 향해 사격을 했다. 나는 고함을 치고 있었던 것
같다.

공이치기가 딸깍거리는 헛수고를 할 때까지 여섯 발을 모두 발사했다.
그런 후에야 마당으로 뛰어갔다. 와츠가 지혈을 시키려고 애쓰고 있었지
만, 이미 늦은 상태였다.

근접거리의 샷건에서 발사된 총알 두 발이 그녀의 조끼를 애초에 조끼
가 거기 없었던 것처럼 뚫고 들어갔다.

사만다 돌런의 아름다운 적갈색 눈동자들이 천국을 응시하고 있었다.

그녀는 숨을 거뒀다.

36

사만다 돌런 형사의 피가 로스앤젤레스의 건조한 땅에 스며드는 동안, 로렌스 소벡은 다음 희생자가 사는 집의 진입로에 빨간 체로키를 세웠다. 그는 집에서 표백제 병으로 만든 소음기가 달린 작은 22구경을 더 이상은 소지하지 않았다. 가벼운 데다 속도도 빠른 할로우 포인트를 장전한, 모든 장비를 다 갖춘 357구경을 소지했다. 그가 지금 총으로 희생자를 쏠 경우, 그들은 지나치게 익은 아보카드처럼 박살 날 것이고 생존 가능성은 전혀 없을 것이다.

소벡은 허리에 총을 꽂았다. 문으로 가는 동안 총의 손잡이를 힘껏 쥐었다. 노크를 했지만, 아무도 대답하지 않았다. 다시 노크한 후, 집 뒤쪽으로 간 그는 슬라이딩 유리문을 열려고 애써봤다. 억지로 문을 딸까 고려해봤지만, 보안회사가 설치한 알람 불빛이 컨트롤 패널에서 깜빡거리는 게 보였다.

소벡은 살인할 준비가 돼 있다. 사람을 죽일 준비가 돼 있다. 그 짓을 흉포하게 저지르기를 원했기에 그의 손바닥은 피스톨의 나무 손잡이에서 자꾸만 미끄러졌다.

지프로 돌아간 그는 그 집의 전망을 가로막는 것이 하나도 없는 주차 장소를 찾아낼 때까지 산 위로 차를 몰았다.

그는 그 아이를 기다렸다.

크란츠가 탄식했다. "오, 세상에. 오, 맙소사."

그는 헛구역질을 했다. 그러고는 몸을 돌려서 아보카도나무에 기댔다. 윌리엄스와 브룰리가 총을 꺼내 들고 사방을 돌아보며 모퉁이를 돌아왔고, 정복 경찰 네 명이 각자 샷건을 들고 따라왔다. 주위를 둘러싼 주택 중 한 곳에서 누군가가 소리를 질렀다. 누렁이가 요란하게 짖었다.

브룰리가 크게 외쳤다. "죽었어요? 세상에, 죽은 거예요?"

와츠의 두 손은 사만다 돌런의 피로 빨갰다. "크란츠, 집 안을 살펴봐요. 윌리엄스, 집을 살펴봐, 젠장."

집에 신경을 쓰고 있는 사람이 아무도 없었다. 소백이 집 안에 있었다면, 그는 남은 사람들에게 마음대로 총질을 할 수 있었을 것이다.

내가 말했다. "이상 없어요."

와츠는 여전히 고함을 지르고 있었다. "윌리엄스, 증거 확보해. 정신 차려, 젠장, 그리고 안에 들어가서 조심해. 증거 오염시키지 *마*."

윌리엄스가 총을 들고 대비 태세를 갖추고는 문으로 슬금슬금 접근했다. 와츠가 정원의 수도꼭지로 가서 손을 씻은 다음, 무전기를 꺼내 호출했다.

나는 내 재킷으로 돌런의 얼굴을 덮어줬다. 그것 말고는 달리 무슨 일을 해야 할지 몰랐다. 내 눈에는 눈물이 그득했다. 나는 고개를 저어 눈물을 털어냈다. 윌리엄스가 문밖에 서서 그녀를 응시하고 있었다. 그도 울고 있었다.

그녀의 손목을 잡아봤지만, 맥박은 뛰지 않았다. 내 손을 그녀의 배에 올렸다. 따스했다. 나는 눈물을 없애려고 눈을 힘껏 깜빡거렸다. 그러고는 조에게 집중하기 위해 사만다 돌런과 내가 느낀 모든 감정을 머리에서 몰아냈다.

나는 소벡의 차고로 갔다.

나무에 기댄 크란츠가 나를 보고는 말했다. "거기 그대로 있어. 거긴 범행 현장이야. 윌리엄스, 그 친구 막아, 젠장."

"엿 먹어요, 크란츠. 지금 이 시간에도 놈이 저 밖에서 누군가를 죽이면서 돌아다니고 있을 수도 있어요."

윌리엄스가 돌런을 살피려고 돌아갔다. "그녀는 이미 숨을 거뒀어요."

"사망했어요."

그는 더 격하게 울었다.

와츠가 외쳤다. "콜, 조심해. 놈이 건물 전체에 부비트랩을 설치했을 수도 있어."

나는 멈추지 않고 안으로 들어갔고, 크란츠가 내 뒤를 따라왔다. 브룰리가 문까지는 왔지만 거기서 걸음을 멈췄다.

공기는 부유하는 화약연기로 층이 져 있었다. 열린 현관문을 통해 들어오는 햇빛 말고는 조명이 하나도 없는 집 안은 지독히도 덥고 어두웠다. 나는 손가락 관절로 스위치를 올렸다.

소벡의 집에는 다른 가구는 없이 웨이트만 있었다. 웨이트 벤치가 방한복판에 추잡한 모습으로 쪼그리고 있었고, 검정 웨이트 원반들이 철제 독버섯처럼 주변 마룻바닥에 쌓여 있었다. 총신 두 개가 아직도 연기를 피워내며 방금 전에 총알이 발사됐으므로 안전하다는 걸 알리고 있었음에도 샷건 앞을 지나가는 사람은 없었다. 살인사건과 더쉬와 파이크를 다룬 『타임스』 기사들이 벽에 핀으로 고정돼 있었고, 그 옆에는 해병대 신병모집 포스터와 LAPD SWAT 스나이퍼들을 묘사한 다른 포스터가 있었다.

브룰리가 말했다. "세상에, 이런 밥맛 떨어지는 새끼 보게. 놈이 돌아올 거라고 생각해?"

나는 그를 쳐다보지 않았다. 눈으로는 덫으로 놓은 철사와 압력판들을 찾으면서 코로는 가솔린 냄새를 맡으려고 애썼다. 소백이 차고를 날릴 장치를 설치해 뒀을까 봐 두려워서였다. "여기에 돌아올 생각이었다면 이런 식으로 부비트랩을 설치해놓지는 않았을 거예요. 놈은 여기를 버리고 떠난 거예요."

크란츠가 말했다. "그건 모르지, 콜. 돌런의 시신을 빠르게 수습할 수 있다면, 이 지역을 확보하고는 놈을 기다릴 수 있어."

브룰리조차 고개를 저었다.

내가 말했다. "당신도 참 어지간하네요, 크란츠."

브룰리가 판지상자에서 작은 책을 한 권 집어 올리더니 두 권을 더 집었다. "해병대 스나이퍼 매뉴얼을 여기 뒀네요. 들어봐요. 포스리콘 훈련 과목, 백병전. 세상에, 이 밥맛없는 새끼 해병대 극성팬이잖아."

크란츠가 냉장고를 열더니 유리로 된 물약병을 꺼냈다. "약물로 가득 차 있어. 스테로이드 제품들이야. 이놈은 주서(근육을 키우려고 스테로이드를 사용하는 사람)야."

그곳을 아파트라고 부르기는 어려웠다. 소형 부엌에 놓인 조리대와 욕조와 벽장에 의해 구분돼 있는 커다란 원룸이었다. 내가 관심을 가진 건, 내가 원한 건 더쉬의 주소가 적힌 쪽지나 소백이 파이크처럼 차려입는 데 쓴 옷들을—소백을 더쉬와 결부시키면서 조의 누명을 벗겨줄 거라면 무엇이건—찾아내는 것뿐이었다.

"경위님, 여기 보십시오."

브룰리가 벽장에서 빈 표백제 병 일곱 개를 찾아냈다. 22구경 권총 세 자루와 총알 몇 발도 찾아냈다. 표백제 병 두 개는 덕트 테이프로 보강된 상태였다.

크란츠가 브룰리의 등을 세게 쳤다. "우리가 그 개자식을 잡았어!"

내가 말했다. "돌런이 잡은 거예요. 당신들은 그냥 같이 드라이브를 온 거고."

크란츠가 무슨 말을 하려다가, 그보다 더 나은 일을 생각하고는 문으로 갔다. 그가 스탠 와츠에게 뭐라고 말했다. 밖에서는 사이렌 하나가 접근했다.

레너드 드빌의 원래 사건파일이 주방 조리대에 흩어져 있었고, 신문에서 잘라낸 빛바랜 워즈니악의 사망기사들과 주임형사의 증인 명단, 피살자 여섯 명 전원의 주소와 그들에 대한 메모도 있었다. 카렌 가르시아의 주소도 거기 있었다. 레이크 할리우드를 조깅하는 그녀의 습관과 조깅 경로에 대한 메모가 있었고, 셈플과 로렌조와 다른 사람들에 대한 비슷한 메모들도 있었다. 살인을 계획하는 냉혹하고 사악한 정신세계의 내부를 언뜻 본 것 같아서 오싹했다. 그는 이 사람들을 지켜보면서 그들의 생활을 몇 달간 기록했었다.

크란츠가 말했다. "자네들을 인정해야겠군, 콜. 자네하고 돌런의 판단이 옳았어. 잘한 수사였어."

"더쉬에 관한 내용이 없나 확인해봐요."

크란츠는 턱을 내밀었지만, 말은 하지 않았다. 어쩌면, 바로 그 순간, 그는 그런 걸 찾아내는 일이 가능할 거라고 생각했던 건지도 모른다.

우리가 여전히 소백이 살인 계획에 쓴 메모들을 뒤적이고 있을 때였다. 우리는 노란 패드들에 정리한 나에 대한 내용에 다다랐다. 차량관리국에서 출력한 자료는 내 집 주소와 전화번호를 보여주고 있었다. 돌런의 집 주소도 있었다.

브룰리가 휘파람을 불었다. "놈이 자네를 노렸어, 친구. 어떻게 알았는지는 모르지만, 놈은 자네하고 돌런이 자기를 노리고 있다는 걸 알고 있었어."

크란츠가 손가락으로 종이들을 뒤적였다. "놈은 온종일 파커 센터 곳곳을 돌아다녔어. 이런저런 얘기를 들을 수 있었을 거야. 거의 모든 사람에게 무슨 일에 관해서건 물어볼 수 있었을 거야. 그런데도 우리는 놈에 대해서는 아무 생각도 하지 않았던 거지."

크란츠가 말하는 방식을 보면서 나는 그와 소벡이 한 번 이상은 말을 섞은 적이 있다고 생각하게 됐다.

브룰리가 낱장을 더 많이 펼치면서, 이 장소와 순간하고는 너무나 생뚱맞은 스냅사진이 드러났다. 그래서 나는 처음에는 그 사진을 알아보지 못했다. 테니스라켓을 든 십 대 소녀와 얘기 중인 소년 셋을 찍은 사진. 소녀는 카메라를 등지고 있었지만, 소년들은 볼 수 있었다. 오른쪽에 있는 남자아이는 벤 셰니에였다. 벤을 찍은 다른 사진 두 장이 서류들과 섞여 있었는데, 세 장 모두 버두고에 있는 벤의 테니스캠프를 원거리에서 찍은 거였다. 차량관리국 출력물 모퉁이에 루시의 아파트 주소가 적혀 있었다.

크란츠가 사진을 봤다. 아니, 내 표정을 본 건지도 모른다. "얘가 누군데?"

"내 여자 친구 아들이에요. 지금 이 테니스캠프에 있어요. 크란츠, 이 주소는 내 여자 친구 아파트예요. 이건 내 집 주소고요. 여기는 루시가 일하는 TV 방송국이에요."

크란츠가 내 말을 끊고는 밖에 있는 와츠를 큰 소리로 불렀다. 저 밖의 거리 어디에선가 더 많은 순찰차들이 사이렌은 울리지 않으면서 다가오고 있었다.

"스탠, 여기 문제가 생겼어. 소백이 콜을 덮치려고 했던 것 같아. 놈이 콜의 여자 친구나 여자 친구의 아들이나 콜의 집에 가 있을지도 몰라."

내 몸속 한복판에서 날카롭고 소름 끼치는 무엇인가가 활짝 피어나더니 사지와 살갗 곳곳으로 퍼져나갔다. 나도 모르게 몸이 떨리는 게 느껴졌다.

와츠는 크란츠가 말하는 동안 서류와 사진들을 뚫어져라 쳐다보더니 크란츠가 말을 끝내기도 전에 휴대전화를 들고 몸을 돌렸다. 와츠는 전화기에 대고 주소를 읽으면서 순찰 경관들을 코드 스리로 파견하라고 요청했다. 코드 스리는 긴급을 의미했다. 사이렌을 울리고 경광등을 켤 것. 와츠가 나를 힐끔 보려고 전화기를 손으로 덮었다. "캠프 이름 알아?"

그에게 이름을 말해줬다. 내가 루시에게 전화를 걸려고 브룰리의 전화기를 빌릴 때도 몸이 떨렸다.

루시가 연결됐을 때, 그녀는 자제하면서 머뭇거리는 기색이었다. 하지만 나는 본론으로 곧장 들어가, 그녀에게 내가 어디 있는지를 말하고는 경관들이 그녀에게 가고 있다고 얘기하면서 왜 그러는지 이유를 알렸다.

크란츠가 말했다. "콜, 내가 그녀와 통화해야 한다고 생각하나?"

내가 그녀에게 로렌스 소백이 벤의 사진을 찍었다고 말하자, 그녀의 목소리가 긴장감이 팽배한 고성으로 돌아왔다.

"그 사람이 벤을 지켜보고 있었다고?"

"그래. 사진을 찍었어. 경찰이 지금 캠프로 가는 중이야. 고속도로 순찰대도 파견했어."

크란츠가 말했다. "그녀에게도 경찰을 보냈다고 알려줘, 콜. 그녀는 안전할 거야."

루시가 말했다. "벤한테 갈래. 걔를 당장 데려와야겠어."

"알아. 내가 자기를 데리러 갈게."

"도저히 못 기다리겠어. 나, 지금 떠나는 중이야."

"루스, 그럼 거기서 만나."

"걔한테 무슨 일 생기면 안 돼, 엘비스."

"우리가 개를 안전하게 지킬 거야. 스탠 와츠가 지금 캠프하고 통화 중이야."

내가 그 말을 하자, 와츠가 나를 보고는 엄지를 들어 보였다.

내가 말했다. "벤은 괜찮아, 루스. 캠프 사람들이 걔를 데리고 있어. 지금 그들하고 같이 있고, 우리가 가는 중이야."

그녀가 말없이 전화를 끊었다.

나는 문으로 가는 길에 전화기를 브룰리에게 던지고는 그녀의 목소리에서 들었던, 나를 비난하는 기미를 무시하려고 애썼다.

버두고 테니스캠프는 LA에서 동쪽으로 한 시간은 족히 걸리는 버두고 산맥의 기슭에 있는 시골에 있었다. 점멸등을 켠 크란츠는 거기 가는 대부분의 시간 동안 시속 160킬로미터를 유지했다. 우리 집과 루시의 아파트를 감시하도록 조치하는 일을 와츠에게 맡긴 그는 운전 시간의 상당 부분을 휴대전화로 비숍과 통화하는 데 썼다. 소벡의 집주인 여자가 소벡의 차량번호를 알려줬고, LAPD 교통국과 고속도로 순찰대에 경고가 발령됐다. 소벡이 모는 지프의 제조사와 모델은 파이크의 것과 동일했다.

앞자리에 앉은 윌리엄스가 울먹이며 중얼거렸다. "망할 놈의 샷건. 놈은 그 망할 총으로 그녀를 동강 낼 작정이었어요. 개자식. 내가 그 개자식의 목을 따겠어요. 예수님께 맹세코 놈을 내 손으로 해치울 거예요."

내가 말했다. "우리는 놈을 생포해야 돼요, 윌리엄스."

"누가 물어봤어? 젠장."

"크란츠, 우리는 놈을 생포해야 해요. 놈이 살아 있으면, 놈은 더쉬 사건
을 자백할 거예요."

크란츠가 윌리엄스의 다리를 토닥였다. "자네 걱정이나 해, 콜. 내 부하
들은 자기 앞가림을 할 수 있어. 우리는 이 재수 없는 새끼를 법정에 데려
갈 거야. 맞지, 제롬?"

제롬 윌리엄스가 턱을 풀면서 창밖을 응시했다.

"우리가 이놈을 법정에 데려갈 거야, 맞지, 제롬?"

윌리엄스가 몸을 비틀어서 나를 돌아봤다. "네가 한 말 잊지 않았어. 이
사건이 마무리되면, 너한테 내가 얼마나 염병할 흑인인지 보여주겠어."

우리가 도착했을 때는 보안관들이 이미 와 있었다. 흙과 자갈이 섞인
캠프 주차장에 순찰차 넉 대가 주차돼 있었다. 캠프 운영자들이 보안관들
과 초조한 기색으로 얘기하고 있었고, 그들 뒤에는 말들이 각자의 마방에
서 쿵쿵거리고 있었다. 벤의 말이 맞았다. 말똥 냄새가 났다.

크란츠는 소벡을 발견해서 체포하고 싶어 했다. 그래서 그는 보안관들
에게 몰고 온 차를 캠프의 헛간 안에 주차시키라고 지시한 다음, 각자의 감
시 위치를 배치하는 문제를 선임 보안관과 의논했다. 우리는 이 모든 작업
을 캠프의 식당에서 했다. 식당은 바닥에 페인트칠을 하지 않은, 방충막이
벽 역할을 하는 곳이었다. 아이들은 소년용 기숙사에 함께 모여 있었다.

다른 부모들이 루시보다 먼저 도착해서 각자의 아이들을 데리고 가급
적 빨리 캠프를 떠나고 있었다. 크란츠는 월로먼 부인이라는 캠프 운영자

520

가 아이들 가족에게 연락했다는 사실에 열을 받았다. 하지만 그가 그와 관련해서 할 수 있는 일은 하나도 없었다. 다중 살인을 저지른 살인자가 캠프를 불시에 덮칠지도 모른다고 경찰이 우리에게 말할 경우, 우리가 그때 취할 수 있는 책임감 있는 선택 대안들은 많지 않다.

10분 후에 루시가 도착했다. 그녀를 만나러 갔을 때, 그녀의 얼굴에는 긴장감이 역력했다. 그녀는 내 손을 잡았지만, 내가 그녀에게 말을 걸었을 때 대꾸하지 않았고 나를 쳐다보지도 않았다. 내가 그녀에게 우리가 식당에 있다고 말하자 그녀가 너무나 빨리 걷는 바람에 우리는 뜀박질을 하는 거나 다름없었다.

식당에 도착한 그녀가 윌로먼 부인에게 곧장 가서 말했다. "우리 애를 봐야겠어요."

십 대인 캠프 카운슬러가 벤을 기숙사에서 데려왔다. 벤은 흥분한 모습이었다. 이 소동이 말을 타거나 테니스를 치는 것보다 훨씬 더 재미있다는 기색이었다.

벤이 말했다. "멋져요. 무슨 일이에요?"

루시가 아이를 어찌나 세게 끌어안았는지, 아이가 몸을 꼼지락댔다. 그러더니 그녀의 얼굴에 분노가 어렸다. "이건 멋지지 않아. 이런 일은 멋지지 않아. 평범한 일도 아냐."

나 들으라고 하는 말이었다.

크란츠는 루시에게 그녀의 아파트가 안전이 확보됐다는 소식이 올 때까지 여기에 머물러달라고 요청했다. 소식이 오면, 우리는 모자가 안전하게 도착했는지 확인하기 위해 모자를 따라갈 거였다. 크란츠는 24시간 보호를 제공하겠다고 제의했고, 루시는 제의를 받아들였다. 벤을 응시하면서 아이의 등을 쓰다듬은 그녀는 상황이 종료될 때까지 루이지애나로 돌아가는 게 옳은 일 같다고 말했다. 내가 그게 좋은 아이디어일지도 모르겠다고 말했을 때, 그녀는 철망으로 된 벽으로 가서 밖을 바라봤다.

나는 그녀가 안도감을 느낄 수 있는 다른 곳에 가 있기를 원하는 거라고 짐작했다.

대형 테이블에 둘러앉은 우리는 카운슬러가 알코올성 음료라며 내놓은 빨간 음료를 홀짝거렸다. 크란츠와 나는 루시와 벤에게 소벡을 설명했다. 루시는 한 손으로는 벤을 계속 붙잡고 다른 손으로는 내 손을 잡았지만, 여전히 나를 쳐다보지는 않았다. 그녀는 크란츠하고만 얘기했다. 아직은 큰 소리로 말할 기력이 없다는 메시지를 보내는 것처럼 가끔씩 내 손을 꽉 움켜쥐기는 했지만 말이다.

결국, 크란츠에게 삐삐가 왔고, 그가 번호를 확인했다. "스탠이야."

그는 와츠에게 전화를 걸어 2초쯤 귀를 기울이더니 루시를 향해 고개를 끄덕였다. "당신 집을 확보했습니다. 관리인이 우리를 들여보내줬고, 경관들이 현장에 있습니다."

풍선에서 공기가 빠져나가듯 긴장감이 그녀에게서 배출됐다. "오, 하느님 감사합니다."

"여기 상황을 마무리 짓고 나면 댁에 모셔다 드리겠습니다. LA를 떠나는 쪽으로 결심하실 경우에는 알려주십시오. 공항까지 모시겠습니다. 원하신다면, 배턴루지 경찰에 연락해서 상황을 설명하겠습니다."

루시는 인간 같지 않은 크란츠가 인간이나 되는 양 그에게 미소를 지었다. "고맙습니다, 경위님. 집으로 가겠다는 결심이 서면 연락드릴게요."

집.

내 손을 다시 잡은 그녀가 한참 만에 처음으로 미소를 보였다. "다 괜찮을 것 같아."

나는 미소로 화답했다. 세상만사가 한결 나아진 듯 보였다.

카운슬러들이 벤의 물건들을 가져오는 동안, 나는 알코올성 음료를 문으로 가져가서 줄지어 선 나무들을 응시하며 내가 열여덟 살 때, 그리고 육군에 복무할 때 밟았던 행로를 더듬어봤다. 소백을, 그리고 그의 차고에서 찾아낸 것들을 생각해봤다. 그의 목표는 드빌을 교도소에 넣는 걸 거들었다고 탓할 수 있는 사람들을 죽이는 거였다. 그는 드빌의 기소와 가장 멀리 떨어진 사람부터 시작해 살인행각을 벌였다. 그게 LAPD가 피살자들의 관계를 파악하기가 가장 어려운 방식이기 때문이었을 것이다. 그런데 그것만이 유일한 이유였을지 궁금했다. 그가 책임이 작지 않다고 판단한 사람들을 지금까지 해치워온 거라면, 그건 그가 책임이 가장 크다고 판단한 사람들을 아껴두고 있었다는 뜻인 건 아닌지 궁금했다. 파이크가 그런 사람인 건 확실했다. 그런데 크라카우어와 워즈니악도 있었다. 두 사람 다 고인이 되기는 했지만 말이다. 그 문제를 고민하면 할수록, 그 문제가 나를 더욱더 괴롭혔다. 그는 워즈니악과 개인적으로 관계가 있었다. 그날 워즈니악에게 드빌의 소재지를 알려준 사람이 소백이었을 가능성은 무척 컸다. 마구간을 응시하면서 안에 있는 말들에 대해 생각해봤다. 나는 말들을 볼 수는 없지만 말들이 내는 소리를 들었고 냄새를 맡았다. 말들이 힝힝거리고 울면서 서로서로 얘기를 나누고 있다고 짐작했다. 내 시야에서는 벗어나 있더라도 말들은 실제로 존재했다. 인생은 종종 그런 식이다. 현실들이 다른 현실들 위에 중첩되고, 대부분은 감춰져 있지만, 늘 거기에 존재한다. 그것들을 늘 볼 수 있는 건 아니지만, 그것들이 남긴 실마리에 관심을 기울이면 그것들을 항상 똑같이 알아보게 될 것이다.

크란츠가 보안관 둘에게 벤의 물건을 실으라고 지시할 때 내가 말했다. "놈은 여기 오지 않을 거예요, 크란츠."

크란츠가 끄덕였다. "그럴 것처럼 보이는군."

"이해를 못 하는군요. 놈은 여기에, 우리 집에, 루시의 집에 오지 않아요. 이건 교란책이에요."

이제 크란츠는 얼굴을 찡그렸다. 루시가 벤의 양어깨에 손을 얹고는 나를 쳐다봤다.

"생각해봐요, 크란츠. 그는 드빌 문제에 책임이 있다고 생각하는 사람들을 죽이고 싶어 해요. 그는 그런 짓을 하던 중에 우리가 그를 노리고 있다는 걸 알게 됐어요. 그러면서 그의 게임은 끝났어요. 그리고 그도 그걸 알아요, 맞죠?"

크란츠는 여전히 찡그리고 있었다.

"놈은 우리가 피살자들 사이의 연결고리를 찾아내기까지는, 그리고 우리가 용의자 풀(pool)을 확보하고 자신이 거기에 포함될 때까지는 며칠밖에 남지 않았다는 걸 알아요."

크란츠가 말했다. "그렇지. 그게 그가 자네를 제거하기로 결심한 이유잖아."

"무슨 목표를 위해서요? 놈은 다른 사람 스무 명을 죽이면서 파커에 출근할 수는 없어요. 우리가 그를 노리고 있다고 믿는다면, 놈은 추격을 차단하려고 들 거예요. 자기 플레이가 막판에 다다랐다고 생각하고 있다면, 놈은 가장 책임이 크다고 생각하는 사람들을 죽이고 싶어 할 거예요. 놈은 파이크를 붙잡을 수가 없어요. 크라카우어는 사망했고, 그러면 워즈니악이 남아요."

"워즈니악도 죽었잖아."

"크라카우어는 독신이었어요. 워즈니악한테는 아내와 딸이 있는데, 팜 스프링스에 살아요. 내가 워즈니악의 일지를 얻은 데가 거기였어요. 우리가 지금 있어야 할 곳도 거기고요."

벤을 감싼 루시의 손에 힘이 들어갔다. 그녀가 갓 찾아낸 안전함이 사라지고 있다는 것처럼. "그러면 벤의 사진은 왜 찍은 거야? 우리 주소는 왜 갖고 있던 거고?"

"우리를 교란시키려고 그것들을 한데 둔 거야. 우리는 지금 당신과 함께 여기에 있어. 워즈니악의 과부랑 같이 있는 게 아니라. 놈이 가고 있는 데가 거기야."

"그건 순전히 당신 짐작이잖아. 거기서 그녀의 주소를 봤어? 모녀의 사진이 있었어?"

"아니."

"우리는 그가 우리 주소를 갖고 있었다는 걸 알아. 그가 살인자라는 것도 알고." 그녀는 그러더니 내 팔을 붙잡았다. 프랭크 가르시아가 딸을 찾아달라고 애원할 때 그랬던 것처럼 힘껏. "나는 지금 당신이 필요해."

나는 크란츠를 쳐다봤다. "크란츠, 놈은 팜 스프링스로 가고 있어요."

크란츠는 탐탁지 않아 했다. 하지만 그도 내 말을 이해는 하고 있었다. "이름하고 주소 아나?"

"이름은 폴렛 렌프로예요. 주소는 기억이 안 나지만, 거기 가는 길은 알려줄 수 있어요."

크란츠는 이미 전화기를 누르고 있었다. "주 경찰이 주소를 알아낼 수 있어. 우리보다 먼저 거기로 차를 보낼 수 있을 거야."

크란츠는 통화를 하면서 얼굴을 찡그렸다. 그가 보안관 보조 둘이 소벡에게 수갑을 채우는 모습을, 보안관 보조 둘이 헤드라인에 실리고 전국적으로 유명한 앵커와 인터뷰하는 모습을 머릿속으로 보고 있다는 걸 나는 잘 알았다.

나는 루시를 돌아봤다. 그러면서 내가 지을 수 있는 가장 자신만만한 미소를 지었다. 하지만 그녀는 그런 미소를 보는 걸 편안해하지 않았다.

"놈이 가는 데가 거기야, 루스. 지금은 자기하고 같이 돌아갈 수 없어. 내가 돌아올 때까지 여기 머무르도록 해. 돌아와서 자기를 집에 데려다줄게."

루시의 눈빛이 싸늘해졌다. 상처받은 기색이었다.

"집에 가는 데 당신이 필요하지는 않아."

크란츠는 윌리엄스를 부르는 통화를 하는 동안에도 문으로 이동하고 있었다. "제리, 빨리 차에 타. 거기로 가야지."

그가 카페테리아를 떠났을 때, 나는 루시를 돌아봤다. 하지만 그녀는 나를 보고 있지 않았다. 그녀의 눈을 보지 않아도 그녀의 눈에 어린 것이 무엇인지는 알 수 있었다.

나는 다시 한번 그녀가 아닌 다른 사람을 선택했다.

　소벡은 한 시간의 대부분을 꿈쩍도 않고 있었다. 사막의 태양은 지프 내부의 온도를 54도까지 올렸고 그의 운동복은 흠뻑 젖어 있었지만, 그는 자신을 먹이를 노리는 도마뱀이라고 상상하면서 먹이를 기다리는 동안 혹독한 더위 아래서 미동도 하지 않았다. 근육과 결기로 무장한 그의 임무 몰입도는 비교 대상이 없었다. 그는 나머지 낮 시간 내내 기다릴 것이다. 필요하다면 밤에도 기다릴 것이다. 앞으로 찾아올 날들 동안 기다릴 것이다.

　그리 오래 걸리지는 않았다.

　차 한 대가 아래에 있는 주거 지역의 도로를 천천히 올라오더니 희생자 집의 진입로에 도착했다. 소벡은 차가 등장했을 때 그녀가 왔다고 생각하면서 357구경에 손을 가져갔지만, 그건 그녀가 아니었다. 어떤 남자가 차에서 내려서는 눈부신 사막의 햇빛 아래서 집을 지켜보며 서 있었다. 청바지 차림에, 바닷가에서 입는 무척이나 튀는 셔츠의 자락을 내놓고 있었고, 선글라스를 끼고 있었다.

　소벡은 가슴이 운전대에 닿을 때까지 몸을 숙였다.

　조 파이크였다.

　파이크는 현관으로 가서 초인종을 누르더니 집 뒤로 돌아갔다. 소벡은 거기에 있는 그의 모습은 볼 수 없었지만, 파이크가 작은 베란다에 앉아 있을 게 분명하다고, 아니면 집 안에 들어갈 방법을 찾아낸 게 분명하다고 생각했다.

소벡은 기다렸다. 하지만 파이크는 돌아오지 않았다.

양손으로 357을 움켜쥘 때 심장이 쿵쾅거렸다. 총은 두 다리 사이에, 성기가 총의 무게를 느낄 수 있는 위치에 놓여 있었다. 감촉이 좋았다.

그는 자신도 모르게 미소를 지었다. 지난 며칠 사이에 처음으로 표출한 감정이었다. 파이크가 그에게로 왔다.

자제력.

소벡은 좌석에 몸을 편히 기대고는 폴렛 워즈니악과 그녀의 딸이 돌아오기를 기다렸다.

폴렛은 그날 아침 일찍 배닝에서 딸 이블린을 태웠다. 거기서 이블린은 자기 차를 서비스센터에 맡긴 참이었다. 폭스바겐 비틀이 고장 나면서, 이제 이블린은 차 없는 신세가 됐다. 처음에는 남자 친구가, 다음에는 아파트가, 이제는 차가 말썽이었다. 폴렛은 이블린을 그녀의 직장인 스타벅스로 태워다 줬다가, 이제는 그녀를 다시 태워서 하루가 끝날 무렵에 이블린의 차가 준비될 때까지 기다릴 수 있도록 집에 데려오는 중이었다. 물론, 이블린은 이 상황이 전혀 마음에 들지 않았다. 폴렛은 자기 집 진입로에서 낯선 차를 보게 될 거라고는 전혀 예상하지 못했다.

골이 나서 부루퉁한 이블린은 개를 목 졸라 죽이기에 제격인 사람처럼 조수석에서 못 보던 차를 노려보고 있었다. 그녀가 그날 아침에 한 유일한 말은 콜 씨한테서 다시 소식이 왔느냐고 물어본 거였다. 폴렛은 콜에게서 소식을 듣지 못했다. 그러면서 이블린이 그런 걸 묻는 게 이상하다고 생각했다.

폴렛 렌프로는 옛말이 틀리지 않았다고 생각하면서 집 앞 도로에서 방향을 틀었다. 비가 내리면 폭우가 쏟아진다. 다음에는 무엇이 닥칠까?

이블린이 낯선 차를 노려봤다. "누구 차예요?"

"모르는 차야."

깔끔하고 깨끗한 세단이 진입로 옆에, 그녀가 차고에 들어갈 수 있도록 충분한 여유 공간을 남긴 채 세워져 있었다. 차를 알아보지 못한 그녀는 친구가 그녀에게 알리지도 않고 새 차를 구입한 것인지 궁금했다. 밖의 날씨가 너무 덥기 때문에 손님은 아마 집 뒤에 있는 베란다에서 기다리고 있을 것이다. 그녀에게 알리지도 않고 그녀를 기다릴 사람이 누구일지 상상이 안 됐지만 말이다.

폴렛은 차고 문 개폐장치의 버튼을 누르고 차를 차고 안으로 천천히 몬 다음, 이블린과 함께 세탁실을 통해 집으로 들어갔다.

가족실 뒤쪽에 난 유리문으로 곧장 간 그녀는 거기서 베란다 그늘에 서 있는 그을리고 호리호리한 남자를 봤다. 그는 그녀가 자기를 볼 때까지 기다리고 있었다. 꽃무늬가 그려진 너무 헐렁한 셔츠를 입고 진한 선글라스를 끼고 있었다. 그녀가 한 첫 생각은, 그 오랜 세월을 겪은 후에 그녀에게 제일 먼저 든 생각은 '그는 하루도 늙지 않았는데 내 몰골은 끔찍해 보일 게 분명해.'였다.

이블린이 말했다. "밖에 남자가 있어요."

조가 손을 들어 인사했다. 폴렛은 자기도 모르게 미소를 지었다.

이블린이 물었다. "아는 사람이에요?"

폴렛이 문을 열고는 그가 들어올 수 있게 물러섰다.

"안녕, 조."

"만나서 반가워요, 폴렛."그녀는—그를 다시 만나는—이 순간을 꿈속에서, 모닝커피를 마시는 동안, 조용히 운전을 해서 긴 사막을 가로지르는 동안 생각해왔었다. 자신이 무슨 말을 하고 그걸 어떤 식으로 얘기할지를 가능한 모든 방식으로 상상했었지만, 그녀가 지금 간신히 내뱉은 말은 변변치가 않았다.

"물 좀 줄까요? 밖이 너무 덥죠?"

"그거면 괜찮겠네요. 고마워요."

이블린은 특유의 보기 싫은 뚱한 표정을 지었다. 지금 자기는 불쾌하기 짝이 없으며 세상 사람 모두가 그 사실을 알아야만 한다고 말하는 표정이었다. 당신들은 내 기분을 알아야 하고 거기에 맞춰 무슨 조치를 취해야 해. 그러지 않으면 나는 더 심술을 부릴 거야.

이블린이 따졌다. "엄마, 그 사람을 조라고 불렀어요."

폴렛은 상황이 어떤지 알고 있었다. "조, 이쪽은 이블린이에요. 에비, 조 파이크 기억하지?"

이블린이 팔짱을 끼었다가 풀었다. 얼굴에 그늘이 짙어지고 있었다. 그녀가 말했다. "제기랄, 엿 같네."

조가 말했다. "폴렛, 당신하고 얘기를 해야겠어요. 워즈 선배에 대해서, 그리고 지금 벌어지고 있는 일에 대해서요."

폴렛이 무슨 말을 할 수 있기도 전에, 이블린이 조 쪽으로 몸을 기울이면서 쏘아붙였다. "당신이 무슨 말을 할 수 있을 것 같아요? 당신은 아빠를 죽였어요! 엄마, 이 남자는 수배자예요! 얼마 전에 다른 사람을 죽인 살인자라고요!"

폴렛은 딸이 차분해지기를 바라면서, 동시에 자신의 강한 의지를 보이기를 원하면서, 두 팔로 딸을 감쌌다.

"에비. 뒤에 가 있어. 너한테는 나중에 얘기해줄게. 그렇지만 지금은 조랑 얘기하고 싶구나."

아버지를 평생 애도해온 이블린이 분노한 채로 자리를 떴다. "하고 싶은 얘기 몽땅 하세요! 나는 경찰에 신고할 거예요!"

폴렛은 지난 몇 년간 전혀 느낀 적이 없던 사나운 감정을 표출하며 딸을 흔들었다. "안 돼! 그러지 마!"

"저 남자가 아빠를 죽였어요!"

"그러지 마!"

조가 조용히 말했다. "괜찮아요, 폴렛. 전화하게 놔둬요."

이블린도 폴렛만큼 놀란 눈치였다. 모녀는 조를 한동안 응시했다. 그러다가 에비가 침실이 있는 뒤쪽으로 뛰어갔다.

폴렛이 말했다. "그래도 괜찮겠어요? 뉴스 다 봤어요."

"경찰이 오기 전에 여기를 뜰 거예요. 좋아 보이네요, 폴렛."

그는 그녀가 늘 감탄했던, 그리고 남몰래 부러워했던 극도로 차분한 태도로 말했다. 그는 자신감이 넘치고 안정감이 대단한 사람이라 그의 내면에는 의심이 자리 잡을 여지가 전혀 없는 것 같았다. 무슨 일이 닥치건, 그는 그걸 감당할 수 있었다. 무슨 문제가 생기건 그는 그걸 해결할 터였다.

그녀는 자신도 모르게 얼굴이 상기된 걸 느꼈다. "나는 나이를 먹었어요."

"더 아름다워졌어요."

그 오랜 시간을 보낸 후에 마침내 이 남자와 함께하게 된 것이, 이 남자 때문에 십 대 소녀처럼 얼굴이 발그레해진 지금이 얼마나 이상한 상황인지를 갑자기 떠올리면서, 얼굴의 홍조는 더욱더 짙어졌다.

"조, 안경 좀 벗어봐요. 당신의 눈을 볼 수가 없어요."

그가 선글라스를 벗었다.

세상에, 그의 눈은 믿기지 않을 지경이었다. 그녀가 그저 넋 놓고 응시할 수밖에 없는 무척이나 훌륭한 푸른색이었다. 그녀는 그의 눈을 응시하는 대신, 그에게 물을 갖다줬다.

"조, 뉴스 봤어요. 그리고 당신 친구가 여기 왔었어요. 무슨 일이 생긴 건가요?"

"우리, 이 문제는 나중에 얘기하도록 하죠." 그는 이블린 쪽을 힐끔 보고는 어깨를 으쓱했다. "경찰이 오고 있으니까요."

그녀가 끄덕였다.

"나는 그 남자를 죽이지 않았어요. 다른 사람 짓이에요. 다른 여섯 명을 죽인 바로 그놈이 한 짓이에요."

"당신 친구도 그렇게 말했어요."

"놈의 이름은 로렌스 소벡이에요. 워즈 선배의 정보원 중 하나였어요. 이 이야기가 알려지면, 언론과 경찰이 그날 있었던 모든 일을 당신에게 들이밀 거예요. 사람들이 워즈 선배에 관한 일을 다시 파헤칠 거예요. 이해돼요?"

"나는 신경 안 써요."

"상처를 입을 수도 있어요."

"나한테 상처를 입히지는 못할 거예요."

그들 뒤에서, 이블린이 너무도 조용하게 말했다. 폴렛은 이블린이 어렸을 때 이후로 그렇게 조용하게 말하는 걸 들은 적이 없었다.

"그게 왜 엄마한테 상처를 줄 수 있다는 거예요? 당신이 왜 엄마 일에 신경을 쓰는 건데요?"

폴렛은 몸을 돌려 딸을 바라봤다. 이블린은 다섯 살배기처럼 얼굴을 문간에 살짝 내밀고 있었다. 그녀의 얼굴에는 거리감이 팽배했다.

"신고했니?"

이블린은 고개를 저었다.

파이크가 말했다. "가서 신고해라. 어머니하고 나는 얘기할 게 있어."

이블린이 책장으로 가더니 아버지와 폴렛과 조 파이크가 함께 찍은 사진을 던졌다.

"엄마는 이걸 누구나 볼 수 있는 곳에 놔뒀어요." 이블린이 폴렛을 바라봤다. "이 망할 사진은 왜 간직하는 거예요? 엄마가 사랑했던 남자를 죽인 사람 사진을 왜 간직하는 거냐고요?"

폴렛 워즈니악이 장성한 딸을 한동안 지그시 응시하다 입을 열었다. "내가 사랑하는 남자는 지금도 살아 있단다."

에비가 엄마를 응시했다.

폴렛이 말했다. "아버지를 죽인 건 조가 아냐. 네 아버지는 자살했어. 스스로 목숨을 끊은 거야." 그녀는 조에게 다시 몸을 돌려 그 잔잔한 푸른 눈을, 그녀를 미소 짓게 만든 눈을 들여다봤다. "나는 바보가 아니에요, 조. 몇 년 전에 그의 공책들을 보다가 그걸 알게 됐어요."

조가 말했다. "없어진 페이지들이 그거였군요."

"그래요. 그이는 치와와 형제들과 그 난장판에 대해 적었어요. 그러고 나서, 나중에, 그 일이 있기 며칠 전에, 그이는 덫에 걸린 심정이라고 적었어요. 그이는 그럴 계획을 세웠다는 말은 하지 않았어요. 자신이 무슨 일을 할 건지, 어떻게 할 건지는 말하지 않았지만, 빠져나갈 길은 언제나 있다고, 예전에도 많은 경찰이 그 길을 갔었다고 적었어요."

이제 에비는 손가락들을 잡아당기고 있었다. 자기 손으로 손가락을 뜯어내려고 애쓰는 것처럼 그것들을 잡아당기며 비틀고 있었다.

"무슨 말을 하는 거예요? 무슨 말을 하는 거냐고요?"

폴렛은 가슴속에서 끔찍한 통증을 느꼈다. "네 아버지가 세상을 떠난 후에 그의 공책들을 살펴보기 전까지는 나도 확신하지는 못했다. 그걸 알게 된 후에도 나는 네가 아버지에 대한 진실을 아는 걸 원치 않았어. 너는 아버지를 무척 사랑했었잖니. 네가 그 내용을 절대 볼 수 없도록 그 페이지들을 뜯어내서 없애버렸어. 하지만 나는 그이가 거기에 적은 내용이 내 마음에 자리하고 있다는 건 알아. 조는 네 아버지를 죽이지 않았어. 네 아버지는 스스로 목숨을 끊었고, 조는 너를, 그리고 나를 보호하기 위해 비난을 감수했던 거야."

에비가 고개를 저으면서 말했다. "못 믿겠어요."

"그게 진실이란다, 얘야."

폴렛이 이블린을 안으려고 애썼지만, 이블린은 그녀를 밀쳐냈다. 그러자 폴렛은 조를 쳐다봤다. 그가 특유의 확실한 방법으로 무슨 일을 해야 할지를 알고 있을 거라는 투로. 그런데 그 순간, 선글라스를 낀 거구의 근육질 남자가 조의 뒤 주방에서 나오면서 검정 권총을 조준하고는 방아쇠를 당겼다.

폴렛은 비명을 질렀다. "조!"

그녀를 실제로 가격하는 것처럼 그녀를 강타하고 귀를 멍멍하게 만든, 귀를 멀게 만든 큰 소리가 그녀가 지른 비명을 삼켰다.

조는 몸을 숙였다. 그런 다음, 전혀 움직이지 않은 사람처럼 보일 정도로 빠르게 몸을 돌린 그는 순식간에 상대 남자를 마주 보고 있었다. 그의 손에 들린 커다란 권총이 너무나 빠르게 세 발을 발사한 까닭에 총소리는 **빵빵빵** 하고 한 번만 난 것처럼 들렸다.

덩치 큰 남자가 뒤로 밀리면서 씩씩거리는 신음 소리를 내며 주방 바닥에 철퍼덕 쓰러졌다. 그런 후 침묵이 감돌았다.

한동안 절대적인 고요가 감돌았다. 그러다가 조가 다시 몸을 구부렸는데, 폴렛은 그 순간 조의 등에서 피가 커다란 빨간 장미처럼 퍼지는 걸 봤다.

그녀는 탄식했다. "맙소사! 조!"

몸을 펴려고 애쓰다 움찔 놀란 조가 폴렛을 쳐다보고는 미소를 지었다. 몇 년 동안이나 그 미소를 보지 못했던 그녀는 마음이 충만해졌다. 그녀는 울고 싶었다. 조의 미소는 너무 엷은 데다 아픔이 배어 있었다.

그가 말했다. "지금 가야 해요, 폴렛. 이블린을 보호하세요."

조 파이크는 한순간 더 그녀의 시선을 받았다. 그런데 거구의 남자가 죽음의 구렁텅이에서 솟아오르는 것처럼 몸을 일으켜서 주방 바닥에 똑바로 앉더니 조에게 다시 총을 쐈다.

조 파이크가 풀썩 쓰러졌다.

두 여자가 마침내 집에 도착했다. 소백은 폴렛의 집으로 천천히 내려갔다. 감시 결과, 그는 이 시간에 집에 있는 이웃은 한 사람도 없다는 걸 알았다. 그래서 그는 누군가가 그를 목격할지도 모른다는 두려움 없이, 진입로를 천천히 올라가 폴렛 워즈니악의 차고로 들어갔다.

아직도 엔진이 틱틱거리는 폴렛 워즈니악의 차를 지나서 차고를 슬금슬금 가로지른 그는 문에다 귀를 갖다 댔다. 아무 소리도 들리지 않았다.

그는 이런 문들이 보통은 세탁실이나 주방으로 연결된다는 걸 알고 있었다. 그래서 파이크와 다른 사람들이 문 건너편에서 준비 태세를 갖추지 못한 기회를 이용하기로 결심했다. 손잡이를 돌려서 문을 천천히 열었다. 세탁기와 건조기가 보였다.

이제 목소리들을 들을 수 있었다. 어떤 여자가 소리쳤다. "당신이 무슨 말을 할 수 있을 것 같아요? 당신은 아빠를 죽였어요! 엄마, 이 남자는 수배자예요! 얼마 전에 다른 사람을 죽인 살인자라고요!"

소벡은 357구경을 움켜쥐고 공이치기를 뒤로 당긴 다음 세탁실로 천천히 들어갔다. 주방을 슬쩍 훔쳐봤다. 아무도 없었다. 소리를 내지 않으려고 조심하면서 주방을 가로질렀다. 사람들이 가족실 모퉁이 근처에 있을 때까지 그 목소리들에 가까이 이동했다. 여자들과 파이크 놈.

소벡은 숨을 깊이 들이쉬었다. 그러고는 다시 심호흡을 했다. 그런 다음 모퉁이를 돌아나가 조 파이크의 등에 총을 쐈다.

탕!

357구경은 조그만 22구경보다 반동이 셌다. 그가 다시 사격을 하기 전에 파이크가 손에 총을 쥐고는 **빵빵빵** 사격을 했다. 벽돌 세 개가 소벡의 가슴을 동시에 강타해서는 그를 납작하게 쓰러뜨리면서 눈에 별이 보이게 만들었다.

그는 자신이 죽었다고 생각했다. 그러다가 운동복 아래 받쳐 입은 테블라 조끼가 그를 구해줬다는 걸 깨달았다. 대다수 경찰들은 9밀리나 45구경 같은 보편적인 총알을 막도록 설계된 경량급 조끼를 입지만, 소벡은 44구경 매그넘 이상의 총알들을 막아낸다는 평가를 받은 더 무거운 모델을 입고 있었다.

자제력.

목소리들이 들렸다. 그들은 얘기를 나누고 있다. 파이크는 여전히 살아 있지만, 부상을 입었다.

제2의 기회.

소백은 몸을 일으켜 앉아 조 파이크를 다시 쐈다. 그때, 젊은 여자조차 비명을 질렀다.

파이크가 젖은 세탁물 자루처럼 쓰러졌고, 소백은 탄성을 질렀다. "멋지군!"

나이 많은 여자가 파이크 옆에 무릎을 꿇고는 그의 총을 움켜쥐었다. 소백은 달려가서 여자의 갈빗대에 발길질을 했다. 앞서 총을 맞은 탓에 어질어질했지만, 그의 발차기는 위력이 상당해서 거기에 맞은 여자의 몸이 뒤집혔다.

파이크의 셔츠 곳곳으로 빨간 웅덩이가 퍼졌다.

소백은 폴렛 워즈니악을, 다음에는 젊은 여자를 쳐다봤다. "네가 아벨 워즈니악의 딸년이냐?"

여자들은 아무도 대답하지 않았다.

소백은 357구경을 나이 많은 여자에게 겨눴다. 그러자 젊은 여자가 대답했다. "맞아요."

"오케이. 의자 두 개 가져와. 너희들이 앉을 의자를."

가슴에 입은 외상 때문에 방향이 가늠이 안 되고 욕지기가 느껴졌다. 하지만 그런 와중에도 그는 식탁용 나무의자 두 개에 여자들의 팔목과 발목을 테이프로 묶은 다음, 그들의 입에 더 많은 테이프를 붙였다. 그러고는 상처를 살피려고 셔츠와 조끼를 벗었다. 가슴에 생긴 동그라미 전체가 맥박에 따라 두근거리는 보라색 멍이었다. 총알들이 갈빗대 몇 대를 부러 뜨렸을 것이다. 젠장, 파이크는 총을 쏠 줄 아는 놈이다. 조끼가 아니었다 면, 세 발 모두 그의 심장에 박혔을 터였다.

소벡은 파이크의 몸에 침을 뱉고 소리를 질렀다. "엿 먹어라, 새끼야!"

소리를 지른 탓에 머리가 더 심하게 돌았다. 자리에 앉거나 구토를 해야 했다. 세상이 빙빙 도는 게 잦아진 후, 여자들을 어떻게 할까 생각해봤다.

"너는 그다음이야."

그들을 어떻게 죽이는 게 최상일까 고민할 때, 집 밖에서 차문 닫히는 소 리가 들렸다. 보안관 보조 둘이 집으로 어슬렁어슬렁 오는 모습이 보였다.

소벡이 그들에게서 두 여자를 감추려고 여자들을 뒷방으로 끌고 갔을 때, 초인종이 울렸다. 그는 셔츠를 입었다. 셔츠에 난 총알 구멍 세 개는 생 각할 겨를도 없었다. 문으로 서둘러 갔을 때 초인종이 다시 울렸다. 그는 환한 웃음을 얼굴에 바르고는 놀란 표정으로 문을 열고 말했다. "와우, 고 속도로 순찰대시군요. 우리를 체포하시려는 건가요?"

두 보조가 그를 잠깐 응시했다. 그러더니 가까이 선 경찰이 미소를 지었 다. 그는 우호적인 미소로 농담을 받아줬다. "렌프로 부인, 댁에 계신가요?"

"오, 그럼요. 우리 숙모님이세요. 만나보시게요?"

"예. 그럴 수 있다면요."

"더운데 안으로 들어오시죠. 뒤쪽으로 안내할게요. 숙모님은 풀장에 계 세요."

다른 경찰이 미소를 지었다. 그러고는 전투모를 벗고 말했다. "세상에, 저도 수영장에 몸을 담갔으면 좋겠군요."

소벡은 끄덕거리면서 더 환한 미소를 지었다 "안 될 게 뭐 있겠습니까?

괜찮으시다면, 맥주나 청량음료 갖다 드릴게요."

그는 문을 열어서 그들이 그를 지나 거실로 들어갈 수 있게 해줬다. 그런 다음 문을 닫고는 357구경을 꺼내 두 사람의 등을 쐈다. 그런 후, 그들의 머리에 총구를 갖다 대고는 다시 방아쇠를 당겼다.

38

버두고에서 팜 스프링스까지는 한 시간이 채 안 걸렸다. 폴렛은 내가 건 전화를 받지 않았다. 우리들 다 그 사실이 마음에 들지 않았다. 나는 팜 스프링스 경찰국으로 곧장 가서 거기서 우리를 기다리라는 메시지를 그녀의 응답기에 남겼다.

드라이브 동안, 크란츠는 무전기로 여러 차례 얘기를 나눴다. 한 번은 보안관들로부터 폴렛의 집에 도착했다는, 모든 게 괜찮다는 보고를 받았다.

노스 팜 스프링스에서 주간 고속도로를 벗어난 우리는 풍차들을 굽어보는 산에 있는 폴렛의 집으로 곧장 차를 몰았다. 누구 것인지 모르겠는 깨끗한 신형 세단이 진입로에 주차돼 있었다. 차고 문은 내려져 있었고, 그 블록에 다른 차는 한 대도 주차돼 있지 않았다. 집은, 동네의 다른 집들처럼, 조용했다.

내가 물었다. "보안관들이 여기 있어야 하는 거 아닌가요?"

"그 친구들, 여기 있었어."

크란츠가 무전기를 들고는 누군가에게 보안관들 문제를 확인해보라고 지시했다. 그러고는 그들이 차를 또 한 대 보내게 만들었다.

우리는 세단 옆에 차를 세우고는 차에서 내렸다.

윌리엄스가 투덜거렸다. "젠장. 여기는 지옥처럼 찌는군요."

우리는 현관문에 채 도달하지도 못했다. 대형 전망창을 지날 때, 우리

세 사람 모두 가족실에 있는 시신을 봤다. 지독한 사막의 더위 속에서조차 등과 다리에서 식은땀이 쏟아졌다.

"저건 조예요."

윌리엄스가 말했다. "제엔장."

크란츠가 총을 꺼내려고 몸을 더듬거렸다. "제롬. 무전 호출해. 지금 당장 차량들 보내라고 말해. 저게 누구건 상관없어. 앰뷸런스도 보내라고 해."

윌리엄스가 뛰어서 차로 돌아갔다.

방향이 홱 틀어진 핏줄기 두 개가 거실에서 빠져나와 가족실을 가로질러 주방으로 이어졌다. 다른 시신들은 보이지 않았지만, 저건 폴렛과 이블린이 남긴 것일지도 모른다는 생각이 들었다. 그러던 중에 뒤쪽에 있는 슬라이딩 도어들이 열려 있는 걸 보게 됐다.

"내가 들어갈게요, 크란츠."

"제기랄, 우리는 백업을 기다려야 해. 놈이 여전히 저 안에 있을지도 몰라."

"기다리다가는 저 사람들이 피를 흘리다 죽을지도 몰라요. 내가 들어갈게요."

현관문은 닫혀 있었다. 나는 집 옆으로 성큼성큼 돌아가면서 다다른 창문들마다 안을 잽싸게 슬쩍 들여다봤다. 나는 이상한 걸 하나도 보지 못하다가 폴렛과 이블린이 뒤쪽 구석방에 있는 걸 발견했다. 그들은 테이프로 의자에 결박돼 있었는데, 덕트 테이프가 팔목과 발목과 입을 온통 덮고 있었다. 그들은 거기서 벗어나려고 몸부림을 치고 있었다. 나는 유리를 툭툭 쳤다. 그들의 눈이 휘둥그레졌다. 이블린은 더 거세게 몸부림쳤지만, 폴렛은 나를 응시했다. 나는 조용히 있으라는 몸짓을 보인 다음, 양손을 벌려 소백이 집 안에 있는지 여부를 물었다.

폴렛이 고개를 끄덕였다.

나는 입술만 움직였다. "어디요?"

폴렛은 고개를 저었다. 그녀는 몰랐다.

집 뒤쪽을 따라 유리문까지 이동한 나는 푸시업 자세로 몸을 낮추고는 내부를 슬쩍 들여다봤다. 조가 모로 쓰러져 있었다. 셔츠의 등 쪽이 피로 축축했다. 그의 가슴이 들썩이는지 확인하려고 애쓰던 중에 목소리를 들었다. 핏줄기 두 개가 파이크의 앞을 지나 주방을 가로지른 후 세탁실로 이어졌다. 거기가 목소리의 진원지였다. 나는 다시 파이크를 쳐다봤다. 이번에는 눈물이 흐르기 시작했고 코가 막혔다. 억지로 눈물을 참았다.

크란츠가 집 맞은편에서 다가와 문 다른 쪽에 멈춰 섰다. 그는 총을 양손으로 붙잡고 있었다. "지원부대하고 의료진이 오고 있어."

"폴렛하고 딸이 복도 끝에 있는 방에 살아 있어요. 차고에서 무슨 소리가 들려요. 모녀를 거기서 데리고 나오도록 해요, 알았죠? 안전하게 데리고 와요."

"자네는 뭐 할 건데?"

"차고에 누가 있다니까요."

크란츠는 침을 삼켰다. 그도 목소리를 들었다는 걸 알 수 있었다. "아아, 차고에 가는 건 내가 해야 할 일인 것 같은데."

그 순간만큼은 그가 마음에 들었다. 처음인 것 같았다. "내가 더 나아요, 하비. 내가 할게요. 오케이?"

그가 나를 응시하더니 고개를 끄덕였다.

"모녀를 집에서 데리고 나가기만 해요. 윌리엄스는 어디 있어요?"

"현관을 지키고 있어."

"그 친구, 무전기 갖고 있어요?"

"그래."

"우리가 안으로 들어가니까 나를 쏘지 말라고 지시하세요. 그런 다음에 여자들을 보호하라고 하고요."

나는 문으로 들어갔다. 피 냄새는 옅었지만 비릿했다. 커다란 사막 파리들이 이미 집으로 들어가는 길을 찾아낸 상태였다. 파이크가 마루 한복판에 쓰러져 있었지만, 나는 그에게로 가지 않았다. 벽 근처에 머무르면서 가급적 많은 출입문을 보려고 애쓰고 있었다.

나는 속삭였다. "우리 둘뿐이야, 친구."

핏줄기들은 활 모양을 그리면서 주방을 가로질러 세탁실로 들어갔는데, 닫힌 문이 그곳을 막고 있었다. 목소리는 문 뒤에 있었다. 소벡이 차고에 앉아 시체들과 대화하고 있는 것 같았다. 정신 나간 놈들은 그런 짓을 한다.

내가 할 일은 이랬다. 문을 열거나, 그냥 걸어 나가서 팜 스프링스 경찰을 기다리거나. 그냥 걸어 나간다면, 차고에 있는 사람이 누구건 그는 피를 흘리다 죽을 것이고 나는 겁이 났기 때문에 거기에 들어가지 않았다고 자책하면서 그 죄책감을 평생 감수해야 할 것이다. 이것들이 내가 선택할 수 있는 대안들이었다.

나는 눈을 감고 속삭였다. "총에 맞고 싶지는 않아."

그러고는 권총의 공이치기를 당긴 다음 심호흡을 여섯 번 빠르게 한 뒤 안으로 들어갔다.

소벡의 빨간 체로키가 바로 내 앞에 주차돼 있었고, 보안관의 차가 그 옆에 있었다. 두 차의 엔진들 모두 틱틱거리고 있었다. 보안관 보조 두 명이 그들의 차 앞좌석에 있었다. 그들 머리에 아직 남아 있는 부분들이 기울어져 있었다. 목소리는 그들의 차 라디오에서 나오는 거였다. 나는 차량 두 대의 아래를 살피고는 뒷좌석을 힐끔 봤다. 소벡은 거기 없었다.

뒤에 있는 문을 닫고 주방으로 돌아갔다. 크란츠는 폴렛과 딸을 풀어줬다. 모녀가 그의 뒤에서 복도를 통해 막 가족실에 들어서던 참이었다. 나는 우리가 성공적으로 일을 마쳤다고 생각했다. 우리가 모녀를 밖으로 안전하게 데리고 나갈 거라고 생각했다. 그런데 그때, 제롬 윌리엄스가 바깥 어딘가에서 뭐라고 소리를 질렀다. 그러더니 빠르게 쏜 총알 두 방이 집으로 날아왔다.

크란츠가 소리쳤다. "제롬!"

로렌스 소벡이 복도 끝에 있는 문에서 뛰쳐나왔다. 그런데 그 정신 나간 순간, 그는 조 파이크로 보였다. 덩치가 크고 힘이 넘쳤으며, 선글라스는 걸치지 않았지만, 파이크의 평소 차림새였다. 하지만 아니었다. 그건 파이크를 왜곡시키고 부풀렸으며 추잡하게 만든 파이크의 변종, 안티-파이크였다. 이제 그는 커티스 우드처럼 보이지 않았다. 슬래서 영화에 나오는, 근친상간으로 태어난 악당과 더 비슷해 보였다.

폴렛과 이블린과 크란츠가 나와 소벡 사이에, 총에 맞을 위험이 높은 위치에 있었다. 나는 소리쳤다. "엎드려요! 엎드려!"

크란츠가 폴렛을 옆으로 밀치고는 이블린의 뒤쪽을 겨냥하고 두 발을 쏴서 소벡의 커다란 상체를 두 번 다 맞혔다.

벽에 부딪혔다 튕겨 나온 소벡은 총을 난사했다. 총알들이 마루와 천장을 때려댔다. 그가 쏜 총알 한 방이 내 오른팔 아랫부분을 심하게 때렸고, 그 바람에 나는 총을 떨어뜨리면서 몸이 냉장고 쪽으로 돌아갔다.

폴렛이 딸에게 달려가면서, 총을 쏘려는 크란츠의 앞을 다시 막았다.

나는 소리를 질렀다. "머리를 쏴요, 크란츠! 머리요! 놈은 조끼를 입고 있어요!"

소벡이 복도 아래로 곧장 돌진해서 폴렛에게 달려들어 그녀를 두 팔로 감싸고는 이블린을 옆으로 날려버렸다. 그는 울고 있었다. 눈동자는 그의 뇌가 불길에 휩싸인 것처럼 마구 날뛰고 있었다. 그가 총을 그녀의 머리에 댔다.

"나는 아직 안 끝났어. 안 끝났다고."

크란츠가 소리쳤다. "총 내려! 내려놔, 커티스!"

내 팔은 벌레들이 살갗 아래를 꿈틀거리고 다니는 것처럼 축축하고 얼얼한 느낌이었다. 총을 집으려고 애썼지만, 팔이 말을 듣지 않았다.

소벡은 총을 폴렛의 목에 더 힘껏 찔렀다. "당신이나 망할 총 내려놓으시지, 크란츠! 총 내려놔, 아니면 이 쌍년을 죽여버리겠어. 난 그렇게 할 거야, 이 개자식아. 지금 당장 그렇게 할 거라고!"

크란츠가 뒤로 물러섰다. 그의 총이 너무 심하게 흔들려서, 그가 사격을 하면 소벡보다는 폴렛을 맞힐 가능성이 더 클 터였다. 나는 크란츠도 그 점을 알고 있다고 생각했다.

나는 왼손으로 총을 집으려고 애썼다. 소벡은 심지어 내가 거기 있다는 사실조차 더는 알지 못하는 듯 보였다. 그는 크란츠에게만 정신을 쏟았다.

"젠장, 진짜야, 크란츠 그럴 거야. 지금 당장 그렇게 할 거야. 이년 머리를 날린 다음에 자살할 거야. 나는 상관 안 해. 상관 안 한다고!"

경찰관이 자기 무기를 포기하는 건 LAPD 방침에 반하는 일이다. LAPD 아카데미는 그렇게 가르친다. 그 방침을 따르라. 그렇게 가르치는 것도 옳은 일이고, 그걸 따르는 것도 옳은 일이다. 경찰관이 무기를 포기하면, 그는 그걸로 끝이다.

그런데 당신이 로렌스 소벡이 말한 대로 하지 않으면, 그래서 누군가 죽게 되면, 당신은 늘 궁금할 것이다. 그건 또 다른 선택이고 또 다른 문이다. 그 방에 문을 열고 들어가기 전까지는 문 뒤에 놓인 게 무엇인지 알 수 없을 것이다.

소벡은 그녀를 죽일 작정이었다.

"오케이, 커티스. 그 여자 풀어주고 얘기로 풀자. 네가 원하는 대로 총을 내려놓을게. 그녀를 해치지는 마, 커티스 제발 부탁인데, 그녀를 해치지 마."

크란츠가 총을 마루에 내려놓았다. 나는 그날 두 번째로 하비 크란츠가 마음에 들었다.

내가 조용히 물었다. "소벡? 더쉬를 왜 죽인 거야? 그는 이 사건하고는 관련이 없었잖아."

정신 나간 눈빛이 나에게로 춤을 추며 왔다. "더쉬는 파이크가 죽였어. 뉴스도 안 봤나?"

크란츠가 말했다. "입 닥쳐, 콜. 커티스, 총 내려놔. 제발."

소벡이 고개를 저으면서 폴렛을 크란츠를 향해 밀고 갔다. "나는 아직 안 끝났어. 이 인간들은 쿱스터에 대한 대가를 치를 거야. 그 일에 대한 대가를 치를 거야."

소벡 뒤에서, 파이크가 움직였다.

내가 말했다. "더쉬 얘기를 해봐, 소벡. 왜 파이크에게 누명을 씌운 건지 말해줘."

소벡이 총을 내게 겨누고는 공이치기를 당겼다. "내가 한 짓이 아니라니까."

파이크가 눈을 떴다.

크란츠가 말했다. "젠장, 콜, 입 닥쳐. 커티스, 그를 죽이지 마. 이 여자는 풀어줘."

파이크가 두 팔로 몸을 일으켰다. 그의 얼굴은 피로 만든 가면이었다. 셔츠는 피로 흠뻑 젖어 있었다. 그가 총을 집었다.

소벡이 말했다. "이년은 죽을 거야. 워즈니악의 딸년도 죽을 거고. 그런데 그거 알아, 하비?"

"뭘?"

소벡은 357구경을 하비 크란츠에게 똑바로 겨냥했다.

"네가 먼저 죽을 거야."

내가 말했다. "드빌은 죽지 않았어."

로렌스 소벡이 내가 그를 널빤지로 때린 것마냥 얼어붙었다. 그의 얼굴은 분노로 가득했다. 그가 총을 다시 나에게 겨누더니, 총구를 다시 크란츠에게로 돌렸다. 총을 든 손이 긴장하는 게 보였다.

그가 말했다. "이건 우리 아버지를 죽인 대가다."

크란츠가 소리쳤다. "안 돼!"

소벡이 방아쇠를 당길 때, 조 파이크가 무기를 들어 로렌스 소벡의 뒤통수에 한 발을 쏴서는 관통시켰다. 소벡이 풀썩 쓰러졌고, 침묵이 감돌았다.

파이크가 쓰러지는 몸을 두 손으로 지탱했다. 그러고는 즉시 몸을 일으키려고 다시금 애쓰고 있었다.

폴렛이 말했다. "조, 누워요. 제발 누워요."

크란츠는 그냥 거기 서 있었다. 나는 아득히 먼 곳에서 나는, 하지만 차츰 가까워지는 사이렌 소리를 들을 수 있었다.

나는 어렵사리 일어서서 조에게 갔다. 팔에서 흘러내린 피가 손가락에서 뚝뚝 떨어졌다.

"그대로 있어, 조지프. 앰뷸런스가 오고 있어."

파이크가 말했다. "안 돼. 지금 쓰러지면, 여생을 교도소에서 보내게 될 거야. 맞지, 크란츠?"

크란츠가 말했다. "너는 과다출혈로 죽을 거야."

파이크는 몸을 안정시키려고 폴렛의 도움을 받아 두 발로 섰다. 그는 권총을 바지춤에 꽂고는 나를 쳐다봤다. "자네도 맞았군."

"자네는 두 발이나 맞았잖아."

파이크가 끄덕였다. "자네를 당황하게 만드는 건 너무 쉬워."

그러더니 그가 비틀거렸다. 내가 그를 붙잡았다.

폴렛이 애원했다. "제발요, 조." 그녀는 울고 있었다.

파이크는 나를 보고 있었다. "소벡의 집에 그를 더쉬와 결부시킬 무언가가 있을 거야."

"없었어."

파이크는 피곤해 보였다. 그는 바지에서 손수건을 꺼냈는데, 손수건도 피에 흠뻑 젖어서 빨갰다.

폴렛 워즈니악이 탄식했다. "오, 망할."

그녀는 셔츠를 벗어서 그걸 그의 얼굴을 닦는 데 썼다. 그녀는 흰색 브라를 입고 있었지만, 아무도 그걸 쳐다보지 않았고 그에 대해 한마디도 하지 않았다. 그 순간, 내가 그녀를 진정으로 영원토록 사랑할 수 있겠다는

548

생각이 들었다.

조의 입꼬리가 씰룩였다. 그가 그녀의 얼굴을 만졌다. "가야 해요."

폴렛의 깜빡이는 눈에서 눈물이 떨어졌다.

조는 그의 손가락을 그녀의 얼굴에 오래 놔뒀다. "당신은 정말로 더 아름다워졌어요."

그러더니 그가 문을 향해 몸을 돌렸다. 그녀의 얼굴에 피 묻은 지문을 남긴 채.

크란츠가 소리를 질렀다. "널 보내줄 수는 없어, 파이크. 네가 한 짓은 고맙게 생각하고, 나중에 네 법정에서 이 문제로 너를 옹호해주겠지만, 지금 당장은 아니야."

크란츠가 다시 총을 들었다. 그는 창백한 안색으로 떨고 있었다. 하지만 그는 총을 갖고 있었다.

내가 말렸다. "멍청하게 굴지 마요, 크란츠."

"다 끝났어."

파이크는 계속 걸었다.

크란츠는 총을 겨눴지만, 지금 그의 총은 소백을 겨냥했을 때처럼 심하게 흔들리고 있었다. "진심이야, 파이크. 너는 수배자야. 너는 체포됐고, 법정에 서게 될 거야. 나는 네놈이 이 집을 떠나게 놔두지 않을 거야."

크란츠는 다른 손으로 총을 고정시키고는 공이치기를 당겼다. 바로 그때, 내가 멀쩡한 손으로 총을 비틀어 그에게서 빼앗았다. 그러고는 그를 벽으로 밀쳤다.

크란츠가 소리를 질렀다. "넌 경관의 공무집행을 방해하고 있어, 젠장! 넌 사법 방해를 하고 있는 거야!"

파이크가 문을 닫지도 않고 현관문을 나갔다. 그러고는 사라졌다.

나는 그에게 작별인사를 했다. "굿바이, 조."

크란츠가 바닥에 풀썩 쓰러져 양손에 얼굴을 파묻었다. 사이렌이 산으로 올라오는 중이었다. 곧 도착할 터였다. 그들은 올라오는 길에 파이크를 지나쳤을 것이다. 그들 중에 피투성이 남자가 모는 차를 알아본 사람이 있을지 궁금했다. 아마 그러지 못한 듯했다.

크란츠가 말했다. "그런 짓을 해서는 안 되는 일이었어, 콜. 너는 그의 탈주를 사주하고 도왔어. 나는 너를 체포할 거야. 너는 탐정 면허를 대가로 치르게 될 거야."

나는 고개를 끄덕였다.

"그를 도와주지 않다니, 이 멍청한 인간. 그는 피를 흘리다 죽게 될 거예요. 죽을 거라고요."

사이렌이 도착했다.

39

소벡이 제롬 윌리엄스에게 쏜 두 발 중 한 발만 그의 허벅지 동맥을 스쳐갔다. 내 부상은 약간 더 복잡했다. 총알이 내 오른쪽 흉근(胸筋)을 찢고 들어가 3번 늑골을 스치고는 오른쪽 활배근을 통해 빠져나갔다. 레지던트 외과의가 내려와 살펴보더니 말했다. "흐음."

의사들이 그런 소리를 낼 때는 걱정해야 한다.

"치료를 깔끔하게 해드릴 수는 있어요." 그가 말했다. "하지만 근육들을 재건하는 수술을 받아야 할 거예요. 흉근에 연결된 힘줄이 부분적으로 끊어졌어요. 전방 관절낭을 복구해야 하고요."

"얼마나 걸릴까요?"

"최장 네 시간요."

"수술이 얼마나 걸리느냐는 게 아니라, 여기 얼마나 오래 있어야 하냐는 겁니다."

"사흘요."

"관둡시다."

"상황이 어떤지 알려드리고 싶어서 말씀드린 거예요. 이걸 치료하려면 마취를 해야 해요."

"국소마취로 해주세요. 내가 의식을 잃게 놔둘 수는 없어요. 나는 정신줄을 놓지 않을 겁니다." 나는 파이크 소식을 듣기 위해 깨어 있고 싶었다.

나는 경찰이 도로 옆에서 피를 흘리는 그를 찾아낼 거라고 판단했다. 소식이 들어오면 그에게 달려가고 싶었기 때문에 깨어 있고 싶었다.

"국소마취만 하면 엄청나게 아플 텐데요."

"어린애들 어르는 치과의사라고 생각하면서 주사를 놓으면 되잖아요, 제발."

그는 나한테 주사를 2천 방쯤 놨다. 그러고는 상처를 정리하고 근육과 피부를 봉합했다. 그가 말했던 것보다 더 아팠지만, 아픈 게 순전히 어깨 때문만은 아닌 것 같았다.

그가 치료를 마치고는 말했다. "통증을 완화시켜줄 퍼코셋(강력한 마약성 진통제) 처방을 써줄게요. 그게 필요할 거예요. 마취가 풀리면, 지금보다 훨씬 더 아플 거예요. 약효가 강한 약이에요. 그러니까 반드시 내가 여기 적어준 대로 드셔야 해요. 내일 당신 주치의를 만나보세요."

"내일은 감옥에 있을 거예요."

그가 다시 한숨을 쉬고는 내게 처방전을 건넸다. "상황을 보아하니, 정량의 두 배는 먹어야 버티겠군요."

그는 서른두 바늘을 꿰매서 상처를 봉합했다.

윌리엄스가 수술을 받는 동안, 크란츠가 팜 스프링스 병원 응급실에서 공식적으로 나를 체포했다. 크란츠가 나한테 권리를 읽어주는 동안, 차를 몰고 온 스탠 와츠는 무표정한 얼굴로 서 있었다. 크란츠가 지시했다. "스탠, 이 친구를 LAC+USC(LA 카운티에서 가장 큰 공공병원)로 데려가 의사들한테 진찰받게 해줘. 상부에서는 이 친구를 거기 있는 구치병동에 집어넣고 거기서 하룻밤 데리고 있고 싶을 거야."

와츠는 대답하지 않았다.

"의사들이 이 친구 진찰할 때 자네도 그 자리에 있도록 해. 의사들이 이 친구 보내도 좋다고 하면, 입건시키게 파커로 데려오고. 이 건은 내가 돌아가서 직접 처리할 거야."

와츠는 이번에도 대답하지 않았다. 그는 공허한 표정으로 나를 계속 응시하고만 있었다.

크란츠가 언론을 상대하러 밖으로 나갔다.

크란츠가 사라지자, 와츠가 말했다. "운전하는 내내 돌런 일로 자네한테 욕을 퍼부을까 말까 결정하려고 애썼어."

"나 자신도 어느 정도는 그러고 있었어요."

"그래, 자네가 그럴 거라고 상상했어. 나는 돌런하고 알고 지낸 지가 10년이 넘어. 그래서 그녀가 어떤 사람인지 잘 알아. 그녀가 총에 맞았을 때, 자네가 그 안으로 들어가는 모습을 봤어. 거기에 뭐가 있는지 모르면서도 곧장 들어가더군. 자네가 재킷으로 그녀를 덮어주는 것도 봤어."

그는 무슨 말을 해야 할지 모르는 듯한 모습으로 한동안 그냥 서 있었다. 그러더니 손을 내밀었다. 나는 왼손을 내밀었고, 우리는 악수를 했다.

내가 물었다. "파이크 소식 있어요?"

"아직. 크란츠 말로는 무척 심하게 당했다던데."

"그래요. 심해요. 소벡의 차고 수색은 다 끝났나요?"

"거의. 과학수사대가 지금 거기 있어."

"파이크의 누명을 벗겨줄 증거는 찾아냈어요?"

와츠는 고개를 저었다. "아니."

퍼코셋 처방을 생각해봤다. 그게 이런 종류의 아픔도 씻어줄 수 있을까.

와츠가 말했다. "자, 내가 데려다줄게."

"크란츠가 순찰차를 불렀어요."

"순찰차는 엿이나 먹으라고 해. 나랑 타고 가면 돼."

크란츠가 나를 데려가라고 지시한 곳인 LAC+USC 메디컬 센터로 가는 출구에 접근할 때까지 팜 스프링스에서 LA까지 오는 동안 우리가 한 말은 열 마디도 채 되지 않았다.

"자네 차는 어디 있나?"

"돌런네 집에요."

"그 팔로 운전할 수 있겠어?"

"가능해요."

그는 말없이 LAC+USC 출구를 지나쳐서는 나를 돌런의 집으로 데려갔다. 그녀의 진입로에 들어선 우리는 거기에 앉아 그녀의 집을 응시했다. 누군가가 그녀의 비머를 가지러 소백의 차고로 돌아가야 할 것이다. 누군가가 그 차를 집으로 몰고 와야 할 것이다.

"오늘 밤에 자네를 입건하지는 않을 생각이야. 자네, 내일 꼭 출두해야 돼."

"크란츠가 열받아 할 텐데요."

"크란츠 걱정은 나한테 맡겨둬. 자네, 알아서 올 건가, 아님 내가 자네를 찾아 나서게 만들 건가?"

"내가 들어갈게요."

그가 다른 대답은 기대도 안 했다는 투로 어깨를 으쓱하더니 말했다. "돌런이 저 안에 꽤 좋은 테킬라 병을 갖고 있다고 장담할 수 있어. 그녀를 추모하는 의미로 한잔하는 건 어때?"

"여부가 있겠어요."

돌런은 뒷마당에 있는 화분 밑에 예비열쇠를 놔뒀다. 와츠에게 그걸 어떻게 아느냐고 묻지는 않았다. 우리는 집에 들어갔다. 와츠는 그녀가 테킬라를 보관하는 곳도 알고 있었다.

그녀의 집은 고요 그 자체였다. 그녀가 세상을 뜨면서 그녀의 집에 있는 무언가가 사라진 것 같았다. 아마 실제로도 그랬을 것이다. 우리는 자리에 앉아 술을 마셨다. 한참 후, 스탠 와츠가 그녀의 침실로 들어갔다. 그는 한참을 거기에 머무르다가 작은 마노상자를 들고 돌아와서는 상자를 무릎에 올려놓고 술을 마셨다. 충분히 많이 마신 그는 상자를 열고 작고 파란 심장 모형을 꺼냈다. 그러더니 심장을 재킷 주머니에 넣고 얼굴을 두 손에 파묻고는 갓난아기처럼 울었다.

그와 함께 한 시간 가까이 앉아 있었다. 심장이나 상자에 대해서는 묻지 않았다. 하지만 그와 함께, 그리고 그를 위해, 돌런을 위해 울었다. 그리고 파이크를 위해, 또한 인생이 결딴나고 있는 나를 위해 울었다.

인간의 마음(heart)은 그걸 위해 울어야 할 가치가 있다. 설령 그게 마노로 만든 심장일지라도 말이다.

잠시 후, 나한테 온 메시지를 확인하려고 돌런의 전화를 썼다. 조는 전화하지 않았다. 루시도 하지 않았다. 로렌스 소벡의 신원을 밝히고 팜 스프링스에서 일어난 사건들을 다루는 뉴스가 쏟아지고 있었다. 나는 그녀가 전화를 걸어왔기를 바랐다. 그러나 결과는….

내가 그녀에게 전화를 걸어야 한다는 생각이 들었지만, 그러지 않았다. 이유는 나도 몰랐다. 나는 로렌스 소벡하고는 총격전으로 끝장을 볼 수 있는 사람이었지만, 사랑하는 여자에게 전화를 거는 건 내 한계를 넘어선 일인지 몰랐다.

대신, 돌런이 포레스트 론에서 찍은 내 사진을 가지러 돌런의 주방에 갔다. 사진은 전에 본 냉장고의 그 자리에 그대로 있었다. 오랫동안 그 사진을 응시하다가 떼어냈다. 와츠가 그 사진을 보지 않았기를 바랐다. 그걸 나와 사만다 두 사람 사이의 일로 남겨두고 싶었지, 와츠와 그녀 사이의 일이 되는 건 원치 않았다.

거실로 돌아가서 와츠에게 떠나야겠다고 말했다. 하지만 그는 내 말을 듣지 않았다. 듣기는 했지만, 나를 대꾸할 가치가 있는 놈이라고 생각하지 않는 것 같았다. 그는 자신의 내면 깊은 곳 어딘가에 있었다. 어쩌면 그 작고 파란 심장 안에 있었을 것이다. 어떤 면에서, 그는 돌런과 함께 있는 거라고 나는 짐작했다.

그를 그렇게 남겨두고 나는 약국에 들러 처방전에 지시된 약을 잔뜩 챙겨 내게도 나만의 작고 파란 심장이 있기를 소망하면서 집으로 차를 몰았다. 내가 진정으로 열심히 찾아볼 경우 내게 소중한 사람들을 찾아낼 수 있는 곳인 비밀스러운 심장을 소망하면서.

40

그날 저녁 내 집은 거대하고 공허하게 느껴졌다. 조의 직원들에게 전화를 걸었지만, 그들은 그에게서 연락을 받지 못한 데다 뉴스 때문에 심란해하고 있었다. 집 안을 서성거리면서 루시에게 전화할 용기를 끌어내봤지만, 마음은 사만다 돌런에게 쏠려 있었다. 나는 그날 아침 이른 시간에 만난 그녀의 모습을, 나를 계속 쫓아다니겠노라고 말하는, 자신은 원하는 건 늘 차지했었다고 말하는, 내가 그녀를 사랑하게 만들 거라고 말하는 그녀의 모습을 계속 보고 있었다. 이제 그녀는 이 세상 사람이 아니었고, 나는 이미 내가 그녀를 사랑하게 만들었다는 얘기를 그녀에게 결코 해줄 수가 없었다.

사람이 그 정도로 아플 수 있을 거라고는 생각지도 못할 만큼 심하게 어깨가 욱신거렸다. 퍼코셋을 몇 알 먹고 손과 얼굴을 씻은 다음, 루시에게 전화를 걸었다. 번호를 누르는 것조차 아팠다.

세 번째 벨이 울렸을 때 벤이 전화를 받았다. 나라는 걸 깨달은 아이가 목소리를 낮췄다.

"엄마가 단단히 화가 났어요."

"알아. 나랑 통화하려고 할까?"

"정말로 통화하고 싶어요?"

"그래."

그녀가 전화를 받으러 올 때까지 기다리면서 무슨 말을 어떻게 해야 할지 고민했다. 루시가 수화기를 들었을 때, 그녀의 목소리는 내가 바라던 것보다 더 냉랭했다.

그녀가 말했다. "당신 말이 맞았던 것 같아."

"조 소식 들었어?"

"크란츠 경위가 전화를 걸었어. 조가 부상당한 채로 현장을 떠났다고 했어."

"맞아. 조가 떠날 수 있도록 내가 크란츠의 총을 빼앗았어. 공식적으로, 나는 지금 체포된 상태야. 내일 파커 센터에 자수하러 가야 돼."

"법률용어로는 그걸 교사방조라고 해."

내가 지진아에다 멍청이인 것처럼 느껴졌다. 배 속이 메슥거렸다. 몸의 오른쪽 전부가 아팠다.

"맞아, 루시. 내가 크란츠의 총을 빼앗았어. 공무를 방해했어. 중죄를 저지른 거야. 유죄 판결을 받으면 면허를 잃을 거고, 탐정 노릇은 그걸로 끝날 거야. 청원경찰 자리를 얻거나 육군에 재입대해야 할지도 몰라. 얻을 수 있는 일은 다 할 작정이야."

그녀의 목소리가 부드러워졌다. "총에 맞았다는 얘기를 하기는 할 생각이야?"

"크란츠가 그 얘기도 했어?"

"오, 엘비스."

피곤한 목소리였다. 그녀는 전화를 끊었다.

한동안 전화기 앞에 서서 그녀에게 다시 전화를 거는 게 옳은 일인지 고민했지만, 그러지 않았다.

결국, 고양이가 집으로 돌아왔다. 주방으로 슬그머니 들어온 놈이 희망에 찬 모습으로 코를 킁킁거렸다. 범블비 참치 캔을 따주고는 놈의 옆 마룻바닥에 앉았다. 범블비는 놈이 좋아하는 상표였다. 놈이 참치를 두 번 핥더니, 내 어깨를 킁킁거리러 다가왔다.

놈이 붕대를 핥았다. 나는 그러게 놔뒀다.

사랑을 받을 때 그걸 외면할 수 있는 사람은 세상에 그리 많지 않다.

이튿날 아침, 찰리가 나를 파커 센터로 데려갔다. 크란츠와 스탠 와츠가 나를 데리고 입건 절차를 밟았다. 크란츠도 와츠도 내가 집에서 밤을 보낸 걸 거론하지 않았다. 두 사람은 그 문제에 대한 논의를 마친 듯했다.

그날 오후에 심리를 받았다. 재판 날짜는 지방법원에서 결정됐다. 나는 보석 없이 석방됐다. 사실, 나는 소송 생각은 전혀 않고 있었다. 조 생각만 하고 있었다.

폴렛 렌프로와 이블린 워즈니악이 심리를 보러 팜 스프링스에서 왔다. 심리가 끝난 후, 그들은 나와 크란츠 사이에 있었던 일에 대해 논의하려고 찰리와 나와 함께 앉았다. 폴렛과 이블린 모두 나를 위해 거짓말을 하겠다고 제의했지만, 나는 거절했다. 나는 그들이 진실을 말하기를 원했다. 찰리는 그들이 밝힌 사건의 버전을, 내 버전과 일치하는 버전을 경청했다. 그들이 말을 마치자, 찰리가 몸을 젖히고 말했다. "자네, 좆 된 거야."

"내가 그래서 당신을 좋아하는 거예요, 찰리. 당신은 영감을 준다니까요."

"나한테서 법적인 조언을 원한다면, 거짓말을 하겠다는 이분들 조언을 받아들이도록 해. 우리는 그럴싸한 이야기를 꾸며낼 수 있어. 그러면 법정에서 여기 있는 세 사람의 설명이 크란츠의 설명하고 충돌할 거고, 자네는 유유히 법정을 나오게 될 거야."

"찰리, 나는 그런 식으로 플레이하고 싶지 않아요."

"왜 그러는 건데?"

이런 걸 보면, 찰리는 참 대단한 인물이다.

나중에, 찰리는 이 사건을 담당하는 검사와 얘기를 나눴다. 질스트랩이라는 젊은 여자로, 주지사가 되고 싶어 하는 USC 로스쿨 졸업생이었다. 돌아온 찰리는 경관의 공무집행을 방해해서 기소된 중죄 한 건만 유죄 협상을 할 수 있다고 말했다. 그렇게 하면 검찰은 사법 방해 혐의는 철회할 거라고 했다. 협상을 받아들이면, 나는 복역하지 않고 보호관찰을 받게 될 터였다. 내가 말했다. "그건 중죄를 인정하는 거잖아요, 찰리. 그건 내가 면허를 잃는다는 뜻이에요."

"법정에서 다투더라도 자네는 결국 면허를 잃게 될 거야. 18개월을 복역하게 될 거고."

나는 협상을 받아들였고, 그러면서 유죄 판결을 받은 중죄인이 됐다.

이튿날, 어깨 재건을 받으러 병원에 갔다. 네 시간이 아니라, 세 시간이 걸렸다. 하지만 나한테는 어깨가 탈구된 것마냥 팔을 몸 위에 고정시키는 깁스가 남았다. 깁스 때문에 내가 웨이터처럼 보인다고 의사에게 투덜거렸다. 의사는 소백의 총알이 왼쪽으로 1센티미터만 빗나갔으면 손과 팔뚝에 있는 작은 근육들을 통제하는 신경이 끊어졌을 거라고 말했다. 그러면 나는 지나치게 익은 마카로니처럼 보였을 것이다.

그렇게 생각하니 깁스에 대한 느낌이 한결 나아졌다.

그날 저녁, 루시가 꽃을 가져왔다.

그녀가 손가락으로 깁스를 쓸어내리더니 내 어깨에 입을 맞췄다. 더 이상은 화난 듯 보이지 않았다. 그녀의 눈빛에 다정함이 돌아왔는데, 나는 로렌스 소벡의 총에 맞는 거나 면허를 잃는 것보다 그게 더 무서웠다.

내가 물었다. "우리, 끝난 거야?"

그녀가 오랫동안 나를 응시하더니 고개를 저었다. "모르겠어. 지금은 느낌이 달라."

"오케이."

"우리, 솔직해져. 내 직장은 여기 오기 위한 핑계였어. 내가 LA에 온 건 자기를 사랑해서야. 나는 자기와 같이 있으려고 내 인생을 바쳤어. 한편으로는 변화를 원해서 그런 것이기도 해. 나는 우리 관계가 어디로 향할 것인지, 언제 향할 것인지에 대한 약속도 없고 기대도 없었어. 우리 사랑이 일부나마 제대로 작동하기나 할 것인지에 대해서도 마찬가지였어. 나는 당신이 어떤 사람인지, 그게 무슨 의미인지를 우리가 만난 첫 순간부터 알고 있었어."

"사랑해." 나는 달리 할 말을 몰랐다.

"알아. 하지만 나는 지금은 그 사랑을 예전에 그랬던 만큼 믿지는 않아. 알겠어?"

"이해해."

"그런 식으로 말하지 마."

"알았어, 루시. 하지만 달리 어쩔 도리가 없었어. 조는 내가 필요했어. 그가 죽지 않았다면, 여전히 그는 나를 필요로 할 거야. 나는 그를 도울 거고."

"화났구나."

"그래. 화났어."

이후로, 우리 둘 다 그리 많은 얘기를 하지 않았다. 그러고서 잠시 후, 그녀가 떠났다. 내가 그녀를 다시 보게 될지, 그녀에게 예전과 똑같은 감정을 느낄지, 그녀가 나에 대한 감정을 그런 식으로 느낄지 궁금했다. 내가 그런 생각을 하고 있다는 사실조차 현실 같지 않았다.

살다 보면 정말로 밥맛 떨어지는 날이 있다.

이튿날 아침에 애보트 몬토야가 프랭크 가르시아의 휠체어를 밀고 내 병실에 들어왔다. 휠체어에 앉은 프랭크는 쇠약하고 늙어 보였지만, 인사하는 의미로 내 다리를 쥐는 그의 악력은 셌다. 그는 내 팔에 대해, 조에 대해 물었다. 하지만 잠시 후, 그는 집중력이 흐트러진 듯 보였다. 눈에 눈물이 그득했다.

"댁이 그 개자식을 잡았소."

"조가 잡은 겁니다."

"당신하고 조가, 그리고 우리 집에 왔던 그 여자가 해낸 거요."

"그 여자 이름은 사만다 돌런입니다."

그의 안색이 어두워지면서 걱정하는 기색이 돌았다. "조 소식은 전혀 없는 거요?"

"아직은 없습니다, 어르신."

"필요한 게 있으면 알려주시오. 변호사, 의사, 무엇이건 상관없소. 합법이건 불법이건 상관없소. 내 심장은 이제 당신 거요. 당신을 위해서 할 수 있는 일이라면, 나는 기꺼이 그 일을 할 거요."

그가 흐느끼기 시작했고, 나는 당황스러웠다.

"저한테 신세 지신 거 전혀 없습니다, 어르신."

그가 내 다리를 더 세게 쥐었다. 어찌나 세게 쥐었는지, 뼈가 부러졌을지도 모른다는 생각이 들었다. "내가 가진 건 모두 당신 거요. 이걸, 또는 나를 이해하지 않아도 돼요. 그저 그렇다고만 알고 있으시오."

나는 러스티 스웨타겐을 떠올리고는 상황을 이해했다.

그들이 떠났다. 그런데 잠시 후, 애보트 몬토야가 되돌아왔다.

"프랭크는 진심입니다."

"압니다."

"아니, 선생은 몰라요. 하지만 알게 될 겁니다. 나도 진심입니다. 선생은 이제 우리 가족입니다, 콜 씨. 영원토록, 늘 말입니다. 이건 피의 맹세입니다. 우리는 그 오랜 세월이 흐른 후에도 여전히 화이트 펜스의 일원인지도 모릅니다."

그가 떠난 후, 나는 천장을 응시했다.

"라틴계 사람들은 참."

그날 오후 늦은 시간, 찰리 바우먼이 담배 연기로 병실을 채우고 있을 때 브랜포드와 크란츠, 스탠 와츠가 찾아왔다.

크란츠가 주머니에 양손을 꽂은 자세로 내 병상 끝에 서서 말했다. "꼬맹이 둘이 트웬티나인 팜스 외곽에서 파이크의 차를 발견했어." 트웬티나인 팜스는 팜 스프링스 북동쪽에 있는 황량한 바위투성이 지역으로, 해병대의 지상전투센터가 있는 곳이다. 해병대는 그곳에서 고속 폭격기로 사막에 네이팜탄을 투하하면서 실탄 훈련을 한다.

찰리가 자세를 바로잡고 앉았다.

내가 물었다. "파이크가 차에 있었나요?"

브랜포드가 내 깁스를 힐끔 봤다. "아니. 피만 잔뜩 있더군요. 앞좌석 전부가 흠뻑 젖어 있었어요. 주 경찰을 동원해서 그 지역을 샅샅이 훑어봤어요."

그들은 내가 그의 주차를 도왔다는 듯한 기색으로 나를 응시하고 있었다.

바우먼이 물었다. "더쉬 사건으로 파이크를 기소하지는 않을 거죠, 그렇죠, 브랜포드?"

브랜포드가 그를 그냥 쳐다보기만 했다.

"오, 제발."

내가 말했다. "크란츠. 당신이 더 잘 알잖아요. 소벡이 어떤 차림이었는지 봤잖아요. 파이크 판박이였어요. 그 노파가 본 자가 그였다고요."

크란츠가 나와 시선을 맞췄다. "콜, 나는 그와 비슷한 건 아는 게 없어. 킴멜 부인은 화살 문신을 봤다고 했어. 그런데 소벡에게는 문신이 없었어."

"문신을 그려 넣은 다음에 지워버렸으니까 그렇죠."

"자네가 소벡에게 더쉬를 죽였느냐고 묻는 소리 들었어. 소벡이 그걸 부인하는 소리도 들었고."

찰리가 짜증을 내면서 담배를 흔들었다. "그가 서명을 한 자술서를 원하는 거요? 지금 여기서 무슨 얘기를 하는 겁니까?"

"팩트를 원하는 겁니다. 우리는 이 문제를 계속 논의해왔어요, 바우먼. 파이크가 밝힌 알리바이와 관련된 모든 걸 시스템에 넣고 돌려봤지만, 결과는 내가 그럴 거라고 생각한 딱 그대로였어요. 헛소리. 검정 미니밴이나 트루디나 맷과 관련한 검색 결과는 하나도 나오지 않았어요. 식스팩이 있는 소벡의 사진을 아만다 킴멜에게 보여줬지만, 그녀는 여전히 파이크를 지목했어요."

브랜포드가 말했다. "우리는 살인무기와 화약 잔류물 검사 결과를 확보했고, 살인 동기도 알고 있어요. 그 모든 게 파이크를 가리켜요."

찰리가 반박했다. "파이크의 진술서는 비밀이 아니었어요. 소벡이 파이크의 진술과 일치시키려고 바다에 총을 던졌을 수도 있었잖아요. 소벡이 더쉬를 죽이지 않았다면, 왜 불과 두 시간 후에 헤수스 로렌조를 살해했겠어요? 그걸 우연의 일치라면서 무시하는 거요?"

"소벡이 죽었기 때문에 소벡에게 물어볼 수 없는 것들을 무시하는 겁니다. 봐요, 파이크는 크란츠와 그 두 여성의 목숨을 구했어요. 하지만 그에게 신세 진 게 있다고 해서 더쉬 사건을 묻어버릴 수는 없어요. 그가 그짓을 하지 않았다는 걸 입증하는 증거를 제시해봐요. 소벡이 그런 짓을 저질렀다는 증거를 제시하든지. 그러면 재고해볼게요."

찰리 바우먼이 브랜포드의 말을 믿지 못하겠다는 투로 1초간 담배를 흔들더니 크란츠를 응시했다. "얘기 좀 해봐요, 경위. 파이크가 당신을 구해준 다음에 당신이 파이크한테 총을 겨눴다는 게 사실입니까?"

"맞아요. 내가 정말로 그렇게 했어요."

"그가 당신 목숨을 구해준 다음이었는데도?"

"그는 유진 더쉬를 살해했어요. 그는 그 살인에 대한 책임을 져야 했어요. 내 감정은 그 문제하고는 아무 상관이 없어요."

"흐음, 적어도 당신이 감정이라는 걸 느끼기는 하는군요."

그 이후 아무도 많은 말을 하지 않았다. 그러다가 와츠를 제외하고는 모두들 황급히 병실을 떠났다.

와츠가 말했다. "오늘 아침에 사만다를 묻어줬어. 현역 경찰이 천 명 넘게 참석했어. 보기 좋더군."

"보기 좋았을 거라고 확신해요."

"파이크 소식이 들어오면 알려줄게."

"고마워요, 스탠. 정말로 고마워요."

돌이켜보면, 그날 스탠 와츠가 크란츠와 브랜포드를 따라온 유일한 이유는 사만다 돌런의 마지막 순간을 나와 공유하기 위해서였다고, 천 명이나 되는 경찰관이 그녀를 떠나보냈다는 말을 들려주기 위해서였다고 확신한다.

그가 다른 이유로 병실을 찾아왔을 거라고는 생각하지 않는다.

그녀를 떠나보내는 자리에 그들과 함께 있었으면 좋았을 것을.

이튿날 퇴원했다.

의사들은 길길이 뛰었지만, 조가 여전히 실종 상태인데도 침대에 누워 있을 수만은 없었다. 나는 조가 살아 있기를 바랐다. 그러면서, 그 상황에서 살아남을 수 있는 사람이 있다면 그건 바로 조일 거라고 생각했다. 하지만 그가 산골짜기들과 사막의 작은 협곡들로 들어가는 길을 찾아냈다면 그의 시신이 발견되기까지는 몇 년이 걸릴지도 모른다는 점도 잘 알고 있었다.

진통제를 엄청나게 먹었지만, 깁스를 한 손으로는 운전을 할 수가 없었다. 그래서 나를 사막으로 데려다줄 택시를 고용했다. 폴렛의 집으로 돌아갔다가 트웬티나인 팜스로 갔다. 조가 했을지도 모르는 생각이 무엇인지, 그가 갔을지도 모르는 곳이 어디일지 가늠하려고 애썼지만, 도무지 상상이 되지 않았다.

인근 모텔과 주유소를 일일이 확인했다. 퍼코셋을 너무 많이 먹은 탓에 두 번이나 토했다.

이튿날에도, 그다음 날에도 사막으로 돌아갔지만, 흔적은 전혀 찾지 못했다. 택시 요금이 총 8백 달러나 나왔다.

내가 더 솜씨 좋은 탐정이라면 그에 관한 정보를 얻거나 그의 시신을 찾아낼 수 있었을 것이다. 조가 살아남아서 자기 흔적들을 은폐하고 있는 게 아니라면 말이다.

나는 그런 생각이 그가 죽었다고 생각하는 것보다는 낫다고 되뇌고 있었다.

사막에 있지 않을 때는 산타모니카를 떠돌았다. 조가 택했던 경로를 밤낮으로 걸어 다니면서 점원들과 서퍼들과 비행청소년들과 보디빌더들과 유지관리 인력들과 음식 상인들과 한도 끝도 없이 많은 길거리 사람들 무리에게 말을 걸었다. 내가 야간 경로를 어찌나 뻔질나게 돌아다녔던지, 오션 애비뉴에서 일하는 매춘부들이 나를 위해 집에서 구운 파이와 스타벅스 커피를 주기도 했다. 어쩌면 깁스 때문이었을 것이다. 모두들 거기에 사인을 남기고 싶어 했다.

FBI와 차량관리국에 있는 친구들이 검정 미니밴과 트루디와 맷이라는 인명을 여전히 더 검색해줬다. 나는 그들에게 다른 주에 있는 그들의 친구들에게도 똑같은 일을 부탁해달라고 조르기까지 했다. 밝혀진 건 하나도 없었다. 얼마 후, 친구들은 내 전화에 회신하는 걸 중단했다. 우리의 우정에는 한계가 있는 것 같았다.

퇴원하고 여드레 되는 날 스탠 와츠에게 전화를 걸었다. "조 소식 좀 있어요?"

"아직 없어."

"과학수사대가 소벡의 차고 조사를 마쳤나요?"

그는 한숨을 쉬었다. "세상에, 자네는 포기를 모르는군, 그렇지?"

"저세상에 간 후에도 포기하지 않을 거예요."

"그들은 조사를 마쳤어. 하지만 자네 마음에 썩 들지는 않을 거야. 과학수사대는 첸이라는 영리한 애송이를 보냈어. 첸은 더쉬를 제외한 다른 모든 피살자들하고 소벡을 연결시킨 요원이야. 어쨌든 유감이야."

"그가 뭔가를 놓쳤을 수도 있어요."

"그 애송이는 영리해, 콜. 그 친구는 소벡에게서 나왔을 수도 있는 섬유 조직을 찾으려고 더쉬의 집을 레이저로 검사했지만, 아무것도 찾지 못했어. 더쉬에게서 나왔을지도 모르는 물질을 찾으려고 소벡의 집도 레이저로 검사했지만, 그것도 실패했어. 그는 양쪽 집 모두를 약물로 검사해보고 유기화합물 분석기도 돌려봤지만, 모두 헛수고였어. 그가 소벡을 더쉬와 결부시킬 증거를 찾아내기를 나도 바라고 있지만, 아무것도 나오지 않았어."

첸은 레이크 할리우드에서 한 작업에서 성과를 올린 요원이었다. 나는 그의 보고서를 읽으면서 깊은 인상을 받았던 걸 떠올렸다. "새 보고서들을 보내줄 수 있을 것 같나요?"

"젠장, 2백 페이지가 넘을 거야."

"더쉬의 집하고 소벡의 차고를 조사한 내용만 보내주세요. 다른 건 필요 없어요."

"거기 팩스 있어?"

"예." 나는 번호를 알려줬다.

그가 물었다. "택시 타고 사막에 다녔다는 게 정말이야?"

"어디서 들었어요?"

"이거 알아, 콜? 자네하고 돌런은 똑같은 사람들이야. 그녀가 왜 자네를 좋아했는지 알 것 같아."

그는 그러고는 전화를 끊었다.

팩스를 기다리는 동안, 첸의 레이크 할리우드 보고서를 다시 읽어봤다. 그러면서 그 꼼꼼함에 다시금 깊은 인상을 받았다. 읽는 걸 마칠 즈음, 새 보고서가 도착했다. 그 보고서도 철저하게 작성됐다는 걸 알게 됐다. 첸은 더쉬의 집과 대지에서 별개의 섬유조직 백 가지와 토양샘플 백 가지 이상을 수집했다. 그러고는 그것들을 소벡의 아파트와 옷, 신발, 차량에서 채취한 샘플들과 비교했다. 하지만 둘 사이를 연결 짓는 물증은 하나도 찾지 못했다. 더쉬를 조 파이크와 결부시키는 물증도 없었지만, 크란츠는 그런 사실은 개의치 않는 듯 보였다.

새 보고서를 두 번 읽었다. 두 번째 읽는 걸 마칠 즈음, 시간 낭비를 하고 있다는 기분이 들었다. 내가 얼마나 자주 페이지를 넘기건 새로운 증거는 나타나지 않았고, 첸이 증거와 관련해서 내린 결론은 바뀌지 않은 채로 남았다. 시간을 트루디를 찾는 데나 사막으로 돌아가는 데 쓰는 편이 훨씬 나았을 거라고 생각하던 참이었다. 첸이 레이크 할리우드에서 한 작업과 더쉬의 집에서 한 작업 사이에 차이점이 있다는 걸 깨달았다.

나는 파이크의 무죄를 입증해줄 무엇인가를 찾아내겠다는 희망을 품고 보고서를 읽었었다. 그런데 내가 찾고 있는 건 보고서에 들어 있지 않은 무엇인 것 같았다. 그건 보고서에서 제외된 듯 보였다.

과학수사대 사무실에 전화를 걸어 존 첸 씨를 바꿔달라고 요청했다.

전화를 받은 여성이 물었다. "무슨 용건이라고 말씀드릴까요?"

나는 여전히 보고서가 말하지 않은 것을 생각하고 있다가 대답했다.

"조 파이크하고 관련된 일이라고 전해주십시오."

41

새로운, 업그레이드된 존 첸

존 첸은 카렌 가르시아 살인사건에서 거둔 모범적인 실적에 대한 포상으로 승진한 바로 당일에 포르셰 박스터-탱모빌('tangmobile, 'tang은 여성의 성기를 가리키는 속어다)로도 알려진 차—를 리스했다. 그는 그 차를 장만할 형편이 안 됐지만, 사람은 살다 보면 ―존처럼 그런 비참함을 타고난 사람일지라도― 자신의 비참한 처지를 받아들이거나 거기에 저항하거나 둘 중 하나를 택해야 하는 거라고 존은 결정했다. 그러면서 실천에 나설 용기를 가졌을 때에만 운명에 저항할 수 있는 거라는 결정도 내렸다. 이 것이 새로운, 업그레이드된 존 첸이었다. 그는 다음과 같은 모토로 자신을 재규정했다. *내가 취할 수 있는 것이라면, 그건 내 것이다.*

탱모빌이 찾아오고 나면 탱이 찾아온다.

그는 박스터에 눈독을 들일 때 테레사 우에게도 잔뜩 눈독을 들이고 있었다. 그녀는 UCLA 미생물학과 대학원생이자 과학수사대의 파트타임 어시스턴트였다. 테레사 우의 검정 머리는 윤기가 흘렀고, 피부는 따뜻한 버터색이었다. 존은 그녀가 낀 전문가 분위기의 빨간 안경을 지독히도 섹시한 물건이라고 생각했다.

레이크 할리우드에서 해낸 작업 덕에 받은 각종 포상 때문에 자신감에 가득 찬 존은 사무실로 차를 몰고 돌아와 사무실에 있는 모든 사람이 박스터를 확실하게 인지하게 만든 다음, 테레사 우에게 데이트를 청했다.

그가 그녀에게 데이트를 청한 건 그게 처음으로, 데이트 신청은 그가 그녀에게 고작 두 번째로 건넨 말이었다. 그가 누군가에게 데이트를 청한 건 이게 겨우 세 번째였다.

테레사 우가 빨간 안경 너머로 그를 응시하더니, 콧물이 발라진 샌드위치를 같이 먹자는 요청을 받은 것 같은 기색으로 눈동자를 굴리고는 말했다. "오, 제발, 존. 절대 안 돼요."

쌍년.

그게 일주일 전 일이었다. 그런데 존이 새로 발견한 철학의 일부가 두 번째 모토였다. 용기내지 않으면 섹스도 없다. 존은 이후로 이레를 그녀에게 데이트하자는 말을 다시 꺼낼 용기를 쌓으며 보냈다. 그가 막 그 말을 꺼내려던 참에 엘비스 콜이라는 남자가 통화하고 싶다면서 전화를 걸어왔다.

테레사가 학교에 가느라고 사무실을 떠난 지금, 존은 짜증스레 수화기를 들었다. 이 전화는 테레사 우에게 다가갈 오늘의 기회를 날려버리는 데서 그치지 않았다. 첸은 콜이 범행 현장에서 그가 무엇인가를 놓쳤다는 내용을 은근히 내비치는 게 마음에 들지 않았다. 더쉬의 집에서 만나자고 계속 조르는 이 사내의 요청을 자신이 받아들인 것은 더욱 마음에 들지 않았다. 그렇기는 해도, 첸은 콜이 그에게 제의한 내용을 들으면서 호기심이 생겼다. 결국, 첸이 더쉬 사건을 통해 헤드라인에 오를 만한 성과를 거둘 수 있다면, 테레사 우는 그와 데이트하기로 마음을 고쳐먹을지도 몰랐다. 박스터를 모는 데다 『LA 타임스』 1면에 이름이 오른 사내를 어찌 거절할 수 있겠는가?

40분 후, 존 첸은 탱모빌을 녹색과 흰색이 섞인 택시 옆에 있는 더쉬의 진입로로 몰고 갔다. 더쉬의 현관에 경찰이 쳐놓은 노란 테이프는 제거됐고, 집은 범행 현장에서 해제된 상태였다. 이제 이곳은 살인사건에 관심이 많은 소름 끼치는 자들을 끌어들이는 미끼나 다름없었다.

첸이 박스터 문을 닫자, 어깨에 한 깁스 때문에 팔이 몸에서 떨어진 곳에 고정된 남자가 택시에서 내렸다. 웨이터처럼 보였다.

남자가 자기소개를 했다. "첸 씨, 제가 엘비스 콜입니다."

댁 입장에서는 바보 같은 이름이겠군. 엘비스라.

첸은 심술궂은 눈빛으로 콜을 보면서 콜이 그가 증거를 변조하거나 증거를 심어주기를 원하는 것인지도 모른다고 생각했다. "파이크의 파트너시라고요?"

"맞습니다. 와주셔서 감사합니다." 콜이 멀쩡한 손을 내밀었다. 파이크만큼 덩치가 크지는 않았지만, 악력은 불편할 정도로 셌다. 그도, 파이크처럼, 사람들을 괴롭히려고 사설탐정 노릇을 해온, Y염색체가 지나치게 많은 또 다른 헬스클럽 죽돌이일지도 몰랐다. 첸은 콜이 위험인물일지도 모른다고 생각하면서 빠르게 악수하고는 그에게서 떨어졌다.

"저는 시간이 많지 않아요, 콜 씨. 5분 전에 사무실에서 들어오라고 호출이 왔어요."

"오래 걸리지 않을 겁니다."

콜은 기다리지 않고 더쉬의 집 옆으로 난 골목으로 들어가기 시작했고, 첸은 엉겁결에 그를 따라갔다. 존은 그게 분했다. 배짱 좋은 놈들은 앞장선다. 그런 놈들은 남의 뒤를 따라가지 않는다.

콜이 말했다. "레이크 할리우드 현장을 조사할 때, 당신은 살인자의 경로를 소방도로까지 되짚어가서 그가 주차했던 곳을 발견했었죠."

첸의 눈이 가늘어졌다. 그는 콜이 한 말이 자동적으로 마음에 들지 않았다. 추적은 파이크가 했고, 그는 따라만 다녔기 때문이다. 물론, 첸은 그 부분은 보고서에 넣지 않았다.

"그런데요?"

"더쉬 보고서에는 살인자의 차량에 대한 언급이 없더군요. 당신이 그걸 찾아봤는지 궁금했습니다."

첸은 안도감과 짜증이 동시에 밀려오는 걸 느꼈다. 그러니까 이 사내가 떠올린 거창한 아이디어가 이거였다. 만나고 싶어 한 이유가 그거였다. 첸의 목소리에 날이 섰다. 그는 이 사내에게 자신이 장비 주머니를 폼으로 차고 있는 그저 그런 얼간이가 아니라는 걸 알리고 싶었다.

"물론, 찾아봤어요. 킴멜 부인이 이웃집 정면에서 자동차 문이 닫히는 소리를 들었으니까요. 그래서 혹시나 있을지도 모르는 스키드 마크를 찾아 그곳 도로와 도로경계석, 이웃집 정면도 확인했지만, 아무것도 없었어요."

"오일 방울들은 찾아봤나요?"

콜이 비난하는 기색이 전혀 없이 말을 툭 던졌다. 첸의 안색이 자기도 모르게 어두워졌다.

"무슨 뜻이죠?"

"레이크 할리우드 보고서에는 현장에서 찾아낸 오일 방울에 대한 언급이 있더군요. 당신은 거기서 샘플을 채취해서 오일을 식별해냈어요."

"펜조일 10-40이었죠."

"살인자의 차가 저수지에서 새고 있었다면, 그 차는 여기에도 오일을 몇 방울 남겼을 겁니다. 그걸 찾아내면, 그것들이 동일한 차량에서 나온 것이라는 점을 입증할 수 있을 겁니다."

첸의 안색이 한층 더 어두워졌다. 암울한 흥분이 느껴지는 동시에 얼굴이 화끈거렸다. 콜은 대단한 아이디어를 품고 여기에 왔다. 첸은 두 샘플의 일치 여부를 확인하기 위해 브랜드와 첨가물, 탄소 농도를 비교할 수 있었다. 그가 일치하는 결과를 얻어내면, 그 결과는 더쉬 사건의 돌파구를 뚫으면서 헤드라인 등장을 보장할 터였다!

그런데 그들이 도로에 도착했을 때, 첸의 열정은 시들해졌다. 여기에 타맥이 마지막으로 깔린 건 60년대였다. 파인 곳들을 때운 흔적들과 LA의 지옥 같은 더위에 그을리면서 풍화된 자국들, 경미한 지진들 때문에 거미줄처럼 갈라진 자국들이 보였다. 첸이 살인자가 주차한 곳일 거라고 추정한 대략적인 구역에는 많은 오일 방울이 흩어져 있었다. 그것들의 정체는 다양할 것이다. 변속기 오일, 유압핸들 오일, 휘발유, 브레이크 오일, 부동액, 지나가는 운전자가 뱉은 가래나 새똥.

첸이 말했다. "모르겠어요, 콜. 그때부터 2주가 지났어요. 그날 밤에 떨어진 게 무엇이건 비바람에 씻기고 건조되고 다른 차에 깔리고 다른 물질에 오염됐을 거예요. 아무것도 찾아낼 수 없을 거예요."

"찾아보지 않으면, 절대로 알 수 없을 겁니다, 존."

첸은 돌멩이들을 차내면서 얼굴을 찡그린 채로 도로 모서리를 따라 걸었다. 망할 놈의 도로는 홍역에 걸린 것처럼 작은 반점들이 무척 많았다. 그럼에도, 그건 흥미로운 아이디어였다. 그 아이디어가 맞아떨어지면, 그에 따른 수익은 어마어마할지 모른다. 테레사 우와의 섹스.

첸은 파이크가 보여준 방식대로 몸을 낮춰 푸시업 자세를 취하고는 도로 표면에서 반사되는 빛을 자세히 살폈다. 빛을 제외한 모든 건 흐릿하게 놔뒀다. 그러다가 다른 방울들보다 더 반짝거리는 방울 몇 개를 식별해냈다. 오래되지 않은 것들일 터였다. 도로경계석으로 이동한 첸은 거기 주차됐던 차를, 레이크 할리우드에서처럼 SUV를 상상해봤다. 방울의 패턴들을 살피기 위해 그곳에서 다시 자세를 낮췄다. 차량 한 대가 한동안 주차됐다면 한 방울이 아니라 여러 방울을 남겼을 것이고, 방울은 여러 겹으로 겹쳐졌을 것이다.

콜이 물었다. "어떻게 생각해요?"

존 첸은 도로를 살피는 데 몰두하느라 그의 말을 듣지 못했다.

"존?"

"예에?"

"어떻게 생각하느냐고요?"

"해보기는 하겠지만 가능성은 희박할 거라고 생각해요."

"그래도 아예 안 하는 것보다는 낫지 않겠어요?"

존 첸은 증거수집 키트를 가지러 박스터에 갔다 온 후, 테레사 우에 대한 몽상에 잠긴 채로 샘플들을 채취하면서 오후의 나머지 시간을 보냈다.

42

로스앤젤레스 시 지방검사 사무실이 내가 유죄 판결을 받았다는 걸 주(州)에 신고하고 정확히 24일째 되던 날, 나는 캘리포니아 주 면허위원회에서 보낸, 내 탐정 면허를 취소한다는 서신을 수령했다. 같은 우편물에서, 캘리포니아 보안관위원회는 화기를 소지해도 좋다는 면허도 취소했다. 엘비스 콜 탐정사무소에게는 지나치게 과한 조치였다. 탐정 노릇을 하기에는 지나치게 과한 조치였다. 나는 떼를 키우는 농장주가 돼야 할지도 몰랐다.

이틀 후에 의사들이 깁스를 잘라냈고, 나는 물리치료를 시작했다. 어깨는 내가 살면서 느낀 그 어떤 신체적 통증보다 더 아팠다. 총에 맞았을 때보다 아팠다. 하지만 팔은 움직였고, 그래서 나는 다시 운전을 할 수 있었다. 더불어 더는 웨이터처럼 보이지 않았다.

사막에 갔던 때 이후 처음으로 사무실로 차를 몰고 가서 네 계단을 올라 내 책상에 앉았다. 내가 이 사무실을 쓴 지는 10년이 넘었다. 나는 복도 건너편 보험사무실에서 일하는 사람들을 잘 알았고, 미용용품 공급회사의 소유자였던 옆 사무실 여성과 데이트를 하고는 했었다. 로비에 있는 델리에서 샌드위치를 사왔고, 거기에 있는 은행에서 은행 일을 봤었다. 조도 거기에 사무실이 있었다. 비어 있는 사무실이기는 했지만. 그는 그 사무실을 결코 이용하지 않았었다. 아마 앞으로도 그럴 터였다.

나는 피노키오의 눈동자가 이리로 저리로 움직이는 걸 지켜보다가 말했다. "너를 위층에 걸 수 있을 것 같구나."

전화가 울렸다. 수화기에 대고 말했다. "엘비스 콜 탐정사무소입니다. 저희는 폐업했습니다."

프랭크 가르시아가 물었다. "무슨 뜻이오, 폐업이라니?"

"농담입니다, 어르신. 어떻게 지내세요?" 나는 그런 대화를 시작하고 싶지 않았다.

"어떻게 전화 한 통 안 할 수 있소? 선생하고 그 어여쁜 숙녀분은 어째서 나를 보러 오지 않는 거요?"

"바빴습니다. 아시잖아요."

"그 예쁜 숙녀분 성함이 어떻게 되더라? 채널 8에서 일하는 분 말이오."

"루시 셰니에입니다."

"두 분이 저녁을 먹으러 와줬으면 싶소. 외로워서 말이오. 친구들이 주위에 있어줬으면 해요. 그래주겠소?"

"저 혼자만 가도 괜찮을까요, 어르신?"

"뭐가 잘못됐소? 목소리가 좋아 보이지 않는데."

"조가 걱정돼서요."

프랭크가 한동안 아무 말도 않다가 말했다. "그렇지. 으음, 살다 보면 인력으로 되는 일이 있고 안 되는 일이 있는 법이오. 선생이 괜찮게 지내는 건 확실한 거요?"

"예. 저는 괜찮습니다."

나는 루시와 날마다 통화했지만, 시간이 지나면서 우리의 통화는 갈수록 짧아지고 빈도도 줄었다. 통화가 즐겁지가 않았고, 통화하고 나면 기분도 좋지 않았다. 루시도 마찬가지였을 것이다.

스탠 와츠가 가끔씩 전화를 걸었다. 아니면 내가 전화를 걸었다. 하지만 조 소식은 여전히 하나도 없었다. 존 첸에게 그가 해본 테스트에서 뭔가 소득이 있었느냐고 묻는 전화를 틈틈이 여덟 통이나 걸었지만, 그는 내 전화에 결코 회신하지 않았다. 나는 여전히 그 이유를 모른다. 조의 총포점과 계속 연락을 주고받았다. 한편으로는 검정 밴에 탄 미스터리한 아가씨를 찾는 작업을 계속했다. 하지만 무엇인가를 찾아낼 거라는 진정한 희망은 품고 있지 않았다. 얼마 후, 나는 내 자신이 내 인생에서 이방인처럼 느껴졌다. 내게 리얼한 것이었던 모든 게 변하고 있었다.

그 주 수요일에 사무실 건물주에게 전화를 걸어 사무실을 닫겠다고 통보했다. 엘비스 콜 탐정사무소는 폐업했다. 파트너와 여자 친구가, 그리고 이제는 사업이 사라졌다. 그런데도 아무 감정도 느껴지지 않았다. 내가 면허를 잃었을 때 나 자신도 사라진 것인지도 몰랐다. 그게 내가 아무것도 느끼지 못하는 이유일 것이다. 디즈니랜드에서 사람을 뽑는지 궁금했다.

목요일에, 프랭크 가르시아의 진입로에 차를 세운 나는 저녁을 먹게 될 거라 예상하면서 현관으로 갔다. 애보트 몬토야가 현관문을 여는 바람에 깜짝 놀랐다.

그가 말했다. "프랭크하고 나는 작은 사업체 하나를 공동으로 운영하고 있습니다. 그래서 그가 나한테 자기 집에 머무르라고 초대했죠. 선생이 개의치 않았으면 합니다."

"잘 아시면서 그러십니까."

그가 나를 거실로 안내했다. 프랭크가 그곳에 휠체어에 앉아 있었다.

내가 인사를 건넸다. "안녕하세요, 어르신."

그는 대답하지 않았다. 그는 한동안 그 자리에 그냥 앉아서 내 심장에 온갖 통로를 통해 도달하는 따스한 기운을 발산하며 미소 짓고 있었다.

그가 물었다. "내가 어째서 그런 소식을 딴사람을 통해 들어야 하는 거요?"

"예?"

"폐업했다는 게 농담이 아니더군요. 면허를 잃었잖소."

"굳이 알려드릴 만한 큰일이 아니라서요, 어르신. 그런데 그걸 어떻게 아신 겁니까?"

"그 어여쁜 숙녀분인 미즈 셔니에에게서 들었소. 그분이 전화를 걸어서 알려줍디다."

"루시가 어르신께 전화를 걸었다고요?" 나는 그 얘기에 깜짝 놀랐다.

"그분이 무슨 일이 있었는지 설명해줬소. 선생이 조가 도주하는 걸 돕다가 면허를 잃었다고 합디다."

나는 어깨를 으쓱하고는, 그가 내게 해준 말을 되돌려줬다. "살다 보니 인력으로 되는 일이 있고 안 되는 일이 있더군요." 그런 말을 하는 심정은 편치 않았다. 그런 말을 하고 싶지도 않았다.

프랭크 가르시아가 내게 봉투를 건넸다.

나는 봉투를 열어보지도 않고 되돌려줬다. "말씀드렸잖습니까. 저한테 동전 한 닢 빚지신 거 없다고."

"그건 돈이 아니오. 열어봐요."

나는 봉투를 열었다.

봉투 안에는 내 이름으로 발행된 캘리포니아 주 탐정 면허와 무기를 은닉 소지해도 좋다는 면허가 들어 있었다. 주 위원회 위원장이 보낸, 내가 면허를 일시적으로 상실하면서 겪었을지도 모르는 불편함에 대해 사과하는 내용의 짤막한 편지도 있었다.

나는 프랭크를, 다음에는 애보트 몬토야를 쳐다봤다. 나는 면허를 다시 쳐다봤다.

"하지만 저는 유죄 판결을 받은 중죄인입니다. 주법이 그렇게 돼 있습니다."

그 순간 애보트 몬토야의 눈에 강렬한 자부심이 번뜩였다. 이것들을 확보하는 데 동원된 힘과 근육과 권력을 알 수 있었다. 어쩌면 그가 옳다는, 그와 프랭크는 젊었을 때 이후로도 화이트 펜스의 비행청소년 무리로부터 그리 멀리 떨어져 있지 않았다는 생각이 들었다.

그가 말했다. "*Temos tu corazón y tu el de nosotros. Para siempre.*"

프랭크가 내 팔을 잡았다. 예전에 나를 잡았을 때와 동일한 강렬한 방식으로. "무슨 뜻인지 아시겠소, 친구?"

나는 대답하지 못했다. 할 수 있는 일이라고는 고개를 젓는 게 전부였다.

"우리가 당신을 사랑한다는 뜻이오."

나는 고개를 끄덕였다.

"그 아리따운 여자 분, 그분도 당신을 사랑한다고 합디다."

나는 눈물을 터뜨렸다. 울음을 그칠 수가 없었다. 내가 가진 것들 때문이 아니라, 내가 갖지 못한 것들 때문이었다.

43

이틀 후, 새로 받은 면허증 사본을 담은 액자를 사무실에 걸고 있을 때 전화가 울렸다. 처음 든 생각은 존 첸이나 스탠 와츠일 거라는 거였지만, 둘 다 아니었다.

조의 총포점에서 일하는 직원이었다. "저 누군지 아시죠?"

심장박동이 빨라졌다. 갑자기, 식은땀이 가슴과 등을 덮었다.

"조 소식인가요?"

"엔시노 위쪽에 있는 오래된 미사일기지 가본 적 있어요? 공원으로 바뀐 데 말이에요. 거기 경치가 당신 마음에 들 거예요."

"조는 괜찮은가요? 그의 소식 들었어요?"

"전혀요. 조는 죽었을 거예요. 우리가 거기 공원에서 만나면 어떨까 하는 생각이 느닷없이 들어서요. 거기서 옛 친구를 위해 술 한잔 올리는 건 어떨까 싶어서요."

"여부가 있겠어요. 그럴 수 있죠."

"전화할게요. 식스-팩 가져오세요."

"그쪽 편할 때 언제든 전화해요."

"빨리 걸수록 좋겠죠."

그가 전화를 끊었다.

사무실 문을 잠그고 시내를 가로질러 서쪽으로 급히 차를 몰아 멀홀랜드를 올라갔다.

아름답고 청명한 금요일 오전이었다. 러시아워가 지난 시점이라 속도를 높일 수 있었다. 하지만 설령 도로가 꽉 막혀 있었더라도 속도를 높였을 것이다. 조여야만 했다. 아니면 그에 대한 소식이어야 했다. 어떤 생각이나 느낌 없이 차만 몰았다. 나쁜 소식을 듣게 될까 두려워서였을 것이다. 살다 보면 부인(否認)만이 우리가 가진 전부일 때가 있다.

정부는 냉전 시절에 산타모니카 산맥 고지대에 미사일기지를 지었다. 당시, 그곳에는 LA에 핵폭탄을 투하하려고 접근하는 소련 폭격기들을 감시하는, 특급비밀에 속한 레이더 장비들이 있었다. 지금 그곳은 산악자전거를 타는 사람들과 하이커를 제외하면 아는 사람이 거의 없는 작고 아름다운 공원인데, 그 사람들도 주말에만 그곳을 찾았다.

공원에 도착하자 가르시아 토르티야 회사 트럭이 도로 옆에 주차돼 있었다. 그 뒤에 차를 세우고 서둘러 공원으로 들어가 감시탑 꼭대기로 이어지는, 창살이 둘러쳐진 금속 계단을 올랐다. 감시탑은 한때는 거대한 레이더 돔이었다. 거기서는 남쪽으로는 대양을, 북쪽으로는 산 페르난도 밸리 너머를 볼 수 있었다.

플랫폼에서 조 파이크가 기다리고 있었다.

내가 그를 그리 힘껏 포옹하지 않았는데도 그의 얼굴이 굳어졌다. 그는 창백했다. 그리고 내가 그를 본 이후로 가장 말라 있었다. 가르시아 제빵 회사의 흰색 셔츠 때문에 그의 피부색은 더 까맣게 보였다.

내가 한 소리 했다. "전화하는 데 더럽게 오래 걸리는군, 젠장. '걱정'이라는 말, 들어는 봤어?"

"멕시코에 있었어. 몸 추스르느라."

"병원에 있었던 거야?"

파이크의 입이 씰룩거렸다. "꼭 그렇지는 않아. 팔은 어때?"

"뻣뻣하지만, 괜찮아. 나보다는 자네가 더 걱정이지. 필요한 거 있어?"

"트루디를 찾아야겠어."

"내가 계속 찾아봤어." 나는 와츠가 알려준 내용을, 그리고 내 나름의 조사를 통해 확인한 내용을 말해줬다. 검정 미니밴이나 트루디나 맷과 관련한 정보는 어느 시스템에도 존재하지 않는다는 내용을. 나한테 단서가 전혀 없다는 얘기도 들려줬다.

파이크가 상황을 이해하고는 난간으로 향했다. "경찰이 내 집하고 총포점에 있어. 내 계좌들을 동결했고, 신용카드 사용 내역을 감시하고 있어. 폴렛을 만나러 가기도 했었고."

"다시 남쪽으로 가는 게 맞는 건지도 몰라. 조만간, 우리가 같이 일할 수 있도록 내가 사건을 해결할게."

파이크는 고개를 저었다. "숨으려고 남쪽에 가지는 않을 거야, 엘비스. 여기서 죽을 때까지 쭉 살 거야. 이런저런 수를 써서."

"숨으러 남쪽에 가란 말이 아니야. 자유로이 지내러 가라는 거야. 여기 오는 건 너무 위험해."

"나는 기꺼이 위험을 감수할 거야."

"그러다가 감옥으로 돌아가려고?"

파이크의 입이 무시무시한 방식으로 씰룩거렸다. "절대, 다시는 감옥에 가지 않을 거야."

그러더니 그의 시선이 내 너머를 향했다. 내 머리털이 곤두설 정도로 날카로운 눈빛이었다. "경찰이 왔어."

평범한 청색 형사용 세단과 LAPD 순찰차가 가르시아 밴 옆에 미끄러지며 멈췄다. 두 번째 순찰차가 반대 방향에서 돌진해 와서는 길 한복판에 멈췄다. 우리는 그들이 누구이고 무슨 계획을 세우고 있는지 확인하려고 멍하니 기다리지는 않았다.

파이크가 재빨리 밑으로 내려갔다. 땅까지 나선형으로 나 있는 금속 계단을 매끄럽게 내려갔다. 나는 그의 바로 뒤에 있었다. 플랫폼에서는 계단을 볼 수 없었다. 계단에서 땅을 볼 수도 없었다. 하지만 감시탑에서 벗어날 수만 있다면, 공원은 남쪽으로는 선셋 대로까지 뻗어 있고 서쪽으로는 바다로 이어지는 몇 킬로미터에 걸친 미개발 산악지대로 열려 있었다. 파이크가 수풀 속으로 들어갈 수만 있다면, 경찰이 경찰견이나 헬리콥터 없이 그를 추적할 도리는 없었다.

계단을 내려왔을 때 내가 말했다. "산맥을 통해 남쪽으로 뚫린, 선셋 스트립 위쪽 구역으로 이어지는 오솔길이 있어."

"나도 알아."

"그 오솔길을 따라 내려가면, 내가 나중에 자네를 태울게."

하지만 그 계획은 아무 소용이 없었다.

우리가 계단 아래 당도했을 때, 하비 크란츠와 M16을 든 SWAT 대원 두 명이 우리를 기다리고 있었다.

SWAT 대원들이 조 파이크가 똬리를 튼 코브라나 되는 양 그에게 총을 겨눴다. 그들은 십자포화를 가하려고 양쪽으로 대형을 벌렸다. 그들의 검정 라이플이 3미터 떨어진 거리에서 파이크의 가슴에 조준됐다. 그들 뒤에서 경찰 한 명이 도로에 있는 사람들에게 큰 소리로 우리 위치를 외쳤다.

크란츠는 총을 들고 있지 않았다. 하지만 그의 눈은 파이크가 사격장의 표적이나 되는 양 파이크에게 고정돼 있었다. 나는 그가 우리 권리를 읊기 시작할 거라고, 아니면 우리가 체포됐다고 말하거나 그냥 흡족한 표정만 지을 거라고 예상했다. 하지만 그는 그러지 않았다.

크란츠가 말했다. "덤벼봐, 파이크. 총을 쏴보라고. 그러면 도망칠 수 있을지도 모르잖아."

SWAT 대원들이 위치를 옮겼다.

파이크는 발바닥을 땅에 바짝 붙이고 두 손을 몸에서 떨어뜨린 채 서 있었다. 일본식 정원에서 느긋하게 명상에 잠긴 듯한 모습이었다. 그는 어딘가에 총을 갖고 있을 터였다. 그러면서 총을 손에 넣을 수 있을 것인지, SWAT 대원들이 사격하기 전에 총을 쏠 수 있을 것인지 궁금해하고 있을 터였다. 부상을 당해서 몸이 약해지기는 했어도, 그는 그런 생각을 하고 있을 거였다. 아니면 아무 생각도 않고 있을지도 몰랐다. 그저 몸만 움직이고 있는 건지도.

크란츠가 한 걸음 앞으로 나와 양손을 벌렸다. "나는 총이 없어, 파이크. 지금 너는 나를 없앨 수 있어."

나는 크란츠에게서 조에게로 시선을 옮겼다. 그 순간, 체포 차원을 넘어서는 일이 벌어지고 있다는 걸 알아차렸다. SWAT 대원들은 자기들끼리 불안한 눈빛을 주고받았지만, 들고 있는 총을 낮추지는 않았다.

"뭐 잘못 먹었어요, 크란츠?" 내가 두 손을 들었다. "손 들어, 조. 젠장, 손 들라니까!"

파이크는 꿈쩍도 안 했다.

크란츠가 미소를 지었다. 긴장되고 꼴 보기 싫은 미소였다. 그가 또 한 걸음 앞으로 나왔다. "시간이 줄어들고 있어, 조. 더 많은 경관이 오는 중이야."

"손 올리라니까, 젠장! 그러지 않으면, 크란츠가 이기는 거야!"

파이크가 심호흡을 한 번 했다. 그러더니 시선을 크란츠를 지나 SWAT 대원들 쪽으로 옮기고는 말했다. "손을 드는 중이오."

그가 두 손을 들었다.

"총은 내 셔츠 아래 허리띠에 있소."

크란츠는 꿈쩍도 안 했다.

SWAT 대원 한 명이 말했다. "크란츠, 그의 망할 총 확보해요."

크란츠는 그러는 대신 자신의 총을 꺼냈다.

스탠 와츠가 거친 숨을 쉬면서 황급히 올라오다가 우리를 보고는 걸음을 멈췄다.

SWAT 대원들이 소리를 질렀다. "이봐요, 와츠. 이 개자식 총 확보해요."

스탠 와츠가 파이크의 총을, 다음에는 내 총을 가져갔다. 그는 옆구리에 총을 들고 거기 서 있는 크란츠를 응시했다. "도대체 무슨 일이에요, 크란츠? 이 친구들한테 얘기했어요?"

딱딱한 사탕을 깨물고 있는 것처럼 크란츠의 턱에 파문이 일었다. 그런데도 그의 시선은 여전히 파이크를 떠나지 않았다. "파이크가 겁먹기를 바랐어. 놈이 우리한테 사과하기를 바라고 있었다고."

내가 다그쳤다. "그 사람 총 뺏어요, 스탠. 제발 그 총 좀 뺏어요."

와츠가 크란츠를, 다음에는 크란츠가 든 총을 응시했다. 크란츠의 손가락들이 자체적인 생명을 가진 것처럼 총에서 꿈틀거리고 있었다. 손가락들이 총을 주무르고 움켜쥐었다. 총을 들어 올리고 싶은 것 같았다. 스탠 와츠가 다가가 총을 빼앗고는 크란츠를 거세게 밀쳤다.

"차에 가서 기다리세요."

"*나는 자네 상관이야!*"

와츠는 SWAT 대원들에게 그들 일은 끝났다고 말한 다음, 우리에게 손 내리라고 말했다. 그는 입이 마르다는 듯이 입술을 적셨다. "자네들은 체포된 게 아냐. 브랜포드가 기소를 철회했어. 그 소식 들었어, 파이크? 브랜포드는 지금 자네 변호사하고 있어. 과학수사대가 소벡의 차가 더쉬의 집에 있었다는 걸 밝혀냈어. 그거면 자네 혐의를 벗게 만드는 데 충분하잖아."

나는 파이크의 팔을 꽉 쥐고는 손을 잡았다. 존 첸이 해낸 것이다.

크란츠가 와츠를 밀치더니 손가락으로 파이크를 찔렀다. 내가 레이크 할리우드에서 그를 처음 봤을 때 했던 것과 정확히 똑같은 동작이었다. "과학수사대가 뭐라고 말하건 나는 눈곱만큼도 신경 안 써, 파이크. 너는 살인자야."

와츠가 말렸다. "그만해요, 하비."

크란츠가 다시 손가락으로 찔렀다.

"너는 워즈니악을 죽였어. 그리고 나는 아직도 네가 더쉬를 죽였다고 믿는단 말이다."

크란츠가 다시 손가락으로 찔렀다. 그런데 이번에는 파이크가 그의 손가락을 움켜쥐었다. 파이크의 몸놀림이 어찌나 빨랐던지 하비 크란츠는 그가 움직이는 걸 보지도 못했다. 비명을 지르면서 땅에 쓰러진 크란츠가 소리를 질렀다. "너를 체포하겠어, 젠장! 이건 경찰관을 공격한 거야! 너를 체포한다."

파이크와 와츠와 내가 빨개진 얼굴로 소리를 질러대며 땅에 쓰러져 있는 그를 응시했다. 와츠가 그를 부축해 일으키면서 말했다. "우리는 누구도 체포하지 않을 거예요, 하비. 차로 돌아가서 제가 갈 때까지 기다리세요."

크란츠가 몸을 흔들어서 그를 떨치고는 다른 말 없이 걸어갔다.

내가 말했다. "저 사람 좀 어떻게 해봐요, 와츠. 저 사람, 파이크를 죽이려고 여기 온 거라고요. 그가 아까 한 말은 다 진심이었어요."

와츠는 크란츠가 사라질 때까지 그를 주시하면서 입술을 오므리다가 파이크를 뚫어져라 쳐다봤다. "자네가 항의하겠다면 항의할 수도 있어. 내 짐작에는 말이야. 항의할 근거들이 있으니까."

파이크는 고개를 저었다.

내가 말했다. "그게 다예요? 우리보고 여기서 일어난 일을 그냥 잊으라는 말이에요?"

와츠가 프라이팬처럼 납작한 얼굴을 내게 들이밀었다. "무슨 일이 있었는데, 콜? 우리는 자네들한테 소식을 전하려고 여기 온 거야. 여기서 일어난 일은 그거였어."

"우리가 여기 있는 건 어떻게 알았어요?"

"우리는 파이크의 직원들이 사용하는 걸로 알려진 전화들을 24시간 내내 감청하고 있었어. 파이크의 직원이 자네한테 이곳 얘기를 하는 걸 감청반 친구들이 들었고, 우리는 그걸 근거로 판단했어."

와츠는 하비 크란츠가 그들의 차에서 홀로 기다리고 있는 도로를 힐끔 돌아봤다.

와츠는 우리 총을 돌려줬는데, 파이크의 총은 파이크가 손을 뻗을 때까지 들고 있었다. "크란츠가 한 말은, 그가 자네가 우리한테 사과할 거라고 바라고 있었다는 거야. 헛소리지. 그는 그냥 화가 난 거야. 나라면 그런 식으로 플레이하지는 않겠어. 그도 앞으로는 그렇게 안 할 거야. 바우먼이 자네하고는 연락이 안 된다고 했어. 그래서 자네하고 접촉할 수 있는 가능성이 있는 곳은 여기일 거라고 판단한 거야. 우리는 이 기회를 잡아야만 했어."

내가 말했다. "물론 그랬겠죠, 와츠."

"작작 좀 해, 콜. 사는 게 다 그런 거잖아."

"아무렴 그렇겠죠."

와츠가 크란츠의 뒤를 따랐다. 조금 지나자 경찰들이 각자의 차에 올라 떠나면서 엄청난 갈색 먼지구름을 남겼다. 나는 파이크를 너무나 증오한 하비 크란츠는 무슨 일이 있어도 파이크는 유죄라고 믿어야만 했을 거라고 추측했다. 그런 종류의 증오는 일상적으로 해오던 일들을 그러지 못하게 만들 수도 있다고 짐작했다.

"와츠는 하고 싶은 말은 무슨 말이건 할 수 있었겠지만, 아까 그게 크란츠가 원하던 방식이었다는 말은 차마 못 한 것 같아. 누군가에게 혐의가 풀렸다는 말을 전하려고 무장대원들을 데려오지는 않잖아. 무장대원들을 출동조차 시키지 않을 거야. 크란츠가 원해서 여기 온 거지, 크란츠만 없었다면 와츠는 나나 찰리, 자네 가게의 직원들을 통해 말을 전할 수 있었을 거야. 자네는 그런 식으로 소식을 들었을 거고."

파이크는 별다른 말 없이 고개를 끄덕였다. 그가 그런 일에 신경이나 쓰고 있는지 의아했다. 신경을 쓰지 않는 편이 나은 것 같았다.

내가 물었다. "이제 어떻게 할 거야?"

"폴렛한테 전화할 거야."

"크란츠가 워즈니악에 대해 했던 말, 신경 쓰여? 자네가 여전히 비난을

젊어지고 있다는 사실이?"

파이크는 어깨를 으쓱했다. 나는 이번에는 그가 그런 비난 따위는 상관하지 않는다는 걸 알았다.

"크란츠랑 모두들 자기들이 원하는 대로 생각하게 놔둬. 그들 생각보다 더 중요한 건 내 생각이고, 내 행동이야."

파이크는 그러고는 심호흡을 했다. 그런 다음 짙은 선글라스를 내 쪽으로 비뚜름하게 썼다.

"보고 싶었어, 엘비스."

그 얘기에 나는 미소를 지었다.

"그래, 조지프, 나도 보고 싶었어. 자네가 돌아와서 함께하니까 좋군."

우리는 악수를 했다. 나는 그가 가르시아 제빵회사 트럭으로 걸어가 차를 몰고 떠나는 걸 지켜봤다. 한동안 뜨거운 바람을 맞으면서 사건이 종결됐다고 혼잣말을 했다. 파이크가 집에 돌아왔다. 안전하게. 비록 내가 상황이 완결되거나 해결되지 않았다면 그가 돌아왔다는 게 아무런 의미도 없었을 거라고 혼잣말을 하기는 했지만.

이제 우리는 달라져 있었다. 세상은 변해 있었다.

우리 인생이 앞으로도 똑같을 것인지, 그전처럼 좋을 것인지 궁금했다. 우리가 이전에 그랬던 것보다 더 저열한 존재가 돼버린 건 아닌지.

악마들은, 심지어 이 천사의 도시에서조차, 우리에게 타격을 가했다.

어쩌면 여기가 그중에서도 가장 심하게 타격을 받은 곳일 것이다.

나는 내 집에 다년간 살아왔다. 하지만 그곳은 더 이상 내 집이 아니었다. 산기슭에 걸린, 따스한 목재와 구릿빛 노을빛으로 나를 감싸는 아늑한

A-프레임이 아니었다. 그곳은 내가 찾을 수 없는 무엇인가를 찾으려고 방에서 방으로 걸어 다닐 때 내 귀에 메아리를 남겨놓는 커다란 동굴이 됐었다. 위층으로 올라가는 데는 며칠이 걸렸었다. 주방에 들어가는 데는 몇 주가 걸렸었다. 겨우 친구 한 명이 없어진 것뿐인데도 그런 일이 일어날 수 있다는 게 웃겼다. 여자가 문을 걸어 나가는 데는 심장이 세 번 뛰는 시간만 걸리지만, 그녀가 떠난 남자는 평생이 걸려도 똑같은 길을 걸어갈 수 없다는 사실이 재미있었다.

자네 얼굴에서 웃음이 떠나지 않는 이유가 그걸 거야, 콜. 정말 염병할 정도로 웃긴다.

그날 밤, 문을 잠그고는 할리우드로 이어지는 구불구불한 산길을 내려갔다. 높은 산등성이들이 태양을 숨기는 동안, 협곡들이 먼저 어두워지면서 깊은 골짜기들에 그늘이 고이고 있었다. 사소한 정보를 하나 주겠다. 협곡을 떠나면 빛을 다시 찾을 수 있고, 그날의 제2의 기회를 잡을 수 있다. 하지만 어느 누구도 제2의 기회가 당신을 기다려줄 거라는 얘기를 당신에게 해주지 않았을 것이다. 그러니, 빛이 오래 지속되지는 않을 테지만, 가서 그 기회를 잡도록 하라.

선셋 스트립은 중년의 멋쟁이들이 포르셰를 몰고 극심한 생존 경쟁을 벌이는 카니발 현장이었다. 염소수염을 기른 멋쟁이들은 거기서 20달러짜리 쿠바산 로부스토 시가를 피우고 있었고, 배가 판판한 젊은 여성 2백만 명은 로데오 드라이브 배꼽 피어싱을 뽐내고 있었다. 하지만 나는 거기서 그런 걸 하나도 보지 못했다. 디모인에서 온 슈라이너스(1870년에 설립된, 자선사업을 하는 친목단체) 회원들이 의류회사의 카탈로그 모델들처럼 하우스 오브 블루스(생음악이 연주되는 레스토랑) 앞에 도열해 있었다. 금발 청년들은 조니 뎁이 소유한 클럽인 바이퍼 룸 밖에 모여, LAPD 오토바이 경찰관과 최근에 발생한 LSD 피해자에 대한 얘기를 나누며 웃어대고 있었다. 나는 그런 걸 보지 못했고 그런 소리를 듣지 못했다. 최고조에 이른 밤에 황혼이 밀려나면서 밤이 점점 깊어졌다. 나는 바다에 다다를 때까지 차를 몰았다. 그런 다음, 말리부의 가파른 산길을 통과해서 북쪽으로 달렸다. 그랬다가 스피드를 내는 쇳덩이들이 떼거지로 모인 또 다른 장소인 벤추라 프리웨이를 타고 돌아왔다. 나는 초조하고 불안했다. 그러면서 내가 충분히 오래 차를 몰면 해결책을 찾을 수 있을지도 모른다고 생각했다.

나는 LA를 사랑한다.

LA는 순전히 그 거대한 규모로 우리를 보호하는, 지옥까지 무분별하게 펼쳐진 위대한 도시다. 1,200평방킬로미터. 서류에 등록된 사람과 그렇지 않은 사람을 모두 합쳐, 로스앤젤레스 카운티에서 고동치는 심장 1,100만 개. 1,100만. 우리가 흉악한 범죄의 피해자가 될 확률은 얼마일까? 할리우드 입간판 아래에서 겁탈당한 소녀는 당신의 누이가 아니다. 피로 물든 수영장에 떠 있는 소년은 당신의 아들이 아니다. 현금지급기 위에 물감을 튀겨서 만든 무늬들은 출처가 불분명한 도시미술이다. 우리는 그런 방식으로 안전하다. 무슨 범죄가 벌어지더라도 그건 누군가 다른 사람에게 벌어질 것이다. 문제는, 그녀가 당신의 문을 걸어 나갈 때, 그건 더 이상 다른 누군가의 문제가 아니라는 것이다. 이제 그건 당신의 문제다.

산타모니카 산맥 꼭대기에서 프리웨이를 벗어나 멀홀랜드를 따라 동쪽으로 방향을 틀었다. 그곳은 조용하고 어두웠다. 도시의 심장부에 있는 곳인데도 도시에서 백만 킬로미터는 떨어져 있었다. 건조한 산들바람이 머리 위에서 순수한 비단처럼 불었고, 사막의 유칼립투스와 허브의 냄새가 진동했다. 검정꼬리 사슴이 헤드라이트에 불쑥불쑥 들어왔다. 루비 색 눈을 가진 코요테들이 풀밭에서 나를 주시했다. 피곤했다. 이건, 이 목적 없는 드라이브는 멍청한 짓이니까 집으로 돌아가는 게 옳다고 생각했다. 그냥 집에 가서 잠자리에 든 다음에 인생을 계속 살도록 해. 너는 내일 세상을 구할 수 있어. 네가 원하는 모든 대답들을 내일 찾아내도록 해.

잠시 후, 도로에서 벗어나 엔진을 끄고 계곡 바닥을 가득 메운 불빛들을 응시했다. 저 밑에는 2백만 명이 있다. 한 줄로 세우면 그들은 달 둘레를 감쌀 것이다. 빨간 미등들이 느릿하게 뛰는 동맥 줄기들을 향해 뿜어지는 피처럼 프리웨이를 밝혔다. LAPD 헬리콥터가 지상에 있는 무엇인가에 스포트라이트를 비추면서 셔먼 오크스 상공을 선회했다. 내가 참여하고 싶지 않은 또 다른 오페라가 펼쳐지는 중이었다.

차에서 내려 후드에 올라가 가부좌를 틀었다. 술통처럼 생긴 올빼미가 전신주 위에서 나를 지켜보고 있었다.

올빼미가 물었다. "누구?"

올빼미들은 늘 그렇게 묻는다.

한 달 전에 나는 목숨을 잃을 뻔했다. 제일 친한 친구이자 파트너도 거의 죽을 뻔했고, 나는 그 이후로 그가 세상을 떠났다고 생각하면서 하루하루를 보내왔다. 오늘, 그는 다시금 죽음의 문턱에 다다랐었다. 사만다 돌런은 이승을 떠났고, 내 여자 친구는 나를 떠났으며, 나는 여기 어둠 속에서 올빼미와 앉아 있다. 그래, 세상은 변했다. 내 내면에 있는 엄청나게 큰 공간이 비어 있었지만, 내가 그걸 다시 채울 수 있을지 여부를 나는 몰랐다. 겁이 났다.

공기는 후텁지근했지만, 괜찮게 느껴졌다. 여기 처음 왔을 때, 나는 이

곳과 사랑에 빠졌다. 낮에 LA는 남들을 즐겁게 해주면서 서둘러 미소를 지어 보이려고 안달하는, 노는 걸 무척이나 좋아하는 강아지 같은 도시다. 밤에 LA는 마법과 꿈으로 가득 찬 보물 상자가 된다. 우리가 할 일은 각자의 꿈을 좇는 게 전부다. 우리에게 필요한 건 마법이다. 우리가 해야 할 일은 살아남는 게 다지만, 그건 세상 어디서나 마찬가지다. 내가 처음 왔을 때 여기서 찾아낸 게 그것이다. 더 많고 많은 사람들이 날마다 여기에서 찾아내는 게 그것이다. 늘 그래왔고, 늘 그럴 것이다. 그게 그들이 여기에 오는 이유다. 희망의 보물 상자.

나는 루시 문제를 제대로 해결할 수 있었다. 내 인생을 다시 그러모아 빈 공간을 채울 수 있었다.

올빼미가 물었다. "누구?"

나는 대답했다. "나."

차에 올랐지만 집에 가지는 않았다. 라디오를 켜고 몸과 마음을 느긋하게 풀었다. 더 이상은 집에 갈 필요가 없었다. 나는 이미 집에 있었으니까.

LA는 종착지가 아니다. 출발지다.

내 인생도 마찬가지였다.

감사의 말

많은 분들이 이 소설을 쓰는 과정에서, 그리고 이 책의 출판 시점에 이르기까지 도움을 주셨다. 그분들은 다음과 같다: LAPD(도망자 검거반) 존 페티비치 3등 형사; LAPD(서부 LA 성범죄반) 폴 비숍 3등 형사; 브루스 켈턴 JD, CFE(공인부정행위 조사관, 딜로이트 & 터치의 법의학 조사서비스, 국장); (소녀들과 야간 데이트를 즐길 수 있게 해준) 패트리샤 크레이스와 로렌 크레이스, 캐롤 토핑; (모든 걸 감내해준) 웨인 토핑; 윌리엄 글리슨 박사; 안드레아 말콤; 제프리 글리슨; 에이프릴 스미스; 로버트 밀러; 브라이언 드피오레; 리사 키테이; 사만다 밀러; 킴 도워; 제럴드 페티비치; (언어 교습을 해준) 주디 샤베즈; (나를 게임에 계속 참여시켜준) 할리나 알터 박사; 스티브 볼프; 노먼 컬랜드.

다음은 특별한 도움을 주신 분들로, 이분들이 없었다면 이 책은 지금 같은 형태로 존재할 수 없었을 것이다: 아론 프리스트, 스티브 루빈, 린다 그레이, 숀 코인, 조지 루카스. 감사드린다.

이름을 밝히지 말아달라고 요청하신 많은 분들이 도움과 격려, 영감을 베풀어주셨다. TC와 MG, TD, LC, 쿠키(Cookie)가 이 비밀의 후원자들이다. 앞으로도 언제든, 어디서든 야간 순찰을 계속 다녀주시기 바란다.

이 책은 나만의 것이 아니다. 레슬리 웰스의 것이기도 하다.

옮긴이의 말

『L. A. 레퀴엠』에는 이름을 듣고는 진짜로 그 이름이 맞느냐고 묻거나 그렇다는 대답을 듣고도 웃음을 참지 못하겠다고 말하는 주인공이 등장한다. 책을 처음 펼치고 주인공의 이름을 봤을 때 내가 보인 반응이 딱 그랬다. 레이먼드 챈들러가 『기나긴 이별』에 썼듯, 탐정이란 "새로운 문제와 새로운 슬픔, 약간의 돈을 안고" 찾아오는 사람들의 고충을, 세상에 드러낼 수 없는 게 대부분인 은밀한 고민을 해결해주는 직업이다. 그런데 그런 탐정의 이름이 '엘비스'라니. 이름이 그래서인지, 그가 깐죽거리는 모습을 보고 있노라면 머리 한구석에 프레슬리의 개다리 춤이 떠오르곤 했다. 범죄물의 주인공 이미지가 이래서야 원.

그런데 책을 읽다 보면 엘비스 콜의 이름과 경박한 행동은 허허실실을 노린 위장막임을 깨닫게 된다. 본문에 나오는, 콜의 겉모습만 보고 그를 오판하지 말라는 어느 형사의 말처럼 말이다. 겉만 봐서는 오해하기 쉬운 그의 캐릭터는 어쩌면 범죄물 장르의 특징을, 사소한 사건처럼 보이던 것이 사실은 빙산의 일각일 뿐, 그 밑을 자세히 들여다보면 거대한 빙산의 몸뚱어리가 모습을 드러내는 식의 특징을 반영하고 있는지도 모른다. 『L. A. 레퀴엠』의 발단이 되는 조 파이크의 옛 연인 카렌 가르시아의 실종은 처음에는 장성한 여성이 잠깐 가족과 연락이 두절된 탓에 벌어진 해프

닝처럼 보인다. 하지만 조사가 진행되는 동안, 콜의 진면목이 차차 드러나듯, 그게 단순한 실종 사건이 아니라는 것이 밝혀진다. 예상치 못한 반전과 아슬아슬한 고비를 거듭 넘는 동안 빙산이 차츰 수면 위로 떠오르는 것이다. 그렇게 빙산의 전모가 드러나고 주인공들이 맞은 위기가 해소되는 마지막 순간까지 작품의 결말을 예측하기 힘들게 만드는 것이야말로 『L. A. 레퀴엠』의 매력이다.

제각기 나름의 사연이 있고 타당한 행동 동기들을 가진 다양한 캐릭터들도 매력적이다. 성격으로만 보면 범죄물 장르에 콜보다 더 잘 어울리는, 바늘로 찔러도 피 한 방울 안 나올 것 같은 콜의 파트너 조 파이크 같은 주요 캐릭터들은 말할 것도 없고, 머릿속에 여자 생각밖에 없는 풋내기 과학수사대원 존 첸 같은 조역들까지 각자 뚜렷한 개성을 표출하며 작품 전개에 한몫을 해낸다. 더불어 작가 로버트 크레이스는 콜이 뜻하지 않게 '금 알레르기'를 얻게 만드는 식당 여주인 같은 스쳐 지나가는 캐릭터들까지 알뜰하게 활용하는 재주를 보여준다.

작품의 배경인 LA 지역을 빼어나게 묘사하는 것도 『L. A. 레퀴엠』의 매력이다. LA에서 활동하는 탐정 콤비가 주인공인 범죄소설의 번역을 의뢰받았을 때 처음 떠올린 LA의 이미지는 로버트 알트먼의 「기나긴 이별」과 로만 폴란스키의 「차이나타운」에 나오는 LA의 풍광이었다. 그 영화들이 포착한 LA는 얼굴을 찡그려야 할 정도로 눈부시게 밝은 화면에 어디서 비롯된 건지 알 수 없는 어둠이 은근히 배어 있는 도시, 빛이 너무나 밝기에 어둠도 더욱 짙을 수밖에 없는 도시였다. 그런데 『L. A. 레퀴엠』은 그 작품들에 등장하는 LA의 이미지와 비슷하면서도 색다른 LA를 그려낸다. 산불로 생긴 재가 환한 대낮에 눈처럼 떨어지는 광경이나 코요테가 시내를 어슬렁거리는 모습은 지금껏 LA를 상상할 때 떠올려본 적이 전혀 없는 색다른 풍경이다. 크레이스는 공룡들이 서 있는 사막, 스프링클러로 물을 줘서 떼를 기르는 광활한 농장, 중남미 출신 불법 이민자들이 모여 사는 동네 같은 LA의 일부분이면서도 LA를 연상할 때 쉽게 떠오르지 않는 지역들을 작품 전개에 알맞게 활용하면서 다른 작품에서는 접하기 힘든 LA의 모습을 뚜렷하게, 인상적으로 보여준다.

1980년대와 90년대에는 '러셀 웨폰' 시리즈, '스타스키와 허치', '마이애미 바이스' 같은 버디 수사물이 인기가 좋았다. 이들 작품에서, 서로 충돌하는 개성을 가진 형사(또는 탐정) 콤비는 범죄자에 맞서 싸우는 동안 거듭 곤경에 처하고 사건이 갈수록 미궁에 빠지는 와중에도 결국 사건을 해결하고는 새로운 사건이 찾아오기를 기다렸다. 『L. A. 레퀴엠』은 앞서 언급한 작품들의 특징과 전개를 차근차근 따라간다는 점에서 그런 작품들의 계보를 잇는 작품이라 할 수 있다. 영화와 TV 드라마의 각본을 집필했던 크레이스의 이력도 이 작품의 혈통에 대한 주장에 더욱 힘을 실어준다. 하지만 크레이스는 단순히 그 계보를 따르는 데서 그치지 않는다. 외로움과 서글픔, 연민 같은 정서를 적절히 가미해서 잔잔한 여운을 남기는 것으로 작품을 한층 더 높은 수준에 올려놓는다.

『L. A. 레퀴엠』을 번역하면서 느낀 이런 매력들과 스릴과 재미가 독자 여러분께도 고스란히 전달될 수 있었으면 좋겠다.

윤철희

L.A. 레퀴엠

초판 1쇄 인쇄 2017년 5월 19일
초판 1쇄 발행 2017년 5월 25일

지은이 | 로버트 크레이스
옮긴이 | 윤철희
펴낸이 | 정상우
편집주간 | 정상준
편집 | 이민정 김민채 황유정
디자인 | 박수연 김인경
관리 | 김정숙

펴낸곳 | 오픈하우스
출판등록 | 2007년 11월 29일 (제13-237호)
주소 | 서울시 마포구 동교로13길 34(04003)
전화 | 02-333-3705 팩스 | 02-333-3745
openhousebooks.com
facebook.com/vertigo.kr

ISBN 979-11-88285-03-7 04840
       979-11-86009-19-2 (세트)

VERTIGO는 (주)오픈하우스의 장르문학 시리즈입니다.

이 도서의 국립중앙도서관 출판예정도서목록(CIP)은 서지정보유통지원시스템 홈페이지(http://seoji.nl.go.kr)와
국가자료공동목록시스템(http://www.nl.go.kr/kolisnet)에서 이용하실 수 있습니다.
(CIP제어번호: CIP2017011135)